Prologue

La robe de cocktail de soie précieuse, légère et vaporeuse, était délicieusement douce au toucher. Sa délicate couleur ivoire était à peine passée… Elle avait appartenu à la grand-mère d'Anna dans les années 1950. Après l'avoir adaptée à sa taille, sa mère la lui avait offerte pour ses dix ans.

Lisette avait complété le déguisement avec une tiare dont les perles en verroterie avaient émerveillé la petite fille autant que s'il s'était agi de diamants. Mais pour l'enfant, le plus magique restait la robe…

— Comme elle est belle ! s'était exclamée la petite fille, tournoyant gracieusement devant la glace, tenant la jupe ample de ses deux petites mains. Je ressemble à une mariée, tu ne trouves pas ? C'est le plus beau cadeau d'anniversaire que j'aie jamais eu, maman !

Lisette avait souri avec tendresse.

— Tant mieux, ma chérie ! Dans cette robe, tu as l'air d'une vraie princesse, tu sais !

Anna avait froncé les sourcils… Une princesse, c'était une belle dame blonde, avec la peau claire et de grands yeux bleus, alors qu'elle avait des cheveux noirs comme le jais et le teint doré d'un abricot bien mûr ! Mais elle était prête à croire sa maman : dans cette robe, tout lui semblait possible, comme dans le plus beau des contes de fées…

*
* *

Par chance, son anniversaire tombait pendant les grandes vacances, durant son séjour avec sa mère au château Belle Eden, la propriété de sa grand-mère.

Cet été-là, Anna joua à la princesse du début à la fin des vacances, s'inventant mille aventures merveilleuses dans les jardins enchanteurs de la propriété. Virevoltant au milieu des parterres de lauriers, elle cueillait des fleurs qu'elle tressait en guirlandes dont elle décorait les grilles en fer ouvragé de la terrasse.

A l'heure de la sieste, dans la fournaise provençale, le vaste hall dallé de marbre était un havre de fraîcheur et de paix. Au XIXe siècle, un ancêtre d'Anna avait ajouté un grand vitrail au dôme du plafond et la petite fille passait des heures à admirer les reflets colorés qu'il projetait sur le sol.

Au son étouffé du piano dont jouait sa mère dans la bibliothèque, elle rêvait au Prince Charmant, celui qui, elle en était certaine, l'attendrait un beau jour au bas des marches du grand escalier pour la mener jusqu'à l'autel.

Il serait grand, il serait blond, ils se marieraient et auraient beaucoup d'enfants…

1

— C'est tout, mademoiselle ?

Anna jeta un dernier regard aux fantômes de son enfance et se força à sourire à l'employé du commissaire-priseur.

— Oui, c'est tout, répondit-elle, fourrageant à l'arrière du van où un amas hétéroclite s'entassait au-dessus des meubles.

L'homme referma la portière, secoua la poussière de ses gants avant de les enlever et se tourna vers elle.

— Très bien, mademoiselle, déclara-t-il, alors je crois qu'on peut considérer que j'ai fini. Comme vous le savez, il y a encore quelques caisses au grenier, mais rien qui vaille la peine de faire le voyage jusqu'à Paris pour être présenté en salle des ventes. Si vous voulez vous en débarrasser, je vous conseille de vous adresser à un brocanteur local.

Du bout de son espadrille, Anna dessina des formes indéterminées sur le gravier, et resserra la bretelle de sa robe de lin froissée. Elle fréquentait le groupe Planète verte depuis si longtemps qu'elle avait presque oublié comment s'habiller correctement…

L'homme jeta un regard furtif à sa cliente. Cette jeune femme au look rebelle l'intriguait, et pourtant il ne manquait pas d'expérience… Employé depuis des années par le plus grand commissaire-priseur de Paris, il avait à ce titre traité de nombreuses successions. Des aristocrates ruinés, des fils de famille désargentés, il en avait vu en quantité, et de toutes sortes. Mais jamais il n'avait rencontré une jeune femme aussi étonnante que lady Roseanna Delafield. Avec son corps souple et gracile de ballerine, sa chevelure noire rehaussée çà et là de quelques surprenantes mèches roses, son sourire irrésistible, elle avait la grâce et le charme presque dangereux d'un félin indompté au milieu de la savane. Son teint doré rehaussait sa beauté de brune aux yeux noirs, mais dans son regard pourtant bien assuré on devinait une indéniable vulnérabilité. Intéressante, cette lady Delafield…, conclut-il en déposant ses gants sur le siège passager. Et complètement atypique, ce qui ne faisait qu'accentuer son charme.

Rapidement, il grimpa à bord du camion et prit le volant.

— Bonne chance ! lança-t-il, admirant une dernière fois cette cliente aussi séduisante qu'improbable. C'est toujours un peu triste de quitter un endroit où on a été heureux, n'est-ce pas ?

— C'est vrai, dit Anna en se forçant à répondre à son sourire. Mais ce n'est peut-être qu'un au revoir, pas un adieu définitif.

Elle avait ajouté cette dernière phrase comme pour se convaincre elle-même. Rien n'était encore vraiment réglé…

L'homme démarra bruyamment son moteur et se pencha par la vitre ouverte.

— Les miracles, ça arrive parfois, vous savez, la réconforta-t-il d'un ton encourageant. J'espère que ça marchera pour vous ! Vous le méritez.

Aussi immobile qu'une statue, Anna regarda le camion disparaître au bout de la longue allée bordée de majestueux platanes. Puis elle tourna les talons et se dirigea lentement vers la magnifique demeure désormais abandonnée.

Le vaste hall, vide, exhalait l'odeur sinistre de poussière et de désolation de toutes les maisons inhabitées. La soie chamarrée bleu ciel qui recouvrait ses murs était tachée par endroits, et les tableaux emportés avaient laissé derrière eux la trace noirâtre de leurs cadres.

Les sandales légères d'Anna claquèrent dans l'escalier au fur et à mesure qu'elle en gravissait les marches. Un rayon de soleil traversa soudain le vitrail du dôme. Elle s'arrêta net et les images de son enfance affluèrent à son esprit. Elle se revit petite fille, jouant avec la lumière qui jetait des reflets changeants sur la robe de soie de sa grand-mère, devenue dans ses rêves d'enfant sa robe de mariée.

C'était le dernier été de son enfance insouciante, l'été qui avait précédé la mort de sa mère.

Après, plus rien n'avait été comme avant…

La sonnerie de son téléphone portable la fit sursauter.

— Ah, c'est toi, Felicity ! s'exclama-t-elle. J'arrive. Le camion part à l'instant avec le reste des meubles. Il me reste simplement à fermer la maison.

— D'accord, bon courage ! Tu dois en avoir assez. Remonte-toi le moral à la pensée du double Martini que je vais te commander. Tu rentres par l'autocar ?

— Non, je vais emprunter une bicyclette à un ami de Planète verte, répondit Anna.

A l'autre bout du fil, Felicity éclata d'un rire scandalisé.

— Tu veux rire, Anna ! Arriver à l'hôtel Paradis en vélo ! Le portier va en faire une attaque.

— Attaque ou pas, je vais pédaler ! affirma Anna d'un ton déterminé. Je n'ai pas l'intention de brûler du kérosène juste pour que le portier de l'hôtel Paradis se fasse un pourboire supplémentaire !

— Allez, Anna, épargne-moi ton sempiternel discours écolo ! protesta Felicity, amusée. D'ailleurs, comment ça va au campement Planète verte ? Vous avez enfin réussi à sauver le monde ?

Anna, qui avait atteint le grenier, écarta du pied les cartons vides que les déménageurs avaient laissés sur le sol poussiéreux.

— On s'y emploie, on s'y emploie, répondit-elle en dégageant un vieux coffre en partie cabossé. Si on parvenait à arracher la propriété aux griffes des promoteurs véreux, ce serait déjà un bon début.

A l'autre bout du fil, il y eut un silence.

— Si mes informations sont bonnes, dit enfin Felicity, le vilain promoteur en question n'est autre qu'Angelo Emiliani, et j'ai le regret de te dire que, face à lui, vous ne faites pas le poids. Anna, tu m'écoutes ? Qu'est-ce que tu es en train de fabriquer ?

— Je viens de retrouver une vieille malle pleine de vêtements, expliqua Anna. Mes tenues de danse, mes ballerines, et… oh ! ma robe de mariée !

Elle écarta vestes et chemisiers pour extraire le vêtement qui l'avait tant fait rêver, enfant.

Avec les années, la robe de sa grand-mère avait perdu de sa magie. Anna la voyait tout à coup telle qu'elle était, une robe du soir démodée maladroitement retaillée pour convenir à une fillette de dix ans. Le tissu avait jauni, des auréoles l'avaient abîmé, mais l'émotion restait intacte.

Cédant à une brusque impulsion, elle saisit la soie vaporeuse et la mit devant elle comme pour se la réapproprier.

— Quand je pense que je croyais vraiment ressembler à une mariée..., murmura-t-elle.

— A une mariée ? répéta Felicity, sans comprendre.

Anna revint brutalement à la réalité et posa la robe dans la malle ouverte.

— Ce n'est rien, un vieux bout de chiffon avec lequel je me déguisais autrefois, murmura-t-elle d'un ton absent. En tout cas, comme je te le disais, je n'ai plus rien à faire ici. Je ferme et j'arrive.

— Parfait. Je t'attends sur la terrasse, si j'arrive à avoir une table. Et, Anna, essaie de ne pas être habillée n'importe comment. Je te rappelle que, ce soir, c'est la fête d'anniversaire de Saskia Middleton. Elle a vingt et un ans et il y aura beaucoup d'invités très chic. Ne fais pas comme à la soirée de Noël chez Lucinda. J'ai cru que sa mère allait avaler son collier de perles quand elle t'a vue en salopette !

Anna jeta un œil distrait à sa robe de lin qui n'avait pas fréquenté un fer à repasser depuis des lustres.

— Pas de panique, Felicity, je suis tout à fait présentable, assura-t-elle. C'est d'ailleurs uniquement en ton honneur, car je n'ai pas la moindre intention d'aller parader à la soirée de Saskia. Je préfère me morfondre devant un programme télévisé, même stupide, plutôt que d'aller faire des ronds de jambe un petit-four à la main ! En revanche, ta promesse de Martini m'intéresse au plus haut point. Trouve-nous une table en terrasse et commande, j'arrive.

Elle raccrocha avant que Felicity ne puisse insister sur la nécessité d'aller à cette fête d'anniversaire, rangea son téléphone portable dans sa poche et, distraitement, caressa la soie de la robe de mariée de son enfance.

Tout avait tellement changé depuis cet été insouciant ! A cette époque, la vie lui paraissait simple et merveilleuse. Aujourd'hui, l'existence était affreusement compliquée, et rien ne s'était passé comme elle l'avait imaginé.

Le château de sa grand-mère était à peu près la seule chose qui n'avait pas changé depuis cette époque, la pierre angulaire à laquelle elle pouvait encore se raccrocher. C'est surtout pour cette raison qu'elle n'avait pas la moindre intention d'abandonner la lutte pour le conserver. Il ne s'agissait ni d'orgueil familial, ni même du respect de la mémoire de ses ancêtres qui avaient laissé leur marque sur cette propriété siècle après siècle. Il s'agissait d'une simple question de survie : sa mère avait disparu, ses rêves d'enfant n'avaient pas résisté à l'épreuve de la vie et elle se sentait infiniment seule et vulnérable. Belle Eden était désormais son seul repère, elle se battrait bec et ongles pour le garder.

Soudain, une porte claqua au rez-de-chaussée.

Anna sursauta et tendit l'oreille. Un silence pesant avait de nouveau investi la demeure, mais elle avait la certitude qu'elle n'y était plus seule.

Réprimant une bouffée d'angoisse, elle descendit lentement les premières marches du grand escalier, guettant un bruit, une voix. Mais elle n'entendit rien.

Tout à coup, elle s'immobilisa, pétrifiée. A n'en pas douter, elle venait de distinguer des bruits de pas, les pas d'un homme, elle l'aurait juré.

Son estomac se serra, tandis qu'elle se remémorait les pires scènes des films d'horreur. Elle était seule, à la merci de n'importe quel vagabond psychopathe, de n'importe quel voleur armé. Un homme était entré dans la maison. Dans quel but ? Qui était-il ? Pourquoi ne signalait-il pas sa présence ?

Le cœur battant, elle se pencha au-dessus de la rampe et recula immédiatement. Elle ne s'était pas trompée ! En bas, dans le hall, il y avait bien un homme, grand, blond, dont elle ne put apercevoir les traits car il lui tournait le dos.

— Il y a quelqu'un ?

La voix était ferme, mélodieuse, infiniment virile.

Anna recula encore, incapable de répondre. L'inconnu n'était certainement pas le *serial killer* qu'elle avait tout d'abord imaginé, mais il lui semblait tout à coup avoir perdu l'usage de la parole.

— Qui est là ? répéta la voix grave de l'inconnu. Répondez, je vous ai entendu bouger !

Anna restait paralysée.

— Très bien, dans ce cas, je monte.

A ces mots, Anna se ressaisit soudain. Elle ignorait qui était cet homme aux larges épaules, mais elle n'avait pas l'intention de se laisser débusquer comme un lapin effarouché dans son terrier.

— Attendez, je descends ! lança-t-elle d'une voix étranglée.

Elle avança dans l'escalier et s'interrompit brusquement quand l'homme leva les yeux vers elle, lui dévoilant son visage.

Il sembla à Anna que son cœur s'arrêtait de battre. Avec ses cheveux blonds, ses traits fins et racés, ses lèvres sensuelles, l'inconnu avait tout du Prince Charmant de ses rêves d'enfant. Il lui sembla que le temps s'était arrêté, qu'elle était redevenue la petite fille qui, dans sa robe de mariée, un bouquet de fleurs des champs à la main, descendait quatre à quatre l'escalier pour retrouver son fiancé imaginaire qui l'attendait dans le hall, les yeux pleins d'amour.

Pourtant, il y avait une différence de taille.

Les yeux d'un incroyable bleu azur de l'inconnu n'exprimaient pas la moindre bienveillance. A vrai dire, son regard était glacial…

— Bon sang, mais qui êtes-vous ?

Angelo Emiliani était parfaitement conscient du ton hostile qu'il avait employé, mais l'assumait tout à fait.

Arundel-Ducasse avait beau être l'agence immobilière la plus reconnue de la région, il allait avec eux de mauvaise surprise en mauvaise surprise. Non seulement ils s'étaient à l'évidence trompés dans l'heure de leur rendez-vous, l'empêchant ainsi de visiter les lieux à sa guise avant la visite officielle, mais ils avaient envoyé pour le recevoir une assistante qui, avec son air juvénile et son accoutrement bizarre, ne devait rien connaître à l'affaire.

Malheureusement pour cette jeune personne, la patience n'était pas sa qualité première…

La jeune personne en question continua de descendre l'escalier, s'arrêtant à la dernière marche, c'est-à-dire presque face à lui étant donné leur différence de taille.

— Peut-être pourrais-je vous retourner la question ? suggéra-t-elle d'une voix mal assurée.

Angelo dévisagea avec étonnement la jeune femme aux cheveux méchés de rose et afficha un rictus agacé.

— Qu'est-il arrivé à vos collègues ? Il a dû se produire un drame atroce à votre bureau de Nice pour qu'on n'ait trouvé que vous pour me faire visiter la propriété ! Je suis Angelo Emiliani, au cas où vous ne l'auriez pas deviné, ajouta-t-il d'un ton cassant.

Pourquoi avait-elle l'air si surprise ? Elle devait bien se douter qu'il était le client de l'agence ! Il l'observa plus attentivement et nota ses yeux cernés de khôl, sa robe à bretelles, ses sandales plates. Soudain, il comprit. Il faisait fausse route : cette femme ne travaillait sûrement pas pour l'agence immobilière, mais bien plutôt pour ces fous de Planète verte qui avaient établi leur campement provisoire près du château. Elle était jolie, au demeurant, très jolie…

— A qui ai-je l'honneur de parler ? demanda-t-il avec un regard encore plus hostile.

Elle sembla se ressaisir et remit en place une de ses mèches brunes, faisant tinter dans son geste la ribambelle de bracelets en argent qu'elle portait autour du poignet.

— Excusez-moi, lança-t-elle avec un sourire appuyé. Je jetais un dernier coup d'œil au grenier, et votre arrivée m'a prise de court.

Elle descendit la dernière marche et lui tendit la main d'un air assuré.

— Je suis Felicity, du bureau londonien d'Arundel-Ducasse, expliqua-t-elle. J'ai été en contact avec le marquis d'Ifford au sujet de la vente de son bien, et comme j'étais en vacances à Cannes, j'en ai profité pour visiter la propriété.

Bien trouvé, pensa Angelo. Cette femme avait l'esprit vif, contrairement à la plupart des militants. Chacun de ses projets immobiliers déclenchait leur mobilisation et ils n'avaient de cesse de lui mettre des bâtons dans les roues. Il aurait été facile de contrer la jeune femme, mais il avait envie d'entrer dans son jeu, pour voir jusqu'où elle serait capable d'aller.

— C'était une excellente idée, Felicity, assura-t-il de son ton le plus courtois. Je comprends parfaitement que vous ayez eu envie de connaître les lieux. En revanche, je vous avouerai que je suis surpris par le manque de ponctualité de vos collègues de Nice. A l'heure qu'il est, ils devraient être ici pour me recevoir… Peut-être ont-ils été retardés par nos amis campeurs ? ajouta-t-il, la guettant du regard.

Elle ne broncha pas.

— Nos amis campeurs ? releva-t-elle d'un air étonné.

— Oui, les militants de Planète verte qui ont investi le bois tout proche, en toute illégalité, bien sûr. A la seconde même où je serai officiellement propriétaire du château, je les ferai expulser, vous pouvez me faire confiance.

Anna admira son propre *self-control*. Pourtant, l'envie la brûlait d'agonir d'injures cet homme prétentieux et arrogant, aussi détestable que séduisant…

— C'est votre jour de chance, Felicity, reprit-il avec un sourire narquois. Puisque c'est vous qui allez me faire visiter les lieux, c'est vous qui toucherez la commission, qui doit être substantielle, j'en suis sûr.

Anna se figea. Faire visiter le château à cet horrible individu était au-dessus de ses forces.

— Cela vous pose un problème ? demanda-t-il comme le silence se prolongeait. Vous êtes une employée de l'agence Arundel-Ducasse, n'est-ce pas ?

— Oui, bien sûr, bredouilla Anna, prise de court. Mais…

— Et vous dites que vous vous êtes occupée de la commercialisation de ce bien en Angleterre ? Alors, vous êtes habilitée à me le présenter. Ne perdons pas plus de temps. J'ai convoqué le maître d'œuvre et l'architecte pour la semaine prochaine, et je souhaite que l'affaire se fasse au plus vite.

— Tout ceci n'est-il pas un peu précipité ? intervint Anna. Tant que le contrat n'est pas signé…

— Le contrat sera signé, coupa Angelo d'un ton qui n'admettait pas de réplique. Sachez que j'obtiens toujours ce que je veux.

Il tapota la rampe d'un geste impatient.

— Voulez-vous m'obliger à rappeler votre bureau de Nice pour qu'ils envoient quelqu'un de plus motivé ? s'enquit-il d'un ton glacial.

Anna déglutit péniblement.

— C'est inutile, assura-t-elle de son ton le plus suave. Souhaitez-vous commencer par les pièces de réception ou par la cuisine ?

Comment contenir la rage sourde qui la submergeait comme un raz de marée ? Jamais elle n'avait été dans un tel état de nerfs, jamais elle n'avait éprouvé une telle hostilité. Elle devait pourtant se maîtriser et continuer à sourire comme si tout était normal, comme si introduire ce promoteur sans scrupule dans la chambre de sa grand-mère adorée n'était pas le pire des sacrilèges. Le problème était qu'elle continuait à le trouver extrêmement séduisant…

Prise à son propre piège, elle n'avait pas le choix. Felicity serait furieuse qu'elle ait ainsi usurpé son identité, pensa-t-elle avec inquiétude, mais c'était le seul mensonge qui lui était venu à l'esprit pour cacher à Angelo Emiliani sa véritable identité. Pourvu qu'il ne téléphone pas à l'agence londonienne d'Arundel-Ducasse pour se plaindre de leur employée ! songea-t-elle tout à coup, cédant à la panique. Par sa faute, Felicity aurait peut-être de graves ennuis.

La seule solution était d'être le plus charmante possible afin d'éviter d'éveiller ses soupçons. Mais se montrer aimable avec un homme aussi suffisant, aussi méprisant que lui ne serait pas une mince affaire. Comment osait-il convoquer le maître d'œuvre et l'architecte alors qu'il n'était même pas propriétaire des lieux ? Il ne doutait vraiment de rien ! Elle aurait tant aimé pouvoir lui rabattre son arrogance et lui dire dans quelle piètre estime elle le tenait !

Il ne perdait rien pour attendre… La vente n'était pas encore conclue, et Planète verte n'avait pas dit son dernier mot. Tout était encore possible, et il triomphait un peu vite…

Elle se retourna et le chercha des yeux. Appuyé au balcon, il semblait absorbé dans la contemplation du parc. Sans doute était-il en train d'imaginer où il implanterait le terrain d'atterrissage pour l'hélicoptère, les courts de tennis, le solarium ? songea-t-elle avec une douloureuse amertume. Elle nota les larges épaules, les bras que l'on devinait musclés sous le lainage fin de son costume, les mains puissantes aux longs doigts élégants posées sur la rambarde. Avec ses cheveux blonds légèrement bouclés qui lui caressaient la nuque, ses yeux bleus d'une extraordinaire limpidité, son sourire de star, il était indéniablement un très bel homme, mais sa plastique parfaite laissait deviner un être sûr de lui, dur, probablement impitoyable lorsque ses intérêts financiers étaient en jeu.

Planète verte ferait-elle le poids face à pareil roc ? Anna en douta brusquement.

Il se retourna vers elle et elle eut soudain l'impression déstabilisante d'être face à un prédateur, un prédateur d'autant plus dangereux que son charme était exceptionnel. Malgré sa jeunesse — il devait avoir à peine trente ans —, il émanait de toute sa personne une assurance et un mépris qui la glaçaient.

Il s'approcha et lui jeta un regard de défi qui la décontenança.

— Alors ? lança-t-il sans la quitter des yeux.

— Alors… quoi ? balbutia-t-elle.

Il eut un sourire dur.

— Alors, je crois que c'est le moment où vous devez parler mètres carrés, impôts fonciers et autres détails essentiels, non ? Vous êtes agent immobilier, ai-je cru comprendre ! Est-ce que je me trompe ?

Elle ne se laissa pas démonter. Si c'était un test, elle le passerait avec succès.

— Non, c'est tout à fait exact, affirma-t-elle d'une voix posée. Face à un promoteur de renommée internationale, je ne suis pourtant qu'une simple employée qui connaît certainement moins bien le dossier que vous.

— Vraiment ?

Il la dévisageait fixement, semant le trouble en elle. Il semblait vouloir la percer à jour, comme s'il avait deviné son secret. Comment pouvait-il avoir tant de charme malgré son arrogance ? Cela aurait été tellement plus simple s'il s'était agi d'un vieux barbon bedonnant !

— Que voulez-vous savoir exactement ? demanda Anna sans se départir de son sourire. Comme vous pouvez le constater, le château Belle Eden est un exemple typique de ces grandes maisons bourgeoises construites sur la Côte d'Azur. Il a été édifié par le propriétaire d'un des premiers grands magasins parisiens, dans un site d'une exceptionnelle beauté.

— Vous connaissez à fond le sujet, constata Angelo Emiliani avec une moue appréciative.

— Je vous l'ai dit, j'ai suivi cette vente pour l'Angleterre. Un des intérêts majeurs de cette propriété est qu'elle est en pleine nature et à quelques kilomètres seulement de Cannes.

Elle désigna d'un geste la vaste forêt de pins dans laquelle un œil averti aurait pu distinguer les tentes kaki de Planète verte.

— Puis-je vous demander ce que vous comptez faire du château Belle Eden ? demanda-t-elle, tentant de contenir son émotion. Vous avez l'intention d'y vivre ?

Ils se toisèrent du regard dans un silence pesant. Un petit sourire se dessina sur les lèvres d'Angelo.

— Non. Je vais y installer une auberge de jeunesse, répondit-il d'une voix ferme. Pour y accueillir tous les traîne-savates et autres illuminés qui me harcèlent dès que j'envisage de réaliser le moindre projet immobilier. Comme ça, au moins, ils me laisseront peut-être en paix pour mes autres programmes…

Anna resta impassible.

— Ma question était sérieuse, monsieur, fit-elle observer.

— C'est possible, mais je ne vous donnerai pas d'autre réponse, rétorqua-t-il d'un ton abrupt.

La tension dans la pièce était presque palpable, mais Anna décida de ne pas perdre son sang-froid.

— Souhaiteriez-vous voir autre chose ? demanda-t-elle d'un ton exagérément courtois.

— Non, je crois que nous avons vu l'essentiel.

— Alors je suggère que nous redescendions.

Angelo la suivit à travers un dédale de pièces vides et de couloirs interminables, et eut tout loisir d'admirer son gracieux déhanchement, le galbe fuselé de ses jambes bronzées que révélait la courte robe de lin. A chacun de ses mouvements, ses bracelets s'entrechoquaient, produisant un son qu'il se surprit à trouver agréable. Felicity — si tel était son nom — était vraiment une étrange personne, pensa-t-il. Aussi agaçante que désarmante de naturel et de féminité.

Elle lui mentait, il l'aurait juré, mais, curieusement, cela ne lui déplaisait pas. Elle était douée pour ça, à l'inverse de la plupart des militants altermondialistes qu'il avait malheureusement l'habitude de croiser sur sa route. Sa distinction naturelle et sa diction parfaite la différenciaient de la plupart de ses congénères. On devinait cependant chez elle une agressivité profonde, une frustration dissimulée qui la rangeaient définitivement dans la catégorie des rebelles.

Soudain, il songea que Planète verte avait peut-être un mentor, une de ces stars de Hollywood trop heureuses d'associer leur nom à une cause environnementale. Officiellement, les intentions étaient excellentes, mais le plus souvent, le secret espoir était d'acquérir à bon prix une propriété d'exception.

Ses yeux se plissèrent sous l'effet de la contrariété.

Il ne se laisserait pas faire, pas plus pour ce projet que pour aucun des autres pour lesquels il s'était battu par le passé. Acquérir le château Belle Eden, c'était pour lui perpétuer le souvenir de Lucia.

La jeune femme s'était arrêtée dans une chambre dont elle ouvrit la fenêtre.

— D'ici, on a une vue splendide sur la mer, expliqua-t-elle. Regardez…

Il s'approcha, mais c'était elle qu'il contemplait. Dans la lumière du soir, son profil avait une grâce toute particulière, avec ses lèvres sensuelles, son nez mutin et aristocrate à la fois, son délicat port de tête. Elle était vraiment délicieuse, songea-t-il malgré lui.

— Merci infiniment, Felicity, déclara-t-il. Vous avez été un guide parfait. Je ne manquerai pas de signaler à la direction londonienne d'Arundel-Ducasse combien votre aide m'a été précieuse.

Furieuse contre elle-même, Anna se sentit rougir. S'il téléphonait au bureau de Londres, ce serait la catastrophe pour Felicity, et son amie ne lui pardonnerait jamais !

— Non, vraiment, c'est inutile, protesta-t-elle. Je n'ai rien fait de spécial, et de toute façon je n'aurais pas dû être là…

— Comme vous voudrez, répondit Angelo. Mais alors, je tiens

à vous remercier d'une autre façon. Vous êtes à Cannes, si j'ai bien compris ? Laissez-moi vous inviter à dîner ce soir.

Si la proposition surprit la jeune femme, elle ne le montra pas.

— Non, merci, c'est impossible, répondit-elle. Je suis déjà prise. A vrai dire, j'ai rendez-vous en fin de journée, et je vais être en retard.

Son refus ne surprit pas Angelo. Son invitation était une façon de la provoquer, et il ne s'attendait pas à ce qu'elle accepte. Mais il réalisa qu'elle allait partir et qu'il n'avait aucun moyen de la retrouver, et cette pensée lui parut soudain insupportable.

— Alors laissez-moi vous raccompagner en ville.

Anna n'hésita qu'un instant. Elle était effectivement déjà en retard, et retourner au camp chercher un vélo ne ferait qu'aggraver la situation. De plus, il n'était pas inutile d'établir des liens avec Angelo Emiliani… pour mieux le court-circuiter par la suite.

— J'accepte volontiers. Je suis à l'hôtel Paradis, si ce n'est pas trop loin pour vous.

En la précédant jusqu'à sa voiture, Angelo fronça les sourcils. En toutes circonstances, même les plus difficiles, il avait habituellement la certitude de tout maîtriser, d'être le maître du jeu.

Avec cette femme, il était dans le flou le plus complet.

Et il détestait cette sensation nouvelle…

2

— Luxueux cabriolet, fit observer Anna une fois assise dans le siège baquet de cuir blanc immaculé. J'ai toujours pensé que les voitures en disaient long sur leurs propriétaires…

Qu'il perçoive ou non l'ironie de ses propos, elle n'en avait cure ! Elle détestait ce genre de voitures de sport voyantes et prétentieuses, dont le seul but était de proclamer à la face du monde que leur acquéreur était riche à millions.

— Vraiment ? Je présume que vous me prenez pour un nouveau riche qui étale outrageusement son argent et sa puissance ? constata-t-il d'une voix parfaitement calme.

Un malaise diffus s'empara d'Anna et elle fut incapable de trouver une repartie.

— Désolé de vous détromper, poursuivit-il, mais je n'ai pas choisi cette voiture. Je suis toujours pressé, j'ai simplement demandé un véhicule rapide à l'agence qui me l'a loué, et ils m'ont déniché cet affreux bolide au capot ridiculement long. Mes voitures personnelles sont beaucoup plus discrètes…

Décidément, elle avait parlé trop vite, songea la jeune femme, mortifiée.

— Si vous souhaitez vraiment gagner du temps, peut-être devriez-vous avoir un chauffeur, suggéra-t-elle pour faire diversion.

— Malheureusement, mon impatience n'a d'égale que mon désir de tout contrôler, précisa-t-il de sa voix grave. Bien sûr, d'habitude, j'ai un chauffeur, ajouta-t-il comme s'il s'agissait d'une évidence. Mais je ne l'utilise pas toujours… Et vous, *signorina* ? Quelle voiture conduisez-vous ?

— Je ne conduis pas, répondit-elle sèchement. Pour moi, les voitures sont…

Sur le point de s'embarquer dans un des discours planifiés de Planète verte sur le caractère diabolique des véhicules à moteur, elle s'interrompit à temps, et ne remarqua pas le regard acéré que lui lançait Angelo.

— Londres n'est pas faite pour la circulation automobile, se contenta-t-elle d'expliquer. Je prends le métro.

Elle avait failli se trahir, constata Angelo avec une satisfaction amusée. Encore un petit effort, et il arriverait à l'acculer, à lui faire admettre qu'elle n'était pas plus agent immobilier que lui militant écolo…

La circulation s'intensifia, et ils arrivèrent enfin en vue de l'hôtel Paradis. Qu'allait-elle faire ? Se dirigerait-elle vers l'ascenseur pour gagner une chambre qui n'existait pas, ou se cacherait-elle quelques instants pour rejoindre le campement de ses petits camarades dès qu'il aurait le dos tourné ? Il l'ignorait, mais en revanche il était certain qu'elle lui avait menti : elle ne pouvait pas séjourner dans ce palace hors de prix.

— Je n'ai pas bien compris votre nom, fit-il remarquer comme elle s'apprêtait à sortir du véhicule. Je ne connais que votre prénom.

Elle hésita un instant.

— Felicity Hanson-Brooks, déclara-t-elle.

— Très joli nom, dit-il, la fixant d'un regard appuyé.

Il ne la quitta pas des yeux tandis qu'elle se cambrait pour défaire sa ceinture, mettant sans le vouloir en valeur sa poitrine généreuse. Chacun de ses gestes était infiniment gracieux, pensa-t-il malgré lui. Même quand elle décroisait ses longues jambes fuselées, elle le faisait avec une incroyable élégance, une extrême délicatesse.

Il songea soudain qu'il n'avait jamais épinglé à son tableau de chasse une altermondialiste. Il en avait pourtant connu des femmes : des serveuses, des comtesses, des employées, des top models, mais jamais une fille aussi atypique que Felicity Hanson-Brooks !

Il imagina soudain les courbes féminines de son corps gracile, la cambrure de ses reins, la douceur de sa peau. Il émanait de toute sa personne un charme étrange, mystérieux, et terriblement excitant.

Etait-elle aussi rebelle durant l'amour ? La posséder devait être une expérience unique, une expérience qu'il ne détesterait pas tenter…

Il avança devant l'entrée majestueuse du palace et pila net. Durant quelques secondes, aucun d'eux ne fit le moindre geste et le silence dans l'habitacle devint pesant, chargé d'une soudaine électricité. La main d'Angelo posée sur le frein à main n'était qu'à quelques centimètres de la cuisse nue d'Anna, et elle imagina tout à coup qu'il la posait sur sa peau, qu'il la caressait, qu'il remontait vers…

Furieuse contre elle-même, elle mit immédiatement un terme à ses stupides fantasmes. Elle lui jeta un regard discret et nota avec un dépit mortifié qu'il semblait jouir de son trouble. Une lueur amusée brillait dans le bleu de ses yeux, et un sourire sensuel s'esquissait sur ses lèvres bien dessinées.

A présent, il savait qu'elle le trouvait séduisant ! constata-t-elle avec rage. Comment avait-elle pu être assez stupide pour lui montrer qu'elle n'était pas insensible à son charme ? Il était déjà assez prétentieux, elle n'allait pas lui donner, en prime, le sentiment qu'il avait de l'emprise sur elle ! Mieux valait sortir au plus vite de cette voiture avant de se ridiculiser…

Elle tenta d'ouvrir la portière, mais le système était si sophistiqué qu'elle n'y parvint pas. Le cœur battant à la fois d'émotion et d'appréhension, elle le vit s'approcher et se pencher sur elle pour l'aider. Elle se recroquevilla du mieux qu'elle put sur son siège pour éviter d'entrer en contact avec lui, mais c'était peine perdue. Il lui effleura les seins de son avant-bras — délibérément ou pas, elle n'aurait su le dire —, laissant dans son sillage son odeur enivrante, mélange subtil du parfum de sa peau virile et de son eau de toilette discrètement épicée.

Il se redressa lentement et reprit sa place. Bouleversée, Anna sortit précipitamment de la voiture.

— Merci de m'avoir accompagnée, monsieur Emiliani, balbutia-t-elle, évitant son regard.

Elle s'éloigna sans lui laisser le temps de répondre, et ne le vit pas taper rageusement de son poing sur le volant.

Pour la première fois de sa vie, il avait la sensation désagréable de ne pas avoir maîtrisé les événements. D'ordinaire, il était toujours le meneur de jeu dans ses relations amoureuses. Cette fille le rendait fou, il avait failli bêtement se laisser aller à ses pulsions et poser la main sur la peau cuivrée de sa cuisse fuselée. Il n'était pas question pour lui d'avoir la moindre relation intime avec une activiste de Planète verte, même aussi ensorcelante que cette Felicity !

Il devait démarrer au plus vite et oublier cette créature étrange, mais en fut incapable. Cédant à l'irrépressible envie de savoir ce qu'elle faisait, qui elle voyait, où elle allait, il sauta de sa voiture, confia la clé au voiturier et la suivit discrètement.

Elle se dirigea vers le bar situé en terrasse face à la mer, là où tout ce qui comptait sur la Riviera se donnait rendez-vous pour un cocktail avant d'aller se montrer dans les soirées mondaines. De loin, il la vit agiter le bras en direction de quelqu'un qu'il ne vit pas, puis elle disparut à l'autre bout de la terrasse, cachée par le ballet des serveurs.

Il hésita un instant, puis renonça à la poursuivre. Il existait une autre façon de trouver ce qu'il cherchait. Tournant les talons, il traversa le hall et se dirigea vers la réceptionniste, une ravissante blonde aux lèvres rouge carmin. Avec son sourire le plus séducteur et le plus assuré, il lui demanda la chambre de Mlle Hanson-Brooks.

— Je suis désolée, répondit la jeune fille, mal à l'aise, mais nous avons pour consigne de ne jamais donner le numéro de chambre de nos clients.

— Voyons, mademoiselle, je vous en prie ! Elle me l'a donné hier mais je n'avais rien pour le noter et je l'ai oublié.

Il darda sur elle un regard qui la fit chavirer.

— Très bien, balbutia-t-elle, tout émoustillée. Il s'agit de la 207.

Il la remercia d'un sourire qui acheva de l'étourdir et s'éloigna.

Jamais il n'avait éprouvé une telle perplexité…

Ainsi, Felicity Hanson-Brooks avait bien une chambre au Paradis. Se serait-il trompé, et n'était-elle tout simplement qu'une jeune Anglaise de la bonne société en villégiature sur la Côte d'Azur ? Dans ce cas, elle n'avait rien d'une dangereuse activiste prête à tout pour défendre sa cause ?

Il consulta sa montre. Il était trop tard pour essayer de joindre un de ses contacts au bureau londonien d'Arundel-Ducasse, constata-t-il, de plus en plus contrarié. Il était bien décidé à avoir le fin mot de l'histoire. Sortant son téléphone portable, il appela son assistante et lui demanda de faire porter un costume à l'hôtel Paradis par son chauffeur. Il savait ce qui lui restait à faire…

— Bon, ma cocotte, je te donne trente secondes pour m'expliquer, annonça Felicity d'un ton coupant.

— T'expliquer quoi ? rétorqua Anna, enlevant la ridicule paille garnie d'une olive et d'une décoration compliquée qui l'empêchait de déguster son Martini.

— A ton avis ? Pourquoi tu as quarante minutes de retard, évidemment ! J'étais au bord de l'implosion ! De plus, je te vois descendre de ce bolide, en fort bonne compagnie apparemment, comme si de rien n'était !

Anna but une longue gorgée et posa son verre.

— Bonne compagnie ? C'est toi qui le dis ! C'était cet affreux promoteur, Angelo Emiliani !

Felicity ouvrit de grands yeux.

— C'était lui ? s'exclama-t-elle. Je comprends maintenant pourquoi on le dit si souvent à la une des magazines ! Un véritable Apollon, cet homme ! Alors c'est lui le mystérieux propriétaire de Belle Eden ?

— Tu vas un peu vite en besogne, Felicity ! Pour l'instant, il ne possède rien du tout car aucun contrat n'a encore été signé !

— J'imagine qu'ensuite ce ne sera plus qu'une question de formalité. Ton père et toi êtes pressés de vendre, non ?

D'un geste rageur, Anna transperça l'olive avec une pique de bois.

— C'est vrai, concéda-t-elle de mauvaise grâce, mais pas question pour autant de vendre à un promoteur qui va tout abîmer, couper les arbres et bétonner tout ce qu'il trouvera sur son passage !

Felicity dévisagea son amie en réfléchissant.

— Quel est le point de vue de ton père ? demanda-t-elle.

Anna haussa les épaules.

— Mon père ? Il se contrefiche de ce qui arrivera à Belle Eden. Il n'y est pas allé depuis des années ! Heureusement, je suis propriétaire de moitié avec lui, et à ce titre j'ai un droit de regard. Crois-moi, je vais m'en servir ! Je suis cosignataire de l'acte de vente, donc si je ne suis pas d'accord…

— Je veux bien t'accompagner le jour de la signature, enchaîna Felicity d'un air gourmand. Cela me permettra de rencontrer ton affreux acheteur…

Présenter Felicity à Angelo Emiliani, c'était lui dévoiler qu'elle avait usurpé son identité, comprit tout à coup Anna avec appréhension. Il faudrait bien le lui avouer un jour, mais pour l'instant elle ne s'en sentait pas le courage…

— Tu vas signer, n'est-ce pas, Anna ? insista la jolie rousse.

Anna observa un moment le bleu azur de la Méditerranée dont l'eau scintillait sous le soleil, avec en premier plan les parterres débordant de fleurs de l'hôtel, mais ce magnifique spectacle ne parvint pas à la détendre.

— Probablement, répondit-elle enfin. Mais avant, nous — c'est-à-dire Planète verte — voulons savoir ce que trame Angelo Emiliani. Gavin, un de mes amis, a entendu parler de ses liens avec un laboratoire pharmaceutique, ainsi que d'un projet d'héliport qui détruirait la forêt de pins. Nous sommes très vigilants, tu sais, et nous ne baisserons pas notre garde.

— Désolée de te dire que tu as peu de chances face à un tel personnage, rétorqua Felicity avec une moue désabusée. De toute façon, il paraît qu'il ne s'entoure que d'architectes talentueux. Il va probablement faire quelque chose de magnifique avec Belle Eden !

— Belle Eden est déjà magnifique, corrigea brutalement Anna. Il ne pourra que tout abîmer, et détruire cet environnement préservé ! Songe à tous ces arbres, à tous ces…

Felicity tapota nerveusement la table de ses ongles carmin.

— Voyons, Anna, regarde la vérité en face ! Je sais que tu traverses une passe difficile, que renoncer à ta carrière de ballerine a été un crève-cœur, que cette succession est une épreuve, mais entre nous, tout ce galimatias écologique contre les vilains labos pharmaceutiques qui, soit dit en passant, fabriquent tout de même les médicaments qui nous guérissent, tu y crois vraiment ? Tu ne penses pas qu'il y a d'autres moyens de préserver l'environnement que de s'attaquer à Angelo Emiliani ?

Anna détourna les yeux. Au fond d'elle-même, elle savait que Felicity n'avait pas tout à fait tort : elle était en effet particulièrement vulnérable depuis qu'elle ne pouvait plus danser.

Pourquoi voulait-elle affronter un homme aussi puissant qu'Angelo Emiliani ? Parce que son arrogance lui donnait envie de lui infliger une leçon, ou parce qu'elle ne résistait pas à son redoutable pouvoir de séduction ?

D'un geste plein d'affection, Felicity lui posa la main sur le bras, puis la dévisagea d'un air soucieux.

— Peut-être cherches-tu dans ce combat à meubler le vide actuel de ton existence, et peut-être aussi, sans vouloir te l'avouer, à reprendre contact avec ton père ? demanda-t-elle avec douceur.

Anna se redressa et retira l'élastique qui retenait ses cheveux, libérant une masse de boucles brunes striées de rose.

— Oh, Felicity, je n'en sais rien ! murmura-t-elle. En tout cas, je ne lui ai pas encore pardonné de nous avoir abandonnées, maman et moi. Si je me sens aussi impliquée dans cette succession, c'est que pour moi, Belle Eden, c'est avant tout le souvenir de maman. Voilà pourquoi j'ai tant de mal à me dire qu'un étranger va l'acquérir. Ce sera la fin de mon dernier lien avec maman, ajouta-t-elle la gorge serrée. Elle aimait tellement cet endroit !

Felicity retint son émotion et se força à sourire pour réconforter son amie.

— Tu as tort, Anna. La seule chose qui comptait pour ta mère, c'était toi ! Je suis sûre qu'elle aurait accepté de se séparer de Belle Eden si elle n'avait pas eu le choix.

Anna se redressa, sourit bravement elle aussi et attrapa sa grande besace en daim.

— En tout cas, elle n'est plus là pour accepter ou pas, constata-t-elle d'une voix étranglée. Mais il est tard, tu devrais aller te faire belle pour la soirée de Saskia ! Moi, je passe…

— Tu devrais venir, Anna ! C'est dans le night-club de l'hôtel ! Je sais que tu n'apprécies pas vraiment Saskia, mais il y aura tellement de monde que tu ne la verras même pas !

— Non merci, sans façon, rétorqua Anna. Je ne me sens pas

à l'aise dans ce monde de privilégiés oisifs. De plus, Planète verte organise un barbecue sur la plage et j'ai promis d'y aller.

Felicity lança un regard découragé à son amie.

— Si tu arrêtais un peu de te demander à quel monde tu appartiens, et décidais tout simplement de prendre du bon temps ? s'exclama-t-elle, exaspérée. Une coupe de champagne, c'est toujours bon à prendre, qu'il soit bio ou pas !

Anna éluda sa remarque d'un geste de la main et s'éloigna. Argumenter avec Felicity quand elle avait décidé d'enfourcher ses chevaux de bataille favoris était perdu d'avance.

Elle s'avança dans le hall, et se retourna pour voir si Felicity la suivait. A cet instant, une voix masculine derrière elle la fit sursauter.

Elle l'aurait reconnue entre toutes, virile et mélodieuse à la fois, teintée d'un irrésistible et presque imperceptible accent italien.

Elle savait déjà où le situer : il suffisait de suivre le regard des femmes autour d'elle, attirées vers lui comme les papillons de nuit par la lumière...

Adossé à un pilier, il menait une conversation téléphonique depuis son portable, parfaitement indifférent à l'agitation qui régnait autour de lui, ainsi qu'aux coups d'œil admiratifs qu'il suscitait.

Le cœur battant, elle recula derrière une plante verte pour se cacher. Comme elle aurait aimé pouvoir se transformer en petite souris et courir se mettre à l'abri dans un petit trou ! Si Angelo Emiliani la voyait quitter l'hôtel, il risquait de deviner qu'elle n'y résidait pas, ou tout au moins de revenir à la charge en lui posant des questions gênantes. Mieux valait donc se soustraire à sa vue...

Par bonheur, Felicity arriva à cet instant. Anna l'attrapa par le bras et la tira derrière la plante, un doigt sur la bouche.

— Que se passe-t-il, Anna ? demanda Felicity, interloquée.

— Rien de grave, répondit Anna dans un souffle. Mais je ne veux pas que ce type là-bas me voie. J'ai changé d'avis finalement, je vais aller à la soirée de Saskia. Tu peux me prêter une robe ?

Felicity acquiesça.

— Merci. Maintenant, on va se diriger discrètement vers les ascenseurs, expliqua Anna. Quand je passerai à sa hauteur, je regarderai de l'autre côté. De toute façon, il a l'air tellement absorbé par sa conversation qu'il ne verra rien.

Quelques secondes plus tard, elles s'engouffraient dans l'ascenseur, soulagées. Tout s'était déroulé selon le plan prévu : il n'avait rien vu…

Tout excitée, Felicity agrippa son amie par le bras.

— C'était Angelo Emiliani, n'est-ce pas ? s'exclama-t-elle, un éclat pétillant dans les yeux. Quel homme magnifique ! Si beau, si viril, si sensuel ! J'adorerais avoir le numéro de sa chambre !

Anna demeura silencieuse, indifférente aux divagations de Felicity. En passant devant Angelo, elle l'avait entendu prononcer deux mots, deux petits mots lourds de sens, qui prouvaient s'il en était besoin que le combat de Planète verte était plus que justifié.

Grafton-Tarrant.

Le nom d'une des plus grandes compagnies pharmaceutiques au monde…

3

— Ça va mieux ? demanda Felicity à Anna qui sortait de la salle de bains, enroulée dans une serviette-éponge, ses longs cheveux noirs relevés sur la nuque.

— Beaucoup mieux ! Je rêvais d'un bon bain moussant depuis des jours ! Au campement Planète verte, on donne plutôt dans la douche froide en extérieur...

— En tout cas, je suis ravie que tu aies décidé de venir à la soirée. J'en remercie Angelo Emiliani, puisque, apparemment, c'est lui qui t'a fait changer d'avis ! A mon tour d'aller barboter dans les bulles, ajouta-t-elle en souriant. Prends ce que tu veux dans mon placard. Il y a une petite robe rose qui devrait t'aller à merveille. Je viens de l'acheter, mais je me suis trompée de taille et elle me boudine complètement !

— Même boudinée, je connais beaucoup de femmes qui aimeraient bien te ressembler ! protesta Anna en riant.

Restée seule, elle s'affala sur le grand lit et songea à la réflexion de Felicity. C'était bien Angelo qui l'avait fait changer d'avis. Le bel Angelo Emiliani, qui faisait se retourner toutes les femmes sur son passage, y compris elle, Anna Delafield. En théorie, il représentait cependant ce qu'elle détestait le plus au monde.

Elle se renversa en arrière, laissant ses pensées vagabonder. Le bain l'avait détendue, et elle imagina tout à coup qu'il s'allongeait à son côté sur le lit, qu'il écartait la serviette et caressait sa peau nue...

On frappa à la porte.

Anna sursauta, se leva d'un bond et ajusta le drap de bain autour d'elle. C'était probablement un employé de l'hôtel…

Elle ouvrit la porte et il lui sembla que son cœur s'arrêtait de battre.

C'était lui… Nonchalamment appuyé contre l'embrasure de la porte, ses bras musclés croisés contre sa large poitrine, il lui souriait. Mais son sourire n'avait rien de cordial : il était narquois, provocateur, presque menaçant.

— Qui est-ce ? demanda Felicity depuis la salle de bains.

— Rien, rien, je m'en occupe, répondit Anna, rougissante.

— Je vous dérange ? demanda Angelo.

Oui, horriblement, eut-elle envie de répondre. A vrai dire, vous me dérangez tout le temps, même quand vous n'êtes pas là…

— Non, pas du tout, affirma-t-elle, tentant désespérément de retrouver le contrôle d'elle-même. Que voulez-vous ?

Il observa avec une lenteur affolante les jambes nues de la jeune femme, ses bras qui retenaient maladroitement la serviette sur ses seins généreux, la ligne délicate de ses épaules, et elle ne put s'empêcher de frémir. Faire face à moitié nue à Angelo Emiliani était plus qu'elle n'en pouvait supporter.

— Il y a tellement de réponses à cette question, murmura-t-il de sa voix grave. Par exemple, pour commencer, dîner avec vous…

— C'est impossible, je vous l'ai dit. Je suis déjà prise. Mais comment avez-vous eu mon numéro de chambre ? ajouta-t-elle, soudain suspicieuse.

Il sourit.

— Je l'ai demandé à la réception, et on me l'a donné… Parfois, il suffit d'user d'un peu de charme pour débloquer une situation…

Et du charme, il en avait à revendre, songea Anna, agacée.

— Tant pis, j'aurais tout de même essayé, ajouta-t-il avec un haussement d'épaules désabusé.

Sur ces paroles, il tourna les talons, laissant la jeune femme stupéfaite… et terriblement déçue.

Il était supposé obtenir tout ce qu'il voulait.

Alors pourquoi n'avait-il pas insisté ?

La réponse était claire, se dit-elle avec une frustration rageuse.

Il ne la voulait tout simplement pas assez…

*
* *

Angelo arriva devant l'ascenseur, la mine sombre, les poings serrés, en proie à une rage sourde.

Il s'était donc trompé… Elle s'appelait bien Felicity Hanson-Brooks, et, contre toute attente, séjournait en effet à l'hôtel Paradis.

Ce qui excluait chez elle tout lien avec les activistes écologistes.

Au moins, il était fixé à présent : il ne perdrait plus son temps à élucubrer sur cette étrange jeune femme.

Il pouvait maintenant se consacrer pleinement à ce projet qui lui tenait tant à cœur…

— Elle te va à la perfection ! s'exclama Felicity. Si tu n'étais pas ma meilleure amie, je serais atrocement jalouse !

Anna caressa distraitement la soie rose pâle, qui mettait en valeur sa beauté de brune aux yeux noirs. En réalité, elle ne s'en rendait même pas compte : elle ne cessait de penser à ce qui se serait passé si elle avait accepté l'invitation à dîner d'Angelo Emiliani…

— Merci de me la prêter, dit-elle. Je vais essayer de ne pas penser aux millions de vers à soie qui sont morts pour permettre qu'elle existe…

Felicity éclata de rire.

— Tu recommences ? Moi, je suis sûre que si ces malheureuses bestioles te voient depuis le paradis où elles sont certainement, elles se disent que leur sacrifice en valait la peine !

Anna jeta un coup d'œil à son reflet dans le miroir, et s'étonna elle-même d'être devenue soudain cette jeune femme si élégante, si urbaine, si civilisée… La robe, courte, dévoilait ses jambes au galbe parfait, et le décolleté généreux attirait l'œil sur sa poitrine ronde. Ses cheveux brillants, lâchés, encadraient gracieusement son visage de leurs boucles savamment agencées et un discret maquillage mettait en valeur ses traits harmonieux.

Comment pouvait-elle avoir l'air si raffinée alors qu'un feu larvé brûlait en elle, un feu allumé par Angelo Emiliani ?

— Tu ne vas tout de même pas garder ton short sous ta robe ! s'exclama tout à coup Felicity, horrifiée.

— Si, je vais le garder, protesta Anna. Il est si moulant qu'on ne le verra pas, et j'en ai besoin. N'oublie pas qu'après la soirée de Saskia, je vais au barbecue de Planète verte. Je ne vais tout de même pas arriver sur la plage en robe de soie !

Felicity poussa un soupir et renonça à discuter.

— Alors, accepte au moins de mettre ces chaussures, dit-elle, tendant à son amie des sandales dorées aux talons vertigineux.

— Non. D'abord j'ai toujours détesté ce genre d'échasses, de plus, depuis mon opération de la cheville, je n'ai plus le droit de porter cette hauteur de talons. Ne t'en fais pas, Felicity, j'irai pieds nus. Les gens s'attendent toujours à ce que j'aie une attitude excentrique, je détesterais les décevoir...

La fête battait déjà son plein, à en juger par la musique qui les accueillit dès leur sortie de l'ascenseur. Une foule dense se trémoussait sur la piste.

— Viens, Anna, allons nous agiter nous aussi ! s'exclama Felicity. Ce soir, j'ai bien l'intention de m'amuser.

Anna suivit docilement son amie. Ses problèmes de cheville avaient mis un terme à sa carrière de ballerine, mais ne l'empêchaient pas de danser dans une boîte de nuit. Elles étaient là pour ça, non ? Pour prendre du bon temps, ou tout au moins faire semblant...

Elle se laissa entraîner par Felicity et se mit à se déhancher au rythme effréné de la musique au milieu de la jeunesse dorée. L'image d'Angelo ne la quittait pas... Elle revoyait son regard pénétrant, la moue sensuelle et légèrement méprisante de ses lèvres, entendait le son mélodieux de sa voix mâle.

— Si on allait au bar ? suggéra tout à coup Felicity, qui semblait défaillir, je meurs de soif !

Anna acquiesça d'un signe de tête et elles se dirigèrent vers le bar assailli par la foule. En chemin, elles croisèrent Saskia... Impossible de ne pas la saluer.

— Bonjour, Saskia, déclara Felicity avec un grand sourire. Tu as l'air en pleine forme !

— Tu crois ? Pourtant, je suis épuisée ! Je n'ai pas arrêté d'aller de soirée en soirée depuis que je suis à Cannes ! Dans des endroits exceptionnels, avec plein de personnalités ! Tu as l'air d'aller bien toi aussi, chérie, ajouta-t-elle, condescendante.

Elle fixa la robe d'Anna d'un œil d'expert.

— C'est quoi ça ? demanda-t-elle. Roberto Cavalli ?

— J'aurais cru qu'après cinq ans dans la même classe, tu te souviendrais de mon nom, murmura Anna ironiquement.

— Je parle de ta robe, voyons, rétorqua Saskia, tombant dans le panneau. C'est une Cavalli, n'est-ce pas ? Je parie que c'est Felicity qui te l'a prêtée, ajouta-t-elle perfidement. J'ai cru comprendre que toi et ton père aviez quelques problèmes, tu ne dois pas avoir les moyens d'aller chez les grands couturiers.

Felicity nota avec appréhension l'air furieux de son amie, et jugea préférable d'intervenir.

— J'adore la couleur de tes cheveux ! s'exclama-t-elle en se tournant vers leur hôtesse. Incroyablement naturelle !

— N'est-ce pas ? Tout le monde me le dit. C'est le nouveau coiffeur des stars qui l'a créée. J'ai payé une vraie fortune, mais le jeu en valait la chandelle, non ? Je suis ravie que vous soyez venues, les filles ! Je vous laisse, on m'attend sur la piste de danse ! Il y a tellement de beaux mâles ce soir, et si peu de temps pour en profiter ! ajouta-t-elle avec un rire de gorge.

Elle s'éloigna, distribuant des baisers aux uns et aux autres telle une diva, sous le regard atterré de Felicity et d'Anna.

— Je m'en vais, murmura cette dernière à son amie. Je refuse de rester une minute de plus à la soirée de cette dinde !

— Je suis désolée, Anna, je n'aurais pas dû insister pour que tu viennes. J'avais oublié à quel point elle est épouvantable ! En fait, je crois qu'elle est tout simplement jalouse de toi…

— Jalouse ? Tu plaisantes ? Elle a une cervelle de moineau, et tout ce qui l'intéresse, c'est de montrer sa nouvelle coupe de cheveux dans les soirées mondaines et de côtoyer des gens soi-disant célèbres aussi superficiels qu'elle ! Pour elle, je ne représente rien, et cela me convient tout à fait… Je m'en vais, Felicity. Je te fais confiance pour profiter du champagne à ma place.

Felicity sourit.

— Tu es sûre ?

— Certaine. Ne t'en fais pas pour moi. Je t'appelle demain…

Une fois hors de la boîte de nuit, Anna prit sur la droite, mais réalisa rapidement qu'elle s'était trompée : au lieu de se diriger vers les ascenseurs, elle venait de pénétrer dans le casino de l'hôtel.

L'atmosphère était feutrée, dense, déstabilisante…

Assis autour des tables de jeu, des hommes distingués en costume sombre, un verre à la main ou un cigare à la bouche, s'observaient mutuellement sous l'œil imperturbable du croupier. Quelques femmes vêtues de robes élégantes étaient présentes elles aussi, attentives aux cartes qui tombaient sur le tapis vert dans un silence concentré. Anna ne connaissait rien à l'univers du jeu, mais en perçut immédiatement le côté excitant.

Dans la pièce recouverte d'une épaisse moquette rouge, à l'éclairage soigneusement tamisé, une étrange atmosphère régnait, à la fois pesante, courtoise… et menaçante.

Anna accepta avec un sourire la coupe de champagne que lui tendait un serveur et s'avança vers la roulette. Fascinée, elle observa le croupier rassembler une pile impressionnante de jetons, signifiant la fin d'une partie. Des joueurs quittèrent la table, remplacés immédiatement par d'autres, le tout dans le calme le plus complet.

Anna se tenait un peu à l'écart, mais restait suffisamment proche pour ne rien perdre de la partie. La lampe Tiffany éclairait les visages des joueurs. Au fur et à mesure que les piles de jetons s'accumulaient sur la table, leur tension devenait de plus en plus palpable.

Combien d'argent y avait-il là ? se demanda-t-elle, à la fois horrifiée et stupéfaite. Suffisamment pour racheter Belle Eden ? Ou deux fois Belle Eden ? Trois fois ?

Un frisson la parcourut et la gorgée de champagne qu'elle reprit accentua encore son trouble. Elle sentait de l'électricité dans l'air, comme si elle restait dans l'attente de quelque chose. Mais de quoi ?

Une brusque impulsion la fit se retourner soudainement et elle l'aperçut.

D'instinct, elle avait perçu sa présence. Il était debout et la lumière douce du plafonnier jetait des reflets dorés sur ses cheveux blonds. Une main dans sa poche, l'autre autour de la taille de la ravissante créature qui l'accompagnait, il éclipsait par sa prestance, son charisme, son élégance naturelle tous les autres hommes de l'assistance.

Anna eut l'impression que le sol se dérobait sous elle. Il était là, à quelques mètres d'elle, et il n'était pas seul ! Elle éprouva brutalement une terrible animosité pour cette blonde sculpturale qui avait la chance d'être sa cavalière. S'en rendait-elle seulement compte ?

C'est à cet instant qu'il leva les yeux vers elle.

Angelo vida sa coupe de champagne et se força à se concentrer sur le jeu. Il avait l'esprit ailleurs, même s'il était sûr que, ce soir, il pouvait tout gagner…

Il avait décidé au hasard de finir la soirée au casino pour passer le temps, tenter de donner un peu de piquant à cette soirée morose. Pour enfin ressentir quelque chose, ce qui, il devait se l'avouer, lui arrivait de moins en moins. Il était devenu si blasé que même le jeu auquel il excellait ne parvenait plus à lui donner des poussées d'adrénaline. Felicity Hanson-Brooks avait été une rencontre intéressante, et il avait été infiniment déçu de s'être trompé sur son compte. Si, comme il l'avait soupçonné un temps, elle avait eu une double identité, il se serait fait un malin plaisir de la démasquer. Mais elle n'était qu'une jeune fille de la bonne société londonienne, la collaboratrice d'une agence immobilière, simplement un peu plus délurée que les autres.

— On joue le rouge, chéri ? lui demanda la blonde en minaudant.

Angelo ne répondit pas. Il avança la main, saisit une impressionnante pile de jetons et la plaça sur le vert.

Tous les regards se tournèrent vers lui, stupéfaits. Il avait joué vert sans discontinuer depuis plusieurs tours, narguant ainsi les lois mathématiques. Il resta impassible, amusé de ce défi qu'il lançait aux autres et à lui-même. Peut-être ranimerait-il ainsi son intérêt pour l'existence.

A cet instant, il distingua un mouvement à l'arrière-plan. Dans la pénombre, il aperçut une femme, la courbure d'un buste, l'élégance d'un port de tête. Il ne voyait rien en dehors de sa silhouette à contre-jour, mais elle éveilla immédiatement son intérêt.

Elle avança doucement d'un pas, et leurs regards se croisèrent. Angelo ne broncha pas, mais ses yeux bleus profonds la transpercèrent de part en part. Elle était d'une beauté radieuse avec une élégante robe de soie qui soulignait chaque courbe de son corps délicieux, et il eut du mal à reconnaître dans cette créature sophistiquée la jeune rebelle qui lui avait fait visiter Belle Eden.

Pourtant, c'était bien elle…

Qui était cette femme caméléon ? songea-t-il pour la centième fois de la journée. Avait-elle deux visages, deux identités, ou était-il en proie à une illusion ?

Il vit tout à coup qu'elle était pieds nus et ce fut comme un déclic. Cette fille dissimulait quelque chose, il l'aurait parié.

Qui était-elle vraiment ?

Quoi qu'il arrive, quelle que soit son identité, il voulait la connaître, percer à jour son secret.

Il fit signe au croupier qu'il se retirait de la partie.

Il en avait assez de jouer, assez de gagner.

Il était prêt pour ce nouveau défi qui l'attendait.

Quand il se retourna après avoir ramassé ses jetons, elle avait disparu…

4

Anna sortit de l'hôtel à bout de souffle tant elle avait couru et se précipita vers un des taxis qui attendaient devant la porte.

— Château Belle Eden, s'il vous plaît. Vous me laisserez un peu avant, devant la plage.

Le chauffeur acquiesça d'un signe de tête et démarra. Il avait l'habitude de charger toutes sortes de clients excentriques à cet endroit, mais cette ravissante jeune femme lui sembla fort étrange avec son air soucieux, sa voix hachée. Que fuyait-elle ? Ou qui ? Et qu'allait-elle faire sur la plage à une heure aussi avancée ?

Anna ne remarqua même pas sa mine étonnée dans le rétroviseur. Elle n'avait qu'une idée en tête : s'éloigner le plus vite possible de l'hôtel Paradis et d'Angelo Emiliani...

Cet homme l'obsédait littéralement.

Une vague de chaleur la submergea quand elle le revit ramasser ses jetons sur le tapis vert, de ses mains aux longs doigts élégants, ces mains puissantes et délicates à la fois qui devaient si bien savoir caresser une femme. Chacun de ses gestes dégageait une sensualité torride, une virilité puissante, et réveillait ses fantasmes. Elle imagina qu'il la déshabillait, et qu'elle se laissait faire, soumise et impatiente. De ses doigts experts, il lui effleurait les seins, les cuisses et elle s'ouvrait à lui, l'accueillait au plus profond...

Fermant les yeux, elle tenta en vain de contrôler son trouble et de chasser ces images affolantes de son esprit. C'était comme s'il avait pris possession d'elle, songea-t-elle, effrayée, comme si son corps tout entier attendait ses baisers, ses caresses, comme si plus rien n'existait que cet homme qui la fascinait et la révulsait tout à la fois. Comment briser le charme qui la tenait captive ? Elle l'ignorait, en quittant l'hôtel elle avait pris la première mesure qui s'imposait, même si elle était dérisoire : le fuir...

— Arrêtez-vous ! s'écria-t-elle tout à coup.

— Mais, mademoiselle, nous ne sommes pas encore arrivés !

— Je sais, mais j'ai besoin de marcher. Je connais un raccourci vers la plage. Ne vous inquiétez pas...

D'abord perplexe à l'idée d'abandonner ainsi cette jolie fille en pleine nuit et en rase campagne, le chauffeur n'insista pas. Après tout, elle avait l'air de savoir ce qu'elle voulait...

Une fois seule au bord de la route, Anna inspira profondément l'air délicieusement iodé de la mer toute proche et se sentit plus calme. L'idée de retrouver ses amis de Planète verte et la cause qui comptait tant pour elle la rassérénait.

Pieds nus dans le sable, elle s'engagea sur le sentier qui menait vers la mer, prenant soin d'ébouriffer ses cheveux trop bien coiffés. Si ses amis l'avaient vue ainsi, aussi apprêtée qu'un modèle dans un magazine de mode, ils n'auraient pas manqué de se moquer d'elle...

Au loin, le feu de camp rougeoyait et une quarantaine de personnes bavardaient et buvaient autour de l'âtre. Ils étaient plus nombreux que la vingtaine de fidèles qui formaient habituellement le noyau du groupe, constata Anna avec surprise.

— Salut Anna ! Te voilà enfin ! Quelle belle robe ! s'exclama Gavin, le fondateur du mouvement.

Il lui tendit une bière qu'elle refusa.

— Je l'ai rencontré, annonça-t-elle d'un ton grave.

— Qui ? demanda-t-il, la fixant avec étonnement derrière ses petites lunettes rondes cerclées de métal.

Comment ne comprenait-il pas de qui elle parlait ? C'était pourtant évident !

— Angelo Emiliani.

Le seul fait de prononcer son nom la troubla, comme si elle établissait ainsi entre eux un mystérieux contact.

— Très bien, fit Gavin. Et alors ? Tu as des infos ?

— Oui, de première importance. Je l'ai entendu mentionner

Grafton-Tarrant. Donc nos soupçons sur ses relations avec l'industrie pharmaceutique étaient fondés…

Un large sourire éclaira le visage de Gavin.

— Parfait. On le tient peut-être. Je vais mettre des militants pour la défense des animaux sur le coup, tu vas voir, ça va chauffer ! On va y arriver, Anna, ajouta-t-il, lui donnant une bourrade, grâce à toi ! Tu as fait du bon travail !

Anna sourit, mais n'éprouva pas la joie qui aurait dû être la sienne, celle du bon petit soldat félicité par le chef pour avoir bien servi la cause. Tout à coup, Planète verte et ses méthodes lui parurent dérisoires, voire dangereux. Elle avait pensé retrouver une famille dans ce groupe si soudé autour de son chef. Elle s'était impliquée, croyant que ce combat redonnerait un sens à sa vie après l'arrêt de sa carrière de danseuse, mais s'était trompée. Une distance existait entre elle et les activistes volontiers fanatiques de Planète verte, une distance que rien ne comblerait jamais. Elle comprit soudain que l'illusion de sauver le monde ne remplirait pas son existence.

Elle sentait cependant la passion vibrer en elle, mais ce n'est pas dans la défense de l'environnement qu'elle l'assouvirait. Elle attendait autre chose…

Certains parmi ses amis cherchaient le bonheur dans les drogues, dans l'alcool, mais elle s'était toujours tenue à l'écart de ces paradis artificiels. Seule la danse avait été capable de lui donner la sensation enivrante de se transcender, de se réaliser pleinement, et l'arrêt de sa carrière, pourtant prometteuse, n'en était que plus cruel.

Quelqu'un mit de la musique, et le son envoûtant d'une mélodie indienne emplit le silence de la nuit. Comme hypnotisée, Anna rejoignit ses amis qui évoluaient déjà autour du feu et se mit à tourner avec eux avec un déhanchement lascif et un mouvement gracieux des bras. Les yeux clos, elle s'abandonna au rythme lent de la mélopée et l'image d'Angelo Emiliani disparut enfin de son esprit.

Aucun des membres du groupe ne s'aperçut qu'ils étaient observés…

*
* *

Angelo demanda au chauffeur de s'arrêter et sortit de la voiture. De là où il était, il apercevait parfaitement la plage, la lueur du feu et le groupe qui évoluait doucement au rythme de la musique.

A ses gestes gracieux, à sa longue chevelure aux boucles folles, il l'identifia immédiatement.

Ainsi, il ne s'était pas trompé, songea-t-il avec une certaine satisfaction.

Elle était une pauvre petite fille riche qui dormait dans le plus beau palace de la Côte d'Azur, tout en se donnant des frissons en jouant à la militante engagée au milieu d'excités dogmatiques, conclut-il avec mépris. Il n'en serait que plus facile de la mettre à terre… Il savourait déjà le plaisir qu'il aurait à la démasquer et à l'obliger à faire face à ses incohérences.

— Dois-je vous attendre ici, monsieur ? demanda le chauffeur.

— Non. Vous pouvez rentrer. Mais soyez gentil de demander à Roberto de préparer le yacht et d'envoyer quelqu'un m'attendre avec l'annexe au bout de la plage, dans — il regarda alternativement sa montre et le groupe de danseurs éclairés par le feu — disons, une petite heure.

— Bien, monsieur, dit le chauffeur, qui en avait vu d'autres et ne s'étonna donc pas de cette étrange requête. Je lui transmets immédiatement votre message, ajouta-t-il avant qu'Angelo ne disparaisse dans l'obscurité.

La musique était de plus en plus envoûtante, avec son rythme syncopé, ses sonorités orientales au charme si particulier.

Anna était épuisée, elle avait chaud, mais rien ni personne n'aurait pu la convaincre d'arrêter de danser. Danser, c'était apaiser momentanément le feu intérieur qui la brûlait, laisser s'exprimer cette sensualité ardente qui couvait en elle, oublier qu'après la danse elle se retrouverait seule avec ses fantasmes inassouvis.

Elle virevoltait, légère, éthérée… Ses déhanchements se faisaient de plus en plus lascifs, ses mouvements étaient empreints d'une extraordinaire charge érotique. De temps à autre, un de ses amis de Planète verte la frôlait, et elle avait l'impression qu'une onde électrique la traversait. Elle savait aussi qu'aucun de ceux qui étaient là ne pouvait apaiser les flammes qui la consumaient…

Le son des cithares s'amenuisa et la chanson suivante commença. La voix chaude et rauque de Nina Simone s'éleva dans la nuit, électrisant encore un peu plus les danseurs.

Anna rejeta la tête en arrière et secoua ses boucles brunes. Fermant les yeux, elle se laissa aller à ce nouveau rythme, plus lent, plus sensuel encore.

Tout à coup, il lui sembla sentir des mains se poser sur ses hanches, les mains d'un homme qui, derrière elle, bougeait à l'unisson avec son corps. Elle oublia tout pour se fondre dans ce mouvement magique, imaginant que ses mains à lui la touchaient, la caressaient, effleuraient sa peau nue. La sensation était si exquise qu'elle ne savait plus si elle rêvait ou si cet homme existait réellement.

Il la prit par le bras et lui fit doucement faire volte-face.

Anna crut que ses jambes se dérobaient sous elle. Son partenaire mystérieux n'était autre qu'Angelo Emiliani. Elle crut d'abord vivre un de ces fantasmes qui la poursuivaient si cruellement depuis qu'elle l'avait rencontré, puis comprit qu'elle ne rêvait pas. C'était bien lui...

La lueur du feu éclairait son visage, mettant en relief son profil racé, ses lèvres pleines, son cou altier, jetant des reflets cuivrés dans ses cheveux blonds.

Bouleversée, elle faillit se jeter dans ses bras. S'il l'avait trouvée dans cet endroit improbable, il l'avait donc cherchée ! Il avait compris, sans qu'elle lui en dise un mot, que c'est lui qu'elle attendait, lui qui seul pouvait assouvir la soif qui la consumait ! C'était un rêve devenu réalité... Un rêve tellement merveilleux qu'elle avait peine à y croire !

Ils échangèrent un long regard et se remirent à danser. Indifférente à tout sauf à Angelo, Anna se serra contre lui, et il l'enlaça de ses bras puissants, lui écrasant les seins contre sa large poitrine. Eperdue, elle lui entoura le cou de ses bras et enfouit sa tête contre son épaule, inspirant profondément pour s'imprégner de son parfum envoûtant. C'était le paradis, elle ne demandait rien d'autre à l'existence que de rester ainsi, à jamais lovée contre son corps musclé et rassurant... Le reste n'avait plus la moindre importance...

Angelo la plaqua plus fort contre lui et une vague de chaleur la saisit. Il la désirait, elle en avait la certitude à présent, et cette pensée la combla. Ainsi donc, elle aussi avait un pouvoir sur lui ! Jamais elle n'aurait osé imaginer que leur attirance puisse être mutuelle, qu'il puisse s'intéresser à elle !

Elle leva la tête vers lui et il plongea son regard dans le sien, la tenant captive. Pendant un temps qui lui parut infini, ils se dévisagèrent avec une telle intensité qu'elle se sentit défaillir. Les mains d'Angelo glissèrent vers ses hanches, et il eut un petit temps d'arrêt quand il sentit le haut de son short sous la soie de sa robe.

Avec une assurance qu'elle ne se serait jamais soupçonnée, elle s'écarta légèrement et, avec un sourire mutin, retira sa robe. Outre son short qui dévoilait ses cuisses parfaites, elle apparut dans un soutien-gorge de Bikini si minimaliste qu'il cachait à peine ses seins épanouis. Elle cambra le buste en lançant à son cavalier un regard de défi. Le souffle d'Angelo s'accéléra devant ce spectacle étourdissant et un spasme de désir le parcourut. Cette fille était une bombe ambulante ! Si belle, si femme, et si surprenante !

En quelques secondes, la jeune bourgeoise élégante s'était transformée en une créature de rêve totalement désinhibée qui n'hésitait pas à se dévêtir à moitié pour exciter son désir ! Jamais aucune femme ne l'avait gratifié d'un tel numéro !

Comme attiré par un aimant, il avança la main vers elle et traça de l'index la ligne qui séparait ses seins généreux. Elle ondula de plus belle et le désir explosa en lui, incontrôlable.

N'y tenant plus, sans plus songer à sa volonté première de la retrouver pour la démasquer et lui demander des comptes, il l'attira à lui et l'embrassa avec une impétuosité d'adolescent.

Elle s'abandonna à son baiser, éperdue d'émotion. C'était comme si elle reprenait vie sous ses lèvres, comme si l'existence avait de nouveau un sens, comme si toutes ses questions intérieures trouvaient tout à coup leur réponse par la magie de ce baiser. Ils s'embrassèrent passionnément, lovés l'un contre l'autre, imbriqués l'un dans l'autre comme si leurs corps avaient été dessinés pour se compléter.

La musique changea, et, de langoureux, le rythme devint endiablé. Autour d'eux les danseurs se mirent à se trémousser avec vigueur, mais ni Angelo ni Anna ne s'en aperçurent : ils restèrent enlacés, presque immobiles. Les autres firent cercle autour d'eux, amusés et intrigués tout à la fois par cette interminable étreinte.

— Dis donc, Anna, tout a l'air d'aller bien pour toi ! s'exclama Gavin en riant. Il y a une grande tente à votre disposition, tu sais !

Les autres applaudirent, et ce bruit ramena le couple à la réalité.

Angelo s'écarta brusquement de la jeune femme.

— Anna ? murmura-t-il alors d'une voix distante. Il t'a appelée Anna ?

Dans son regard, toute trace de trouble avait disparu. On y lisait à présent la défiance et, pire encore, une véritable hostilité.

— Je pense que nous avons besoin d'avoir une petite conversation pour mettre certaines choses au clair…, ajouta-t-il, glacial, à l'oreille de la jeune femme.

Autour d'eux, personne n'entendit ses paroles. Aussi, quand il prit sa cavalière par le bras pour l'entraîner à l'écart, tous applaudirent de plus belle en lançant quelques remarques égrillardes, persuadés que le couple s'isolait pour prendre du bon temps.

Angelo entraîna Anna le long de la plage, suffisamment loin pour que le bruit régulier du ressac couvre presque celui de la musique.

— Je parie que tu vas me faire croire que ce barbecue sur la plage était une réunion informelle des employés d'Arundel-Ducasse…, déclara-t-il enfin avec une ironie cinglante.

Tout à fait dégrisée à présent, choquée par l'hostilité de sa voix qui succédait si brutalement à la passion de leur baiser, Anna parvint à soutenir son regard sans fléchir.

— Je ne suis pas agent immobilier, annonça-t-elle d'une voix qui ne tremblait pas. J'ai tout inventé. Mais je suis fière de ce que je suis et je le revendique !

Les mains dans ses poches, il la dévisagea comme il aurait observé un animal d'un genre nouveau.

— Alors qui es-tu réellement ? interrogea-t-il.

— Je suis membre de Planète verte, précisa-t-elle soudain avec solennité. Comme tous mes camarades, je suis prête à me battre pour préserver l'environnement.

Angelo haussa les épaules d'un air las.

— J'ai déjà entendu cette chanson, dit-il. Puis-je savoir ce qui vous déplaît, à toi et à tes amis, dans le fait que j'achète Belle Eden ?

Ils étaient presque arrivés à l'extrémité de la plage, et il sembla à Anna entendre le ronronnement discret d'un bateau à moteur.

— D'abord, que la moitié du bois de pins soit sacrifiée pour construire un héliport, commença-t-elle.

— Pas de problème. Je m'engage à retrouver un logement décent pour chaque écureuil expulsé si héliport il y a, ce qui reste à prouver, assura-t-il sèchement.

— Ce genre d'humour me déplaît profondément ! s'exclama-t-elle, piquée au vif. S'il n'y avait qu'une histoire d'écureuils, ce ne serait peut-être pas si grave. Ce qui nous inquiète le plus, c'est que Grafton-Tarrant soit impliqué dans le projet !

Un éclat sombre obscurcit soudain le regard d'Angelo, et ses traits se durcirent. Anna ne s'était pas attendue à une telle réaction et éprouva une évidente satisfaction à voir qu'elle avait touché un de ses points faibles. Quelle était la nature réelle des liens qui unissaient Angelo à ce laboratoire pharmaceutique ? Elle aurait donné cher pour le savoir…

— Tu es vraiment une fille intéressante, murmura-t-il comme s'il se parlait à lui-même. Anna… Anna comment, d'ailleurs ?

— Field. Anna Field.

— Intéressante, parce que tu te passionnes pour la cause que tu défends, poursuivit-il sans la quitter des yeux.

Sa voix se fit soudain glaciale.

— Malheureusement, c'est aussi mon cas, ajouta-t-il, lapidaire, et je me battrai bec et ongles pour réaliser mon projet à Belle Eden. Désolée de te le dire, ma chère, mais face à moi, tu ne fais pas le poids…

Quelle prétention ! pensa-t-elle, outrée. Pour un peu, il allait la menacer ! Choquée, elle recula brusquement pour s'éloigner de cet homme impossible, mais son pied se bloqua dans le sable et elle ressentit une vive douleur à la cheville. Elle vacilla et serait tombée si Angelo ne l'avait pas rattrapée in extremis.

Il l'attira à lui et la serra contre son large torse, tandis qu'elle reprenait péniblement son souffle.

Elle aurait dû se dégager, lui dire d'aller au diable et de la laisser en paix, mais elle en était incapable. Dans ses bras, elle éprouvait un délicieux sentiment de sécurité, de plénitude. Son corps puissant dégageait une extraordinaire aura de virilité, de sensualité, de sexe…

Bouleversée, elle ferma les yeux pour mieux savourer son étreinte, et quand il se pencha sur elle, cherchant ses lèvres, elle les lui offrit aussitôt.

Ils s'embrassèrent avec une intensité presque douloureuse, et Anna souhaita que cet instant ne cesse jamais.

Tout à coup, le bruit de moteur qu'elle avait perçu précédemment s'intensifia, et Angelo s'écarta d'elle.

Ce n'est qu'à cet instant qu'elle réalisa qu'un hors-bord venait de s'immobiliser sur le rivage, à quelques mètres d'eux…

— Mais, qu'est-ce que… ? bredouilla-t-elle.

Angelo ne la laissa pas finir.

— Ne t'inquiète pas, suis-moi. Fais-moi confiance.

Il la prit délicatement dans ses bras sans qu'elle esquisse le moindre geste de résistance, et la déposa dans le bateau, puis s'assit à son côté sur la banquette arrière.

— Merci, Gianni, dit-il. On peut y aller.

Le bateau démarra dans une gerbe d'écume.

— Que se passe-t-il ? balbutia Anna. Où allons-nous ? Je ne veux pas que…

Angelo lui caressa la joue, puis glissa la main vers son buste à peine couvert par le Bikini. De l'index, il flatta la rondeur pleine d'un sein, effleura un mamelon dressé. Tétanisée par l'émotion, la jeune femme sentit une vague de chaleur s'emparer d'elle.

— Si tu veux retourner avec tes amis sur la plage, murmura-t-il, il suffit que je dise un mot à Gianni pour qu'il fasse demi-tour. Je te propose de t'emmener sur mon yacht amarré non loin d'ici. Nous y serons seuls tous les deux, toi et moi, sans personne pour nous observer. N'est-ce pas ce que tu souhaites, *carissima* ?

Cette fois, il passa la main sous le tissu du soutien-gorge et se mit à caresser un sein avec une telle expertise qu'elle crut défaillir. Jamais elle n'avait éprouvé une sensation aussi éblouissante, pensa-t-elle, éperdue. Comment refuser de passer la nuit avec lui alors qu'une seule de ses caresses la transportait au septième ciel ?

— Je ne sais pas qui tu es ! murmura-t-elle dans un dernier accès de lucidité. Je ne sais rien de toi…

Il se pencha sur elle et lui effleura les lèvres furtivement.

— Je suis un homme qui a très envie de toi, Anna, expliqua-t-il d'une voix rendue rauque par le désir. La nuit nous appartient, et je sais qu'elle sera merveilleuse ! Pourquoi te l'interdire ?

Elle resta silencieuse, hésitant encore.

— Alors, *carissima*, je demande à Gianni de te ramener sur la plage ?

— Non, s'entendit-elle enfin répondre dans un souffle.

5

— Excuse-moi un instant, j'ai un mot à dire au capitaine, déclara Angelo à Anna une fois à bord. Installe-toi, j'arrive…

La jeune femme avança timidement sur le pont en teck, impressionnée par la beauté et le luxe de l'immense yacht aux lignes épurées.

— M'installer où ? murmura-t-elle presque timidement.

— Monte sur le pont supérieur, je te rejoins, expliqua-t-il en lui indiquant un escalier.

Elle gravit les quelques marches et se retrouva dans un immense espace à la décoration avant-gardiste et raffinée. A gauche, dans la partie salon, de vastes canapés de cuir blanc invitaient au repos autour d'une table en marqueterie de marbre. A droite, un jacuzzi offrait ses eaux bouillonnantes délicieusement parfumées, le tout éclairé par une lumière tamisée… A travers des baies vitrées, l'immense pièce se prolongeait par un pont terrasse qui surplombait les flots…

Tout cela était si éloigné de ce qu'elle vivait auprès de ses camarades de Planète verte ! Elle jeta un coup d'œil vers la côte et, au loin, parvint à distinguer sur la plage la lueur du feu, ainsi que les silhouettes des danseurs.

Gavin, toujours prêt à faire la fête, devait être parmi eux… C'est lui qu'elle avait rencontré en premier, quand, à peine rétablie de son opération de la cheville, elle avait participé à une manifestation de protestation contre la construction d'une autoroute non loin d'Ifford.

A cette époque, elle avait dû faire face à l'arrêt brutal de sa prometteuse carrière de ballerine, mais avait également appris de ses médecins une nouvelle qui l'avait encore plus perturbée. Elle avait subi, à cette occasion, des examens recherchant une possible cause génétique à son problème osseux.

Depuis, tout lui avait semblé dérisoire, terriblement vain et dénué de sens. Elle s'était engagée corps et âme dans le combat de Planète verte pour combler le vide de sa vie personnelle…

Mais le temps avait passé, et la cause environnementale ne suffisait plus à donner un sens à son existence, elle en était de plus en plus convaincue…

Angelo arriva en haut de l'escalier et s'arrêta. Anna, accoudée à la rambarde, semblait plongée dans la contemplation de la plage faiblement éclairée par le feu de camp des militants.

— Tu regrettes de ne plus être avec eux ? demanda-t-il.

Il se dirigea vers le bar ancien en acajou et sortit une bouteille de champagne du réfrigérateur.

Elle sursauta.

— Tu m'as fait peur ! Je ne t'avais pas entendu !

— Tu n'as pas répondu à ma question, fit-il observer en faisant sauter le bouchon.

— Non, je ne regrette pas, répondit-elle, soutenant son regard sans faiblir.

Il apprécia sa franchise. La plupart des femmes qu'il connaissait auraient minaudé et refusé d'assumer leur choix.

— C'était une belle fête, dit-il.

— Oui.

— Et une merveilleuse occasion de danser…

Il versa le champagne sans la quitter des yeux. Comme hypnotisée, Anna regarda le liquide mousseux couler dans la coupe, puis releva la tête.

L'intensité de son regard bleu azur la prit au dépourvu et elle se sentit rougir. A quoi pensait-il ? se demanda-t-elle, bouleversée. Se remémorait-il l'intensité de leur étreinte, de leurs baisers ?

Angelo lui tendit une coupe de cristal, tentant maladroitement de contrôler la vague de désir qui l'assaillait. Pourquoi cette sauvageonne incontrôlable — menteuse par-dessus le marché — le mettait-elle dans un tel état, alors qu'il pouvait avoir les plus belles filles dans son lit sans avoir même à lever le petit doigt ?

Elle prit la coupe, et quand leurs doigts se frôlèrent elle ne put retenir un frémissement.

— Tu as froid ? demanda-t-il.

Elle inspira profondément pour tenter de retrouver le contrôle d'elle-même. Elle devait lui cacher qu'elle brûlait intérieurement, qu'il avait allumé en elle un feu que lui seul pourrait éteindre…

— Non, balbutia-t-elle, éperdue.

Il l'observa longuement et elle se demanda comment il pouvait avoir l'air si maître de lui, si distant après leur étreinte passionnée sur la piste de danse.

Il lui prit soudain des mains sa coupe à moitié vide. Qu'allait-il se passer ? Son cœur se mit à battre la chamade. Allait-il enfin la serrer dans ses bras comme elle en rêvait depuis qu'elle avait mis le pied sur ce bateau ? Comme il l'avait lui-même souligné, ils étaient seuls ! Qu'attendait-il ?

— Je crois qu'il est temps d'aller au lit, murmura-t-il, la fixant toujours.

Fascinée, elle le vit poser la coupe sur la table basse et admira une fois encore ses longs doigts élégants. Un spasme la parcourut quand elle se rappela la sensation exquise de ses caresses sur sa peau nue, quand elle en imagina d'autres, plus intimes encore… Le moment était-il enfin venu ?

Il la prit par la main et l'entraîna vers l'escalier. Ils descendirent les marches sans échanger un mot, mais il sembla à la jeune femme que son cœur battait si vite dans sa poitrine qu'il allait éclater. Quelques instants encore, et…

— Par ici, murmura-t-il de sa voix grave aux accents sensuels.

Il poussa une porte et ils pénétrèrent dans une vaste cabine aux boiseries de chêne clair. Un grand lit semblait prêt à les accueillir et le souffle de la jeune femme s'accéléra.

Angelo la guida vers le lit où elle s'assit, ivre d'émotion. Qu'attendait-il pour la rejoindre ? Elle était prête, plus que prête ! Chaque parcelle de son corps attendait ses caresses, ses baisers…

Elle leva les yeux, dissimulant avec peine sa fébrilité. Angelo, debout devant elle, dégageait une aura si incroyablement virile et sensuelle qu'elle déglutit péniblement à la pensée de ce qui allait suivre.

Sans que ses traits trahissent la moindre émotion, il se pencha vers elle. Elle crut un instant qu'il s'apprêtait à l'embrasser, mais elle se trompait…

— Tu es ici chez toi, expliqua-t-il d'une voix posée. La salle de bains se trouve derrière cette porte, et si tu as besoin de quoi que ce soit tu peux appeler un membre de l'équipage au moyen de cette sonnette. A présent, je te souhaite une bonne nuit…, ajouta-t-il en souriant à la jeune femme, incrédule et atterrée.

La surprise fut si rude qu'elle faillit s'effondrer devant lui. Le premier choc passé, elle parvint à se ressaisir dans un ultime sursaut d'orgueil. Elle releva bravement la tête et esquissa un semblant de sourire.

— Merci, murmura-t-elle d'une voix à peine audible.

Pétrifiée de rage, d'incompréhension et de frustration, elle le regarda partir, dissimulant avec peine sa consternation.

Dès qu'il eut quitté la pièce, le masque tomba. En proie à une colère sourde, elle se jeta sur le lit et bourra de coups de poing les oreillers moelleux…

De retour sur le pont supérieur, Angelo se félicita. Quitter cette fille à l'instant même où il était prêt à la cueillir avait été une véritable épreuve, mais il ne regrettait pas son geste.

La vie n'avait pas été tendre avec lui. Au fil des épreuves, il avait appris à ne compter que sur lui-même et à prendre ce que lui offrait l'existence sans trop se poser de questions. Quand il voulait quelque chose, il l'obtenait, quels que soient les dégâts collatéraux.

Curieusement, avec Anna, quelque chose l'avait retenu à la dernière minute. Des scrupules ? Un retour de conscience ? Il n'aurait su le dire, mais brusquement il avait décidé de ne pas profiter de cette situation pourtant merveilleusement favorable.

Les sœurs qui l'avaient élevé à l'orphelinat auraient été surprises et heureuses de le voir aussi chevaleresque, pensa-t-il avec un sourire ironique, tout aussi étonnées qu'il l'était lui-même...

Pour être parfaitement honnête, peut-être n'était-ce que partie remise, ajouta-t-il en son for intérieur. Peut-être souhaitait-il provoquer Anna, attiser encore son désir ? Une fois le château vendu, il aurait tout loisir de revenir à la charge s'il le souhaitait. Plus elle attendrait, plus elle se déchaînerait au lit quand le moment viendrait.

Oui, vraiment, cela pouvait être intéressant de la faire patienter...

Anna rêvait qu'elle était encore une petite fille, et que sa mère la berçait. Par intermittence, les yeux bleus de Lisette étaient remplacés par ceux d'Angelo, mais la délicieuse sensation d'être protégée et aimée ne cessait pas...

Elle se réveilla brusquement : le bateau tanguait et elle perçut le ronronnement du moteur.

Un coup d'œil par la baie vitrée lui confirma ce qu'elle craignait : la côte était à peine visible et le yacht fendait les flots à vive allure.

Où allaient-ils ? se demanda-t-elle avec inquiétude. Elle était bel et bien prisonnière d'Angelo Emiliani, perdue au milieu de l'océan, avec pour seuls vêtements son short en jean et son haut de Bikini !

Un bruit de l'autre côté de la porte l'alerta et elle se dissimula à la hâte sous les draps : elle s'était déshabillée pour dormir.

— Enfin, tu es réveillée ! s'exclama Angelo.

Un plateau sur les bras, il poussa la porte du pied.

Torse nu, il ne portait qu'un bermuda. Avec sa large poitrine, ses bras hâlés recouverts d'un duvet clair, ses cuisses puissantes, il avait plus l'air d'un champion de surf que d'un businessman multimillionnaire...

— Voilà du café, annonça-t-il en déposant le plateau sur la table de nuit.

— Je ne veux pas de café, grommela-t-elle sous ses draps.

Il lui jeta un regard désabusé.

— Tiens, on ne t'a pas appris à dire merci ? demanda-t-il avec ironie. Heureusement que c'est moi qui t'ai apporté le plateau, d'ailleurs ! Qui sait comment aurait réagi un de mes hommes d'équipage devant une aussi jolie jeune femme nue sous ses draps ?

Une moue sensuelle courba ses lèvres tandis qu'il fixait délibérément la poitrine d'Anna, dont le drap cachait mal les rondeurs. La gorge de la jeune femme se serra et elle tira le tissu jusque sous son menton.

— Ecoute, Angelo, tout cela était une erreur, commença-t-elle d'une voix mal assurée. Je n'aurais jamais dû te suivre ici.

— Alors pourquoi l'as-tu fait ? rétorqua-t-il d'un ton distrait en versant le café dans la tasse.

— Je n'ai pas vraiment eu le choix…

Il lui jeta un regard sans concession.

— Tu plaisantes, j'imagine ! s'exclama-t-il avec un petit rire désagréable. Quand je t'ai demandé si tu préférais rester sur la plage avec tes amis, tu m'as répondu par la négative. Tu ne vas pas prétendre le contraire !

— Je ne savais pas que je partais pour une croisière !

Il pinça les lèvres.

— Tu voulais juste une petite partie de jambes en l'air, vite fait bien fait, c'est ça ? lança-t-il avec mépris.

Elle s'efforça de ne pas le regarder… Il était trop beau, trop viril, et elle devait rester maîtresse d'elle-même…

— Nous n'avons pas fait l'amour ! protesta-t-elle d'une voix plus ferme.

— Non, concéda-t-il, mais tu en mourais d'envie…

Comment osait-il ? se demanda-t-elle, choquée. Furieuse, elle s'enveloppa avec le drap et se leva. Debout, elle avait moins l'impression d'être dominée…

— J'étais perturbée, perdue, et peut-être aussi avais-je un peu trop bu, expliqua-t-elle sans se laisser démonter. Toujours est-il qu'à présent je veux partir d'ici. J'ai des choses à faire aujourd'hui.

Il eut de nouveau ce détestable petit sourire qui prouvait à quel point sa situation de quasi-prisonnière l'amusait. Il se dirigea vers la porte et, la main sur la poignée, se tourna vers elle.

— Alors j'espère que tu es bonne nageuse, déclara-t-il, très à l'aise. La côte est à environ dix kilomètres.

Son ton narquois acheva de faire sortir la jeune femme de ses gonds. Cédant à une brusque impulsion, elle saisit un des livres posés sur un guéridon tout proche et le lança à la tête d'Angelo, qui parvint à esquiver l'attaque in extremis.

En une seconde, il fut auprès d'elle et la saisit sans ménagement par le bras. Elle se débattit comme une tigresse, mais la bataille était perdue d'avance.

Sans la moindre difficulté, il la renversa sur le lit. Couché sur elle, il l'immobilisa par les poignets et lui lança un regard victorieux. Partagée entre la colère et le trouble, Anna ne savait plus où elle en était. Elle résistait comme un beau diable, mais ses efforts restaient vains. Il l'observait se démener avec une évidente satisfaction. Il était si proche qu'elle sentait son souffle lui caresser la peau. Son corps viril pesait délicieusement sur elle, leurs lèvres se touchaient presque, elle respirait son odeur enivrante.

Un spasme de désir la parcourut et elle ne put retenir un petit gémissement. Folle de rage, elle lut dans le regard bleu limpide d'Angelo un éclat de triomphe qui la révolta. Non seulement il la tenait à sa merci, mais il prenait un plaisir pervers à mesurer l'emprise sensuelle qu'il avait sur elle. Cet homme était indigne, et elle était doublement stupide de se laisser prendre à son jeu !

— Si tu espérais me convaincre de te ramener à terre, c'est raté, déclara-t-il enfin d'un ton détaché.

— Pourquoi ? Tu préférerais peut-être que je te supplie ? rétorqua-t-elle avec animosité.

Il éclata de rire.

— Ce serait encore plus contre-productif ! Il n'y a rien de plus excitant pour un homme qu'une jolie femme qui tente de le convaincre…

Il relâcha son étreinte quelques secondes et elle en profita pour se dégager prestement.

— Je veux que tu me ramènes sur la terre ferme, asséna-t-elle.

Il la dévisagea longuement. Drapée dans le tissu blanc, ses cheveux noirs répandus sur ses épaules, elle était ravissante en rebelle à moitié nue, songea-t-il, sous le charme. Ravissante et terriblement sensuelle…

— Sinon ? enchaîna-t-il d'un ton narquois.

— Sinon j'appelle la police.

— Avec quoi ? Tu n'as rien ici, Anna ! Ni vêtements, ni papiers, ni téléphone portable… Tu ne veux tout de même pas que je te prête le mien pour te permettre de demander à la police de venir m'arrêter ! Pour quel crime d'ailleurs ? Viol, harcèlement sexuel, kidnapping ?

Incapable de répondre, elle se sentit rougir : elle savait aussi bien que lui qu'elle l'avait suivi sur ce yacht de son plein gré. La tension entre eux s'estompa quelque peu… Quand Angelo reprit la parole, il n'y avait aucune agressivité dans sa voix.

— Je suggère que nous enterrions la hache de guerre et que tu écoutes ce que j'ai à te dire, déclara-t-il d'un ton posé. L'endroit où j'ai l'intention de t'emmener pourrait t'intéresser…

— M'intéresser ? demanda-t-elle, aussitôt sur la défensive. A quel titre ?

— Au titre de la défense de l'environnement, figure-toi, expliqua-t-il. Nous faisons route vers une propriété qui vient d'être achevée par une de mes entreprises. J'en ai supervisé la construction, pour en faire un exemple de maison écologique. Elle a été acquise par une star qui défend la même cause que toi et je suis certain que cette visite t'intéressera.

Il lui lança un regard si appuyé qu'elle baissa les yeux, en plein désarroi.

— J'espère qu'ainsi tu remettras en cause les idées reçues que tu as sur moi, et que tu apprendras à ne pas prendre pour argent comptant tout ce que véhicule une certaine presse. Au risque de te décevoir, je ne suis pas le diable en personne, conclut-il.

— Ça, c'est à voir…, murmura-t-elle comme si elle se parlait à elle-même.

Mais il avait déjà refermé la porte derrière lui et ne l'entendit pas…

6

Quelques heures plus tard, allongée dans une des confortables chaises longues sur le pont principal, Anna dut admettre que cette mini-croisière sur le yacht d'Angelo n'était pas si désagréable. Après un long sauna qui avait achevé de la détendre, elle avait dégusté avec plaisir la salade de fruits frais que lui avait apportée le steward. Face au spectacle toujours renouvelé de la mer, elle en venait presque à oublier ses soucis... Ses pensées se mirent à vagabonder...

Elle avait toujours été partagée entre la France et l'Angleterre, entre le château Belle Eden et Ifford Park. N'y avait-il pas moyen de réconcilier les deux et de trouver ainsi la paix intérieure ?

— Anna ?

Brusquement tirée de ses pensées, la jeune femme sursauta.

— Tu avais l'air profondément endormie...

— L'air de la mer, peut-être, fit-elle observer.

— En tout cas pas l'excès d'exercice, je le regrette, d'ailleurs, ajouta-t-il en lui jetant une œillade appuyée.

Stupidement, elle rougit. Il avait le don de lui faire perdre ses moyens et c'est exactement ce qu'il souhaitait !

— Nous sommes presque arrivés. Peut-être devrais-tu te changer avant que nous débarquions..., suggéra-t-il, fixant d'un air appréciateur son microscopique haut de maillot et le short qui dévoilait l'intégralité de ses longues cuisses fuselées.

Elle lui lança un regard noir.

— Mais certainement ! répliqua-t-elle, cinglante. Je vais aller inspecter la garde-robe que j'ai préparée de longue date pour cette merveilleuse croisière...

— Je suis sûr qu'on peut trouver de quoi t'habiller sur le bateau, enchaîna-t-il, faisant mine de ne pas remarquer son aigreur.

— Si tu crois que je vais accepter de porter les vêtements oubliés par tes conquêtes, tu te trompes !

— Mes conquêtes ont pourtant bon goût, tu sais ! D'ailleurs, il me semble bien qu'hier soir tu étais toute prête à rejoindre le club, non ?

Angelo tendit la main à Anna pour l'aider à prendre pied sur le débarcadère.

— Où sommes-nous ? demanda Anna.

— Sur l'une des dernières îles privées d'Italie... dont le propriétaire tient à ce qu'elle reste protégée des paparazzi, et autres intrus... Si tu vois ce que je veux dire !

— Je croyais que le propriétaire en question était un défenseur de l'environnement ?

— Oui.

— Alors il n'a rien à craindre de Planète verte !

Il ne répondit pas : décidément, la cause de Planète verte lui importait peu..., en conclut-elle. Une fois à quai, elle sentit le soleil sur ses épaules nues et regretta de n'avoir pas accepté l'offre d'Angelo de se trouver une tenue de rechange sur le bateau. Ainsi vêtue, elle avait l'air d'aller à la plage.

Angelo avait passé un pantalon en lin grège et une chemise immaculée qui mettaient en valeur son teint hâlé et, par contraste, la blondeur de ses cheveux. Elle songea avec dépit que, quoi qu'il porte, il était toujours aussi séduisant.

La maison, magnifique avec ses pierres en grès et son toit en tuiles romaines, était située au milieu d'un jardin enchanteur.

— Les murs en pierre conservent la fraîcheur en été et la chaleur en hiver, expliqua Angelo, gravissant les quelques marches qui menaient à la grande porte en chêne. Le rêve pour un écologiste, non ? Je suis sûr que tu meurs d'envie de savoir qui est le propriétaire des lieux.

Elle soupira d'un air las.

— Je t'en prie, Angelo, épargne-moi ton numéro ! Je sais depuis bien plus longtemps que toi, j'en suis sûre, que la pierre est un excellent isolant thermique, et sans vouloir te vexer, je me fiche de savoir quelle vedette va s'installer ici ! Tu peux tenter de m'amadouer avec cette merveilleuse demeure et son célèbre propriétaire, je n'en oublie pas moins que tu veux détruire château Belle Eden !

Il lui jeta un regard de côté, surpris par sa violence.

Qui était-elle vraiment ? se demanda-t-il pour la millième fois. Le détective privé qu'il avait engagé à Londres pour le découvrir n'avait encore réuni aucune information. Il y avait en elle une intransigeance, une dureté qui le perturbaient. Faisait-elle partie de ces fanatiques illuminés prêts à tout pour défendre leur seule raison d'exister ? Jusqu'où était-elle capable d'aller dans ce qu'elle considérait comme un combat vital ?

Peut-être devait-il se montrer plus méfiant, plus prudent ?

Il la regarda discrètement. Elle était plongée dans la contemplation d'un magnifique rosier et il eut tout loisir d'observer son ravissant profil, son buste aux courbes délicieuses, ses longues jambes de gazelle. Brusquement, un bourdon se posa lourdement sur son bras nu.

Avec une infinie délicatesse, elle le prit dans sa main et le déposa précautionneusement sur une feuille, un sourire attendri sur ses lèvres entrouvertes.

Une vague d'émotion aussi violente qu'inattendue s'empara d'Angelo.

Peut-être Anna était-elle une dangereuse extrémiste, songea-t-il, mais elle était aussi capable d'une infinie douceur, d'une infinie tendresse.

Cela la rendait plus attirante encore…

Elle le suivit à l'intérieur du vaste bâtiment, et retint avec peine un cri d'horreur. Le couvent avait été rénové avec un parti pris de modernisme et de dépouillement esthétique qui dégageait une atmosphère glaciale. Sur les murs blanchis à la chaux, on voyait des photographies abstraites, aussi sinistres les unes que les autres. Un ascenseur dans une cage de verre brisait la courbe de l'ancien et magnifique escalier, et les dalles de pierre d'origine avaient été remplacées par un marbre gris et luisant.

Avec cette décoration à la fois prétentieuse et aseptisée, l'architecte avait décidé de faire table rase du passé, annihilant le charme de ces lieux chargés d'histoire.

— C'est horrible ! s'exclama-t-elle enfin. C'était un couvent, un lieu de prière et de dévotion, et tu l'as transformé comme s'il s'agissait d'un loft à New York !

Il lui lança un regard vif.

— Tu recommences !

— Je recommence quoi ?

— Avec tes a priori ! Tu as parlé trop vite : d'abord, je ne suis pour rien dans la décoration intérieure, qui est l'œuvre d'une armée de designers tous plus branchés les uns que les autres, amis du propriétaire. Je déteste cette décoration autant que toi. De plus, tu commets une grossière erreur en affirmant que les couvents sont toujours des lieux de dévotion, et je sais de quoi je parle, conclut-il sèchement.

Elle leva les yeux, surprise. Elle aurait donné cher pour savoir à quoi il faisait allusion, mais une chose était certaine, le sujet lui tenait à cœur… Elle se garda de poser la moindre question.

— Viens, je vais te monter le reste, enchaîna-t-il.

— Non, merci. Sans vouloir te vexer, j'en ai assez vu, je préfère me promener dans les jardins. Au moins, eux n'ont pas été revisités à la sauce new-yorkaise !

— Comme tu voudras, fit Angelo. J'ai quelques détails à vérifier, je te rejoins dans un petit moment. Ah, excuse-moi ! On m'appelle sur mon portable.

Il s'éloigna rapidement et elle l'entendit parler à voix basse sans comprendre ses paroles. A l'évidence, il ne souhaitait pas qu'elle l'entende. Aussitôt, elle décida de rester dans la maison et d'essayer de suivre Angelo pour surprendre sa conversation. Peut-être était-il en train de discuter avec les laboratoires Grafton-Tarrant de leur projet commun à château Belle Eden ?

Il fallait absolument qu'elle cesse d'être fascinée par la plastique parfaite d'Angelo Emiliani et qu'elle se concentre sur l'essentiel :

avant d'être un homme infiniment séduisant, il était avant tout celui qui allait la déposséder de ce qu'elle avait de plus cher au monde, le seul lieu dans lequel elle avait été vraiment heureuse : la demeure de sa grand-mère chérie.

Tel un chat, elle gravit sans un bruit l'escalier à la suite d'Angelo. Où était-il passé ? se demanda-t-elle devant l'immense couloir désert. Etait-il entré dans une pièce ?

Le cœur battant, elle poussa la première porte à sa droite et se retrouva dans une chambre à coucher vide, en dehors d'un immense lit à baldaquin placé au centre. Là encore, une décoration sans âme, avant-gardiste, défigurait la vaste pièce, et elle s'attarda un instant devant une toile où elle crut reconnaître un couple enlacé. Elle se força à détacher les yeux du tableau et se dirigea vers la salle de bains privative qu'elle devinait à travers la porte ouverte. Elle avait cru entendre un bruit derrière la cloison. Peut-être Angelo s'y était-il réfugié pour discuter en toute quiétude ?

Elle poussa la porte et avança d'un pas. La salle de bains était en fait une salle de douche, un espace clos aménagé luxueusement avec des jets de tailles différentes dans les murs. A peine eut-elle le temps de réaliser où elle se trouvait que l'eau jaillit de tous les côtés, l'aspergeant généreusement.

Elle hurla de surprise, tenta de se protéger, mais en vain… Alors, trempée, furieuse, aveuglée par la vapeur d'eau, elle se précipita hors de la cabine.

Au moment même où les jets s'interrompaient subitement, Angelo apparut dans l'encadrement de la porte.

Un large sourire aux lèvres…

7

— Pas mal, cette douche, n'est-ce pas ? lança-t-il. Elle consomme un minimum d'eau, car elle diffuse de l'air en même temps. Et elle s'allume automatiquement quand on pénètre dans la cabine, fournissant immédiatement une eau à la température désirée : on ne peut plus écologique !

— En tout cas, écologique ou pas, je suis trempée et je n'ai rien pour me changer !

Il la regarda longuement. Le tissu dessinait la courbe généreuse de ses seins… Sans un mot, il enleva sa chemise et la lui tendit. Torse nu, il était plus impressionnant encore, et elle retint un frisson à la vue de sa peau bronzée, de sa musculature qui dénotait l'athlète accompli.

— Que fais-tu ? balbutia-t-elle, la gorge soudain sèche.

— Je te la donne. Mets-la, dit-il pour toute réponse. Tu dégoulines, tu ne peux pas rester comme ça !

— Non, merci, je n'en veux pas, rétorqua-t-elle aussitôt d'une voix blanche.

Il fallait qu'elle parte au plus vite, se dit-elle, bouleversée. Ils étaient tous deux à moitié nus et l'idée même de ce qui pouvait se passer entre eux dans cette maison vide, sur ce grand lit à baldaquin, la rendait folle.

Elle passa devant lui, s'interdisant de le regarder mais il la retint en saisissant dans son dos le cordon de son maillot de bain. Elle s'arrêta aussitôt, le souffle court, et le sentit tirer doucement sur le cordon. Tétanisée, elle fut incapable de réagir. Paralysée, elle le vit s'approcher d'elle et le laissa faire…

D'un geste rapide, il lui enleva son soutien-gorge qui tomba à terre. L'espace d'un instant, il fixa ses seins généreux aux mamelons durcis, et elle sentit une vague de chaleur l'envahir sous cette caresse visuelle. Il la désirait lui aussi, et cette pensée la bouleversa... Mais, à sa grande déception, il l'enveloppa aussitôt dans sa chemise.

— Enlève ton short, murmura-t-il alors. Il est trempé... Tu vas prendre froid.

— Non ! s'exclama-t-elle d'une voix étranglée.

Enlever son short, c'était prendre le risque de faire l'amour avec lui. Même si c'était son souhait le plus intime, elle devait se l'interdire...

Il s'approcha de nouveau et elle attendit, vibrante d'impatience, déjà soumise. Son esprit lui enjoignait de résister au désir qui la submergeait mais son corps ne lui obéissait plus, mû par une énergie indépendante de sa volonté. Des forces incontrôlables semblaient décidées à la précipiter dans les bras d'Angelo et elle n'avait ni l'envie ni la force de lutter contre ce raz de marée qui la noyait.

A son grand désarroi, il entreprit de fermer un à un les boutons de la chemise dont il venait de la couvrir. Il effleurait légèrement de ses doigts la poitrine de la jeune femme. Malgré sa frustration, elle se dit que ce contact léger était plus troublant que la plus érotique des caresses. Se rendait-il compte du pouvoir qu'il avait sur elle ?

— Voilà, dit-il quand il eut terminé. Ma chemise te cache jusqu'aux genoux, tu es parfaitement décente. Tu peux enlever ce short en toute tranquillité.

Anna hésita. Le jean mouillé était de plus en plus inconfortable et elle se résolut à prendre le risque d'obéir à Angelo malgré sa réticence initiale. Après tout, il avait raison, la chemise la protégerait, conclut-elle. L'émotion rendit ses doigts tremblants et elle batailla sans succès contre le premier bouton.

— Je n'y arrive pas, balbutia-t-elle, confuse.

— Je vais t'aider...

Sans lui laisser le temps de l'en empêcher, il entreprit de défaire le bouton. Cette fois, ses doigts contre sa peau nue se firent plus insistants, et il sembla à la jeune femme que ses jambes se dérobaient sous elle. Elle vacilla légèrement, comme électrifiée par le contact des mains d'Angelo sur son ventre nu.

Après avoir défait le bouton, il descendit la fermeture Eclair. La toile mouillée collait aux hanches de la jeune femme, et elle comprit qu'elle aurait du mal à se défaire de son short.

Angelo s'agenouilla devant elle, et fit glisser lentement le vêtement le long de ses hanches. Ses doigts, insistants, effleurèrent ses cuisses, et il lui sembla qu'il s'attardait délibérément à l'arrière de ses genoux, là où la peau est plus douce. Bouleversée, elle renversa la tête en arrière sans pouvoir retenir un gémissement.

Qu'allait-il faire à présent ? s'interrogea-t-elle, éperdue. Allait-il enfin la prendre dans ses bras, la serrer contre lui et l'embrasser comme elle le souhaitait de toute son âme ? Et ensuite ? Il devait être le plus inventif, le plus merveilleux des amants ! Les fantasmes les plus fous traversèrent son esprit, mais soudain il se releva.

Leurs yeux se croisèrent, et elle comprit qu'il lisait en elle comme à livre ouvert, tant son désir devait être inscrit sur son visage.

Avec une lenteur qui acheva d'affoler la jeune femme, il avança la main et lui effleura les lèvres du pouce, s'attardant sur la chair gonflée. Ses doigts glissèrent dans l'échancrure de sa chemise, entre les globes laiteux de ses seins, et elle cambra le buste pour mieux s'offrir à lui.

Elle voulait cet homme, pensa-t-elle, enfiévrée. Elle était prête… et incapable de supporter plus longtemps cette attente !

Certaine qu'il allait enfin la prendre dans ses bras, elle n'était plus qu'anticipation. Alors il se pencha, lui déposa dans la nuque un baiser furtif et s'écarta d'elle, la laissant abasourdie, assommée par la surprise et la frustration.

— Nous ferions mieux de quitter les lieux, déclara-t-il enfin d'un ton neutre. La star qui va s'installer dans cette maison détesterait savoir que de parfaits étrangers y ont fait l'amour…

Il ramassa le short et le soutien-gorge d'Anna et se dirigea vers la porte sans plus se préoccuper d'elle.

Outrée, elle étouffa un juron.

Serrant les pans de sa chemise contre sa poitrine, elle se précipita vers lui, lui arracha les vêtements des mains et courut hors de la maison.

Angelo referma la porte derrière lui. Le souffle court, les mâchoires tendues, il posa le front contre le battant en serrant les poings...

Assez joué avec le feu, s'exhorta-t-il avec une rage sourde. S'il continuait ainsi à provoquer Anna, à susciter ce genre de situations, ils finiraient au lit... Elle le voulait autant que lui, il le savait...

Il était sur le point de la renverser sur les draps quand, au dernier moment, il avait décelé dans ses yeux une expression de vulnérabilité qui l'avait arrêté net. Une expression qui lui avait tellement rappelé Lucia qu'il s'était senti incapable de lui faire l'amour...

Quelle curieuse association d'idées !

En effet, quels points communs existait-il entre Anna, une femme rebelle qui revendiquait avec agressivité son indépendance et sa liberté, et Lucia, la petite fille malheureuse et abandonnée qu'il avait connue à l'orphelinat et prise sous son aile protectrice ? Aucun, bien évidemment !

Anna était entourée d'amis qui partageaient sa cause, alors que Lucia n'avait connu que désillusions au gré de ses séjours dans des familles d'accueil où elle n'avait jamais été aimée. Il ne se pardonnerait jamais ce qui lui était arrivé...

Il se redressa et serra les lèvres. Dès qu'ils seraient de retour sur le yacht, il appellerait son assistante personnelle pour savoir où en était le contrat de vente de château Belle Eden. Il fallait régler cette affaire au plus vite, tourner définitivement la page et ne plus jamais revoir Anna...

Arrivée dans sa cabine, Anna se précipita sur le lit et passa ses nerfs en rouant de coups les oreillers. C'était devenu une sorte d'habitude chez elle depuis qu'elle avait rencontré Angelo Emiliani, se dit-elle avec une ironie amère.

Elle avait envie de crier sa colère, de le frapper, de l'humilier comme il l'avait humiliée... mais aussi et avant tout de faire l'amour avec lui, pendant des heures et des heures. Il l'avait bel et bien ensorcelée, songea-t-elle, accablée par sa propre faiblesse…

Elle se prit la tête dans les mains et retint ses larmes avec peine. Ne se trouvait-elle pas dans la pire situation qui soit ? Isolée au milieu des flots avec l'homme le plus séduisant qu'elle ait jamais rencontré, un homme qui ne cessait de jouer avec elle au chat et à la souris de la façon la plus perverse, de souffler le chaud et le froid en attisant son désir pour, chaque fois, l'abandonner au moment même où elle était toute prête à lui appartenir !

Soudain, elle se remémora les paroles de Felicity : Angelo Emiliani était connu pour être un séducteur aussi calculateur qu'insensible. Quand il avait repéré une jolie femme, il devait prendre plaisir à exciter sa proie, pour la cueillir au moment où lui seul l'avait décidé, et la délaisser ensuite dès que l'attrait de la nouveauté était estompé. Avant de passer à une autre, naturellement ! A combien de femmes avait-il joué le petit jeu détestable auquel il la soumettait ?

Non seulement il ne se souciait pas des sentiments de ses conquêtes, mais il prenait vraisemblablement un malin plaisir à constater que son charme opérait. Elle était tombée dans le panneau comme une idiote ! Comme il devait rire de sa naïveté, de son émoi !

Elle se redressa et prit une profonde inspiration. Elle, Roseanna Delafield, prenait l'engagement de ne pas être la prochaine sur la longue liste des femmes qui avaient succombé aux charmes d'Angelo Emiliani. Il allait voir ce qu'il allait voir !

Elle se leva du lit et se mit à arpenter la cabine en réfléchissant à la meilleure stratégie à adopter. Bloquée en pleine mer sans aucun moyen de joindre un proche, elle était virtuellement la prisonnière d'Angelo…

Soudain, elle s'arrêta net.

Elle venait de comprendre pourquoi Angelo la retenait ainsi : il voulait la mettre hors d'état de nuire tant que la vente ne serait pas réalisée !

Un grand sourire éclaira son visage. Elle ne s'était pas sentie aussi joyeuse depuis bien longtemps !

Angelo ignorait que la vente ne pouvait être conclue sans qu'elle appose sa signature chez le notaire…

Elle avait les cartes en mains ! Tant qu'elle était sur le bateau, château Belle Eden ne pourrait pas être vendu…

C'était l'histoire de l'arroseur arrosé, et elle ne l'avait jamais trouvée aussi drôle !

Quand Paolo vint frapper à sa porte pour lui annoncer que le dîner était servi sur le pont, elle le suivit sans difficulté.

Des haut-parleurs invisibles diffusaient une agréable musique de jazz. Avec leurs coussins moelleux, les canapés invitaient au repos, et sur la table basse la flamme des bougies vacillait dans les photophores.

Un couvert luxueux était mis, mais Anna remarqua tout de suite qu'un seul convive était prévu.

— M. Emiliani ne dîne pas ici ? demanda-t-elle.

— Je suis désolé, mademoiselle, mais il a beaucoup de travail. Il m'a chargé de vous dire de commencer sans lui. Il vous rejoindra au cours du repas.

Elle accepta à contrecœur la coupe de champagne que Paolo lui tendait. Une fois de plus, elle dépendait du bon vouloir d'Angelo, et sa désinvolture l'exaspérait. Il aurait tout de même pu faire l'effort de dîner avec elle ! D'ailleurs, il n'était pas question qu'elle s'asseye seule à cette longue table imposante, songea-t-elle en jetant un coup d'œil aux verres en cristal et à l'argenterie étincelante.

Elle se leva et se pencha sur le bastingage. La soirée était idyllique. Le soleil se couchait à l'horizon, illuminant les flots de ses rayons orangés. Une brise douce et tiède venait du large, apportant une délicieuse odeur d'embruns. Avec la musique douce et les bougies, on ne pouvait pas faire plus romantique ! songea-t-elle cyniquement.

Comme la réalité était différente !

Elle rentra dans le salon par les baies grandes ouvertes et se dirigea vers un juke-box typique des années 1950, à l'évidence une pièce de collectionneur, à en juger par ses chromes rutilants.

Angelo avait un goût musical très sûr, constata-t-elle à la lecture des titres. Dans sa sélection, aussi éclectique que raffinée, elle choisit quelques-unes de ses chansons préférées puis retourna vers la table basse où elle picora distraitement quelques amuse-gueules.

Le soleil avait disparu ; la lune émergeait lentement de l'horizon, comme sortie des flots, tandis que les étoiles s'allumaient une à une dans le firmament. Anna retint un soupir. Jamais elle ne s'était sentie aussi seule, songea-t-elle avec amertume. Seule et insatisfaite…

Tout à coup, la voix chaude et rocailleuse de Nina Simone s'éleva dans la nuit et Anna éprouva une irrésistible envie de danser. Elle se leva et se mit à évoluer dans la pièce. La musique était envoûtante, merveilleuse, terriblement sensuelle, et elle oublia où elle se trouvait.

La danseuse en elle prit le dessus… Attrapant de la main une barre de bois qui montait jusqu'au plafond, elle tourna autour dans un mouvement lascif. Tête en arrière, cheveux au vent, elle s'abandonna au plaisir de bouger en rythme et se laissa envahir par une vague de sensations merveilleuses, en écho au désir qu'elle avait d'Angelo. C'était comme si elle dansait avec lui, comme si ses jambes s'enroulaient autour de lui et non pas de la barre, comme s'il était là, face à elle, en spectateur conquis par son numéro…

La musique s'arrêta et Anna reprit conscience de l'endroit où elle était.

Elle lâcha le pilier et remit de l'ordre dans sa chevelure.

Elle allait s'asseoir sur le canapé quand elle aperçut Angelo.

— Mais bon sang, qu'est-ce que tu fabriques ? s'exclama-t-il d'une voix réprobatrice.

Il était sur le pont supérieur, sur le point d'appeler son avocat à Londres, quand il entendit la musique venant de la partie inférieure du yacht. Prêtant l'oreille, il reconnut une de ses chansons favorites, ce morceau de Nina Simone sur lequel il avait dansé avec Anna la veille au soir.

Elle avait vraisemblablement mis le juke-box en marche…

Il remit son portable dans sa poche, incapable de se concentrer sur ses affaires. Avec une incroyable précision, il revivait en pensée les instants délicieux où il avait tenu Anna entre ses bras. Il sentait encore son corps souple et féminin serré contre le sien, il respirait son parfum envoûtant, il se remémorait cette aura de sensualité extraordinaire que dégageait chacun de ses gestes.

Combien de temps avaient-ils dansé ainsi, ne se souciant que de leur plaisir à être ensemble ? Il l'ignorait, mais s'il n'avait tenu qu'à lui il aurait volontiers prolongé ce moment idyllique. Jamais il ne s'était laissé aller ainsi, jamais il n'avait baissé la garde à ce point avec une femme…

Il se pencha vers le pont inférieur et l'aperçut.

Elle dansait…

La lumière du salon éclairait ses formes sculpturales, et il éprouva un choc en observant ses mouvements lascifs. Sa souplesse était extrême, ses gestes infiniment gracieux, tels ceux d'une ballerine… Elle tournait autour du pilier comme s'il s'était agi d'un homme, d'un homme qu'elle avait décidé de séduire, d'un homme avec lequel elle allait faire l'amour…

Un spasme de désir si violent qu'il en était presque douloureux le saisit. Il décida de rompre le charme et de se ressaisir. Il n'allait tout de même pas perdre le sens commun à cause de cette fille dont il ne savait même pas ce qu'elle cherchait réellement !

— Mais bon sang, qu'est-ce que tu fabriques ?

Il avança vers elle d'un pas vif et constata avec plaisir, lorsqu'il s'arrêta devant elle, qu'elle semblait soudain se décomposer. L'effet de surprise avait fonctionné encore mieux qu'il ne l'espérait…

Il y eut un blanc, terriblement pesant.

— Moi ? Je m'ennuyais, alors j'ai eu envie de bouger, rétorqua-t-elle enfin d'une voix aussi maîtrisée que possible.

Elle se tut. Il lui semblait soudain que ses jambes ne la portaient plus. Angelo la regardait avec une telle intensité qu'elle sentit son cœur se mettre à battre la chamade. Le silence entre eux s'installa, dense, impressionnant. Elle osa affronter le regard clair d'Angelo et y lut un désir égal au sien.

Quand il la prit dans ses bras, elle se lova contre lui comme si elle retrouvait la place qui, depuis toujours, était la sienne. Angelo se pencha vers elle et lui prit les lèvres. Le baiser qu'ils échangèrent étourdit la jeune femme. C'était trop de sensations merveilleuses, songea-t-elle, éblouie. Ce plaisir intense recelait presque trop de violence…

— Tu t'ennuyais ? demanda-t-il avec une œillade taquine en s'écartant d'elle.

— Oui, tu travailles tout le temps ! protesta-t-elle, soudain mutine.

Elle tendit la main et attrapa le pilier, puis se cambra, dressant délibérément les seins pour aiguiser le désir d'Angelo. Elle finit par entourer le pilier d'une jambe pour mieux mettre en valeur sa chute de reins.

— Je ne sais pas qui tu es, Anna, mais tu danses comme une reine, déclara Angelo d'une voix rauque.

Il ne pouvait pas détacher les yeux d'elle, et elle en éprouva un plaisir infini.

Cette fille le rendait fou, songeait Angelo, fasciné. Fou de désir, fou de curiosité, fou tout court. Il la connaissait, la seule solution à tous ses troubles. Il ne pouvait plus attendre…

Sans un mot, il la prit par la main et l'entraîna vers le canapé. A son air grave, à ses yeux brillants, Anna comprit que ce qu'elle attendait depuis si longtemps allait enfin se produire… Elle le suivit, le cœur battant. Jamais elle n'avait éprouvé une telle émotion. Elle songea que sa vie allait peut-être basculer, que plus rien ensuite ne serait comme avant.

Se jeter dans les bras de cet homme insensible qui représentait tout ce qu'elle était censée exécrer était une véritable folie. Ne prenait-elle pas un risque absurde ? s'interrogea-t-elle dans un dernier éclair de lucidité. Elle chassa de son esprit ces ultimes doutes : elle assumait les risques qu'elle prenait. Rien ni personne ne pouvait plus l'empêcher d'appartenir à Angelo…

Quelques secondes plus tard, allongés sur les coussins, ils s'étreignaient… Ce fut un déchaînement de passion : les forces incontrôlables qui les poussaient l'un vers l'autre se libérèrent tout à coup, les entraînant dans une aventure sensuelle tel un raz de marée, bouleversant tout sur leur passage. Insatiables, ils s'embrassèrent et se caressèrent avec frénésie, avides de découvrir tout de l'autre.

Plus rien ne comptait pour eux que le bonheur de s'appartenir, ce don mutuel qu'ils se faisaient, cette aventure merveilleuse qui, entre eux, débutait.

Ils se dévêtirent à la hâte, s'aidant mutuellement de leurs doigts rendus malhabiles par l'impatience.

Sans savoir comment, Anna se retrouva assise à califourchon sur Angelo. Par jeu, elle l'immobilisa en le tenant par les poignets, et lui effleura la poitrine de ses seins aux mamelons durcis.

— A présent, tu es à ma merci, murmura-t-elle d'un air taquin.

— Crois-tu ? rétorqua-t-il sur le même ton.

Brusquement, il se dégagea et la fit rouler sous lui, pesant de tout son poids sur son corps gracile comme pour mieux affirmer sa virilité. Elle s'abandonna à ses mains possessives et ondula de plaisir. Plus rien ne pouvait arrêter Angelo, étourdi de désir. Ses caresses se firent de plus en plus précises, ses doigts de plus en plus audacieux, attisant encore l'émotion de la jeune femme. Il lui semblait que son corps était en feu. Curieusement, Angelo était à la fois l'incendiaire et le sauveteur : lui seul pouvait apaiser les flammes qui la consumaient par l'étreinte ultime, cette étreinte qu'elle appelait à présent de tous ses vœux.

Quand ses lèvres prirent le relais de ses doigts et qu'il l'embrassa au cœur même de sa féminité, le plaisir fut tel qu'elle poussa un cri.

Comment supporterait-elle le plaisir qu'il allait lui donner en la pénétrant, alors que ses caresses la transportaient déjà au septième ciel ? se demanda-t-elle dans un éclair de lucidité.

Bouleversée, elle le vit se saisir d'un préservatif et se protéger. Quelques secondes encore, et elle serait à lui, se dit-elle, émerveillée...

Il entra en elle, et elle ne vit pas la stupéfaction qui marqua son visage. Il se retira et lui lança un regard incrédule.

— Anna, tu es vierge ? murmura-t-il.

Pour toute réponse, elle l'attira à elle avec passion. Il ne pouvait pas l'abandonner à cet instant, alors que tout en elle le réclamait, que chaque parcelle de sa peau avait besoin de ses caresses, de ses baisers !

Cédant à son invite silencieuse, il la pénétra de nouveau, avec précaution cette fois, sans la quitter des yeux.

— Qui es-tu, Anna ? lâcha-t-il.

Elle lui adressa un regard suppliant.

— Peu importe, Angelo. Je suis juste une femme qui veut que tu lui fasses l'amour ! Je me moque du reste !

Un instant, il sembla hésiter, mais elle lui entoura les hanches de ses jambes et l'attira au plus profond d'elle-même.

Alors les dernières barrières lâchèrent, et plus rien n'exista que leurs deux corps unis, leur danse d'amour qui les entraîna loin, très loin, vers des contrées inconnues, et s'accéléra jusqu'au moment où ils atteignirent le point de non-retour.

Le plaisir les saisit ensemble, leur arrachant le même cri de délivrance et de triomphe.

Epuisés, ils s'effondrèrent dans les bras l'un de l'autre. Après quelques minutes, Angelo retrouva son souffle et se mit sur un coude pour observer Anna.

Avec ses cheveux bruns méchés de rose répandus sur les coussins, sa bouche pulpeuse gonflée par leurs baisers, ses joues rosies par leurs ébats, elle était d'une extraordinaire beauté. Dire qu'elle était vierge, et que c'est lui qu'elle avait choisi pour être son premier amant !

Il sentit le désir se réveiller en lui, un désir brut et impérieux qui l'effraya.

Un instant, il voulut lui refaire l'amour mais eut la force de se retenir. Il n'aimait pas trop la tournure que prenaient les événements avec Anna. Jamais aucune femme n'avait excité son désir à ce point, et sa propre vulnérabilité l'inquiétait. Mieux valait couper court.

Il s'écarta d'elle et lui remonta le drap sur la poitrine.

Aussitôt, elle ouvrit les yeux et comprit qu'il partait.

— Que fais-tu ? balbutia-t-elle.

— Je retourne à ma cabine.

Il se leva. Les rayons argentés de la lune illuminaient son corps viril, magnifiant chacun de ses muscles, ses longues cuisses puissantes, son profil racé. Le souffle d'Anna s'accéléra. Pourquoi l'abandonnait-il, alors qu'ils avaient toute la nuit devant eux pour s'appartenir encore et encore ?

Elle se mit sur son séant, le drap tiré jusqu'au menton.

— Angelo ! lança-t-elle, suppliante.

Il se dirigea vers la porte.

— J'ai fait quelque chose qui t'a déplu ? demanda-t-elle d'une voix étranglée.

— Non, répondit-il en se retournant vers elle, le visage impassible. Pour le sexe, il faut être deux. Mais pour dormir, je préfère être seul.

Sur ces paroles lapidaires, il quitta la pièce…

8

Anna ouvrit les yeux, éblouie par le soleil qui pénétrait à flots dans la cabine. Elle étira langoureusement son corps meurtri par les baisers impétueux d'Angelo et rougit au souvenir de leurs étreintes impudiques.

Elle s'assit sur le lit et se mit à réfléchir. Elle ressentait une impression étrange, difficile à analyser. Etait-ce dû au départ précipité d'Angelo, qui l'avait à la fois stupéfaite et frustrée ? Ou au sentiment qu'elle n'arriverait jamais à comprendre qui était vraiment cet homme à qui elle venait d'offrir sa virginité ? Pourquoi était-il si insaisissable, en dehors de ces moments magiques où l'amour physique les réunissait, effaçant tous les malentendus, toutes les questions qui la minaient ?

Qui es-tu ? lui avait-il demandé…

Le savait-elle elle-même ? Jusqu'à la veille au soir, elle n'aurait su répondre, tant sa vie lui paraissait instable. Mais cette nuit magique avait tout changé, songea-t-elle. Elle ne savait rien d'Angelo, mais elle avait ressenti dans ses bras un tel sentiment de plénitude, d'apaisement intérieur qu'elle était heureuse de l'avoir choisi pour être le premier. Quoi qu'il arrive à présent, il tenait une place essentielle dans sa vie, par le simple fait qu'il l'avait révélée à elle-même en faisant d'elle une femme à part entière…

Tout à coup, elle se souvint que c'était le jour de son anniversaire, ce qu'elle avait presque oublié tant les derniers jours avaient été riches en événements. Comme chaque année à cette date elle éprouva encore plus cruellement l'absence de sa mère.

Car, pour son malheur, la mort de sa mère était liée à jamais au jour de sa propre naissance… En effet, c'est en allant chercher chez le traiteur le gâteau commandé pour les dix ans de sa fille que Lisette s'était tuée au volant en perdant le contrôle de son véhicule.

C'était la première année qu'en cette fin d'été, Lisette et sa fille ne fêtaient pas l'événement à château Belle Eden. En cette veille de rentrée, Lisette avait choisi de regagner Ifford un peu plus tôt que d'habitude.

Depuis un an, Anna était interne dans un pensionnat huppé qu'elle détestait de tout son cœur. Elle n'aimait ni la promiscuité des dortoirs, ni les cancans de ses congénères et avait fini par se réfugier dans une attitude distante qui avait contribué à lui créer une réputation de bêcheuse.

Malgré les protestations de sa fille, et dans l'espoir de l'intégrer un peu mieux au pensionnat, Lisette avait insisté pour organiser pour son anniversaire une fête avec quelques-unes de ses camarades de classe dans la propriété d'Ifford.

Anna, catastrophée, avait eu beau expliquer à sa mère qu'elles se moqueraient d'elle de plus belle en découvrant la grande demeure qui tombait en ruine faute de moyens, Lisette ne s'était pas laissé fléchir.

— Tu verras, ma chérie, vous passerez un bon moment et vous deviendrez amies ! avait-elle insisté.

Anna, dépitée, avait fini par prier intérieurement pour que quelque chose se passe, n'importe quel événement qui aurait permis d'annuler la fête. Même une tragédie…

Ses vœux avaient horriblement été exaucés…

Longtemps, elle s'était sentie coupable de la mort de sa mère… Ce n'est qu'une fois adulte qu'elle s'était enfin libérée de ce poids terrible.

Elle se leva du lit et se dirigea vers la salle de bains. Penchée devant la vasque en marbre, elle s'aspergea le visage d'eau fraîche, chassant de son esprit les images terribles de ce jour funeste où sa mère avait disparu.

Si seulement elles avaient passé l'été comme d'habitude au

château, songea-t-elle, se dévisageant longuement dans le miroir. Lisette serait toujours là, à ses côtés…

Elle se remémora la robe défraîchie dans le coffre du grenier et eut peine à retenir ses larmes au souvenir du bonheur familial évanoui.

C'était comme si une partie d'elle-même niait encore la mort de Lisette, comme si, en refusant de vendre le château, elle s'accrochait à l'idée qu'un miracle était possible, qu'elle pourrait remonter en arrière l'horloge implacable du temps et faire revenir sa mère.

Alors, tout recommencerait comme autrefois, entre les siestes à l'ombre des pins et les thés sur la terrasse avec sa mère et sa grand-mère.

Comme si sa famille avait été une famille normale…

Elle détourna les yeux et sécha ses larmes.

Elle avait beau avoir vingt et un ans aujourd'hui, elle n'avait pas encore compris que les contes de fées n'existaient pas…

— Je crois qu'on la tient ! lança à l'autre bout du fil la voix triomphante d'Helen, l'assistante d'Angelo.

Soudain tout ouïe, Angelo pressa le combiné contre son oreille.

— Je vous écoute, fit-il, concentré.

— Anna Field, arrêtée en 2003 pour troubles sur la voie publique lors d'une manifestation pour la défense des droits des animaux…, commença-t-elle.

— C'est cohérent avec le personnage, fit observer Angelo en fronçant les sourcils.

— Habite Londres, travaille dans un restaurant végétarien, divorcée, quarante-cinq ans.

Un juron en italien échappa à Angelo.

— Je continue, monsieur Emiliani ? demanda Helen après un silence.

— Non, inutile, répondit Angelo d'une voix coupante. Ce n'est pas elle, ou alors elle a pris des pilules de jouvence, et ça marche bougrement bien ! La fille qui nous intéresse a environ vingt-cinq ans…

— Désolée, fit Helen, déçue, je croyais que cette fois, c'était la bonne.

— Ne vous en faites pas, et surtout continuez à chercher, enchaîna Angelo. Malheureusement, la vente a pris du retard. Les notaires de Nice attendent toujours qu'Ifford envoie quelqu'un pour signer les papiers, il ne faudrait pas que ça traîne. Pendant ce temps, nos amis de Planète verte fourbissent leurs armes, qui sait ce qu'ils vont bien pouvoir inventer pour nous mettre des bâtons dans les roues !

Après avoir raccroché, Angelo retourna à son bureau. C'est là, sur le divan à côté de sa table de travail, qu'il avait passé la nuit après avoir quitté Anna. Depuis toujours, il dormait mal et avait pris l'habitude de se replonger dans ses dossiers entre deux insomnies.

A l'orphelinat, les dortoirs accueillaient vingt pensionnaires, et Angelo n'avait jamais supporté cette promiscuité. Enfants abandonnés par leurs parents ou véritables orphelins, ils avaient tous des histoires douloureuses et leurs nuits étaient peuplées de cauchemars.

Comment dormir quand les pleurs ou les gémissements de vos petits voisins vous renvoyaient à vos propres angoisses ?

Angelo avait lui aussi ses démons qui le poursuivaient dès la nuit tombée, ces mêmes démons qui lui interdisaient aujourd'hui de dormir auprès de la femme à laquelle il venait de faire l'amour. Jamais il ne s'était senti suffisamment en confiance pour en arriver là. Il était trop sur ses gardes, trop suspicieux pour se placer dans une telle situation de vulnérabilité.

Le seul être auquel il s'était jamais laissé aller à dévoiler sa vulnérabilité était Lucia...

Quand elle était arrivée à l'orphelinat, petite fille de trois ans maltraitée et mal aimée, elle ne disait pas un mot et ses terreurs nocturnes réveillaient tout le dortoir.

Angelo avait pris ce petit oiseau effarouché sous son aile protectrice et fraternelle et, peu à peu, à son contact, Lucia s'était apaisée. La nuit, quand elle se glissait à son côté sur sa paillasse, il la berçait longtemps pour l'endormir, puis la remit dans son lit avant l'arrivée des sœurs.

Au bout de quelques semaines, Lucia avait retrouvé le sourire, et personne n'aurait reconnu en voyant cette petite fille gaie et taquine l'enfant maigre et renfermée qu'elle était à son arrivée à l'orphelinat.

Sur sa table de travail se trouvait la dizaine de croquis qu'il avait réalisés après sa visite de château Belle Eden.

Il prit le temps de les observer et s'aperçut avec une surprise teintée de fierté qu'ils étaient très bons. Non seulement parce qu'ils témoignaient fidèlement de l'architecture et de la décoration des lieux, mais aussi parce qu'ils rendaient compte du charme et du mystère qui imprégnaient le bâtiment et le parc.

Cette propriété était exceptionnelle, songea-t-il de nouveau. Elle avait une histoire, le poids du passé imprimait sa marque sur chaque arbre, dans chaque pierre. C'était comme si les hommes et les femmes qui avaient vécu là génération après génération n'avaient pas vraiment disparu, et que leur attachement à cette belle demeure perdurait à travers les siècles.

Cette propriété, il la voulait, et s'il devait affronter les activistes de Planète verte pour l'avoir, il n'hésiterait pas à les écraser. Anna ou pas Anna…

Des images de leur nuit passionnée lui vinrent brutalement à l'esprit, mais il réussit à les repousser. Son seul souci à présent était de conclure la vente, et il n'était pas question de laisser Anna, aussi belle et désirable soit-elle, le distraire de cet objectif…

Après une heure d'exercices dans la somptueuse salle de sport que Paolo lui avait fait découvrir, Anna était épuisée, mais en pleine forme. Prête pour une petite séance de jacuzzi qui achèverait de la détendre agréablement… Elle en venait presque à se réjouir de cette croisière forcée et à se dire que le luxe avait parfois du bon !

Elle s'apprêtait à poser sa serviette sur une des chaises longues en teck quand elle recula brusquement, surprise. Angelo était allongé sur la chaise à côté, les yeux clos.

— Désolée, murmura-t-elle, je ne voulais pas te déranger.

Il ne répondit pas et elle comprit qu'il dormait.

Un instant, elle faillit se retirer sur la pointe des pieds et le laisser en paix, mais la tentation de rester fut la plus forte. Tout doucement, elle approcha et s'assit sur la chaise longue à côté de la sienne. C'était la première fois qu'elle pouvait l'observer ainsi tout à loisir, et elle ne bouda pas son plaisir…

Dans son sommeil, il avait l'air juvénile et vulnérable d'un adolescent, et sa beauté virile avait soudain une douceur attendrissante. Sa bouche entrouverte était un véritable appel au baiser, songea Anna, mais elle résista à l'envie de lui effleurer les lèvres. Il avait l'air si jeune, abandonné ainsi! Si différent de l'homme calculateur et dominateur qu'elle avait appris à redouter! Pourquoi ne baissait-il pas la garde plus souvent? Il n'en avait que plus de charme car, malgré tout, il restait mâle, un mâle d'une arrogante virilité, et le contraste avec cette fragilité inattendue n'en était que plus séduisant…

Il s'était assoupi en tenant contre lui une liasse de feuilles, et Anna hésita à les lui retirer. Ne risquaient-elles pas de s'abîmer s'il bougeait? Et si elle le réveillait?

Elle finit par se décider et s'empara des feuilles avec mille précautions… pour s'apercevoir, stupéfaite, qu'il s'agissait de croquis de château Belle Eden!

En quelques coups de crayon, l'artiste avait su rendre l'atmosphère si particulière qui émanait de la demeure familiale, comme s'il y avait toujours vécu, comme s'il ressentait personnellement l'histoire de ces murs. Quel qu'il soit, il avait fait preuve non seulement de talent, mais aussi d'une exceptionnelle sensibilité.

Elle s'attarda longuement sur la façade, parfaitement bien rendue avec ses grandes fenêtres entourées de glycine, puis sur une vue de la terrasse vers la maison. A travers la porte grande ouverte, l'artiste avait représenté le piano à queue sur lequel Lisette aimait tant jouer, et il sembla à Anna entendre le son mélodieux des valses de Chopin qui avaient bercé son enfance.

Une douleur sourde, malheureusement familière, lui serra la poitrine, et elle écrasa une larme.

A cet instant un bras puissant la saisit par la taille, et elle eut à peine le temps de réaliser ce qui se passait qu'Angelo la plaquait à terre sur le matelas de plage.

— Pas de chance, Anna, déclara-t-il d'un ton narquois en la maintenant par les poignets. Tu cherchais sûrement des plans, des informations confidentielles sur les projets que j'ai pour la propriété, mais ce ne sont que des croquis ! Tu n'imaginais tout de même pas que j'étais assez stupide pour laisser traîner des documents importants alors que tu es sur le bateau !

Il s'appuyait sur elle de tout son poids, et elle se débattit, meurtrie par l'ironie glaciale de ses paroles ! Comment pouvait-il faire preuve d'autant de défiance ?

— Je ne cherchais rien du tout ! Et que tu me croies ou non, cela m'est égal, ajouta-t-elle, désabusée.

Il la relâcha et elle se leva aussitôt.

— D'ailleurs, ce sont de très beaux dessins, fit-elle observer d'une voix distante, qui rendent parfaitement compte de la beauté des lieux.

Sa voix se fit cassante.

— Et c'est bien parce que cette propriété est d'une exceptionnelle beauté que nous voulons la protéger, conclut-elle en lançant à Angelo un regard accusateur.

Les traits d'Angelo se tendirent.

— Protéger ce bâtiment ? s'exclama-t-il avec une soudaine agressivité. Tu ne crois pas qu'il y a des combats plus urgents, dans le monde où nous vivons, où des hommes et des femmes souffrent d'injustice, où leurs droits sont bafoués ?

Elle soutint son regard sans fléchir. S'il voulait l'affrontement, il l'aurait…

— Moi, au moins, je mène un combat qui a du sens ! rétorqua-t-elle vertement. Je ne fais pas partie de ceux qui amassent des millions sans se préoccuper de ce qui les entoure ! Quand je me bats pour protéger l'environnement, pour préserver notre patrimoine, ce n'est pas par égoïsme, mais pour les générations futures !

Il détourna la tête, mais elle sentit sa tension intérieure. Il se passa la main dans les cheveux et elle eut soudain l'envie irrépressible d'aller vers lui, de l'enlacer, et de lui dire qu'ils avaient bien autre chose à faire ensemble que discuter de l'avenir de la planète. Il lui fit face de nouveau et l'expression hostile qu'elle lut sur son visage la fit aussitôt changer d'avis.

— Les générations futures ? lança-t-il avec une moue amère. Laisse-moi rire ! En fait, tu défends ces fils de famille qui, siècle après siècle, ont profité de leurs privilèges sans se soucier du petit peuple ! Des familles qui n'hésitent pas à faire passer leurs titres, leurs terres, leur nom avant le bonheur de leurs enfants…

— Peu importe à qui appartiennent ces lieux préservés, rétorqua Anna. La seule chose qui compte est d'empêcher que des promoteurs sans scrupule viennent les bétonner pour permettre à des *golden boys* de venir de Londres en jet privé pour le week-end ! Tout ça pour l'appât du gain ! C'est une honte !

Angelo lui lança un regard chargé d'un tel mépris qu'elle baissa les yeux.

— Toi et tes amis, vous êtes de vrais ayatollahs ! fit-il observer avec dédain. Tout ça serait juste pitoyable si vous n'étiez pas si sectaires que vous en devenez dangereux ! Pour vous, la fin justifie les moyens, vous vous sentez investis d'une mission divine, à tel point qu'à vous entendre on a le sentiment que vous êtes ici pour sauver le monde ! J'ai presque l'impression d'écouter les sœurs qui m'ont élevé quand je vous entends !

Anna blêmit.

— Comment oses-tu ? s'exclama-t-elle avec une rage sourde.

Angelo s'approcha d'elle et la regarda en face.

— J'ose, parce que c'est la vérité ! Tu as une vision complètement figée du monde, un monde idéal qu'il faudrait conserver dans de la naphtaline ! La réalité, aujourd'hui, ce sont les gens qui souffrent, les femmes, les enfants, des êtres vulnérables qu'il est bien plus urgent de protéger contre ceux qui peuvent leur faire du mal qu'un château, aussi magnifique soit-il. Mon idéal à moi est d'adapter ce qui nous entoure au monde tel qu'il est aujourd'hui, de le mettre au service des gens qui ont besoin d'aide. C'est ce que j'ai l'intention de faire avec château Belle Eden. Que cela plaise ou non à tes camarades doctrinaires et donneurs de leçons de Planète verte !

Il se tut, laissant Anna dans un profond désarroi. Des larmes perlèrent à ses yeux, qu'elle parvint par miracle à retenir. Angelo ne devait pas voir à quel point son discours l'affectait.

— J'aimerais que tu me déposes à terre, articula-t-elle avec difficulté.

— C'était mon intention. Nous sommes presque arrivés à Cannes, où tu pourras débarquer, indiqua-t-il d'une voix soudain neutre.

— Parfait, je crois que je n'aurais pas dû venir. C'était une erreur de jugement de ma part.

La gorge d'Anna se serra. Ainsi, c'était la fin du voyage, et de cette extraordinaire aventure. Elle aurait dû se réjouir d'être de nouveau bientôt libre de ses mouvements, mais éprouvait tout à coup un profond désarroi.

— Peut-être n'as-tu tout simplement pas réfléchi, ou alors tu t'es laissé tenter par la perspective de glaner quelques informations, suggéra-t-il. Et de passer une nuit… chaude.

— Que veux-tu dire ? rétorqua-t-elle, glaciale.

— Tu comprends très bien ce que je veux dire. Tu avais envie de sexe, précisa-t-il sèchement.

Impossible d'être plus trivial, songea Anna, révoltée. Et plus grossier…

— Je n'étais pas la seule à en avoir envie, protesta-t-elle d'un ton choqué.

— Non. Mais tu en avais plus envie que moi.

Cette fois, il dépassait les bornes. Pourquoi l'humiliait-il ainsi ? Pourquoi cherchait-il à la rabaisser ? Que voulait-il lui faire payer ? Ils étaient deux dans cette affaire !

Une bouffée de rage l'envahit, et avant de se rendre compte de la portée du geste qu'elle allait accomplir, elle leva la main et gifla Angelo de toutes ses forces.

Il y eut un silence terrible, et il sembla à Anna que le bruit du claquement de sa paume sur la joue d'Angelo se propageait en un interminable et funeste écho.

Aussi immobiles que des statues de pierre, ils se faisaient face : Angelo avait un éclat assassin dans son regard clair, et Anna était de plus en plus horrifiée au fur et à mesure que la marque de sa main se dessinait en rouge sur le visage d'Angelo.

Comment avait-elle pu ? Elle fut horrifiée par sa propre violence. Elle chercha désespérément quelque chose à dire pour se faire pardonner son geste, mais Angelo ne lui en laissa pas le temps.

Après lui avoir lancé un dernier regard chargé d'un souverain mépris, il rassembla ses dessins et tourna les talons.

De retour dans sa cabine, Anna resta un long moment prostrée sur son lit, se repassant en boucle les paroles d'Angelo.

Malgré sa colère contre lui, elle devait admettre qu'il avait raison sur bien des points dans l'analyse qu'il avait faite de son itinéraire personnel.

Si elle avait embrassé la cause de Planète verte, c'était d'abord pour redonner un sens à sa vie après son renoncement forcé à la danse. Elle avait fait par hasard la connaissance de Gavin au moment le plus noir de sa jeune existence : elle venait d'une part d'apprendre qu'elle devait interrompre sa carrière de danseuse, et d'autre part la vérité sur sa naissance avait éclaté au grand jour.

Tout s'écroulait autour d'elle. Elle n'avait pas encore vingt ans, et n'avait soudain plus ni avenir, ni passé…

Comment ne serait-elle pas tombée dans les filets de Planète verte, qui lui offrait tout à la fois un objectif, un groupe, des camarades, et un but dans la vie, le tout sans qu'elle ait à se poser la moindre question ?

Aussi s'était-elle rangée docilement sous l'autorité de Gavin qui régentait d'une main de fer son petit monde, sans jamais remettre en cause la légitimité de son combat et, plus encore, de ses méthodes.

De plus, en évoquant les compromissions dont sont capables certaines grandes familles pour préserver leur réputation, Angelo avait touché son point le plus sensible.

D'une certaine manière, la famille Delafield l'avait sacrifiée, elle, Anna. On lui avait caché la vérité sur sa naissance dans le seul but de défendre l'honneur de son père et le prestige du nom, sans se soucier un seul instant des ravages que cette situation risquait de susciter chez la petite fille qu'elle était alors, et surtout à la femme qu'elle deviendrait.

Ce qu'on attendait d'elle était simple : jouer le jeu, épouser un mari bien sous tous rapports pour perpétuer la lignée en mettant au monde des enfants dotés d'un bon pedigree. Sans rien lui dire, bien entendu.

Ce qu'elle pouvait bien ressentir ? Aucune importance, tant que les apparences étaient sauves... Mais le poids du non-dit et la chape de plomb qui avait entouré sa filiation l'avaient profondément perturbée, comme tout enfant qui perçoit qu'il est au centre d'un secret de famille.

Aujourd'hui, elle comprenait tout cela, mais son désarroi n'en était que plus cruel. Elle avait idéalisé le passé, et pris pour argent comptant les beaux discours enflammés et révolutionnaires de Gavin.

Que lui restait-il à présent ? Qui était-elle vraiment ?

Elle avait mis tant d'énergie à rejeter les valeurs que souhaitait lui transmettre son père qu'elle avait oublié de se créer les siennes... Elle avait été tellement prisonnière de son passé qu'elle n'avait pas eu la force de se construire un avenir, tellement mal dans sa peau qu'elle n'avait jamais pris la peine de réfléchir sur elle-même.

Elle s'assit sur son lit et rejeta ses cheveux en arrière d'un mouvement déterminé.

Elle était prête pour un nouveau départ, se dit-elle. Angelo était au moins utile à ça.

Désormais, en ce jour anniversaire à la fois de sa naissance et de sa renaissance, elle penserait à lui.

Ainsi que les trois cent soixante-quatre autres jours de l'année, ajouta-t-elle en son for intérieur avec une lucidité amère.

Une heure après, Paolo frappait à la porte de sa cabine.

— M. Emiliani m'a chargé de vous dire que nous allons accoster à Cannes dans un peu moins d'une heure. Je viendrai vous chercher quand nous serons prêts à débarquer. Avez-vous besoin de quelque chose ?

— Non merci, répondit Anna avec un sourire.

Ce dont elle avait besoin, personne ne pouvait le lui donner...

9

Vingt minutes plus tard, au sortir de son bain, Anna s'enveloppait dans une serviette délicieusement parfumée. Qui sait quand elle aurait encore l'occasion de profiter d'une salle de bains aussi luxueuse ? pensa-t-elle, admirant la grande vasque de marbre insérée dans des lambris en acajou. Qu'aurait pensé Gavin de cette débauche de bois tropicaux ? Il se serait certainement lamenté sur la destruction de la forêt amazonienne !

Tout en se séchant les cheveux avec énergie, elle se morigéna intérieurement. A partir d'aujourd'hui, elle prenait l'engagement de raisonner seule et de se libérer de l'emprise de son gourou !

Presque timidement, elle se sourit dans le miroir. Pour la première fois depuis bien longtemps, elle avait confiance en elle, en sa capacité à profiter de la vie et de tout ce qu'elle pouvait apporter de beau, de joyeux.

Au cours des dernières heures, elle avait beaucoup appris d'Angelo, et pas seulement qu'elle devait s'affranchir de Planète verte et prendre son destin en main…

Il lui avait fait découvrir le miracle de l'amour physique, du plaisir partagé, de la découverte de l'autre. Quoi qu'elle ait à lui reprocher par ailleurs, sa froideur, sa condescendance, son ironie cinglante, elle lui rendrait grâce jusqu'à son dernier jour de l'avoir initiée avec une telle douceur, une telle tendresse à cette expérience unique. Elle ne pourrait jamais oublier que c'est dans ses bras experts et attentifs qu'elle était devenue une femme à part entière…

Soudain pensive, elle enfila par-dessus son haut de Bikini la chemise qu'Angelo lui avait prêtée, et qui portait encore son parfum envoûtant, et un spasme de désir la saisit. La gorge soudain sèche, elle porta le tissu à son visage et inspira profondément pour s'imprégner encore une fois de son odeur. Une dernière fois…

Puis elle se redressa et fit face à son image dans le miroir. Si elle voulait laisser à Angelo le souvenir impérissable d'une femme fatale, c'était franchement raté, constata-t-elle avec dépit. Sans maquillage, à peine coiffée, avec cette chemise trop grande pour elle, elle avait l'air d'une adolescente qui avait chipé le vêtement de son frère…

Elle tenta tant bien que mal de discipliner ses boucles folles, et tira sur le tissu dans l'espoir vain de dissimuler ses longues cuisses fuselées. Tant pis si Angelo gardait d'elle l'image d'une sauvageonne, après tout, c'est un peu ce qu'elle était…

Quand elle arriva sur le pont principal, elle fut frappée par la douceur du soir, la pureté de la lumière… Le soleil venait de disparaître, laissant derrière lui des bannières d'un rouge orangé qui imprégnaient la scène d'une atmosphère terriblement romantique. Le vent était tombé, remplacé par une légère brise délicieusement tiède.

L'eau, étrangement calme, n'était traversée que de quelques clapotis, seul bruit discret dans le silence du soir. Anna s'aperçut alors que le yacht était ancré à proximité d'une petite île.

Elle avança de quelques pas et, tout à coup, aperçut Angelo. Accoudé au bastingage, il semblait plongé dans la contemplation du soleil couchant. Son T-shirt noir moulant dessinait son impressionnante musculature, son jean mettait en valeur l'étroitesse de ses hanches et la longueur de ses jambes. Il était tout simplement le plus bel homme qu'elle n'ait jamais vu, songea Anna, la gorge soudain sèche.

Il se retourna brusquement et leurs regards se croisèrent. La jeune femme inspira profondément pour maîtriser son trouble. Il ne devait à aucun prix comprendre à quel point elle était sous son charme…

— Où sommes-nous ? demanda-t-elle en désignant l'île —

par miracle sa voix ne tremblait pas. Je croyais que nous devions débarquer à Cannes…

— A Saint-Honorat. Une petite île au large de Cannes, expliqua-t-il. Ce n'est qu'une courte escale, rassure-toi. Je te dois des excuses pour tout à l'heure, enchaîna-t-il. J'ai eu des paroles un peu dures…

Elle se força à sourire.

— Non, tu avais raison, fit-elle. C'est une affaire classée, n'en parlons plus. Tu as assez perdu de ton précieux temps avec moi pendant ces deux jours…

Il s'approcha d'elle, et la fixa avec une intensité qui l'étourdit.

« Ne me touche pas, pensa-t-elle de toutes ses forces. Ne sois pas trop gentil avec moi, car je vais m'effondrer en larmes, me jeter dans tes bras et te dire que… »

Indifférent à sa supplique silencieuse, il leva la main et lui effleura le menton de l'index.

— Je crains que ce ne soit pas tout à fait fini, Anna, murmura-t-il. Encore un peu de patience, et je te libère. Mais d'abord, je t'invite à dîner… au bord de l'eau.

De la main, il désigna la plage toute proche, et elle aperçut tout à coup, étendue sur le sable, une grande couverture éclairée par des dizaines de photophores.

— Le cuisinier nous a préparé un pique-nique, expliqua-t-il. Nous serons très bien sur la plage.

Un dîner en tête à tête avec Angelo à la lueur des bougies ? Non, c'était bien trop romantique, bien trop risqué, songea-t-elle, en plein désarroi. Et surtout, bien trop tentant…

— Mais je dois aller à Cannes, balbutia-t-elle d'une voix à peine audible.

Angelo fronça les sourcils.

— Tu es vraiment la fille la plus contrariante que je connaisse, fit-il observer avec agacement. Il est l'heure de dîner, une collation nous attend, je suis sûr que tu as faim sans vouloir l'avouer, et tu t'inventes des obligations en ville ! Avoue que tu exagères !

Tiraillée entre le désir ardent de passer une dernière soirée auprès d'Angelo et la certitude qu'elle devait écouter la voix de la raison et refuser, Anna hésita, au supplice.

— Mais je suis végétarienne ! bredouilla-t-elle lamentablement, consciente de l'absurdité de l'argument.

— Tu aurais pu trouver autre chose, fit Angelo. D'autant que je le savais, et j'ai tout prévu.

— Non, je…

— Arrête de discuter, asséna-t-il, et suis-moi.

Il la prit par la main d'un geste possessif, et elle renonça à combattre, domptée par le contact bouleversant de sa paume contre la sienne.

La passerelle qui reliait le yacht à la terre ferme était trop étroite pour permettre à deux personnes de l'emprunter de front. Angelo se serait bien passé de marcher derrière Anna, car le spectacle de ses longues jambes au galbe parfait, du balancement sensuel de ses hanches raviva son désir. Plus il la côtoyait, plus elle lui paraissait séduisante… Elle lui semblait moins agressive, moins sur la défensive… Peut-être son discours musclé sur Planète verte avait-il, contre toute attente, porté ses fruits ? Peut-être commençait-elle à prendre des distances par rapport à ses amis ?

Le sable était encore chaud sous leurs pieds, les bougies jetaient des reflets chatoyants jusque sur les vaguelettes qui léchaient le rivage, l'air iodé sentait bon la haute mer. La lune se levait, ronde et claire au-dessus de l'horizon, jetant sur la plage et sur la forêt de pins, en arrière-plan, une lumière argentée. Angelo et Anna restèrent un moment immobiles, saisis par la beauté de l'instant.

Comme s'ils avaient peur l'un et l'autre de dévoiler leurs émotions, ils s'affairèrent rapidement à disposer le pique-nique sur la couverture.

Tout en débouchant une bouteille de champagne millésimé, Angelo observait discrètement la jeune femme. Qui était-elle ? Il ne savait toujours rien d'elle, de ses motivations secrètes, de son implication réelle dans la vente de château Belle Eden…

Aucune des recherches qu'il avait lancées par l'intermédiaire de son assistante n'avait porté ses fruits.

Peut-être faudrait-il prendre les choses en main et tenter de la faire parler ? Il fallait profiter du soudain relâchement qu'il percevait en elle pour lui poser des questions détournées et, peut-être, mettre au jour les plans élaborés par Planète verte pour l'empêcher d'acquérir la propriété.

— A toi ! dit-il en levant sa coupe.

Il cogna le verre si brusquement contre celui d'Anna que le champagne déborda et coula sur le bras de la jeune femme.

Sans la quitter des yeux, il lui saisit la main, porta son bras à sa bouche et lécha le champagne.

Anna frémit, bouleversée. Les lèvres d'Angelo lui caressaient la peau avec une telle sensualité qu'elle ferma les yeux et renversa la tête en arrière. Brusquement, elle reprit le contrôle d'elle-même : si elle le laissait faire, elle était perdue.

— Pourquoi trinquer à moi ? balbutia-t-elle.

— Parce qu'il y a des tas de choses que je ne sais pas sur toi, répondit-il en souriant. A vrai dire, je ne sais rien !

Il lui adressa un sourire irrésistible, qui lui creusa une fossette au milieu du menton, accentuant encore son charme.

— Pourquoi chercher à apprendre des choses sur moi, alors que nous nous apprêtons à nous dire au revoir ? Je ne suis ni la dernière ni la première femme à passer la nuit sur ce bateau, et je suis sûre que, dans la plupart des cas, tu oublies leur nom dès qu'elles ont disparu de ton champ de vision. Inutile de faire une exception pour moi, tu sais…

Il y eut un silence, seulement troublé par le discret clapotis des vagues qui venaient mourir sur le sable.

— C'était ta première fois, murmura enfin Angelo de sa voix grave aux accents virils, et, en soi, c'est exceptionnel. Et puis — il hésita un instant — qui te dit que je n'ai pas envie de faire une exception pour toi ?

Elle leva les yeux vers lui. La lumière des bougies jouait sur son profil racé, en accentuant la noblesse. Dans son regard clair, toute trace d'ironie ou de défiance avait disparu. Il s'en fallut de peu qu'elle ne fasse un pas vers lui, se serre contre son corps viril et rassurant et cherche ses lèvres, mais un ultime réflexe de raison l'en empêcha. Elle n'avait rien à attendre d'un homme comme lui, et au contraire tout à en craindre. Elle était prête à remettre en cause certaines des positions de Planète verte mais savait que la méfiance de ses amis envers lui était justifiée.

— Comment pourrait-ce être le cas ? s'exclama-t-elle avec une vigueur retrouvée. Tu détestes tout ce que je représente !

Il déposa leurs coupes à terre, lui prit les mains dans les siennes et la regarda attentivement comme s'il la voyait pour la première fois.

— Anna, ne schématise pas ainsi !

Le simple contact de ses paumes sur les siennes l'affola, et elle lutta pour ne pas perdre sa détermination.

— C'est la réalité, voyons ! insista-t-elle. Je fais partie d'un groupe qui a juré de t'empêcher d'acheter château Belle Eden ! Nous ne pouvons pas être amis, tout simplement !

— Nous avons été amants…

— Non, coupa-t-elle sèchement. Nous avons eu une relation sexuelle. Point.

— Justement, c'était trop court… Peut-être pouvons-nous développer ce thème…, suggéra-t-il en glissant les doigts entre les siens.

Il posa les yeux sur ses lèvres et elle sentit une vague de chaleur l'envahir au souvenir de leurs baisers.

— Quand je t'ai vue à l'hôtel, je me suis demandé un instant si tu n'étais pas une de ces pauvres petites filles riches qui se donnent des émotions en jouant les militantes au grand cœur, fit-il observer, soudain pensif.

Anna sentit son sang se figer dans ses veines. Il n'était pas question qu'il devine sa véritable identité.

— Pas du tout ! s'écria-t-elle dans un cri du cœur.

Il lui lança un regard surpris et elle baissa les yeux, furieuse d'avoir failli se trahir si stupidement.

— Tu es bien nerveuse, Anna, reprit Angelo. Tu devrais te détendre, profiter du moment ! Si tu n'y mets pas un peu du tien, il va falloir que j'intervienne.

Elle retira brusquement ses mains des siennes.

— Je déteste qu'on me dise ce que je dois faire, asséna-t-elle sèchement. Je…

Il ne la laissa pas achever : il la souleva dans ses bras et la tint serrée contre sa poitrine, comme il l'aurait fait avec un enfant.

— Lâche-moi, s'exclama-t-elle, furieuse. Pose-moi à terre !

— Non. Pas tant que tu ne m'auras pas promis d'être un peu plus raisonnable.

— Angelo ! insista-t-elle en agitant désespérément les jambes sans parvenir à se dégager. C'est indigne !

Il éclata de rire.

— Indigne ! Tu exagères un peu, non ?

A travers la chemise, elle sentait la chaleur de son torse puissant, elle respirait l'odeur enivrante de sa peau mâle, et un frisson la saisit. Il fallait absolument qu'il la lâche, ou elle ne répondait plus de rien.

— Je t'ordonne de me reposer à terre ! lança-t-elle d'une voix sifflante.

— Tu m'ordonnes ? Tu ne devrais pas prendre le risque de me mettre de mauvaise humeur, Anna. Tel que tu me vois, je pourrais parfaitement te faire prendre un bain forcé... La mer doit être délicieuse à cette heure...

Tout en parlant, il s'était avancé au bord de l'eau et dévisageait la jeune femme d'un air narquois.

— Tu n'oserais pas ! protesta-t-elle dans un souffle.

Il la serra encore plus fort contre lui, lui écrasant les seins contre sa poitrine.

— Tu crois ça ? rétorqua-t-il.

Il se pencha vers son visage. Ses lèvres n'étaient plus qu'à quelques centimètres des siennes. Eperdue, Anna s'abandonna à son étreinte, incapable de contrôler les forces qui la poussaient vers lui. Pourquoi lutter contre le désir qui la submergeait ? Pourquoi se poser des questions inutiles alors que tout son corps le réclamait ?

Les yeux clos, le souffle court, elle lui offrit sa bouche. Ils s'embrassèrent passionnément, puis Angelo retourna vers la couverture sur laquelle il la déposa délicatement. Mais, alors qu'elle s'attendait à ce qu'il la rejoigne, il se mit à sortir tranquillement des boîtes du panier.

— C'est déjà fini ? balbutia-t-elle timidement, incapable de cacher sa déception.

Il se retourna et lui sourit.

— Tu es vraiment une drôle de fille, Anna Field ! s'exclama-t-il. Chaque chose en son temps ! D'abord, nous allons déguster ce succulent repas. Ensuite… la nuit nous appartient, n'est-ce pas ?

Elle lui rendit son sourire, apaisée. Ce n'était que partie remise…

Ils partagèrent des canapés raffinés, des fruits exotiques, des petits-fours. Tout était délicieux. Mais le plus merveilleux était d'être avec Angelo sur cette plage déserte, sans personne pour les distraire l'un de l'autre. Jamais il n'avait été aussi prévenant, aussi détendu, et elle savourait chaque seconde de leur tête-à-tête.

Angelo leur servit de nouveau du champagne. Puis, allongé sur un coude, sa coupe à la main, il observa longuement la jeune femme.

— Qui es-tu, Anna ? demanda-t-il soudain.

Elle sourit.

— Pourquoi veux-tu le savoir ?

— Parce que tu m'intrigues…

— Alors pose-moi des questions ! Je te répondrai… si je le veux !

Il sourit de nouveau. Elle était si désirable ainsi, allongée sur la couverture avec ses cheveux répandus autour d'elle et ses longues jambes hâlées, qu'il aurait voulu la prendre sur-le-champ, retrouver le goût frais de sa bouche, le velouté de sa peau diaphane, sans plus se soucier de Planète verte ni du château Belle Eden.

Il avait organisé toute cette mise en scène d'abord et avant tout pour la percer à jour, se rappela-t-il. Il ne devait pas perdre cet objectif de vue, c'était le seul qui comptait. Faire l'amour à Anna était certes très agréable, mais tout à fait accessoire…

— O.K., fit-il. Allons-y. Quelle est ta couleur préférée ?

— Euh… noir.

Il leva les bras au ciel.

— Tu dois répondre la vérité ! s'exclama-t-il. Je suis sûr que ce n'est pas le noir que tu préfères…

Elle eut un petit sourire confus.

— J'ai dit n'importe quoi, balbutia-t-elle. En fait, je crois que c'est le rose, même si c'est atrocement banal !

Parfait, pensa-t-il. Elle ne se doutait pas un instant que l'interrogatoire auquel il allait la soumettre était autre chose qu'un jeu. Le poisson était ferré, il lui suffisait désormais de tirer sur la ligne, avec suffisamment de douceur pour ne pas éveiller ses soupçons.

— Ah, tu vois ! s'exclama-t-il, ravi. Je ne me trompais pas ! La prochaine fois que tu mens, tu auras un gage ! Maintenant, passons aux choses sérieuses : ton deuxième prénom.

— Joséphine. Comme ma grand-mère.

Elle sourit de nouveau. Définitivement ferrée, songea Angelo avec satisfaction.

— Ta matière préférée à l'école ?

— Aucune. Je détestais l'école.

Elle réfléchit un instant.

— A présent, à mon tour de poser des questions, déclara-t-elle, mutine.

Il ne pouvait pas refuser, pensa-t-il. Il la laisserait faire quelques secondes, puis reviendrait à la charge.

— D'accord. Que veux-tu savoir ?

— Où as-tu été élevé ?

— A Milan.

— Et qu'est-ce que c'est que cette histoire de bonnes sœurs qui t'ont élevé ?

— Ce n'est pas une histoire, c'est la réalité, précisa Angelo. J'ai grandi dans un orphelinat.

D'habitude, les femmes auxquelles il annonçait cette nouvelle prenaient des airs de tragédienne, soupiraient bruyamment ou se jetaient dans ses bras pour le consoler sans qu'il leur ait rien demandé. Anna, elle, se contenta de froncer les sourcils et de réfléchir.

— Je vois, fit-elle d'une voix soudain distante.

Il y eut un silence, plus troublant que tous les mots forcément dérisoires qu'elle aurait pu prononcer et il lui sut gré de sa discrétion.

— A moi de nouveau, décida-t-il. Où as-tu appris à danser comme ça ?

— Comme quoi ? demanda-t-elle en lui lançant une œillade taquine.

— Tu sais très bien de quoi je parle. Tu danses comme une déesse…

Il se redressa, s'interdisant de penser à ces moments d'exception où il l'avait tenue dans ses bras, si légère et si gracieuse, et où plus rien n'avait eu d'importance que leurs deux corps enlacés et la certitude qu'elle allait lui appartenir...

Une ombre passa sur le visage d'Anna.

— Je devais être ballerine, expliqua-t-elle, mais une blessure à la cheville gauche en a décidé autrement. L'opération a été un échec, et j'ai dû renoncer à la danse...

Il se pencha et prit son pied gauche entre ses mains. Puis, lentement, il fit glisser l'index sur la cicatrice qui marquait sa chair. Il faillit poursuivre son chemin le long de son mollet, vers l'intérieur de sa cuisse, puis plus haut encore, mais se maîtrisa. Il ne s'agissait pas de séduire Anna, mais de la soumettre à un interrogatoire en règle pour trouver les informations qu'il cherchait. Pourquoi persistait-il à mélanger ainsi les genres ? se dit-il, agacé.

— Où étudiais-tu la danse ? demanda-t-il.

Elle éluda délibérément la question, trop précise à son goût.

— Non, à présent, c'est à moi ! lança-t-elle. Ta boisson préférée ?

Il prit sa coupe et la tendit vers Anna.

— Le Dom Perignon, dit-il. 1995. Cuvée spéciale. Quel âge as-tu ? enchaîna-t-il aussitôt.

— Vingt ans. Non, vingt et un ans ? reprit-elle après une hésitation.

— Tu ne sais même pas quel est ton âge ? s'étonna-t-il.

— Si, bien sûr, mais il se trouve qu'aujourd'hui, c'est mon anniversaire.

Il lui lança un regard interloqué.

— Ton anniversaire ? s'exclama-t-il. Je suis désolé ! Je te retiens ici, alors que tu souhaites sûrement faire la fête avec tes amis. Tu aurais dû me le dire !

Il semblait sincèrement ennuyé, et sa réaction alla droit au cœur d'Anna. Il n'était donc pas aussi insensible qu'il voulait bien le laisser croire...

— Aucune importance, fit-elle. Je n'ai jamais aimé célébrer mon anniversaire.

Elle faillit ajouter : *pas depuis la mort de maman*, mais se tut. Même si elle se sentait soudain étrangement proche d'Angelo, elle n'avait pas assez confiance pour lui révéler ce drame qu'elle ne surmonterait jamais...

— As-tu des frères et sœurs ? demanda-t-elle pour changer de sujet.

Une expression douloureuse marqua soudain les traits d'Angelo, et la jeune femme comprit qu'elle avait touché un point sensible.

— Non, c'est-à-dire que… c'est un peu compliqué, répondit-il.

Il baissa les yeux, mais à son air soucieux elle devina son trouble. Pourquoi cette simple question le gênait-elle à ce point ?

— Tu ne connais pas ta famille ? osa-t-elle demander.

La tendresse et la compassion qu'il lut dans son regard le décidèrent à parler.

— J'ai été abandonné dans un couvent du sud de la France quelques heures après ma naissance, commença-t-il. De là, j'ai été envoyé à l'orphelinat à Milan. On m'a appelé Angelo parce que j'avais les cheveux blonds bouclés, et Emiliani en l'honneur de saint Jérôme Emiliani, le patron des enfants abandonnés.

— Tu ne sais rien de tes parents ? demanda Anna d'une petite voix.

Il songea à la boucle d'oreille en diamants et rubis que les sœurs avaient retrouvée dans son couffin, cachée dans son lange. Quelques années auparavant, il l'avait montrée à un expert. Le bijou, de grande valeur, avait été fabriqué par Cartier en 1922.

Sa mère était-elle une riche aristocrate qui avait fauté ou une femme du peuple contrainte de voler pour son enfant ? Il ne le saurait jamais…

— Non, rien. Dans le couffin, il y avait un bijou de prix, mais je n'ai pas d'autre indice. Une des hypothèses est que ma mère était bien née, et ne voulait pas jeter l'opprobre sur sa famille par la naissance d'un enfant illégitime. Ou peut-être a-t-elle été fortement encouragée à l'abandonner… Je ne le saurai jamais…

— Quand je t'ai demandé si tu avais des frères et sœurs, tu m'as répondu que c'était compliqué. Que voulais-tu dire exactement ?

Angelo hésita un instant. Jamais depuis douze ans il n'avait évoqué Lucia, jamais il n'avait prononcé son nom. Aurait-il la force de parler d'elle sans trahir son émotion ?

— Il y avait une petite fille à l'orphelinat, s'entendit-il dire tout à coup. Lucia…

Sa voix s'étrangla, et Anna éprouva une immense compassion pour l'enfant meurtri qu'il avait été.

— Lucia ? murmura-t-elle avec une infinie douceur.

— Une orpheline elle aussi… Une petite fille qui s'est tout de suite attachée à moi à son arrivée dans l'établissement. Comme si j'étais son grand frère. Je n'avais que seize ans, mais je me suis senti immédiatement responsable d'elle. Je me suis juré de la sortir de là, et c'est d'abord pour ça que j'ai décidé de gagner de l'argent, beaucoup d'argent. Et puis…

Les souvenirs étaient trop douloureux, et il dut s'interrompre. Il regarda Anna et vit qu'elle avait les yeux embués de larmes. Il serra les poings et acheva son histoire.

— Un an après son arrivée, elle a été emportée par une crise d'asthme, acheva-t-il d'une voix sourde. Seule dans son lit. Je n'étais pas là, et personne ne l'a entendue s'étouffer. Elle avait quatre ans.

Un silence pesant s'instaura entre eux, et Anna n'osa le rompre par respect pour le souvenir de la fillette et la tristesse d'Angelo.

Enfin, il releva la tête et lui adressa un sourire désenchanté qui la bouleversa.

— A mon tour à présent, dit-il. Qu'est-ce que tu préfères ? Les fraises ou le raisin ?

Ils parvinrent à faire honneur au reste du dîner et le spectacle magnifique du clair de lune sur la mer apaisée les détendit.

Ils marchèrent ensuite silencieusement le long de la plage. Soudain, Angelo s'arrêta et ramassa un coquillage. Comme un enfant tout fier de sa trouvaille, il le montra à Anna.

— Il est magnifique, murmura-t-elle dans un souffle.

Sans dire un mot, il avança la main vers elle et glissa le coquillage dans la poche de sa chemise, lui effleurant un sein.

Elle ferma les yeux, bouleversée. Demain, ils se sépareraient, demain, ils redeviendraient ennemis, mais elle ne voulait pas se priver du bonheur qu'ils pouvaient se donner, là, maintenant. Pourquoi se poser des questions sur l'avenir, alors que seul comptait cet instant magique ?

Faisant fi de toute raison, de toute stratégie, elle se lova contre lui, glissa les mains sous son T-shirt, cherchant sa chaleur, le contact de sa peau. Elle le sentit frémir et prendre une profonde inspiration comme s'il cherchait à contrôler le désir qui, elle en était certaine, l'avait envahi.

Puis, brusquement, il s'écarta d'elle, à son grand désarroi.

— Attends, Anna, murmura-t-il. Cette fois, je veux que nous prenions notre temps… Je veux te savourer comme si c'était de nouveau la première fois…

Il la prit dans ses bras et retourna vers la couverture, où il l'allongea précautionneusement.

Penché au-dessus d'elle, il lui déboutonna la chemise, dévoilant ses épaules rondes, ses seins fermes, ses mamelons dressés qui semblaient appeler ses baisers.

Le souffle court, le corps déjà enfiévré, Anna garda les yeux ouverts pour mieux admirer le spectacle du firmament. La voûte céleste était éclairée par des milliers d'étoiles, et elle songea que le monde était merveilleux…

Puis Angelo, nu lui aussi, la rejoignit sur la couverture, mêla ses jambes aux siennes et la serra contre lui avec fougue.

Une dernière fois avant de perdre conscience du monde qui l'entourait, Anna admira le magnifique ciel étoilé, et songea que, dans les bras d'Angelo, prête à se donner à lui, elle ne s'était jamais sentie aussi parfaitement en communion avec la nature…

10

Le soleil se levait. Anna ouvrit les yeux.

La première chose qu'elle sentit fut le corps souple et chaud d'Angelo contre elle, délicieusement abandonné.

Il avait dormi auprès d'elle ! se dit-elle, radieuse.

Quand il serait parti — car il allait partir —, elle se souviendrait de cet instant précieux où elle l'avait découvert assoupi à son côté, songea-t-elle, les larmes aux yeux. Quoi qu'il arrive désormais entre eux, il avait donné un sens à sa vie, il l'avait réconciliée avec l'idée du bonheur et elle lui en rendrait grâce jusqu'à la fin de ses jours.

Bouleversée, elle le dévisagea sans bouger, de peur qu'il ne s'éloigne d'elle. Ses traits étaient reposés et un léger sourire courbait ses lèvres sensuelles. Dans son sommeil, il l'enlaçait encore, comme il l'avait fait toute la nuit, et le poids lourd de son bras autour de sa taille la combla.

Ils ne s'étaient endormis qu'au petit matin, incapables de se rassasier l'un de l'autre. Angelo avait eu toutes les audaces, et elle l'avait suivi avec ravissement dans le parcours initiatique qu'il lui proposait. Jamais elle n'aurait imaginé l'existence de certaines de leurs caresses terriblement osées, et pourtant chacun de leurs gestes lui avait paru d'une extraordinaire beauté.

Brusquement, au moment même où le soleil émergeait glorieusement de l'horizon, elle reprit conscience de la réalité et comprit que le rêve était fini.

Cette nuit merveilleuse n'aurait pas de suite. Elle ne pouvait pas avoir de suite. Non seulement tout les opposait, mais Angelo apprendrait bientôt sa véritable identité. Il comprendrait pourquoi elle lui avait menti et il la détesterait.

L'idée même qu'il la regarde avec mépris, qu'il la rejette, lui était insupportable.

Mieux valait couper court et partir avant qu'il ne se réveille, se dit-elle, la mort dans l'âme. Elle préférait s'enfuir sans lui dire adieu plutôt que gâcher cette nuit d'exception par une inévitable et pénible explication.

Elle se dégagea avec précaution, se rhabilla comme elle le put et s'éloigna en retenant un sanglot. Par miracle, elle trouva la force de ne pas se retourner.

Ce n'est qu'une fois au sommet de la dune qu'elle fit volte-face.

Angelo dormait paisiblement, mais elle ne le vit pas, car ses yeux étaient brouillés de larmes.

Elle avançait tête baissée, comme tétanisée. Elle ne voulait penser à rien, en dehors de ce qu'elle devait faire dans les prochaines heures : regagner Cannes, retourner au campement de Planète verte pour y récupérer ses affaires, puis prendre un bus pour l'aéroport de Nice et monter dans le premier avion pour l'Angleterre.

Le reste, elle y réfléchirait après.

Alors la douleur viendrait et ne la quitterait plus…

Angelo se réveilla d'un coup, un pressentiment l'avertissait d'un événement anormal. Il comprit tout de suite qu'elle était partie…

Sans lui dire au revoir, sans lui fournir la moindre explication ! Comment avait-il pu être assez stupide pour se laisser aller ainsi avec cette fille qui, à l'évidence, était aussi ingérable qu'un électron libre ?

Abandonné sur la plage, il aperçut le coquillage qu'il avait ramassé pour elle quelques heures auparavant, puis, à quelques mètres, des lettres écrites dans le sable :

MERCI

Si c'est tout ce qu'elle avait à lui dire, elle avait bien fait de partir !

songea-t-il avec rage. Pour une fois qu'il transgressait la règle qu'il s'était imposée de ne jamais passer une nuit entière avec une femme, il était le dindon de la farce ! C'était absurde… et insupportable !

D'une façon ou d'une autre, elle lui paierait cet affront.

Regagner la côte fut plus compliqué qu'Anna ne l'imaginait. Le ferry qui desservait l'île une fois par jour venait de passer, mais heureusement elle put profiter d'un bateau de pêche qui rentrait au port pour revenir à Cannes. De là, elle prit un bus, indifférente au regard des autres passagers étonnés par la pâleur et le regard étrangement vide de cette jolie jeune femme aux boucles folles et à l'accoutrement bizarre.

Au campement, ils étaient encore tous endormis. Anna se dirigea discrètement vers sa tente, où elle eut la satisfaction de retrouver tous ses effets. Dans son petit sac en macramé, elle trouva son téléphone portable. Quarante-deux appels manqués, lut-elle quand elle l'eut allumé. En dehors de quelques appels de Felicity, la plupart venaient de son notaire et de l'agent immobilier, M. Ducasse. Ce dernier insistait sur le fait que le client était pressé et désireux de signer au plus vite.

Anna reposa le téléphone. Angelo était pressé en effet, si pressé qu'il avait tout fait pour la garder à bord et l'empêcher de s'opposer à la vente avec ses amis de Planète verte. Il ne l'avait séduite que pour la neutraliser !

Le dernier message datait de la veille au soir. Cette fois, la voix de M. Ducasse était plutôt froide. Il informait Anna que si elle ne prenait pas contact avec lui avant 10 heures le lendemain matin, la vente était caduque.

Voilà pourquoi Angelo avait insisté pour qu'elle passe cette dernière nuit avec lui, songea-t-elle avec une douloureuse amertume. Il ne s'agissait de rien d'autre que d'une tactique pour parvenir à signer cette vente à laquelle il tenait tant. Dire que, durant un instant, quand il lui avait parlé de son enfance, elle avait cru qu'il se passait vraiment quelque chose entre eux !

Elle fourragea dans ses affaires, élimina tuniques indiennes et sarouels et parvint à dénicher une tenue plus discrète. Comme elle avait changé en quelques jours ! s'étonna-t-elle en enfilant un pantalon en lin et un simple chemisier de coton blanc. Elle se sentait désormais presque étrangère à l'univers de Planète verte…

8 heures, constata-t-elle en jetant un coup d'œil à sa montre. Elle avait juste le temps. Elle s'apprêtait à rejoindre la route pour attraper un bus quand Gavin arriva.

— Tu es revenue ? s'exclama-t-il. Qu'est-ce qui t'est arrivé ? On commençait à s'inquiéter !

— Je suis de passage, expliqua-t-elle, laconique.

— Bon, fit Gavin. En tout cas, tu tombes bien, j'ai des nouvelles importantes à t'annoncer. Je sais enfin ce qu'Emiliani veut faire du château, et je suis sûr à présent qu'on va parvenir à l'en empêcher. Figure-toi qu'il a l'intention de transformer la propriété en un centre de recherche sur les maladies respiratoires de l'enfant, comme l'asthme ou la tuberculose ! Voilà pourquoi il est en pourparlers avec les laboratoires Grafton-Tarrant ! Nous allons mettre les associations locales sur le coup, et dès qu'on va prononcer le mot tuberculose, elles vont s'agiter pour l'empêcher de s'installer ici ! Pas mal, non ? On leur met l'affaire entre les mains et ils font le travail pour nous…

— Non, asséna Anna.

— Comment, non ? Tu vas voir, ça va passer comme une lettre à la poste.

— J'ai dit non, Gavin. Je vais signer la vente. Aujourd'hui.

Gavin blêmit.

— Mais qu'est-ce que tu fais de la forêt de pins, du terrain d'atterrissage, de la transformation du château ? s'exclama-t-il, suffoqué.

Elle n'eut aucun mal à lui tenir tête. Pour la première fois de sa vie, elle savait ce qu'elle voulait, et n'avait besoin de personne pour lui dicter sa conduite.

— Désolée, Gavin, mais pendant ces quelques heures j'ai compris certaines choses. Entre autres, que château Belle Eden est seulement une bâtisse, une bâtisse vide et abandonnée qui ne sert plus à rien. Je serais ravie qu'elle reprenne vie, et j'adhère complètement à ce projet de centre de recherche.

Gavin lui lança un regard stupéfait.

— Pourquoi, Anna ?

— Parce que les êtres vivants ont plus besoin d'être protégés que les bâtiments, répondit-elle, lapidaire.

Il y eut un silence.

— Tu as changé, en effet, murmura Gavin. Beaucoup changé...

— Je sais, dit-elle en saisissant son sac. Au revoir, Gavin.

A peine l'avait-elle quitté qu'elle sortait son téléphone portable.

— Monsieur Ducasse ? Roseanna Delafield à l'appareil. J'appelle pour vous dire que j'arrive. Je suis décidée à signer le contrat.

Elle rangea bravement son téléphone et se retourna. La majestueuse façade de château Belle Eden resplendissait sous le soleil, et les larmes lui vinrent aux yeux.

Ce n'était pas la perte de la demeure familiale qu'elle pleurait, mais celle d'Angelo...

Un peu plus tard, Angelo arriva chez le notaire du marquis d'Ifford pour ce qui aurait dû être son heure de gloire. Son assistante personnelle venait de lui annoncer que le contrat de vente avait enfin été signé par la partie adverse.

Il avait gagné, mais curieusement cette victoire lui laissait dans la bouche un goût amer...

Voilà douze ans qu'il travaillait sur ce futur centre de recherche qui lui tenait tant à cœur, douze ans qu'il se battait pour trouver le lieu, les partenaires, les médecins. Douze ans qu'il rêvait que, une fois le projet bouclé, le souvenir de la petite Lucia serait moins douloureux et qu'il trouverait enfin la paix.

Or, il se sentait plus seul, plus misérable, plus abandonné que jamais...

— Monsieur Emiliani ? M. Clermont va vous recevoir, lui dit la ravissante secrétaire avec un sourire appuyé.

Il la suivit sans la voir.

Où était Anna à cet instant ? pensa-t-il tout à coup. Il se remémora l'instant où il avait compris qu'elle était partie, et un spasme douloureux lui coupa la respiration. La tête lui tourna, et il devint blême.

— Tout va bien, monsieur Emiliani ?

De l'autre côté du bureau, M. Clermont observait Angelo d'un air inquiet.

— Oui, très bien, répondit ce dernier, se ressaisissant. Un peu de fatigue, c'est tout.

— Je suis désolé de tous ces retards, reprit le notaire. Lady Delafield s'en est excusée quand elle est venue signer ce matin. Mais à présent, tout est arrangé. Vous pouvez signer ici, si vous le voulez bien…

Angelo parcourut avec attention le contrat que lui tendait le notaire. Pas question de laisser échapper le moindre détail qui risquait de remettre en cause cette vente tant attendue.

Tout était en ordre, constata-t-il avec satisfaction… jusqu'à ce qu'il arrive à la fin du document.

Les traits crispés, il lut et relut la dernière ligne, tandis qu'une rage sourde montait en lui.

« Roseanna Josephine Delafield. »

Il avait enfin découvert la véritable identité d'Anna…

11

En Angleterre, un mois plus tard

Un vent désagréable soufflait dans l'étable à travers les portes ouvertes. L'automne était venu tôt cette année, songea Anna, un automne frais, pluvieux et triste qui s'accordait parfaitement à son humeur morose.

Elle tira sur sa robe de paysanne en poussant un soupir. Recevoir une classe de trente gamins de huit ans pour leur montrer les vaches et la fabrication du beurre, déguisée en laitière du XVIIIe siècle, était certes pittoresque, mais épuisant.

Autrefois, elle se moquait avec une certaine condescendance des visiteurs qui défilaient à Ifford lors des journées portes ouvertes et regardaient ébahis les portraits de famille de ses ancêtres, mais à présent elle n'avait plus envie de se moquer de leur fascination pour les Delafield : elle participait même à l'accueil des scolaires.

Elle avait changé, mûri. Désormais, elle assumait son passé, sa famille. A quoi bon la rébellion, le rejet en bloc des valeurs de son milieu pour se réfugier dans les idéologies fumeuses de Gavin et de ses amis ? Elle avait enfin compris que le déni ne la mènerait à rien. Il lui fallait se construire sereinement, en acceptant ses origines, son histoire, celle de ses parents, aussi douloureuse soit-elle…

Elle referma la porte de l'étable et se dirigea vers le manoir à pas lents. Son père l'attendait, ce père qui ne mangeait presque plus rien malgré ses efforts pour lui préparer une nourriture appétissante.

Après le dîner viendrait la nuit, ce moment tant redouté où les souvenirs l'assailleraient, lui interdisant de dormir.

Les souvenirs des moments trop courts qu'elle avait partagés avec Angelo…

Souvent, après de longues heures d'insomnie, elle se levait au petit matin, allait à la fenêtre et l'imaginait, loin des prés et de la brume anglaise. Il était peut-être sur son yacht, avec une femme… Ils buvaient du champagne, ils riaient, puis Angelo l'enlaçait sous les étoiles… Exactement comme il l'avait fait avec elle.

Alors une douleur atroce l'envahissait, et l'avenir lui semblait sans espoir.

Comment trouver un sens à cette vie qui n'en avait plus depuis qu'elle l'avait quitté ? Comment s'intéresser à ce qui l'entourait alors que toutes ses pensées la ramenaient à Angelo, à ces instants de bonheur fugitifs qui resteraient à jamais gravés dans sa mémoire ?

Brusquement, la perspective de retrouver son père lui parut insupportable. Une entente fragile s'était établie entre eux depuis son retour à Ifford. Anna faisait de son mieux pour se faire pardonner ses années de silence et faire la paix avec lui, mais le tête-à-tête parfois pesant qu'ils partageaient l'accablait. Elle décida de profiter des deux heures qui lui restaient avant le dîner pour monter Sandro, son étalon préféré. Parcourir la campagne au galop était la seule façon qu'elle avait trouvée d'échapper momentanément à la neurasthénie…

Ce n'est qu'une fois en selle, gênée par sa robe, qu'elle réalisa que non seulement elle ne s'était pas changée, mais qu'elle ne portait pas de bombe.

Quelle importance ? se dit-elle en son for intérieur. Que pourrait-il m'arriver de pire que la certitude de ne plus jamais revoir Angelo ?

Le cheval piaffait, ravi de cette promenade imprévue.

Anna saisit les rênes, donna un petit coup de ses étriers et Sandro partit comme une flèche…

*
* *

Aux commandes de son hélicoptère, Angelo survolait le domaine d'Ifford. Il avait sous les yeux les terres d'Anna, songea-t-il, charmé malgré lui par la beauté des prés qui ondulaient à l'infini et de la forêt qui se teintait déjà de jaune. Les arbres arboraient fièrement leurs feuilles dorées, mais sous cette magnificence on devinait déjà leurs branches presque nues. Ils étaient à la fois fascinants et vulnérables, songea Angelo, exactement comme Anna…

Pourquoi se laissait-il aller à ce genre de considération stupide ? se dit-il tout à coup, serrant les commandes si fort que ses doigts en devinrent blancs. Il n'avait que faire de la vulnérabilité d'Anna ! Il était là pour lui rendre ce qui lui appartenait, et dès qu'il lui aurait remis le colis qui était posé sur le siège arrière, il disparaîtrait et ne la reverrait plus !

Le mois qui venait de s'écouler avait été particulièrement dense sur le plan professionnel, et il avait travaillé comme jamais, ce qui lui permettait de chasser l'image de la jeune femme quand elle lui venait à l'esprit.

Il l'aurait probablement définitivement oubliée si l'entrepreneur qui entamait les travaux à château Belle Eden ne l'avait averti que le grenier n'était pas tout à fait vide.

— Il y a quelques meubles sans valeur, et des caisses.

— Vous les avez ouvertes ?

— Oui. Ce ne sont que de vieux jouets, une robe en dentelle à moitié mitée et une maison de poupée qui a connu des jours meilleurs.

— N'y touchez pas, avait aussitôt imposé Angelo. Je veux d'abord y jeter un œil.

Le lendemain, il ouvrait la porte du grenier plongé dans la pénombre. Il n'eut aucun mal à trouver la caisse. Des poupées étaient empilées les unes sur les autres, mais ce qui attira tout de suite son attention fut la robe. Froissée, salie par endroits, trouée par les mites, elle évoquait malgré tout la splendeur d'un temps révolu… et les jeux d'une petite fille, car elle avait à l'évidence été retaillée pour aller à une enfant.

Avec une sorte de colère rentrée contre sa propre sensiblerie, il comprit qu'il lui fallait remettre le contenu de cette caisse à sa propriétaire : Anna.

Il fulminait encore contre lui-même en tournoyant au-dessus du manoir. Comment était-il assez stupide pour venir jusqu'au fin fond de la campagne anglaise livrer de vieux jouets et une guenille à une femme qui s'était moquée de lui à ce point ?

Tout à coup, son attention fut attirée par un cheval qui galopait sur une allée forestière. Un cheval que son cavalier semblait avoir du mal à maîtriser, se dit-il, notant sa vive allure et ses violents écarts.

Il s'apprêtait à atterrir dans le champ le plus proche quand ce qu'il craignait arriva. Le cheval rua, projeta son cavalier à quelques mètres, sur le chemin empierré, et disparut dans les sous-bois.

Pilote émérite, Angelo réussit à poser son hélicoptère sans encombre. Puis, sans perdre une minute, courut vers la forme inerte étendue à terre.

Une femme, qui portait une étrange robe…

Pourvu que ce ne soit pas elle ! pensa-t-il en luttant contre un affreux pressentiment.

Avant d'avoir vu son visage, il comprit à la mèche rose qui striait ses cheveux bruns que ses craintes étaient fondées.

C'était Anna.

Horrifié, il se précipita et lui prit la main.

Son pouls battait, faiblement mais sûrement, et un cri de joie et de soulagement lui échappa.

12

Il résista à l'envie de la prendre dans ses bras et de la serrer contre lui pour lui insuffler un peu de ses forces. Pourquoi n'avait-elle pas pris la précaution élémentaire de porter une bombe ? se demanda-t-il, anéanti.

Les yeux fermés, le teint blafard, elle semblait avoir perdu connaissance. Il songea qu'elle était peut-être grièvement blessée, que peut-être… Il préférait ne pas y penser. Le souffle court, il fouilla nerveusement dans sa poche à la recherche de son téléphone portable pour appeler des secours.

C'est à cet instant qu'elle ouvrit les yeux.

Un brouillard lui troublait la vue, mais il lui sembla reconnaître Angelo. Elle rêvait ! songea-t-elle confusément. Angelo était en Italie et l'avait déjà remplacée ! Il n'avait rien à faire à Ifford !

Pourtant, il y avait un homme à côté d'elle, un homme qui lui avait pris la main et lui ressemblait tellement.

— Angelo ! balbutia-t-elle faiblement, tentant avec peine de se redresser.

Il se pencha vers elle, fou de joie.

— Anna ! Tu es consciente ! Tu peux bouger !

N'y tenant plus, il l'enlaça avec mille précautions et la sentit se détendre entre ses bras puissants.

La chaleur d'Angelo… L'odeur d'Angelo… La joue d'Angelo contre la sienne…, songea Anna, étourdie de bonheur. Si c'était un rêve, elle souhaitait ne jamais se réveiller…

Des larmes perlèrent à ses paupières.

— Tu pleures ? murmura Angelo, bouleversé.

Elle leva les yeux vers lui, et il lut dans son regard une intense émotion, il se baissa un peu plus et leurs lèvres se joignirent.

Comme c'était bon de sentir Angelo si fort et si puissant contre elle, se dit Anna dans un état second. Par la grâce de ce baiser, il lui sembla qu'il la ramenait à la vie…

— Anna, il faut appeler une ambulance, déclara Angelo en s'écartant d'elle à regret. Tu es peut-être blessée.

Elle se força à sourire, malgré son extrême lassitude. La tête lui tournait, mais pour rien au monde elle ne l'aurait avoué à Angelo. Il ne fallait pas gâcher ce moment merveilleux.

— Non, je vais bien, je t'assure !

— Pourquoi n'as-tu pas mis de bombe ? demanda-t-il d'une voix étranglée.

— Ne t'inquiète pas, parvint-elle à marmonner. Tout ira bien…

Elle tenta de s'asseoir mais n'y parvint pas, et il dut la rattraper avant qu'elle ne s'affaisse. Elle avait pâli de plus belle, et une angoisse sourde saisit Angelo.

— Angelo, c'est bien toi ? murmura-t-elle alors d'une voix à peine audible. J'ai peur de me réveiller et de m'apercevoir que ce n'était qu'un rêve…

— Non, je suis là, Anna. Je ne t'abandonne pas, répondit-il tandis qu'elle déposait sa tête au creux de son épaule.

Il venait juste de téléphoner pour appeler les secours quand elle perdit définitivement connaissance…

— Commotion, asséna le médecin. Légère, heureusement, ajouta-t-il aussitôt en voyant son interlocuteur blêmir.

Les deux hommes s'étaient retirés dans le salon pour discuter, après avoir laissé Anna dans sa chambre.

— Elle a eu beaucoup de chance, mais je veux que vous me promettiez de ne pas la quitter des yeux pendant les prochaines quarante-huit heures. S'il y a le moindre problème, vous m'appelez immédiatement et nous la ferons hospitaliser. Je l'ai examinée longuement, et je pense que le mieux pour elle est de rester ici sous surveillance tant que son état est stationnaire. Un transport la fatiguerait inutilement.

— Je ne la laisserai pas une seule seconde, vous pouvez me faire confiance, affirma Angelo d'une voix sourde.

Le médecin se dirigea vers la porte, puis, la main sur la poignée, se retourna.

Il observa attentivement le bel homme à l'allure conquérante qui semblait tout à coup perdu dans cette grande pièce et nota dans son regard au bleu intense une souffrance qui le toucha infiniment.

— Ne vous en faites pas, déclara-t-il alors avec une soudaine douceur, elle va s'en sortir…

Puis il gagna la bibliothèque pour aller prévenir sir William de ce qui venait de se passer.

Il n'avait pas la moindre idée de l'identité de ce séduisant inconnu, mais une chose était certaine : il était fou amoureux de la très charmante Roseanna Delafield…

Après avoir discrètement frappé à la lourde porte de chêne, Angelo pénétra dans la chambre de la jeune femme.

Elle était allongée sur son grand lit à baldaquin et disparaissait presque sous la couette rebondie qui la recouvrait. Elle dormait et il en profita pour l'observer tout à loisir. Sa pâleur s'était à peine atténuée, et il nota avec inquiétude sa maigreur, les cernes qui marquaient ses yeux. Comme elle avait changé depuis l'été ! Son bronzage s'était évanoui, le rose de ses mèches avait passé… Mais surtout, elle avait perdu ses joues, ses rondeurs, et sa fragilité n'en était que plus palpable.

C'est lui qui l'avait mise au lit en attendant le médecin. Avec d'infinies précautions, il avait déboutonné son étrange robe victorienne. Elle s'était laissé faire comme une poupée de chiffon et une émotion terrible l'avait saisi à la pensée qu'il risquait de la perdre. Jamais il ne s'était senti aussi vulnérable, aussi dépendant d'un autre être humain. C'était comme si, tout à coup, il se découvrait une sensibilité qu'il avait toujours refoulée jusque-là, comme si une autre vision de l'existence s'imposait à lui…

Sous l'oreiller, il avait trouvé ce qu'il pensait être la tenue de nuit d'Anna, et des larmes lui étaient venues aux yeux quand il avait reconnu sa propre chemise. Celle qu'il lui avait prêtée sur son yacht.

Ainsi, elle dormait toutes les nuits dans ce vêtement qui avait été le sien…, s'était-il dit, profondément ému. Jamais il n'aurait cru que ce détail aurait sur lui un tel impact…

D'une main tremblante, il saisit une chaise basse et s'installa près du lit d'Anna.

D'habitude, il avait toujours maîtrisé ses émotions, les refoulant aussi vite qu'elles apparaissaient, et le système avait parfaitement fonctionné. Il avait fini par se persuader qu'il avait réussi à neutraliser en lui toute forme de sensibilité.

Anna l'avait transformé.

Avec elle, il redécouvrait qu'il était aussi faillible, susceptible et vulnérable que le commun des mortels. Et, surtout, tout aussi capable de tomber amoureux…

Plongé dans la contemplation du visage exsangue de l'accidentée, il resta plus de deux heures au chevet d'Anna. Puis, gagné par le froid désagréable qui lui rappelait l'orphelinat, il se leva. Anna, qu'il avait imaginée née avec une cuillère d'argent dans la bouche, vivait dans cette grande demeure sans chauffage qui tombait en ruine !

Il remit en place la couette qui la recouvrait et constata avec soulagement que sa main était chaude.

— Anna, *dolce amore*, ouvre les yeux, s'il te plaît ! implora-t-il.

Elle entrouvrit les paupières et il comprit, rassuré, qu'elle l'avait entendu.

— Angelo, va voir mon père… Explique-lui ce qui s'est passé, balbutia-t-elle si bas qu'il dut se pencher pour l'entendre.

Il garda un instant sa main entre les siennes, et s'éloigna à regret.

— J'y vais. Je ne serai pas long, dit-il.

Les traits d'Anna se détendirent et elle referma les yeux. Quelques secondes plus tard, elle respirait régulièrement, déjà à moitié assoupie, et Angelo quitta la pièce, tranquillisé.

Sir William était assis dans la bibliothèque, devant la cheminée où une bûche finissait de se consumer sans parvenir à réchauffer la vaste pièce. Dans la pénombre, il avait l'air d'un fantôme, pensa Angelo.

— Je suis Angelo Emiliani, annonça-t-il en s'approchant du vieil homme, la main tendue.

Le père d'Anna leva les yeux et le dévisagea longuement.

— C'est donc vous l'acheteur de château Belle Eden, fit-il observer après un silence. Qu'est-ce qui vous amène ici ? J'espère que vous n'avez pas changé d'avis, parce que tout l'argent que vous m'avez versé est déjà entre les mains du fisc… Vous avez vu Rose ?

— Rose ? répéta Angelo, interloqué.

— Oui. Le docteur m'a dit qu'elle avait fait une chute de cheval.

— Ah, Anna ! s'écria Angelo. Elle est couchée dans sa chambre, elle dort…

Une ébauche de sourire éclaira le visage ridé de sir William.

— Je vois qu'elle vous a fait le coup à vous aussi ! s'exclama-t-il. Elle a toujours adoré semer la confusion entre Rose et Anna. A tel point qu'une fois, elle a réussi à faire croire à un prétendant qu'elles étaient deux jumelles… Le pauvre, il ne savait plus où il en était !

— Elle est plutôt imprévisible, en effet, fit observer Angelo.

— Lisette la comprenait si bien, poursuivit sir William comme s'il se parlait à lui-même. Sa mort a été une tragédie pour nous tous. Regardez comme elle était belle ! ajouta-t-il, désignant à Angelo un grand tableau au-dessus d'une commode.

Dans une robe du soir rouge vif, Lisette souriait pour l'éternité. Très belle, et aussi blonde que sa fille était brune, nota Angelo avec étonnement.

— Pourquoi au juste êtes-vous là ? interrogea tout à coup sir William d'un air méfiant.

— Pour rendre à Anna des objets qui lui appartiennent. J'ai trouvé une caisse remplie de vieux jouets dans le grenier.

— Ne l'importunez pas avec ça, coupa aussitôt sir William. Le passé est le passé, et il y a des choses qu'elle n'a pas besoin de savoir.

— Mais ce ne sont que des jouets, et…

— Je vous dis de la laisser en paix ! s'écria sir William d'une voix étranglée.

— Très bien, mais je…

— Puisqu'il faut vous mettre les points sur les i, sachez qu'elle ignore certains événements qui ont précédé sa naissance, asséna-t-il alors à la grande surprise de son interlocuteur.

Il hésita un instant, puis se mit à parler, comme si raconter son histoire au parfait étranger qu'était Angelo le libérait.

— Nous étions déjà fiancés quand Lisette a eu une brève relation avec un jeune homme à château Belle Eden, commença-t-il. J'ai eu vent de la chose… Ses parents, furieux, ont tout fait pour éviter la rupture entre nous. Avec mon titre, j'étais un fort beau parti. J'étais amoureux d'elle, je lui ai pardonné et nous nous sommes mariés. Mais le mal était déjà fait…

Il s'interrompit et se racla la gorge.

— Vous voulez dire qu'elle était enceinte ?

— Oui. Roseanna ne sait rien de tout ça, et je ne veux pas qu'elle l'apprenne. Vous comprenez ? lança-t-il d'un ton soudain menaçant. Inutile donc d'aller remuer le passé en lui montrant ce vieux carton ! Qui sait ce qu'elle pourrait y trouver…

Le désarroi presque palpable du vieil homme émut Angelo.

— Ne vous en faites pas, dit-il. Je ne lui remettrai pas ces souvenirs et, naturellement, ce que vous venez de me confier restera entre nous.

Il s'éloigna vers la porte, laissant le vieillard perdu dans ses sombres pensées. La main sur la poignée, il se retourna tout à coup.

— Puis-je vous demander ce qui est arrivé à l'enfant ? demanda-t-il, cédant à une brusque impulsion.

— Mmmh… il a été adopté, je suppose, répondit sir William avec indifférence.

Angelo eut un hochement de tête, referma la porte derrière lui et se dirigea vers la cuisine.

A l'évidence, le sort de ce bébé n'avait passionné personne, et en tout cas pas le père d'Anna. Au sein de la vieille aristocratie anglaise, qui se serait soucié d'un bâtard ? songea-t-il avec un cynisme amer. Un enfant illégitime ne valait rien, puisqu'il ne perpétuait pas le nom ! Il était tout juste bon pour l'orphelinat ou, au mieux, l'adoption ! L'essentiel était de ne plus en entendre parler et, surtout, de cacher la faute qui ternissait la lignée. Et c'est exactement ce qui semblait s'être passé... Que le bonheur futur et l'équilibre d'un être humain soient en jeu, tout le monde s'en moquait !

La tête lui tournait, mais Anna s'obstina, s'accrochant à la rampe, rassemblant toutes ses forces. Elle descendrait cet escalier, elle irait retrouver Angelo dans la cuisine !

Malgré l'état de semi-conscience dans lequel elle se trouvait depuis sa chute, elle se souvenait de tout...

Sans Angelo, Dieu sait ce qui lui serait arrivé... C'est lui qui l'avait secourue, portée dans ses bras, réchauffée ! Bouleversée, elle se remémora la douceur avec laquelle il l'avait ensuite installée dans son lit, sa voix apaisante quand il l'avait rassurée.

Que signifiait cette tendresse, cette infinie délicatesse, le ton soucieux de sa voix quand il s'adressait à elle, l'éclat d'inquiétude dans le bleu de ses yeux ? Tenait-il donc un peu à elle après tout ?

Elle n'osait l'espérer...

Quand elle pénétra dans la cuisine, il posa d'un geste brusque la théière qu'il tenait à la main et la dévisagea avec stupéfaction.

— Anna ! Voyons, tu es folle ! Tu dois rester au lit ! s'exclama-t-il sur un ton de reproche. Pourquoi es-tu descendue ?

« Parce que je voulais te dire que je t'aime et que je ne peux pas vivre sans toi ! » faillit-elle s'écrier... Mais elle se refréna au dernier moment.

— Je voulais voir dans quel état était la cuisine, bafouilla-t-elle piteusement. Mme Haskett n'est pas venue depuis longtemps faire le ménage et...

— Ne t'inquiète de rien, coupa Angelo. Il se trouve qu'elle vient d'appeler pour prévenir qu'elle sera là demain. Par ailleurs, j'ai vu ton père et lui ai tout expliqué. Tu vois, il n'y a pas lieu de te faire du souci. Retourne dans ton lit te reposer. Le docteur a été très ferme sur ce point : tu as besoin de calme. Je reste ici tant que tu ne seras pas rétablie.

Un instant, elle croisa son regard et faillit lui ouvrir son cœur. Il était si prévenant, si merveilleux avec elle, si soucieux de sa santé ! Elle réfléchit aussitôt qu'il restait probablement à ses côtés à son corps défendant, s'improvisant contre son gré garde-malade. En fait, il n'avait certainement qu'une envie, quitter au plus vite cette maison délabrée, ce vieillard morose et elle-même, pour retrouver sa vie trépidante et, vraisemblablement, sa nouvelle conquête…

Dans peu de temps, une journée peut-être tout au plus, elle se remettrait, la présence d'Angelo ne serait plus nécessaire et il partirait avec le sentiment du devoir accompli. Il aurait fait sa B. A…

Elle vivait ses dernières heures avec lui, songea-t-elle, accablée de tristesse. Bientôt, il quitterait Ifford et elle ne le reverrait plus jamais.

Esquissant bravement un sourire pour masquer les larmes qui lui montaient aux yeux, elle quitta la cuisine et regagna son lit comme il le lui avait ordonné.

Il la rejoignit dix minutes plus tard, chargé d'un plateau qu'il déposa sur une petite table près du lit. La lumière de septembre jetait sur ses cheveux blonds des reflets dorés et il sembla tout à coup à Anna qu'il avait quelque chose de Lisette. La pureté des traits ? La blondeur des cheveux ? L'élégance du profil ? Elle n'aurait su le dire…

— Je t'ai apporté un potage. Tu as maigri, Anna, il faut que tu reprennes du poids…

Elle acquiesça de la tête, émue du simple fait de l'entendre prononcer son prénom.

— Quelque chose m'intrigue… Pourquoi ne m'as-tu pas révélé ta véritable identité quand nous étions sur le yacht ? demanda-t-il tout à coup en la fixant avec intensité.

Elle soutint son regard.

— Parce que je n'avais pas envie que tu me catalogues comme une sale gosse de riche, la fille d'un marquis habituée à vivre dans le luxe et à être servie comme il y a deux siècles. Je suis sûre que c'est ce que tu aurais imaginé, et, tu le vois, ce n'est pas le cas. Je me sens très étrangère à ce milieu d'aristocrates, en fait, conclut-elle.

Elle faillit poursuivre, lui avouer la raison véritable de ce sentiment, mais se tut. Ce n'est pas à lui, petit garçon élevé dans un orphelinat, qu'elle allait se plaindre de son problème d'identité. Elle avait été choyée par un père et une mère qui l'avaient toujours considérée comme leur enfant, alors qu'il avait grandi sans amour…

— C'est pour ça que tu t'es impliquée dans Planète verte ? Parce que tu voulais te démarquer de tes origines ?

— Peut-être… Je crois surtout que je ne sais pas qui je suis et que je n'ai pas confiance en moi. Alors, j'ai cherché des causes à défendre pour donner un sens à ma vie. En vain, naturellement…

— Tu n'as pas à douter de toi, Anna, murmura-t-il avec une infinie douceur.

Il lui tendit une cuillère de soupe, mais elle fut incapable d'ouvrir la bouche. Lentement, deux grosses larmes se mirent à couler sur ses joues.

Le cœur serré par une terrible émotion, il reposa la cuillère, avança la main et prit Anna par le menton. Du pouce, il écrasa une de ses larmes tout en luttant contre l'envie irrépressible de la prendre dans ses bras et de l'embrasser.

Jamais combat ne fut plus douloureux, mais il parvint à se maîtriser. Comme il l'aurait fait avec un enfant, il l'entoura de ses bras et l'attira à lui. Pendant un temps infini, ils restèrent ainsi chastement serrés l'un contre l'autre…

Les lèvres contre la tempe de la jeune femme, Angelo lui murmurait des paroles d'apaisement de sa voix grave et chaude à la fois. Peu à peu, ses sanglots s'estompèrent, sa respiration redevint régulière.

Il comprit qu'elle s'était enfin assoupie et s'écarta légèrement. Sous les rayons argentés de la lune qui s'était levée, majestueuse dans un ciel sans nuages, les traits harmonieux de la jeune femme semblaient plus purs encore.

Soudain, il songea à Lucia… Jamais depuis la mort de la petite fille il ne s'était senti aussi proche d'un être humain, comblé de la seule certitude qu'il avait calmé son angoisse, et que grâce à lui elle avait trouvé un sommeil réparateur.

Il lui effleura la tempe d'un tendre baiser et, sans la lâcher, s'allongea avec mille précautions contre les oreillers avant de s'assoupir à son tour.

— Angelo ?

Il s'éveilla brusquement.

— Oui ! s'écria-t-il d'une voix tendue.

Il avait rêvé de Lucia, et comme chaque fois le rêve s'était transformé en cauchemar...

— Tu parlais, murmura Anna en se serrant contre lui. De Lucia...

— Ne t'en fais pas, répondit-il en la prenant dans ses bras. Ce n'était qu'un rêve, un rêve que je fais souvent, malheureusement...

Ils restèrent un moment sans parler, blottis l'un contre l'autre.

— Tu sais, déclara enfin Anna d'une voix hésitante, si tu préfères finir la nuit dans une chambre d'ami, je comprendrai. Tu as dit l'autre jour que tu préférais ne pas dormir seul...

— Tu veux que je m'en aille ? rétorqua-t-il en souriant.

Pour toute réponse, elle lui effleura la bouche de ses lèvres et il crut défaillir de bonheur.

— Non, bien sûr, répondit-elle d'une voix rauque. Je souhaite que tu restes... et que tu te déshabilles, chuchota-t-elle en commençant à lui déboutonner sa chemise.

Sous le coton, il sentait ses seins fermes pressés contre son torse et un spasme le saisit. Il aurait été si simple d'accéder à la prière d'Anna, de s'abreuver de ses baisers, de s'étourdir de ses caresses, de l'entendre gémir de plaisir sous ses assauts...

— Non, Anna, c'est impossible, répondit-il, déchiré. Tu as eu un choc important, faire l'amour serait risqué. C'est un supplice pour moi comme pour toi, mais nous devons être raisonnables.

Anna poussa un soupir et n'insista pas. Sans un mot, elle se lova contre lui et ne bougea plus.

Dans la faible lumière de l'aube, il distinguait son profil altier, ses lèvres pulpeuses, son haut front. Elle était si belle ! pensa-t-il, émerveillé. Puis il constata avec soulagement qu'elle s'était rendormie et se mit à réfléchir.

Pour la première fois de sa vie d'adulte, il n'avait pas cherché une gratification immédiate dans sa relation avec une femme, songea-t-il. Il avait envie d'Anna comme il n'avait jamais eu envie d'aucune autre, et pourtant il avait été capable de résister au violent désir qui le taraudait.

Avant sa propre satisfaction, il avait d'abord pensé à elle.

C'était peut-être cela, l'amour, se dit-il tout à coup avec un merveilleux sentiment de plénitude. Se réjouir du bonheur de l'autre avant de penser au sien…

13

Angelo ouvrit les yeux et s'étira voluptueusement. Il était tard, à en juger par la lumière qui filtrait à travers les volets. Il avait dormi longtemps, et ne s'était jamais senti aussi en paix avec lui-même qu'en se réveillant dans cette chambre inconnue.

Pour la première fois de sa vie, il ne pensait pas à ses affaires, au prochain contrat qu'il allait signer, à la prochaine bataille qu'il allait gagner.

Il ne pensait qu'à Anna, et la seule chose qui lui importait était qu'elle aille mieux. Le reste, tout à coup, n'avait plus la moindre importance, et cette certitude était délicieuse.

Tout à coup, la porte s'ouvrit et elle apparut. Elle avait repris des couleurs, et elle était plus ravissante et désirable que jamais dans un jean qui mettait en valeur ses longues jambes et sa taille de guêpe, et un pull à col roulé qui moulait sa généreuse poitrine. Le désir lui coupa littéralement le souffle...

— Est-ce un sacrilège de proposer un café instantané à un Italien ? demanda-t-elle.

Elle lui tendit une tasse qu'il accepta aussitôt.

— Un sacrilège bienvenu ! Comment vas-tu ce matin ? demanda-t-il d'un ton soucieux, se poussant pour lui permettre de s'asseoir à côté de lui sur le lit.

— Très bien, et très mal. Bien, parce que j'ai récupéré, et mal parce que je me sens terriblement frustrée...

Il sourit, ravi de sa réponse.

— Anna ! murmura-t-il d'un ton de reproche qui n'en était pas un. Tu dois être raisonnable, tu le sais ! Tu as encore mal à la tête ?

— Non, mais en revanche…

— En revanche ? répéta-t-il, inquiet.

— En revanche, j'ai un problème au cœur, je crois, ajouta-t-elle d'un air mutin.

Elle lui prit sa tasse, la déposa sur la table, puis ferma les rideaux du baldaquin avant de s'allonger à son côté. Ils se sentaient tout à coup seuls au monde, indifférents à tout ce qui n'était pas eux, songea Angelo avec une joie intense.

— Je crois que tu devrais m'examiner, ajouta-t-elle en plaçant sa main sur son sein.

Il ferma les yeux, ivre d'émotion. Elle se donnait à lui… Peut-être était-ce une folie, mais cette fois il n'avait pas la force de la repousser.

Elle se déshabilla. Quand elle fut nue, il resta longtemps à la contempler, pénétré de sa beauté, infiniment ému de ce don qu'elle lui faisait d'elle-même. Il avança les mains vers ses seins généreux qui semblaient appeler ses caresses et elle renversa le buste en arrière pour mieux lui offrir ses mamelons déjà durcis par le désir.

Il l'attira à lui et cueillit dans sa bouche gourmande les pointes dressées de ses seins, lui tirant un gémissement de plaisir. Puis il la renversa sous lui et l'embrassa avec violence. Voilà si longtemps qu'il attendait ce moment, si longtemps qu'il brûlait de la tenir entre ses bras, d'explorer son corps de ses caresses impudiques !

Elle se soumit à tous ses caprices, osa à son tour les caresses les plus audacieuses. Plus rien ne pouvait arrêter leur découverte de l'autre, leur volonté de s'appartenir. Le désir faisait sauter toutes les barrières, les entraînant sans tabou et sans retenue dans la merveilleuse et éternelle aventure de l'amour… Pourquoi se contrôler, alors qu'ils étaient convaincus l'un et l'autre que ce qui arrivait n'était pas le fait du hasard, mais d'une logique imparable qui faisait qu'un jour ou l'autre, ils devaient se trouver ? Ils étaient faits l'un pour l'autre, n'était-ce pas l'évidence même ?

Leurs souffles se mêlèrent, leur danse d'amour s'accéléra et plus rien n'exista que ce ballet magique qui les entraînait dans un tourbillon merveilleux de plaisir et d'émotions…

Puis ce fut l'explosion finale, la certitude pour l'un et l'autre de ne faire plus qu'un, la communion ultime…

Après de longues minutes, Angelo reprit conscience du monde extérieur et se rendit compte que, pour la première fois de sa vie, il ne s'était pas protégé.

Il avait eu son premier rapport à seize ans, et avait connu bien d'autres femmes ensuite. Avec toutes, il avait pris ses précautions. C'était une habitude, un rituel, pour éviter les risques de paternité d'abord, mais aussi, peut-être inconsciemment, pour se mettre à l'abri de tout engagement.

Avec Anna, il avait tout oublié. Par la grâce de son sourire, de sa sincérité, elle avait fait voler en éclats les barrières qu'il avait érigées entre lui et le monde. Avec elle, il lui semblait renaître…

Elle bougea légèrement dans ses bras et il se releva sur un coude pour entrouvrir le rideau.

— Non, s'écria-t-elle en riant. La lumière est trop forte !

Il lui sourit et écarta de son visage ses cheveux ébouriffés.

— Je veux te voir, murmura-t-il. Tu vas bien ? Et ton cœur ? ajouta-t-il d'un air taquin.

— Tu es un excellent docteur, rétorqua-t-elle sur le même ton. Avec une méthode magistrale pour guérir tes patients… A tel point que je me sens en pleine forme et que je meurs de faim !

— On va descendre manger, enchaîna-t-il. Après tant d'exercice physique, on le mérite bien !

Ils échangèrent un tendre regard de complicité.

— En attendant, regarde ! s'exclama-t-elle.

Elle se pencha sous le lit et tira une caisse de bois ouvragé dont elle sortit un paquet de biscuits.

— Qu'est-ce que c'est que ça ? lança Angelo.

— Ma boîte à trésors ! répondit Anna en riant. Petite fille, j'y rangeais tout ce qui était important pour moi ! Mais, rassure-toi, les biscuits ne sont pas là depuis longtemps…

— J'aime mieux ça ! fit Angelo. Qu'est-ce qu'il y a d'autre là-dedans, à part ta ration de survie ? demanda-t-il, intrigué.

— Oh, des tas de babioles sans intérêt, sauf pour moi. Ah, si, il y a un bijou qui a paraît-il de la valeur, ajouta-t-elle en fouillant dans la boîte.

Elle en sortit un objet qu'elle tendit à Angelo, sans s'apercevoir que son visage perdait soudain toute couleur.

— C'est une pièce rare, paraît-il, poursuivit-elle.

— Une boucle d'oreille ? interrogea Angelo d'une voix à peine audible.

— Non, un pendentif.

Un intense soulagement se peignit alors sur les traits du jeune homme.

— Mais tu as raison, corrigea Anna. Il s'agissait bien d'une boucle d'oreille. Maman a perdu l'autre et a fait monter celle-là en pendentif. C'est joli, non ? Le genre de bijou que les mâles italiens offrent à leurs fiancées pour leur dire « je t'aime »… Tu vois ce que je veux dire ? ajouta-t-elle, étonnée elle-même de son audace.

Cartier, 1922…, pensa Angelo, atterré.

Il s'écarta d'Anna et se leva brusquement. Son visage était crispé, son souffle court.

— Angelo ! s'exclama-t-elle, stupéfaite.

Il quitta la pièce sans lui répondre, sans se retourner.

Comme si elle n'était pas là.

Comme si les moments passionnés qu'ils venaient de vivre dans les bras l'un de l'autre n'avaient pas existé… Il ne vit pas qu'elle portait la main à sa bouche et s'effondrait sur le canapé, anéantie.

La douche était glacée, mais Angelo ne le remarqua pas…

C'était comme si son cœur était glacé lui aussi, comme si le cauchemar qu'il vivait avait tétanisé ses sens.

Ainsi donc, il était victime du pire scénario qui menaçait un homme ne connaissant pas sa filiation : tomber amoureux de sa sœur…

Comment avait-il pu ne pas comprendre en voyant le portrait de Lisette dans la bibliothèque ? Même blondeur, mêmes traits fins, mêmes yeux bleu azur ! La mère d'Anna, c'était sa mère à lui ! Il avait à la fois retrouvé ses origines et perdu celle qu'il aimait !

Le mal était déjà fait : les mots de sir William lui revinrent à l'esprit.

Le mal, c'était lui… Quoi qu'il fasse, il était maudit, il apportait le malheur autour de lui.

Comment dévoiler la vérité à Anna ?

C'était trop douloureux, trop choquant. Il décida de lui cacher l'horrible réalité. Il préférait porter seul ce fardeau plutôt que la traumatiser en lui révélant qu'elle était sa sœur…

Debout devant la fenêtre, Anna se rongeait les sangs. Comment avait-elle pu être assez stupide pour parler d'amour à Angelo ? Plus exactement, pour lui suggérer de se déclarer ? Elle l'avait tout bonnement fait fuir !

D'ailleurs, depuis le début de leur étrange relation, c'est elle qui s'était accrochée, elle qui avait tellement espéré qu'il s'engagerait qu'elle avait fini par prendre ses rêves pour la réalité. Si elle était honnête avec elle-même, elle devait reconnaître qu'il n'avait jamais rien dit qui prête à confusion.

Certes, il l'avait soignée avec douceur et tendresse, il avait même dormi dans ses bras, ce qui n'était pas dans ses habitudes. Mais qu'est-ce que ça signifiait ? Rien, la preuve, au seul mot « amour » il avait pris ses jambes à son cou !

Angelo était un électron libre, réfractaire à toute idée d'attachement. En prononçant le mot fatidique, elle avait tout gâché !

Elle entendit la porte s'ouvrir et se retourna, le cœur battant à tout rompre. C'était lui…

A son visage fermé, à la raideur de sa posture, elle comprit aussitôt.

— Tu pars ? demanda-t-elle d'une voix à peine audible.

— Oui. J'ai des rendez-vous à Londres cet après-midi. J'aurais dû m'en aller dès hier soir.

Elle se tordit les mains de désespoir.

— Angelo, je suis désolée ! lança-t-elle, déchirée. Je n'aurais jamais dû te dire que…

— Tu n'as pas à être désolée, Anna, coupa-t-il d'une voix étrangement détachée. Tu sais comme moi que ce qui s'est passé ne pouvait déboucher sur rien, alors mieux vaut en rester là.

— Mais, Angelo…, tenta-t-elle de protester, désespérée de cette terrible distance qu'il avait soudain établie entre eux.

Il ne la laissa pas parler, il fallait absolument écourter cette horrible scène…

— Ne perdons pas notre temps à discuter, asséna-t-il d'une voix coupante qui meurtrit la jeune femme aussi sûrement qu'une lame bien aiguisée. Nous n'avons rien à faire ensemble. Je n'aurais pas dû rester hier soir… J'ai d'autres engagements ailleurs et…

Sa voix s'étrangla et il dut s'interrompre.

— D'autres engagements ? répéta Anna, au bord des larmes. Tu veux dire qu'il y a quelqu'un d'autre ?

Il évita son regard, de peur de s'effondrer.

— Oui, il y a quelqu'un d'autre, affirma-t-il pour mettre un terme à cet échange atroce. Je suis désolé. Je dois partir. Ne me raccompagne pas, s'il te plaît.

Rassemblant toutes ses forces, il quitta la pièce sans se retourner et descendit quatre à quatre le grand escalier. Dans le hall, la porte de la bibliothèque était ouverte.

Il entra et fit face au grand portrait en pied de Lisette.

Sa mère… et celle d'Anna. En proie à une rage sourde contre le destin qui s'acharnait contre lui, il fit demi-tour et regagna son hélicoptère.

Machinalement, il accomplit les procédures de sécurité indispensables avant le décollage, mais son esprit était ailleurs…

… avec Anna qui, depuis une des fenêtres du manoir, devait l'observer, le cœur brisé. Abandonnée à son sort, comme la princesse dans un conte de fées qui, pour une fois, finissait mal.

Elle était sa seule chance de salut, et toutes les merveilleuses promesses de bonheur auxquelles il avait cru un instant dans ses bras s'étaient écroulées en une seconde comme un château de cartes.

A présent, il était seul, définitivement seul, et pour toujours…

14

Après la douce chaleur du luxueux bureau de Felicity, la fraîcheur de l'automne londonien fit frissonner Anna, qui resserra autour d'elle les pans de son long manteau.

Le ciel était sombre, sombre comme son humeur, se dit-elle, désabusée.

Cinq semaines déjà s'étaient écoulées depuis qu'Angelo l'avait quittée, mais au lieu de s'estomper la douleur lui semblait plus vive chaque jour.

Felicity faisait tous ses efforts pour la persuader que la vie valait encore la peine d'être vécue, mais elle restait persuadée du contraire.

Inquiète de voir qu'Anna ne répondait pas à ses appels, Felicity avait fini par débarquer à Ifford un beau matin pour voir ce qui se passait. L'état de maigreur et de prostration dans lequel elle avait trouvé son amie l'avait effrayée. Avec une affectueuse insistance, elle avait fini par la persuader de s'installer momentanément avec elle dans son appartement londonien et lui avait même trouvé un petit emploi à mi-temps pour lui éviter de rester seule toute la journée à broyer du noir.

Anna s'était laissé faire avec une docilité inquiétante. Elle était devenue indifférente à tout, et Felicity ne savait que faire pour lui redonner goût à la vie.

Un événement cependant était parvenu à la faire réagir : elle avait reçu une lettre de l'avocat d'Angelo.

« Tout en prenant acte avec regret de sa rupture avec lady Roseanna

Delafield, notre client sollicite une confirmation médicale de la part d'un professionnel du fait que leur relation n'a pas entraîné chez elle une grossesse. Au regret d'avoir à aborder un sujet aussi délicat, nous comptons sur votre coopération. »

Quel était le plus insupportable ? La teneur atroce de la demande ou le ton procédurier sur lequel elle était formulée ?

En lisant cette missive, Anna avait cru toucher le fond. A quoi bon continuer à vivre, si ce qui lui était arrivé de plus beau dans l'existence se terminait de façon aussi sordide ?

Seule l'amitié fidèle de Felicity l'avait empêchée de commettre l'irréparable…

La pluie menaçait. Anna pressa le pas, tête baissée, et entra en collision avec un passant qui arrivait en sens inverse sur le trottoir.

Elle s'apprêtait à bredouiller des excuses quand le cœur lui manqua. Un instant, elle crut être victime d'une hallucination. Elle ne divaguait pas, l'homme n'était autre qu'Angelo ! Vêtu d'un élégant manteau en cachemire bleu marine, il lui parut plus maigre que dans son souvenir, plus pâle aussi, mais, pour son malheur, toujours aussi séduisant…

Quand il la prit par le bras, elle se dégagea avec violence.

— Ne me touche pas ! cria-t-elle d'une voix acerbe qui fit se retourner les passants sur eux.

L'espace d'un instant, elle crut voir dans le bleu si particulier de ses yeux une lueur d'émotion, mais cela ne dura pas.

— Il faut que je te parle, déclara-t-il sans la lâcher. Inutile d'essayer de t'enfuir, je te tiens.

— De quoi veux-tu me parler ? rétorqua-t-elle sèchement. De cette délicieuse lettre que m'a envoyée ton avocat ?

Il resserra son étreinte sur son bras.

— Oui. J'attends une réponse.

Comment osait-il ? pensa-t-elle, révoltée.

— Tu n'en auras pas.

Le regard d'Angelo se durcit.

— J'ai besoin d'une réponse, Anna, asséna-t-il, lapidaire.

— Pourquoi ? Parce que l'idée de ne pas tout contrôler, de ne pas tout savoir t'insupporte ? Etant donné la manière dont tu es parti, je considère que cette question ne regarde que moi. Je n'ai aucun compte à te rendre.

Sa fureur était telle qu'elle parvint à se dégager. Elle ne resterait pas un instant de plus auprès de cet individu abject... Elle se mit à courir de toutes ses forces, mais c'était peine perdue : il la rattrapa au bout de quelques mètres.

— Cette fois-ci, je ne te laisserai pas filer tant que je n'aurai pas eu ta réponse, s'exclama-t-il.

— Je n'ai rien à te dire.

Elle détourna la tête pour ne pas le voir. C'était trop douloureux...

— Je t'en prie, Anna, réponds-moi, insista-t-il. J'ai besoin de savoir.

Sa voix tremblait presque, ses traits étaient crispés, et elle se calma tout à coup, perplexe.

— Pourquoi ? Il n'est pas question que je te demande quoi que ce soit pour un enfant, si telle est ton inquiétude.

— Ce n'est pas une question d'argent, expliqua-t-il d'une voix soudain mal assurée. C'est un problème... personnel.

Anna sentit ses jambes se dérober sous elle.

— Tu as évoqué d'autres engagements, murmura-t-elle. Tu vas te marier ?

Son visage était l'image même de la souffrance et Angelo faillit tout lui dire. C'était si terrible de la voir ainsi, de lui faire tant de mal ! Mais il se contint. La vérité était encore pire que tout ce qu'elle pouvait imaginer.

— Oui, finit-il par dire d'une voix à peine audible. C'est pourquoi je veux tout régler avant.

Elle baissa la tête, anéantie, sans réussir à lui cacher ses larmes. L'épreuve était trop terrible, pensa Angelo, effondré. Il fallait en finir...

— Je suis désolé, Anna, murmura-t-il lamentablement.

— Si j'attends un bébé, je le garderai, déclara-t-elle alors sans flancher. Que cela te plaise ou non, que cela rentre ou non dans tes plans futurs. Si j'attends un bébé, je le laisserai vivre. Comme ta mère l'a fait pour toi, Angelo, quelle qu'ait été sa détresse à l'époque. As-tu seulement réfléchi à ça ?

Devant l'arrêt de bus, la foule autour d'eux s'était dispersée. Ils se faisaient face et, en même temps que la colère, Anna éprouva un immense élan de passion pour cet homme torturé, cet homme qui, seul, compterait à jamais pour elle, même si elle l'avait déjà perdu.

— Si j'étais enceinte de toi, dit-elle d'une voix soudain forte, rien ne pourrait me retenir de garder le bébé et de l'aimer comme je t'aime…

— Mon Dieu, Anna, tu ne comprends pas ! protesta-t-il d'une voix blanche. Tu ne peux pas comprendre !

— Si, je comprends très bien ce que signifie garder ou non un enfant non désiré. Je suis adoptée, moi aussi, asséna-t-elle. Et crois-moi, même si depuis quelque temps ce n'est pas évident, je suis quand même contente d'être née.

Le bus arrivait.

Avant de monter à bord, elle se tourna vers Angelo, dont le sang semblait tout à coup s'être retiré du visage.

— Et tu peux dormir tranquille, je ne suis pas enceinte, lança-t-elle avant que les portes ne se referment sur elle, mettant fin à leur conversation.

Tel un boxeur mis K.-O., Angelo resta sonné un long moment. Les jambes tremblantes, il s'adossa à un mur de crainte de tomber. La stupéfaction et l'incrédulité le disputaient à la joie. Si Lisette n'était pas la mère d'Anna, tout entre eux devenait donc possible ! Le cauchemar s'éloignait, et de nouveau, le bonheur était à portée de main !

Il lui fallait retrouver Anna au plus vite pour tout lui expliquer. Le bus était déjà loin : il était trop tard pour tenter de la rattraper. Il l'avait rencontrée dans la rue par le plus grand des hasards, et il ignorait où elle vivait à Londres.

Son esprit allait à cent à l'heure. Pas question de perdre la moindre seconde ! Il devait la retrouver au plus vite et dissiper cet affreux quiproquo. Le souvenir des larmes qu'elle avait versées par sa faute lui était intolérable. Dire qu'il avait eu la cruauté de lui dire qu'il se mariait !

Une seule personne savait peut-être où était Anna, se dit-il soudain : Felicity, l'assistante d'Arundel-Ducasse.

Il héla un taxi, soudain galvanisé. Vingt minutes plus tard, il poussait la porte des bureaux cossus de l'agent immobilier.

La jeune femme qui l'accueillit derrière son bureau souriait, mais ce sourire s'évanouit rapidement quand elle le reconnut.

— Monsieur Emiliani, déclara-t-elle d'une voix distante, que puis-je pour vous ?

— Vous êtes mademoiselle Hanson-Brooks, n'est-ce pas ? Puis-je vous appeler Felicity ?

Pour une fois, Felicity prit un taxi pour rentrer chez elle. A circonstances exceptionnelles, moyens exceptionnels, se dit-elle en grimpant quatre à quatre les marches du perron. Elle fila au troisième et ouvrit la porte avec difficulté tant l'impatience et l'émotion la rendaient maladroite.

— Anna ! hurla-t-elle en traversant le salon en direction des chambres. Devine avec qui je viens de discuter pendant une heure ?

Elle n'eut pas de réponse. L'appartement était vide, elle en était tout à coup certaine. Par acquit de conscience, elle alla vérifier dans la cuisine à l'autre bout du couloir.

La note qui était aimantée sur la porte du réfrigérateur la cloua sur place.

« Ma très chère Felicity,

» Je te débarrasse de ma tristesse pendant quelque temps. Ne t'inquiète pas si tu n'as pas de mes nouvelles, j'ai besoin de faire le vide et je ne serai pas joignable. Désolée d'avoir été une si piètre compagne et merci du fond du cœur de tout ce que tu as fait pour moi. Anna. »

Voilà une nouvelle qui n'allait pas être agréable à annoncer à Angelo, pensa Felicity.

15

— Ils se marièrent et eurent beaucoup d'enfants…

Anna ferma le livre et caressa le front de Suzette.

— Il est temps de dormir à présent, ma chérie, murmura-t-elle à l'enfant qui somnolait déjà.

— Tu crois que j'aurai une aussi belle robe quand je me marierai ? murmura la petite fille.

— J'en suis sûre. Tu auras des fleurs dans les cheveux et une longue traîne, et tout le monde t'applaudira, confirma Anna en lui déposant un baiser sur la joue. Maintenant dors, mon trésor…

Suzette sourit et serra son doudou plus fort encore, avant de sombrer dans un rêve merveilleux peuplé de chevaliers et de belles dames…

Depuis un mois qu'elle s'occupait de l'orphelinat du couvent, Anna avait retrouvé une forme de sérénité. Aider ces enfants l'enrichissait et redonnait momentanément un sens à sa vie. Le contact des sœurs, si bonnes, si généreuses, l'avait apaisée. A sa grande surprise, elle était de nouveau capable d'envisager l'avenir : elle avait compris que d'autres pouvaient avoir besoin d'elle.

Ce mois de retraite arrivait à présent à son terme.

La période de Noël battait son plein, et Anna imagina la foule londonienne dans les grands magasins, la consommation effrénée, les illuminations et les embouteillages. Elle était si bien parmi les sœurs, si heureuse de soigner les enfants ! Pourquoi partir ? se demanda-t-elle soudain, tout en sachant au fond d'elle-même que, depuis le début, cette vie entre parenthèses n'était qu'un intermède.

Plus tard, debout devant la fenêtre de sa petite chambre qui ressemblait à une cellule monacale, elle regarda la masse sombre du château que l'on devinait derrière les arbres.

Quand elle avait fui Londres — il s'agissait bien d'une fuite, elle l'admettait volontiers —, elle n'avait pas la moindre idée de l'endroit où aller. Son seul but était de s'éloigner le plus possible d'Angelo, d'oublier qu'il en aimait une autre, qu'il allait l'épouser…

Tout naturellement, elle avait souhaité se retrouver dans le seul lieu où elle ait jamais été vraiment heureuse, château Belle Eden. Ce n'est qu'une fois à l'aéroport de Nice qu'elle s'était souvenue que le château est vendu, et que, peut-être, Angelo y vivrait une fois marié. Le cœur brisé, elle s'était rendue à l'évidence : elle n'avait plus sa place dans la demeure familiale…

En plein désarroi, elle s'était tout à coup souvenue du couvent situé de l'autre côté du parc et, sans plus réfléchir, avait donné son adresse au chauffeur du taxi.

Les sœurs l'avaient accueillie à bras ouverts, sans lui poser la moindre question. Le visage émacié de la jeune femme, ses yeux rougis de larmes parlaient d'eux-mêmes : elle avait besoin de réconfort, d'amour, et les sœurs étaient prêtes à lui en donner autant qu'aux enfants abandonnés qu'on leur confiait.

En réalité, pour Anna, c'était un retour aux sources. C'est là, en effet, que ses parents adoptifs étaient venus la chercher, là qu'ils l'avaient choisie parmi d'autres enfants, là que sa nouvelle vie avait commencé.

Depuis qu'Angelo l'avait quittée, Anna avait beaucoup réfléchi sur elle-même, et en était arrivée à se réconcilier avec ses origines. Elle n'avait plus honte d'être une enfant adoptée, elle était même prête à le revendiquer. Etait-ce la manifestation d'une certaine maturité ? Elle acceptait enfin le passé, ces moments troubles dans l'histoire de ses parents qui avaient fait qu'elle était devenue leur fille.

A présent qu'elle était en paix avec son passé, il lui fallait affronter l'avenir, l'avenir sans Angelo.

Et cela, c'était beaucoup plus difficile…

Les sœurs détestaient les effusions, et prirent congé d'elle sobrement. La serrant dans leurs bras, elles lui offrirent un bouquet de roses du jardin et lui souhaitèrent bonne chance.

Dans le taxi, Anna sortit son téléphone mobile qu'elle avait confié aux sœurs le jour de son arrivée. Sans même écouter ses messages, évidemment très nombreux, elle appela Felicity.

— Felicity, c'est moi !

A l'autre bout du fil, il y eut un blanc.

— Anna ! Toi ! Enfin ! Mais où es-tu ? J'ai essayé de t'appeler des centaines de fois !

— Tout va bien, ne t'inquiète pas ! A l'heure qu'il est je me dirige vers Nice, mais je vais d'abord faire un petit détour par Belle Eden. Je veux déposer des fleurs sur la tombe de maman.

— Tu vas au château ? Tout de suite ! Attends une seconde, Anna, je te rappelle…

Un peu étonnée, Anna rangea son portable. Felicity devait avoir une urgence au bureau…

Ils approchaient du château. A sa grande surprise, les imposantes grilles en fer forgé repeintes à neuf étaient ouvertes. La jeune femme demanda au taxi de la laisser à l'entrée et de l'attendre. Elle n'en avait pas pour longtemps…

Elle monta la grande allée de gravier, en proie à une appréhension grandissante. Qu'allait-elle trouver ? Des bâtiments flambant neufs ? Le château dénaturé, transformé en clinique ultramoderne, avec des parkings en lieu et place des pins parasols ?

Au détour de l'allée apparut soudain le bâtiment, et elle eut un coup au cœur.

C'était comme si elle se retrouvait vingt ans en arrière quand sa grand-mère adorée entretenait la grande demeure avec un soin jaloux. La façade avait été ravalée dans sa couleur d'origine, y compris le vert olive des volets. Dans le bassin en pierre de la cour, les algues avaient été enlevées et des poissons rouges tournoyaient comme autrefois, quand, enfant, elle les regardait inlassablement, fascinée.

Pétrifiée par l'émotion, elle monta les marches du perron. La lourde porte en chêne sculpté, qui avait elle aussi retrouvé toute sa splendeur, était fermée. Cédant à une impulsion, elle fouilla dans son sac, et y trouva les clés du château. La serrure avait certainement été changée, mais quelque chose la poussa à essayer. Et… miracle, la porte s'ouvrit.

Le hall, magnifique, avait été repeint, le dôme de verre nettoyé, aussi beau, elle en était certaine, que le jour où son arrière-grand-père avait porté dans ses bras sa jeune épouse de retour de voyage de noces, pour lui faire franchir le seuil de cette demeure qu'il avait fait construire pour elle.

Le salon avait, lui aussi, retrouvé ses dorures d'antan. Les meubles qu'elle croyait vendus aux enchères occupaient de nouveau leur place d'origine.

Elle se précipita à l'étage, de plus en plus stupéfaite. Que signifiait tout ceci ? Pour qui le château avait-il été restauré à l'identique ? Etait-ce un rêve ou la réalité ?

Presque timidement, elle poussa la porte de la chambre de sa grand-mère… Tout était comme avant : le grand lit en acajou avec sa couette voluptueuse et ses draps brodés, la table de toilette avec le miroir dans lequel elle s'était si souvent regardée, la bergère revêtue d'un chintz fleuri sur laquelle grand-mère aimait à lire ou tricoter. Les meubles censés avoir été vendus avaient miraculeusement retrouvé leur place. Jusqu'aux tableaux et aux portraits de famille qui étaient fièrement accrochés au mur comme autrefois…

Puis elle aperçut la robe et son sang se figea.

Sous sa housse, elle la distinguait mal, mais c'était à l'évidence une robe de mariée. Elle comprit l'atroce explication : Angelo avait redonné son ancien lustre au château car il allait s'y marier, et peut-être y vivre avec son épouse.

Un gémissement lui échappa, ses jambes se dérobèrent sous elle et elle dut s'accrocher au dossier de la bergère pour ne pas tomber. Au dehors, elle entendit vaguement le bruit d'une voiture, mais le choc était tel qu'elle resta prostrée au milieu de la pièce. Reprenant péniblement ses esprits, elle se précipita vers l'escalier pour fuir, fuir aussi loin qu'elle le pouvait, et tenter d'oublier que la demeure enchantée de son enfance allait devenir le nid d'amour d'Angelo et de sa femme.

En haut des marches, elle s'arrêta net. Angelo était immobile dans le hall. Il leva les yeux et la regarda, comme elle avait si souvent imaginé, petite fille, que son fiancé le ferait le jour où il la demanderait en mariage. Sauf que ce n'était pas son fiancé, et qu'il allait en épouser une autre…

— Anna ! s'exclama-t-il d'une voix étrange.

— Je sais, balbutia-t-elle. Je ne devrais pas être ici. Je partais…

— Non ! s'exclama-t-il en montant les marches vers elle.

Elle s'accrocha à la rampe pour se donner du courage.

— Laisse-moi partir, Angelo, balbutia-t-elle d'une voix éteinte. Le mois que je viens de passer non loin d'ici m'a fait du bien. Tout ce que tu pourras dire ou faire ne fera que me replonger dans l'horreur.

— Il faut que nous parlions, murmura-t-il d'une voix étranglée.

— C'est inutile. J'ai vu la robe, et j'ai compris.

— Tu as déjà vu la robe ? s'exclama-t-il avec surprise.

— Tu m'as dit à Londres que tu allais te marier, comment n'aurais-je pas compris ? murmura-t-elle en commençant à descendre les marches.

Il se souvint brusquement avec horreur de ce mensonge de dernière minute qu'il avait inventé pour expliquer son attitude.

— Non, Anna, non ! s'écria-t-il. Il ne s'agit pas de ça ! Tu te trompes, tout a changé !

Elle se retourna lentement et lui lança un regard désabusé.

— Changé ?

— Oui. Ce que je vais te dire ne sera peut-être pas facile à entendre, commença-t-il d'une voix étranglée.

Elle se méprit sur son émotion.

— Ta future épouse est enceinte ?

— Non, non ! Regarde plutôt !

Il sortit de sa poche un bijou qu'il tendit à Anna.

— Mon pendentif ! s'écria-t-elle. Pourquoi est-il en ta possession ?

— Ce n'est pas ton pendentif, c'est la boucle d'oreille que ta mère n'a jamais retrouvée. Parce qu'elle avait été glissée dans le couffin où j'ai été retrouvé devant l'orphelinat.

Un silence pesant s'établit entre eux. Anna n'arrivait pas à croire ce qu'elle venait d'entendre.

— Tu veux dire que… ma mère… ? bredouilla-t-elle, incrédule.

Elle ne put achever.

— … était la mienne. Quand j'ai découvert la chose, j'étais convaincu que tu étais ma sœur. Jusqu'à ce que j'apprenne enfin de ta bouche que tu avais été adoptée. Tu comprends maintenant pourquoi je tenais tant à savoir si tu étais enceinte ?

Anna s'accrocha à la rambarde. Tout allait trop vite, trop fort…

— Viens, dit-il en la prenant par la main.

Il l'entraîna dans la chambre de sa grand-mère. Là, devant la fenêtre, plongé dans la contemplation du parc, il se mit à parler.

— C'était tellement douloureux que je ne voulais pas te le dire, murmura-t-il. Voilà pourquoi j'ai stupidement inventé cette histoire de mariage. Je t'ai fait souffrir, je sais, mais je pensais que la pire souffrance pour toi serait de croire que j'étais ton frère…

Elle s'approcha de lui, sans oser le toucher.

— Je suis aussi coupable que toi. Si seulement je t'avais dit la vérité ! Mais j'avais honte d'être adoptée, honte de ne pas être l'enfant biologique que mon père souhaitait tant pour perpétuer la lignée ! Depuis ton départ, j'ai beaucoup réfléchi, et j'ai compris que tout cela n'avait pas vraiment d'importance. Ce qui compte, c'est l'amour qu'ils m'ont donné. Lisette, bien sûr, mais aussi mon père, à sa façon, maladroite et brutale.

Elle poussa un soupir et s'écarta d'Angelo.

— Il est trop tard, murmura-t-elle avec une douloureuse amertume. Si seulement j'avais parlé plus tôt…

Angelo la dévisagea avec une terrible intensité.

— Trop tard ? Pourquoi ? As-tu seulement vu la robe ?

Il l'entraîna devant l'armoire, là où était suspendu le vêtement. Alors Anna comprit que cette longue robe ivoire qu'elle avait mal regardée était la réplique exacte de celle avec laquelle elle jouait à la mariée quand elle était enfant.

— Elle est à toi, murmura Angelo, les yeux embués par l'émotion. Tout est à toi, le château, les meubles… et moi, si tu le veux encore.

Un sourire d'une infinie tendresse éclaira le visage d'Anna.

— Si je veux encore de toi ? répéta-t-elle, hésitante. Parce que tu en doutes ? Je t'aime, Angelo, je n'ai jamais cessé de t'aimer dans toute cette tourmente.

— Cette robe, tu la porteras à l'église, à mon côté ? Veux-tu devenir ma femme ?

Pour toute réponse, Anna se précipita dans ses bras, riant et pleurant à la fois.

— Parfait ! lança-t-il, radieux. Marions-nous dès que possible, Felicity est sur des charbons ardents. Elle sait qu'elle sera ton témoin, alors elle a déjà choisi sa tenue, mais elle n'arrive pas à se décider sur la couleur.

A cet instant, son portable sonna. Après avoir vérifié l'identité de l'interlocuteur, il répondit.

— Felicity ? Oui, je suis avec elle. Tout est arrangé. Oui, je lui ai demandé. Mais à vrai dire, je n'ai pas eu sa réponse formelle.

Il se tourna vers la jeune femme.

— Oui, murmura Anna, lui jetant un regard passionné.

Puis elle s'approcha du portable.

— Oui, oui, oui ! cria-t-elle, éperdue de bonheur.

Angelo prit sa fiancée par la taille sans lâcher son téléphone portable.

— Tu as entendu, Felicity ? Je crois qu'elle a dit oui !

KELLY HUNTER

Les amants de Penang

Jade

Titre original :
SLEEPING PARTNER

Traduction française de SYLVETTE GUIRAUD

83-85, boulevard Vincent-Auriol, 75646 PARIS CEDEX 13.
Tél. : 01 42 16 63 63
www.harlequin.fr
Service Lectrices — Tél. : 01 45 82 47 47

1

— Mademoiselle Fletcher ?

Le vieux portier aux traits parcheminés rayonnait dans sa tunique et son turban d'un blanc éblouissant.

Mia hocha la tête et se tourna pour contempler le vieil hôtel délabré avec ses majestueuses colonnes de marbre, son portique dont le plâtre se fendillait, les marches du majestueux perron, taillées dans un marbre splendide mais ternies par l'âge et les allées et venues de tant de pas...

Et tout autour, le fouillis du jardin envahi par la végétation...

— Bienvenue à Penang, perle de l'Orient, poursuivit l'homme d'un ton plein de grandeur. Bienvenue à l'hôtel Cornwallis, cœur chatoyant de George Town la coloniale.

L'hôtel, situé au centre de l'ancien quartier colonial, possédait certes une sorte d'attrait fané et immatériel — mais *chatoyant* ? Mia décocha à l'homme un regard sceptique.

— Je sais ce que vous pensez, dit-il. Que l'hôtel est vieux et a grand besoin de réparations. Mais il y a soixante ans, quand j'ai commencé à travailler ici, c'était un spectacle grandiose.

— Je veux bien vous croire.

Rajah, si l'on en croyait le badge discret épinglé sur sa poitrine, afficha un large sourire.

— Il pourrait le redevenir. L'amour pourrait y parvenir.

L'amour... et des montagnes d'argent, songea Mia.

— Dès que la malédiction sera brisée, conclut Rajah.

— Car il y a une malédiction ?

— Mais bien sûr. Comment, autrement, l'hôtel pourrait-il être si délabré ?

— Des années et des années de négligence, peut-être ?

— Ça aussi, oui, admit le vieil homme avant de reculer de quelques pas. Je vais informer M. Ethan de votre arrivée. Il vous attendait. Comme nous tous.

D'un geste large, Rajah lui ouvrit la porte.

— Mademoiselle Fletcher…

— Mia, rectifia-t-elle en se demandant tardivement comment il savait qui elle était.

Une lueur passa dans les yeux fatigués par l'âge.

— Soyez la bienvenue chez vous, mademoiselle Mia.

2

Elle n'était pas chez elle. Et peu importait ce que le vieux portier avait voulu insinuer, cet hôtel n'avait jamais été le foyer de Mia. Elle avait été élevée à Sydney, y avait fait ses études et y vivait… dans un appartement aux lignes épurées donnant sur Harbour Bridge. Elle l'avait choisi pour sa vue spectaculaire sur le port et aussi parce qu'il était situé à deux pas des bureaux de la Fletcher Corporation où elle passait pas mal de temps. Là, oui, elle était chez elle et non pas dans cet hôtel colonial délabré, à des milliers de kilomètres.

Même si elle venait de l'hériter d'une mère qu'elle n'avait jamais connue.

Mais le vieux portier attendait qu'elle entre et il avait des yeux gentils et accueillants. Maison ou pas, cet endroit était à elle désormais, et elle y accomplirait son devoir.

Fille unique de Richard Fletcher et héritière de son imposante fortune, Mia avait une parfaite connaissance de ce qu'était le devoir.

Donc, elle pouvait l'accomplir ici. Elle en était capable.

Seulement, à quel point au juste était-il difficile de prendre pied dans une existence qui lui était totalement inconnue ? Parce que oui, c'était difficile, même si elle avait une certaine habitude de la difficulté.

Alors, avec un bref sourire à l'intention de Rajah, elle prit une grande inspiration, redressa les épaules et entra.

*
* *

C'était tout le portrait de sa mère. Même charpente délicate que Lily, même visage envoûtant de lutin.

Debout en haut du grand escalier, Ethan Hamilton observait la femme que Rajah venait d'introduire dans le hall. De son poste privilégié, il la contemplait, satisfait pour le moment de rester invisible, tandis que la jeune femme regardait autour d'elle avec curiosité, levant les yeux, comme tout le monde le faisait, vers l'antique suspension pendue au plafond. Vers ses six mille pièces en cristal taillé à la main, et peu importait qu'il n'ait pas fonctionné depuis des années. Un sourire — plus semblable à celui d'une enfant émerveillée qu'à celui d'une héritière calculatrice — incurva les lèvres de la nouvelle venue et Ethan sentit son cœur palpiter.

Il regarda Ayah, la vieille intendante, se précipiter vers la fille de Lily, celle-ci lui tendre la main, et Ayah s'en emparer et la presser contre sa joue ridée. A l'évidence, Mia ne s'était pas attendue à ce geste. Il ne lui plut pas, même si elle dissimula assez bien son embarras. L'intendante prononça quelques brèves paroles et Mia Fletcher secoua la tête d'un air de regret. Quelle qu'ait été la question, la réponse était non. Elle libéra sa main, repoussa derrière son oreille une mèche de cheveux mi-longs, noirs et brillants, et de nouveau regarda autour d'elle.

Allait-elle remarquer le superbe travail artisanal des rampes de bois de rose aux sculptures sophistiquées qui flanquaient le grand escalier ? se demanda Ethan. Verrait-elle le tapis persan aux délicats coloris jeté sur les marches de marbre ? Ressentirait-elle toute la magie des lieux ? Ou ne verrait-elle ici qu'usure et décrépitude ?

Puis le regard de Mia tomba sur lui.

Au bout d'un long, très long moment, elle commença à gravir les marches. Ethan aurait dû descendre à sa rencontre, se conduire en gentleman plutôt que de rester figé comme une statue, mais un seul regard de Mia lui avait fait tout oublier. Au moment où ils se rejoignirent, elle lui adressa un sourire soigneusement neutre et lui tendit la main.

— Monsieur Hamilton ? Je suis Mia Fletcher.

— Je sais.

Il prit dans la sienne la petite main tiède en refoulant avec difficulté l'élan de désir qui, soudain, le transperçait comme une lame. Les besoins de ses sens lui étaient familiers et il savait s'en prémunir. Il relâcha donc brusquement la main — au diable la politesse — mais le souvenir de son contact subsista en lui.

— Comment saviez-vous qui je suis ? questionna Mia. Comment Rajah le savait-il ?

— Vous ressemblez à votre mère.

A part les yeux. Ceux de Lily avaient été d'un marron somptueux, plein sde chaleur. Ceux de sa fille étaient gris comme un ciel d'hiver. Des yeux calmes, prudents qui soupesaient et jaugeaient avec une acuité qu'il aurait appréciée si elle ne l'avait pas consciencieusement disséqué. Les yeux de son père, songea-t-il en se souvenant vaguement d'un homme grave, aux cheveux noirs et au regard gris et morne.

— Vous n'avez jamais vu de photo de votre mère, je suppose ?

— Non.

Les yeux gris à l'expression obsédante s'assombrirent encore.

— Je sais très peu de choses sur ma mère, monsieur Hamilton. Jusqu'à ce que vos avoués me contactent il y a de cela trois jours, je vous aurais dit que c'était une orpheline qui, après avoir épousé mon père, me donna le jour et mourut peu de temps après.

Ethan la fixa avec stupéfaction.

— Ainsi, depuis tout ce temps, vous pensiez qu'elle était morte ?

— Mon père prétend maintenant qu'elle nous a quittés juste après ma naissance. Il semble qu'elle soit tombée amoureuse d'un autre homme. Un veuf avec un petit garçon.

Ethan opina.

— Et ce garçon, c'est vous, n'est-ce pas ?

— Oui.

Qu'ajouter d'autre, en effet ?

La jeune femme redressa les épaules comme si elle se préparait à une attaque.

— Je me demandais… est-elle restée… avec vous et votre père ?

— Oui, elle est restée, répondit-il, très calme.

Mais il imaginait très bien tout ce qui, en ce moment, devait lui passer par la tête.

— Elle est morte dans ses bras il y a six jours.

Mia hocha la tête et détourna les yeux comme si le regarder la faisait souffrir.

— Mes condoléances pour votre perte, ajouta-t-il.

Ah non ! eut-elle envie de crier. Ce n'était pas sa perte. C'était celle d'Ethan.

— Ecoutez, je ne vous connais pas. Je n'ai jamais connu ma mère. J'ignore pourquoi elle n'a jamais essayé de prendre contact avec moi et je ne sais pas pourquoi elle m'a laissé cet hôtel.

Elle jeta un coup d'œil en direction du lustre.

— Je veux dire… que suis-je supposée en faire ?

— C'est entièrement votre affaire.

Devant son incertitude, Ethan s'efforça de rester impassible. Si elle désirait restaurer l'hôtel, il l'y aiderait. Le brûler jusqu'au sol ou le vendre sur-le-champ, il l'y aiderait aussi. Ne l'avait-il pas promis à Lily ?

— J'ai réuni pour vous les bilans des trois dernières années, dit-il.

D'un geste, il désigna un gros dossier noir posé sur une table proche.

— L'hôtel perd de l'argent. Il en a toujours été ainsi. Vous trouverez à la fin une estimation de l'hôtel et du terrain.

— Je ne pense pas que vous ayez sous la main celle des coûts pour une restauration ? demanda Mia après un silence.

— Tout est là. Peut-être voudriez-vous vous asseoir avant de commencer à examiner ces chiffres ? Voulez-vous un verre d'eau glacée et un ventilateur ?

Elle lui décocha un sourire un peu forcé en regardant la masse de documents que contenait le dossier noir.

— Il y a tout ça ?

— Et davantage. Ces dossiers confirment en tout point et de manière indépendante valeurs et estimations. Demain midi, enchaîna-t-il, j'ai prévu pour nous deux un rendez-vous avec l'avoué pour une lecture du testament de votre mère. Je suis l'exécuteur testamentaire. Rassurez-vous, il n'y aura aucune surprise. L'hôtel vous appartient en toute propriété, libre de toute dette. Il n'y aura que des petits legs en liquide au personnel. C'est tout.

Mia aspira une bouffée d'air et la relâcha lentement.

— Préférez-vous modifier le rendez-vous ?

— Non, dit-elle d'une voix faible. Midi sera parfait.

Ethan approuva de la tête.

— Le personnel vous a préparé une suite. Il y a aussi l'aile nord à l'étage supérieur. Elle n'a pas été utilisée depuis des années, mais si vous restez ici vous pourriez souhaiter vous y installer à demeure.

Ethan ne savait pas très bien comment tourner avec délicatesse ce qu'il avait à ajouter, aussi opta-t-il pour une approche directe.

— C'est là qu'ont vécu vos parents.

— La suite me semble un bon choix, dit Mia poliment. Merci de l'avoir préparée.

Ethan hésita avant de poursuivre. Trois jours auparavant, Mia ignorait tout de leur existence, et il n'avait aucune idée de la manière dont elle allait réagir. Mais il avait promis.

— Mon père vous a aussi invitée à vous installer chez lui. Il a une maison de l'autre côté de l'île.

Elle le considéra en silence.

— Vous pourrez aussi utiliser gracieusement toutes les facilités qu'offre le groupe Hamilton. Notre hôtel amiral est situé ici à George Town — c'est là que je suis moi-même basé — mais nous sommes installés aussi à Kuala Lumpur, Singapour, Hong Kong et en Chine continentale.

Mia paraissait perdue, songea Ethan. Comme si elle ne comprenait pas tout à fait le sens de ce qu'on lui proposait.

— Mon père et moi, poursuivit-il, aimerions que vous nous considériez comme votre famille.

Trop tôt. Il le comprit avant même d'avoir parlé.

— C'est très généreux de votre part, dit-elle d'un ton froid. Mais… non.

— Non à quoi ?

— Non à tout. J'ai une famille, monsieur Hamilton. J'ai aussi de l'argent et ce que j'ai me suffit.

— Dans ce cas, ne put-il s'empêcher de demander, pourquoi être venue ?

— Parce que je le devais, répliqua-t-elle sèchement. J'ai eu une mère que je n'ai pas connue, un père qui refuse de parler d'elle, un hôtel délabré dont je deviens subitement responsable et un besoin brûlant de réponses. Dites-moi, monsieur Hamilton, qu'auriez-vous fait à ma place ?

Ethan eut un léger sourire. Quel punch ! Lily l'aurait adorée.

— Parlez-en à mon père. Lui vous donnera des réponses.

— Non !

Elle respira profondément comme si elle luttait pour recouvrer son calme.

— A tort ou à raison, je ressens pour l'instant une bonne dose de ressentiment à l'égard de votre père. J'apprécie son offre de me recevoir. Dommage qu'elle ne soit pas arrivée il y a vingt-quatre ans ! Mais pour l'instant, je n'en veux pas du tout. Je trouverai mes propres réponses.

— Elles pourraient bien ne pas vous plaire.

Le ton contenait un avertissement.

Mia lui décocha un sourire doux-amer.

— Je le sais.

Sa première rencontre avec Ethan Hamilton aurait pu mieux se passer, songeait Mia, debout dans sa suite, sa valise à côté d'elle. Elle avait voulu prendre une attitude réservée et professionnelle ou tout au moins polie. Mais le mince et beau corps de cet homme et ses yeux de nuit l'avaient littéralement fascinée. Le contact de sa main l'avait déstabilisée au point même d'avoir du mal à se rappeler son propre nom et de savoir quelle attitude adopter.

Quand il avait mentionné sa ressemblance avec sa mère, elle avait tout de suite été sur la défensive. Il avait parlé d'hospitalité et de *famille* et elle s'était hérissée. Pure réaction émotionnelle. Sur ce point précis, elle avait quand même de bonnes raisons.

Car depuis trois jours maintenant, elle tentait d'affronter le fait que, durant tout ce temps, sa mère n'était pas morte. Qu'elle avait été vivante et bien portante au cours des vingt-quatre dernières années et que pas une seule fois, pas une *seule*, elle n'avait eu le moindre contact avec elle. Si Mia éprouvait un sentiment de perte, c'était bien à cause de cela. Si elle souffrait, la raison en était là.

Elle ne savait rien de sa mère. Pas la moindre chose non plus sur les questions d'hôtellerie. Et seulement d'une façon très marginale sur Penang. Elle se sentait lasse, confuse et complètement hors de son élément.

Peut-être était-ce la raison pour laquelle elle ne parvenait pas à oublier la poignée de main d'Ethan Hamilton ?

Elle soupira, se frictionna la nuque d'un geste las, parcourut la pièce du regard et poussa un nouveau soupir. L'immense plafond aux moulures compliquées était fissuré et croulait sous le poids des ans. Des tuyaux rouillés couraient le long de deux murs en même temps que des fils électriques. Quelqu'un avait sans doute prévu un branchement et n'était jamais revenu le terminer, songea-t-elle en regardant le fouillis de fils dénudés qui ponctuaient les murs. Ou alors il en était mort en essayant.

Les draps sur le lit king size étaient fins comme du papier à cigarette, les motifs floraux brodés du couvre-lit décolorés par l'âge. Mais la lampe posée sur la table de chevet en demi-lune était une merveille en bronze ancien et le cadre du miroir aurait pu, sans déparer, enchâsser un chef-d'œuvre de la Renaissance.

La salle de bains était vraiment à donner le frisson : les serviettes étaient grises de vieillesse, la baignoire tachée d'une vilaine couleur brune. Pas question de s'y baigner.

Une seule orchidée blanche dans un gros vase de cristal était posée à côté du lavabo. Cela tira un petit rire à Mia. A cause de l'excentricité de tout cela et aussi du potentiel immense des lieux. Peu importait que la rénovation de l'hôtel ne soit pas un choix très judicieux — en tout cas financièrement. Elle n'avait pas besoin du gros dossier noir d'Ethan Hamilton plein de chiffres et de barèmes pour le savoir. Ce qui ne l'empêcha pas, les yeux fermés, de s'abandonner à son rêve.

A rêver de *son* projet à elle, et non à l'une des acquisitions sans états d'âme de son père.

Quelques instants après, un coup à la porte mit fin à sa rêverie. Quittant la salle de bains, Mia traversa la chambre ridiculement vaste en se remémorant ses anciens cours d'art sur la perfection des proportions, la perspective et l'illusion d'espace.

Ici, pas d'illusions. Juste de l'espace et le miroitement d'un rêve qui ne voulait pas s'envoler tout à fait, même si elle s'efforçait de rester rationnelle. Elle ouvrit la porte.

— M. Ethan a dit de vous laisser vous reposer, annonça Rajah toujours aussi magnifiquement vêtu. Cependant, Ayah voulait savoir si vous étiez bien installée. A qui obéir a été une décision difficile à prendre.

Mia dissimula un sourire.

— Comment vous êtes-vous décidé ?

— Je ne suis pas marié à M. Ethan.

Elle sourit, puis, sans pouvoir refréner sa curiosité, elle demanda :

— M. Ethan est-il marié ?

— Non, mademoiselle Mia. Sa femme infidèle est morte. Noyée par les mains mêmes de son malfaisant amant à quelques dizaines de mètres d'ici. Et c'est triste car elle le hante encore.

Mia le regarda d'un air étrange.

— Vous voulez dire que le souvenir de son épouse continue à le hanter, n'est-ce pas ? Il ne s'agit pas d'un vrai fantôme.

— Sa forme n'est jamais apparue dans l'hôtel, mademoiselle Mia. Elle est obligée de rester dans la mer.

Très bien, songea-t-elle en réprimant un autre sourire. Elle allait devoir se faire à la manière toute particulière qu'avait le vieux gardien de s'exprimer.

— Cela signifie-t-il que l'hôtel a une ouverture sur la mer ?

— Mais bien sûr. Nous avons notre propre plage. Vous ne l'avez pas remarquée depuis votre balcon ?

— J'ai un balcon ?

Mia regarda autour d'elle. Trois volées de doubles fenêtres s'alignaient contre un mur, offrant un point de vue sur la cité vibrante et animée.

— De l'autre côté du salon, précisa Rajah.

Il traversa la pièce et fit glisser deux panneaux de bois, puis encore deux et encore deux autres jusqu'à repousser entièrement le mur et révéler un salon éclaboussé de soleil, encore plus vaste que la chambre à coucher et… oui, un balcon, une mince bande de sable et un beau panorama sur le canal de Butterworth et au-delà.

Mia poussa une exclamation émerveillée.

— Exactement, approuva Rajah. L'hôtel Cornwallis dispose d'un emplacement très avantageux et d'une vue exceptionnelle.

Mia traversa le salon, enchantée par la lumière et l'espace, l'odeur de la mer et une senteur de frangipanier arrivant par la fenêtre.

— Dites-moi, Rajah, depuis combien de temps travaillez-vous ici ?

— Soixante-trois glorieuses années, mademoiselle Mia.

— Et Ayah ?

— Soixante et un ans.

— Combien de personnes travaillent-elles ici ?

— Dix, ces temps-ci.

Un personnel squelettique.

— Combien au temps de sa splendeur ?

— Soixante-dix, y compris les gardiens d'éléphants.

— Nous… nous n'avons aucun éléphant en ce moment, n'est-ce pas ?

— Non, mademoiselle Mia. Votre défunt grand-père, M. Fletcher senior, les a envoyés au zoo en 1959.

— Ah bon, très bien. Je ne sais pas si vous pourrez m'aider, Rajah, mais j'aimerais beaucoup que vous essayiez de me trouver quelques photos anciennes de l'hôtel. J'aimerais aussi que vous et Ayah me rejoigniez d'ici une demi-heure, pour faire un point. J'ai besoin de savoir comment fonctionne cet endroit. Qui fait quoi et quand. Qui est notre clientèle et à quoi elle est habituée.

Mia sourit en voyant le vieil homme se gonfler de fierté et de quelque chose qui ressemblait beaucoup à de l'espoir.

— Vous adoreriez vraiment voir l'hôtel retrouver son ancienne gloire, n'est-ce pas ?

Rajah lui sourit avec douceur.

— Pas vous ?

*
* *

Vers le milieu de la matinée, le jour suivant, Mia connaissait le pire. L'hôtel appartenait à la famille de son père depuis un peu plus de cent ans et déclinait régulièrement depuis une cinquantaine d'années. Son père avait commencé à le faire renaître de ses cendres environ une vingtaine d'années auparavant, mais aux dires de Rajah, il s'en était lassé. Lassé quand il avait perdu Lily. Les mots n'avaient pas été prononcés mais en quelque sorte, Mia, les avait perçus.

Juste après sa naissance, son père avait offert l'hôtel à Lily avant de partir pour l'Australie, emmenant Mia avec lui. Et maintenant, songea-t-elle, Lily lui en avait à son tour fait cadeau, sans doute une manière de le rendre à son père. Un prêté pour un rendu. Rien de plus. Il n'y avait rien ici pour Mia que les échos d'une existence qu'elle n'avait jamais connue. Rien qu'une affaire commerciale. Pourquoi alors continuait-elle à rêver… à se demander comment ce serait de faire autre chose que de rester immergée dans la Fletcher Corporation ? Aucun homme n'avait jamais essayé de l'en détourner, aucune passion pour la musique ou l'art ou pour une carrière différente ne l'avait jamais fait dévier d'un chemin tout tracé pour elle par son père. Du reste, elle aimait le défi de la grande finance et il en avait toujours été ainsi.

Mais ce vieil hôtel… son envie d'en savoir davantage sur sa mère… toutes ces choses lui donnaient la tentation de s'écarter de la seule route qu'elle ait jamais connue.

Et de séjourner ici un peu plus longtemps.

Son père allait en piquer une crise. Une de ces colères calmes et froides à mots couverts mais dévastateurs qui vous écorchaient vif. Il ne s'y laissait pas souvent aller et les gens étaient assez intelligents pour ne pas les provoquer, mais si elle restait ici… si elle lui parlait de son intention de restaurer l'hôtel et de le diriger elle-même… eh bien oui, son père piquerait une crise.

Peut-être en apprendrait-elle davantage à la lecture du testament, conclut Mia. Cela l'aiderait sans doute à clarifier un peu ses idées.

Elle pouvait toujours l'espérer.

*
* *

A midi, au moment où Ethan et le notaire frappèrent à la porte de sa suite, Mia était prête à les recevoir. Elle s'était habillée avec soin d'un T-shirt en coton bleu pâle, d'un pantalon beige et de sandales. Rien qui rappelle la fille sophistiquée d'un homme riche. Elle n'avait plus rien non plus d'une superfemme d'affaires se cassant les dents sur des rapports de pertes et de profits. Ici, elle n'avait pas besoin de toutes ces choses. Elle pouvait être simplement Mia, une notion vraiment libératrice.

— Monsieur Hamilton.

— Mademoiselle Fletcher.

Les lèvres d'Ethan étaient un peu crispées. Il lui présenta Bruce Tan, l'avoué, qui inclina la tête et lui tendit la main.

Mia la serra avec énergie. Comme elle, l'homme avait de petites mains, son étreinte était amicale et ses yeux emplis d'une chaleureuse curiosité. Mia l'apprécia d'autant plus pour sa façon franche et directe de la manifester.

— *Ni hao*, dit-elle, se souvenant d'avoir trouvé dans le dictionnaire la traduction du mot bonjour.

Les pupilles d'Ethan parurent s'étrécir.

— J'ignorais que vous parliez le mandarin.

— C'est mon premier mot, fit-elle en souriant. Si vous revenez demain, j'en saurai un autre.

— Pourquoi attendre, lança Bruce Tan avec un sourire de conspirateur. *Xie xie*, mademoiselle Fletcher. Cela signifie merci. Parce que beaucoup de visiteurs de notre pays n'apprennent jamais un seul mot de notre langue. Comptez-vous séjourner longtemps à Penang ?

Bonne question.

— Pour être parfaitement honnête avec vous, je n'en ai aucune idée. Mes projets changent à chaque minute. C'est très déconcertant. En général, j'ai plus de…

— D'esprit de décision ? compléta Ethan en esquissant un sourire.

— De sens de la direction à prendre, corrigea-t-elle. Décider n'est généralement pas un problème pour moi, une fois que je sais ce que je veux.

Elle s'effaça pour les laisser entrer.

— Venez par là. Je suis installée dans le salon.

Bruce Tan entra avec empressement et, après un regard curieusement inquisiteur, Ethan le suivit.

Mia installa Bruce dans le grand fauteuil, un geste qui manifestait un certain respect, avant de prendre le siège à sa gauche et de mettre Ethan sur sa gauche à elle. Ainsi, l'avoué pouvait s'adresser à eux sans avoir à se tourner vers l'un ou vers l'autre. Les bilans que lui avait donnés Ethan étaient sur la table à portée de main. Un pichet d'eau et un ensemble de boissons alcoolisées attendaient sur un buffet en compagnie de quelques verres.

Mia garda le silence pendant que le notaire revenait sur les termes du testament de sa mère. Tout était réglé, exactement comme l'avait dit Ethan. Et pendant tout le temps où elle écouta, une toute petite part d'elle-même protestait que, si elle le voulait bien, le vieil hôtel pouvait être bien autre chose qu'une affaire financière.

Enfin, l'avoué termina son discours et le silence retomba. C'était au tour de Mia.

— Ethan m'a fourni les chiffres des pertes et des bénéfices des trois dernières années, dit-elle en attirant les documents vers elle. L'hôtel a perdu chaque année une somme importante et, pourtant, il n'y a pas eu d'emprunt sur le capital et aucune dette.

Son regard passa de l'avoué à Ethan.

— Qui a comblé les pertes ?

— L'état de santé de Lily empirait, répondit brièvement Ethan. Elle n'avait pas besoin d'avoir le souci d'un hôtel qui ne s'y retrouvait pas. D'autre part, elle n'aurait jamais accepté aucune aide financière de mon père.

— C'est vous qui avez apuré la dette ?

Il hocha la tête.

— Donc vous avez un droit sur l'hôtel.

— Non.

La mâchoire d'Ethan se durcit.

— Vous ne comprenez pas. Vous n'avez entendu parler de mon père et de votre mère — et de *moi* — que depuis quelques jours. Moi, je vous connais depuis l'âge de six ans. L'hôtel vous appartient. Il a toujours été à vous. C'est ce que Lily voulait.

Droite comme un i, Mia réfléchit à ses paroles. Elle ne s'était pas attendue à cela et ne savait comment réagir.

— Merci, monsieur Tan, dit-elle enfin. Je pense qu'à partir de maintenant, Ethan et moi allons pouvoir prendre les choses en main.

— Ce fut un plaisir de vous rencontrer, mademoiselle Fletcher. Je vous souhaite un bon séjour à Penang. Je vous enverrai les documents par courrier.

L'avoué se leva, adressa un signe de tête à Ethan et s'en fut. Dès qu'il fut parti, un lourd silence s'abattit. La partie strictement affaires de l'entretien était terminée ; désormais, pour Mia, les émotions prenaient le pas, déferlant sur elle en vagues qu'elle était incapable de contrôler. Colère, sentiment de perte, confusion…

Et espoir.

— Je me rends compte que vous avez à peine eu le temps de réfléchir à toutes les options, mais avez-vous un peu songé à ce que vous désirez pour l'hôtel ? finit par demander Ethan.

C'était fou, Mia le savait, mais son impression ne voulait tout simplement pas s'effacer. Il était peut-être temps de l'exprimer à voix haute ?

— J'ai l'intention de le restaurer, annonça-t-elle.

Ethan lui lança un coup d'œil appuyé.

— Vous avez vu les chiffres ?

— Je les ai vus.

— Quel courage !

— Quelle folie ! corrigea-t-elle. Allez-y, dites-le. D'un simple point de vue financier, je pourrais sauver ce que je pourrais des installations et vendre le reste au prix du terrain. Problème : je ne le vois pas comme ça. Partout où je regarde…

Sa voix se fit douce.

— Je peux voir ce que pourrait devenir ce vieil hôtel. Ce qu'il *devrait* être.

— Que dira votre père si vous décidez de le restaurer ?

— Je l'ignore.

Mia se leva et se dirigea vers le balcon pour regarder de l'autre côté du canal. Son père avait refusé qu'elle vienne ici. Il considérait que ses juristes négocieraient tout aussi bien la vente de l'hôtel.

Mais, pour une fois, elle l'avait défié. Elle désirait des réponses, elle en éprouvait un besoin désespéré. Et elle les trouverait.

— Mais je crois que je suis sur le point de le découvrir.

La vue, aussi glorieuse qu'elle soit, ne retint pas son attention. Ethan, si. Elle le regarda en silence verser une généreuse dose de whisky dans deux verres et les apporter.

— Tenez, dit-il. Ça va vous aider.

Mia saisit celui qu'il lui tendait, peu préparée à la brûlure soudaine et féroce qui la traversa au moment où leurs doigts se touchèrent. Elle l'avait déjà ressentie la veille lorsqu'ils s'étaient serré la main. Elle avait bien essayé de se dire qu'elle avait simplement souffert de la chaleur, qu'elle était fatiguée et surmenée ; que son corps avait besoin de repos, et qu'après une bonne nuit de sommeil, elle réagirait très normalement au contact de la main d'Ethan Hamilton.

Quelle erreur !

Depuis des années, Mia attendait de ressentir au contact de la main d'un homme la brève fulgurance d'un désir insensé. Eh bien, maintenant c'était devenu une réalité.

Sauf que c'était avec le fils de l'homme avec qui sa mère s'était enfuie.

Alors qu'importait s'il était grand, brun et extrêmement bien de sa personne ? Elle n'était pas du genre à se précipiter sur un séduisant emballage. Qu'importait aussi s'il y avait en lui une sorte de fermeté qui parlait d'énergie et de discipline, une étincelle qui suggérait la passion ? Ne connaissait-elle pas déjà des douzaines d'hommes grands, bruns, séduisants et passionnés ?

Bon, peut-être pas des douzaines. Peut-être pas plus de deux, et c'était bien dommage qu'aucun d'eux ne puisse la débarrasser de l'étrange sentiment de conscience aiguë qu'elle ressentait en croisant le regard d'Ethan Hamilton.

Eh oui, Mia. Lui.

Elle ne sirota pas son scotch. Elle l'avala d'un trait et fit la grimace. Ethan l'imita.

— Un peu plus ? proposa-t-il.

— Je crois que oui.

Cette fois, il apporta la bouteille avec lui et la servit. Mia baissa les yeux sur le liquide ambré sans le boire — pas encore — et tenta de se concentrer sur les affaires, sur sa mère, sur tout et n'importe quoi, sauf sur lui.

— Vous dites que vous m'avez connue quand vous aviez six ans ? s'enquit-elle enfin d'une voix mal assurée.

— En effet.

Les yeux d'Ethan croisèrent les siens avec une expression de résignation, somme toute plutôt sympathique.

— Vous êtes la sœur qui vivait de l'autre côté de l'eau, dit-il tranquillement. Celle qui ne venait jamais. Mais vous êtes ici maintenant et si vous désirez mon aide, vous l'aurez. Protection, conseils, finances, quoi que ce puisse être…

Ses lèvres se contractèrent un peu.

— Je suis le grand frère que vous ignoriez avoir.

Mia le considéra avec incrédulité. Croyait-il sérieusement qu'elle pouvait le traiter en frère avec ce besoin qu'elle éprouvait de le toucher et de le goûter, un besoin si intense qu'elle parvenait à peine à penser correctement ? Comment diable était-elle censée gérer cela ?

Ethan haussa un sourcil, l'air d'attendre sa réponse.

— Oh, très bien, dit-elle faiblement avant d'avaler son whisky.

3

Il n'était pas si mal pour un frère dont elle ne voulait pas.

Revenus auprès de la table, ils travaillaient sur les coûts estimés de la rénovation, et Mia tentait de se concentrer avec détermination sur les chiffres.

— D'abord les travaux pour la structure, l'électricité et la tuyauterie incluses, annonça-t-elle. Les murs sont-ils solides ? Est-ce pour cela que les fils et les tuyaux sont restés à l'extérieur ?

Quand elle annonça quelques instants plus tard sa volonté de replâtrer tous les murs et de refaire tous les papiers, il la dévisagea, incrédule.

— Ça va vous coûter une fortune, Mia, et vous le savez.

— Je vois que l'optimisme n'est pas l'un de vos points forts, mais ça ne fait rien : j'en ai assez pour nous deux. A vrai dire, je suis impatiente de voir tout ce marbre briller.

Le sourire d'Ethan détendit ses traits et, aussitôt, toute idée de parenté entre eux disparut brutalement de l'esprit de Mia. Il avait le sourire qui tue. Celui qui faisait cesser un cœur de battre et, elle en était tout à fait certaine, c'était ce que le sien venait de faire.

— Fermerez-vous pendant les travaux ?

Mia hocha la tête. « Ignore ce sourire, Mia. Les affaires, rien que les affaires… »

— A la façon dont je vois les choses, parvint-elle à poursuivre, je peux prendre tout mon temps ou tout flanquer par terre d'un seul coup. Je penche vraiment pour la dernière solution.

— Vous allez avoir besoin d'un chef de projet. A quelle sorte de modifications structurelles songez-vous ?

— Difficile à dire tant que je n'ai pas un peu mieux fait le tour des choses. Ce que j'ai vu, autant que je sache, j'ai l'intention de le garder. Les volumes sont superbes.

— Alors vous aurez besoin d'un entrepreneur plutôt qu'un architecte, dit Ethan. Quelqu'un de spécialisé dans la restauration. Je vous apporterai une liste demain. Nous avons été parfois en contact avec certains d'entre eux.

— Ce côté soutien fraternel commence à m'agacer ! lui fit-elle alors remarquer.

— Quel est votre parcours, Mia Fletcher ? demanda Ethan toujours très à l'aise. Qu'est-ce qui vous fait croire que vous êtes capable de prendre en main le Cornwallis et de gagner ?

— Eh bien, j'ai un diplôme d'économie et de marketing. Ça pourra aider.

— En théorie.

— Il y a aussi le fait que j'ai travaillé ces dernières années auprès de mon père en qualité d'assistante personnelle.

— C'est mieux.

— Plus que vous l'imaginez, marmotta-t-elle.

— Dans quel secteur des affaires de votre père êtes-vous impliquée, exactement ?

— Toutes.

— Donc, vous êtes préparée à gérer le groupe Fletcher ?

— Peut-être. Pas nécessairement. Enfin, sans doute pas dans un avenir proche, admit-elle avec un soupir. Non que je ne connaisse pas le monde des affaires, au contraire. En fait, c'est juste que je n'ai pas encore assez de poigne. Il paraît que cela viendra avec l'âge, après avoir été roulée une fois de trop.

— Et vous attendez ça avec impatience ?

— Il faut croire…

Il lui lança un regard amusé avant de poursuivre :

— Bon, et avez-vous décidé de ce que vous allez faire du personnel quand vous fermerez pour la rénovation ?

— Je prévois d'inclure Rajah et Ayah dans l'équipe décisionnelle. Je vais fouiller leur mémoire pour découvrir un moyen d'inclure le passé dans les nouveaux plans. Quant aux autres, ils pourront travailler aux mêmes heures qu'en ce moment. Plus s'ils le veulent.

Il lui décocha un nouveau sourire.

— Vous aviez raison, vous avez vraiment un problème avec la fermeté.

— Eh bien, cela fait plaisir de se sentir soutenue, répliqua-t-elle avant d'enchaîner : Je pense leur faire commencer à trier et à nettoyer ce que je désire conserver. Les grands cadres, les cuivres, le lustre…

— Les lustres, la corrigea Ethan. Il y en a un autre dans la salle de bal — beaucoup plus gros. Et des douzaines de plus petits.

— J'ai une salle de bal ?

Mia se releva d'un bond, très excitée. Décidément, elle adorait cet endroit.

— Je veux la voir !

La salle de bal l'enchanta. Une fois franchie la porte d'entrée, Mia resta debout avec sur le visage, elle en était pratiquement certaine, un sourire un peu sot, en prenant conscience du faste de la salle. Il y avait des appliques — les lustres dont Ethan avait parlé — sur les murs latéraux. Le plafond prenait par degrés de la hauteur pour mettre en valeur au sommet un chef-d'œuvre de cristal qui ruisselait, cascadait, virevoltait. Sous la poussière du parquet marqueté, grand comme un terrain de football, Mia s'extasia ensuite sur le grain différent des bois dans divers tons de brun, dont Ethan lui cita les noms : bois de rose, chêne rouge, ébène et hêtre.

— Qu'y a-t-il derrière ces portes tout au bout de la salle ? interrogea-t-elle ensuite.

— La piste des éléphants.

Et comme elle lui lançait un regard en coin, il ajouta :

— Je suis sérieux.

— Et après ?

— L'océan.

Elle le crut. Mais elle devait aller voir par elle-même. Les portes ouvraient vers l'extérieur sur une petite plate-forme en béton. Tracé dans le terrain au-dessous d'eux, un étroit chemin courait sur toute la longueur du bâtiment et disparaissait à chacun des coins.

— Les gens venaient au bal à dos d'éléphants ?

— Pas vraiment — même si je pense qu'ils l'auraient pu s'ils en avaient eu envie. La plupart des gardiens suivaient ce chemin pour emmener les éléphants à la plage et les ramener et utilisaient cette plate-forme pour les laver ensuite à grande eau. Demandez donc à Rajah de vous trouver des photos des gardiens debout ici même, en train de les brosser.

Un grand sourire fendit le visage de Mia qui imagina aussitôt des plaques et des photos accrochées au mur, et elle-même expliquant aux clients d'aujourd'hui l'histoire des éléphants d'autrefois. Elle pourrait aussi jeter une passerelle au-dessus du chemin pour que les gens puissent avoir une vue dominante, installer des marches latérales pour qu'ils puissent descendre et regarder d'autres photos encore. Elle pourrait faire pousser un jardin tropical jusqu'à la plage. Tracer un sentier qui le contournerait et les ramènerait vers l'escalier. Tout cela, elle pouvait le voir en esprit dès cet instant.

— J'ai besoin d'un architecte paysager, déclara-t-elle.

— Je vous en apporterai une liste.

— Ai-je un jardinier en ce moment ?

— Il y a Rajah. C'est lui qui arrose les bacs à fleurs de la façade.

Elle aurait besoin d'un autre jardinier. Plus tard. Comme elle se tournait vers Ethan pour lui en parler, il choisit cette minute pour lui sourire, de ce sourire cavalier profondément amusé qui n'appartenait qu'à lui, et les mots moururent sur les lèvres de Mia. Partager un instant d'amusement était bel et bon. Jusqu'à ce qu'il prenne de la profondeur et se fonde en quelque chose de beaucoup plus primitif.

— Je...

Tout ce à quoi elle venait de songer était déjà oublié. Seuls demeuraient la flamme et le désir. Et un terrifiant besoin de le toucher.

— Nous pourrions en parler à quelques hommes de terrain. Quand vous serez prête à les recevoir, dit Ethan.

— Oui.

Mia tenta de le suivre, de se concentrer sur ce qui les occupait, mais son corps la trahit. Elle vacilla vers lui, déséquilibrée par un souffle invisible. La main d'Ethan s'avança pour la retenir, s'arrêtant à la dernière seconde avant de la toucher.

— Avez-vous déjeuné ? demanda-t-il d'une voix rauque.

— Pas encore.

— Vous avez besoin de vous nourrir. La prochaine fois que je vous offrirai un scotch, j'attendrai que vous ayez mangé.

Ethan la ramena vers la salle de bal, ferma la porte derrière eux et le bruit creux de leurs pas sur le parquet résonna à travers la pièce. A l'autre bout de la salle, ils empoignèrent en même temps les poignées de cuivre des lourdes portes. Il y avait assez de place pour deux mains, et même pour quatre et pourtant, leurs mains se heurtèrent.

Cette fois, le courant qui passa fut plus violent, plus féroce, et Mia écarta brusquement la main.

— Permettez-moi, dit Ethan d'une voix tendue.

— Merci, dit-elle en le vouant tout bas au diable.

Il était temps de sortir en vitesse de cette pièce.

Ethan l'emmena déjeuner dans un pavillon en plein air près de la plage, pas très loin de l'hôtel. Il devait y venir souvent, se dit Mia, quand les serveurs le saluèrent avec une certaine familiarité. Et, nota-t-elle plus sombrement, à en juger par les regards furtifs dans sa direction suivis de rapides et furieux chuchotements, sa mère l'avait également souvent fréquenté. Un homme d'un certain âge sortit à la hâte de la cuisine pour les accueillir — sans doute le chef cuisinier ou peut-être le propriétaire du restaurant. Il donna l'accolade à Ethan et se lança dans un rapide dialogue. Ni en français, ni en malais, ni en mandarin, décida Mia après avoir écouté un moment. Sans doute était-ce du tamil ?

— Joh, voici Mia, la fille de Lily, dit Ethan, captant son regard et revenant avec facilité au français.

— Et alors ! Tu t'imagines que je n'ai pas d'yeux pour voir ? s'exclama l'autre. Pourquoi ne pas m'avoir prévenu ? Tu t'imagines que je peux préparer un festin en cinq minutes ? Revenez dans deux heures et nous honorerons votre mère comme il faut.

— Eh bien, répondit Ethan d'un air de doute, nous le pourrions, mais nous sortons juste de la lecture du testament et je pense que manger un peu nous ferait du bien. J'avais oublié le décalage horaire pour Mia et puis la chaleur, le…

— L'émotion, compléta Mia, volant à son secours.

— Exactement. Je lui ai fait boire un scotch sur un estomac vide, et elle ne tient presque plus debout.

— Manger me ferait du bien, confirma-t-elle.

Leur hôte agréa. Non seulement obtinrent-ils la table la plus ombragée, avec de l'eau glacée et un bol de cacahuètes aux épices, mais Joh prit immédiatement leur commande. Tout était parfait, sauf qu'elle ne savait que choisir.

— Peut-être le poisson nonya avec des légumes vapeur ? suggéra Ethan.

— Magnifique.

Ethan commanda une assiette de fruits de mer et Joh repartit vers sa cuisine, en criant ses ordres.

— Qu'ai-je commandé au juste ? demanda Mia.

— Un poisson aux herbes et aux épices, cuit dans un four en terre. Très savoureux. Très délicat. Je crois qu'il vous plaira. Votre mère l'adorait.

Votre mère.

— Pourrions-nous ne pas la nommer ainsi ? dit Mia d'un ton embarrassé. C'est juste que…

Elle haussa les épaules.

— Pourrions-nous simplement l'appeler Lily ?

— Si c'est ce que vous voulez.

L'ennui était qu'elle ignorait ce qu'elle voulait.

— Vous pouvez me poser des questions sur elle, proposa Ethan au bout d'un instant.

— Non.

Enfin quelque chose dont elle était sûre. Elle ne demanderait pas à Ethan les réponses qu'elle cherchait.

— Vous allez sûrement me raconter à quel point elle était gentille et tendre et merveilleuse et je vous en voudrai pour cela. Ethan, mon père ne s'est jamais remarié. J'aurais pu me débrouiller avec une mère, même une mère vivant dans une autre partie du monde. Seulement c'est vous qui l'avez eue. Pas moi.

Elle lui décocha un regard noir.

Ethan la dévisagea, incrédule.

— Vous êtes *jalouse* de moi ?

— Bien sûr que je le suis. Vous n'avez jamais entendu parler des rivalités entre frères et sœurs ?

— Eh bien… si. Mais je n'ai jamais eu à m'en soucier.

— Je vous rappelle que c'est vous qui désiriez une sœur ! Puis-je vous poser une question personnelle ?

— Est-ce que je peux répondre non ?

— Comment vous habillez-vous quand vous n'êtes pas en costume ?

Mia fit un geste en direction du costume gris foncé.

— Vous êtes superbe dedans, mais que portez-vous les jours où vous ne travaillez pas ?

— Le matin ou le soir ?

Mia écarquilla les yeux.

— Les deux.

— Eh bien, puisque vous voulez tout savoir, rien pour commencer. Ensuite une serviette de toilette, puis un boxer, un pantalon…

Mia sentit une vive chaleur l'envahir. Elle visualisait un peu trop bien les choses.

— Puis une chemise, poursuivit-il. Une chemise sport, confortable, pas froissée.

— Avec un col ?

— Oui, mais sans cravate. Il m'arrive même de défaire le premier bouton. Parfois le deuxième aussi. Mais seulement après une nuit bien remplie.

— N'êtes-vous jamais débraillé ?

Une lueur s'alluma dans les yeux d'Ethan.

— Parfois. Aimeriez-vous que je vous décrive ma tenue dans ce cas ? Cela ne prendra pas beaucoup de temps.

— Non, répondit-elle très vite.

Son imagination était déjà en alerte. Pourtant, comme si elle ne pouvait se retenir, elle ajouta :

— Avez-vous les cheveux en bataille ?

— Seulement si quelqu'un passe les mains dedans.

Sous les branches, la chaleur devint suffocante.

— Il fait chaud ici, n'est-ce pas ? fit-elle en s'éventant de la main.

Un sourire étira les lèvres d'Ethan.

— Maintenant, oui. Que voulez-vous savoir, Mia ? S'il y a plus de choses à dire sur mon compte que ma manière de m'habiller ou si je me déshabille régulièrement pour quelqu'un ?

— Euh… en ma qualité de sœur je devrais sans doute savoir les deux.

— Oui, dit-il, et non.

— Vous voulez dire que oui vous êtes complexe et intéressant et non, vous n'avez pas d'attaches ? Ou alors n'avez-vous pas de réponse sur ces deux points ?

Cette fois, il sourit ouvertement.

— J'éprouve un besoin vraiment fort de vous frapper, fit-elle. Sûrement une réaction fraternelle.

— Accrochez-vous à cette pensée, dit-il.

— Vous n'avez pas répondu à ma question, Ethan.

Et il ne le ferait sans doute pas, songea-t-elle.

Le sourire d'Ethan s'effaça et ses yeux se durcirent.

— J'ai été marié. Maintenant, je préfère les choses beaucoup moins permanentes. Il n'y a aucune personne que vous ayez besoin de connaître. Et vous ?

La question était brutale.

— Y a-t-il quelqu'un qui vous attend en Australie ?

— Non. J'ai…

Quoi donc ? « Longtemps cherché un homme qui me fasse ressentir ce que je ressens avec vous ? » Mia haussa les épaules.

— … été occupée par des tas de choses. Ne vous méprenez pas. J'adore l'idée d'avoir ma propre famille, un mari à aimer et des bébés à chérir. Mais je dois d'abord tomber amoureuse.

— Cela ne vous est jamais arrivé ?

— Non, pas encore. Même s'il m'arrive occasionnellement de céder à l'appel du désir, se sentit-elle obligée d'ajouter.

Les pupilles d'Ethan parurent s'étrécir.

— Qu'entendez-vous par *occasionnellement* ?

— De temps à autre, dit-elle avec une certaine vivacité. Vous n'allez pas jouer les grands frères avec moi, n'est-ce pas ? J'ai vingt-quatre ans, Ethan. Je ne suis pas une…

— Ne le dites pas, l'interrompit-il tout de suite. Plus un mot. Bon sang, quand est-ce qu'on mange ici ?

Mia lui adressa un grand sourire.

— Vous désirez savoir autre chose ?

— Rien. Absolument rien. Mon admiration pour les hommes qui ont des sœurs vient d'augmenter en flèche. C'est un monde très nouveau.

Mia se renversa contre le dossier de sa chaise et contempla autour d'elle les vêtements bariolés et les visages inconnus des convives. Des odeurs de poissons fraîchement pêchés et d'épices exotiques taquinaient ses sens, et ses oreilles bruissaient des sons neufs et des accents nouveaux. Tout était si loin du monde qu'elle venait de laisser derrière elle !

— Je suis de votre avis, répondit-elle à Ethan.

La connaissance était la clé de la compréhension, décida Mia un peu plus tard dans l'après-midi, debout à l'entrée des appartements qu'avaient occupés ses parents au troisième et dernier étage de l'aile nord de l'hôtel. C'était là qu'ils avait vécu avant sa naissance. Sa mère, aux dires de Rajah, les avaient utilisés ensuite durant de longues années comme base quotidienne. Lily avait un lien avec ce lieu, lui avait dit Rajah. Un lien qui ne pouvait être brisé.

L'appréhension que Mia ressentit en franchissant le seuil n'était que trop naturelle. Elle était seule, en dépit des véhémentes protestations de Rajah et d'Ayah pour que quelqu'un l'accompagne. Mia avait l'habitude d'être seule et ici où tout avait commencé, elle avait encore besoin de l'être.

Sa première impression fut celle d'une plongée dans l'obscurité et la mélancolie, mais peut-être était-ce dû aux ombres qui traînaient encore là plutôt qu'au décor présent. Passant de fenêtre en fenêtre, elle tira les rideaux au fur et à mesure jusqu'à ce que le soleil éclabousse les pièces. Alors seulement, elle se retourna et regarda de nouveau. Cette fois avec un sourire.

Sa mère avait aimé les couleurs et les textures et en avait abondamment usé. De coussins de soie aux tons de pierres précieuses rivalisaient aux yeux des visiteurs avec des canapés de velours rayés de crème et de violet. Des tapis couleur d'émeraude et de nuit étaient jetés sur le sol. Partout où Mia posait les yeux, elle voyait exploser de somptueuses teintes qui auraient dû se heurter sans y parvenir et, au milieu de tout cela, comme dans les chambres de l'hôtel au-dessous, courait un mélange éclectique d'usure et d'exquise beauté.

Lily avait adoré les échecs, à en croire l'élégant échiquier et les pièces en étain disposées en ordre de bataille entre deux fauteuils apparemment profonds et confortables. Amoureuse de la photographie également, si les clichés accrochés aux murs en étaient une indication. Des rues asiatiques animées et bourdonnantes, différents visages de différentes races — tout ce que, songea Mia, l'on pouvait trouver à Penang.

Elle resta un long moment plantée devant une photo de son père. Couvert de boue, il riait, d'un vrai rire, une pelle à la main comme s'il essayait d'empêcher un remblai de s'écrouler sur ce qui ressemblait beaucoup à la piste des éléphants. Sa mère avait-elle pris la photo elle-même ? Ses parents avaient-ils ri ensemble à cet instant ?

Il y en avait aussi d'un enfant ; ce devait être Ethan, sûrement. Des photos d'Ethan et d'un homme grand et beau au sourire chaleureux, avec au fond des yeux une ombre de tristesse. Le père d'Ethan, très probablement. Mais le cliché le plus curieux était celui pris de loin, de deux hommes et d'un petit garçon qui pêchaient au bord d'une plage. Le père de Mia était l'un des deux hommes et Ethan était l'enfant. L'autre homme était le père d'Ethan. Alors ils se connaissaient donc, ces deux hommes-là ? Autrefois, ils avaient donc été amis ?

Etait-ce sa mère qui avait aussi pris cette photo ? Les avait-elle même toutes prises ? Etait-ce pour cela qu'elle n'apparaissait sur aucune d'entre elles ?

Mia était venue à Penang pour trouver des réponses. Elle avait voulu savoir quelle sorte de femme — capable de quitter son mari et son bébé nouveau-né sans jamais regarder en arrière — était sa mère. Mais ces photos n'apportaient aucune réponse. Rien que des moments, figés dans le temps, des moments particuliers pour sa mère qui n'incitaient qu'à se poser davantage de questions.

Pourquoi sa mère avait-elle cessé d'aimer son père ? Pourquoi le père d'Ethan était-il tombé amoureux de la femme d'un autre ? Comment des gens pouvaient-ils se tromper à ce point ?

Se souciaient-ils si peu de ceux qu'ils pouvaient faire souffrir ?

Tournant le dos aux photos, Mia se pressa vers la porte. Plus tard, elle explorerait les appartements de sa mère et les objets qui lui avaient appartenu.

Ethan retrouva son père chez lui, de l'autre côté de l'île. Il arrosait ses orchidées sur le balcon de la cuisine. Ethan l'observa en silence, notant les changements qu'avait subis la maison depuis la mort de Lily. Pour la première fois, il n'y avait pas de livres à moitié lus éparpillés un peu partout, pas de fleurs dans les vases sur la table de la cuisine. Le côté habité des lieux lui manquait et aussi le parfum des fleurs, leurs couleurs, leur chaleur. Sans Lily, la maison paraissait plus froide. Plus vide aussi. La solitude s'y était installée.

— J'ignore combien d'eau il leur faut, dit Nathaniel Hamilton d'un ton bourru en fermant le tuyau d'arrosage. Je dirais que cela suffit.

L'eau gouttait des paniers suspendus, formant des rigoles sur le carrelage.

— Je dirais que tu as raison, admit Ethan, soulagé de constater un brin d'humour dans les yeux pleins d'ombres de son père.

— Tu as assisté aujourd'hui à la lecture du testament de Lily ? demanda ce dernier, avant d'ajouter, après un temps d'hésitation : L'as-tu vue ?

— Oui.

Raconter à son père qu'il avait saboté l'accueil de Mia dans la famille n'allait pas être facile. Lui dire qu'il désirait la prendre dans ses bras et n'en faire qu'une bouchée relevait d'une totale impossibilité.

— Et ?

Ethan haussa les épaules et se passa la main dans les cheveux.

— Elle est indépendante, méfiante, et parfaitement capable de vendre, gérer ou restaurer l'hôtel sans aucune aide. Elle s'y connaît en affaires. Richard l'a bien dressée.

Son père lui jeta un regard inquisiteur.

— Tu lui as transmis mon invitation ?

— Oui.

— Et l'autre plus élargie ?

— Cela aussi. Pour le moment, elle ne veut rien avoir à faire avec nous. Il y a encore quelques jours, elle croyait que sa mère était morte depuis vingt-quatre ans. Qui a eu cette idée ?

— Pas moi, répliqua son père. C'est un point sur lequel Richard et Lily étaient tombés d'accord.

— Elle souffre. Elle veut des réponses.

Nathaniel se détourna. Ethan le trouva vieux et plus frêle qu'il ne l'avait jamais vu.

— Richard aimait Lily de tout son être, dit son père d'une voix calme. Moi aussi. Et Lily, à sa façon, nous aimait tous les deux. Elle nous a choisis, toi et moi. Richard n'avait personne. Alors il a accordé sa liberté à Lily et il a pris Mia en échange. Il y avait une certaine symétrie là-dedans.

Ethan fronça les sourcils. Le souvenir des yeux gris et hantés de Mia, de son trouble lorsqu'elle parlait de sa mère et d'avoir hérité de l'hôtel lui traversa l'esprit comme un souffle et, soudain, il fut très, très en colère contre Richard, Lily et son propre père.

— Dis-moi, reprit-il d'un ton cinglant, l'un de vous s'est-il jamais arrêté pour penser à Mia ?

— Les gens commettent des erreurs, Ethan, dit son père d'une voix lasse. Des erreurs qu'ils regrettent ensuite profondément. Tu sais cela mieux que personne. Avec un peu de chance, nous aurons l'occasion de les expier avant de mourir.

Ethan ne répondit pas. Son père avait raison.

— Je désire qu'elle sache à quel point sa mère l'aimait. Je désire lui donner au moins cela, même si elle n'accepte rien d'autre de nous. Je veux que tu continues à essayer de garder le contact avec elle. Je t'en prie.

Sauf qu'Ethan ne le souhaitait pas. Pas avec l'image de Mia dans la tête et au fond de son esprit, une faim qu'il ne savait comment maîtriser. Pourtant, il n'y avait rien d'autre à faire.

— Très bien, murmura-t-il. Très bien, je vais essayer.

Son père hésita.

— Ethan ? Comment est-elle ?

Ce fut au tour d'Ethan d'hésiter. Son regard se perdit sur les jardins enchantés pour la création desquels Nathaniel avait dépensé une fortune : paisible sanctuaire fait pour apaiser les âmes, même les plus torturées. Mais ici, aujourd'hui, il ne trouverait aucune consolation.

— A couper le souffle, répondit-il.

4

— M. Ethan désire vous voir, mademoiselle Mia, annonça Rajah.

Mia leva les yeux des devis épars sur le bureau de ce qui avait été autrefois la bibliothèque des clients et qui lui tenait désormais lieu de cabinet de travail.

— Merci, Rajah.

Rajah disparu, le cœur de Mia battit la chamade. Une semaine s'était écoulée depuis leur déjeuner. Une semaine pendant laquelle elle s'était presque persuadée que le désir éhonté qu'elle avait ressenti pour lui devait être dû à la lecture du testament et à l'émotion du moment. Et pourtant… non.

Il suffit d'un seul regard vers Ethan, debout dans l'encadrement de la porte, si calme et si attentif, que cette idée si farfelue mourut de sa belle mort. Elle le désirait toujours autant qu'avant. Peut-être même davantage.

— Joli costume, lança-t-elle.

Le regard d'Ethan se réchauffa. Juste un tout petit peu. Puis il reprit le contrôle et son masque formel se remit doucement en place.

— Comment allez-vous, Mia ?

— Je suis débordée.

Impossible d'échanger avec lui une poignée de main comme avec une simple connaissance et aucun espoir de lui offrir quelque chose qui ressemble à l'accueil d'une sœur. Cinq minutes, se dit-elle. C'était, dans son idée, le temps qui restait avant que son besoin effréné de le toucher ne reprenne l'avantage.

— Des visites, sûrement ? questionna Ethan.

— Visites d'affaires. L'un de vos fournisseurs est venu à l'hôtel par erreur.

— Vous auriez dû m'appeler. J'aurais envoyé quelqu'un s'occuper de ça. Et de votre côté, vous avez trouvé des fournisseurs ?

Elle en avait examiné un grand nombre avant l'arrivée d'Ethan et devait reconnaître qu'elle avait besoin d'une autre paire d'yeux. Quelqu'un qui connaissait Penang et sa population. Quelqu'un qui savait si les électriciens chinois pouvaient travailler avec les plombiers indiens et les plâtriers indonésiens. Quelqu'un capable de lui dire tout de suite si tous, ou aucun d'entre eux, accepteraient de prendre *ses* ordres.

Comme elle ne répondait rien, il fit glisser une grande enveloppe sur le bureau, à son attention.

— J'ai ici une entreprise pour vous, affirma-t-il en désignant l'enveloppe.

Mia l'ouvrit, puis elle leva les yeux vers Ethan :

— J'ai vu passer ce nom, déjà. Kwong. Ils sont fiables ?

Ethan hocha la tête, puis, comme elle hésitait manifestement, il ajouta :

— Vais-je devoir vous supplier de travailler avec eux, Mia ?

Mia eut tout à coup une brève, très brève et érotique vision d'Ethan à genoux devant elle, et ses propres mains dans ses cheveux ébouriffés. Mais celui qui implorait n'était pas lui. C'était elle.

— En fait, il me faudrait un second avis, dit-elle avec un soupir. Alors pourquoi pas le vôtre.

Il ne fallait pas tourner autour du pot : une bonne affaire exigeait souvent un énorme sacrifice personnel.

— Alors inutile de supplier, ajouta-t-elle.

— Eh bien, dit-il avec un sourire. C'est un soulagement.

— Mais j'ai toujours besoin d'un chef de projet, ajouta Mia.

Aucun des hommes de la liste qu'Ethan lui avait fournie n'était disponible avant des mois.

— Je pourrais peut-être m'en occuper moi-même ? suggéra-t-elle.

— Non. Votre sexe constituerait un problème, Mia. Votre jeunesse aussi.

— Qui alors ? Je suppose que vous ne connaissez aucun promoteur en retraite cherchant à prendre en main un chantier ? Quelqu'un qui ait une solide connaissance des lieux et le désir de prendre à cœur les intérêts de l'hôtel ?

Ethan se renfonça dans son fauteuil et lui jeta un regard aigu.

— Désirez-vous vraiment une réponse ?

— Pourquoi pas ?

— Vous pourriez toujours demander à mon père.

Voilà donc où il voulait en venir, songea Mia.

— Il est en retraite, plein d'expérience et fera tout pour faire passer votre intérêt avant tout.

— Non.

— Cela pourrait être un dérivatif pour lui, Mia, plaida-t-il. La mort de Lily l'a durement frappé. Il souffre beaucoup.

— Non.

— Vous disiez que vous vouliez des réponses.

— Ne savez-vous pas quand vous arrêter ?

— Il n'est pas à blâmer, répliqua Ethan d'un ton bref.

— Il a volé la femme d'un autre et m'a enlevée à une mère ! Pourquoi je devrais l'en blâmer ? Dites-moi, Ethan, avez-vous à ce point oublié l'amant de votre femme ?

— Non !

Ce seul mot, il le proféra d'un ton de menace mêlé d'angoisse.

Il n'avait pas pardonné, songea Mia avec un frisson, sachant instinctivement qu'elle n'aurait jamais dû titiller cette blessure particulière.

— Alors, ne me le demandez pas, murmura-t-elle.

— D'après ce que j'ai entendu dire, c'est Lily qui avait demandé le divorce. Votre père était d'accord, mais il avait mis la barre assez haut. S'il ne pouvait avoir Lily, alors elle ne vous aurait pas.

— Non.

Incrédule, Mia secoua la tête avec véhémence.

— Œil pour œil, Mia.

— Mon père ne ferait pas cela ! Il n'est pas comme ça. C'est *le vôtre* qui n'a pas voulu de moi.

— Mon père vous aurait accueillie à bras ouverts. Vous auriez pu vivre avec Richard et nous rendre des visites. Mon père aurait été entièrement d'accord pour n'importe quel contact avec vous, à n'importe quel moment. Il le serait toujours, si vous le vouliez.

— Vous mentez ! protesta-t-elle.

— Cela vous arrangerait bien.

Le regard d'Ethan fouilla durement le sien, et Mia comprit qu'il disait la vérité, même si elle aurait donné n'importe quoi pour ne pas entendre les mots.

— Mia…

— Je ne veux rien entendre ! Quelle sorte de père enlève un enfant à sa mère ? Quelle sorte de mère le laisse faire ?

— Mia…

— Non ! hurla-t-elle, perdant tout contrôle, uniquement guidée par l'émotion. Laissez-moi tranquille !

Les appartements de Lily constituaient un refuge improbable, cependant Mia ne s'y rendit pas pour y chercher l'apaisement, mais pour donner une direction à sa colère.

— Qui étais-tu ? lança-t-elle d'une voix rageuse à une mère invisible. Comment as-tu pu ?

S'arrêtant devant une photo de son père, elle laissa exploser sa hargne.

— Et toi, comment as-tu pu faire une chose pareille ?

Pourtant, malgré toutes ses erreurs, ses manières distantes et sévères, elle l'aimait — elle l'aimait toujours.

— Comment as-tu pu tellement te tromper en amour ?

Tournant le dos au visage bien-aimé qui lui souriait, elle se laissa glisser le long du mur et se retrouva assise par terre, dos au mur, les genoux repliés contre la poitrine, cherchant désespérément à chasser son chagrin. Oh, comme elle aurait voulu être aussi insensible que les poupées de porcelaine enfermées dans la vitrine près d'elle. Loin du monde et de tout mal.

Malgré sa volonté de rester forte, les coups répétés qu'elle avait reçus l'avaient atteinte au plus profond d'elle-même. La tête posée contre les genoux, elle concentra son regard sur les poupées. Avec un peu d'hésitation, elle tendit la main et fit glisser la porte de la vitrine qui n'était pas complètement fermée. Elle contenait un grand nombre de poupées, du baigneur endormi aux délicates petites filles, et aux belles et exquises jeunes femmes presque trop fragiles et trop parfaites pour être touchées.

Mia tendit la main vers le baigneur. Il avait des cils si fins et des joues si parfaitement coloriées qu'elle ne put se retenir de les effleurer du doigt et de le prendre sur ses genoux. La porcelaine était lisse et fraîche sous sa main, la minuscule chemise douce et fine au toucher. Apercevant une inscription au revers de la chemise, elle retourna le poupon, s'attendant à y trouver son nom ou celui du fabricant. Mais l'encre avait pâli et elle eut du mal à déchiffrer deux mots.

— On peut lire « bon anniversaire », dit la voix d'Ethan au-dessus d'elle, l'obligeant à lever les yeux.

Il se tenait à côté d'elle, mains sur les hanches et sur le visage une expression indéchiffrable.

— Celui-ci est mon préféré, poursuivit-il en désignant un bébé joufflu au regard polisson. C'est moi qui l'ai aidée à le choisir. J'avais sept ans à l'époque. J'ai sans doute dû le trouver drôle.

— C'est vrai, répondit Mia à voix basse. Puis avec plus de force : Je suis désolée, Ethan. Je n'aurais pas dû me mettre en colère contre vous. Ce qui a pu arriver autrefois entre ces trois-là… n'est pas votre faute.

— Elle recevait des catalogues d'Angleterre, poursuivit Ethan comme s'il n'avait pas entendu. Elle les feuilletait pendant des semaines avant de prendre une ultime décision. Les poupées arrivaient la dernière semaine de juin et entraient dans la vitrine la seconde semaine de juillet.

Mia le dévisagea, oubliant le baigneur. Cette date, elle la connaissait bien.

— Il y en a vingt-quatre, dit Ethan d'une voix calme. Bon anniversaire, Mia.

Ethan le savait parfaitement, Mia était habile en affaires, elle avait du discernement et la tête sur les épaules. Elle l'avait prouvé en s'occupant des devis. Rajah lui avait aussi rapporté qu'elle se montrait généreuse avec le personnel et réceptive à leurs idées sans être trop exigeante. Mais en cet instant, agenouillée devant une vitrine emplie de poupées, il la trouva complètement défaite.

Et si fragile. Il pouvait suivre des yeux le contour délicat de ses épaules tandis qu'elle se penchait sur la poupée, tête courbée, un rideau de cheveux noirs et raides dissimulant son visage. Consterné, il s'aperçut qu'elle tremblait et il s'agenouilla à côté d'elle pour repousser les cheveux de son visage. Des larmes ruisselaient le long de ses joues et il jura.

— Je ne prétends pas comprendre ce qui est arrivé, déclara-t-il, mais elle vous aimait, Mia. Elle ne vous a jamais oubliée. Pas un seul jour.

Les larmes coulèrent de plus belle.

— Ne faites pas cela, dit-il, incapable de le supporter, en lui prenant la poupée des mains pour la mettre de côté.

Puis, relevant Mia, il l'attira entre ses bras. Elle était tellement brisée, songea-t-il. Tellement solitaire.

Il voulait la réconforter. Rien de plus. Lui offrir sa force parce que les siennes l'avaient abandonnée. Puis son parfum suave l'enveloppa, murmurant au fond de sa mémoire et y trouvant un point d'appui familier. Les poings de Mia étaient serrés contre son torse et lui-même avait les mains dans sa chevelure. La douceur de ses cheveux et la courbe de sa joue… les légers frémissements qui la parcouraient tandis qu'elle évacuait sa colère et son chagrin… oui, tout cela lui parut familier, d'une manière totalement incompréhensible.

— Chut, murmura-t-il quand le pire fut passé.

Il ressentit un léger choc contre sa poitrine.

— Ne m'obligez pas à me taire, Ethan Hamilton, dit-elle d'une voix brisée.

— Désolé, dit-il. Ça m'a échappé.

Il y eut un autre coup, accompagné d'un rire étranglé tandis qu'il laissait courir sa main le long de son dos, en se demandant comment un son si léger pouvait anéantir à ce point les défenses d'un homme.

— Les consolations, ça suffit comme ça !

Les poings de Mia se dénouèrent un instant et quand ils se refermèrent une fois de plus, le tissu de la chemise d'Ethan était pris dedans. Alors il lui enlaça la taille, dans ce geste automatique que font les mains lorsqu'un corps en désire davantage. Comment diable s'était-elle retrouvée dans ses bras ? se demanda-t-il. Impossible de s'en souvenir.

Oh oui ! Un frisson le parcourut quand les mains de Mia lui effleurèrent les mamelons. C'était bon. Mais il fallait qu'il trouve la force de la lâcher.

— Alors… en avons-nous terminé ? demanda-t-il.

Il s'efforçait de prendre une voix un peu moins rauque, plus proche de celle d'un homme d'affaires.

— Vous savez… avec les larmes ?

— Complètement terminé, répondit-elle d'une voix chevrotante. Vous… vous demandez sans doute si vous pouvez me laisser maintenant ? Oui, vous le pouvez.

Mais il en fut incapable.

— Peut-être que si vous me relâchiez…

Tout en parlant, il resserra les mains sur la taille de Mia. Ses mains à *elle* étaient en train de lisser les petits plis qu'elle avait faits à sa chemise, déclenchant sur la peau au-dessous des frissons d'extase.

— Ça devrait fonctionner.

Du moins en théorie.

Seulement, Mia n'en fit rien. Et lui non plus. Il existait un million de raisons pour qu'elle ne se trouve pas dans ses bras. Il avait juré ses grands dieux à Lily qu'il la protégerait, qu'il la traiterait comme une sœur. Juré la même chose à son père. Il ne voulait pas la faire souffrir. Pas plus bien entendu qu'il ne souhaitait être séduit par elle.

Mais il l'était. Et il avait bien du mal à éloigner son regard de ses lèvres.

— Ethan…

La voix de Mia s'éleva, entrecoupée, suppliante, et il éprouva du plaisir à entendre son nom sur ses lèvres.

— Ethan, nous ne devrions pas faire cela. C'est vraiment une très mauvaise idée.

— Je sais, murmura-t-il en lui prenant les lèvres.

Il suffit d'une fois. Une fois seulement et Mia sut qu'elle était perdue. Ethan avait une saveur d'ombre et de fraîcheur. Dangereusement excitante, parfaite jusqu'à l'impossible, elle assaillit ses sens, conjurant des souvenirs qu'elle n'avait pas et n'avait jamais eus. Ici… maintenant… enfin. Tout ce qu'elle avait toujours cherché, tout et bien plus encore. Ses poings se refermèrent sur la chemise et sa gorge émit un léger son, une prière muette qui en demandait encore plus. Ethan l'entendit et lui donna ce qu'elle voulait. Il la repoussa contre le mur, ses mains s'enfoncèrent dans ses cheveux et ses lèvres écrasèrent les siennes.

Mia sentit son cœur défaillir. La pression du corps d'Ethan était telle qu'elle crut perdre le souffle. Le brûlant désir, la faim dévorante se déchaînèrent en elle et elle les laissa venir, les accueillit, succombant à leurs assauts.

Les flammes autour d'eux bondirent de plus en plus haut et les léchèrent, aveuglantes et mortelles, avant de les engloutir.

Ethan ne parvenait pas à se lasser de Mia. Comment pourrait-il jamais y parvenir ? Cette pensée se ficha en lui, terrifiante, et lui donna enfin la force de retirer ses mains des cheveux de Mia. Parce que s'ils n'arrêtaient pas tout de suite, il ne la laisserait jamais s'en aller.

Il resta là, le souffle lourd. Mia était toujours adossée au mur, l'observant de ses yeux d'un gris lumineux qui promettaient le ciel aussi bien que les profondeurs de l'enfer. Attendant… sachant, tout comme lui, que s'il tendait encore les bras vers elle, ils prendraient feu de nouveau.

— Eh bien…, dit-elle d'une voix haletante, il me semble que ça a… fonctionné.

Elle ramassa le poupon et le remit délicatement dans la vitrine. Elle posa la joue contre la vitre, une main crispée sur le cœur, avant de fermer la vitrine.

— Il ne faudra pas recommencer, murmura Ethan.

— Non, murmura-t-elle en écho. Il ne faudra pas recommencer.

— J'ai promis à votre mère de veiller sur vous, Mia. Je *me* suis promis de vous traiter comme une sœur.

— Ah oui ? Eh bien, c'est mal parti.

La voix de Mia recouvra une certaine force quand elle se retourna vers lui.

— Par bonheur, le seul fait d'imaginer la réaction de mon père si jamais… si jamais nous…

D'une main nerveuse elle repoussa ses cheveux derrière ses oreilles.

— Enfin, disons que c'est un argument extrêmement dissuasif.

Ethan parvint à regagner son hôtel et son bureau avant de se permettre de penser à Mia. Pas à leur baiser — car il essayait de toutes ses forces de ne plus y songer du tout — mais à la nécessité pour elle de trouver un chef de projet, et aussi à la promesse qu'il avait faite à Lily de la protéger. Il ne doutait pas de son flair en affaires, elle était loin d'en manquer, mais elle n'avait jamais travaillé à Penang et cela faisait toute la différence. Il lui fallait absolument quelqu'un d'assez expérimenté pour mener son projet à bien. Quelqu'un qui ferait passer avant tout les besoins du vieil hôtel. Quelqu'un qui ferait de son mieux pour protéger les intérêts de Mia.

Bref, quelqu'un comme lui.

Passant en revue son calendrier pour les mois suivants, il se frictionna pensivement la nuque. D'accord, peut-être aurait-il quand même besoin d'un coup de main. Son père devrait sortir de sa retraite pour reprendre en main les rênes du groupe Hamilton. Mais ce n'était pas forcément une mauvaise chose. Son père accepterait de le faire. Il le ferait pour Mia et, ainsi, il aurait de quoi occuper ses journées alors qu'il se contentait de survivre sans Lily.

Satisfait de son idée, Ethan s'empara de son téléphone et commença ses appels. Le premier fut pour son père qui accepta sa proposition avec un enthousiasme réconfortant.

Le suivant fut pour Mia.

— J'ai une solution, annonça-t-il lorsqu'elle décrocha.

— J'en suis heureuse. De quoi s'agit-il ? répliqua-t-elle d'un ton amusé, l'air d'avoir tout à fait récupéré.

— Vous pourrez diriger le projet par mon intermédiaire jusqu'au moment où quelqu'un sera disponible.

— Ethan…

Il s'était attendu à son hésitation — il s'y était préparé.

— Allons, Mia, vous avez besoin d'un prête-nom. Je vous

offre ma connaissance des lieux, mon expérience d'hôtelier et de promoteur, sans compter que j'ai l'obligation de vous protéger. C'est du gagnant-gagnante.

— Et votre propre travail ?

— C'est prévu.

— Croyez-vous vraiment que nous pourrions travailler ensemble ? dit-elle après une très longue pause.

— Ce qui s'est passé ce matin n'arrivera plus, déclara Ethan avec fermeté. Nous nous accordions très bien avant de cesser de parler boulot. Mieux que bien. Nous avons bien travaillé ensemble. Vous le savez.

— Alors… on oublie de parler famille ?

— Parfaitement. Les affaires, rien que les affaires. Et plus de larmes. Les larmes, c'est mauvais.

— Aurai-je droit à la frustration ? dit-elle d'un ton sec.

— Certainement. Au sarcasme aussi.

— Et à la colère ?

— La colère contre qui ?

Ethan ne put voir son sourire de regret, mais il le devina.

— Ethan…

Mia se tut, l'air de choisir ses mots avec soin.

— Je sais que vous avez l'impression d'avoir une sorte d'obligation envers moi. Mais vous n'êtes pas responsable de moi.

— Voilà que vous reparlez famille, dit-il d'un ton d'avertissement.

— Le fait que je manque d'un chef de projet n'est pas de votre responsabilité.

— C'est mieux.

— Vous seriez le dernier recours, Ethan. En fait, ajouta-t-elle d'un ton un peu embarrassé, je dois vous dire que j'ai songé à une autre solution… Un possible chef de projet. Il est presque aussi qualifié que vous, hormis une connaissance des lieux un peu périmée.

Ethan comprit tout de suite où elle voulait en venir.

— Je pense demander à mon père, acheva Mia.

*
* *

— Quand reviens-tu ? demanda Richard Fletcher.

Sa voix était brève, teintée d'impatience, et Mia se passa nerveusement les doigts dans les cheveux. Certes, elle avait besoin d'un chef de projet mais, plus que cela, il lui fallait la bénédiction paternelle.

— Ça dépend, biaisa-t-elle. Est-ce le mauvais moment pour t'appeler ?

— Je dîne avec un client dans quinze minutes, dit-il. Je t'en accorde cinq.

Fermant les yeux, Mia l'imagina dans son appartement, s'apprêtant pour une nouvelle soirée à parler affaires. Il lui manquait. Leurs conversations lui manquaient, mais il était déconcertant de s'apercevoir qu'il n'en était pas de même concernant les affaires.

— Je pense restaurer l'hôtel, déclara-t-elle d'une voix neutre.

— Tu veux dire que tu comptes terminer la restauration en cours avant de vendre ?

— Non, papa. Je veux dire que le Cornwallis est exactement dans le même état que lorsque tu l'as quitté, avec vingt-quatre ans de dégâts en plus. Je veux le restaurer. Le gérer. Le garder.

— Tu devrais y réfléchir à deux fois, répondit son père après une très longue pause. Tu ne reverras jamais ton argent.

— L'argent n'a rien à y voir.

— L'argent a toujours quelque chose à y voir, corrigea-t-il sèchement. Et puisque nous sommes sur ce sujet, comment crois-tu financer cette restauration ?

— J'ai les fonds provenant de mon héritage et mon portefeuille d'actions.

— C'est de la folie ! Tu pourras vendre tout ce qui t'appartient, Mia, et tu seras encore à court de liquidités. Tu peux me faire confiance.

— Je te fais tout à fait confiance, papa. Pendant vingt-quatre ans, tu m'as raconté que ma mère était morte alors qu'elle ne l'était pas et, vois-tu, je te fais *encore* confiance.

Il y eut un long silence, puis son père reprit :

— Que veux-tu de moi ?

— Ta bénédiction, dit-elle tranquillement. Et ton aide.

— Je serais plus qu'heureux de le faire si tu vendais.

— Devine où je suis en ce moment ?

— Je n'ai pas le temps de jouer aux devinettes, Mia.

Comme toujours.

— Je me trouve dans une salle de bal avec un lustre fait de milliers de breloques en cristal de Bohême taillé à la main. Les rayons du soleil de cette fin d'après-midi filtrent par une douzaine de fenêtres cintrées et dessinent des motifs sur un parquet de bois de rose, frêne, ébène et chêne. Sais-tu où je me trouve, papa ?

Silence.

— Les sous-traitants sont choisis, poursuivit-elle. Les maçons, les artisans, les manœuvres. Ethan m'a aidée. Tu te souviens d'Ethan ?

— Rentre à la maison.

Son père paraissait n'être plus tout à fait lui-même. Soudain, il semblait vieux et accablé.

— J'ai besoin d'un chef de projet, poursuivit Mia. Quelqu'un qui croit en ce lieu antique… en ce qu'il pourrait devenir. Toi, tu y as cru autrefois. J'ai vu des photos de toi.

— Ne me demande pas cela, Mia.

— Je fais de gros efforts pour *lui* pardonner, papa. Pour *te* pardonner.

— Tu demandes l'impossible. Il n'y a rien pour moi là-bas. Et rien pour toi.

Mia cessa de déambuler pour contempler autour d'elle l'immense salle de bal vide. Les rayons du soleil faisaient voltiger la poussière qu'elle avait soulevée, la transformant en myriades de danseurs.

— Tu as tort, conclut-elle.

A 9 heures précises, le matin suivant, Mia pénétra dans le foyer de l'hôtel Hamilton. Il s'élevait à moins de trois blocs du Cornwallis, et était l'un des plus grands et des plus luxueux établissements hôteliers de l'île. Point de grand lustre cependant, se dit-elle, avec une certaine satisfaction. Juste une utilisation hardie des couleurs, d'éclairages adroits et d'un artisanat d'une facture très originale.

Elle vérifia en douce son apparence dans un miroir judicieusement placé et arrangea le col de son chemisier rose avant de se diriger vers la réception. Elle aurait pu prendre rendez-vous avec Ethan ou, mieux encore, en discuter avec lui au téléphone, se dit-elle pour la centième fois. Mais elle avait besoin de savoir si elle pouvait se trouver dans la même pièce que lui et continuer à se concentrer sur son travail. Si elle n'y parvenait pas, il était inutile de mettre un certain sujet sur le tapis. Elle le remercierait poliment pour le temps qu'il lui avait consacré, et lui dirait avant de s'éclipser qu'elle envisageait de passer des annonces sur le plan local et en Australie pour trouver un chef de projet. Problème résolu. En quelque sorte…

La réceptionniste lui sourit aimablement et saisit son téléphone lorsqu'elle demanda Ethan.

La voix de la jeune femme était belle, les manières excellentes, le contact visuel parfait, nota Mia.

— M. Hamilton désire savoir si vous voulez le voir en bas ou si vous préférez monter chez lui.

— Je… monter où ?

La jeune femme sourit de nouveau et, en silence, passa le téléphone à Mia avant de s'éloigner un peu.

— Vous avez une excellente réceptionniste, déclara Mia dans le téléphone. Tout à fait le genre qu'il me faudra. Combien la payez-vous ?

— Plus que vous ne pourriez vous le permettre, répondit Ethan d'une voix amusée. Je suis dans mon appartement — tout en haut. J'y ai un bureau, une cuisine, une salle à manger, deux salons et un lit.

— Pouvez-vous apercevoir votre lit depuis votre bureau ?

— Non.

— Alors je monte.

— Parfait. Vous allez apprécier la vue.

— Vous… vous êtes habillé, je pense ?

Pas question, songea-t-elle, de s'aventurer dans son appartement s'il était au saut du lit.

— Je porte un costume rayé gris foncé. Il vous plaira.

A sa voix, Mia devina qu'il souriait et maudit sa réaction.

— Oh, parfait, dit-elle en raccrochant.

L'appartement sur le toit d'Ethan — un penthouse — était aussi énigmatique et sophistiqué que lui. Le luxe y allait de soi mais il y avait également, ici et là, des petites touches évoquant davantage un confortable chez-soi. Mia pressentit l'influence de Lily dans la tapisserie murale chinoise aux tons hardis dépeignant une scène de bataille, ainsi que dans les photos des divers hôtels Hamilton. Les tissus d'ameublement étaient très masculins, d'une tonalité bleue riche et profonde, et tout paraissait extrêmement confortable. Mais un coffre de marin de bois vermoulu avec son nom gravé dessus d'une main enfantine disait combien Ethan désirait inclure son passé dans son présent. Mia aima cela en lui — qu'il accorde de la valeur au voyage autant qu'à la destination.

Il avait raison en ce qui concernait la vue qu'elle apprécia à sa juste valeur. Et les baies qui allaient du sol au plafond sur trois côtés de l'immense salon lui faisaient un cadre somptueux.

— Voilà le Padang, dit Ethan, désignant un carré de verdure loin au-dessous d'eux.

Il lui montra la tour d'horloge de Victoria Memorial, Chinatown et Little India.

Il y avait tant à apprendre, songea Mia. Tant à voir.

— Merci de me recevoir si vite, dit-elle.

— Avez-vous téléphoné à votre père ?

— Oui.

Ainsi, il avait deviné la raison de sa visite ? Alors inutile de mâcher ses mots.

— Il a dit non.

Ethan ne fit pas de commentaire.

— Je me demandais, commença prudemment Mia, quel serait votre prix pour prendre en main la gestion du projet.

— Je ne prendrais rien, Mia.

— Seriez-vous un philanthrope ?

— Non.

Les lèvres d'Ethan se crispèrent un peu, et Mia détourna le regard en s'efforçant de penser uniquement aux affaires.

— De toute façon, reprit-elle, j'essaierai de faire de mon mieux toute seule. Si vous pouviez être simplement au départ une présence autoritaire…

Son regard se perdit au-delà du terrain de jeu.

— Et si un événement intervient qui nécessite un conciliateur...

Ce qui, étant donné l'âge et les complexités de l'hôtel, était sûr d'arriver tout le temps et partout.

— Oh, et puis zut ! C'est trop vous demander, n'est-ce pas ?

Elle se retourna vers lui. L'anxiété se peignait sur ses traits.

— Et vos propres activités ? demanda-t-elle.

— J'ai paré à tout.

— Oui, mais vous n'auriez pas dû y être obligé.

— Mia, je suis un architecte expérimenté. Nous avons de nombreux hôtels et c'est moi qui en dresse les plans et les construis. Nous n'avons plus besoin de rien. Pour pas mal de temps. Donc, me voilà. Je vous offre de vous aider à rénover le Cornwallis pour plusieurs raisons — pas toutes altruistes. Vous n'êtes pas la seule à le voir tel qu'il a été et tel qu'il pourrait devenir.

— Alors, vous le ferez ?

Il hocha la tête.

— Et notre association restera strictement sur le plan des affaires ?

— Les affaires et rien que les affaires, affirma-t-il.

— En général, je me montre plus prudente, murmura Mia, en se mordillant la lèvre.

Son père lui avait appris qu'il valait mieux ne pas mélanger affaires et émotions, mais les siennes étaient étroitement liées à ce vieil hôtel. Elle ne voulait pas seulement le restaurer, elle en avait besoin. Comme si en faisant cela, elle pouvait retrouver d'une manière ou d'une autre ce qui lui manquait. Un lien avec Lily peut-être, ou simplement une existence différente de celle qui avait été toute tracée pour elle à la Fletcher Corporation. Quoi que ce puisse être, elle savait au fond d'elle-même que l'hôtel était la clé. Et qu'il lui avait fait découvrir une part d'elle-même dont elle avait jusque-là ignoré l'existence.

— Alors, c'est entendu ? demanda Ethan.

Une ombre de sourire voltigea sur ses lèvres.

— Oui. La prudence semble être partie en vacances.

Et de plus d'une manière.

— J'ai besoin d'un ou deux jours pour réunir les fonds,

reprit-elle. Après, nous pourrions organiser un rendez-vous avec les entrepreneurs.

— Vous désirez les rencontrer ici ou au Cornwallis ?

— Ici, je crois. Vendredi, à 9 heures ?

Ethan approuva de la tête.

— Saurez-vous à ce moment ce que vous souhaitez vraiment ?

— Tout est dans ma tête, Ethan, et d'une aveuglante clarté. Quant aux idées que vous pourriez avoir…

Mia hésita, rien qu'un moment.

— Je suppose, reprit-elle, qu'un garçon qui a arpenté le Cornwallis pendant toute son enfance et plus tard est devenu architecte devrait avoir gardé quelques esquisses ? Des rêves de ce qui pourrait être. De ce qu'il aurait voulu qu'il soit. Aucune promesse, attention, mais je ne suis pas complètement fermée aux suggestions.

Ethan lui décocha un sourire moqueur.

— Je les apporterai aussi. Et, Mia, avant que vous ne partiez…

Il se dirigea vers le plan de travail de la cuisine, s'empara d'une grande enveloppe et la lui tendit.

— J'ai eu un peu de mal à les trouver.

Intriguée, Mia glissa un doigt sous le volet de l'enveloppe.

— Ne l'ouvrez pas maintenant, l'interrompit Ethan, l'air inquiet.

Mia le fixa.

— Et ne l'ouvrez pas non plus sur le chemin du retour. Attendez d'être rentrée.

— Très bien… Il ne me reste donc plus qu'à partir, moi et mon enveloppe scellée pleine de graves révélations.

Le sourire d'Ethan se fit charmeur.

— Vous ne voulez pas plutôt petit-déjeuner avec moi ?

— Non.

Surtout pas, songea-t-elle. Parce qu'à ce moment-là, elle commencerait à se poser plein de questions. Comment ce serait, par exemple, de le cajoler au petit déjeuner après avoir passé la nuit à lui faire l'amour dans les moelleux fauteuils et sur les somptueux tapis.

— Alors à vendredi, dit-elle.

Mia regagna sa suite au Cornwallis avant de céder à la tentation d'ouvrir l'enveloppe. Sans doute un nouvel indice, s'était-elle imaginé en chemin.

Il s'agissait en fait de photos.

Il y en avait à peu près une douzaine. Sur toutes, on pouvait admirer la délicate beauté d'une femme aux cheveux noirs volant dans le vent, avec des yeux en amande et un visage que Mia reconnut dans son miroir.

Sur l'une d'elles, on voyait Lily vêtue d'une robe bustier noire avec de longs gants jusqu'au coude. Le rire faisait étinceler ses yeux tournés vers la personne qui se trouvait derrière l'objectif. Les deux autres photos montraient une Lily à la beauté presque translucide et Ethan jeune, jouant sur la plage. Moments heureux…

Sur le reste des clichés, Lily était toute seule et la tristesse au fond de ses beaux yeux bruns déchira le cœur de Mia. D'une main qui tremblait, elle étala les photos sur la table, buvant littéralement chaque détail du visage qui lui semblait lui renvoyer son propre regard.

Les yeux pleins de larmes, elle alla se verser un verre d'eau glacée et, lorsqu'elle eut chassé les larmes et recouvré l'usage de ses yeux, elle revint les contempler. Elle fit ainsi plusieurs allers-retours, et enfin alla se planter devant la glace de la salle de bains pour y scruter son visage.

Et penser à eux…

Plus tard — beaucoup plus tard — elle appela Ethan.

— C'est Mia, dit-elle lorsqu'il décrocha. Je…

Comment lui expliquer ce que cela représentait de ne plus avoir à s'imaginer à quoi ressemblait sa mère ? De ne plus jamais avoir à se demander quelles parties de son visage lui venaient de sa mère et lesquelles lui appartenaient en propre ?

Enfin — *enfin* — sa mère était devenue une réalité.

— J'ai ouvert l'enveloppe.

— Ça va aller ? demanda-t-il dans un murmure.

— Je vous remercie, Ethan, dit-elle doucement avant de raccrocher.

5

Moins d'une semaine plus tard, les travaux commencèrent pour de bon.

— J'aimerais que vous veniez vous installer au Hamilton pendant cette période, proposa Ethan.

Mia refusa. Elle ne désirait pas séjourner au Hamilton. Elle aimait bien être au centre de tout. Ethan et elle se tenaient tous deux dans le foyer de l'hôtel, surveillant la descente du lustre. Le déplacer était hors de question, aussi avaient-ils décidé de construire tout autour une coque de plâtre de la taille d'une pièce pour le protéger pendant la durée des travaux.

— J'aime bien qu'il soit ici, affirma la jeune femme d'une voix douce dans le fracas des coups de marteaux et le hurlement des scies électriques.

Ethan répondit par une sorte de grognement.

Mia sourit devant le lustre qui descendait toujours. Les deux hommes qui, du toit, manœuvraient le treuil, engagèrent une conversation animée avec les trois autres qui, perchés sur des échelles, le guidaient vers le bas.

— Seraient-ils ennuyés si je faisais quelques photos ?

Ethan les héla. L'un des hommes sourit et cria quelque chose qui les fit tous rire.

— Celui du milieu, interpréta Ethan, vous demande de prendre son meilleur profil. Les autres font des suggestions sur la pose qu'ils doivent prendre. Je suppose que vous ne désirez pas que je vous en donne une traduction exacte ?

Mia prit un instantané qui englobait les rires et le reste.

— Dites-leur que je vais punaiser leurs photos sur un tableau à l'extérieur du bureau s'ils ont envie de venir y jeter un coup d'œil, ajouta-t-elle.

Ethan paraissait amusé, mais un peu dépité et elle le prit aussi en photo. Avant de lui annoncer qu'elle allait filer à Little India chercher des tissus d'ameublement.

Elle avait déjà des idées bien arrêtées sur le sujet et, pendant un instant, il ne fut question que de couleurs hardies, vibrantes et de textures en contraste avec elles, velours, soieries, peaux, cotonnades gaufrées…

— J'ai presque peur de vous demander de quelle couleur seront les murs, avança Ethan.

— D'un blanc frais avec un soupçon de vert très pâle. J'en ai vu un exemple dans l'une des pièces du rez-de-chaussée.

— Les anciennes couleurs, dit Ethan d'une voix satisfaite.

— Vous pourriez m'accompagner, suggéra Mia.

— Oh non. Pas moi. Il devrait y avoir des tonnes de rouleaux de tissus dans ces boutiques et vous allez devoir tous les examiner. Puis il y a les boutiquiers eux-mêmes. Ils savent que vous y resterez toute la journée. Ils vont vous faire apporter du thé, commanderont à déjeuner, et à la fin, *rien* de ce qui vous concerne ne leur restera inconnu.

— Alors c'est non ? dit Mia. Et vous allez sans doute me recommander de ne pas annoncer que je cherche des tissus pour l'hôtel ?

— Pas un mot, répliqua-t-il d'un ton ferme. Ils ne vous laisseraient jamais partir. Et surtout n'allez pas chez Mme Sari. Elle ferait le lien entre vous et Lily en un clin d'œil et, à partir de là, il ne lui faudrait que quelques secondes pour découvrir pourquoi vous êtes dans sa boutique. N'allez pas non plus dans celle qui se trouve à deux portes de la sienne. On vous reconnaîtra aussi.

— Comment cela s'appelle-t-il ?

— Je n'arrive pas à m'en souvenir.

— Que se passera-t-il si j'entre d'abord là, comme par mégarde ?

— Ne vous y attardez pas. Et ne commandez pas de *chapatti*.

— Je serai forte, dit-elle. Et très ferme.

Ethan poussa un grognement.

— C'est comme si je restais là à contempler le massacre des Innocents.

— Je crois que vous avez envie de venir avec moi, dit Mia avec sagacité. Les femmes savent ces choses-là.

— Pas du tout, protesta-t-il avec véhémence. Je me demande si, en conscience, je dois vous laisser y aller seule.

Mia écarquilla les yeux.

— Honnêtement, Ethan, je n'en suis pas encore à passer une commande, surtout pas une grosse. Je vais juste jeter un coup d'œil.

— C'est ce qu'elles disent toutes, répondit-il. Et alors, elles voient. Et toute raison quitte le navire.

— Eh bien, pour votre information, sachez que je vais quitter ce *navire-ci* à partir de l'entrée latérale dans quinze minutes, répliqua Mia.

Ethan poussa un lourd soupir.

— C'est bon. Je vous y attends dans dix minutes.

Choisir des tissus avec Mia était tout ce qu'Ethan avait craint et encore bien davantage. Little India bourdonnait et pulsait, Mia traînait et soupirait et, stoïque, Ethan endurait. Quand la dernière boutique eut été explorée dans ses moindres recoins, il s'imagina en avoir terminé avec le shopping. Ses pensées se tournèrent vers son sanctuaire, à un gin tonic bien frais au Gentlemen's club auquel il appartenait. Après tout, il le méritait bien. Seulement, Mia n'en n'avait pas encore fini.

— Que vend-on ici ? questionna-t-elle en s'arrêtant à l'extérieur d'une boutique étroite à l'enseigne rouge en caractères chinois.

— Des tampons. Des tampons encreurs. Des cachets pour des en-têtes.

— Il m'en faut un, dit-elle.

Comment était-ce possible ? Il y avait à peine deux secondes de cela, elle ignorait encore de quoi il s'agissait, maugréa Ethan.

Il la suivit en soupirant à l'intérieur de l'échoppe. Les murs étaient tapissés de tous les modèles possibles et dans toutes les langues parlées à Penang.

L'air émerveillé, Mia regardait autour d'elle.

— On dirait une boutique de tatouages.

— Euh… exact.

Aussitôt, à l'idée qu'il puisse exister un tatouage quelque part sur ce corps délicieux, Ethan oublia tout le reste.

— Vous… vous avez un tatouage ?

— En fait, non.

Ethan se débattit entre soulagement et déception.

— Mais j'aime les boutiques de tatouage.

— Mia, vous aimez *toutes* les boutiques.

Un peu d'autorité ne lui ferait pas de mal, songea-t-il.

— Je pourrais demander un tampon pour l'hôtel, suggéra Mia.

— Il en a déjà un. Il est très ancien et très beau. Ayah saura où il se trouve. Vous aurez peut-être envie de le voir avant d'en commander un nouveau sur un coup de tête.

— Vous avez sans doute raison, finit-elle par concéder.

Sa déception était presque comique à voir, et il reprit d'un ton plus conciliant :

— Néanmoins, rien ne vous interdit d'en commander un rien que pour vous.

Ils se chamaillèrent un peu pour rire, tandis que le commerçant leur faisait des propositions de plus en plus mirifiques. Mia finit par jeter un coup d'œil à Ethan et prit le papier et le stylo que le boutiquier lui présentait.

Ethan la regarda écrire puis s'arrêter brusquement.

— Un problème ?

— Oui. Je ne sais pas quelle adresse donner. Sydney ou ici. Où suis-je censée être domiciliée ? demanda-t-elle d'un ton implorant.

— C'est vous qui avez demandé à entrer ici, murmura-t-il. Expliquez-vous vous-même.

— Puis-je suggérer deux tampons ? proposa le commerçant. Un pour chaque adresse. Plus si vous avez d'autres résidences. Ce serait très utile.

— Vous avez tout à fait raison, conclut Mia. J'en prendrai un de chaque. Je ne veux pas avoir à décider où se trouve mon domicile en ce moment.

— Bonne idée, marmotta Ethan.

— Nous devrions faire les boutiques plus souvent, remarqua Mia en quittant les lieux. Nous n'avons eu aucune dispute et n'avons pas parlé famille pendant trois bonnes heures. Ça a collé entre nous.

Ah bon ? Elle appelait ça comme ça ? Il valait sans doute mieux, se dit Ethan, ne pas mentionner l'instant où elle avait drapé son corps dans ce velours couleur d'ambre, lui coupant complètement le souffle. Ou l'instant où le soleil s'était reflété dans ses yeux, qui avaient viré à l'argent en lui remémorant un souvenir qui ne lui appartenait pas. Il était plus qu'heureux de s'efforcer d'oublier lui-même ces instants.

— Où allons-nous maintenant ? demanda-t-il.

— Fini pour aujourd'hui avec le shopping. Je pensais à rentrer en trishaw.

— Touriste !

— Froussard !

— Je ne veux pas être baladé derrière un vélo, assis sur un siège entouré de lampes de couleur, de talismans de demi-dieux et de fleurs en plastique, déclara Ethan, péremptoire.

— Mais non, voyons, dit-elle d'une voix apaisante.

Ils rentrèrent dans un trishaw noir uni.

Parvenus sans encombre à l'hôtel, ils se retrouvèrent en plein chaos.

— Il n'y a plus de courant, déclara le contremaître d'un ton énergique. Plus du tout. Deux semaines.

Suivit une discussion véhémente avec Ethan.

— Ils trouvent des fils à nu un peu partout, traduisit-il pour Mia. Il veut arracher tout et remplacer le système avant de remettre le secteur. Il va apporter un générateur et ils travailleront avec. Je lui ai dit de prévenir ses hommes d'être très prudents.

Mia hocha la tête.

— Ce qui nous ramène à ce que je disais plus tôt, poursuivit Ethan. Vous savez maintenant que nous n'avons pas de courant, pas d'eau chaude et de la poussière de plâtre partout. Vous devriez vraiment envisager de résider autre part — au moins pendant les deux prochaines semaines.

— Croyez-vous pouvoir me trouver une chambre au Hamilton ?

Il lui lança un coup d'œil exaspéré.

— Nous en avons deux cent vingt.

Après quoi, Ethan la laissa faire ses bagages en lui demandant de téléphoner dès qu'elle serait prête pour qu'il lui envoie un chauffeur. Ce n'était pas comme s'ils allaient vivre ensemble, se dit Mia pour la centième fois. Il y avait un monde entre séjourner dans l'hôtel d'un homme et vivre avec lui. Il était même probable qu'elle le verrait à peine. Il serait là-haut dans son penthouse et elle dans une chambre classique. Lui utiliserait les ascenseurs du penthouse ; elle les ascenseurs de l'hôtel. Il prendrait ses repas dans ses quartiers ; elle dehors. Ils ne se verraient donc pas davantage que précédemment et cela lui convenait tout à fait.

Sauf que... il y avait eu ce moment où elle avait mis sa main dans la sienne lorsqu'il l'avait aidée à grimper dans le trishaw délabré et qu'une vague de chaleur l'avait parcourue à la vitesse d'un feu de forêt. Ou quand il s'était installé à côté d'elle et avait allongé le bras derrière le dossier de son siège, transformant imprudemment tout le chemin du retour en une délicieuse forme de torture.

Ethan avait très bien compris l'effet qu'il produisait sur elle. Ses yeux avaient eu un éclair indigo, la défiant d'élever une protestation, mais elle n'avait pas dit un mot et lui non plus.

Mia attendit que les hommes aient fini leur journée pour descendre ses bagages dans l'entrée. Elle les laissa à la porte avant de passer de pièce en pièce pour apprécier le calme et les progrès accomplis ce jour-là. Elle s'assura que les fenêtres et les portes du rez-de-chaussée étaient bien fermées parce que, pour la première fois depuis des années, il n'y aurait personne cette nuit dans l'hôtel. Pas de concierge, pas de voyageurs exténués. Elle prit mentalement note de demander à Ethan s'il fallait engager une équipe de sécurité et, une fois sa tournée terminée, elle porta ses valises à l'extérieur et ferma la porte derrière elle.

D'énormes poubelles débordant de débris de murs et de plâtre des plafonds — ces entrailles d'un vieil hôtel — attendaient sous le perron d'être emportées. Maudissant sa sentimentalité, Mia chercha son appareil photo dans son sac et les mitrailla. Comme le taxi qu'elle avait commandé — pour ne pas déranger Ethan — n'était pas encore arrivé, elle en profita pour prendre encore quelques clichés. Le monte-charge des couvreurs, l'échafaudage pour les peintres… le grand chambardement avait commencé.

Soudain, un homme qui venait vers elle sur le chemin piétonnier s'arrêta et, mains dans les poches, embrassa l'hôtel du regard. C'était un homme d'âge mûr, aux cheveux poivre et sel, vêtu d'un pantalon de sport et d'une chemise blanche dont les manches étaient roulées jusqu'aux coudes. Un touriste, songea Mia au moment où il reprenait sa marche vers elle. Levant les yeux, il l'aperçut et s'immobilisa. Toute couleur quitta son visage.

Mia le reconnut d'après les photos de Lily. C'était l'homme dont sa mère était tombée si profondément amoureuse. Nathaniel Hamilton. Le père d'Ethan.

Reprenant sa marche, il s'approcha d'elle à pas lents. Mia se détourna et revint vers ses bagages. A moins que le taxi n'arrive dans les toutes prochaines minutes, l'homme allait passer à côté d'elle. C'était cela ou traverser la rue.

Il ne traversa pas. Quand ses yeux croisèrent ceux de Mia, il hocha la tête, la scruta intensément durant quelques secondes avant de détourner le regard et de poursuivre sa route.

— Attendez !

Nathaniel Hamilton s'arrêta, se retourna et l'espoir que Mia lut sur son visage transforma son exclamation impulsive en un embarras un peu sot. Elle ne voulait pas lui donner d'espoir. Elle ignorait ce qu'elle désirait de cet homme ni ce qu'elle était prête à lui donner.

— Passez-vous souvent par ici ? demanda-t-elle d'une voix saccadée.

— De temps à autre.

L'espoir s'estompa peu à peu de ses traits, laissant place à une expression de lassitude.

— C'est bon de voir les travaux reprendre ici.

Ses yeux se posèrent sur elle puis sur ses valises.

— Je vous offrirais bien de porter vos bagages, dit-il avec un faible sourire, si je savais où vous allez.

A votre hôtel, pensa-t-elle confusément. Profiter de votre hospitalité et de celle de votre fils.

— Je… j'attends un taxi.

— Ah.

Il continua à avancer.

— Je vais prendre une chambre à l'hôtel Hamilton, déclara Mia rapidement. Celui de George Town. C'est temporaire.

Il aurait pu se présenter, songea-t-elle. Ne venait-elle pas de lui en fournir la parfaite opportunité ? Pourtant, l'homme n'en fit rien.

— J'espère que vous apprécierez votre séjour, reprit-il après un instant d'hésitation.

— Oui, dit Mia avec gaucherie. J'en suis certaine.

L'homme poursuivit son chemin, à pas lents et mesurés et, cette fois, elle ne le rappela pas.

— Non, refusa Mia d'un ton ferme. Absolument pas.

Ethan et elle se trouvaient dans le corridor tout en haut de l'hôtel. Ethan venait d'ouvrir la porte de son penthouse.

— Je ne veux pas du penthouse en face du vôtre, reprit Mia. Je veux une chambre. Une chambre normale.

— Vous pourriez avoir envie de faire la cuisine, dit Ethan. De prendre vos aises. Il se peut que vous restiez ici un moment.

— Je m'arrangerai. Je préférerais être quelques étages en dessous.

— Vous avez peur de l'altitude ?

— Non.

Juste d'être aussi proche de lui.

— Et puis, je ne peux pas me le permettre.

Ethan lui jeta un coup d'œil exaspéré.

— Vous le pouvez, Mia, mais la question n'est pas là. Vous ne paierez rien. Nous prenons ici tout le temps des clients à titre gracieux.

— Parfait, dit Mia. Mettez-moi ailleurs.

Un instant plus tard, ils étaient deux étages au-dessous et Ethan lui faisait visiter une suite luxueuse. Il y avait deux chambres, un spacieux salon, une salle à manger ainsi qu'un spa dans la salle de bains.

Mia protesta encore.

— Vous me rendrez la pareille au Cornwallis un de ces jours, lui dit Ethan avec un sourire malicieux. Je ne déteste pas un brin de compétition, de temps à autre.

— Entendu.

Mia se sentit un peu mieux de devoir accepter son hospitalité, maintenant qu'elle savait comment la lui rendre. Elle n'en ressentait pas moins un certain malaise et en connaissait bien la raison.

— J'ai croisé votre père un peu plus tôt, dit-elle non sans un peu de timidité. Enfin, je pense qu'il s'agissait de lui.

— Où cela ? demanda Ethan d'un ton abrupt.

— Il se promenait du côté du Cornwallis. Il ne s'est pas présenté.

Haussant les épaules, Mia fit manœuvrer les rideaux.

— Et moi non plus, ajouta-t-elle.

— Pourquoi donc ?

— Parce que c'était plus facile. Puis-je vous poser une question, Ethan ? Une question d'ordre familial.

— Je croyais que nous étions tombés d'accord pour ne pas en parler ?

— Certes. Et vous vous y êtes tenu. Mais je voulais vous dire que j'ai parlé à votre père et comme je viens juste de rompre la règle, je suppose que je pourrais aussi bien glisser en même temps quelques questions personnelles.

— Que désirez-vous savoir ?

— Pourquoi Lily ne s'est-elle jamais remariée ? Elle a vécu avec votre père pendant vingt-quatre ans, vous a élevé, vous a aimés tous les deux. Pourquoi ne s'est-elle pas mariée, Ethan ? Il ne le lui a pas demandé ? Refusait-il de se remarier lui aussi ?

— Il le lui a demandé.

Ethan eut un sourire un peu forcé.

— A plusieurs reprises. Et Lily a refusé.

— Ils n'ont pas essayé d'avoir d'autres enfants ?

— Je l'ignore. Je ne sais pas si c'était une décision commune ou si, tout simplement, cela n'est jamais arrivé. Mais il n'y a pas eu d'autres enfants. Je n'ai pas toutes les réponses dont vous avez besoin, Mia. Et je doute que mon père les ait.

— Il est ici, n'est-ce pas ? C'est lui qui vous remplace pendant que vous m'aidez ?

Et l'aidait, elle, indirectement, à réaliser son rêve pour le vieil hôtel.

— Il me remplace quelques heures par-ci, par-là. Je soupçonne que sa curiosité concernant le début des travaux a pris le dessus et qu'il ne devait pas s'attendre à vous voir. Il est au courant de vos sentiments à son sujet, Mia.

Mia poussa un soupir.

— Je ne suis pas encore prête à le rencontrer. Pas comme il le faudrait. Quand j'aurai analysé mes sentiments pour Lily… quand je comprendrai ce qu'elle a fait et pourquoi… quand je lui aurai pardonné et pardonné à tous… alors je pourrai aller le voir. Avec un cœur grand ouvert, Ethan. C'est la seule façon.

— Je ne veux pas discuter de ce point avec vous, dit-il. Je vous comprends et je vous souhaite d'être très forte. Les fantômes du passé sont difficiles à vaincre et il est encore plus difficile de leur pardonner. Moi, ajouta-t-il d'une voix sombre, j'ai abandonné.

Mia ouvrit la bouche pour le questionner, mais Ethan posa les doigts sur ses lèvres et ce bref contact lui fit tout oublier, sauf ce qui le concernait.

— Assez parlé de tout ceci, dit-il alors d'un ton bourru.

Non, songea Mia. Ils n'en avaient pas fini. Mais elle garda le silence.

*
* *

Dix minutes plus tard, Ethan trouva refuge avec soulagement dans son penthouse. L'œil fixé sur la mer au-delà, il réfléchit à ce que Mia pensait du pardon. A lui non plus les fantômes du passé n'étaient pas inconnus — pas plus que la colère mêlée de regret, de culpabilité et de défiance. Il n'avait jamais été capable de pardonner son infidélité à Arianne. Il ne lui avait jamais pardonné d'être morte ainsi. Belle, irresponsable, *égoïste* Arianne ; elle avait été tout cela et plus encore. Intelligente, drôle, rusée. Et elle lui avait appartenu. Oui, cela aussi. Autrefois.

L'avait-il aimée ? L'avait-il un jour aimée ? Il n'en savait rien. En tout cas, il en était fichtrement certain, *elle* ne l'avait pas aimé.

Non, impossible de lui pardonner. Il ne le voulait pas. Il n'était pas comme Mia, toujours en quête de quelque chose qui puisse l'aider à donner un peu de sens à tout cela.

Il avait ses propres réponses. Et il les détestait.

6

Une semaine s'écoula puis une autre et les jours se fondirent dans la routine. A l'hôtel, les travaux étaient en avance sur le calendrier et Ethan travaillait dur pour conserver le même rythme. Il s'efforçait aussi de maintenir avec Mia une relation fondée sur un plan purement professionnel et, plus important encore, très réduite. Cependant, son respect et son admiration pour elle grandissaient. Elle s'était jetée dans son projet de tout son cœur, trouvant en Ayah et Rajah ainsi que dans le personnel de l'hôtel des alliés dévoués.

Elle avait entrepris avec enthousiasme de ranger et de nettoyer meubles et accessoires de l'hôtel — un enthousiasme tel qu'on avait descendu le bureau de la bibliothèque au rez-de-chaussée pour y entreposer toutes sortes d'objets. Tout ouvrier assez hardi pour forcer le barrage Ayah-Rajah en repartait avec un fer à repasser, une bouilloire ou un grille-pain en douteux état de marche, assorti d'une incitation à revenir à l'heure du déjeuner avec sa femme, sa mère ou sa tante faire son choix dans le linge entassé dans la pièce contiguë. La générosité de Mia avait été récompensée par des currys, des samoussas et une avalanche d'invitations à des baptêmes, mariages et autres dans les divers temples locaux.

Ces deux derniers après-midi, elle avait été absente de la pièce du tri et avait paru assez préoccupée lorsqu'elle y était. Elle avait assuré à Rajah qu'elle allait très bien, mais cela n'avait pas empêché le vieil homme de s'inquiéter. Ethan et tous les autres se demandaient également ce qui n'allait pas. Ils évoquaient tour à tour le mal du pays, le chagrin à retardement de la mort de sa mère, et même le comportement d'une certaine personne — et là, les regards s'étaient tournés vers lui — pour n'avoir pas pris le temps de l'emmener faire un tour en ville ou de lui faire sentir avec plus de chaleur qu'elle était la bienvenue.

Aussi Ethan était-il passé dans l'après-midi pour laisser un message à la réception invitant Mia à monter jusqu'à son penthouse. Les affaires, avait-il précisé, rien de plus.

Elle sonna à sa porte à 19 heures, et il fut une nouvelle fois frappé par sa beauté. Elégante sans ostentation dans un pantalon fauve et un top en lin sans manches — pas du tout ce qu'elle avait l'habitude de porter pour travailler au Cornwallis —, elle lui donnait le sentiment d'avoir choisi sa tenue comme une femme désireuse de faire impression sur une nouvelle relation. Ou un nouvel amant. Cette pensée se faufila dans l'esprit d'Ethan — comme un brutal et hideux rappel de sa vie avec Arianne. Sortait-elle d'un rendez-vous avec un amant ?

Allons ! Cela ne le regardait pas. Si Mia prenait de temps à autre un amant, il n'en avait aucune preuve et aucune raison de la critiquer. Pourtant, il ne put s'empêcher de serrer les lèvres en imaginant les mains d'un autre sur elle, et un frisson glacé le parcourut.

L'air sombre, il la fit entrer. Son besoin de savoir ce qu'elle avait fait et avec qui le lacérait, mais il refusa de se laisser entraîner. Il voulait juste savoir ce qui la préoccupait.

— Rajah vous a cherchée cet après-midi, lui dit-il. Il s'inquiétait. Et moi aussi, je m'inquiète pour vous.

— J'étais ici en conférence vidéo avec l'Australie, répondit-elle avec l'ombre d'un sourire.

Donc, ce n'était pas un amant. Ethan se passa la main dans les cheveux et chassa ses souvenirs amers. Ils n'avaient pas leur place ici.

Depuis sa tombe, Arianne ne le gouvernerait pas.

— Cela a duré un peu plus longtemps que prévu, poursuivit Mia. Aucune raison de vous inquiéter.

Pourtant, elle paraissait préoccupée en descendant les deux marches pour gagner le salon et aller contempler la ville qui s'étendait à leurs pieds.

— Etes-vous certain, demanda-t-elle, qu'on ne peut pas voir à travers vos stores ?

— Tout à fait sûr.

A l'instant où il le disait, Ethan devint désagréablement conscient que le salon, à la tombée du jour, était un peu trop isolé et l'ambiance un peu trop intime. Demander à Mia de le rejoindre ici était une mauvaise idée. D'abord, il y avait ces souvenirs d'Arianne qui le hantaient et, maintenant, la suggestion venait de Mia elle-même, comme toujours. La bête en lui allait et venait en grondant, pressentant sa faiblesse, mais Ethan se contrôlait.

— J'ai dû envoyer les carreleurs du spa commencer le bar du second étage, l'informa-t-il.

— Bien, approuva-t-elle distraitement sans cesser de contempler la vue. Parfait.

— Non, dit-il d'une voix patiente. Ce n'est pas bien. Mia, vous n'avez pas entendu un mot de ce que je viens de vous dire. D'habitude, vous m'accordez beaucoup d'attention chaque fois qu'il s'agit des travaux ; je vous trouve donc anormalement préoccupée.

— Désolée.

Elle se tourna vers lui avec un sourire un peu forcé.

— De quoi parlions-nous ?

— Du spa…

Ethan énuméra les divers points du chantier qui posaient des problèmes.

— Bien, répéta Mia. Parfait.

Ethan lui lança un coup d'œil exaspéré.

— Allez-vous me dire ce qui ne va pas, à la fin ?

— Non, dit-elle. Je ne pense pas.

— Cela a-t-il un rapport quelconque avec l'hôtel ?

— Pas exactement. En tout cas, rien qui vous concerne.

Il retint un soupir. Ce n'était pas forcément rassurant.

— Alors quoi ?

Mia lui jeta un regard incertain et détourna les yeux.

— L'argent, déclara-t-elle enfin après un long silence. Mon père bloque la vente de certains de mes biens. Si je n'arrive pas à les vendre, je n'aurai pas l'argent pour terminer la rénovation.

— Ce n'est pas un problème insurmontable, déclara Ethan d'une voix prudente.

— Non, je peux toujours emprunter sur l'hôtel.

Le regard toujours perdu, Mia repoussa une mèche derrière son oreille.

— Sauf que je ne sais pas vraiment si cela suffira.

— Vous pourriez ouvrir à des investisseurs.

Mia hocha la tête. Mais elle ne le voulait pas non plus, Ethan le voyait bien.

— Je vais d'abord essayer un prêt bancaire.

— Pourquoi ne pas me laisser vous aider avant d'en arriver aux banques ?

Elle se retourna et lui lança un coup d'œil surpris.

— A combien estimez-vous vos besoins ? insista-t-il.

— Vous le savez, Ethan. Pour l'instant, je ne peux pas couvrir plus de la moitié. Mais je ne peux pas vous emprunter cet argent, Ethan, pas question.

— Pourquoi ?

— Parce que ce ne serait pas bien, répliqua-t-elle d'une voix obstinée.

— L'argent est là, Mia. Il était là pour Lily, mais elle n'a pas voulu non plus l'utiliser. Qu'avez-vous donc, vous, les femmes Fletcher, avec cet hôtel ? Pourquoi est-il si difficile de vous aider ?

— Ethan, vous m'aidez beaucoup. C'est pratiquement vous seul qui assumez le poids des travaux. Ne pensez-vous pas que vous en faites assez ?

— Avez-vous à vous plaindre de la manière dont je m'en acquitte ?

— Pourquoi diable ferais-je cela ? s'exaspéra-t-elle. Vous m'épargnez une petite fortune rien qu'en honoraires pour la direction des travaux. Et même davantage si l'on table sur la qualité de votre contribution. Je n'ai jamais rencontré quelqu'un qui vous égale, Ethan. Pas même mon père.

— Serait-ce un compliment ?

— C'en est un, dit-elle avec un regard noir. Mon père est un brillant homme d'affaires.

— Mais un fichu père.

— Ne le critiquez pas ! C'est un homme bon. Il souffre, c'est tout.

— Il *vous* fait souffrir.

Cela se voyait dans ses yeux, songea-t-il.

— Il ne peut pas s'en empêcher. Ce n'est pas ce qu'il veut.

— Il ne doit pas le faire.

Mia détourna le regard, se détourna de lui, et Ethan poussa un gros soupir. Critiquer son père, c'était dépasser les bornes. Mais pas tant que cela.

— Très bien, d'accord. Vous ne voulez pas de mon argent. Alors que diable voulez-vous ?

Elle se retourna et le regarda. Intensément. D'un regard brûlant. Il sut qu'il était perdu.

— Non, dit-il précipitamment. Ce serait une très mauvaise idée. La dernière fois, nous étions tombés d'accord.

— Nous sommes tombés d'accord sur le fait de ne plus parler famille non plus.

Elle fit un pas vers lui et il dut se retenir pour ne pas faire un pas en arrière.

— Avez-vous peur de moi, Ethan ?

— Un petit peu.

Un peu beaucoup, oui.

— Ça ne s'en va pas, n'est-ce pas ? dit-elle avec gravité. Ce qu'il y a entre nous… cela ne fait que croître.

— Non, répondit-il avec obstination. Non, ça s'estompe. Je n'ai pas pensé à vous comme cela depuis… oh…

« A peine quelques secondes. »

— Des lustres, reprit-il d'un ton ferme. Des lustres… mais peut-être n'était-ce pas une bonne idée de vous inviter à monter ici.

— Enfin un point sur lequel nous sommes d'accord.

Mia se rapprocha. Ethan ne se déroba pas.

— Je veux seulement voir, murmura-t-elle presque comme pour

elle-même. Je ne comprends pas. Peut-être que si je comprenais mieux, je pourrais mieux m'en défendre ?

— Peut-être que cela peut marcher, murmura-t-il sans la quitter des yeux.

Mia se rapprocha un peu plus de lui. Ses lèvres frémirent et sa main se tendit vers son torse, là où battait son cœur. Le corps d'Ethan réagit aussitôt. Avec une sorte de férocité.

— En fait, articula-t-il avec peine, je crois que ça ne marchera pas.

Mia parut ne pas entendre. Elle regardait sa bouche.

— Mia…

Trop tard. Voluptueuses, tentatrices, les lèvres de Mia effleurèrent les siennes avec quelque chose d'inéluctablement familier. Ethan combattit la sensation et le désir envahissant, serrant les poings pour s'empêcher de la prendre dans ses bras. La main de Mia remonta le long de son épaule, s'arrondit autour de son cou et elle recula un peu pour scruter son visage. Puis, inclinant la tête, elle lui donna un autre baiser — nouvelle et brève rencontre entre leurs deux bouches — sauf que cette fois, sa langue sinua délicatement le long de la lèvre d'Ethan.

Ce fut la fin de sa résistance.

Il ouvrit la bouche et la langue de Mia trouva la sienne, l'agaça, l'explora, mais pas pour très longtemps. Ethan céda tout entier à la pression exigeante de ses lèvres, à sa passion, cette scandaleuse et incontrôlable passion, pendant que, enivré par son parfum, ses mains cherchaient la tiédeur de sa chair. Afin d'apprendre son corps — même s'il le connaissait déjà — il la plaqua contre lui, lâchant la bride à sa fringale.

Une caresse, un baiser farouche et exigeant, et Mia était sienne. Chaque soupir, chaque frisson de son corps fantasque étaient à lui. Il savait exactement à quel endroit la toucher, comment éveiller son désir. Mais cet avantage n'était pas tout à fait à sens unique parce qu'à l'évidence, elle en savait autant à son sujet. Les pouces de la jeune femme, passant sur ses mamelons à travers sa fine chemise de coton, le firent trembler. Un baiser à pleine bouche à la base du cou lui arracha un grondement. Comme ça, oui, exactement comme ça. Chaque caresse éperdue, chaque son, chaque bouchée de lui se gravaient inexplicablement dans sa mémoire. Dans son corps.

Quand Ethan la pressa davantage contre lui, Mia laissa échapper un léger gémissement. Jamais elle n'avait ressenti une telle passion, un tel désir. Peu lui importait que cet homme ait le pouvoir de faire saigner son cœur, elle était devenue une créature de l'instant. Plus rien ne comptait plus qu'Ethan. Elle déboutonna sa chemise, chercha sa peau, trouva. Un autre grognement s'échappa des lèvres d'Ethan. Mia s'en reput, tandis qu'il la soulevait entre ses bras et l'emportait vers le sofa.

Ils y roulèrent ensemble, comme incapables de se détacher l'un de l'autre, et elle sentit les mains d'Ethan se glisser dans sa chevelure tandis que ses lèvres retrouvaient les siennes dans un nouveau baiser à couper le souffle. Ethan se pressait contre elle, dur contre sa douceur. Elle désirait sa bouche sur ses seins et il le savait bien, mais il la fit attendre en égrenant un chapelet de petits baisers le long de la gorge.

Il pouvait bien la prendre maintenant comme ça, elle s'en moquait bien. Sur le sofa, par terre, n'importe où. La pensée qu'il pouvait user d'elle comme il le voulait la piqua et elle se cambra.

— Ethan, je t'en prie…

— Que veux-tu ? murmura-t-il d'une voix rauque.

— Toi, toujours toi. En moi.

— Tu ne devrais pas… tu ne devrais pas.

Sa voix s'évanouit, mais ses mains bougeaient sous le top, le remontaient, et ses phalanges sur la dentelle de son soutien-gorge allaient et venaient sur ses mamelons jusqu'à la faire hurler de désir.

L'abandon total dont elle faisait preuve libéra Ethan. Avec une intensité sauvage, il prit ce qu'elle avait la hardiesse de lui offrir, dégagea brutalement le soutien-gorge et referma les lèvres autour de son mamelon qu'il suça durement de la bouche, de la langue et des dents. Il voulait qu'elle crie, qu'elle implore, qu'elle supplie. Il la désirait sous lui, oublieuse de tout sauf de le sentir en elle. Il pouvait lui offrir cela. Il s'en savait capable.

Il savait fichtrement bien aussi qu'il ne devrait pas le faire. Pour des millions de raisons, toutes extrêmement valables.

Avec un grognement rauque, il arracha sa bouche de celle de Mia, remit le soutien-gorge en place avec des doigts tremblants avant de se renverser sur le sofa et de fermer les yeux pour ne plus la voir. S'il ne pouvait pas la voir, il ne pouvait pas la prendre. Enfin, en théorie. Puis un nouveau grognement lui échappa car son érection se poussait contre les cuisses de la jeune femme. Son torse se soulevait et s'abaissait comme s'il venait de courir pour sauver sa vie. Son cœur battait comme s'il voulait s'échapper de sa poitrine malgré ses efforts pour se maîtriser.

— Mia…

Comment lui dire ? Il n'en avait aucune idée.

— Il ne faut pas.

— Bon sang, Ethan ! Vous ne croyez pas que je le sais ?

Une fraction de seconde, il ouvrit les yeux. Elle était si belle. Belle et dangereuse.

— Partez, se força-t-il à articuler d'une voix étranglée. *Maintenant.* S'il vous plaît.

Poussant un juron, Mia s'écarta brusquement de lui, dégringola de ses genoux et, le cœur battant et les mains tremblantes, elle tenta de réajuster ses vêtements en mettant entre eux la distance demandée. Puis elle alla jusqu'à la fenêtre, repoussa derrière son oreille une mèche de cheveux, le regard perdu sur Padang. Elle avait seulement voulu embrasser Ethan… l'embrasser, c'était tout. Comment s'était-elle si vite abandonnée ?

— Que nous est-il arrivé, Ethan ? chuchota-t-elle quand le silence devint intolérable.

— Croyez-vous que je le sache ? Ce n'est peut-être qu'un besoin physiologique ?

— Ou bien le cas classique de désirer ce qu'on ne peut avoir. Cela m'arrive assez souvent.

Pendant la plus grande partie de sa vie elle avait désiré avoir une mère. Non que cela lui ait fait beaucoup de bien. Elle se retourna vers Ethan et le regarda se lever, fourrager dans ses cheveux et faire les cent pas. Elle avait souhaité savoir à quoi il ressemblait avec sa chemise à moitié déboutonnée et les cheveux en broussaille, se rappela-t-elle avec une légère grimace.

Eh bien, maintenant, elle savait !

— Nous pourrions nous en tenir à la luxure, concéda-t-elle. C'est si délicieux et à notre portée quand nous en avons envie. Mais... et les souvenirs ?

Le regard sombre d'Ethan heurta le sien.

— Je ne veux pas parler des souvenirs.

Mia l'ignora.

— La moitié du temps, je ne vous imagine même pas à notre époque, Ethan. Je vous imagine très bien en guerrier ou en robe de moine. Comment expliquez-vous cela ?

— Je pense que nous allons faire l'impasse sur les religions. Concentrons-nous plutôt sur le présent.

— Je ne suis pas certaine que ce soit très sage. Le présent est une véritable catastrophe envahie par la luxure, lui rappela-t-elle. Je suis à court d'argent, presque reniée par mon père, dans une totale confusion concernant l'instinct maternel de ma mère longtemps perdue de vue et depuis peu décédée, et qu'est-ce que je fais ? Je vous désire.

— C'est ce que font souvent les femmes, répondit Ethan.

— Vous désirer ?

Cela, elle pouvait très bien le comprendre.

— Faire plusieurs choses en même temps, corrigea-t-il. Si vous étiez un homme, vous seriez capable de vous centrer sur un problème à la fois en ignorant le reste.

Se conduire en homme ? C'était possible. Elle avait été élevée comme un homme, éduquée à penser comme un homme, entourée toute sa vie par des hommes. Comment cela pouvait-il être difficile ?

— Alors, par quoi devrais-je commencer ? Le manque de liquidités ?

— Absolument, approuva Ethan. C'est votre première priorité.

— Et la suivante ? Vous convoiter ?

— Non. Ensuite, votre relation avec vos parents, morts ou

vivants, ce qui aura peut-être un impact sur votre volonté ou pas de rencontrer mon père.

— Et après, mon désir pour vous ?

— Non. Après cela, relever l'hôtel et le faire vivre vous prendront tout votre temps.

— Mais alors, quand pourrai-je résoudre la question de mon désir pour vous ?

— Un jour dans un avenir prévisible.

Elle le dévisagea d'un air sceptique.

— Cela peut marcher, concéda-t-elle enfin.

C'était fatalement imparfait, bien sûr, car pour l'instant, dans l'appartement d'Ethan faiblement éclairé, la seule chose sur laquelle elle parvenait à se concentrer, c'était *lui*.

Ce qui signifiait, décida-t-elle avec ce qui ressemblait peut-être à une pensée masculine rationnelle, qu'il était temps de s'éclipser. Elle baissa les yeux sur son top et tenta de le défroisser.

— De quoi ai-je l'air ? demanda-t-elle.

— Un peu débraillée, dit-il.

Mia lissa ses cheveux et s'essuya les lèvres du dos de la main, au cas peu probable où il y resterait un peu de rouge.

— Et maintenant, de quoi ai-je l'air ? interrogea-t-elle.

— D'une femme impudique.

Impudique ? Ça lui convenait, songea-t-elle. C'était mille fois mieux que débraillée. Cela avait quelque chose de délibéré, d'audacieux.

— Nous sommes vendredi soir, lui rappela-t-elle. Vous devriez être en train de vous relaxer. D'envoyer balader vos chaussures, de déboutonner un peu plus votre chemise. D'un autre côté, moi je devrais être en train de me colleter avec mon problème aigu d'argent. Alors, je vais y aller. Ce qui veut dire que vous…

Elle lui coula un regard en biais.

— … pourrez vous concentrer sur tous les problèmes qui vous passeront par la tête ce soir.

Ethan la foudroya du regard. Il y avait gros à parier que l'intensité de leur épisode amoureux et son manque manifeste de détente physique allaient très normalement venir en tête de liste.

— Au fait, j'adore cette pièce au crépuscule, murmura Mia. Elle me donne juste envie de m'étendre sur le sofa et de regarder les lumières prendre peu à peu possession de la ville. Et ce tapis ici, si doux et si épais, je pourrais m'y allonger aussi. Fermer les yeux et imaginer la main d'un amant et sa bouche sur moi.

Elle jeta un coup d'œil autour d'elle.

— Oui, cette pièce le soir donnerait plus envie à une femme de désirer un homme que le fait de respirer.

Une lueur d'avertissement s'alluma dans les prunelles d'Ethan.

— Vous me tourmentez délibérément, Mia, dit-il d'une voix dangereusement rauque.

Mia choisit de l'ignorer. A quoi s'attendait-il ? Penser comme un homme, c'était bel et bon en affaires, mais quand il s'agissait de préserver une mince parcelle d'amour-propre, Mia préférait de loin penser en femme.

— Mettez cela sur le compte d'une vie antérieure de courtisane, lança-t-elle par-dessus son épaule en se dirigeant vers la porte. Je suis tout à fait certaine d'en avoir eu une.

7

Après le départ de Mia, Ethan déambula d'un bout à l'autre de la pièce pour obliger son corps à se calmer, sans cesser de maudire la jeune femme. Dès l'instant où elle s'était présentée à lui, quand son regard avait plongé dans les yeux du gris le plus limpide qu'il ait jamais vu, elle lui avait pris le cœur. Et cela ne lui plaisait pas. Il aurait donné n'importe quoi pour ne pas la désirer ainsi.

Mais à l'évidence il n'y avait rien à faire.

Elle le tenait. D'une manière qu'il était incapable de s'expliquer. Il en rêvait. Oh, comme il rêvait d'elle… docile et fléchissant sous ses doigts. Elle avait le pouvoir d'obliger un homme à rendre les armes, à le faire pleurer. Du reste, il avait déjà pleuré à cause d'elle. En rêve, toujours…

Elle était capable de dérober son âme à un homme, mais elle n'aurait pas la sienne. Non, impossible.

Plus question de toucher Mia Fletcher et, en particulier, de l'embrasser. Il devait cesser de penser à elle, cesser dans ses songes de la prendre dans ses bras.

Parce que s'il ne le faisait pas, il risquait de s'emparer de ce dont il avait tellement envie. Et dans ce cas…

Dans ce cas, ils brûleraient tous les deux.

La satisfaction qu'éprouva Mia en décidant de laisser Ethan attendre ne dura pas bien longtemps. Une fois revenue dans sa chambre, elle avait commencé à travailler sur son problème financier. L'ennui, c'était que les chiffres n'étaient pas bons. Tout bien examiné, elle n'était toujours pas certaine d'obtenir un prêt bancaire.

L'hôtel Cornwallis perdait de l'argent et cela avait duré assez longtemps. Mais une complète remise à neuf ne constituait pas une garantie qu'il ne continuerait pas à perdre de l'argent une fois réouvert.

Plusieurs heures durant, Mia parcourut les chiffres et réfléchit à diverses options, jonglant avec les éléments de son portefeuille d'actions pour trouver l'option la plus attractive possible.

Les chiffres n'étaient toujours pas bons.

Côté positif, elle avait passé ces quatre heures sans penser à Ethan et à ce qu'ils avaient fait. Ou pas fait…

C'était une victoire. En quelque sorte…

Le lundi suivant, Mia prit contact avec un banquier australien. A midi, elle avait sa réponse. Non. La banque préférait traiter avec la Fletcher Corporation qu'avec elle. Parfait. Elle fit un nouvel essai, toujours avec une autre banque en Australie, puis un autre encore. Toujours non.

Le mercredi matin, elle rencontra un conseiller en investissements d'une des plus grosses banques de Penang. Il ne dit pas non. Mais il ne dit pas oui non plus. Ils préféraient avoir un garant, lui dit-on aimablement. Ou tout au moins qu'elle ait une source substantielle de revenus indépendante de l'hôtel. Ils n'étaient pas prêts à prendre un risque.

Alors elle appela son père.

— Mia ? dit-il d'un ton prudent en décrochant enfin.

— J'ouvre le projet de restauration du Cornwallis aux investisseurs, annonça-t-elle d'une voix ferme. Je désirais juste te mettre au courant.

Silence.

— Si tu veux y investir toi-même, l'offre est là. Je laisse partir quarante-cinq pour cent des parts et tu auras la priorité. Je peux t'expédier la notice dans l'heure.

— Tu gâches ton argent, Mia, répliqua-t-il d'un ton revêche. Tu ne le récupéreras jamais. Il est peu probable que tu puisses faire aucun bénéfice. Les coûts d'entretien sur place sont exorbitants. Ils l'ont toujours été. Cela ne changera pas.

Calmement, Mia énuméra une à une ses raisons. Son père y répondit d'une phrase lapidaire.

— Laisse tomber, Mia. Rentre à la maison.

— Papa…

Ses mains tremblaient, tout son corps tremblait, mais sa résolution resta ferme.

— Je ne suis pas certaine de vouloir revenir, ajouta-t-elle. Au moins d'une façon permanente. Tu me manques beaucoup, mais pas les affaires. Pour la première fois de ma vie, j'ai envie d'autre chose. J'adore cet endroit… cette ville, ces gens. J'adore ce vieil hôtel et je pense qu'une fois la rénovation terminée — quand l'hôtel sera ouvert à la clientèle — je resterai pour le diriger quelque temps. Tu seras le bienvenu à n'importe quel moment. Mais je ne pourrai pas comme toi abandonner cet endroit.

Elle reprit son souffle avant d'ajouter :

— C'est pourquoi j'ai besoin d'aide. Tu avais raison. Même si je vends tout ce que je possède, je ne pourrai même pas couvrir les dépenses de tous les travaux. Les banques ne voudront pas se laisser attendrir. J'ai besoin d'investisseurs et tu as la priorité. Si je suis sans nouvelles de toi à la fin de la journée, j'en déduirai que tu n'es pas intéressé.

— Tu commets une erreur, s'obstina son père. Tout ce que j'essaye de faire c'est de te protéger.

— N'en fais rien.

Tranquillement, Mia raccrocha.

Au restaurant de l'hôtel Hamilton, Ethan trouva Mia assise à une table pour deux, devant une carafe d'eau et une coupe de fruits. Il ne l'avait guère vue, ces jours derniers. Il ignorait si c'était volontaire ou la conséquence inévitable de sa chasse au financement. Mais il devait en avoir le cœur net.

Mia paraissait lasse, mélancolique et terriblement, terriblement désirable, mais elle sourit en l'apercevant et il fit semblant de ne pas remarquer que son sourire était tout juste tiède.

— Puis-je me joindre à vous ? demanda-t-il.

Elle fit un geste vers le siège en face d'elle.

— Je vous en prie.

Ethan obéit et concentra son regard sur les fruits.

— Comment ça se passe, côté argent ?

Mia lui fit part de l'insuccès de ses diverses tentatives, non sans terminer sur une note déterminée d'espoir.

— Vous avez demandé à votre père, n'est-ce pas ?

Elle hocha la tête.

— Et il a refusé ?

Mia acquiesça encore de la tête et détourna les yeux.

— Je vous avais bien dit de ne pas tout faire vous-même, Mia. Bon sang ! Pourquoi vous être mise en position d'essuyer une rebuffade ?

— Parce que je l'aime, répondit-elle tranquillement. Je ne suis pas une victime, Ethan. Je sais ce que je fais.

Ethan fulmina en silence, versa de l'eau dans le verre posé devant lui et dans celui de Mia tout en réfléchissant.

— Donc, vous avez besoin d'investisseurs ? dit-il enfin.

— Je laisse filer quarante-cinq pour cent. Cela devrait suffire pour poursuivre la rénovation et couvrir les frais d'entretien de l'hôtel pendant les douze premiers mois.

Elle but une gorgée d'eau.

— J'expédie dès demain la notice à des banques d'investissement en Australie et à Penang.

— Ce ne sera pas nécessaire. L'investisseur, vous l'avez déjà. Moi.

— Non, dit-elle avec force.

Ethan se renversa dans sa chaise, prêt à la bagarre.

— Pourquoi ? Vous ne trouvez pas que nous formons une bonne équipe ?

— Il ne s'agit pas de ça.

— Vous ne croyez pas que nos vues concernant l'hôtel sont similaires ?

Il le savait sacrément bien. Dès qu'il s'agissait de l'hôtel, ils fonctionnaient comme un seul et même cerveau.

— Il ne s'agit pas de cela non plus.

— Je peux vous l'affirmer, mes finances sont saines, si c'est ce qui vous préoccupe, ajouta-t-il.

Un sourire effleura les lèvres de Mia.

— Il ne s'agit pas de ça.

Ce qui ouvrait la porte au problème d'Ethan, son irrésistible envie de la dévorer toute crue chaque fois qu'elle s'approchait de lui.

— Et ce n'est pas comme si nous mélangions le travail et le sexe, dit-il. Prenez, par exemple, l'autre soir dans le salon. Il existait bien une... attirance, d'accord, mais avons-nous continué ? Non. Nous avons pris la décision rationnelle de ne pas poursuivre une relation basée sur le sexe.

— Parlez pour vous, murmura Mia. Chaque fois que nous nous frôlons, je voudrais que ça ne s'arrête jamais.

Mal à l'aise, Ethan s'agita sur sa chaise.

— C'est une bonne solution, Mia. Une solution pratique.

— Non, Ethan. Travailler avec vous jusqu'à ce qu'un chef de projet se libère est une solution pratique. Convenable. Etonnamment facile. Mais *temporaire*.

Les yeux gris cherchèrent ceux d'Ethan.

— Il n'y aura rien de temporaire si nous devons travailler ensemble. Et rien d'éphémère dans mon désir pour vous. Il est perpétuel et dérangeant, c'est tout ce qui me vient à l'esprit.

Ethan la regarda fixement, réfléchissant à son refus. Elle avait marqué un point. Mais son problème le plus immédiat était d'ordre financier.

— Que diriez-vous si je parvenais à vous prouver que nous pourrions être capables de gérer notre attirance mutuelle ? Que nous pourrions la supprimer ?

— Comment ?

Il eut à peine le temps de réfléchir à ce qu'impliquait ce qu'il allait lui proposer. Déjà, les mots étaient sur ses lèvres.

— En sortant ensemble, Mia.

Cette fois, le sourire sceptique de la jeune femme le frappa de plein fouet.

— Ecoutez-moi, Mia. Sortons ensemble maintenant — ce soir.

Je vous parie ces quarante-cinq pour cent de parts du Cornwallis qu'il ne se passera rien entre nous.

— Qu'entendez-vous exactement par « rien » ?

— Eh bien, dit-il en réfléchissant à mesure qu'il parlait, disons que nous éviterons les contacts au maximum. Enfin, à part les frôlements fortuits bien sûr, par exemple si je dois poser la main dans votre dos pour franchir une porte. En somme, ajouta-t-il d'une voix détachée, le genre de gestes qu'on fait avec toutes les femmes.

— Très courtois, à ce que je vois. Et les baisers ?

— De temps à autre, pourquoi pas ? Vous savez, ces baisers sans signification, comme un baiser sur la joue à la fin d'une soirée.

— Et pour ce qui est de faire l'amour ? le provoqua-t-elle.

— Hors de question, dit-il fermement. Si nous finissons au lit, c'est vous qui gagnez.

Ethan la considéra avec gravité.

— Mais cela n'arrivera pas, Mia.

— En êtes-vous certain ?

— Oui.

— J'aime les hommes sûrs d'eux, déclara Mia avec un sourire plein de défi. Quand commençons-nous ?

— Tout de suite, ici même. En dînant.

— Ici ? Dans ce cadre si peu romantique ? ajouta-t-elle.

— Que se passe-t-il, Mia ? Ça ne vous plaît pas ?

— Eh bien, les chandelles constituent une touche agréable et j'aime bien ce décor rouge, dit-elle en regardant autour d'elle. Mais côté romantisme, ça n'est pas terrible, vous ne trouvez pas ? Et regardez comment vous êtes habillé ! Un costume d'homme d'affaires. Et moi ? Vous avez vu de quoi j'ai l'air ?

Elle baissa les yeux sur son pantalon, tira sur les poignets de sa chemise à col blanc.

— Vous voyez ? lança Ethan. Je vous ennuie déjà. Je vous avais bien dit que ça marcherait ! Nous allons manger ici. Je vais même m'assurer que la note sera pour vous. Quant à vos vêtements, ajouta-t-il en souriant, je suis tout à fait d'accord avec vous. Ils ne conviennent pas du tout.

Il marqua un temps, contempla une figue sèche, la prit et mordit dedans avant de la remettre dans la coupe.

— Vous pourriez toujours essayer de mettre une robe, ne put-il s'empêcher d'ajouter.

Qu'est-ce qui lui prenait ? C'était le meilleur moyen de laisser la situation lui échapper, alors qu'il avait réussi jusque-là à rester distant, voire désagréable. Pourtant, l'idée d'une robe lui plaisait... A vrai dire, maintenant qu'il y songeait, il ne l'avait jamais vue en robe.

— Enfin, si vous en avez une, lança-t-il d'un ton un peu sec pour essayer de reprendre l'avantage.

Elle lui adressa un lent sourire, et il vit une étincelle de défi s'allumer dans son beau regard.

— Oh, je pense qu'en cherchant bien, je pourrais trouver. Et qui sait, Ethan, je pourrais peut-être même dénicher une paire de talons aiguilles pour aller avec... Tous les hommes aiment les talons hauts, non ?

Ethan sentit une vague de désir le submerger tandis que l'image de Mia juchée sur des stilettos, à peine couverte par quelques centimètres carrés de dentelle, s'imposait à son esprit. Quel idiot ! Pourquoi diable avait-il laissé la conversation dévier sur ce terrain glissant ? Il fallait absolument qu'il parvienne à se contrôler. Changer de sujet. Tout de suite.

— Où aimeriez-vous aller ensuite ? Au bar des sports ? Aux courses de trishaws ? Combats de coqs ?

Avec ça, au moins, pas de risque de faire naître des images érotiques.

— Danser, dit-elle sans hésiter.

Un nouveau frisson le parcourut. Elle était forte, très forte... Mais il n'allait pas la laisser l'emporter.

— Bonne idée, répliqua-t-il avec un sourire. Je connais une très bonne boîte de travestis, pas très loin d'ici, avec une superbe piste de danse. Vous allez adorer.

— Oh, inutile d'aller si loin.

Le sourire de Mia était un pur chef-d'œuvre de malice.

— Il se trouve que je possède une salle de bal.

*
* *

Le dîner — plateau de fruits de mer, riz et salade verte — fut la partie la plus facile. En revanche, les quinze minutes durant lesquelles Ethan attendit que Mia trouve une tenue appropriée furent un vrai supplice, mais il y survécut en regagnant sa suite où il se rasa et passa une chemise blanche et un pantalon. Un instant, il avait songé à choisir des vêtements qu'elle aurait forcément détestés, mais il avait renoncé. Jusque-là, ses tentatives pour transformer leur rendez-vous en désastre avaient échoué — à ce jeu-là, Mia était bien meilleure que lui. Mieux valait jouer sa partie sur un mode mineur. Jouer le déni.

Il regagna l'entrée avec une ou deux minutes d'avance et prit des dispositions pour que l'une des limousines de l'hôtel vienne les prendre. Plus tôt ils arriveraient, plus tôt ils s'en iraient.

Puis Mia sortit de l'ascenseur, et toute pensée rationnelle le quitta.

Elle portait une robe bustier rouge qui lui collait étroitement au corps et s'arrêtait bien au-dessus des genoux. Une robe à l'évidence dessinée pour faire tourner la tête d'un homme, Ethan l'aurait parié sur sa vie. Pourtant, il resta stoïque et serra les dents. Jusqu'au moment où il aperçut ses chaussures. De légères sandales rouges à lanières qui la grandissaient d'au moins dix centimètres et lui donnaient une démarche chaloupée qui allait sans nul doute le rendre fou. Les cheveux noirs de Mia brillaient comme du satin, ses lèvres étaient d'un rouge un peu plus soutenu que d'habitude et ses yeux pleins de rires et d'une bonne dose de défi avaient un éclat argenté.

— Pas de cravate ? Je vois que vous aussi vous êtes mis à l'aise, lança-t-elle en le rejoignant.

Elle lissa le col de la chemise blanche comme si elle n'avait pas été suffisamment bien repassée et lui décocha un sourire ensorceleur.

— Non que vous en ayez besoin.

Ethan avala à grand-peine sa salive. Mais il était capable de gérer la situation. La robe, les chaussures, Mia et tout le reste…

La limousine s'engouffra dans l'allée et le portier lui fit un signe discret.

— Y aura-t-il des guirlandes et des fleurs en plastique à l'intérieur ? susurra Mia.

— Rien que du cuir. Des tonnes et des tonnes de cuir.

Presque de la couleur de ses yeux.

— Le champagne est seulement en option, ajouta-t-il.

Mia poussa un soupir de déception de pure forme.

— Aucune importance. Ce sera tout aussi délicieux.

Elle se dirigea vers la porte en ondulant des hanches, au grand régal du portier et du chauffeur. Il aurait fallu être un homme beaucoup plus fort que ne l'était Ethan pour empêcher son regard de glisser vers le bas de son dos.

— Je vais conduire, dit-il au chauffeur qui se tenait près de la portière arrière. Dites à la réception qu'il vous manquera une limousine pour la nuit.

— Oui, monsieur.

Avec un large sourire, il ouvrit la portière côté passager et tendit les clés à Ethan. Mia se glissa dans l'auto avec une souple élégance, d'abord son délectable petit derrière, ensuite ses longues jambes et les chaussures couleur cerise.

Des cous se haussèrent. Les yeux d'Ethan jetèrent des éclairs. « Elle est à moi. »

Voilà qui n'était pas le début rêvé d'une platonique soirée... de danse, songea Ethan en marmonnant une silencieuse prière.

Quand il s'installa à la place du chauffeur, Mia le prévint qu'ils devraient faire un arrêt en route pour acheter de la musique. Ils s'arrêtèrent donc dans une boutique sur les confins de Chinatown où Mia acheta un lecteur de CD et des piles. Dans la boutique suivante, elle acheta des CD. Lorsqu'elle demanda des valses viennoises, Ethan poussa un soupir de soulagement. Il savait valser. Enfin à peu près. Si elle avait choisi des tangos, il aurait été beaucoup plus ennuyé. Surtout en pensant à toutes ces occasions de se toucher... à toute cette peau.

Après cela, ils gagnèrent le Cornwallis. Emergeant de l'obscurité, l'hôtel se dressa devant eux, secret et silencieux.

— Etes-vous certaine de ne pas vouloir aller autre part ? demanda

Ethan d'un ton plein d'espoir. Un endroit avec de la lumière et… je ne sais pas… des gens ? Des gens, ce serait bien.

Dire qu'il y avait plus d'un million d'âmes sur cette île. Ils pouvaient sûrement en rencontrer quelques-unes.

— Ici ce sera mieux.

En soupirant, Ethan glissa la clé dans la serrure de la porte de service qu'il lui tint ouverte pour la laisser passer. Le lecteur dans une main, les CD dans l'autre, Mia passa devant lui avec un sourire qu'il trouva décidément inquiétant.

— J'avais l'intention de vous demander s'il fallait installer dans l'hôtel un système de sécurité pour la nuit, dit Mia en faisant des yeux le tour de la cuisine obscure. Je pense que c'est devenu une nécessité.

— Je vais m'en occuper, répondit Ethan.

— Il y avait autre chose…

— Vous voyez ? dit-il d'une voix pleine d'espoir. Vous ne pensez pas du tout à me séduire. Vous pensez de nouveau aux affaires. Qu'en dites-vous ?

— Que je peux être polyvalente ? fit-elle avec un petit rire. En fait, poursuivit-elle avec animation, j'ignore quelles sont les conditions de vie d'Ayah et de Rajah, mais je me demande si je ne devrais pas leur offrir l'appartement de gardiens en plus de leurs nouveaux gages.

— Vous désirez qu'ils en fassent davantage ?

— Je désire qu'ils en fassent moins. Je veux qu'ils jouent le rôle de superviseurs et d'instructeurs, ce qui, puisqu'ils prennent de l'âge et que l'hôtel fonctionnera mieux, leur demandera moins de travail. Un plan de demi-retraite en quelque sorte, avec un logement gratuit et un salaire complet.

Mia paraissait sur la défensive. Comme si elle s'attendait à ce qu'Ethan conteste son projet.

— Soixante ans, c'est très long, conclut-elle.

Cela, il le savait. Et il était content d'une manière presque excessive qu'elle ait songé à leur avenir.

— Ils vivent avec un de leurs fils et sa famille, l'informa-t-il. Vous pouvez leur donner l'appartement de gardiens. Il pourrait leur convenir, je pense. Mais ce sont des gens fiers, Mia. Mettez l'accent sur l'importance du travail que vous leur confierez et la chance de les avoir à l'hôtel. Ils ne voudront pas accepter la charité.

— Compris.

— Un autre investisseur pourrait très bien ne pas se satisfaire de ce genre de générosité, fit-il remarquer doucement. D'un autre côté, moi je n'aurais pas ce genre de problème.

— Taisez-vous.

Ils étaient parvenus à la salle de bal. Ethan ouvrit l'une des portes et attendit que Mia pénètre à l'intérieur. La suspension avait été descendue et empaquetée et les lampes plus petites emportées au sous-sol pour être nettoyées.

— Je vais aller chercher des torches électriques en bas, proposa Ethan.

Mia haussa un sourcil.

— Croyez-vous que nous en ayons vraiment besoin ? Avec le clair de lune, on y voit très bien. Très romantique, un clair de lune, n'est-ce pas ? Tout comme la musique.

Elle posa le lecteur par terre et y glissa un disque. Les accents sensuels d'un saxophone envahirent les oreilles d'Ethan. Puis tous ses sens se mirent à le brûler lorsqu'il vit Mia lever les mains au-dessus de la tête dans un très ancien geste d'abandon et commencer à se mouvoir au rythme de la musique. Jamais Ethan n'avait rien vu d'aussi érotique.

— De quoi aimeriez-vous parler ? demanda-t-il, accablé.

— Parlez-vous toujours en dansant, Ethan ? demanda-t-elle d'une voix suave en lui faisant signe de la rejoindre.

— Vous ne préférez pas parler de la fonte des calottes glaciaires des pôles ? proposa-t-il en espérant que l'humour aurait raison de la sensualité de l'instant.

— Surtout pas, susurra-t-elle sans s'arrêter de danser. Ça me déprime.

Puis elle se rapprocha de lui sans le toucher. Pas encore.

— J'ai peut-être besoin d'un peu de réconfort, Ethan.

— Oui, bien. Peut-être pourrions-nous chercher à améliorer le système électrique de l'hôtel ?

— Vous ne dansez pas, Ethan…

— J'y pense.

— Peut-être que si vous ôtiez vos mains de vos poches ?

Les siennes étaient toujours au-dessus de sa tête, poignets tournés vers le ciel, et elle avait les yeux mis-clos, tant sa passion pour la musique rejoignait celle qui l'habitait.

— Peut-être n'est-ce pas une si bonne idée, lança-t-il d'une voix éraillée.

— Vraiment ?

Sensuel et entendu, le regard de la jeune femme croisa le sien. Où étaient donc passées ses si sérieuses résolutions ?

— La danse n'est pas mon fort.

Le sourire de Mia s'emplit de malice.

— Je devine là une certaine réticence, Ethan.

— O.K., finit-il par dire, conscient qu'il ne parviendrait pas à échapper à cette danse, mais avant cela, il faut fixer les règles. Règle numéro un, les contacts fortuits sont permis en dansant, évidemment : comment faire autrement ? Règle numéro deux…

— Et les baisers sur la joue sans signification ? l'interrompit-elle en l'entraînant dans sa danse.

— Ce n'est pas vraiment d'actualité, parvint-il à répondre malgré son trouble.

Mia sourit.

— Vous croyez réellement que ça va marcher, n'est-ce pas ?

— Oui, dit-il avec plus de confiance qu'il n'en ressentait. Et demain matin, vous n'aurez plus de problèmes de caisse et un tout nouveau partenaire… d'affaires.

La courbe de ses lèvres le tétanisait. Le balancement de son corps si parfaitement accordé au sien l'ensorcelait. Il l'attira plus près, tout près, jusqu'à ce que le corps de Mia frôle le sien à chacun de ses mouvements lents et pleins de sensualité. Les mains d'Ethan descendirent, trouvèrent ses courbes, se firent exploratrices.

— Nous le pouvons, ajouta-t-il.

— Il n'y a qu'un problème, répliqua-t-elle en lui prenant la main pour la poser sur son épaule. Voyez-vous, ma peau est presque nue, à cet endroit. Alors que vous…

Son autre main se faufila entre les boutons de chemise, lui mettant presque le feu.

— … vous êtes boutonné jusqu'au cou. Dans ce cas, j'aurai du mal à tester ma résolution. Alors, je peux ?

Sans attendre sa réponse, elle fit sauter le premier bouton. Les autres suivirent rapidement.

— Là, dit-elle en écartant la chemise. Voilà de la peau. L'équilibre est rétabli.

Mia lui noua les bras autour du cou. Quand son corps se fondit dans le sien ,Ethan lui enlaça la taille. Chaque centimètre d'elle lui parut étrangement familier.

— Oui, ça devrait marcher, murmura-t-elle. Je me sens très tentée maintenant. Et vous ?

— Pas du tout.

Il la fit virevolter et la poussa contre le mur, la lâcha brusquement et planta les mains de chaque côté d'elle, les paumes à plat contre le mur. Il ne la touchait plus du tout maintenant et, cependant, l'envoûtement qu'elle tissait autour de lui semblait faire bruisser l'air dans la pièce.

— Je suis capable de vous résister, murmura-t-il.

Les mains de Mia retombèrent le long de ses flancs et elle resta sans bouger devant lui, à l'observer de ses grands yeux gris attentifs. Elle leva le visage vers Ethan, ses lèvres s'avancèrent vers les siennes, s'arrêtant à quelques millimètres sans les toucher — pas encore.

Ethan ne fit pas un mouvement. Il en était incapable.

Mia eut un petit soupir tremblant et ses lèvres douces comme la plume effleurèrent les siennes. Ils restèrent tous deux ainsi, sans s'embrasser — pas encore — pour ce qui leur parut être une éternité.

Et la musique s'arrêta.

Ethan fit un pas en arrière et tourna le dos à Mia, luttant pour se reprendre. De l'air — il avait besoin d'air. Il se dirigea vers les portes donnant sur la piste des éléphants. Il allait laisser entrer la mer et les souvenirs de l'infidélité d'Arianne. Sûrement cela l'aiderait à résister à Mia. Les portes s'ouvrirent en craquant et la brise entra, malicieuse et imprévisible, soulevant les cheveux de Mia qui l'avait rejoint, soulevant sa robe.

— Nous avons su résister, Mia, alors maintenant je vais vous donner l'argent pour terminer la rénovation.

Il enfouit les mains au fond de ses poches pour qu'elle ne puisse s'en emparer.

— Non.

Non ? Ethan eut un sourire sans joie. L'épreuve ne faisait donc que commencer ?

— Très bien. Vous voulez une autre danse ? Quel genre de musique avez-vous apporté ?

— Chostakovitch.

Il frissonna. Russe et passionnée. Ce n'était pas là qu'il trouverait de l'aide.

— Mettez une valse.

La valse, c'était quelque chose de structuré. Une main sur la taille, l'autre tenant sa main... Rien qui rapproche trop, rien de trop personnel.

Mia se dirigea vers le lecteur de CD et il la suivit des yeux. Il la regarda s'agenouiller pour changer le disque puis revenir vers lui avec la grâce d'une danseuse. Elle s'arrêta à quelques mètres de lui, rejeta ses cheveux derrière les épaules et attendit.

— Vous devenez très, très forte pour ça aussi, n'est-ce pas ? marmonna-t-il.

— J'ai pris quelques leçons de danse ici et là.

Ethan soupira. Il aurait dû s'en douter. C'était d'une écrasante évidence. Cette façon qu'elle avait de marcher et de s'asseoir, ces gestes gracieux lorsqu'elle décrivait ce qu'elle voulait aux maçons...

La musique arriva, trompette et violons, insaisissable comme le vent dans le dos d'Ethan lorsqu'il s'avança vers Mia. A quelques centimètres d'elle, il lui prit une main et posa l'autre sur sa taille. Cela, il savait faire. Mais alors, Mia se rapprocha de lui et glissa la main sous sa chemise. Son parfum lui envahit les narines et un dur frisson le parcourut.

— Les contacts superficiels sont permis, murmura-t-elle. Vous l'avez dit vous-même.

Sa main remonta vers l'épaule d'Ethan pour mieux se positionner pour la valse et il regretta aussitôt d'avoir proposé cette danse.

— Quand la musique s'arrêtera, nous aussi, murmura-t-il d'une voix rauque.

— Et si elle ne s'arrête pas ? demanda-t-elle en commençant à bouger. Et si la valse dure dix minutes ? Dix minutes, c'est long, Ethan. Qui sait ce qui arrivera ?

— Rien du tout, répliqua-t-il en la rapprochant de lui sans en avoir conscience. Rien n'arrivera. Ce n'est qu'une danse.

— Vous vous trompez.

La main de Mia descendit le long de son épaule vers son torse et il frémit. Ils bougeaient à peine. Les deux mains de Mia étaient maintenant sur son torse, la sienne sur sa taille, l'enserrant de plus en plus. Il fallait vraiment qu'il la goûte, rien qu'un peu, se dit-il. Ensuite, il reprendrait ses distances. Baissant la tête, il chercha ses lèvres et les trouva. Douces, si douces… Mia ferma les yeux. Alors la musique prit son essor, entraînant Ethan dans un tourbillon de folie.

Il lui agaça la bouche, impatient de la voir s'ouvrir pour lui et chaviré de bonheur lorsqu'elle le fit. Il en connut alors la saveur, s'en enivra, fou du désir d'en obtenir davantage, encore davantage. Il connut la sensation de la tenir dans ses bras, le besoin de tout connaître d'elle.

La musique s'arrêta.

Repousser Mia était presque impossible mais il y parvint, mettant entre eux de l'espace, un océan d'espace pour avoir le temps d'aller jusqu'au lecteur et l'arrêter.

— Je vous prêterai l'argent, répéta-t-il d'une voix enrouée. Au taux et conditions normaux de la banque.

Tout pour faire cesser cette folie, songea-t-il, totalement désemparé.

— Non.

Ethan se rembrunit, puis, en désespoir de cause, il demanda :

— Quelle autre musique avez-vous ?

— Des percussions, dit-elle.

De la batterie ? Parfait. Cela n'encourageait sûrement pas les baisers.

— Des tambours japonais, précisa Mia.

Elle plaça le disque dans le lecteur et se planta devant Ethan quand le rythme, pur, hardi, se répercuta à travers la salle, comme un appel à l'âme d'Ethan. Il connaissait cette musique de la même manière envoûtante qu'il connaissait Mia.

— J'ai ces souvenirs de vous, dit-elle en se mouvant entre ses bras. De nous. Parfois, c'est lent et rêveur…

Ses mains se déplacèrent sur son torse, déclenchant un frisson.

— Et parfois non, poursuivit-elle. Vraiment, vous n'auriez pas dû laisser entrer le vent. Ni la mer. Parce que nous pouvons le faire vite et comme des primitifs, Ethan. Nous pouvons très bien le faire.

Puis ses lèvres furent sur les siennes et le dernier pan de résistance d'Ethan se fracassa en mille morceaux chatoyants. Il se laissa pénétrer par ce qu'il y avait de sauvage en lui et par son désir pour elle. Oui, il pouvait la prendre sur-le-champ là, par terre ou contre le mur, et elle le laisserait faire. Il la dépouillerait de cette véritable provocation qu'était sa robe, il se glisserait en elle et ils se laisseraient tous deux emporter par leurs sens en folie.

Tant de peau nue, si crémeuse, si douce ! Il ne parvenait pas à s'en repaître, à s'en lasser. Mia interrompit le baiser pour lui ôter sa ceinture. Avec un juron, il lui repoussa les mains avant d'enfouir les siennes dans sa chevelure et d'écraser ses lèvres dans un baiser qui le laissa pantelant du besoin de la posséder.

Ici, tout de suite, songea-t-il, l'esprit chaotique, en se déplaçant dans l'ombre et en venant heurter le mur avec elle. Mia, tout en souplesse et docilité, se cramponnait à lui.

Il ne pouvait plus s'arrêter. Pas cette fois. Mia gémit quand la langue d'Ethan croisa la sienne en une sorte de duel. Ses baisers se firent plus profonds, mais ce n'était pas encore assez et Mia se tordit contre lui. Ethan acquiesça à son désir en s'écartant d'elle suffisamment pour tirer sur le corselet de sa robe d'une main brusque et gauche. Puis, chaude et humide, sa langue se déplaça sur un mamelon, avant de le prendre dans sa bouche et de le titiller durement.

— Ethan, je t'en prie…, gémit Mia.

Alors, il la souleva et la plaqua contre le mur tandis qu'elle enroulait les jambes autour de lui. Il était maintenant complètement excité, d'une triomphante virilité, et Mia pria pour qu'il ne s'arrête pas en chemin. Les doigts d'Ethan suivirent les bords de sa petite culotte et, tout de suite, elle voulut s'en dépouiller sans trop savoir comment, sans quitter les bras d'Ethan.

— Déchire-la, gémit-elle.

Après, il glissa les doigts entre ses jambes, agaçant sa chair, mais ce n'était pas encore assez. Loin de là.

— Ethan, je t'en prie…

— Tu me pries de quoi ? murmura-t-il d'une voix rauque.

— De me donner du plaisir.

— Quelle courtisane tu es, dit-il pendant qu'elle triturait sa ceinture, dans sa hâte de le toucher comme il la touchait.

— Quel moine tu es, chuchota-t-elle en réponse tout en caressant son sexe bandé.

Ethan jura et lui repoussa la main avant qu'elle ne le fasse exploser — car cela ne prendrait plus longtemps. Il se pressa contre elle, peau contre peau douce et brûlante mais pas en elle, pas encore…

Ses doigts abandonnèrent à regret le sexe de Mia, puis il se colla contre elle, son membre palpitant contre sa chair lisse et chaude.

Quand il la pénétra, Mia retint son souffle. Son corps se raidit, résistant à sa puissance.

— Détends-toi, murmura Ethan.

Un sourire lent et plein de confiance lui étira les lèvres et il reprit sa bouche, apaisant, rassurant. Puis il se glissa de nouveau en elle et, cette fois, le corps de Mia l'accepta. Lentement, facilement, encore plus profond, plus loin, au fur et à mesure de la montée du plaisir et que son corps s'habituait au sien. Mia appréciait la retenue d'Ethan, mais cela ne lui suffisait plus.

Elle lui arracha sa bouche et, cherchant l'instinct primitif en lui, lui chuchota deux mots brefs à l'oreille. Alors, Ethan cessa de se contrôler. Il se lança, durement, rapidement, encore et encore. Les mains de Mia s'accrochèrent à ses épaules et, haletante, cambrée, frissonnant de tout son être, elle se resserra autour de lui. Et elle cria.

Ethan la sentit partir, se consumer et le consumer en même temps. La passion maintenant l'emportait, le flagellait. Un grognement âpre lui ébranla la poitrine comme il s'enfouissait au plus profond de Mia. Il se cabra, vibra. Et rendit les armes.

*
* *

Encore tremblant et essoufflé, Ethan s'efforçait de mettre un nom sur l'expérience qu'il venait de connaître. Ce n'était pas une histoire de sexe, ni de faire simplement l'amour. Là, il savait de quoi il s'agissait, or ceci était tout nouveau. C'était quelque chose qu'on ne pouvait ni arrêter ni maîtriser.

C'était quelque chose d'inévitable, d'ingouvernable.

Il se retira, tout son sang-froid envolé. Que pouvait-il dire ? Il avait lamentablement échoué dans sa tentative pour prouver qu'ils pouvaient tous deux résister l'un à l'autre. Il avait échoué avant même la fin de la soirée.

— Tu vas bien ? murmura-t-il d'une voix enrouée. Mia ?

Elle ne le regarda pas. Elle remettait de l'ordre dans ses vêtements, mais sa respiration était aussi entrecoupée que la sienne et son corps tremblait encore un peu.

— C'est toi qui l'as voulu, dit Ethan.

Elle lui décocha un regard un peu forcé. La passion embuait encore ses prunelles.

— Je sais.

Ethan se mit lui aussi en devoir de se rhabiller. Ses doigts tremblaient.

— Demande-le-moi encore, murmura-t-il en se tournant vers elle.

8

Mia s'éveilla sur le somptueux tapis du salon d'Ethan. Ethan était étendu à côté d'elle, profondément endormi. Ils étaient revenus dans son appartement sans même atteindre le lit, repris par la fringale qu'ils avaient l'un de l'autre, cette force puissante et incontrôlable qu'aucun d'eux ne pouvait plus maîtriser.

Son désir pour lui — comme celui d'Ethan pour elle — avait été insatiable. Sur ce point au moins, ils étaient à égalité. Mais Ethan la désirerait-il encore au matin ? Cela restait un mystère et elle devait s'apprêter à le voir battre en retraite. Mia ferma les yeux et prit une profonde inspiration.

Elle n'y était aucunement prête. Peut-être avec la distance… le temps…

Elle se leva avec précaution pour ne pas le réveiller. Elle retrouva ses chaussures sous la table basse et sa robe derrière le divan. Elle les ramassa et quitta la pièce à pas feutrés, hésitant en atteignant l'espace ouvert où elle avait le choix de tourner sur sa gauche ou d'enfiler ses vêtements là où elle se trouvait avant de se diriger vers la porte. Elle avait besoin d'une salle de bains. Et aucune idée de l'endroit où en trouver une.

— Troisième porte à gauche, dit une voix dans son dos.

Mia pivota vivement. Ethan était debout derrière elle, glorieusement nu. Il l'observait d'un œil circonspect.

— Veux-tu que je descende dans ta chambre pour te rapporter de quoi te changer ? s'enquit-il.

— Je…

Elle baissa les yeux sur sa robe, réfléchit au trajet en ascenseur et au long couloir pour atteindre sa chambre, deux étages plus bas. Quelqu'un la verrait sûrement. Un client de l'hôtel. Ou l'un des employés.

— Ce n'est pas une question piège, Mia. Je pensais seulement que tu préférerais partir d'ici dans des vêtements frais, dit Ethan.

Il se passa la main dans les cheveux et se détourna pour ramasser son pantalon.

— Oui, acquiesça-t-elle, consternée par le léger trémolo de sa voix. Bien sûr. Prends juste… oh… peu importe. Je… pourrais-je utiliser ta douche en ton absence ?

— Troisième porte à gauche, répéta-t-il avant de disparaître par une autre issue sur sa droite.

Dans la salle de bains, Mia remarqua qu'il l'avait dirigée vers celle des invités. Elle ne contenait aucun objet de toilette pour hommes mais une corbeille emplie d'accessoires féminins et il y avait aussi une abondance de serviettes-éponges luxueuses — de celles qu'elle pouvait trouver le matin dans son propre hôtel.

Abandonnant par terre ses chaussures et sa robe, elle entra dans la cabine de douche, en chassant de sa mémoire aussi vite qu'ils lui venaient les souvenirs de ses ébats amoureux avec Ethan. Parce que, avec cet homme, elle perdait complètement pied. Elle désirait des choses dont elle savait d'instinct qu'il ne pourrait jamais les lui donner : le mariage, des enfants, l'amour… elle désirait tout cela, mais il ne lui avait rien proposé.

Non, pas rien, lui souffla une petite voix, venue des recoins les plus reculés de son esprit. La nuit dernière, ils avaient partagé quelque chose. Quelque chose de sauvage et de magnifique. Et ça, ce n'était pas rien.

Quelques minutes plus tard, la porte de la salle de bains s'ouvrit et Ethan entra, complètement habillé, les vêtements de Mia sur le bras. Il les posa sur un tabouret et croisa son regard. Mia retint son souffle quand il balaya son corps d'un regard chaud et possessif. Lentement, délibérément, sans quitter son visage des yeux, la main dans les cheveux, elle renversa la tête.

Non, ce n'était pas rien.

Ethan ne bougea pas durant ce qui parut une éternité et enfin,

enfin, ses mains remontèrent vers ses boutons de chemise. Une sensation de soulagement mêlée à l'eau de la douche et aux larmes qui lui piquaient les paupières submergea Mia. Quoi qu'ils puissent avoir, pendant tout le temps où ils l'auraient, ce serait au moins quelque chose.

Ethan pénétra dans la cabine. Son corps était déjà manifestement, indubitablement, prêt pour elle.

— Alors, pas de regrets ce matin? interrogea Mia d'une voix étouffée.

— Non.

Il s'empara du savon et commença à lui savonner le dos.

— Que faisons-*nous* ce matin?

— Eh bien, répondit-il d'une voix douce, je ne sais pas pour toi, mais moi, je prends ce dont j'ai envie.

Les lèvres d'Ethan lui effleurèrent la nuque et elle faillit gémir.

— Hum… c'est du pillage.

Savait-il au moins combien elle aimait le sentir derrière elle? Sûrement.

Les mains d'Ethan se posèrent sur la courbe de ses hanches et il lui plaqua le dos contre son torse. Ses longs doigts experts se déplaçaient partout sur elle. Mia s'arc-bouta contre lui, mains plaquées au mur, prête à le sentir se glisser en elle.

— Que désires-tu? murmura-t-il.

— Toi. C'est toujours toi. En moi.

— J'ai l'impression, dit-il d'une voix rauque et entrecoupée, que sur ce point, nous allons nous entendre.

Ce fut aussi le cas au cours du petit déjeuner, où ils dégustèrent du café et des toasts sans le moindre embarras tout en discutant du Cornwallis et du travail prévu pour la journée. Toute gêne disparut entre eux jusqu'au moment où Mia s'apprêta à partir.

— A propos de cette histoire de pillage, dit-elle en hésitant, es-tu toujours d'accord?

— Le désires-tu? demanda-t-il, l'air soudain réservé.

Mia haussa les épaules et détourna le regard. Elle craignait trop de lui avouer ce qu'elle désirait vraiment. Parce que, en fait, elle voulait tout.

— Quand mes mains sont sur toi, articula Ethan d'une voix qu'il contrôlait, je veux être sûr qu'elles ne succèdent pas à celles d'un autre.

— Bon sang, Ethan, pour qui me prends-tu ?

Mia se retourna et, plantée devant lui, envahissant son champ de vision, le foudroya du regard.

— Tu peux me faire confiance — c'est un à la fois.

Ethan hocha la tête mais la croyait-il ou non, c'était une autre question. Les prunelles de Mia s'étrécirent.

— J'attends la même chose de toi.

Cette fois, les yeux d'Ethan flamboyèrent.

— Tu peux y compter.

— Bien. Tout est réglé, alors ?

— Pas tout à fait, marmonna-t-il. Je n'ai pas pensé à te le demander... surtout parce que je n'y pensais plus du tout. Utilises-tu un moyen de contraception ?

— Oui.

— C'était juste pour savoir, dit-il, sur la défensive.

— C'est une question importante. Cela ne me dérange pas que tu me la poses. J'adorerais fonder une famille, Ethan. J'adorerais avoir des enfants un jour. Mais je doute que ce soit le genre de relation que tu me proposes ?

— En effet.

Le ton était bref.

— Je n'ai aucune envie de te piéger, Ethan. *Absolument* aucun désir d'être une mère célibataire. Autant que tu le saches.

— S'il t'arrivait de porter mon enfant, tu ne le serais pas.

Autour d'eux, la température avait fait un bond d'au moins une dizaine de degrés. La journée s'annonçait torride. A moins qu'il ne s'agisse d'Ethan en quête d'une bouillante dispute ? songea Mia.

— Puis-je te poser une question personnelle ? demanda-t-elle.

— Non.

— Si les circonstances étaient différentes... si tu étais marié...

très amoureux de ta femme et tout à fait certain qu'elle t'aime aussi… désirerais-tu avoir des enfants ?

— L'amour ne dure pas, répliqua-t-il d'une voix dure.

— Il peut parfois durer toute une vie. Aimerais-tu avoir des enfants dans ce cas ?

Ethan ne répondit pas. Mia eut l'impression que son cœur oubliait un battement.

— En ce qui nous concerne, dit-elle enfin, je penserai à prendre le double de précautions. Tu es d'accord ?

— D'accord, maugréa-t-il.

— Les suites d'un pillage sont-elles toujours aussi difficiles ?

— En général, cela implique qu'on s'éloigne.

Il lui décocha un regard noir.

— D'habitude, ça n'est pas difficile du tout.

— Ah ! Alors, j'y vais. Je m'éloigne.

Mais pas avant de lui avoir dérobé un baiser. Un de ceux qui menacent rapidement de vous faire perdre la tête.

— Que comptes-tu faire pour le Cornwallis ? murmura Ethan au moment où leurs lèvres se rapprochaient.

— Distribuer ce matin des notices à une douzaine ou plus d'investisseurs. J'ai déjà contacté Bruce Tan. C'est lui qui gère ce genre de choses à Penang. Je négocierai moi-même avec les investisseurs australiens. J'ai de bons contacts là-bas. Je reviendrai après le déjeuner.

Ethan hocha la tête.

— Je te verrai là-bas…

Et lorsque leurs lèvres enfin se touchèrent :

— File. Pendant que tu le peux encore.

— Mademoiselle Mia, nous avons un problème imprévu mais pas totalement inattendu, lança Rajah un peu plus tard ce jour-là.

— Quelqu'un s'est introduit dans l'hôtel ?

Mia avait déjà eu vent de l'affaire à la minute même où elle franchissait le seuil du Cornwallis. Les portes de la salle de bal ouvertes, le lecteur de CD abandonné... encore heureux qu'elle ait pensé à emporter sa lingerie.

— Ethan est en train de songer à installer un système de sécurité pour la nuit.

— Excellent, mademoiselle Mia, même si ce n'est pas le problème auquel je pensais. Celui-là est très différent.

S'il l'avait attendue pour lui en parler en personne, ce devait être important, songea la jeune femme.

— Nous sommes en août, annonça Rajah d'une voix grave.

— Je vois, dit Mia, et après un instant d'hésitation : Non, désolée... j'ai peur de ne pas comprendre. Que se passe-t-il en août ?

— Les portes de l'enfer s'ouvrent et les fantômes en sortent, expliqua Rajah d'un air entendu.

— Les fantômes ?

— Et ils ont faim.

— Ici, à l'hôtel ?

Et comme Rajah hochait la tête :

— Des fantômes ?

— Absolument, mademoiselle Mia. Les hommes se plaignent de retrouver leurs outils dans des endroits bizarres, des lumières qui baissent, des portes qui claquent et d'une brise sournoise qui n'appartient pas au vent.

— Oh, cette brise-là ? Très bien... alors que devons-nous faire ?

Mia lui décocha un coup d'œil, attendant sa réponse.

— Il faut leur donner à manger, mademoiselle Mia.

— Bien sûr.

Et, une seconde après :

— Comment ?

— En préparant un grand festin pour eux le quinzième jour du mois. Jusque-là, il vaudra mieux les distraire. Des jeux. Des opéras. Des drames.

— Vous ne pensez pas que les crises quotidiennes pendant les travaux de restauration soient suffisantes pour ça ? Ne pourraient-ils pas se mettre au diapason ? Leur influence est déjà *très* excitante.

— Pas du tout, mademoiselle Mia.

— Pitié, soupira-t-elle. Et d'abord, comment savez-vous qu'il y en a plusieurs ?

— Ayah le saura bien, dit l'homme d'un ton confidentiel.

Et bien sûr, Ayah le savait.

— C'est Yuen Chin — une courtisane et espionne chinoise, trahie par celui qui l'employait et pendue par son bien-aimé, raconta-t-elle avec aplomb. Elle est ici depuis des années. Avant, elle cherchait tout le temps à se venger. Maintenant, elle cherche simplement la paix.

— Oh, très bien, dit Mia.

— Il faut découvrir ce qui s'est passé dans la chambre dix-huit, poursuivit Ayah.

— Il y a des fuites. Aujourd'hui, on y refait la tuyauterie.

— Vous l'avez dérangée.

Mia leva la tête en soupirant et s'efforça de se mettre dans la tête d'une courtisane assassinée depuis des lustres et cherchant désormais la paix.

— Elle va se calmer, dit-elle enfin.

Elle se tourna vers Rajah.

— Dites aux hommes de ne pas s'inquiéter. Une fois que les tuyaux seront installés, elle en sera ravie. Les femmes adorent la plomberie en bon état.

Ayah acquiesça de la tête.

— Mais elle aura toujours faim. Personne n'est nourri en enfer. Il faudra trouver de la nourriture. Des tas de nourriture. Un festin.

— Il faudra aussi de l'encens, ajouta Rajah. Et des lumières. De grands bâtons d'encens seront particulièrement appréciés. Bien entendu, comme je suis indien, je ne suis pas très familier avec les détails. Il faudrait un érudit chinois pour vous conseiller.

Mia en prit mentalement note. Elle demanderait à Ethan où elle pourrait en dénicher un.

— Votre mère la cherchait, poursuivit Ayah. Vous trouverez dans ses papiers l'histoire de Yuen Chin. Il faudra peut-être que vous lui fassiez aussi des offrandes. Mais on doit savoir *quoi* lui offrir.

— Peut-être la tête de son patron traître et complice sur un plateau ? suggéra Mia qui commençait à entrer dans le jeu.

— Ce serait un début, approuva Ayah.

— Je vais prévenir les hommes que vous vous occupez de ça, dit Rajah très vite. Ils vont être très contents.

— Parlez-leur de Yuen Chin, lui recommanda Mia. Dites-leur que nous allons la distraire et la nourrir. Et aussi que leurs outils devront être rapportés à l'atelier tous les après-midi et enfermés pour la nuit. Dites-leur que cet ordre vient d'Ethan.

Rajah arbora un immense sourire.

— Il l'a déjà donné, mademoiselle Mia.

Mia n'avait pas prévu de revenir après son travail avec les dossiers de sa mère sur Yuen Chin. Mais comment résister à cette histoire ? Lorsque Ethan arriva dans sa suite un peu plus tard ce soir-là, son lit était couvert de coupures d'anciens journaux qu'elle était incapable de lire, et de notes méticuleusement écrites d'une main féminine et précise faciles à déchiffrer.

Pour dissimuler le plaisir que lui procurait sa visite, elle sauta sur le premier sujet qui lui venait à l'esprit.

— J'ignorais que Lily étudiait l'histoire.

Elle referma la porte derrière Ethan et lui fit signe de s'installer où il voulait — de préférence le bord de son lit.

Mais Ethan préféra rester debout.

— Elle avait un faible pour *les* histoires, répondit-il avec un sourire contraint. Je pensais bien que je te trouverais ici. Tu parles de Yuen Chin ?

— Oui. Lily pense qu'elle était enceinte au moment de sa mort. C'est si triste.

Mia abandonna les feuilles encore à trier et accorda toute son attention à Ethan. Elle ne l'avait pas aperçu au Cornwallis un peu plus tôt. C'était probablement une bonne chose, en considérant sa tendance à vouloir lui ôter ses vêtements dès qu'elle le voyait.

— Joli costume, remarqua-t-elle.

— Merci.

— Dommage pour la cravate.

— Tu ne l'aimes pas ?

— Si, si. Elle est aussi divine que ton costume. Je suis certaine que je pourrais en faire un très bon usage…

Dont le moindre serait de la lui nouer autour du cou. Ses mains la démangeaient de le toucher, mais elle les retint. Cette fringale carnivore finirait sûrement par se dissiper.

— Rajah estime que nous devrions célébrer la fête des fantômes affamés et apaiser notre courtisane assassinée. Il prétend que cela portera chance à l'hôtel et parviendra même à briser la malédiction.

— Ah bon ? Il y a une malédiction ?

— Sinon comment l'hôtel pourrait-il être dans un tel état de décrépitude ?

Comme Ethan ouvrait la bouche, Mia l'arrêta d'une main.

— Ne réponds pas à ça. Quoi qu'il en soit, le festin aura lieu dans quinze jours, ce qui nous donne largement le temps de nous y préparer.

— Nous ?

— D'accord, moi. Rajah pense que nous pourrions le faire à l'hôtel. Quelque part dehors à cause de tous les feux, a-t-il dit, il me semble. Bien qu'il m'ait fourni très peu de détails.

— Il faudra que tu en parles avec M. Kwong senior quand il viendra. Il saura quoi faire.

— Ayah prétend aussi qu'il faudra faire des cadeaux en papier pour l'apaiser.

Ethan hocha la tête.

— As-tu la moindre idée du genre de cadeau qui plairait à une courtisane ?

— De l'argent, dit-il. De l'argent à faire brûler. Il ne doit pas nécessairement être vrai. Ce serait même beaucoup mieux, étant donné ta situation financière.

— Oui, merci, riposta-t-elle sèchement. J'essaierai de m'en souvenir. En fait, je pensais plutôt à des vêtements en papier et à du parfum. Des clips pour les cheveux, des bijoux, ce genre de chose.

— Des armes, suggéra Ethan. Une dague.

Ils discutèrent un peu puis Ethan demanda :

— Et quand vas-tu m'embrasser ?

— Je ne suis pas sûre d'être en condition.

— Ce serait pire de ne pas le faire.

— Bien vu.

Ethan s'inclina sans la toucher et ses lèvres se posèrent sur celles de Mia dans un baiser qui débuta comme un bonjour et s'enflamma très vite.

En l'attendant, un peu plus tôt dans l'après-midi, Mia s'était posé de nouvelles questions qui méritaient d'être éclaircies concernant leur relation et elle s'était juré de rester pour les lui poser. Elle comptait bien le faire. Dès qu'elle en aurait fini avec ce baiser.

— Je monte me doucher et me changer, murmura Ethan en la relâchant. Tu devrais m'accompagner.

— C'est une invitation ou un ordre ?

— Que préférerais-tu ? sourit-il.

— Si je te le disais, je serais la honte du mouvement féministe. Malgré tout, je vais rester ici encore une heure, juste pour prouver que j'en suis capable et ensuite je monterai. Mais toi, va vite la prendre, cette douche.

Le sourire d'Ethan s'élargit.

— Monte, murmura-t-il entre ses dents.

Il se redressa et se dirigea à grandes enjambées vers la porte.

— Et apporte de quoi te changer. Tu en auras besoin demain matin.

— Quelle autorité ! susurra-t-elle. J'en suis toute tremblante. C'est ta phase capitaine de pirates et moi, je suis ta servante obéissante. J'adore ça.

— Il faut que nous parlions, déclara Mia deux heures plus tard.

Assise devant le plan de travail dans la cuisine d'Ethan, elle picorait les restes d'un nasi goreng dans un carton de nourriture à emporter. Après sa douche, Ethan avait déjà mangé, mais Mia pas du tout et, refusant de passer une commande au service d'étage, elle s'était rabattue sur le réfrigérateur. Malheureusement, ni la nourriture ni le verre de vin qu'Ethan avait posés devant elle ne paraissaient être venus à bout de sa nervosité.

— De quoi voudrais-tu parler ? demanda Ethan d'un ton prudent.

— De lignes de conduite.

— C'est-à-dire…

— De codes de conduite pour notre relation actuelle.

— Ne pourrions-nous nous contenter de parler de la pluie et du beau temps ?

Mia le foudroya du regard.

— Eh bien quoi ? dit-il enfin. Nous couchons ensemble.

— Quand ?

— Chaque fois que nous en aurons tous les deux envie, dit-il avec précaution, espérant de tout son cœur que c'était la bonne réponse.

En général, il ne négociait pas. C'était lui qui menait la danse.

— Comme c'est démocratique, murmura Mia. Et où ?

— N'importe où quand on en aura envie. Sans raison précise.

— D'accord.

Mia sourit et Ethan poussa un soupir de soulagement. Lignes de conduite heureusement négociées.

— Dernière question, insista Mia en agitant ses baguettes. Désires-tu que quelqu'un d'autre soit au courant ?

— Tu veux dire la famille ? Tu penses à ton père ?

— Je pense à tout le monde, riposta-t-elle. Rajah et Ayah, les entrepreneurs, le personnel de l'hôtel, le vendeur de samoussas et oui, mon père. Il me rejetterait sûrement. D'un autre côté, il l'a déjà fait, alors peut-être que ce n'est plus un problème.

Le sourire qui accompagna sa phrase ne fit que renforcer les ombres sous ses yeux.

— C'est un problème, Mia, et tu le sais.

— Oui, eh bien, j'essaie de ne pas m'appesantir dessus. Et toi ? Que dirait *ton* père ?

Ethan s'efforça de réfléchir du point de vue de Nathan.

— Il voudrait sans doute connaître mes intentions, dit-il enfin. Ce qui prouve qu'il s'agit d'une question difficile. Il ne comprendrait pas le plan « pillage ».

— Alors… cherchons plutôt un plan pillage *clandestin* ?

Ethan hocha la tête.

— Je pense que c'est mieux, en effet.

— Je n'ai jamais eu de liaison secrète, déclara Mia d'une voix douce.

Pourtant, cela ne la tracassait pas trop. Au moins, comme ça, elle n'aurait pas à expliquer à son père qu'ils couchaient ensemble.

— Ce qu'il faut, conclut Ethan d'une voix ferme, c'est de n'y pas penser comme à une relation. D'y penser plutôt comme à un tour dans une salle de gym.

— Je ne suis pas certaine qu'on pourrait y trouver du nasi goreng, remarqua Mia avec un sourire.

Elle tourna vers son compagnon un regard incisif.

— Alors… quels autres bénéfices pourrions-nous tirer d'une… salle de gym ?

— Un lit, dit Ethan. Ça va te plaire.

— Je pensais à des massages, répliqua-t-elle. Un soin sans pareil pour mon corps.

— Tu l'auras.

— Excellent.

Son regard s'emplit de sensualité.

— Quand ?

— Maintenant. C'est-à-dire si tu as fini de réfléchir.

Apparemment c'était le cas.

— Un lit, dis-tu ?

Mia contourna vivement le plan de travail et ses lèvres se posèrent sur celles d'Ethan. Légères, agaçantes. D'une puissance stupéfiante. La main d'Ethan se posa sur sa nuque, l'entraînant dans un tourbillon de sensations.

Ils n'avaient pas encore quitté la cuisine que le chemisier de Mia s'envolait. A mi-chemin du couloir, ce fut la cravate d'Ethan.

— Il y a un lit quelque part dans le coin, murmura-t-il comme il la plaquait contre le mur et qu'elle enroulait les jambes autour de lui.

Il trouva la poignée de la porte au moment où elle posait la main sur sa boucle de ceinture. Et quand enfin, il la renversa sur le lit, il perdit complètement la tête.

Il la reprit encore et encore tout au long de la nuit. Chaque fois, elle lui donna ce qu'il exigeait et chaque fois, il perdit une petite part de lui-même.

Enfin, étendu dans l'obscurité pendant qu'elle dormait à son côté, il tenta de se persuader que tout ceci n'avait aucune importance. Qu'au matin, il retrouverait tous ces petits morceaux de lui-même et qu'ils se remettraient en place exactement comme d'habitude.

Même quand elle serait partie.

9

Ethan trouva son père dans son jardin, assis tout seul sur un banc surplombant un saule noueux. Des poissons rouges nageaient dans la mare à côté et au-dessus voletaient des libellules. Enfant, Ethan avait pêché des grenouilles ici même, cherché des escargots géants et des lézards coopératifs au bord. En évitant les mille-pattes et en gardant un œil vigilant sur les serpents.

— Elle venait ici tous les jours, dit Nathaniel en guise de bonjour. Elle connaissait chaque nœud de cet arbre, chaque courbe dans ses branches, chaque nouveau rameau. Tu vois cette branche, là ?

Il montra du doigt une branche qui pendait au-dessus de l'eau.

— C'est la sienne, sa ligne de vie. Elle disait qu'elle était le reflet exact de son existence. Regarde comme elle change de direction à partir du nœud qui se trouve à mi-hauteur. Cela remonte à l'époque où nous nous sommes rencontrés. Et la branche plus petite qui en part juste au-dessous, si mince, si forte et si jeune ? C'est celle de Mia.

Ethan se tut. Il ne savait jamais quoi dire quand son père parlait de Lily et de Mia.

— As-tu contacté les banques d'investissement ? demanda son père au bout d'un instant.

Ethan hocha la tête.

— La EN Corporation possède maintenant trente pour cent du capital de l'hôtel Cornwallis. J'ai transféré l'argent hier. Mais les cinquante pour cent restant étaient partis chez un courtier australien chargé de les revendre. Quand j'ai découvert son existence, ils n'y étaient déjà plus. Acquis par une société très semblable à la nôtre, cinq minutes à peine après que le prospectus a atterri sur le bureau du courtier.

Il s'interrompit un instant.

— Je crois que je sais qui se cache derrière cette société écran.

— Tu penses que c'est Richard, c'est ça ? dit Nathaniel avec un sourire las. Le père de Mia.

Ethan contempla la branche attribuée à Mia.

— Je doute que cela représente un problème. Richard en a refusé quarante-cinq pour cent et utilisé une société écran que Mia, je suis prêt à le parier, ne connaît pas, pour en acquérir tout ce qu'il pouvait ensuite. Il ne veut pas qu'elle le sache. Tout comme nous ne voulons pas qu'elle sache que nous en avons trente pour cent. Entre nous, nous serons les partenaires les plus volontairement secrets de l'histoire.

Son père lui jeta un regard plein de curiosité.

— Je ne vois toujours pas pourquoi elle a refusé ton offre d'achat initiale. Vous travaillez ensemble en bonne entente. Tu l'as dit toi-même. En dehors du fait que tu es de la famille et que tu adores ce vieil hôtel, j'aurais pensé qu'elle t'accueillerait volontiers à bord.

— C'est… compliqué.

— Je vais essayer de suivre, répliqua son père d'une voix plus sèche.

Ethan soupira. Nathaniel s'était contenté de le regarder prélever six millions de dollars de leur société et les fractionner en plusieurs parts avec les frais que cela représentait, plutôt que de les acheter directement à Mia. Il méritait quand même une explication.

— Mia désire pouvoir partir, déclara-t-il d'un ton morose. Je veux dire me quitter. Elle ne pense pas qu'elle pourrait le faire si nous étions tous deux en affaires.

— Et toi, que veux-tu ? demanda Nathan avec douceur.

— Etre capable de la laisser s'en aller.

Un léger sourire rida le visage de son père.

— Elle a su t'émouvoir, n'est-ce pas ?

— Je n'ai vraiment pas envie de parler de ça, dit Ethan.

Et, cherchant désespérément à changer de sujet, il demanda :

— Quelle branche est la mienne ?

— Celle-là.

Le rire profond de son père parut ricocher à la surface de l'eau. Un son qu'Ethan n'avait pas entendu depuis la mort de Lily.

— Celle-là, juste à droite. Contre celle de Mia.

Les travaux se poursuivirent au Cornwallis, toujours avec de l'avance. Ethan n'avait jamais vu d'équipe aussi dure au labeur. Une bonne part de l'enthousiasme des hommes venait de la manière dont le bâtiment réagissait à leurs soins comme si, subitement, après des années d'obscurité, il retrouvait la lumière du soleil. Le reste provenait du sentiment d'implication et de travail d'équipe insufflé par Mia. Malgré son inexpérience en matière d'hôtellerie et de restauration de bâtiment, les capacités, l'aisance de l'équipe directrice auraient fait sangloter d'envie n'importe quel P.-D.G. des plus grandes sociétés.

Ici, l'irritation se transformait en amusement, les opinions divergentes en coopération, avec des résultats spectaculaires. Mia avait affiché les coupures de journaux relatives à Yuen Chin en même temps que l'invitation au festin en son honneur, et la fête était maintenant attendue avec impatience. Les esprits avaient été consultés, les dates favorables calculées, et le ciel nocturne observé. La décision avait été prise à l'unanimité. Les travaux de l'hôtel se termineraient le quatorzième jour du septième mois lunaire. Et que le ciel préserve celui qui manquerait cela.

— Alors qu'en penses-tu ?

Mia avait tiré Ethan d'une montagne de paperasses pour aller examiner le centre de spa, terminé ce matin-là.

Ethan regarda autour de lui et ne trouva aucun défaut.

— Ils ont aussi terminé les salles de bains, poursuivit Mia.

Dix minutes après, ils en visitaient une dans laquelle les carreleurs avaient utilisé le même décor de marbre blanc, même si Mia avait insisté pour conserver une touche de l'ancien décor : un cadre Renaissance pour un miroir dans l'une, des robinets en forme d'éléphant dans l'autre et — ici, Ethan, incrédule, secoua la tête — un lavabo en forme de dragon endormi.

Et c'était bien. Ethan ne comprenait pas trop pourquoi ni comment, mais c'était bien.

Les peintres avaient terminé l'aile nord et s'attaquaient à l'aile sud, les murs couleur d'eau donnaient une impression d'espace et mettaient en valeur la chaleur des boiseries qui, elles-mêmes, rehaussaient la perfection des teintes du marbre.

Mia avait fait un choix parfait, se dit-il avec satisfaction. Maintenant, il ne manquait plus qu'un décorateur pour commencer à meubler l'intérieur. Ils en avaient reçu une demi-douzaine, mais Mia s'était montrée incroyablement difficile.

Ils discutaient de cela lorsque Rajah se manifesta dans l'encadrement de la porte. Il arborait son expression compassée, celle qu'il réservait aux inspecteurs de travaux et aux officiels de la ville.

— Mademoiselle Mia, monsieur Ethan, il y a quelqu'un de chez Mme Sari qui vient prendre les mesures pour les rideaux.

Ethan jeta un coup d'œil à Mia.

— C'est pour le devis de fabrication des rideaux, dit-elle très vite. J'ai l'impression que si nous ne trouvons pas très bientôt un décorateur, je pourrais tout aussi bien commencer toute seule.

— Dangereux, murmura son compagnon.

— Mais étrangement tentant, riposta-t-elle en souriant.

Un petit homme rondelet d'âge mûr fit son apparition près de Rajah.

— Sanjay Gosh à votre service, dit-il. Puis-je vous déranger afin que vous me montriez les fenêtres qui doivent être mesurées ?

Il affichait un air d'importance sans rapport avec la tâche qu'il était venu accomplir.

— Je pense qu'elles doivent toutes l'être, répondit Mia. Mais vous pouvez commencer par celles qui sont ici. Merci, Rajah.

Rajah s'éclipsa et Ethan pensait en faire autant, mais la curiosité et une certaine estime pour quiconque venait de l'équipe de Mme Sari le firent rester.

— Je suis le second gendre préféré de Mme Sari, expliqua Sanjay Gosh.

L'homme prenait ses mesures avec une prestesse qui ne s'accordait pas avec sa silhouette courtaude.

— Et pourquoi, si je puis vous le demander, voudrait-on mettre des rideaux à ces fenêtres alors que des stores de bois feraient un effet superbe, arrêteraient les bruits et la chaleur et rehausseraient les teintes des parquets ? Un voilage pour filtrer la lumière — si c'est une obligation — que nous pourrions vous fournir à un prix extrêmement raisonnable, suffirait. Mais des rideaux partout ?

— Mme Sari vend-elle des stores ? demanda Mia après un temps de réflexion.

— Hélas non, dit l'homme. Il faudra les acheter autre part.

— Aucun ami à vous qui pourrait nous faire un bon prix ? demanda Ethan.

— Hélas non. Posez-moi encore la question demain. Mais…

L'homme se lança dans un discours fleuri puis, pendant que Mia et Ethan débattaient de l'importance des stores par rapport aux doubles-rideaux, il inspecta la pièce, approuvant les boiseries anciennes, mettant son grain de sel à propos de l'ameublement.

— J'ai des dessus-de-lit et des draps absolument magnifiques à des prix très raisonnables, annonça-t-il. Ils seraient absolument parfaits pour cette chambre.

— Excellent, approuva Mia. Vous pourrez nous les facturer avec les voilages pour les fenêtres. Que connaissez-vous de la décoration d'intérieur, Sanjay ?

— Assez pour remplir un océan. C'est une passion que j'ai depuis mon enfance.

— Quelque chose d'un peu plus officiel concernant vos qualifications ? demanda Ethan.

— Posez-moi la question demain.

— Voici ce que nous allons faire, intervint Mia. Vous et moi allons faire le tour de l'hôtel en parlant de tout ça et vous allez m'établir un devis convenable pour les tissus. Ethan…

Elle lui adressa un coup d'œil d'avertissement.

— … va nous laisser nous en occuper.

Ce dernier soupira.

— Tu es tellement innocente. C'est charmant. Vraiment.

Il jeta à Sanjay un regard lourd de menaces.

— Je vous laisse deux heures pour faire le tour de l'hôtel. Deux jours pour établir les devis. Et tout cela devra passer par moi.

— J'en prends bonne note, acquiesça Sanjay en s'inclinant.

Ethan se tourna vers Mia.

— Viens me retrouver quand ce sera terminé. Tu pourras alors me dire le pire. A tout à l'heure.

Il tourna les talons.

— Ce ne sera pas un problème, affirma Sanjay à Mia d'un ton confidentiel. Il *désire* vous faire plaisir, je le vois bien. En outre, il a un goût sans défaut pour les tissus de ses costumes.

— Seulement pour ça ? lança Mia.

— Il est vraiment très doué, raconta-t-elle quelque trois heures plus tard à Ethan.

Elle lui fournit quelques détails enthousiastes sur les idées d'ameublement que lui avait soumises Sanjay.

— Il a emporté un fauteuil et un repose-pied de la bibliothèque pour les traiter en échantillons. S'il obtient le contrat, il inclura ce travail dans le prix global. Sinon, cela ne nous coûtera rien.

— S'il décroche le contrat pour les tissus et le rembourrage de tous les meubles que tu veux garder, il sera le gendre favori de Mme Sari pendant des années.

— Je sais.

Mia grimaça un sourire.

— J'ai peine à attendre de voir ce fauteuil. Pour pouvoir oublier ce regard que tu me lances. Celui qui dit que je n'ai aucune idée de la façon dont on doit mener les affaires ici.

— Garde l'esprit ouvert, lui conseilla Ethan.

Il ne voulait pas doucher son enthousiasme pour les idées de Sanjay mais seulement la rendre un peu plus prudente.

— Attends de voir son travail et le prix qu'il te prendra.

— Je savais bien qu'il y avait une raison pour que je n'aie pas à te parler de cela, soupira-t-elle. Tu as l'esprit tellement pratique !

Son sourire s'effaça et son expression redevint sérieuse.

— D'accord, concéda-t-elle, j'attendrai. Et je sais comment traiter les affaires ici, Ethan. Je t'ai observé et j'ai appris. Je sais marchander dur et tout examiner. Je sais être extrêmement précise pour ce que je désire. Je ne m'attends pas à ce que l'homme qui mesure les fenêtres pour Mme Sari soit un architecte d'intérieur, Ethan, mais je me suis aperçue que j'étais d'accord à quatre-vingt-dix pour cent avec lui et que j'ai vraiment apprécié les dix pour cent restant. Ce qui, je te le concède, est des plus étonnants. Il m'a semblé être tout à fait qualifié.

— Attendons de voir, dit-il avant d'aller fermer la porte.

Mia le regarda d'un air circonspect.

— Tu désirais me parler en privé ?

Ils avaient fait le maximum pour que leur relation ne devienne pas publique. Pendant les heures de travail, ils travaillaient et même bien, en équipe comme d'habitude. Et en général, ils s'efforçaient de ne pas s'enfermer.

— C'est à propos de l'argent, n'est-ce pas ? interrogea Mia. Il est déjà à la banque et nous pourrons l'utiliser dans quelques jours.

— Ce n'est pas à cause de l'argent.

— Tu as peur que je fasse des folies et que je dépense une fortune pour les tissus d'ameublement ? Sache que je n'en ferai rien.

— Il ne s'agit pas de cela non plus. Même si je me rends compte que cela te demandera une certaine prudence.

— Mais alors, de quoi veux-tu me parler ?

— Je suis invité à dîner ce soir. De l'autre côté de la ville.

— Très bien. Vas-y.

Pas d'objection ? Pas de pêche à l'invitation ? Ethan aurait dû en être content. Pourtant, il n'en n'était rien.

— Je rentrerai tard, dit-il d'une voix brève.

Mia haussa les épaules et Ethan jura sous cape. Si elle-même était invitée à dîner sans lui, il aimerait bien avoir quelques détails quand même ! Du genre avec qui et où. Et à quelle heure elle rentrerait.

— Cela ne t'ennuie pas ?

— Peu importe que cela m'ennuie ou pas, dit Mia, un éclair irrité dans les yeux.

Elle sauta du rebord du bureau où elle était juchée pour dévisager son compagnon.

— Nous nous sommes entendus pour ne pas rendre publique notre relation. Alors comme tu le vois, je préserve cet arrangement avec autant de dignité que possible. Que me demandes-tu de plus, Ethan ? D'admettre que je regretterai de ne pas dîner avec toi dans notre cuisine ? Que tes mains partout sur moi vont me manquer ?

— Ce sera le cas ?

— Oui, marmonna-t-elle, maussade. Satisfait ?

Maintenant, il l'était.

— Je me rattraperai, murmura-t-il.

— Excellente idée. Quand ?

— Ce week-end. Ce qui me fait penser…

Ethan hésita. Il n'avait aucune envie d'aborder de nouveau cette question particulière. Mais il avait promis à son père et Ethan tenait ses promesses.

— Mon père possède une maison de l'autre côté de l'île. J'ai une invitation permanente pour aller y déjeuner le samedi.

Mia se raidit.

— Il aimerait quand même bien te voir, Mia. L'invitation est aussi pour toi.

— Oh zut, Ethan ! D'abord tu ne veux pas être vu en ma compagnie et maintenant c'est le contraire.

Ethan se raidit. Cela, c'était la réaction qu'il avait attendue d'elle *avant*, quand il parlait d'aller dîner sans elle. Mais non. Il fallait qu'elle attende qu'il fasse mention de son père.

— Cette invitation n'a rien à voir avec notre liaison et tu le sais. Tu es la fille de Lily. Mon père aimerait te connaître. Je serai heureux de t'emmener le voir… quand tu seras prête. Si tu ne l'es pas, dis-le.

— Je ne suis pas prête.

— Dans ce cas, on se voit dans deux jours, dit-il d'une voix tendue.

— Parfait.

Si les mots pouvaient mordre, celui-là l'aurait mis en pièces.

— Si je suis là, ajouta-t-elle un ton plus bas.

Ethan ne dit rien.

— Très bien. Tu as raison. Je suis excessive, reconnut Mia en allant vers la fenêtre. Peut-être que je ne veux tout simplement pas faire ça chez lui. Ne pourrions-nous prendre un café et manger des petits gâteaux quelque part ailleurs ? Ou prendre un verre au bar du Hamilton ? Dans un lieu public ?

Ethan réfléchit. Il fallait à Mia un terrain neutre. Quelque part où elle pourrait contrôler ses propres allées et venues. La demande n'était pas dénuée de raison.

— Si j'arrangeais quelque chose comme cela, est-ce que tu viendrais ?

— Peut-être.

Mia se passa la main dans les cheveux.

— Bon, d'accord. Je ne suis pas une ingrate, Ethan. Je séjourne à titre gracieux dans ton hôtel, tu m'aides ici et ton père assume Dieu sait combien de ton emploi du temps habituel. Si tu arranges ce genre de chose, je viendrai.

— Il ne souhaite pas ta gratitude, Mia. Si c'est tout ce que tu as à apporter à cette rencontre, alors tu as raison. Tu n'es pas prête.

— J'ai peur, Ethan.

Elle tourna son visage vers lui.

— J'ai peur, si je rencontre ton père et s'il me plaît, de trahir mon père. J'ai peur de désirer trop fort que ma mère m'ait aimée ; que je lui aie manqué, qu'elle ait pensé à moi, rêvé de moi…

Mia secoua la tête.

— Si tu savais comme j'ai rêvé d'elle. Comment a-t-elle pu me quitter, Ethan ? Je ne comprends toujours pas.

— Je crois, dit-il en choisissant ses mots, qu'elle l'a fait par amour pour ton père.

— Il serait le seul qu'elle ait quitté ? riposta-t-elle d'un ton lourd de sarcasme.

— Ecoute-moi.

Soutenant son regard, elle attendit.

— A mon avis, elle savait qu'il l'aimait toujours, dit Ethan avec simplicité, et que son univers chavirerait sans elle. Aussi, elle lui a consenti l'ultime sacrifice. Elle t'a donnée à lui.

Il vit les yeux de Mia s'emplir de larmes mais poursuivit avec obstination.

— Je crois que le chagrin de ton père a été si terrible qu'il a dû retrancher Lily de sa vie pour pouvoir survivre. Et cela signifiait qu'il devait la couper de toi aussi. Ce n'est pas un manque d'amour qui les a guidés, Mia. Peut-être était-ce simplement un tout petit peu trop. Voilà ton point de départ. Cela s'est passé ainsi.

Mia secoua brusquement la tête. Ethan reprit :

— Mais la mort de Lily a tout changé et, maintenant, c'est à toi de dire comment les choses vont se passer. Oublie ce que désire mon père ou ce que désire le tien. Que veux-tu, *toi* ? Veux-tu établir une relation avec mon père et apprendre par lui qui était Lily ? Fais-le. Désires-tu que deux vieux hommes, autrefois les meilleurs amis du monde, se retrouvent à la même table ? Ils te le doivent, Mia. Oblige-les à le faire, bon sang ! Et tires-en ce que tu en veux.

Un faible sourire joua sur les lèvres de Mia.

— Donc, tu me recommanderais le pillage ?

— Exactement.

— Pirate.

Du coup, Ethan éprouva vraiment l'impression d'en être un et se conduisit comme tel en l'attirant dans ses bras.

L'air s'emplit d'un tourbillon d'émotions. Mia se mit au diapason et, prenant Ethan par le cou, elle posa les lèvres sur sa bouche jusqu'à ce qu'il ne voie plus qu'elle.

— Il y a bien plus chez toi qu'un petit bout de pirate, Mia.

— Je le sais.

Quand les mains d'Ethan commencèrent à courir sur son corps, la serrèrent contre lui et qu'il ne masqua plus son excitation, il vit ses yeux s'assombrir sous l'afflux du plaisir.

— Viens chez moi, murmura-t-il. Maintenant.

Il fallait qu'il la prenne, qu'il apaise ce désir profond jusqu'à l'âme de la posséder, de recommencer encore et encore jusqu'à ce que le monde autour d'eux se dissolve.

— Parfois, je me demande si ce sont les souvenirs qui s'expriment, murmura-t-elle. Parfois je me demande pourquoi diable je fais ce que je fais.

— Tu n'es pas la seule, Mia.

*
* *

Sans la présence de Mia, le dîner assez formel s'étira en longueur et Ethan dut fournir un gros effort pour suivre la conversation et prétendre s'y intéresser. Il ne s'y mêla vraiment que lorsqu'elle s'orienta sur le Cornwallis et sa rénovation.

— Quelle grande dame elle était ! s'exclama son hôtesse, une octogénaire aristocrate elle-même. Je me rappelle les bals auxquels nous nous rendions là-bas au tout début de l'hôtel. Oh, les cavaliers que nous y rencontrions ! Cette splendide salle de bal. Les éléphants… dis-moi, cher Ethan, pourquoi n'as-tu pas amené ta demi-sœur ce soir pour que nous fassions sa connaissance ? Tu sais que tu es toujours libre d'amener quelqu'un.

— Tantine, vous savez que je ne le fais jamais, grommela-t-il.

Du plus loin que remontaient ses souvenirs, Ethan avait toujours donné à lady Eleonora Jordie ce « tantine », titre honorifique et de respect que la jeune génération en Malaisie donnait à l'ancienne.

— Et elle n'est pas ma demi-sœur, enfin techniquement.

— Pourtant, j'ai entendu dire que vous étiez tout le temps ensemble.

— Mia a hérité le talent de son père pour les affaires, expliqua-t-il.

Mais, en même temps, il s'efforçait de repousser de son esprit l'image de Mia cet après-midi au creux de son lit. Son regard ensommeillé et satisfait, son rire lorsqu'il avait regardé la pendule en maugréant et s'était précipité pour enfiler ses vêtements. Il lui avait demandé si elle serait encore là à son retour et elle avait encore ri et répondu non, elle avait mieux à faire que de garder son lit au chaud quand il n'était pas dedans. Et s'il désirait la voir quand il reviendrait de l'endroit, quel qu'il soit, où il se rendait, il n'aurait qu'à la chercher.

— Ethan mon cher, tu parais bien distrait, remarqua son hôtesse.

Il fit un effort pour se concentrer sur la conversation.

— Où en étions-nous ?

— Mia.

Mia, la femme d'affaires.

— Il n'est pas difficile de travailler avec elle. En général, elle pense comme un homme. Enfin, corrigea-t-il avec un sourire, jusqu'à aujourd'hui, lorsque nous avons abordé la partie tapis et rideaux. Alors là, elle a commencé à parler comme une femme.

— Comme il se doit, bien sûr, dit lady Jordie avec satisfaction. Je dois faire sa connaissance, Ethan. Où est-elle descendue ? Quel est son numéro de téléphone ? Je vais l'appeler pour l'inviter à prendre le café et le dessert avec nous. Tu iras la chercher, n'est-ce pas, mon cher garçon ?

— Vous voulez dire *maintenant* ?

— Bien entendu ! Je n'arrive pas à croire que tu ne l'aies pas amenée tout de suite. C'est une parfaite occasion pour qu'elle rencontre des gens. Pauvre petite, elle doit penser qu'elle est snobée par la bonne société. A quoi pensais-tu donc ?

— Ne sois pas ridicule, s'exclama Mia d'un ton inflexible.

Ethan éloigna un peu le téléphone de son oreille.

— Alors c'est non ?

— C'est non, bien entendu, Ethan. Personne ne va à un dîner pour le dessert et le café.

Ethan poussa un soupir.

— Cela se fait chez lady Jordie.

— Laisse-moi lui parler, mon cher, déclara alors lady Jordie. Je peux t'affirmer que tu n'as guère de chance. Va essayer ton charme sur une autre jeune femme.

— J'ai entendu, intervint Mia. Et si tu fais ça, je couperai ta langue si bien pendue.

Sans un mot, Ethan passa le téléphone à son hôtesse et battit en retraite. Avec un grand sourire.

Deux minutes plus tard, la maîtresse de maison lui repassa le combiné.

— Quelle adorable jeune femme, dit-elle, enchantée. Nous déjeunons ensemble la semaine prochaine et, ensuite, elle me propose de m'emmener faire le tour de l'hôtel pour jeter un coup d'œil sur les rénovations. Quel dommage qu'elle n'ait pas pu venir ce soir ! Je lui ai affirmé que nous adorerions tous faire sa connaissance, mais pour une raison quelconque, elle y a paru fermement opposée.

Elle a dit que c'était difficile à expliquer et qu'elle ne saurait pas par où commencer.

Les yeux marron, vifs et perspicaces, de lady Jordie firent planer sur Ethan un regard majestueux.

— Elle m'a conseillé de te demander pourquoi.

Le devis de décoration intérieure de Sanjay Gosh arriva à 9 heures précises le lundi matin. En tout, soixante-cinq pages d'une longue description, illustrée avec précision. Outre les suggestions concernant les tissus d'ameublement, il y avait des propositions pour les meubles, les stores, les persiennes, les tapis et les bibelots. Trois énormes cartons d'échantillons étiquetés selon la pièce et l'usage à en faire ravirent Mia et provoquèrent des murmures relatifs au coût chez Ethan. Les prix figuraient au dos avec la quantité estimée pour chaque étoffe.

— C'est un visionnaire, s'écria Mia en atteignant le fond du troisième carton. Nous devons l'engager.

— Ce n'est qu'un mesureur de fenêtres, rétorqua Ethan. Il n'a pas de CV.

— Il en aura un quand il aura fini ici.

Mia n'arrivait pas à se remettre de la qualité de l'intuition de l'homme concernant ses *desiderata* pour l'hôtel.

— Regarde donc ça, Ethan, s'exclama-t-elle. Regarde les détails. Comment diable a-t-il pu assembler tout cela en deux jours avec une telle perfection ? C'est toute l'élégance du vieux monde avec la chaleur, le luxe et une pointe d'absurde pour faire bonne mesure.

— Il y en a plus qu'une pointe, marmotta-t-il.

— C'est parfait.

— C'est risqué.

Bon, admit-elle, il avait peut-être raison.

— Et si nous faisions d'abord un essai ? En lui lâchant la bride dans l'appartement de l'aile nord ? Je lui montrerai ce que je veux conserver, je lui donnerai un budget et un calendrier, et si c'est un désastre, je vivrai avec. Si cela nous plaît, nous lui demanderons de s'occuper du reste.

— Qu'entends-tu par *nous* ? demanda Ethan.

— Toi et moi.

— Qu'arrivera-t-il si nous ne sommes pas d'accord ?

— Des ennuis, des ennuis, des ennuis ! déclara-t-elle avec emphase, avant de saisir le lot d'échantillons de tissus pour le lui tendre. Ceux-là sont pour l'entrée. Y vois-tu quelque chose qui ne te plaît pas ? Et regarde la rampe qu'il a choisie pour le grand escalier. N'est-ce pas absolument divin ?

Elle brandit une feuille sous le nez d'Ethan. Qui n'eut pas besoin de regarder l'étiquette du prix.

Il se pinça les lèvres.

— A propos, tu as l'intention d'emménager dans l'aile nord ? Tu comptais m'en parler ?

— Oui, dit-elle, j'aimerais m'y installer très bientôt. Dès que possible, en fait.

— Tu n'es pas bien au Hamilton ?

Mia lui jeta un regard exaspéré.

— Je m'y sens extrêmement bien, Ethan. Tu le sais. Mais je ne peux quand même pas accepter éternellement votre hospitalité. Le Hamilton, c'est chez toi, pas chez moi. Ici, c'est chez moi. Ou tout au moins ça le sera. Crois-tu que Sanjay pourrait terminer l'appartement de l'aile nord dans une semaine ?

— Je crois qu'il pourrait achever le Taj Mahal en une semaine.

Un sourire juvénile illumina le visage d'Ethan, et Mia en eut le souffle coupé. Ces jours-ci, il souriait de plus en plus. A l'évidence, il prenait autant de plaisir qu'elle à ressusciter le vieil hôtel, et aussi au fait que leur liaison secrète fonctionnait parfaitement en général. Cela avait très bien marché en tout cas pendant toute la semaine.

Que cela puisse durer encore une semaine était une autre affaire.

— Que dirais-tu de 18 h 30 au bar du Hamilton demain soir ? demanda-t-elle négligemment.

Les pupilles d'Ethan s'étrécirent.

— Nous ne parlons plus d'aménagements intérieurs, n'est-ce pas ?

— Non, admit-elle. Je pensais inviter Nathaniel à prendre un verre. J'aimerais que tu sois là aussi.

— Tu es sûre de le vouloir ?

— Non… mais je pense que je le ferai de toute façon. Je songe à une heure ou un peu plus d'une conversation à bâtons rompus, sans trop s'appesantir sur le passé et en se concentrant beaucoup sur le présent. Cela te paraît comment ?

— Ambitieux. Tu auras besoin d'un soutien.

— Oui, murmura-t-elle. Toi.

— Trouves-en un autre, dit-il. Apporte le devis de Sanjay. Cela nous occuperas tous.

— Alors…

Elle poussa un profond soupir.

— Veux-tu l'inviter ou dois-je le faire ?

— Je crois, répondit Ethan avec un gentil sourire, qu'il aimera beaucoup mieux que cela vienne de toi.

A 18 h 25 très précises, le soir suivant, armée d'un soupçon de courage et serrant entre ses doigts le devis de Sanjay comme si elle ne voulait jamais s'en séparer, Mia entra résolument dans le bar du Hamilton.

Ethan et son père étaient déjà installés dans de confortables fauteuils près d'une fenêtre. Un troisième siège l'attendait.

Les deux hommes se levèrent à son approche. Nathaniel souriait avec hésitation, Ethan plus librement. « Respire profondément, Mia. Tout ce que tu as à faire c'est de sourire, de te tourner vers Nathaniel Hamilton et de dire bonsoir. » A quel point cela allait-il être difficile ?

C'était difficile.

— Bonsoir, dit-elle enfin, main tendue en jonglant avec son dossier.

Devait-elle se présenter ? Elle n'en avait aucune idée. Pas plus, selon toute apparence, que Nathaniel. Sa poignée de main fut brève, son regard chaleureux et un brin anxieux.

— Papa, je te présente Mia. Mia, mon père Nathaniel, dit Ethan dans le silence.

Et ce fut terminé. Ethan la fit asseoir, et d'un coup d'œil appela un garçon qui se hâta de venir prendre la commande.

— Gin tonic, demanda Mia, d'une voix qui lui parut anxieuse. Et de l'eau. Et de la glace. Merci.

— Certainement, madame, dit le garçon avant de s'éclipser.

— Qu'est-ce que j'ai commandé au juste ? murmura Mia à Ethan en s'asseyant.

— Aucune importance. Détends-toi. Ce n'est qu'un verre.

Il avait raison. Mia respira longuement et relâcha l'air petit à petit. Qu'allait-il se passer maintenant ? Elle glissa un autre coup d'œil à Ethan qui l'observait de très près.

« Dis quelque chose, supplia-t-elle en silence. Ne me laisse pas porter tout le poids de la conversation. J'en suis incapable. Je dirai tout ce qu'il ne faut pas et je gâcherai tout, ce que je ne veux pas. »

Voilà qu'elle était assise ici en compagnie du père d'Ethan. Le partenaire de Lily pendant vingt-quatre ans, celui qu'elle voulait de tout son cœur aimer et dont elle voulait aussi être aimée.

Puis Ethan se pencha vers elle, lui fit glisser des doigts le devis de Sanjay pour le poser sur la table, en lui adressant le sourire qu'il lui réservait habituellement à l'intérieur de leur chambre à coucher.

— Détends-toi, murmura-t-il. Pense à la gym dans une heure.

— Ça ne m'aide pas, murmura-t-elle avec un rapide coup d'œil vers Nathaniel.

Il avait un air évasif mais ses yeux ne laissaient rien passer.

— Ethan a toujours été très sévère avec lui-même, déclara-t-il.

Puis, avec un regard en direction du dossier.

— On m'a dit que vous aviez trouvé un décorateur d'un talent rare et de très bon goût.

— Est-ce Ethan qui vous en a parlé ?

Nathaniel sourit et se tourna vers Ethan.

— Peut-être pas dans ces termes.

— Ethan a une vision un peu courte pour ce qui a trait à l'ameublement, répondit Mia. Mais c'est un architecte et un chef de travaux brillant.

Le sourire d'Ethan s'élargit.

— Vous devriez lui demander de vous emmener faire un tour dans les autres hôtels quand vous en aurez terminé ici, dit Nathaniel. Certains d'entre eux sont magnifiques.

— Oui, euh…

En fait, Mia ignorait quels étaient les projets d'Ethan quand le Cornwallis serait terminé, mais elle doutait de faire en toute insouciance avec lui le tour des autres hôtels de luxe.

— Je serai probablement très occupée à gérer correctement le Cornwallis, à ce moment-là.

— Vous n'avez pas l'intention d'engager un gérant ? demanda Nathaniel.

— Un jour ou l'autre, si, concéda-t-elle. Mais pas encore. J'ai l'impression que diriger un hôtel va beaucoup me plaire.

— Méfie-toi, Mia, intervint Ethan. Cela peut devenir une drogue.

— En outre, ajouta-t-elle sur un mode plus grave, je dois répondre à mes actionnaires. Je leur ai promis un retour sur investissements. Je dois faire au mieux.

Nathaniel parut mal à l'aise. Ethan saisit son verre et sirota sa boisson.

— Tu y arriveras.

— Et toi ? s'enquit-elle avec curiosité. Que feras-tu quand le Cornwallis sera terminé ? Des affaires, comme d'habitude ?

— Peut-être pas tout de suite.

Ethan regarda son père.

— J'ai terminé les plans de la maison sur la plage. Cette fois, je me suis dit que je pourrai la construire.

Devinant quelque chose de profond entre eux qu'elle était incapable de déchiffrer, Mia les regarda l'un après l'autre. Mais Ethan ne développa pas et elle n'allait pas lui poser de questions. Surtout pas devant son père.

— Ethan rêve de cette maison sur la plage depuis qu'il est petit garçon, lui raconta Nathaniel. Il a trouvé un terrain il y a quelques années et j'ai pensé alors qu'il pourrait construire dessus, mais il ne l'a jamais fait.

Il regarda son fils.

— J'aimerais te voir bâtir cette maison, Ethan. J'aimerais te voir enfin bâtir un foyer.

Ethan ne dit rien.

— Eh bien, on dirait que nous avons tous des tas de choses à faire, lança Mia d'une voix animée. Ce qui m'amène à une autre question. Je me suis documentée sur la fête des esprits affamés.

Elle se tourna vers Nathaniel.

— Nous organisons le 15 un banquet pour le fantôme de Yuen Chin.

— Oui, Ethan m'en a parlé.

— En fait…

Mia fonça tête baissée avant de perdre tout son sang-froid.

— La nuit précédente est souvent réservée à une fête plus petite, plus intime. Un repas qui rassemble la famille pour honorer les ancêtres. Et comme je ne l'ai jamais fait ici, je veux dire, pour les obsèques de Lily…

Ses doigts se crispèrent sur le rebord de son siège.

— Je me demandais si vous voudriez bien vous joindre à moi pour ce repas. Tous les deux. En mémoire de Lily.

— J'en serais honoré, dit Nathaniel.

— Ethan ?

Elle lui lança un regard anxieux, sentant son hésitation sans très bien comprendre d'où elle venait.

— J'y serai, répondit-il d'une voix étouffée.

— Bon.

« Respire à fond, Mia. »

— J'aurai aussi un autre invité. Il n'a pas encore accepté, mais j'espère qu'il le fera. J'espère que sa présence ne sera pas un problème pour l'un ou l'autre.

Sa voix trébucha d'une manière alarmante mais sa résolution resta ferme.

— J'ai invité mon père.

Il y eut une longue, très longue pause. Puis :

— Cela devait arriver, dit enfin Nathaniel. J'espère qu'il acceptera.

Ensuite, la conversation dériva sur les étoffes et la décoration et Nathaniel feuilleta le dossier du projet de Sanjay.

— C'est beau, dit-il. Original. Lily l'aurait adoré. Tout n'est pas complètement adapté, cependant. Ici ou là, il faudra utiliser des tissus plus résistants.

— Que penses-tu de la rampe du grand escalier ? murmura Ethan. Montre-lui, Mia.

Ce qu'elle fit en retenant son souffle. Nathaniel regarda, la regarda et soupira.

— Parfait.

Ethan jeta à son père un coup d'œil incrédule. Nathan lui fit un sourire en coin.

— C'est le petit conseil d'un vieil homme, fils. Simplement perdre certaines batailles. Avancer.

Le temps s'écoula rapidement après cela et la conversation dériva sur Penang et les changements qui s'étaient produits dans l'île au cours des années. Le verre d'eau devant Mia était vide, celui qui contenait le gin tonic aussi. Quant à la glace dans le seau, elle avait fondu depuis longtemps. Il était temps de se séparer.

— Je me demandais, commença Nathaniel en hésitant un peu, si je pouvais vous laisser un petit cadeau.

Il lui tendit un paquet. Une boîte de chocolats, peut-être ? se dit-elle. C'était le bon format.

Elle remercia, sentant qu'il était important pour lui qu'elle accepte.

— Ne l'ouvrez pas maintenant, se hâta de dire Nathan.

Bon. Ce n'était pas des chocolats.

— Plus tard, poursuivit-il. Quand vous serez dans votre chambre.

Mia ne put réprimer un sourire.

— Je vous recontacterai pour le dîner en question.

Nathaniel hocha la tête.

— Ce fut un plaisir de faire votre connaissance, Mia Fletcher.

— Oui, dit-elle. Oui, c'est bon aussi de vous connaître.

De retour dans la chambre de Mia, Ethan se mit à tourner sans relâche autour d'elle. Nerveux, impatient, tandis qu'elle envoyait promener ses chaussures et posait le paquet sur le lit. La rencontre avait eu lieu et s'était bien passée. Son père était heureux. Mia était heureuse. Il devait l'être aussi.

Pourtant il n'en était rien.

— Qu'est-ce qui ne va pas ? lui demanda Mia, plus attentive à ce qu'il ressentait qu'il ne l'aurait souhaité.

— Rien.

Rien sur quoi il puisse mettre le doigt.

— Je veux bien admettre que la rampe du grand escalier est un luxe, dit Mia au bout d'un instant. Un luxe qui pourrait nous obliger à réviser notre budget.

— Il ne s'agit pas de ça.

Le regard de Mia se posa sur la boîte posée sur le lit.

— Y a-t-il quelque chose dans cette boîte que tu préférerais que je ne voie pas ?

Ethan poussa un soupir et se passa la main dans les cheveux.

— Je n'ai aucune idée de ce qu'elle contient. Je m'en fiche. Quoi que ce soit, cela t'a été offert de bon cœur. C'est à toi, désormais.

— Alors… qu'est-ce qui ne va pas ?

— Rien. Ouvre-la.

Ce fut au tour de Mia de se sentir nerveuse. Elle débarrassa une chaise des papiers qui s'y trouvaient pour qu'Ethan puisse s'asseoir. Mais il refusa.

— Je ne suis pas certaine d'avoir envie de l'ouvrir, dit-elle enfin. La dernière fois que j'ai ouvert une enveloppe mystérieuse, j'ai pleuré pendant une semaine.

— Je pensais alors que tu voudrais voir quelques photos de ta mère, répondit Ethan sur la défensive.

— C'était vrai. J'ai quand même pleuré pendant une semaine.

Mia se percha à côté de lui.

— Toi, ouvre-la, dit-elle.

— Moi ? C'est à toi qu'il l'a donnée.

Ils se chamaillèrent encore un peu jusqu'à ce qu'Ethan déclare :

— Je suis fier de toi, Mia.

— Merci.

Un sourire joua sur ses lèvres.

— Moi aussi, je suis fière de moi.

— Crois-tu que ton père viendra ?

— Je lui ai téléphoné ce matin. Cet après-midi, je lui ai envoyé une invitation manuscrite par courrier international sur du papier à en-tête du Cornwallis. Demain, je lui enverrai un billet d'avion.

— Et après-demain ?

— Après-demain, je jouerai plus serré et je lui enverrai la photo que Lily a prise de lui quand la fosse aux éléphants s'est écroulée. Celle où il la regarde et rit.

Ethan se frictionna le torse, là où battait son cœur, à travers la cotonnade de sa chemise.

— Celle-là va lui faire mal.

— Pas autant que la suivante. Je pense lui envoyer l'une de celles que tu as prises de moi en plein travail.

— Laquelle ?

— Celle où nous montons le lustre dans la salle de bal et l'allumons pour la première fois.

Mia se leva et alla tourner autour du paquet.

— Bon, nous savons au moins qu'il ne s'agit pas d'un manteau de fourrure, dit-elle.

— Exact. Qui porterait de la fourrure sous ce climat ?

— Crois-tu que ce soit un de ses objets personnels ?

— Possible.

— Par chance, ce n'est pas un album de photos, murmura Mia. Tenait-elle un journal ?

— Pas que je sache.

Ethan examina à son tour le paquet.

— C'est peut-être un bijou ?

— J'adore les bijoux, affirma Mia. Mais si c'en est un et qu'il appartienne à ma mère, il va encore y avoir des larmes.

Ethan n'en doutait pas une seconde.

— Bon, je dois m'en aller, dit-il. J'ai des choses à faire.

— Lâche, murmura Mia d'un air absent. Sais-tu si elle possédait des bijoux ?

— Quelques-uns. Pas beaucoup.

Ethan sourit.

— Mais elle avait un jardin.

— Eh bien, conclut Mia en soulevant enfin le paquet, il ne s'agit pas d'un jardin.

Ethan attendit. Une fois débarrassée du papier d'emballage, ce fut une boîte à bijou en velours rouge qui apparut. Ethan l'avait déjà vue. Son regard fit le tour de la pièce. Oui, il y avait des mouchoirs en papier près du lit. A portée de la main.

— C'est un médaillon, dit Mia d'une petite voix.

Ethan hocha la tête et croisa son regard. Il connaissait le bijou. Il savait ce qu'il contenait — et ce qu'elle allait trouver. Une petite mèche de fins cheveux noirs nouée par un bout de ruban blanc.

— Ouvre, dit-il.

Mia obéit et, de nouveau, son regard chercha celui d'Ethan.

— Ce sont les cheveux de qui ?

La voix de Mia était à peine un peu plus qu'un souffle.

— Ce sont les tiens.

Ethan attendit prudemment, s'attendant à des larmes, mais il n'y en eut pas. Il vit seulement deux grands yeux gris emplis de force et de sérénité.

— Veux-tu m'aider à le mettre ?

— Plus tard, dit-il.

Il la prit dans ses bras et posa les lèvres sur les siennes.

— Plus tard.

Mia se mit à trembler quand la sensation du baiser d'Ethan se répandit en elle, ranimant la chaleur et la flamme, et le besoin ardent d'aller plus loin. Quand la passion les emporta, Ethan s'abandonna sans réserve. Passion et énergie mêlées de patience et de compréhension, il donna sans penser, sans savoir comment cela pouvait la relier à lui. Il n'appelait pas cela de l'amour… non, il n'appellerait pas cela comme ça.

Mais elle, si.

Ethan frissonna quand les lèvres de Mia s'ouvrirent sous les siennes. Il savoura sa passion, la reconnut d'une manière aussi intime que la sienne propre, mais cette fois, ici, elle lui offrit quelque chose de plus. De la tendresse. Il la perçut, la lui rendit en lui écartant avec douceur les cheveux de son visage. Elle se tenait debout devant lui, si douce, sans défense, avec ce regard innocent qui promettait tout — tout, et bien davantage encore.

Il ferma les yeux. Il ne voulait pas voir — il ne voulait pas savoir ce qu'elle lui offrait avec une telle liberté. Mais il ne la laissa pas partir. Il préféra s'immerger dans un autre baiser et alimenter la flamme. Donnant ce qu'il pouvait. Espérant que cela suffirait. Sachant que ce n'était pas vrai. Il l'avait pourtant avertie. Oui, il l'avait avertie.

— Tu donnes trop, murmura-t-il.

— Tu t'inquiètes pour ton cœur ? demanda-t-elle.

Alors ses baisers se transformèrent, toute douceur oubliée dans un élan de désir si farouche et si vrai qu'Ethan en eut le souffle coupé.

Ils marchèrent vers le lit. Se dévêtirent. Ethan allongea Mia, se souleva au-dessus d'elle, heureux profondément quand elle s'arc-bouta contre lui et que la passion flamboya dans ses yeux. C'était tout ce qu'il était capable de lui donner, ce plaisir aveugle et implacable.

Mais c'était suffisant et il entendait que cela continue ainsi.

Plus tard, beaucoup plus tard, Ethan gisait sur le flanc, près de Mia endormie. Les lumières diffuses de la ville filtraient à travers les fenêtres, projetant des ombres dans les coins et dorant le reste de la chambre. Le corps d'Ethan était détendu, satisfait.

Pourtant, le sommeil le fuyait.

Mia devenait trop proche de lui. Elle parvenait à franchir ses défenses. Elle avait fait la paix avec son père. Il l'y avait pourtant encouragée, sans mesurer qu'ainsi, elle progresserait de quelques centimètres de plus vers son cœur ; qu'elle l'obligerait à admirer son courage en affrontant le passé avec des yeux sincères, en l'acceptant et en avançant. En le forçant, lui, Ethan, à y prêter attention.

Mais il ne le voulait pas.

Sur le point de battre en retraite, il lui jeta un coup d'œil, et croisa son regard posé sur lui, ensommeillé et satisfait. Ses lèvres étaient un peu gonflées par les assauts de sa bouche et sa peau avait l'éclat de la porcelaine. Elle avait cet air d'impudeur de quelqu'un qu'on vient d'aimer. Un air infiniment dangereux.

— Hello, dit-il avec un léger sourire. Désires-tu partager quelques-unes de mes idées noires ?

— Non, pas vraiment.

Elle s'empara d'un oreiller et le cala sous sa tête.

— Puis-je te poser une question personnelle ?

— Est-ce qu'un non t'a jamais arrêtée ?

— Comment se fait-il que tu ne l'aies jamais construite, cette maison sur la plage ?

Ethan roula sur le dos et, une main derrière la nuque, fixa le plafond.

— Pendant longtemps, je n'ai pas eu de terrain.

— Mais tu en as finalement trouvé un ?

— Oui.

C'était Arianne qui, en chemin vers Dieu savait où, l'avait repéré. A demi-sauvage et pas vraiment ce qu'il lui fallait, avait-elle dit en riant. Tout comme elle. Mais très beau cependant. Ethan était allé le voir et était tombé amoureux de la vue sur l'océan. Il l'avait acheté sans même penser à discuter le prix.

— Pourquoi n'as-tu pas construit dessus alors ?

— Je n'ai jamais voulu y retourner.

— Parce que ta femme était morte ?

— Non.

— Tu ne parles jamais d'elle, Ethan.

Et il n'était pas près de commencer, songea-t-il.

— L'autre jour, reprit-elle, tu m'as encouragée à regarder devant moi, pas derrière. J'aimerais penser que je peux faire la même chose pour toi.

— Je regarde devant moi.

— Dans ce cas, comment se fait-il que tu ne laisses jamais personne devenir proche de toi ?

— Tu es proche, murmura-t-il. Tu es ici.

— Et je suis toujours nulle part quand je suis près de toi. Que lui est-il arrivé, Ethan ? Que t'a-t-elle fait ? Que s'est-il passé pour que tu aies tellement peur de tes sentiments ?

— Rien.

Il ne voulait pas en parler. Pas à Mia. Ni avec personne. Ethan se redressa, roula vers le bord du lit et saisit ses vêtements.

— Je dois y aller.

Mia poussa un gros soupir.

— Supposons que tu me racontes tout. Et que moi, je t'aide à voir les choses sous un angle différent. Après, tu guériras.

— Pourquoi ? Pour que je tombe fou amoureux de toi ?

N'avait-il pas mortellement peur de l'être déjà ?

— Cela n'arrivera pas, Mia.

D'une secousse, il enfila son pantalon et lui jeta un regard sombre.

— Je suis comme ça. Je t'ai déjà donné tout ce que j'étais capable de donner. C'est à prendre ou à laisser.

Les yeux de Mia croisèrent les siens. Pensifs. Interrogateurs.

— J'y réfléchirai, dit-elle.

10

Au cours des jours qui suivirent, Mia réfléchit à l'ultimatum d'Ethan. De son côté, il garda ses distances, et elle-même travailla beaucoup, comme si chacun pesait encore le pour et le contre d'une situation à laquelle l'un et l'autre devraient mettre bientôt fin. Mia savait ce qu'elle voulait et cela la consumait. Pour elle, il n'y aurait pas d'autre amour. Pas dans cette vie. Il n'y aurait qu'Ethan et seulement selon ses conditions à lui.

Et cela lui suffisait presque.

Car elle était éprise. Avec transport, à en avoir le cœur déchiré, mais éprise. Parce que partir loin de lui était impossible et que le cœur d'Ethan n'était pas près de capituler. Aussi, elle attendit. Et réfléchit.

Elle donna le feu vert à Sanjay pour décorer l'appartement de l'aile nord et, ensemble, ils en choisirent l'ameublement. Elle organisa les préparatifs du festin. Elle adressa à son père des relances impitoyablement sentimentales en lui expliquant que sa présence était requise le quatorzième jour du septième mois lunaire. Si son père pensait qu'elle reculerait, il se trompait.

Et si Ethan pensait la repousser en déclarant sèchement qu'il prenait ce qu'il voulait et ne donnait rien en retour, il se trompait. Il donnait sans le savoir. Il lui donnait tout ce qu'elle avait toujours désiré. Un soutien sans faille pour ses objectifs professionnels.

Jamais il ne lui avait dit : « Ne fais pas cela, ne rêve pas. » Il avait remonté ses manches et rêvé exactement en même temps qu'elle, et Dieu sait que leurs rêves étaient immenses. Il avait manifesté une douce compréhension pour les démons qui la hantaient. Il avait compris qu'elle ne serait pas en paix tant qu'elle ne saurait pas ce qui avait poussé ses parents à faire ce qu'ils avaient fait. Il l'avait aidée à comprendre les décisions qu'ils avaient prises. Aidée à les accepter. A leur pardonner.

Il était généreux de son temps, généreux de ses connaissances. Formidablement généreux de son corps.

Quant à son refus d'évoquer son épouse, eh bien, peut-être pourraient-ils travailler dessus de concert ? Parce que Mia n'avait pas abandonné la partie.

Elle n'abandonnait jamais quand il s'agissait des gens qu'elle aimait.

— Qu'en penses-tu ?

Mia était debout devant lui, mains sur les hanches, du rire plein les yeux après l'avoir forcé à franchir le seuil de son appartement décoré à neuf.

Ethan trouva Mia d'une beauté encore plus stupéfiante qu'avant. Il ne l'avait pas prise dans ses bras depuis des jours, s'efforçant de se conduire plus en gentleman qu'en maraudeur. Pour lui donner l'espace dont elle avait besoin afin de prendre une décision relative à leur relation sans être distraite par la pensée du sexe.

— Ethan ! Tu ne regardes même pas.

Ethan se passa la main sur le front.

— Je ne suis pas certain d'être bon juge.

Un peu plus tôt dans la journée, Ayah était déjà montée faire un tour d'inspection et était repartie avec un large sourire. Rajah l'avait suivie et était redescendu en secouant la tête. Lady Jordie elle-même avait confié à Ethan qu'elle avait engagé Sanjay pour s'occuper ensuite de sa maison. Elle allait fêter ses quatre-vingt-deux ans le mois suivant !

— Tu sais, bien entendu, déclara Ethan d'une voix calme, que la seule personne à qui cela doit plaire, c'est toi ?

— J'adore quand tu dis cela. J'ai confiance en ton jugement. J'ai besoin de ton opinion. La plus sincère qui soit.

— Tu vas l'avoir, l'avertit-il.

Préparé au pire, il examina la chambre. Après les déclarations de lady Jordie, il s'était attendu à des couleurs criardes convenant plus à une place de marché local qu'à un hôtel de luxe. Ce qu'il découvrit dans la chambre de Mia était beaucoup plus en accord avec l'élégance de l'ancien monde, et rehaussé par les tons chauds de l'Orient. C'était chaleureux, accueillant, spacieux et apaisant.

— C'est bien, dit-il après avoir tout examiné. Très bien.

— Alors tu penses que nous devrions laisser Sanjay s'occuper du reste de l'hôtel ?

Ethan acquiesça d'un signe de tête.

— Excellent. Considère que c'est déjà fait. Bien sûr, il disposait d'un trésor de très belles pièces et il en a joué.

Mia passa la main sur le dossier d'une chaise.

— La plupart des objets qui ont appartenu à Lily sont de retour, ajouta-t-elle.

— La plus grande partie de ce qu'avait ici Lily venait de la famille de ton père.

Mia réfléchit un instant.

— C'est encore mieux.

Puis, avec un petit sourire en coin :

— Attends de voir la chambre. Il y a un miroir soutenu par deux dragons de bronze aux ailes déployées, des fauteuils tendus de soie et des coussins couleur rubis. Et le lit bien sûr, — un immense lit à colonnes qui ne demande qu'à être étrenné.

Ethan s'éclaircit la gorge.

— Plus tard.

— Je m'installe cet après-midi, l'informa-t-elle. Et à 7 h 30 ce soir, je dînerai de fruits de mer, de vin blanc et je l'espère, avec toi. Pas précisément dans cet ordre, bien sûr. Si j'en parle, c'est parce que selon notre code, tu dois déclarer si tu es d'accord pour que cette soirée soit le moment et le lieu qui nous conviennent à tous les deux.

— Hum… alors tu y as réfléchi ? A ce truc de prendre ou laisser ?

— Absolument.

— Et ? demanda-t-il d'un ton bourru.

— Je prends.

Elle se rapprocha de lui et lui caressa le torse.

— Tout ce que tu pourras donner, aussi longtemps que tu voudras le donner.

— Certains pourraient appeler ça une capitulation, marmonna Ethan.

Ses lèvres affamées, ravagées par le désir se posèrent sur celles de Mia.

— Ils seraient dans l'erreur, souffla-t-elle hors d'haleine à la fin du baiser. Car il y a une condition, Ethan.

— Laquelle ?

Il était prêt à tout lui donner. Elle lui avait tellement manqué !

— Je veux que tu me parles de ta femme.

Juste après 8 heures du soir, Ethan rejoignit Mia. Son retard n'était pas calculé. Mais il y avait eu un problème au Hamilton. Son adjoint avait la grippe et Ethan s'était attardé pour régler la question. Il pénétra dans l'hôtel par une porte latérale et gagna l'aile nord, après être passé vérifier le spa récemment terminé et un complexe de piscines d'eau chaude. On les avait remplies deux jours auparavant. Tout fonctionnait à merveille, sauf une valve sur le plus petit des spas. Les plombiers l'avaient remplacée déjà deux fois avec un matériel soigneusement vérifié, et cependant, le spa continuait à se remplir de façon irrégulière. Les hommes en étaient sûrs et certains : c'était un coup de Yuen Chin.

Arrivé devant la porte de l'appartement de Mia, Ethan frappa, sans trop savoir à quoi s'attendre. Il s'était habillé sans façon : pantalon gris, chemise blanche, manches roulées aux coudes, col ouvert, pas de cravate. Exactement ce qu'il portait le soir chez lui. De toute façon, Mia avait pris l'habitude de lui déboutonner sa chemise en cours de soirée et lui de la laisser faire.

Elle lui ouvrit la porte. Elle était pieds nus. Le reste lui coupa le souffle. Elle portait une robe bain de soleil de soie rose pâle qui s'arrêtait bien au-dessus du genou. Le décolleté était profond et les deux fines bretelles n'étaient pas de taille à retenir quelqu'un de déterminé à festoyer par là.

— Te voilà ? dit-elle avec un sourire tout en féminité. Je pensais que tu avais changé d'avis.

Il avait bien failli. Il le pouvait encore.

— J'ai dû régler un léger problème au Hamilton.

— Humm…

Mia se détourna et rentra à l'intérieur. Ethan la suivit. La robe paraissait avoir perdu son dos et plongeait jusqu'à la taille, exposant une abondance de peau délicate comme de la porcelaine. Le regard d'Ethan glissa sur les courbes soyeuses de sa croupe. Portait-elle des dessous ou pas ?

Il s'attendait à ce que Mia l'entraîne dans la cuisine car ils avaient pris des habitudes de simplicité. Mais, ses pieds nus foulant le parquet ciré sans faire aucun bruit, elle l'emmena vers la salle à manger. Sur la table, deux bougies blanches attendaient d'être allumées. A côté de l'argenterie étincelante et de la vaisselle en porcelaine étaient posées des serviettes de lin immaculées.

— Nous fêtons quelque chose ? interrogea Ethan.

— Non. Nous nous entraînons pour le 14. Trop guindé, tu ne trouves pas ?

— Non.

— Ah, bien.

Elle tira une chaise à son intention. D'un haussement de sourcil elle lui fit signe de s'asseoir. Ce qu'il fit non sans une certaine circonspection.

— Merci.

— Je t'en prie. Du vin ?

Tirant une bouteille de vin blanc d'un seau à glace, elle se pencha sur le bord de la table. Sa robe accompagna son mouvement, remontant sur sa cuisse lorsqu'elle voulut remplir le verre d'Ethan.

— Non merci, dit-il.

Elle le servit quand même. Ses gestes étaient vifs et sûrs et son sourire innocent en remettant la bouteille dans la glace. Posant le doigt sur une goutte de vin qui coulait le long de la bouteille, elle la porta à sa bouche, dans l'intention délibérée d'attirer son attention sur ses lèvres apparemment dépourvues de rouge à lèvres et sur ses jolis ongles. Encore une fois, Ethan ne put s'empêcher de se demander si elle avait des dessous sans parvenir à conclure.

Ses ongles, toutefois, étaient d'un rouge vibrant et elle les éloigna de ses lèvres presque à regret. Ethan aurait bien voulu poser les siens juste sur les lèvres de Mia et lui faire des agaceries pour qu'elle entrouvre la bouche et s'abandonne à son baiser. Elle devait le savoir, c'était sûr.

Donc, il ne s'agissait pas d'un simple dîner. C'était la guerre.

Mia s'éloigna de la table et disparut dans la cuisine, réapparaissant un instant plus tard avec deux bols fumants. Ses seins frôlèrent l'épaule d'Ethan quand elle en posa un devant lui avant d'aller s'installer à l'autre bout de la table.

— Attends. N'oublions pas d'allumer les bougies.

Une haute bougie brûlait doucement sur le buffet. Mia s'en empara et tendit la main pour atteindre les autres placées au milieu de la table.

— Laisse-moi faire, souffla Ethan derrière elle.

Ses doigts glissèrent le long du bras de Mia et ses mains se refermèrent sur la sienne. Il ne l'avait pas touchée depuis trois jours et son corps le savait. Le corps de Mia aussi, si le coup d'œil brûlant qu'elle lui adressa en était une indication.

— Merci.

Elle retira sa main, éteignit la bougie et s'écarta prestement.

Ethan se rassit, secoua sa serviette et l'étala sur ses genoux.

— As-tu eu des nouvelles de ton père ces jours-ci ?

— Il m'a envoyé un fax.

Ethan prit sa fourchette et piqua dans sa nourriture.

— Que t'a-t-il dit ?

Un sourire étira les lèvres de Mia.

— « Je capitule. »

Ethan avala sa bouchée avec difficulté, refusant de se laisser intimider par sa victoire.

— Très impressionnant, dit-il quand même.

— Normal. C'est bon ?

— Délicieux.

Les ongles écarlates de Mia effleurèrent le bord du verre de vin qu'elle portait à ses lèvres.

— J'ai oublié la musique, murmura-t-elle.

— Pas besoin de musique, protesta Ethan.

Les rapides battements de son cœur suffisaient largement.

— A propos du 14, crois-tu qu'il faudra de la musique ?

— Je l'ignore, Mia. Je crois que tu vas devoir prendre les choses comme elles se présenteront.

Le regard de Mia effleura brièvement la photo où il posait sur la plage avec son père et le père de Mia.

— Ils étaient amis d'enfance autrefois, remarqua Ethan. Ils ont sans doute encore pas mal de choses en commun.

— Oui, approuva Mia.

Mais elle ne paraissait pas convaincue.

— Tu envisages toujours de les rapprocher ?

— En quelque sorte.

Elle eut un sourire un peu forcé.

— Sanjay me tuera s'il trouve du sang sur ses tapis persans.

— C'est beaucoup demander à ton père, Mia.

— Je le sais. Je songe faire davantage encore. Je songe à demander à chacun de suivre la tradition chinoise et d'apporter un présent. Un présent pour Lily dans sa vie d'après. Donné librement, quelque chose qui vienne du cœur.

— Tu veux demander à ton père de pardonner à Lily ?

— Il est temps, non ?

Ses yeux gris, pleins d'arrière-pensées, ne quittaient pas le visage d'Ethan.

— N'oublie pas d'apporter quelque chose pour tes fantômes personnels.

— Une once de pardon, veux-tu dire ?

— Ou une livre de chair. Ce sera plus facile.

Ethan sourit. Un peu à contrecœur.

— Ne me pousse pas, Mia.

— En m'intéressant à ta femme ? Tu pourrais te contenter de me raconter ce que je veux savoir. Et ce sera terminé.

— Tu n'as aucun besoin de savoir.

— Tu connais *si peu* les femmes.

— Ce n'est pas une histoire bien jolie.

— Je ne m'y attends pas.

Elle restait assise là, avec une expression un peu sévère.

— Je joue selon *tes* règles, Ethan. Je mérite de savoir pourquoi tu les as édictées.

Elle marquait un point. Mais Ethan ne savait pas par quoi commencer. Il n'avait jamais parlé d'Arianne. A personne.

— Je suis tombé amoureux d'Arianne dès que je l'ai vue, commença-t-il d'une voix brusque. Fou amoureux. Un mois après nous étions mariés. Trois mois après, notre mariage battait de l'aile. Je lui donnais tout ce que je pouvais, mais ce n'était jamais assez. Elle en voulait toujours plus. Des vêtements, du temps, des… hommes. Elle prétendait que c'était à cause de mon caractère réservé. Elle disait que si elle ne parvenait pas à tout obtenir de moi, elle prendrait tout le reste à la place.

— Tu crois que tu es à blâmer parce qu'elle avait des amants ?

— Je n'arrivais pas à lui donner ce qu'elle voulait.

— Peut-être que personne n'en était capable ?

— Je retenais toujours quelque chose de moi.

Mia ne dit rien.

— Je suis resté avec elle, poursuivit Ethan. Je l'aimais autant que je le pouvais.

Il eut un sourire sans joie.

— Je la détestais aussi. Puis un jour, elle est tombée sur un cœur aussi sauvage et dépourvu d'entraves que le sien. Elle l'a pris, a joué avec, brandissant l'amour comme une arme. Elle se jouait de lui, se jouait de moi, jusqu'à ce que je ne puisse plus distinguer le vrai du faux.

Il respira profondément.

— Je lui ai dit que je voulais sortir de cet enfer. Que c'était moi ou lui. Alors elle a ri et m'a répondu qu'elle ferait ce qu'elle voulait et qu'elle nous aurait bien eus, tous les deux.

Mia ferma les yeux. Sous ses cils, une larme jaillit et coula le long de sa joue. Maintenant, Ethan ne pouvait plus s'arrêter. Elle avait voulu savoir pour Arianne, alors elle pouvait bien écouter. Le chagrin, la rage de ce qu'il avait enduré, la culpabilité de n'avoir jamais pu assez donner de lui, tout cela bouillonnait en lui. Rien n'était la faute de Mia, rien du tout, et pourtant c'était à elle qu'il s'en prenait.

— Veux-tu savoir comment Arianne est morte, Mia ? Ici même, sur la plage, allongée sous son amant, avec ses mains serrées autour de son cou. Il l'a tuée dans une crise de rage et, un jour plus tard, il s'est tué lui aussi.

Sa voix devint farouche.

— Une partie de moi-même l'a pleurée. Mais pas entièrement. Pas tout. Je me haïssais et, pardieu, je la haïssais. J'ai failli me détruire.

— Ethan…

— Non !

Et tant pis pour le dîner. Ethan se leva brusquement, avec maladresse, tant sa hâte était grande d'échapper aux souvenirs qui se bousculaient dans son esprit.

— Je suis désolé, dit-il à Mia.

Toute pâle, pareille elle aussi à un fantôme, elle le fixait.

— Je suis désolé, mais je ne peux pas tomber amoureux de toi, Mia. Je ne veux pas. Je ne veux plus jamais passer par là. Même pour toi.

Quand la porte claqua derrière lui, Mia resta sans bouger, tête basse, les mains nouées étroitement sur les genoux pour les empêcher de trembler.

— Tu n'auras pas à le faire, souffla-t-elle.

Sa voix brisée était aussi impalpable que la brise venue de l'océan qui soulevait les serviettes de table et faisait vaciller la flamme des bougies.

— Tu n'auras pas à le faire, répéta-t-elle.

11

Richard Fletcher arriva à George Town, Penang, le matin du quatorzième jour d'août. Mia l'attendait.

Elle le suivit des yeux au moment où il franchissait les portes d'arrivée de l'aéroport. Cheveux noirs, yeux gris et froids, c'était un bel homme, avec, comme toujours, une expression sévère et lointaine. Lorsqu'il souriait — chose rare — son visage revêtait une douceur inattendue qui réchauffait son interlocuteur.

Il aperçut Mia. Et il lui sourit.

— Ma fille, dit-il d'une voix bourrue en la rejoignant.

— Papa.

Refoulant ses larmes, Mia se retrouva entre ses bras.

— Combien de temps penses-tu rester ?

— Une semaine, peut-être. Ma nouvelle assistante n'est pas si accommodante que l'ancienne.

Il recula un peu pour la détailler.

— Je suppose que tu ne comptais pas revenir ?

Mia secoua la tête et adoucit sa réponse avec un sourire.

— J'adore cet endroit, dit-elle avec simplicité.

— Penang te va bien. Je l'ai toujours su. Quand cet endroit vous tient, il est difficile de s'en détacher.

Il scruta le visage de sa fille et ses pupilles s'étrécirent.

— Tu parais fatiguée.

— J'ai eu beaucoup de travail.

Rien à voir, bien sûr, avec le fait d'avoir à peine fermé l'œil depuis le moment où Ethan avait quitté son appartement et n'était pas revenu.

— L'hôtel est presque terminé, ajouta-t-elle. Les travaux de rénovation sont finis. Maintenant, il reste juste à nettoyer et à meubler l'intérieur. Viens, je vais te montrer.

A leur arrivée, Rajah se tenait devant la porte, resplendissant dans sa tunique et son turban blancs. Vêtue de ses meilleurs atours, Ayah se tenait à côté de lui.

— Monsieur Richard, dit Rajah, c'est bon de vous voir.

— Rajah, répondit le père de Mia, avec un autre de ses rarissimes sourires en lui secouant la main.

Son regard se reporta vers Ayah.

— Ayah, dit-il d'un ton tranquille.

Quand elle se mit à pleurer, il la prit dans ses bras.

— Vous êtes revenu, murmura-t-elle en s'accrochant à lui. Vous êtes revenu.

Puis elle se lança dans un flot de paroles en tamil.

— Vous avez veillé sur ma fille, dit Richard quand enfin elle se détacha de lui.

— Vous le savez très bien.

A travers ses larmes, elle le foudroya du regard.

— Pourquoi n'être pas venu plus tôt ?

— Aucune importance, intervint Mia d'une voix ferme. Il est ici, maintenant.

Et à son père :

— J'ai rénové l'aile nord. C'est là que je vis désormais. Tu peux t'y installer avec moi dans la suite du penthouse. Même étage, aile est. Sanjay et son équipe ont travaillé nuit et jour pour qu'elle soit prête pour toi. Juste au cas où.

— Sanjay ?

En quelques mots, Mia lui donna les états de service de Sanjay et ajouta :

— Il a un talent inouï. Il ne serait pas mauvais de garder son nom à l'esprit pour quelques-unes des futures réalisations de la Fletcher Corporation.

Son père hocha la tête d'un air absent en parcourant l'entrée du regard. Les derniers ouvriers pliaient bagage, emportant avec eux les derniers outils, métrages de tissu et matériaux de construction. Le marbre bien nettoyé brillait, les rampes d'escalier avaient été poncées pour mettre en valeur le grain splendide du bois avant d'être encaustiquées et polies jusqu'à obtenir un subtil éclat. Le lustre haut perché au-dessus d'eux étincelait, les plafonds étaient d'un blanc éclatant et les murs d'un pâle vert d'eau.

Toute l'ossature était telle que Mia l'avait rêvée. Et bien plus encore.

En approchant de la réception, le regard de son père se durcit d'un seul coup. Mia chercha à deviner ce qui avait retenu son attention.

Ethan.

Elle ne l'avait pas vu depuis deux jours. Son père, lui, ne l'avait pas vu depuis vingt-quatre ans.

— C'est Ethan, dit-elle d'une voix étouffée.

— Je sais, dit Richard simplement.

Ethan s'avança à leur rencontre. Il la scruta d'un air bizarre avant de se tourner vers son père.

— Richard, dit-il en lui tendant la main. Bienvenue. Cela faisait bien longtemps.

Le père de Mia lui serra la main.

— Exact. Mia m'a dit que tu avais dirigé la rénovation. Merci de l'avoir aidée.

— Je l'avais promis à Lily, répondit Ethan.

Mia eut l'impression qu'une flèche s'enfonçait dans son cœur.

— J'aimerais croire que tu ne l'as pas toujours considéré comme un devoir, déclara-t-elle d'une voix calme. J'aimerais croire que tu l'as fait parce que tu en avais envie. Parce que tu as aimé autant que moi ressusciter l'hôtel.

Ethan lui jeta un rapide coup d'œil et détourna les yeux aussi vite, comme si la regarder le faisait souffrir.

— Les papiers sont en ordre, poursuivit-il. Tout le monde a été payé. Je terminerai cet après-midi avec le reste des fournisseurs.

La flèche s'enfonça un peu plus profond.

— Tout ceci est à toi maintenant, dit-il.

Devant sa froide indifférence, Mia s'efforça de sourire, sans pouvoir tout à fait y parvenir. Déterminée à ne pas pleurer, elle essaya de ne penser qu'aux affaires.

— Excepté les quarante-cinq pour cent qui appartiennent aux actionnaires, rétorqua-t-elle. Il n'est donc pas entièrement à moi.

Ethan échangea un coup d'œil avec Richard et les deux hommes parurent mal à l'aise. Peut-être étaient-ils gênés de se retrouver face à face ?

A moins qu'il y ait une autre raison ?

Mia les regarda l'un après l'autre, notant pour la première fois certaines similitudes entre eux. Leur attitude distante qu'ils portaient comme un bouclier, leur cœur jalousement fermé. Leur conversation était essentiellement d'ordre professionnel, même si de temps à autre… de temps à autre, leurs actes les trahissaient.

— Avez-vous autre chose à me dire ? interrogea Mia.

Son père secoua la tête.

— Non, je ne vois rien, déclara Ethan d'un ton détaché.

— Si c'est toi qui détiens des parts, Ethan, se lança-t-elle, l'esprit soudain traversé par une idée, je t'écorcherai vif.

— Essaye toujours.

La flamme qui brûla soudain au fond de ses yeux était déjà beaucoup mieux que sa navrante indifférence.

— Tu as fait une offre publique, Mia. Prends ce que tu as et continue à vivre avec.

— Alors, c'est toi qui les as, oui ou non ?

— Il y a quelque chose dont je dois te parler, annonça-t-il d'un ton brusque. Je me rends demain après-midi à Malacca. Je doute de pouvoir revenir à temps pour le dîner.

Elle aurait dû s'y attendre. Ethan ne l'aimait pas. Il ne *voulait* pas l'aimer. Sa fuite serait totale. Mais comment diable allait-elle pouvoir cesser de l'aimer ?

— Je garderai quand même une place pour toi, lui dit Mia.

Juste au cas où.

Mia installa son père dans la suite du penthouse et chargea Rajah de lui faire les honneurs de l'hôtel. Elle s'en serait bien chargée elle-même mais quelque chose semblait s'être renoué entre son père, Ayah et Rajah — quelque chose d'inattendu et d'authentique. Un lien ancien fait d'amitié et d'amour. Elle pouvait le voir dans le regard fasciné que Rajah posait sur son père et dans le comportement d'Ayah, aux petits soins pour lui.

Son père était venu parce qu'elle le lui avait demandé. Parce qu'elle l'avait harcelé et contraint, sans lui laisser beaucoup le choix. Il était venu parce qu'il l'aimait, pour tous les mots qui n'avaient pas été prononcés entre eux. Mais il y avait bien plus que cela dans sa présence ici. Mia avait été tellement centrée sur elle-même et sur Lily qu'elle ne s'en était pas vraiment rendu compte.

Richard Fletcher était revenu chez lui.

A la minute où son père et Rajah partirent faire le tour de l'hôtel, elle accapara Ayah. Qu'aimait-il manger quand il était enfant ? Quels étaient ses plats favoris ? Ayah le savait forcément. Eh oui, Ayah le savait et elle se lança sans aucune retenue dans une longue liste d'ingrédients et de recettes. Une heure plus tard, elles étaient dans la cuisine de Mia, environnée de mets exotiques et d'épices. Mia n'avait aucune idée de l'usage de la moitié d'entre eux, mais la saveur qui s'en dégageait était divine et, sous la houlette d'Ayah, elle parvint à s'en faire une idée.

Elles découpèrent des petits morceaux de chilli, écrasèrent des épices et du gingembre et, quand la pâte entra dans la casserole, l'air s'emplit d'une odeur que Mia en était venue à associer uniquement à Penang. Ses yeux s'humectèrent autant de la puissance du chilli que du trop-plein de ses émotions. Elles firent un curry à l'agneau, mirent du concombre dans une jatte de yaourt frais et confectionnèrent un chutney à la mangue pour le rôti, sans oublier une soupe de poissons comme Mia n'en avait jamais vu.

— Quand il était petit, lui confia Ayah, le regard plein de douceur, il était toujours fourré dans ma cuisine. Ou quelque part dans le jardin avec Rajah.

Mia hocha la tête en suivant ses instructions à la lettre.

— Vos grands-parents n'étaient pas méchants, poursuivit Ayah. Seulement, ils ne savaient pas quoi faire avec un enfant. Ils étaient toujours occupés autre part. Et puis… ils sont morts tous les deux, juste comme ça, et votre père était à peine adulte.

Tués dans un crash aérien. Mia savait cela mais guère davantage.

— Votre père a grandi dans une grande solitude, Mia. Quand il a rencontré votre mère, il lui a donné son cœur. Un cœur si tendre…

Ayah secoua la tête.

— Et si loyal.

— Vous savez, n'est-ce pas, qui assistera à ce dîner ? dit Mia en hésitant un peu. Nathaniel, mon père et… Ethan. Vous savez en l'honneur de qui il a lieu ?

Ayah opina.

— Est-ce que je leur demande trop, Ayah ? Est-ce que je n'exige pas l'impossible ?

— Je ne sais pas, enfant.

Ayah lui rendit son regard. Son visage était sillonné de rides et ses yeux étaient lourds d'une ancienne sagesse.

— Mais demandez-le quand même.

A 18 h 30 exactement, Mia cessa de s'occuper des mets, du choix des vins et de la disposition de la table et commença à se préparer pour la soirée, et délaissant une robe noire — couleur de deuil — lui préféra un fourreau de crêpe gris tourterelle.

L'heure n'était pas aux lamentations mais au souvenir, au pardon. Il fallait cicatriser les blessures et aller de l'avant.

« Ce n'est pas simplement pour toi, maman, mais pour nous tous et il faut que tu m'aides. »

Le médaillon vint en dernier et Mia se plaça devant le miroir, l'énorme miroir encadré par des dragons.

— Aide-moi à être forte, murmura-t-elle.

A 19 h 15, son père arriva. Ses yeux s'assombrirent en apercevant le médaillon au cou de sa fille. En silence, il lui tendit une bouteille.

— Merci, dit-elle d'une voix tranquille. Merci d'être venu.

A 19 h 30 précises, Nathaniel Hamilton arriva à son tour. Seul. Avec des orchidées pour Mia et une poignée de main pour son père.

— Bienvenue, lui dit-il. Sois le bienvenu chez toi.

Mia leur versa du vin de la bouteille qu'elle avait ouverte un peu plus tôt. Elle s'en servit aussi un verre. La table était mise, le dîner prêt à être servi. Ils étaient tous là. Tous, sauf Ethan.

Mia attendit un quart d'heure de plus, remplissant les silences avec des phrases à bâtons rompus sur la rénovation de l'hôtel, récoltant par-ci un commentaire de son père et par-là un mot de Nathaniel.

— Cela ne ressemble pas à Ethan d'être en retard, remarqua enfin ce dernier en voyant Mia jeter pour la dixième fois un coup d'œil à la pendule.

— Il n'était pas certain de pouvoir se libérer, répondit-elle. Mais c'est encore possible. Avez-vous faim ?

Ils attendirent encore un quart d'heure avant que la table ne se couvre des innombrables plats qu'Ayah et elle avaient préparés. En les voyant, un sourire retroussa les lèvres de son père. Ses yeux cherchèrent ceux de sa fille.

— Ayah et moi avons fait un peu de cuisine cet après-midi, lança-t-elle avec désinvolture. Asseyez-vous tous les deux et dînons.

La musique. Elle avait oublié la musique. Et cette fois, ils en avaient grand besoin. Une musique douce pour combler les silences et détendre les esprits. En contournant la table, Mia hésita et se demanda si elle devait enlever le quatrième couvert. Cela ferait un peu plus de place. Mais son cœur gardait l'espoir qu'Ethan viendrait encore. Qu'il avait été retenu à l'hôtel et serait là d'un moment à l'autre. Il savait à quel point ce dîner était important pour elle. Il se devait d'y être. Il allait venir, c'était sûr.

— Appelez-le, dit Nathaniel, le regard peiné. Moi, je vais l'appeler.

— Non.

Elle lui lança un regard d'excuse pour rattraper la brusquerie de sa réponse.

— Non, tout va bien. C'est inutile.

Elle s'assit et remplit son devoir d'hôtesse — taquinant son père sur son appétit pour le curry d'Ayah, posant à Nathaniel des questions sur les changements intervenus à Penang au cours des vingt dernières années. Des questions pour initier le dialogue entre les deux hommes, même si c'était malaisé. Ils essayèrent, vraiment. Mais les silences s'étirèrent et Mia ne parvint plus à les combler. La place vide en face d'elle paraissait la narguer, lui rappeler un temps où elle n'avait pas été vide, quand Ethan était là et qu'elle le harcelait pour obtenir des réponses qu'il ne voulait pas lui donner.

Combien de fois l'avait-il avertie ? Elle n'avait pas voulu l'écouter, préférant écouter son cœur. Elle posa la main sur son médaillon. Ses yeux secs la brûlaient. « Il m'a prévenue, maman, il m'a prévenue. Aide-moi à rester forte. »

— On m'a dit, interrogea son père, que le groupe des hôtels Hamilton a pris pied avec succès en Chine ?

Les mots étaient à l'intention de Nathaniel, mais ses yeux étaient posés sur sa fille, interrogateurs, inquiets.

— Notre première tentative s'est soldée par un désastre, répondit Nathaniel sur le ton de la conversation, mais Ethan s'est obstiné comme seul il sait le faire.

Il s'empara du plat de curry, dont Richard avait déjà repris, s'en versa une généreuse portion, en offrit à Mia qui refusa. Elle avait déjà bien assez à faire avec ce qu'elle avait dans son assiette.

— J'en prendrais bien encore un peu, dit son père à Nathaniel qui, de nouveau, emplit son assiette.

— Je n'ai pas mangé de curry comme celui-ci depuis vingt-quatre ans, déclara Nathaniel. Tu te souviens quand…

Il s'interrompit abruptement, le regard rivé à celui de Richard. Au bout d'un long, très long moment, lourd de souvenirs inexprimés et de mots qui n'avaient pas été prononcés, il détourna les yeux.

Elle n'aurait pas dû les réunir, se dit tristement Mia en se concentrant pour ne pas laisser les larmes lui monter aux yeux. Il fallait laisser en paix certaines choses.

— Je me souviens, lança son père d'une voix enrouée en se servant de yaourt au concombre, que moi non plus…

Et, plongeant la cuillère dans son curry :

— Bon sang que c'est bon !

Après cela, ils se lancèrent dans l'histoire de deux petits garçons qui avaient grandi à Penang. Ils firent rire Mia, lui versèrent du vin et, un moment, lui firent oublier cette chaise vide à l'autre bout de la table.

Mais un moment seulement.

Ils prirent leur dessert sur le balcon pour profiter de la vue et Mia remplit de nouveau leur verre et le sien.

« Regarde-les, maman. Ils font cela pour moi et moi, je fais cela pour eux. Et pour toi. »

— J'aimerais porter un toast, dit-elle calmement. A la famille.

— A la famille, répétèrent-ils après elle.

« Tu aurais pu venir, Ethan. Tu aurais dû être là, maudit soyez-vous, toi et ton beau et inaccessible cœur. »

Ethan trouva son père dans son jardin, un sarcloir à la main, éliminant les mauvaises herbes. Un jeune banian poussait tout près, menaçant d'envahir un jour tout l'espace.

— Es-tu certain qu'il s'agisse d'une mauvaise pousse ? demanda Ethan en guise de bonjour.

Son père cessa de sarcler et lui décocha un long et pénétrant regard, pas vraiment accueillant.

— Nous t'avons attendu hier soir pour dîner.

— J'avais prévenu Mia que je ne serais pas là.

— Elle nous l'a dit. Nous t'avons quand même attendu. Où étais-tu, Ethan ? Qu'y avait-il de plus important que d'honorer sa famille ?

De protéger mon cœur, eut-il envie de répondre. D'arrêter une petite femme avec de calmes yeux gris et un sourire radieux de s'en emparer complètement. Il n'avait pas voulu voir comment elle gérait cette soirée. Mais il savait comment elle l'avait abordée. En éblouissant ses deux invités par son accueil chaleureux. En faisant en sorte que la soirée se déroule sans accroc grâce à sa compassion et sa générosité d'esprit.

Il se passa une main dans les cheveux.

— Comment ça s'est passé ?

— Si tu avais été là tu n'aurais pas eu besoin de poser la question.

Son père reprit son sarclage.

— J'étais à Malacca, répondit Ethan d'un ton maussade. Pour examiner des poutres de bois pour la maison de la plage.

L'excuse était lamentable, mais il avait été obligé de s'éloigner suffisamment de Penang pour être certain de ne pouvoir y revenir pour le dîner, même s'il en avait eu envie. S'il était resté à Penang, il aurait échoué à ce dîner et y aurait laissé son cœur par la même occasion.

— J'ai passé la nuit là-bas, reprit-il. Alors, comment c'était ?

— Hier soir, Ethan, j'ai vu le cœur d'une femme se briser. J'ai vu cette femme garder la tête haute et veiller à notre bien-être à Richard et à moi, pendant qu'intérieurement, elle saignait à mort d'amour pour toi.

Les calmes paroles de Nathaniel en complète contradiction avec sa besogne avaient d'autant plus de force.

— Alors, nous avons fait ce que font les gens âgés face à un événement auquel ils ne peuvent rien. Nous avons parlé affaires et autres bêtises, redécouvert des centres d'intérêt communs et essayé de chasser la tristesse des yeux de Mia. Et cela a marché — pendant un moment. Lily aurait été fière de nous.

Nathaniel eut un dur sourire.

— A mon avis, elle ne l'aurait pas été de toi.

Ethan ne dit rien.

— Je me suis promis de ne pas m'en mêler, reprit son père en secouant la tête. Je me suis dit que, quels que soient les problèmes entre toi et Mia, ce n'était pas mon affaire. Mais tu l'aimes, Ethan. Je peux le lire dans tes yeux, l'entendre dans ta voix quand tu parles d'elle. Et elle t'aime aussi. Je vous ai vus ensemble, et le lien entre vous deux m'a presque fait pleurer parce que j'ai compris qu'enfin, enfin, tu avais trouvé ton autre moitié. Sais-tu à quel point c'est rare ? A quel point c'est précieux ? Je sais qu'Arianne t'a fait souffrir. Mais elle n'était pas faite pour toi et tu ne l'étais pas non plus pour elle. Tout amour ne se termine pas par la mort, la haine et la culpabilité. Je n'aurais à aucun moment désiré qu'elle meure. Ni pour elle ni pour toi. Parce que peut-être, alors, tu aurais pu te libérer d'elle.

— Elle est morte, répliqua Ethan avec rudesse. Je suis libéré d'elle.

— Crois-tu qu'elle ne te hante pas depuis sa tombe ? Empoisonnant toutes tes idées sur les femmes et les relations amoureuses ? Empoisonnant ce que tu pourrais avoir avec Mia ?

— Je n'ai jamais rien promis à Mia, grommela Ethan.

— Et pourquoi non ? demanda son père d'une voix lasse. Pourquoi diable ne l'as-tu pas fait ?

Quand Ethan broyait du noir, c'était sans la moindre retenue. Assis à son bureau, un stylo à la main, il regardait sans les voir les papiers posés devant lui, défiant quiconque de passer la porte pour quémander ou se plaindre.

Mais personne ne s'y serait risqué. Il avait entendu Cassie, sa secrétaire de direction, prévenir l'équipe qu'en cas de problème, il faudrait s'adresser à elle. Du coup, il songeait à l'augmenter lorsqu'une voix demanda :

— Bonjour Cassie. Ethan est-il là ?

Une voix féminine et chaude avec en filigrane, une veine d'acier. Mia.

— Il est dans son bureau mais, Mia, il est de mauvaise humeur. Je ne crois pas que…

— Ne vous tracassez pas, Cassie. Nous sommes une famille. Je vais mettre son humeur à l'épreuve et lui faire piquer une crise. Restez dans le coin. Ça va être drôle.

La porte du bureau s'ouvrit. Mia était là, debout, et l'air semblait vibrer autour d'elle. Dans son dos, Cassie se tordait les mains.

— Mia désire vous voir, monsieur, dit-elle d'une voix faible.

— Allez donc prendre une tasse de thé, Cassie.

— Je songeais à prendre un bateau pour aller sur la grande île.

— Bonne idée, approuva Mia. Prenez donc votre week-end. Emportez la carte bancaire de la société et achetez tout ce qui vous fera plaisir.

— Une demi-heure, Cassie.

— Vous me préviendrez quand vous aurez un poste à pourvoir ? demanda Cassie à Mia.

— Venez me voir demain.

Mia ferma la porte derrière elle et se retourna vers Ethan.

— Pirate, marmonna-t-il.

— J'ai appris avec le meilleur de tous.

Elle vint se percher à côté de lui. Jupe courte et serrée, longues jambes lisses et un sourire qu'aucun homme sensé ne fuirait.

— Je crois que tu as quelque chose qui m'appartient ?

— Cela nous met à peu près à égalité, si je considère que, bientôt, tu vas m'enlever tous mes employés.

Mia se pencha et l'embrassa sur les lèvres. Ce n'était qu'un baiser très léger, mais il brûla l'âme d'Ethan comme au fer rouge et fit courir son pouls. Puis Mia s'écarta de lui et poussa un soupir.

— Oui, tu l'as toujours.

— Quoi, ton attention tout entière ? C'est parce que tu semblais avoir ôté tout le reste de ta liste. La rénovation de l'hôtel, te réconcilier avec ton passé, te forger une famille…

Ethan se renversa dans son fauteuil de cuir noir, cherchant, sans y parvenir, à mettre un peu de distance entre eux.

— Il te faut une autre liste.

— Et mon cœur, Ethan.

Elle lui coula un sombre regard.

— Eh bien, dit-il lentement, tu pourrais toujours le reprendre.

— Encore ! s'exclama-t-elle. Tu continues à penser en homme. Je te l'affirme, je ne veux pas le reprendre. Je suis venue ici simplement pour te dire qu'il t'appartient. Juste au cas où un doute subsisterait.

A cela, un homme ne pouvait pas répliquer grand-chose. Ethan décida donc que pour l'instant, le silence ne pouvait pas faire de mal. Mia brûlait du désir de se battre et il n'était pas tout à fait prêt à lui en fournir le prétexte.

Il fallait donc absolument se taire.

Elle se rapprocha de lui et sa jupe remonta un peu plus.

— Je suis désolée que ta première épouse t'ait fait autant souffrir. Je suis désolée que tu ne parviennes pas à lui pardonner. Mais si tu penses que je lui ressemble en quoi que ce soit, Ethan, tu te trompes. Je pourrais rester avec toi, t'aimer jusqu'à la fin des temps et si tu es incapable de voir cela, tu es un imbécile. Je suis honnête, travailleuse, extrêmement loyale, assez riche pour être indépendante, plutôt séduisante et complètement, irréversiblement amoureuse de toi. Je suis aussi capable…

Ici, elle eut un brusque mouvement de tête.

— … de te mettre à ma merci dans une chambre à coucher. Par bonheur pour moi, tu me fais le même effet. C'est pourquoi, Ethan, je t'offre l'amour. Un amour assez fort et vrai pour bâtir une vie autour. Un amour qui durera toute notre existence et peut-être plus. C'est à prendre ou à laisser.

Mia se laissa glisser du bureau et se dirigea vers la porte, véritable incarnation d'esprit, de séduction et de détermination sans faille.

— C'est une bonne proposition, Ethan. Elle devrait intéresser l'homme d'affaires qui est en toi aussi bien que le pirate. Tu devrais sauter dessus.

12

Les préparatifs du festin des fantômes affamés commencèrent au milieu de l'après-midi. Mia avait décidé d'inaugurer la salle de bal, de l'ouvrir sur la passerelle nouvellement construite et les jardins récemment plantés qui dégringolaient jusqu'à la plage. Des tables recouvertes de nappes s'alignaient bout à bout, prêtes à accueillir les plats qui allaient être servis, porcs entiers à la broche et autres poulets rôtis, ananas, beignets à la vapeur. Mia avait fait appel à des traiteurs car elle n'avait pas encore engagé de chef ni d'équipe de cuisiniers pour l'hôtel.

Il y avait aussi sur une estrade des musiciens, des danseurs et des acrobates pour le divertissement. En fait, chacun trouverait son compte ce soir, y compris le plus affamé des fantômes. Des bougies étaient plantées le long de l'allée et, à intervalles réguliers, des bâtons d'encens géants attendaient d'être allumés. Mia avait prévu un endroit pour le feu. Ce soir, ce serait là où brûleraient les offrandes au fantôme de son choix. La plupart d'entre elles étaient déjà prêtes pour Yuen Chin, mais il fallait aussi honorer les ancêtres et quelques esprits de passage.

Richard était quelque part dans le coin. Il ressemblait beaucoup plus à l'homme qui riait sur la photo accrochée au mur de sa fille qu'à celui qu'elle avait toujours connu. Il avait annoncé qu'il ne pouvait rester qu'une semaine et elle le connaissait trop bien pour savoir qu'il ne pourrait négliger plus longtemps son entreprise, mais il reviendrait. Il reviendrait.

La plupart des convives arrivèrent en fin d'après-midi apportant nourriture et offrandes, couleurs et chaleur humaine. Il y avait là les épouses des ouvriers, les oncles, les tantes et leurs enfants, beaucoup d'enfants.

Comme le crépuscule tombait, une brise se leva. Mia alluma les appliques de chaque côté de la salle de bal et se réjouit des exclamations émerveillées et des éclaboussements de lumière à travers les pampilles de cristal.

— Quand comptes-tu allumer le grand lustre ? demanda son père à côté d'elle.

— Quand il fera nuit, répondit-elle. J'aperçois lady Jordie qui te cherche. Cela a un rapport avec un gâteau aux graines de lotus, une bouteille de xérès et une journée de travail dans son jardin. Toi et Nathaniel Hamilton.

— Elle a une mémoire d'éléphant, murmura Richard.

— A propos... j'ai retrouvé les éléphants, tu sais. Les éléphants de l'arrière-grand-père. Ils sont en Thaïlande, dans un village où les éléphants prennent leur retraite. L'hôtel va prendre en charge une partie des frais.

— Tes actionnaires sont-ils au courant de *ça* ?

— Maintenant, tu l'es, sourit Mia avec malice. Dis-moi, combien de parts détiens-tu, papa ?

Son père poussa un soupir.

— Cinquante pour cent. Et j'avais l'intention de te les rendre pour ton anniversaire. Mais je pense que je vais les garder. Cet endroit ne fonctionnera pas uniquement avec de l'amour, Mia. Tu vas avoir besoin d'être guidée.

Il secoua la tête, l'air incrédule.

— Des éléphants !

— C'est mon arrière-grand-père qui a commencé. Je ne fais que poursuivre une grandiose et illustre tradition.

Le regard de Mia fit le tour de la salle de bal. Elle était enchantée de ce qu'elle voyait. Tous ces gens, cette musique, les rires et la danse. Ethan et elle avaient valsé ici une fois dans l'obscurité. Ils avaient fait l'amour dans la pénombre. Il fallait qu'elle recommence encore une fois avec lui.

— As-tu la moindre idée de l'identité du propriétaire des autres trente pour cent ? demanda-t-elle à son père.

— Une société du nom de EN Corporation, répondit-il d'une voix sèche. Ils ont sauté sur ton offre cinq minutes à peine après son apparition chez ton courtier. Va savoir.

— Je crois que je vais aussi devoir parler des éléphants à Ethan, conclut Mia.

— Sait-il que tu es amoureuse de lui ? s'enquit Richard Fletcher avec un petit sourire forcé.

— Je le lui ai annoncé aujourd'huin même. Avec des mots qu'il est capable de comprendre.

— Oh ! s'exclama son père.

Puis, après un long silence :

— Comment ça a marché ?

— Difficile à dire. J'étais bien trop paniquée pour rester là à le découvrir.

Le courage avait des limites.

— Donc… va-t-il se montrer ce soir ?

Mia scruta les visages dans la pièce, mais Ethan n'était pas parmi eux.

— J'espère qu'il viendra, mais il n'y a pas beaucoup de chances pour cela. Il a été marié autrefois… sa femme l'a presque détruit.

— Je sais ce que ça fait.

Mia lui jeta un coup d'œil et passa son bras sous le sien.

— Alors tu comprendras contre quoi je me bats. Il a un cœur exactement comme le tien. Beau et sincère et extrêmement bien gardé.

— Il est possible qu'il ne vienne pas, Mia.

— Je sais.

D'entendre son père le dire ôta pour elle un peu d'éclat à la soirée qui battait son plein.

— Ayah ou Rajah auraient dû me dire que c'est la maison où tu as passé ton enfance. Ou bien toi. Tu aurais dû me le dire.

— Cela aurait-il fait une différence ?

— Bien sûr que oui. Je t'aurais fait venir ici plus tôt. Comment aurais-je pu savoir que tous ces objets au sous-sol t'appartenaient ?

Bien décidée à effacer l'inquiétude qui venait d'apparaître dans les yeux de son père lorsqu'ils avaient parlé d'Ethan, Mia poussa un soupir mélodramatique.

— J'ai dû donner ton vélo avec l'autocollant.

— Quoi ? Tu as donné mon vélo ?

— Euh, oui. Il appartient maintenant au grand-père du contremaître. Mais j'ai conservé tes cannes à pêche. Elles sont au sous-sol. Oh, regarde ! Les montreurs de marionnettes sont arrivés. Je ferais bien d'aller leur dire où s'installer. Les petits vont les adorer.

— Assure-toi de les prévenir de laisser libres les sièges du premier rang, dit Richard en esquissant un sourire.

Et comme Mia lui jetait un coup d'œil interrogateur, il ajouta :

— Ils sont réservés aux esprits.

Comme la soirée avançait, de nombreuses autres familles d'employés arrivèrent. Rajah alla allumer les bâtons d'encens, la famille Kwong s'occupa de l'autel et du feu de joie. On y jeta d'abord de grandes quantités d'argent « factice », suivies de différentes offrandes en papier que les gens avaient préparées eux-mêmes pour Yuen Chin — vêtements, colliers, bracelets. Les serviettes à thé en papier que Mia avait préparées y allèrent aussi, avec deux paquets du meilleur thé de Penang, le revers de l'un portant un discret dessin représentant un crâne et deux tibias croisés. Il y eut aussi des gobelets en carton, deux bouteilles de vin de M. Kwong, mais rien de la part d'Ethan.

Mia sauva le bouquet d'orchidées — des vraies — pour la sœur de Yuen Chin, et finit quand même par les jeter dans les flammes, en souhaitant au plus profond de son cœur que, d'une façon ou d'une autre, elles puissent l'atteindre.

Ensuite, elle dénicha un coin tranquille et obscur dans le jardin, d'où elle pourrait regarder la nuit se déployer. Elle était fière de ce qu'Ethan et elle ainsi que leur équipe de talentueux artisans avaient réalisé. Fière de la manière dont resplendissait le vieil hôtel, telle une rare pierre précieuse. Le cœur de l'hôtel Cornwallis, au centre de Penang, battait maintenant seul, palpitant au rythme des myriades de cultures de l'île. Si seulement, songeait-elle, Ethan était là pour le voir ! Encore et toujours, elle scruta les visages autour d'elle. Elle n'abandonnait jamais quand il s'agissait de ceux qu'elle aimait.

Et la nuit avançait de plus en plus.

Ethan émergea à grands pas des ombres de la plage, contournant à dessein les endroits où l'on s'amusait et les tables surchargées de nourriture pour gagner l'endroit où il voulait se rendre. Le feu de joie brûlait haut et clair, alimenté par les offrandes que d'autres avaient faites avant lui. La sienne était calée sous son bras, choisie avec soin mais enveloppée à la hâte dans une mince couverture blanche — une vraie couverture. Pourtant, il ne s'agissait pas d'un cadeau pour Yuen Chin.

C'était pour Arianne.

« Ainsi, tu pourras t'abriter du froid, Arianne. J'espère qu'elle te trouvera. »

Il brandit la couverture vers les flammes et la laissa tomber puis, mains dans les poches, respirant profondément, il la regarda brûler. Pardonner ne lui était pas chose facile et ne le serait jamais, mais il pouvait éprouver de la compassion pour Arianne et l'amour qu'elle n'avait jamais pu connaître.

Quand le dernier filet de fumée de la couverture se dissipa dans l'air, il se détourna. Le vieil hôtel brillait de tous ses feux, mais il n'était pas encore prêt. Il avait besoin de temps pour se reprendre avant de se joindre à la foule. Du temps pour rassembler son courage afin de faire ce pourquoi il était venu.

Il recula parmi les ombres, en quête de solitude. Mais il ne la trouva pas. Mia la première avait découvert son refuge, un banc de jardin à demi dissimulé par la nuit.

Elle leva les yeux comme si elle émergeait d'un rêve. Une brise fantasque lui rabattit les cheveux sur le visage et ses yeux — des yeux hantés, obsédants — contemplèrent Ethan avec gravité. Elle ne sourit pas et Ethan sentit son estomac se nouer.

Il avait fait des efforts insensés pour la repousser. Pour protéger son cœur, ne jamais la laisser s'y infiltrer, sachant quand même à chaque instant qu'elle y était déjà, qu'elle y serait toujours et qu'il l'avait toute sa vie attendue.

Pas très sûr de son accueil, il s'avança vers elle. Mia se leva, les yeux rivés sur son visage. Attendant.

Elle portait un simple fourreau noir, le médaillon ovale en or autour du cou et son cœur — ce cœur farouche et brave — au fond des yeux. Ethan n'avait jamais rien vu d'aussi beau.

— J'aime ta robe, dit-il.

— Merci.

Les yeux de Mia l'effleurèrent brièvement et ses lèvres s'incurvèrent un peu.

— J'aime bien ta cravate.

Il sourit. Il ne portait pas de cravate, ce soir.

— As-tu fait tes offrandes à Yuen Chin ?

— Oui. Je suis à peu près certaine qu'elle a apprécié le vin empoisonné. C'est M. Kwong senior qui l'a fabriqué. Il a brûlé en un clin d'œil.

Son regard se posa sur le feu.

— J'ai l'impression que ton offrande n'était pas destinée à notre défunte courtisane, fit-elle remarquer.

— En effet.

Mia lui sourit, mais ses yeux étaient encore pleins du souvenir des paroles qu'il avait prononcées à propos d'Arianne. Et de celles qui ne l'avaient pas été.

— Aimerais-tu savoir ce que c'était ?

— Je crois, dit-elle en hésitant un peu, que ce qui est allé dans le feu était très intime, très personnel.

— Tu as toujours pu me poser des questions personnelles.

Mia secoua la tête.

— Pas cette fois, Ethan.

— Alors… tu ne veux pas savoir ce que c'était ?

— Je n'ai pas dit cela. Mais parfois, j'en demande trop à ceux que j'aime. Alors vient le temps d'arrêter.

— Je pourrais bien te le dire.

— Oui, tu pourrais.

Ethan crut voir dans ses yeux un sourire aussitôt disparu.

— Mais ce n'est pas nécessaire, ajouta-t-elle.

Eh bien si, c'était nécessaire. Il avait besoin de prononcer les mots à quelqu'un qui les comprendrait. Il avait besoin de les dire à Mia.

— C'était une couverture. Pour Arianne.

Les yeux de Mia s'emplirent de larmes. Elle ne dit rien, se contentant juste de hocher la tête.

— Je lui ai pardonné, Mia. Peut-être… surtout…

Il fourragea dans ses cheveux et opta pour une absolue sincérité.

— J'ai travaillé là-dessus.

— Tu as fait du bon travail, approuva-t-elle d'une voix tremblante.

— Oui, eh bien, cela a été long.

Maintenant qu'il avait avoué, il éprouvait un désir frénétique de parler d'autre chose. Il regarda autour de lui, leva les yeux vers l'hôtel. C'était magique, merveilleux.

— Nous avons fait du bon travail.

— En effet.

— Mia…

Comment lui dire ce qu'il était venu lui dire ?

— Veux-tu danser avec moi ?

— Ici ? demanda-t-elle, en hésitant.

— Ou dedans. Où tu veux. J'opte pour la salle de bal, murmura-t-il. Nous serons moins incités à finir tout nus. Ce serait un problème avec tous ces gens.

— Es-tu certain de vouloir danser ?

— Je suis certain d'avoir envie de te tenir dans mes bras.

Le cœur étreint, il lui tendit la main, et enfin, enfin, elle la prit. Il avait déjà tenu les mains de Mia dans des instants de passion ou de désir brûlant, mais cette fois, c'était différent, et Ethan aurait voulu que cela ne s'arrête jamais.

— Tu n'as pas allumé le grand lustre, remarqua-t-il en entrant dans la salle de bal.

— J'étais sur le point de le faire à la tombée de la nuit. Puis je suis sortie et j'ai tout oublié.

Elle regarda le lustre, puis son compagnon.

— Mais maintenant que tu m'y fais penser… j'ai une surprise pour toi.

— Est-ce que je vais l'aimer, cette surprise ?

— Tu vas l'adorer.

Mia l'entraîna vivement vers le tableau de distribution du courant que l'électricien avait installé le jour précédent. Ethan ne l'avait pas encore vu, et il n'avait pas vu non plus le grand lustre allumé.

— Sanjay et l'électricien se sont mis à deux pour trouver de nouvelles options, expliqua Mia.

— Combien ? demanda Ethan en étudiant le tableau.

— Une fortune, sourit-elle. Allons, Ethan, à quoi sert un lustre grand comme un hélicoptère si tu ne peux pas t'en servir ?

Là, elle marquait un point.

Ethan étudia le tableau.

— Bon, que désires-tu ?

Elle énuméra les incroyables aptitudes du lustre et finit par l'allumer. Le lustre s'anima, scintillant doucement, transformant la nuit en enchantement.

— Danse avec moi, Mia, dit Ethan d'une voix éraillée. Viens danser avec moi dans la lumière.

Il la conduisit sur le parquet et l'attira vers lui, mourant trop d'envie de la sentir contre lui pour se perdre dans des subtilités.

— Tu… tu ressembles à quelqu'un qui vient de prendre une décision, remarqua Mia en lui nouant les bras autour du cou.

— J'en ai pris une autre.

Il s'éclaircit la gorge, chercha son regard.

— J'ai réfléchi à ton offre, Mia. Je n'ai pensé à rien d'autre. Je ne peux pas te perdre. Je ne le veux pas. Pas cette fois. Alors me voici. Plus de fantômes, plus de lignes de conduite ni de réserve. Tout ce que tu désires de moi, tout ce dont tu as besoin, t'appartient désormais.

Il vit des larmes s'amonceler dans ses yeux et ferma les siens pour ne pas les voir ruisseler.

— Ne pleure pas, Mia, je t'en prie. Je m'y suis pris trop tard, c'est ça ? Je t'ai perdue. Encore une fois.

— Non, dit-elle d'une voix hachée.

Les mains de Mia remontèrent vers son visage et, du pouce, elle lui caressa le coin des lèvres.

— Non, je suis là.

Ethan ouvrit les yeux et Mia le fixa. Son sourire était grave et pourtant léger. Elle ne pleurait plus.

— Tu ne danses pas, Ethan.

— Je réfléchis.

Il resserra les bras autour d'elle et l'attira plus près de son cœur.

— Je t'aime, murmura-t-il.

C'était étrange. Lui qui avait toujours pensé qu'il ne pourrait plus jamais redire ces mots, voilà qu'ils ne lui avaient jamais paru si naturels. Si vrais. Si sincères.

— Je t'aimerai toujours.

Elle s'écarta une fraction de seconde pour scruter son visage de ses yeux envoûtants, inoubliables.

— Puis-je te poser une question personnelle, Ethan ?

— Tu le peux.

— J'adore tes paroles, Ethan. J'en avais besoin. Mais es-tu certain ? Ce ne sont pas les souvenirs seuls qui s'expriment ?

— Non, murmura-t-il en lui effleurant les lèvres.

Les prunelles de Mia devinrent rêveuses. Du coup, il recommença, profondément certain des vœux qu'il était sur le point de prononcer.

— Ici et maintenant, Mia. Dans la richesse et la pauvreté… dans la maladie et dans la santé… à partir de ce jour… il n'y aura plus que nous. Je t'aime, Mia.

CAROL GRACE

L'été de toutes les promesses

Jade

Titre original :
THEIR GREEK ISLAND REUNION

Traduction française de CHRISTINE BOYER

83-85, boulevard Vincent-Auriol, 75646 PARIS CEDEX 13.
Tél. : 01 42 16 63 63
www.harlequin.fr
Service Lectrices — Tél. : 01 45 82 47 47

Prologue

Olivia et Jack formaient un couple parfait. Ils avaient tant en commun : ils exerçaient le même métier, partageaient le même amour des vieilles pierres, poursuivaient les mêmes buts dans l'existence. Bien sûr, certaines choses les différenciaient : Jack était un oiseau de nuit, Olivia une lève-tôt. Mais rien de fondamental. Depuis le début, il était évident qu'ils étaient faits l'un pour l'autre. Il suffisait de se trouver dans la même pièce qu'eux pour le sentir.

Ils se rencontrèrent en juin et se marièrent en septembre. Même si les bouquets de lilas furent livrés à l'église après la cérémonie, si le frère de Jack arriva en retard, si le photographe ne comprenait pas un mot d'anglais et si la noce erra un long moment dans le village avant de trouver la salle de réception, ce fut pour Olivia le plus beau jour de sa vie.

Elle oublia vite ces petites contrariétés pour ne garder en mémoire que le sourire de Jack, si séduisant dans son smoking, et le moment où, vêtue d'une jolie robe blanche, elle monta au bras de son père vers l'autel pour le rejoindre, au son d'une musique triomphale.

En lui passant l'anneau d'or au doigt, Jack lui murmura à l'oreille :

— Je t'aime pour toujours.

Lorsque le prêtre l'autorisa à embrasser la mariée, il l'enlaça avec tant de passion qu'une clameur s'éleva dans l'assistance. Lorsqu'ils quittèrent l'église sur les accords de la marche nuptiale, des larmes de joie brillaient dans les yeux d'Olivia.

Quand ils arrivèrent enfin à l'endroit qui accueillait la noce, un hôtel sur la plage de Positano, la longue traîne de tulle d'Olivia était poussiéreuse et des mèches folles s'échappaient de son chignon.

— Vous êtes très belle, madame Oakley, lui dit Jack tandis que les serveurs apportaient du champagne. Je n'arrive pas à croire que tu es mienne, totalement mienne. Il me semble rêver.

— C'est la réalité, répondit-elle en souriant de bonheur. Et je serai encore ta femme lorsque nous aurons les cheveux blancs.

— Et trop de rhumatismes pour fouiller la terre à la recherche de vestiges archéologiques ?

— Nos petits-enfants prendront alors la relève et écriront nos mémoires.

— Ils raconteront comment tu as sorti de terre la maison des vestales à Pompéi, dit-il fièrement.

— Et comment tu as exhumé les tombeaux des rois à Nimrud !

— A propos de descendance, combien d'enfants veux-tu ?

— Oh, je ne sais pas. Ils doivent être en nombre suffisant pour nous aider à porter les pelles et les pioches.

— Et surtout pour creuser, creuser et encore creuser...

— Et s'ils détestent l'histoire et l'archéologie ? demanda-t-elle avec une soudaine inquiétude. S'ils refusent de voyager avec nous ? S'ils préfèrent rester à la maison pour jouer à des jeux électroniques avec leurs copains ?

En riant, Jack secoua la tête.

— Impossible. Pas avec les gènes dont ils auront hérité. Ils nous ressembleront. Ils seront aventureux, beaux, intelligents et forts. Qu'attendons-nous ? Mettons dès maintenant en route notre premier bébé.

Olivia promena les yeux dans la salle remplie d'amis venus des quatre coins du monde pour partager leur félicité.

— Là, tout de suite ?

— Non, ce soir, dans notre chambre, avec le chant du ressac en arrière-fond. D'accord ?

Elle hocha la tête. S'il avait préféré concevoir leur enfant sur-le-champ, elle l'aurait suivi. Elle était prête à tout ce qu'il voulait : l'amour, le mariage, une ribambelle de bambins, une carrière, le succès, la gloire. Elle l'aimait tant ! Tant pis s'ils n'avaient pas le temps de partir en voyage de noces pour l'instant. Quelle importance ? Ils allaient vivre ensemble jusqu'à ce que la mort les sépare, le reste ne comptait pas. Dès le lendemain, ils devraient retourner aux Etats-Unis. L'heure de la rentrée avait sonné, ils retrouveraient l'un et l'autre leurs étudiants.

Bientôt, ils fêteraient leurs trente ans ; il était temps de fonder une famille. Ils s'arrangeraient pour que leur progéniture ne perturbe pas leurs objectifs professionnels. Avec des enfants qui ressembleraient à Jack, qui hériteraient de son énergie, de sa patience, de sa ténacité et de son sens de l'humour, leur foyer serait plus heureux encore. Et Jack ferait un père merveilleux, elle en avait la certitude.

Hélas la vie ne tient pas toujours ses promesses et aucun bébé ne s'annonça. Ils multiplièrent les tentatives, consultèrent des spécialistes ; leurs efforts demeurèrent vains. Sur les conseils des médecins, Olivia renonça même à enseigner pendant quelques mois. Non seulement aucune grossesse ne se déclara, mais elle devint dépressive. Si Jack ne lui reprochait rien, elle commençait tout de même à se sentir coupable, incapable. Il fit tout ce qu'il put pour l'aider. Il la délesta de la préparation de certains cours, commanda des repas à domicile pour qu'elle n'ait plus à cuisiner et engagea une femme de ménage. La voir s'efforcer à tout prix de tomber enceinte sans jamais y parvenir lui fendait le cœur. Après tout, leur gynécologue leur avait assuré que tout allait bien, qu'aucune raison médicale ne les empêchait d'être parents.

Ne sachant plus quoi faire pour l'épauler dans cette épreuve, Jack finit par se fermer, par ne plus vouloir entendre Olivia ni voir son chagrin. Il se consacra au seul domaine qu'il maîtrisait : ses recherches universitaires. Après quelque temps, ils en vinrent à s'interdire la moindre allusion aux enfants.

Olivia fut soulagée de recommencer à enseigner, de se replonger dans la rédaction d'articles pour la revue *Archéologie*. Elle en avait assez des bons conseils de son entourage, elle n'en pouvait plus d'espérer et d'être déçue chaque mois. Pour ne plus penser à cet échec, elle se jeta corps et âme dans son travail, s'attardant dans son bureau le soir, y revenant le week-end. Elle obtint une chaire de professeur à l'université. Sacrifiant tout pour sa carrière, elle tenait Jack à distance. Sans le vouloir, il lui rappelait trop douloureusement son incapacité à devenir mère. Même s'il faisait mine de se moquer d'être ou non papa, elle savait qu'il en mourait d'envie.

Jack était fier de l'accomplissement professionnel d'Olivia mais il trouvait qu'elle en faisait trop. Il estimait qu'elle avait besoin d'une pause.

Une pause ? Impossible. Elle avait à présent la responsabilité de fouilles et les dates des chantiers ne coïncidaient pas souvent avec celles de Jack. Plusieurs étés de suite, ils ne se virent pratiquement pas. Même lorsqu'ils se retrouvaient ensemble chez eux, ils continuaient à s'éviter. C'était plus facile pour eux.

Lorsque le recteur de la faculté de Californie proposa à Jack de prendre la direction du département d'archéologie, elle ne partit pas avec lui. Comme certaines personnes s'en étonnaient, elle prétendit qu'elle n'aurait pas obtenu là-bas un poste aussi passionnant que celui qu'elle occupait. Mais en réalité, Jack ne lui avait pas demandé de l'accompagner. Sans doute cela lui était-il égal. Ils s'étaient éloignés l'un de l'autre depuis très longtemps et une séparation géographique ne changerait pas grand-chose à leur situation.

De son côté, Jack pensa qu'elle accordait plus d'importance à sa carrière qu'à lui, qu'elle avait renoncé à faire un enfant. Il avait raison de le croire. Il était également persuadé qu'elle ne l'aimait plus. Sur ce point, en revanche, il se trompait…

1

Deux ans plus tard

Olivia souffrait de violentes nausées. Depuis qu'il avait quitté Le Pirée, le petit ferry tanguait sur la mer Egée. Les rares passagers embarqués sur le vieux rafiot, presque tous membres de son expédition, s'étaient installés à l'intérieur pour la traversée ; Olivia était restée sur le pont et, agrippée au bastingage, elle inspirait l'air marin à pleins poumons, luttant contre les haut-le-cœur.

Plus difficile encore, elle essayait de ne pas se remémorer son dernier voyage dans les Cyclades, sept ans plus tôt, l'été où elle avait fait la connaissance de Jack. Jeune professeur stagiaire, à l'époque, elle avait sauté sur l'occasion qui s'offrait à elle de participer à des fouilles, sur l'île de Syra, visant à retrouver un tombeau datant d'Alexandre le Grand.

Si elle n'avait pas découvert alors la chambre funéraire qu'elle était venue chercher, elle avait fait la connaissance de Jack Oakley : un homme intelligent, courageux, ambitieux et si séduisant qu'au premier regard elle avait été foudroyée. Entre eux, la passion s'était déchaînée telle une éruption du Vésuve, le volcan surplombant Pompéi. Tous ceux qui les entouraient avaient compris qu'ils étaient fous amoureux l'un de l'autre. L'automne suivant, ils s'étaient mariés en Italie.

Et maintenant, elle était de retour dans la région. Avec les années, elle avait acquis de la sagesse ; mais, comme la dernière fois, elle éprouvait une indicible excitation à l'idée de mettre au jour une tombe, de dénicher des vases, des bijoux, des pièces de monnaie, et de savoir enfin qui était enterré à Hermopolis. Au cours de ce chantier, elle aurait également l'occasion de revoir l'endroit où elle avait connu Jack et de s'assurer qu'elle avait définitivement tourné la page. Il fallait l'espérer, vu qu'elle avait engagé une procédure de divorce au printemps dernier. De toute façon, il ne s'agissait que d'une formalité. Depuis des années, leur mariage n'avait pour réalité que leurs noms au bas d'un registre.

Pourtant, elle s'était engagée de tout son être dans cette union. Jack aussi. Elle n'avait pas entendu parler de lui depuis des mois mais lui aussi avait sûrement compris que leur vie conjugale était terminée. Il était temps d'officialiser un état de fait.

Professionnellement, elle avait beaucoup travaillé ces dernières années, et ses efforts avaient porté leurs fruits. Ses supérieurs l'avaient couverte d'éloges et grâce à ces fouilles, elle obtiendrait peut-être la consécration. Les propriétaires du site ayant décidé de le fermer à la fin de l'été, il fallait absolument aboutir.

Accoudée au garde-fou, elle fixait l'horizon quand une voix masculine retentit dans son dos.

— Te sens-tu mieux ?

En blêmissant, elle se retourna d'un mouvement brusque. Elle était sans aucun doute victime d'une hallucination, il ne pouvait s'agir de Jack. S'il avait fait partie de l'équipe, elle l'aurait forcément su. Et en remarquant son nom sur la liste des participants, elle aurait, bien sûr, déclaré forfait, en dépit de son désir ardent de découvrir la tombe.

— Que fais-tu ici ? lança-t-elle en s'agrippant au bastingage pour conserver son équilibre.

— La même chose que toi. Je me dirige vers Hermopolis dans l'espoir d'y retrouver de vieux ossements, et d'en apprendre davantage sur la culture macédonienne.

Ayant dit cela, il eut un de ces sourires qui la faisaient fondre autrefois. Plus maintenant. Elle était immunisée. Elle n'était plus la femme qu'il avait connue. Elle avait bâti un mur de pierre autour de son cœur.

— Mais peut-être me demandais-tu ce que j'étais en train de

faire dans l'immédiat ? Je t'apporte du thé et des biscuits. Je sais que tu as toujours eu l'estomac fragile.

En se raidissant, elle prit une profonde inspiration.

— Pas du tout. Je ne suis malade que lorsque la mer est agitée.

— La première fois que je t'ai rencontrée, tu étais déjà prostrée, toute pâle, sur le pont d'un bateau.

Et comme aujourd'hui, il lui avait alors donné quelque chose pour calmer ses nausées. Comment aurait-elle pu résister à un homme aussi attentionné avec une totale inconnue ? A l'époque, elle s'était sentie immédiatement beaucoup mieux. Ce n'était pas tant le breuvage qui lui avait fait du bien que la vue de ce beau brun. Jack était un homme très séduisant, personne ne le contestait. Avec ses cheveux noirs ébouriffés, son polo bleu assorti à ses yeux et ses pieds nus, il l'avait ensorcelée ; et elle avait été alors incapable de détourner la tête. Et malgré ses efforts, elle n'y parvenait pas davantage aujourd'hui.

Il lui tendit une tasse avant de lui désigner un banc.

— Assieds-toi.

Elle obtempéra et avala une gorgée du thé brûlant, soulagée d'avoir quelque chose à faire et de ne plus être obligée de fixer son mari. Ou plutôt son ex-mari. Ou son futur ex-mari. Aucune expression ne convenait. Pourvu que personne sur le chantier n'aille penser qu'ils formaient encore un couple !

— J'ignorais que…

— Que je viendrais terminer ce que j'ai commencé il y a sept ans ? C'est notre dernière chance, Olivia. Il n'était pas question de la laisser filer.

A ces mots, Olivia retint son souffle. Que voulait-il dire ? Sans doute qu'il était plus déterminé que jamais à exhumer cette tombe. Tous les archéologues en rêvaient. Il n'y avait aucune allusion personnelle à chercher derrière ses propos. Il parlait de leur travail, pas de leur histoire.

— Nous sommes réunis pour des fouilles à Hermopolis, dit-il. Cela devrait être une belle aventure.

Une belle aventure ? C'est ainsi qu'il qualifiait un chantier avec son ex sur le site archéologique où ils avaient fait connaissance ?

Elle ne partageait pas son opinion. Pour elle, la situation avait tout d'une torture.

— Pourquoi ne pas m'avoir dit que tu faisais partie de l'équipe ?

— J'ai eu peur que tu renonces à participer à l'expédition.

Et cette peur était fondée. Mais ce n'était pas le moment de l'avouer. Au contraire, il fallait paraître distante.

— Tu plaisantes ? Si nous la trouvons, cette chambre funéraire sera une découverte majeure. Ta présence n'entre pas en ligne de compte, assura-t-elle, fière de s'exprimer d'un ton si détaché.

Elle mentait et tremblait si fort qu'elle ne parvenait pas à ouvrir le paquet de biscuits. Elle aurait adoré que Jack ne soit qu'un détail sans importance pour elle. Un jour, il le serait, du moins l'espérait-elle. Mais ce n'était manifestement pas encore le cas.

Il lui prit le sachet des mains et le déchira. Il avait remarqué qu'elle n'y arrivait pas. Rien ne lui échappait jamais, bon sang !

— Les fouilles sont donc la seule chose qui t'intéresse, reprit-il. Je ne représente rien pour toi.

Une pointe de colère, complètement injustifiée, perçait dans sa voix. Pourquoi était-il furieux ? Peut-être était-ce à cause de la procédure de divorce. Mais qui avait quitté l'autre ? Il s'exprimait avec tant de suffisance qu'elle avait envie de le gifler.

— C'est la raison pour laquelle tu as refusé de me suivre en Californie, poursuivit-il.

— Tu sais très bien pourquoi je ne t'ai pas accompagné, répliqua-t-elle. D'abord, tu ne me l'as jamais demandé. Ensuite, je n'avais rien à y faire et…

— Je ne t'ai pas demandé de me suivre parce que pour avoir l'occasion de te parler, il me fallait pratiquement prendre rendez-vous auprès de ta secrétaire. Tu étais toujours en bibliothèque à faire des recherches.

— Alors que toi, tu étais disponible, peut-être ? Rappelle-toi, tu étais membre de tous les comités. Tu t'y rendais même le week-end.

— Je n'avais rien de mieux à faire. Tu n'étais jamais là. Ton travail te passionnait et ta carrière était plus essentielle à tes yeux que notre couple, je l'ai bien compris. Par contre, je n'ai jamais pu m'expliquer ton indifférence à mon égard. Lorsqu'on m'a proposé ce poste en Californie, tu t'en moquais comme d'une guigne.

— Ce n'est pas vrai, j'étais fière de toi.

— Si fière que tu ne t'es même pas donné la peine d'assister au dîner d'adieu que l'université avait organisé en mon honneur.

— Je t'ai dit…

— Tu m'as dit que tu étais trop occupée. Tu l'étais toujours. N'aurais-tu pas pu te libérer deux ou trois heures ?

— Pourquoi l'aurais-je fait ? Tu n'avais pas besoin de moi pour apprendre combien tout le monde allait te regretter. Je suis certaine que l'assistance te l'a répété sur tous les tons et que ton ego buvait du petit-lait.

— Peut-être, mais j'aurais aimé que tu te manifestes. Or tu t'es contentée de me faire parvenir un petit mot. Reconnais-le : tu n'éprouvais aucune tristesse à me voir m'éloigner, mais un profond soulagement.

— Tu n'as pas la moindre idée de ce que je ressentais.

Il n'avait pas mesuré à quel point elle avait souffert lorsqu'il avait empaqueté ses affaires et était parti. Elle n'était pas de pierre. Pas à l'époque, en tout cas. Mais en ressassant le passé, ils s'aventuraient sur un terrain extrêmement marécageux. Elle n'était pas très fière d'avoir réagi ainsi le jour où il l'avait quittée ni de tout ce qu'elle avait fait depuis lors pour clore le chapitre de leur vie commune.

— Ecoute, Jack, ce n'est vraiment pas le moment de remuer nos vieilles querelles. Tout ce que je te demande est de me prévenir la prochaine fois que tu participes à des fouilles sur lesquelles je suis déjà.

— Pourquoi ? Pour que tu te désistes ?

C'était exactement ce qu'elle ferait, ce qu'elle aurait fait cette fois-ci si elle avait appris qu'il était du voyage. Mais puisqu'il était trop tard pour reculer, autant faire contre mauvaise fortune bon cœur.

— Pourquoi réagirais-je ainsi ? Comme le préconisait Homère, « laissons le passé au passé ». Nous avons connu de bons moments, nous avons bien travaillé ensemble. Rien ne nous interdit à l'avenir de conjuguer nos efforts sur un chantier, n'est-ce pas ?

Il n'était pas utile de revenir sur leurs difficultés.

Olivia était contente d'elle. Rationnelle, détachée, elle était parvenue à s'exprimer comme lui. Pourtant, même si elle la dissimulait avec brio, elle était la proie d'une profonde colère. Et malgré ses efforts, les souvenirs affluaient à sa mémoire et elle ne cessait de trembler.

Il répondit avec calme :

— Je suis heureux de ton état d'esprit. J'en déduis que l'été se passera agréablement pour nous deux. Il suffit d'interdire à nos émotions de perturber nos décisions.

Combien de fois l'avait-elle entendu répéter cette phrase ? Autrefois, elle lui faisait remarquer que c'était impossible. Mais pourquoi perdre son temps à en discuter ? Argumenter avec lui était inutile et douloureux. Personne n'en sortirait victorieux.

— Exactement, conclut-elle.

— Maintenant que cette question est réglée…

S'installant auprès d'elle, il étendit ses jambes devant lui. Ils avaient l'air de vagues connaissances et non d'un couple marié qui venait de se lancer des reproches à la tête.

Comment pouvait-il se montrer si décontracté ? La réponse était évidente. Il avait tourné la page depuis longtemps. Elle devait lui montrer qu'il en était de même pour elle.

— Tu as repris des couleurs, remarqua-t-il. Ton mal de mer semble s'apaiser. Tant mieux.

— Merci.

En réalité, elle se fichait de sa sollicitude. Tout était fini entre eux.

— C'est formidable de travailler de nouveau ensemble, poursuivit-il. Une dernière fois.

Une dernière fois ? Et après ? Accepterait-il de signer les papiers et de divorcer ? Allait-il lui parler de la procédure en cours ? Il la traitait comme si elle était un membre lambda de l'équipe, une bénévole au caractère difficile, à prendre avec des pincettes. Pas comme quelqu'un qui avait la moindre importance à ses yeux. Elle aurait dû s'en féliciter. Mais cela l'ennuyait. Rester liée à lui tout en vivant à des kilomètres de lui la maintenait dans une situation infernale. Tant qu'ils n'auraient pas officialisé leur séparation, elle ne parviendrait pas à aller de l'avant.

Elle avait envie de le secouer, de lui hurler au visage : « Nous

nous sommes rencontrés sur cette île ! Cela n'a-t-il donc aucune signification pour toi ? Nous sommes toujours mariés mais reconnais que tout est terminé entre nous. Nous ne pouvons pas continuer comme ça. Accepte le protocole de mon avocat, finissons-en, cessons de faire semblant. »

Bien sûr, elle s'en garda bien, et orienta la conversation sur un autre sujet.

— J'ai lu ton article dans *Archéologie* sur l'avènement de l'ère des pharaons. Tes conclusions m'ont paru intéressantes.

Elle ne précisa pas qu'elles lui semblaient erronées, mais il connaissait son opinion.

Aussitôt, le regard de Jack s'éclaira. Il avait toujours aimé ce genre de débats. Sur ce point, il n'avait pas changé.

— Tu ne les partages pas, n'est-ce pas ?

— Tu prétends qu'elle a été provoquée par un changement de climat. C'est ridicule. Tu n'apportes d'ailleurs aucune preuve pour étayer cette théorie.

— Personne n'a la possibilité de prouver quoi que ce soit en la matière. Mais il m'a semblé que mes arguments se tenaient.

Elle secoua la tête.

— En tout cas, ils ne m'ont pas convaincue.

— Alors quel est ton avis sur la question ?

— Est-ce important ?

— Bien sûr. Nous avons toujours eu des discussions enrichissantes, il n'y a pas de raison de nous les interdire. Je tiens toujours compte de tes points de vue, tu sais.

Il posa son bras sur le dossier du banc, tout près de ses épaules, un geste si familier qu'elle sentit son cœur se serrer. S'il accordait tant d'importance à ses opinions, pourquoi ne l'avait-il pas consultée depuis deux ans ? Il ne lui avait donné aucun signe de vie.

Olivia se remémora les joutes verbales qui les opposaient autrefois sur des thèmes historiques. C'est vrai, elles étaient toujours stimulantes. Mais dès qu'ils abordaient le terrain de leurs problèmes personnels, leurs échanges dégénéraient rapidement. Ils se disaient des choses affreuses, des choses qu'ils auraient mieux fait de taire, des choses si blessantes qu'elles étaient impossibles à oublier.

Et soudain, l'été à venir lui parut un long chemin semé d'embûches et de pièges. Il lui faudrait essayer d'ignorer Jack au maximum, de ne parler avec lui que de sujets professionnels. Pendant deux mois, elle serait sur la corde raide. Mais elle y parviendrait, elle le devait.

Si elle réussissait à éviter les chausse-trappes et à surmonter cette épreuve, elle retirerait beaucoup de ces fouilles. La possibilité de déterrer une importante tombe datant de plusieurs millénaires s'offrait à eux. Elle rédigerait par la suite un article, peut-être un livre. Elle resterait en bons termes avec Jack, tirerait un trait sur le passé. Mais dans l'immédiat, il était trop près d'elle pour qu'elle se sente à l'aise.

Elle s'écarta. Elle devait se comporter avec lui comme avec un collègue, rien de plus, comme elle se conduirait avec tous ceux qui participeraient à ces fouilles — y compris Marilyn Osborne, une archéologue d'une cinquantaine d'années, professeur à l'université de Pittsburgh, qui se dirigeait vers eux en essayant de conserver son équilibre, en dépit du roulis.

— Comment vous sentez-vous ? demanda-t-elle à Olivia.

— Bien, merci, assura-t-elle en se raidissant.

Elle détestait passer pour une femme de santé fragile.

— Comme l'écrivait Homère : « Méfiez-vous des tempêtes de mer de mai. » Connaissez-vous l'île de Syra ?

Olivia échangea un bref regard avec Jack. Comment était-elle censée répondre ? Que lui avait-il déjà raconté ?

— Oui, j'y suis déjà venue, il y a plusieurs années, repartit-elle enfin. C'est un endroit magnifique. J'ai hâte d'y retourner.

Jack se leva.

— Je descends au bar. Puis-je vous rapporter quelque chose, Marilyn ?

Comme cette dernière secouait la tête, il se tourna vers Olivia.

— Je te reprends un peu de thé, chérie ?

Elle se mordit la lèvre. Comment osait-il lui servir du « chérie » ? Si elle avait pu le gifler sans que Marilyn ne le remarque, elle l'aurait fait.

— Non, merci.

Avec la lâcheté propre aux hommes, il s'arrangeait pour s'éclipser quand la conversation abordait des terrains mouvants ; il se comportait comme si tout marchait à merveille entre eux, songea-t-elle en ruminant sa colère.

Marilyn prit la place de Jack sur le banc. Dès qu'il eut disparu à l'intérieur, elle se tourna vers Olivia.

— J'ai entendu dire que vous étiez mariés, tous les deux. Saviez-vous qu'il participerait aux fouilles ?

— En réalité, nous sommes séparés et une procédure de divorce a été entamée. Nous… Jack enseigne à l'université de Californie et moi à Santa Clarita.

— Je l'ignorais. La situation risque d'être un peu gênante.

— Non, bien sûr que non. Nous avons déjà travaillé ensemble sur des chantiers de ce type. Cela ne posera aucun problème, dit-elle avec un sourire qu'elle espérait rassurant.

— C'est très professionnel de votre part. Je serais incapable d'une telle abnégation. Roger, mon époux, est un homme au foyer. Heureusement pour moi parce que nous avons quatre garçons, adolescents à présent, et ce n'est pas toujours facile. Vous savez ce que c'est !

— Pas vraiment, marmonna Olivia, qui sentait ses nausées revenir.

Etait-ce à cause des adolescents qu'elle n'avait pas et n'aurait jamais ? De l'idée d'être une mère au foyer qu'elle n'était pas et ne serait jamais ? Ou seulement du bateau qui tanguait plus fort ?

— Vous n'avez pas d'enfants ?

Livide, Olivia se rua vers le bastingage du ferry. Voilà des années que personne ne lui avait posé cette question. Jack, qui remontait du bar, la vit vomir par-dessus bord.

Il mit la main sur ses épaules.

— Que s'est-il passé ? Je pensais que tu allais mieux.

« Quelqu'un a parlé d'enfants. »

— Tu avais raison, j'ai l'estomac fragile. Dans combien de temps arriverons-nous ?

Il scruta l'horizon dans l'espoir d'apercevoir l'île au loin.

— C'est curieux…, grommela-t-il en scrutant la mer.

Grâce à Dieu, Olivia reprenait des couleurs. Jack ne supportait pas de la voir souffrir, cela lui remémorait la dernière année qu'ils avaient passée ensemble. Elle tentait alors de contenir sa colère, son chagrin, son désespoir. Mais il n'ignorait rien de ce qu'elle traversait. A cause des murs qu'elle avait dressés entre eux, il lui avait été impossible de lui venir en aide. Elle ne voulait pas de la pitié des gens. Et surtout pas de la sienne.

Chaque fois qu'il avait essayé de la réconforter, elle lui avait tourné le dos. A la fin, il avait jeté l'éponge et accepté un poste en Californie. Il avait sans doute eu tort. Peut-être aurait-il mieux fait de rester et de se battre avec plus d'énergie pour sauver leur mariage. Cet été, il était décidé à tout faire dans ce but. Si, sur cette île de rêve, il n'y parvenait pas, il n'y aurait plus d'espoir.

De nouveau, il observa les flots.

— C'est bizarre. Je n'aperçois aucune terre à l'horizon. Cela n'arrive pas souvent sur la mer Egée. Et il n'y a pas non plus de bateau. Je vais consulter une carte.

Brusquement, une énorme explosion se fit entendre, et l'embarcation tangua si fort qu'Olivia fut projetée dans ses bras. Jack la serra contre lui. Après toutes ces années, le geste lui était revenu spontanément et lui semblait naturel, évident. Et aussitôt, les souvenirs affluèrent à sa mémoire. Elle était si douce, elle sentait si bon !

Combien de fois avait-il rêvé qu'elle se jetait à son cou, avant de se réveiller pour découvrir qu'elle vivait toujours à des centaines de kilomètres de lui ?

D'un bond en arrière, elle se libéra de son emprise, si vite qu'il se demanda s'il avait imaginé cet instant.

— Que se passe-t-il ? s'enquit-elle.

— J'ai l'impression qu'il y a eu de la casse dans la salle des machines, répondit-il en s'agrippant au garde-fou. J'espère que ce n'est pas trop grave.

Mais le ferry perdait de la vitesse et finit par s'arrêter. Ce n'était pas bon signe, pas bon signe du tout.

Bientôt, le pont fut envahi de passagers à l'air inquiet. Les membres de leur groupe se rassemblèrent autour de Jack, tout le monde parlant en même temps.

Le responsable de l'expédition, le grand chercheur Thaddeus Robbin, se grattait la tête, manifestement dépassé par les événements.

Dans les situations de crise, Jack était toujours l'homme providentiel. Il savait faire preuve de sang-froid, d'autorité, et ne craignait pas de passer à l'action.

— Jack, qu'est-il arrivé ?

— Que devons-nous faire ?

— Pourquoi sommes-nous arrêtés ?

— Que chacun se calme, ordonna-t-il. Je vais aller trouver le capitaine. Pendant ce temps-là, par précaution, enfilez tous des gilets de sauvetage.

Il ouvrit le coffre dans lequel ils étaient empilés. Olivia passa rapidement le sien avant d'aider ses compagnons à mettre le leur.

— Nous coulons, n'est-ce pas ? s'exclama une jeune étudiante.

— Pas encore, fit Jack. Mais quoi qu'il advienne, il est probable que nous serons bloqués ici un long moment. La panne semble trop sérieuse pour être réparée avec un tournevis.

Il lui fallait canaliser l'inquiétude des passagers, empêcher qu'elle dégénère en panique.

Du coin de l'œil, il remarqua un Grec d'une cinquantaine d'années qui tentait sans succès de téléphoner avec un portable. Il ne leur serait peut-être pas facile de demander des secours.

— Au pire, poursuivit-il, on nous enverra un autre bateau qui remorquera le nôtre jusqu'à l'île. Nous arriverons peut-être en retard pour le repas mais les Grecs ont l'habitude de dîner à la tombée de la nuit. Avec un peu de chance, nous y serons à temps.

— Alors pourquoi nous vêtir de gilets de sauvetage ? s'enquit Marilyn.

Elle se débattait avec la fermeture ; Olivia intervint et en vint à bout en un clin d'œil. Quelques instants plus tôt, la jeune femme était au bord de l'évanouissement mais, à présent, personne n'aurait pu s'en douter. Au milieu d'une tempête, elle était un rocher sur lequel on pouvait s'appuyer. Quand il le fallait, elle était capable de se démener avec courage et efficacité. Sauf pour sauver leur mariage, songea Jack, mais c'était un autre sujet. Elle n'avait jamais tenté de le dissuader de s'en aller en Californie.

— Il vaut mieux être parés à tout, dit-il.

Pourtant rien ne l'avait préparé à son échec conjugal. Il avait cru qu'il suffisait d'aimer. Il mesurait à quel point il avait eu tort.

Bercé par le ronronnement des moteurs, Jack s'était imaginé en sécurité sur le ferry. Mais cette illusion avait à présent disparu. Le silence de mort qui avait suivi l'explosion l'inquiétait et il espérait que personne ne l'avait remarqué. Olivia mise à part. Il la connaissait assez pour savoir qu'elle ne perdrait pas son sang-froid. Lorsque leurs regards se croisèrent, il comprit qu'elle partageait son analyse de la gravité de la situation.

« Où se trouvent les membres de l'équipage ? » s'interrogeait-il *in petto*. Ils s'activaient peut-être dans les entrailles de l'embarcation, essayant de réparer l'avarie. Bientôt, le capitaine monterait leur annoncer ce qui se passait. Il s'exprimerait sans doute en grec mais Olivia lui traduirait ses paroles. Elle maîtrisait parfaitement cette langue. Encore une raison pour laquelle il se félicitait qu'elle soit là. Heureusement, il n'avait pas de difficulté à compartimenter sa vie personnelle et sa vie professionnelle.

Jusqu'à son mariage, il n'avait jamais connu l'échec. Cet été, il jouait sa dernière chance de sauver la mise, de cicatriser les blessures, de la persuader de revenir sur sa décision.

Il la chercha des yeux. Elle aidait le professeur Robbin à mettre son gilet de sauvetage. Elle ne paraissait plus souffrir du mal de mer et affichait un visage déterminé. Elle savait à la perfection dissimuler ses souffrances intérieures et s'activer comme si de rien n'était. Mais lui n'ignorait rien de ce qu'elle éprouvait, il en avait toujours été ainsi.

Un long moment s'écoula, l'équipage restait invisible. Olivia lui fit remarquer l'épaisse fumée noire qui sortait d'un hublot.

— Qu'est-ce que cela signifie ?

— Rien de bon, je le crains, répondit-il en fronçant les sourcils. Peut-être un incendie dans la salle des machines.

— Un incendie ? répéta-t-elle, les yeux exorbités. Mais alors, il va falloir quitter le navire.

Il hocha la tête. Il savait qu'elle garderait son calme. Certaines femmes se seraient évanouies mais pas Olivia. Voilà pourquoi il ne l'avait jamais remplacée dans son cœur. Aucune autre ne lui arrivait à la cheville.

— Y a-t-il assez de canots de sauvetage ? demanda-t-elle.

— Oui. Espérons qu'ils soient en bon état.

Il chuchotait, ne voulant surtout pas que quelqu'un d'autre l'entende exprimer ses doutes. Elle était la seule en qui il avait confiance pour ne pas paniquer. Lors du glissement de terrain à Thira, elle s'était montrée à la hauteur. Et à Rhodes, elle avait su guider le groupe pour le mettre hors de danger quand le site avait été inondé. Sans parler de leur face-à-face avec des tigres en Inde. Quoi qu'il advienne, il pouvait compter sur elle. Contrairement à la plupart des archéologues, uniquement préoccupés de carbone 14 ou d'urnes funéraires, les Oakley étaient capables de gérer une situation de crise. Et il s'en produisait toujours au cours des fouilles.

— J'ai lu des histoires de naufrages en Grèce…

Il se mit à rire. Il les connaissait aussi. On lui avait raconté que les marins sautaient par-dessus bord, abandonnant les passagers à leur triste sort.

— Ne t'inquiète pas, dit-il en posant sa main sur son épaule. Je me charge de tout.

— Ce n'est pas à toi d'organiser l'évacuation du bateau. Où est l'équipage ?

— Je ne sais pas. Peut-être ont-ils tous été asphyxiés par la fumée. Reste avec moi.

Puis il fit un geste en direction du groupe.

— Tout le monde va me donner un coup de main, cria-t-il. Nous allons mettre un canot à l'eau.

Avec l'aide d'une dizaine d'hommes, il défit les sécurités des petites embarcations et en poussa une sur le pont. Le ferry commençait à gîter.

— Installez-vous, ordonna-t-il aux passagers.

Il aida Marilyn à prendre place puis une vieille femme grecque et les Robbin. Les étudiants suivirent.

A la fin, il se tourna vers Olivia.

— A ton tour.

— Je t'attends.

— Certainement pas. Vas-y.

Comme elle ouvrait la bouche pour protester, il l'assit d'autorité dans la chaloupe. Les mâchoires serrées, elle le fusilla du regard. Quand le canot fut plein, il actionna la manivelle pour le faire descendre lentement.

— Et vous, Jack ? cria un des étudiants.

— Je vais me débrouiller, ne vous en faites pas. Veillez à ne pas heurter la coque du ferry pendant la manœuvre. Lorsque vous toucherez l'eau, dénouez les câbles et éloignez-vous au plus vite. C'est bien compris ?

Le jeune homme répondit quelque chose que Jack n'entendit pas. Recroquevillée dans un coin, Olivia n'avait vraiment pas l'air contente.

— Si vous ne vous écartez pas, vous serez aspirés vers le fond quand le bateau sombrera. C'est important.

Pâle mais déterminée, Olivia hocha la tête. Elle était folle de colère contre lui mais elle suivrait ses instructions.

— C'est bien, grommela-t-il entre ses dents.

Maudit soit Jack, toujours à vouloir jouer les héros ! songeait Olivia. Il aurait dû se trouver dans la chaloupe avec eux. Ils avaient besoin de lui. Mais comme d'habitude, il faisait ce que bon lui semblait.

Comme il le lui avait recommandé, elle batailla avec les cordages pour les décrocher. Puis elle se tourna vers lui. Quand il leva un pouce en l'air, elle poussa un soupir de soulagement. Il avait trouvé le moyen de les rejoindre. En se servant des câbles, il descendrait en rappel.

Mais soudain, il repartit dans les entrailles du bateau. Perdait-il la tête ? Le vieux rafiot était en feu !

Elle se tourna vers les deux étudiants qui pagayaient comme des fous pour prendre au plus vite de la distance.

— Attendez ! cria-t-elle. Nous ne pouvons pas partir sans Jack.

— Il faut s'éloigner, répliqua quelqu'un. Ou nous coulerons avec le ferry.

Les flammes gagnaient du terrain tandis qu'une colonne de fumée noire s'élevait vers le ciel. Un autre canot fut mis à la mer et, folle d'angoisse, Olivia passa en revue les passagers. Jack n'était pas parmi eux.

Au bord de l'hystérie, elle regarda de nouveau le bateau qui se couchait lentement sur le côté. Et soudain, elle l'aperçut. Il était toujours à bord et aidait un retardataire à mettre son gilet de sauvetage.

— Jack, saute ! hurla-t-elle. Tu vas sombrer ! Sauve-toi !

Comme dans un film au ralenti, elle vit Jack soulever le vieil homme par-dessus le bastingage et l'encourager à se jeter à l'eau. Puis, à son tour, il enjamba le garde-fou pour plonger dans la mer. Mais il ne réapparut pas. Impuissante, elle scruta les vagues, la gorge serrée, et des larmes roulèrent sur ses joues.

Il avait disparu.

2

Le personnel de l'hôtel s'efforçait de réconforter les naufragés du ferry. Accueillir l'équipe d'archéologues en plus des touristes qui formaient leur clientèle habituelle n'était visiblement pas simple car le petit établissement érigé sur le port était plein à craquer. Bien que débordée, Helen Marinoku, la propriétaire, mettait ses hôtes à l'aise. De délicieuses odeurs d'agneau grillé et de pommes de terre sautées sortaient des cuisines.

Insensible au charme rustique de l'immense salle à manger comme aux plats appétissants qu'on lui présentait, Olivia, assise dans un coin, gardait les yeux rivés sur la porte. L'estomac noué, elle se sentait incapable d'avaler quoi que ce soit. Tous ses compagnons d'infortune étaient là. Un bateau de pêche les avait recueillis et amenés sur l'île. Tous sauf Jack.

Fred Staples, un des jeunes étudiants de Jack, emplit les verres de résina. Comme Olivia ne lui tendait pas le sien, il la considéra avec perplexité.

— Vous inquiétez-vous pour Jack Oakley ? Ne vous faites pas de bile, madame. Il a certainement été repêché par un chalut. Ou il regagnera la rive à la nage. J'ai déjà participé à des fouilles avec lui. C'est un homme plein de ressources. Qu'il pleuve ou qu'il vente, rien ne l'arrêtait. Il est étonnant.

Olivia parvint à lui sourire. D'évidence, ses élèves vénéraient leur professeur. Mais Jack n'était pas indestructible. Personne ne l'était. Ce n'était pas la première fois qu'il risquait sa vie au cours d'une de leurs aventures. En ce qui la concernait, ce serait la dernière. A l'avenir, elle ne serait plus témoin de ses folies. Elle en avait soupé de Jack et de ses comportements héroïques.

— Je suis sûre qu'il s'en sortira, dit-elle.

En réalité, elle en doutait fortement. Depuis qu'il avait sauté à l'eau pour échapper aux flammes, personne ne l'avait revu. Mieux que quiconque, elle savait de quoi Jack était capable. Mais s'il avait souvent tendance à se croire invulnérable, il n'était qu'un homme.

Elle avait supplié le capitaine du bateau qui les avait recueillis de retourner sur les lieux du naufrage pour tenter de repérer Jack. Mais il avait refusé, arguant que d'autres embarcations avaient été dépêchées pour récupérer les survivants et qu'ils étaient déjà en surnombre sur la sienne. Il lui avait conseillé de ne pas s'inquiéter pour son mari. Facile à dire !

Elle en avait assez de se faire du souci pour Jack, assez de le regarder risquer sa vie. A rester les bras ballants en l'imaginant au fond de la mer ou aux prises avec des requins, elle craignait de devenir folle. Se faisait-elle des idées ou les autres bénévoles la dévisageaient-ils comme s'ils jugeaient qu'elle aurait dû partir à sa recherche ou au moins, le guetter sur le port ?

Trop nerveuse pour supporter la compagnie de ses collègues, qui riaient et bavardaient tout en se restaurant comme si la situation leur semblait normale, elle se leva pour quitter la salle. Elle atteignait la porte quand elle se heurta à Jack qui y entrait. Le visage noir de suie, il portait un T-shirt qui ne lui appartenait pas et arborait son sourire habituel. Elle se jeta sur lui.

— Où étais-tu passé ?

— J'ai été barboter dans la mer. Je te manquais ?

— Non… Oui.

— Désolé, je suis en retard. Tu m'as gardé quelque chose à grignoter ?

Il s'exprimait comme s'il arrivait à un cocktail.

Refoulant les larmes de soulagement qui brûlaient ses paupières, Olivia serra les mâchoires pour maîtriser sa frustration.

— Pourquoi n'es-tu pas venu avec nous ? Etais-tu vraiment obligé d'attendre le dernier passager pour quitter le navire ? N'es-tu pas conscient que ce groupe dépend de toi ?

— De moi ? Allons, Olivia ! C'est Robbin qui dirige ces fouilles.

Olivia considéra ce dernier, qui sirotait tranquillement un verre de vin.

— Robbin est peut-être un archéologue très connu mais il est pratiquement en retraite. En cas de problème, il n'est d'aucune utilité. Sans toi, l'équipe ne… Enfin, cela n'a pas d'importance, ajouta-t-elle en secouant la tête.

A quoi bon tempêter et se mettre en colère ? Comme toujours, Jack n'en ferait qu'à sa tête, de toute façon.

— Calme-toi, Olivia.

— Crois-tu que c'est facile ? Nous nous sommes fait un sang d'encre. N'est-il pas temps que tu prennes conscience que tu n'es pas seul au monde et que…

— J'en étais conscient. Je n'ai cessé de penser à toi. Je me disais que si j'y restais, ce serait toi qui découvrirais cette tombe et qui en tirerais toute la gloire, qui écrirais une ribambelle d'articles sur le sujet, qui donnerais des conférences. Penses-tu vraiment que je te laisserais faire une chose pareille ? ajouta-t-il avec un sourire. Tu me connais mal. J'ai donc sollicité l'aide d'un charmant pêcheur qui m'a recueilli sur son chalutier et m'a donné des vêtements secs. Avant de le croiser, je m'apprêtais à regagner la terre ferme à la nage. Chaque fois que je sentais mes forces m'abandonner, je songeais à toi et à ce que tu ferais si je ne revenais pas. L'idée que tu trouves cette chambre funéraire à ma place m'était tellement intolérable que j'en éprouvais un regain de vigueur.

Ainsi, il avait pensé à elle. Sans le savoir, elle l'avait poussé à rester en vie. Elle aurait dû en être touchée mais elle ne supportait plus de le voir risquer sa peau. Elle avait craint le pire et il en plaisantait. Encore heureux qu'il ne soupçonne pas à quel point elle s'était angoissée pour lui.

— J'aurais dû me douter que ton ambition démesurée te donnerait l'énergie nécessaire pour t'en tirer. Tu n'hésites jamais à affronter les éléments déchaînés, les tempêtes, les inondations, les feux de forêts… Et jusqu'ici, tu en es toujours sorti vainqueur. Mais un jour, Jack, un jour…

Un jour, il en serait autrement et elle ne voulait pas être là quand un drame se produirait. Elle en avait assez.

— Mais cessons de parler de moi, Olivia. Tu vas bien ? J'espérais que tu avais survécu au naufrage mais…

Comme il plantait ses yeux dans les siens, elle se demanda s'il ressentait le courant qui passait entre eux, ce lien qui les unissait depuis leur rencontre. Il était si fort qu'ils avaient cru qu'il serait éternel. Mais depuis des années, elle avait compris que rien ne l'était en ce bas monde.

Rompant le charme, il promena le regard autour de lui.

— Et les autres vont bien aussi ?

— Oui, oui… Tu étais le seul à manquer à l'appel et tout le monde s'inquiétait pour toi.

En réalité, elle avait été la seule à se faire du souci. Les autres bénévoles n'étaient pas mariés avec lui !

— Cela fait plaisir à entendre. Mais toi qui me connais mieux que personne, tu sais que je ne suis jamais en retard pour le dîner. Surtout lorsqu'il y a de la moussaka au menu. J'ai une faim de loup. Où es-tu assise ?

Comme elle lui désignait sa table, les dîneurs s'aperçurent enfin de l'arrivée de Jack. Toute l'équipe se leva pour le saluer et le féliciter d'avoir échappé aux flammes comme à la noyade. Cela dit, personne n'en avait douté. A leurs yeux, Jack était un super-héros, le nouvel Indiana Jones. Il était invincible et charmant… Et il lui faudrait résister à ses charmes tout l'été.

Du coin de l'œil, Olivia l'observa discuter avec le Dr Robbin. Ce dernier semblait soulagé de sa présence. Peut-être se rendait-il compte qu'il était trop vieux pour ce genre d'aventures.

La soirée se poursuivit comme si le naufrage et le sauvetage n'avaient été que des péripéties qui marquaient le début du chantier. Il y en aurait d'autres, chacun s'y attendait et se préparait à y faire face. Mais Olivia ne savait plus comment affronter Jack.

Comme un petit orchestre grec entamait un morceau endiablé et que des couples commençaient à se trémousser sur une piste improvisée, Olivia parvint enfin à se détendre et à avaler quelques bouchées de *spanikopita*, une spécialité locale aux épinards et à la feta, et à bavarder avec ses compagnons. Pendant ce temps-là, Jack allait de table en table pour discuter avec chacun. Des années durant, son incroyable énergie l'avait frappée, comme d'ailleurs sa facilité à parler à une foule ou son assurance. Mais confiant ou pas, s'il pensait la détourner de son idée de divorcer, il se faisait des illusions.

Si elle voulait réussir à mettre un point final à leur union, elle avait intérêt à oublier ses qualités et à se focaliser sur ses défauts. Sur l'égoïsme dont il avait fait preuve dans la poursuite de sa carrière, par exemple. Uniquement préoccupé par son ambition, il avait accepté un poste en Californie en la laissant en rade, sans éprouver l'ombre d'un remords. Et puis, bien sûr, il l'avait accablée de reproches…

Comme les membres les plus âgés du groupe, à commencer par les Robbin, se levaient pour rejoindre le calme de leurs bungalows, Olivia, qui se sentait physiquement et moralement épuisée, en profita pour quitter la salle et demander sa clé à la réception.

— Madame Oakley ? lui dit Elena, la jeune réceptionniste, en consultant ses registres. Nous vous avons installés, votre époux et vous, chambre 203.

— Pardon ? Je crois qu'il y a eu un petit malentendu. Il nous en faut deux. Nous ne sommes plus ensemble et…

La jeune femme la dévisagea d'un air perplexe. Olivia ne pouvait l'en blâmer. Jack et elle portaient le même nom et officiellement, ils étaient toujours mari et femme. Devait-elle lui expliquer pourquoi ils étaient en instance de divorce ? Après tout, les ruptures conjugales n'étaient pas rares, y compris en Grèce. Tous les couples n'avaient pas la chance de rester unis jusqu'à la mort.

— J'aimerais vous aider, répondit Elena, mais l'hôtel est plein à craquer à cause du naufrage et tout le monde doit se serrer un peu. J'espère que vous comprenez la situation…

— Bien sûr, dit Olivia.

Elle avait l'impression de se comporter en enfant gâtée.

— Votre chambre est très agréable et sa salle de bains spacieuse. Mais si vous n'en voulez pas…

L'idée de pouvoir se plonger dans une baignoire fit céder Olivia.

— Si, bien sûr, nous la prenons. Merci.

Pour une nuit, elle tairait ses récriminations. Demain, elle trouverait autre chose, changerait éventuellement d'hôtel. Comme la réceptionniste lui tendait la clé, Olivia s'avisa que Jack l'avait rejointe.

Il était si près qu'elle remarqua la longue cicatrice qui zébrait sa joue et son œil au beurre noir. Elle s'interdit de lui toucher le visage pour s'assurer qu'il était bien là, comme l'aurait fait une épouse ordinaire, préoccupée par le sort de son compagnon. Ils ne vivaient plus comme mari et femme, elle ne devait pas l'oublier...

— Je... Ils nous ont mis ensemble par erreur mais ce n'est que pour une nuit, dit-elle, regrettant de ne pas réussir à s'exprimer d'une voix plus ferme.

Pourquoi fallait-il toujours qu'il surgisse quand elle avait baissé la garde ?

— J'ai entendu.

Il ne souriait plus. Sans doute n'avait-il pas plus envie qu'elle de cohabiter. Les traits tirés, il semblait exténué.

— Jack, tu as l'air épuisé. Pourquoi ne monterais-tu... Pourquoi ne monterions-nous pas ? Tu dois au moins te changer.

Elle se souvint alors qu'il n'avait pas d'affaires de rechange. Elle non plus. Leurs bagages étaient au fond de l'eau ou avaient brûlé. Ils allaient dormir dans la même pièce, sans vêtements. Toutes les conditions étaient réunies pour un désastre. Ou en tout cas, une grande gêne. Elle rejeta les épaules en arrière. Si Jack en était capable, elle aussi. Grâce à Dieu, leur matériel avait déjà été acheminé sur le site, via un autre navire.

Leur chambre était petite mais charmante avec son parquet de bois et ses murs peints à la chaux. Par contre, le grand lit lui parut étroit. Qu'avait-elle espéré ?

Sortant sur le balcon, Olivia huma l'air de la mer, tentant d'extraire l'image de la couche de son esprit. « Calme-toi », s'exhorta-t-elle. Mais ce n'était pas simple avec Jack derrière elle. Il était trop près, beaucoup trop près.

— Va prendre un bain, lui dit-elle. La nuit est belle. Je vais en profiter pour souffler un peu.

Elle s'installerait sur une des chaises d'osier et s'imaginerait dans une autre chambre, dans un autre hôtel et même dans un autre pays. Et peut-être cesserait-elle ainsi de se torturer avec les souvenirs des jours heureux, de baignoires assez grandes pour deux, de lits si petits qu'ils étaient obligés d'y dormir enlacés.

— Asseyons-nous tous les deux un moment, proposa-t-il.

— N'es-tu pas fatigué ? s'enquit-elle avec désespoir.

« Va te coucher, je t'en supplie, va-t'en. »

— Si, je suis éreinté. Pas toi ?

— Aussi.

Elle était surtout épuisée de faire semblant de ne pas se soucier de lui, de faire semblant de se moquer de cohabiter avec lui.

— Profite de ce luxe, reprit-il. Bientôt, nous dormirons sous la tente.

— Ah bon ? Je croyais que…

— Je sais. Robbin a prévu de séjourner à l'hôtel pendant toute la durée du chantier. Il aime le confort. Mais je préfère être sur place pour ne pas perdre de temps en trajets. Tu y resteras aussi comme la dernière fois, non ?

La dernière fois, ils avaient partagé la même tente, les mêmes espoirs et les mêmes rêves, songea Olivia. Cette époque était révolue pour toujours.

Avait-elle vraiment le choix ? Bien sûr, elle pourrait demeurer ici, avec les plus âgés, prendre des bains chauds tous les soirs et laisser Jack dénicher la tombe le premier…

Ou elle pouvait loger chez l'habitant comme les étudiants. Elle aurait ainsi la possibilité de garder ses distances. Cela serait sans doute préférable pour son équilibre mental mais ce serait stupide de sa part. Elle avait décidé de participer à ces fouilles parce qu'elle en espérait une découverte majeure. Elle n'allait pas laisser ses sentiments contrecarrer ses objectifs. Jack, lui, savait parfaitement compartimenter son existence. Ils avaient un travail à faire, le reste était secondaire.

— Bien sûr, je vivrai également sur le site. De toute façon, il n'y aura pas que nous, n'est-ce pas ?

— De quoi as-tu peur ?

— Je n'ai peur de rien.

Sauf de se retrouver seule avec Jack toutes les nuits. Et « peur » n'était pas le mot approprié. Cette idée la terrifiait. Elle priait pour que d'autres bénévoles acceptent de renoncer à leur confort et décident de camper sur place, eux aussi. Bien sûr, elle aurait sa propre tente et un sac de couchage personnel. Mais…

— En réalité, je crains surtout les ragots. Les gens parlent déjà trop de nous.

— Cela ne me dérange pas. Tant que nous sommes au clair avec nous-mêmes.

— Je le suis. Nous ne sommes plus en couple. Il ne nous reste qu'à nous assurer que l'équipe en est également persuadée.

Manifestement, leur situation ambiguë ne l'ennuyait pas. Jack ne s'était jamais soucié du qu'en-dira-t-on. Et il n'avait pas encore fait allusion à leur divorce.

— En tout cas, ce soir, je te laisse le lit, dit-il.

La tête appuyée contre le mur, il semblait à bout de fatigue.

— Non, Jack. Après tout ce que tu as traversé, tu mérites de passer une bonne nuit.

Si elle lui permettait de prendre toutes les décisions, y compris sur les points de détail, l'été serait très frustrant. Il aimait se comporter en chef. Mais elle aussi.

— Je dors par terre, insista-t-il.

Elle avait besoin de recharger ses batteries. Il n'était pas nécessaire d'engager la lutte sur le sujet et de toute façon, elle savait qu'elle ne l'emporterait pas.

— D'accord. Puisque ton côté chevaleresque t'interdit de prendre le lit, je le prends. Mais ne viens pas te plaindre demain si tu as mal au dos quand nous commencerons les fouilles.

Il y eut un long silence. La dernière fois qu'il s'était fait un lumbago, c'était dans un petit hôtel près des pyramides, en Egypte, après lui avoir fait passionnément l'amour, et un rebouteux du coin avait dû le remettre d'aplomb. Olivia s'en voulut d'avoir évoqué cet épisode. Tous les sujets étaient minés. Quoi qu'elle dise, une flopée de souvenirs y seraient associés.

— Cela n'a pas d'importance, dit-elle, espérant qu'il avait oublié l'incident. Je n'ai pas envie d'en discuter.

— Allons, Olivia. Tu as toujours aimé nos discussions, et il n'est pas question d'y renoncer si elles nous permettent d'affiner nos théories, d'évoluer. Te rappelles-tu la flamme avec laquelle nous défendions nos positions autrefois ? A propos de la fille d'Yde, par exemple, dont le corps momifié a été retrouvé dans une tourbière des Pays-Bas. Nous n'étions absolument pas d'accord sur l'origine de son décès. Tu prétendais qu'elle était morte de cause naturelle.

— C'était le cas.

— Avec une corde autour du cou ? Allons ! Il s'agissait évidemment d'un sacrifice rituel.

— Cela y ressemblait peut-être mais ce n'en était pas un. N'as-tu pas lu l'article que j'ai rédigé à ce sujet dans *Archéologie* ?

— Absolument, et j'ai aussitôt adressé à l'éditeur une critique argumentée. Y as-tu jeté un œil ?

— Non, j'ai dû la rater.

En réalité, en la découvrant, elle avait blêmi de colère. Il savait comment l'énerver. Parfois, elle négligeait certains détails pour ne pas nuire à son raisonnement et il avait donc été facile à Jack de mettre le doigt sur les points faibles de sa théorie. L'éditeur avait été ravi qu'elle ait suscité la controverse. Il n'avait pas compris qu'il s'agissait d'une attaque personnelle.

Jack ne laissait jamais rien passer. Elle ne le lui avouerait jamais mais ses observations lui manquaient. Grâce à lui, elle était devenue plus attentive, plus réfléchie. Il l'avait rendue plus exigeante dans son travail. Et sur un terrain plus personnel aussi.

Mais maintenant, elle vivait seule. Et cette indépendance lui plaisait. Fini les souffrances, les disputes, les incompréhensions, le sentiment de ne pas être à la hauteur, les tests de grossesse. Il n'avait pas toujours été simple de refouler ses larmes, de cacher sa déception chaque mois.

— Menteuse, dit-il, en se tournant vers elle pour lui sourire. Tu l'as forcément vue.

Elle refusait de discuter de cet article. Elle n'avait pas apprécié qu'il descende en flammes sa théorie. Après ces critiques en règle, elle avait été incapable d'écrire quoi que ce soit pendant des mois.

Il lui avait laissé un message sur son répondeur pour s'excuser. Elle ne l'avait pas rappelé.

Elle espérait qu'ils allaient cesser de remuer le passé. Demain, lorsqu'ils commenceraient enfin les fouilles, il y aurait d'autres gens autour d'eux. Ils travailleraient ensemble comme ils l'avaient fait autrefois et ce serait tout.

— Prends-tu un bain ou pas ? demanda-t-elle en se levant, les mains sur les hanches.

— Vas-y d'abord.

Jack resta seul sur le balcon à contempler la nuit. Au loin, sur la mer, brillaient les lumières des bateaux de pêche comme ceux qui leur avaient sauvé la vie. Il n'avait pas menti à Olivia quand il lui avait affirmé que penser à elle l'avait aidé à continuer à nager malgré sa fatigue.

Tout en luttant pour sa survie, ne sachant pas s'il y parviendrait ou pas, s'il la reverrait ou pas, il s'était remémoré les jours heureux qu'il avait vécus avec elle. Ces souvenirs lui avaient permis de tenir. Chaque fois qu'il avait été sur le point de renoncer, de se laisser couler, il s'était rappelé, en particulier, combien elle était belle lorsqu'elle était en colère, que ses yeux brillaient de fureur.

Il n'avait pas oublié non plus sa façon de critiquer voire de réduire à néant ses théories fumeuses. Dotée d'une grande perspicacité, elle mettait toujours en plein dans le mille. Personne d'autre n'y arrivait. D'ailleurs, depuis qu'il avait été nommé directeur du département d'archéologie d'une prestigieuse université, personne n'osait plus le contredire.

Avant d'être secouru par le vieux pêcheur, il avait eu peur de ne plus jamais connaître ces joutes oratoires, de ne plus jamais la revoir, de ne plus jamais pouvoir lui dire à quel point elle lui manquait.

Maintenant, bien sûr, il ne pouvait pas non plus lui avouer ses sentiments. Il sentait bien qu'ils n'étaient pas partagés. Elle vivait mieux sans lui, elle avait envie de divorcer. S'il ne parvenait pas à la faire changer d'avis cet été, tout serait terminé entre eux.

A présent, elle publiait régulièrement ; elle allait bientôt écrire un livre ; et elle n'avait pas besoin de lui pour être heureuse. Une chance qu'ils aient cessé d'essayer de concevoir une progéniture…

Qu'auraient-ils fait d'un enfant au milieu de ces fouilles ? Sans parler du naufrage ! Qui aurait pris soin du bébé ?

Ils en étaient là, à partager la même chambre pour la première fois depuis des années, presque la même que celle qu'ils avaient eue quand ils s'étaient mariés en Italie, sur un port aussi. Demain matin, il la verrait, les cheveux ébouriffés, la chemise de nuit chiffonnée comme au lendemain de leurs noces… quand la vie semblait parfaite, si pleine de promesses. Comment faire revenir ces jours heureux ? Comment lui faire comprendre qu'ils étaient faits l'un pour l'autre ?

Avec une profonde inspiration, il tâcha de cesser de ruminer le passé. Chaque fois qu'il resongeait aux premiers temps de leur mariage, il avait l'impression que son âme s'était asséchée. C'était sans doute dû au stress. Olivia et lui cohabitaient peut-être cette nuit mais rien n'était pareil. Trop de choses s'étaient passées entre eux, trop de mots avaient été échangés, trop de douleurs, d'incompréhensions et de chagrin avaient pris trop de place.

Quelqu'un frappa à la porte et lorsque Jack alla ouvrir, il découvrit Marilyn, une chemise de nuit à la main.

— C'est pour votre femme, dit-elle. Helen en a retrouvé quelques-unes et je les distribue aux rescapées du naufrage.

— Merci. Olivia va apprécier.

— Demain, nous irons faire les boutiques et acheter de nouveaux vêtements. J'espère qu'il y en aura à ma taille.

Il opina du menton. Au cours des chantiers précédents, il avait pris l'habitude des aléas ; mais c'était la première fois qu'il en démarrait un sans aucune affaire.

— Je suis heureuse que vous vous en soyez sorti, Jack, reprit-elle doucement. Naturellement, nous savions que ce serait le cas. Vous ne nous avez jamais laissés tomber.

— Je me réjouis que nous ayons tous survécu.

— Comment va votre épouse ? Elle se faisait beaucoup de souci à votre sujet. Rien de ce que nous lui disions ne semblait la réconforter.

Olivia s'était fait du souci pour lui ? Non, Marilyn se trompait. Ce n'était pas de l'inquiétude mais de la colère. Elle avait été furieuse qu'il ne rejoigne pas leur canot.

— Elle va bien. Elle s'est plongée dans un bain chaud. Les eaux de Syra ont des vertus restauratrices, comme vous le savez.

Marilyn jeta un œil à l'intérieur comme si elle ne le croyait pas et voulait le vérifier par elle-même.

— Elle m'a parlé de votre séparation mais…

— Oui, répondit-il avec un soupir. Nous travaillons ensemble mais…

Olivia le tuerait s'il racontait à quiconque, et surtout à Marilyn, que son objectif était de sauver leur mariage.

— Je vois.

Jack eut l'impression qu'elle ne voyait rien du tout. Si leur vie conjugale était terminée, pourquoi passaient-ils la nuit ensemble ? Dès demain, Olivia remettrait les pendules à l'heure. Ce n'était pas son problème.

Il ne mentait pas en disant à Olivia qu'il se moquait des ragots. Si le reste de l'équipe avait demandé à Marilyn d'aller frapper à leur porte pour les espionner, cela ne le dérangeait pas. Peut-être les entendraient-ils se disputer. Il y avait beaucoup de chance que cela soit le cas. Et les gens en tireraient une mauvaise conclusion. Leurs joutes verbales étaient pour eux une forme de préliminaires. En tout cas, cela l'avait longtemps été.

Il referma la porte et écouta les bruissements de l'eau. Sept ans plus tôt, il l'aurait rejointe dans la baignoire, il lui aurait lavé le dos, en aurait profité pour caresser sa peau, ses épaules et ses seins…

Jack déglutit avec difficulté. Peut-être se retrouver sur ces fouilles sans être vraiment ensemble n'était-il pas une si bonne idée, après tout. Il regarda le lit, incapable de penser à autre chose qu'à Olivia dans cette chemise de nuit. A une autre époque, il la lui aurait arrachée et…

Il la posa sur la commode, retourna sur le balcon, et se laissa choir sur une chaise. Il commençait à prendre conscience du fait que ses chances de sauver leur couple étaient minces. Mieux valait se faire une raison : ils ne coucheraient pas ensemble de l'été. De toute façon, cela n'aurait rendu que plus malaisée leur séparation définitive à la fin du chantier. Il s'était fait des illusions en imaginant qu'elle accepterait de le suivre en Californie. C'était encore moins envisageable maintenant que le jour où il y était parti. Elle lui avait énoncé très clairement ses priorités. Et il n'en faisait pas partie.

Si seulement il avait pu gommer de sa mémoire les souvenirs de leur rencontre, des premiers temps de leur vie commune ! Il étendit les jambes pour appuyer ses pieds au garde-fou et s'adossa plus confortablement en fermant les yeux. Des notes de musique montaient de la plage. Il n'avait pas entendu cette chanson depuis des années et même s'il n'en saisissait pas les paroles, il devinait aux accords mélancoliques qu'elle parlait d'amour perdu, de malentendus, de disputes, de regrets, de naufrages…

Sans s'en douter, les Grecs chantaient l'histoire de son amour pour Olivia.

3

— *And I think to myself…*

Tirée d'un profond sommeil, Olivia se mit sur son séant et, éblouie par les rayons du soleil qui envahissaient la chambre, battit des paupières en se demandant ce qu'elle entendait.

— *What a wonderful world! Yes, I think to myself…*

C'était Jack qui chantait à tue-tête sous la douche ce vieux tube de Luis Armstrong qu'il adorait. Comme si rien ne s'était passé depuis cinq ans. Jack, toujours ronchon d'habitude avant d'avoir avalé un café, semblait déborder d'énergie. Alors qu'elle, qui se levait en général à l'aube, avait dormi comme un bébé. Quelle heure était-il, d'ailleurs ?

Elle sortit sur le balcon et ce qu'elle découvrit la laissa un instant sans voix. La mer scintillait sous les rayons du soleil, de petits bateaux naviguaient sur ses flots, de délicieuses odeurs de café et de pain chaud planaient dans l'air. Dans le patio de l'hôtel, des gens attablés dégustaient tranquillement leur petit déjeuner. Manifestement, le naufrage de la veille était déjà pour eux un vieux souvenir.

Tout en quittant la salle de bains, Jack continuait à s'époumoner :

— *I see friends shaking hands… saying how do you do?… They're really saying I love you…*

Lorsqu'il apparut enfin, vêtu uniquement d'une serviette autour de la taille, Olivia demeura interdite. De petites gouttes d'eau perlaient sur son torse velu. Il sentait la lavande…

— Pourquoi ne m'as-tu pas réveillée ? dit-elle enfin sur un ton de reproche en détournant la tête.

— Tu semblais si bien, si en paix, dans ce grand lit, que j'en ai été incapable. Du reste, tu avais besoin de repos.

Elle lui jeta un regard de biais, évitant soigneusement de s'attarder sur ses larges épaules. Non seulement il sentait bon, mais il lui parut plus séduisant que jamais. Toute trace de fatigue envolée, il souriait en promenant les yeux sur le corps svelte d'Olivia, à peine dissimulé sous la chemise de nuit de coton. Les sens en alerte, elle frissonna. Tout recommençait comme autrefois. Comment parvenait-il à éveiller son désir sans même la toucher ?

— Tu as dormi dehors toute la nuit ?

— Et comme un loir. Mais maintenant, je meurs de faim. Que dirais-tu d'un petit déjeuner au lit ?

— Un petit déjeuner au lit ? Que vont penser les gens ?

— Ce qu'ils veulent, je m'en moque.

— Jack, nous participons aux mêmes fouilles cet été et c'est tout. Nous avons partagé la même chambre parce qu'il n'y en avait pas d'autre de libre. Mais nous ne couchons plus ensemble et nous ne prenons plus nos petits déjeuners au lit. Il faut bien nous mettre d'accord sur ce point et présenter un front uni devant des tiers. Est-ce clair ?

— Si tu le dis…

Il renonçait trop facilement, remarqua-t-elle, méfiante.

— Alors descendons rejoindre le reste de l'équipe dans le jardin. Puis je devrai faire quelques emplettes. Toi aussi. A moins que tu n'aies envie de porter cette serviette toute la journée.

Dès qu'il serait habillé, elle oublierait son torse musclé, son ventre plat et sa peau dorée. Et elle n'aurait plus envie d'y promener les doigts. Elle avait besoin de vêtements, d'une chambre séparée ou d'une tente individuelle. Sinon l'été promettait d'être très long… et très chaud.

Peut-être parce qu'elles avaient entendu Jack jouer les crooners, plusieurs des personnes attablées dans le patio avaient la tête levée vers eux. Et leur sourirent. Devant leur réaction, Olivia rougit et battit prestement en retraite à l'intérieur.

Comme Jack la suivait, elle lui lança avec agressivité :

— Bravo, tu as réussi !

— Moi ? Mais qu'est-ce que j'ai fait à part chanter ? se récria-t-il avec un sourire désarmant. Je suis désolé, désolé pour eux. Pendant qu'ils se restaurent, nous nous... prenons du bon temps. Ils doivent être jaloux.

— Ecoute, il nous faut accorder nos violons. Officiellement, nous sommes toujours mariés, comme personne n'a l'air de l'ignorer, mais...

— Mais quoi ? Laissons-les tenter de deviner la vérité. Sont-ils encore en couple ou pas ? Un sarcophage pour le gagnant !

Elle serra les mâchoires.

— Ce n'est pas drôle. Et puis il serait déloyal de notre part de faire croire que nous sommes ensemble alors que ce n'est plus le cas.

Bien sûr, elle n'ignorait pas la véritable question qui torturait l'esprit du reste de l'équipe : couchaient-ils toujours ensemble ou non ?

Elle refusait d'encourager par un comportement ambigu les paris sur le sujet, les ragots ou les petits sourires entendus... Il était assez difficile pour elle de ne pas y songer. Sur ce point, pas question de transiger. Jack se moquait peut-être des rumeurs. Pas elle. Dans l'immédiat, elle avait besoin de se nourrir et de s'habiller ; il lui faudrait ensuite remettre les pendules à l'heure.

— Par ailleurs, dit-elle en regardant la serviette qui menaçait à tout moment de glisser des reins de Jack, il y a des peignoirs en éponge dans la salle de bains.

— Ah bon ? Je ne les ai pas vus.

Elle était certaine du contraire. En s'exposant à demi nu devant elle, il essayait de la rendre folle. Elle n'allait pas céder à la tentation.

Le petit déjeuner servi dans le patio fut délicieux. Tandis qu'elle dégustait des croissants, des yaourts bulgares et un petit café noir serré, Jack avala sa tasse d'un trait, la posa sur la table en fer-blanc et se leva.

— Qu'attendons-nous ? Il est temps de nous rendre sur le chantier.

Olivia, qui n'était pas encore rassasiée, reprit une pâtisserie avant de secouer la tête.

— Cela te semble peut-être superflu mais, moi, je dois d'abord faire des courses. Je ne vais pas passer l'été dans cette chemise et ce bermuda. Et sans vouloir te donner de conseils, je pense que tu serais également plus à l'aise avec des vêtements à ta taille.

Jack considéra ses jambes comme s'il se remémorait soudain qu'il avait perdu ses bagages. Cette réaction était typique de lui. Il ne regardait jamais en arrière, il allait toujours de l'avant. Grâce à cet état d'esprit, il avait réussi à se tirer sans dommage du naufrage, la veille. De même, il avait très bien vécu sans elle en Californie. Et il ne semblait même pas se rappeler comment ni pourquoi ils s'étaient séparés.

Bien sûr, elle avait besoin d'une garde-robe ; mais elle se servait également de ce prétexte pour gagner du temps. Peut-être craignait-elle quelque part de retourner sur le lieu où ils avaient fait connaissance, sept ans plus tôt. Non, elle y parviendrait. Il le fallait. Elle lui prouverait — et à elle-même aussi — qu'elle était capable de tourner la page, d'oublier le passé, aussi bien que lui.

— Tu as raison, répondit-il. Pourquoi ne m'achèterais-tu pas quelques affaires ? Deux ou trois jeans, des T-shirts, un chapeau et un écran total. J'en profiterai pour discuter avec Robbin, vérifier le matériel et louer une voiture. Tu as certainement aussi hâte que moi de commencer, non ? C'est notre dernière chance, tu le sais.

Leur dernière chance de découvrir la tombe avant la fermeture définitive du site, certes. Mais avait-il aussi voulu faire allusion à leur vie conjugale ?

Sans attendre de réponse, il lui tendit sa carte de crédit avant de s'éloigner, empêchant ainsi Olivia de protester ou de lui demander des détails.

Maudit soit-il. Pensait-il qu'elle connaissait par cœur sa taille de pantalon et ses marques fétiches en matière de sous-vêtements ? Se remémorait-il les siennes ? Il ne lui avait jamais offert le moindre article de lingerie et, autrefois, il ne pensait jamais à lui fêter son anniversaire. Quand elle le lui rappelait, il lui achetait en général un livre qu'il avait lui-même envie de lire.

Elle poussa un soupir. Malheureusement, elle avait gardé en mémoire tout ce qui le concernait. Elle se souvenait très bien des caleçons qu'il portait, de ses préférences pour les jeans étroits, qui mettaient en valeur ses longues jambes musclées, et à quel point elle l'avait trouvé séduisant en smoking, le jour de leur mariage, comme d'ailleurs la rapidité avec laquelle il l'avait retiré dans leur chambre.

Elle n'avait pas oublié non plus à quelle vitesse elle était passée au second plan, une fois mariée avec lui. Lorsqu'ils étaient arrivés à l'université de Santa Clarita, il avait rapidement incarné l'archéologue en chef, l'expert en matière de Grèce antique. Bien sûr, il méritait la reconnaissance de ses pairs. Mais elle s'était sentie écrasée par sa célébrité, qui l'éclipsait totalement.

Soudain, elle n'eut plus faim. S'emparant de son sac à main — seul objet personnel rescapé du naufrage —, elle se leva.

— La première fois que je suis venue sur cette île, il n'y avait aucune boutique, expliqua Olivia à Marilyn qui demandait à la réception le moyen de se rendre en ville.

— En quelques années, Hermopolis est devenu un centre touristique de premier plan, ajouta l'employée. Certes, nous ne rivalisons pas encore avec Corfou, mais vous trouverez sur le port tout ce dont vous avez besoin.

— A ce propos, puis-je vous acheter les peignoirs de notre salle de bains ? s'enquit Olivia.

— Certainement. Je vais vous les empaqueter.

— On partage un taxi ? suggéra Marilyn.

Devant l'hôtel, un petit garçon aux cheveux noirs en short et en T-shirt s'approcha d'elles.

— Bonjour, mesdames. Aimeriez-vous un guide ? Voir les ruines ? Je parle anglais et je ne suis pas cher.

Olivia secoua la tête.

— Nous allons faire des courses.

— Je peux vous aider ! Je vous montrerai les magasins qui proposent les meilleurs prix.

— Non, merci.

L'enfant parut si déçu qu'Olivia lui tendit un dollar. Il l'en remercia d'un sourire éclatant.

— Madame Oakley, lança la réceptionniste en fronçant les

sourcils, je vous en prie, n'encouragez pas la mendicité. Ce gamin n'a rien à faire par ici et nous ne souhaitons pas qu'il importune notre clientèle.

— Il ne nous ennuyait pas. Comment se fait-il qu'il maîtrise si bien notre langue ? ajouta-t-elle en regardant avec tristesse le garçonnet s'éloigner.

— Il l'a apprise pour mieux faire l'aumône aux touristes.

— Mais il ne nous réclamait pas d'argent...

Avec un soupir, Olivia renonça à discuter et s'en alla avec Marilyn. Elle était contente d'avoir de la compagnie... tant que Marilyn n'orientait pas la conversation sur Jack ou sur leurs relations conjugales.

Comme l'hôtel le leur avait assuré, elles n'eurent aucun mal à trouver ce qu'il leur fallait dans les nombreuses boutiques de la vieille ville.

Par contre, Olivia ne put dénicher de sous-vêtements pratiques et confortables comme ceux qu'elle avait mis dans ses valises pour le séjour. Jack, qui avait toujours aimé la lingerie fine, en aurait été ravi. Mais de toute façon, il n'aurait plus l'occasion de la voir en petite tenue...

Comme il n'y avait plus rien en coton, elle fut donc obligée d'acheter deux soutiens-gorge de dentelle, une chemise à lacets, plusieurs hauts de soie et un assortiment de culottes en satin sexy. Elle n'avait vraiment pas le choix. Elle essaya de dissimuler ses emplettes dans un gros sac mais Marilyn avait l'œil perçant et un grand sourire éclaira son visage.

— Il s'agit d'une seconde lune de miel, on dirait...

Olivia brûlait de la remettre à sa place d'une réplique cinglante. Mais comme elles allaient travailler ensemble tout l'été, elle préférait ne pas s'en faire une ennemie. La vieille femme ne pensait pas à mal. Elle avait seulement la fibre romantique très développée et tentait à toutes forces de croire à un retour de flamme chez les Oakley.

— Nous n'en avons jamais eu. Nous sommes ici pour des fouilles et rien d'autre, répondit-elle fermement. Séparons-nous et retrouvons-nous au café là-bas quand nous en aurons terminé, d'accord ?

Grâce à Dieu, Olivia put faire l'acquisition de caleçons pour Jack loin des regards indiscrets de Marilyn. Olivia se sentit rougir lorsqu'un type sur le marché lui proposa un produit destiné à « améliorer la virilité de son mari ». Elle eut du mal à ne pas lui lancer que celle de Jack n'avait pas besoin de l'être.

— Ce baume s'inhale aussi, ajouta le vendeur, dont l'accent était charmant. Il suffit d'en asperger le lit et quelle que soit la situation, il sera efficace.

Olivia préféra ignorer à quelle situation il faisait allusion et elle s'enfuit sans demander son reste. Heureusement, il lui fut plus facile et beaucoup moins embarrassant d'acheter les autres vêtements nécessaires.

Elle choisit des T-shirts et des shorts pour elle et, après les avoir payés à la caisse, alla se changer dans une cabine. Quel soulagement de quitter enfin les habits chiffonnés qu'elle traînait depuis deux jours ! Dans sa nouvelle tenue, elle se sentit une femme neuve — une femme neuve avec une détermination également renouvelée. Elle s'interdirait de retomber amoureuse de Jack Oakley, même s'il restait l'homme le plus sexy du monde et qu'il était à présent plus célèbre que jamais. Leur mariage n'avait pas été un chemin de roses. Et tout n'était pas sa faute à elle.

Lorsqu'elle eut terminé de faire les courses de Jack, elle croulait littéralement sous les sacs. Elle se demandait si elle parviendrait à atteindre le café où elle avait donné rendez-vous à Marilyn quand le jeune garçon qu'elle avait croisé à l'hôtel réapparut et lui proposa son aide.

— Comment savais-tu que j'étais là ?

— Je le savais, répliqua-t-il d'un ton mystérieux en lui emboîtant le pas. Je m'appelle Elias.

En arrivant au lieu de rencontre, elle vit que Marilyn était également chargée comme un baudet.

— Vous avez retrouvé notre ami, dit-elle à Olivia.

Olivia s'installa à la table de Marilyn. Désignant une chaise à côté d'elle, elle demanda au garçonnet :

— Qu'aimerais-tu boire, Elias ?

Il battit rapidement des paupières. Peut-être était-il surpris qu'une étrangère le traite aussi bien.

— Un café.

— Un café ? Mais quel âge as-tu ? Il n'est pas bon de prendre de la caféine trop jeune. Pourquoi ne commanderais-tu pas plutôt un jus de fruits ? Et quelque chose à manger, ajouta-t-elle à la vue de ses minces épaules.

Tous trois partagèrent des côtelettes d'agneau grillées, une salade et un bol d'olives. L'enfant avalait si vite le contenu de son assiette qu'Olivia se demanda qui le nourrissait et qui prenait soin de lui. Peut-être était-il seul au monde. De toute manière, ce n'était pas ses affaires.

A la fin du repas, elle régla la note, puis Marilyn et elle se levèrent pour partir. Le gamin sauta aussitôt sur ses pieds, s'empara de tous les sacs d'Olivia et siffla pour appeler un taxi. Tout en s'installant à l'arrière du véhicule avec sa compagne, Olivia lui proposa de monter et avec un sourire triomphant, il bondit à côté d'elle.

Marilyn fronça les sourcils.

— Olivia, où allons-nous le déposer ?

— A l'hôtel, je pense.

— Mais la réceptionniste…

— Ce n'est pas mon problème, répliqua Olivia, qui détestait qu'on lui dicte sa conduite. Si je veux louer les services de quelqu'un pour m'aider à porter mes paquets ou visiter la ville, c'est mon droit.

En arrivant, Elias déchargea leurs paquets ; mais, en apercevant Elena, il disparut aussi vite qu'il était apparu.

— Madame Oakley, lui annonça la réceptionniste, j'ai une bonne nouvelle pour vous. Un des bungalows s'est libéré.

— Vraiment ?

Avec un soupir de soulagement, Olivia comprit qu'elle était sauvée. Désormais, elle logerait dans une maisonnette au cœur de la pinède avec vue sur la mer, à bonne distance de Jack… Le rêve. Elle pourrait se rendre chaque jour sur le site en taxi, y travailler toute la journée et repartir le soir. Les étudiants aussi multiplieraient les navettes entre le chantier et les habitants qui les hébergeaient. Et où était l'essentiel ? Son métier ou la paix de son esprit ? Son équilibre mental ou sa carrière ?

— Formidable.

*
* *

— Où as-tu été ? demanda Jack quand elle entra dans leur chambre.

Il la dévisageait d'un air impatient comme si elle était partie pendant des jours et non quelques heures.

— Je suis allée faire des courses, tu l'as oublié ?

Il promena un regard appréciateur sur sa nouvelle tenue, prenant le temps d'admirer son petit haut de coton qui semblait soudain trop étroit, son short vert, ses longues jambes, ses sandales. Olivia avait l'impression d'être en feu. Depuis qu'elle le connaissait, Jack était capable de la plonger dans des émois incompréhensibles et leur séparation n'y avait rien changé. Elle ne se rendit compte qu'elle avait retenu son souffle pendant toute son inspection que lorsqu'il reprit la parole.

— Parfait, dit-il, une lueur dans les yeux. Jusqu'ici, j'apprécie tes choix.

— J'espère surtout que tu aimeras ce que j'ai acheté pour toi parce que tu es un peu obligé de les porter. Je te rappelle que tes valises comme les miennes sont au fond de l'eau.

Comme elle posait ses sacs sur le lit, un de ses soutiens-gorge de dentelle et des culottes en satin s'en échappèrent. Quand Jack s'en empara, elle regretta de ne pas les avoir mieux rangés.

— C'est pour toi ? demanda-t-il, la tête penchée sur le côté.

— Non, c'est ceux de ma grand-tante Alice, ironisa-t-elle en les lui arrachant des mains.

— Ta tante a un goût très sûr. Quel agréable changement par rapport à ce que tu avais l'habitude de porter !

— Ce que je portais ou porte ne te concerne pas.

— Il ne s'agissait que d'une observation. Tu ne peux pas me le reprocher. Regarder, rassembler des données, cela fait partie de mon métier.

Une fois de plus, il lui rappelait que cet été pour lui était exclusivement consacré au travail. Elle devait absolument lui montrer qu'il en était de même pour elle. Elle s'absorberait à fond dans ses tâches, se promit-elle. Jack était un professionnel et elle aussi. Il prit un autre sac.

— Celui-là contient-il mes affaires ou encore celles d'Alice ?

— Les tiennes. Je ne l'imagine pas dans un jean étroit.

Sans se donner la peine de se réfugier dans la salle de bains pour se changer, il retira son pantalon trop grand et enfila le neuf, qui lui allait comme un gant. Olivia tenta de regarder ailleurs ; elle en fut incapable. Il était bâti comme une statue grecque.

Heureusement, il n'essaya pas ses nouveaux caleçons. Elle avait déjà du mal à respirer... Des gouttes de sueur perlaient à son front. Elle devait sortir d'ici. Vite.

— Comment va-t-elle ?

— Qui ?

— Ta tante Alice.

Les jambes faibles, Olivia s'assit sur le lit en faisant mine de se comporter normalement.

— Elle va bien. Elle fêtera ses quatre-vingt-dix ans cette année.

— Cette lingerie ira bien avec le chapeau qu'elle portait à notre mariage.

— C'est ce que j'ai pensé.

— Je me souviens bien d'elle. A la réception qui a suivi la cérémonie, elle a dansé toute la nuit en chantant à tue-tête *My Way* de Sinatra. Transmets-lui mon affection.

— Je n'y manquerai pas. Dès que je serai rentrée à la maison.

— Te demande-t-elle parfois de mes nouvelles ?

— Jamais.

Encore un mensonge. Tante Alice ne cessait de l'interroger sur Jack. Elle lui répétait à quel point elle le trouvait séduisant, combien il lui rappelait son premier mari. Elle estimait qu'Olivia avait eu beaucoup de chance de l'épouser et elle ne comprenait pas pourquoi sa nièce ne l'avait pas suivi en Californie.

Sa tante ignorait que Jack ne lui avait jamais demandé de l'accompagner. Ni que Jack était en passe de devenir le nouvel Indiana Jones. Qu'aurait-elle dit si elle avait su que Jack et elle se retrouvaient sur l'île où ils avaient fait connaissance ?

Elle aurait été horrifiée d'apprendre qu'Olivia préférait séjourner dans un bungalow personnel plutôt que partager la tente de Jack. Olivia devinait ce que lui aurait conseillé sa tante : « Ne sois pas idiote, ma fille. Fonce, va avec lui. Sers-toi de tes charmes pour le faire revenir vers toi. Le destin vous a réunis. C'est ta dernière chance, ne la laisse pas échapper. Il a besoin de toi et toi de lui. »

Ce qui tendait à prouver que, contrairement à l'opinion générale, la sagesse et l'âge n'allaient pas forcément de pair. Une vieille tombe les avait ramenés sur cette île, pas le destin, et Jack n'avait jamais eu besoin de personne. Depuis leur séparation, il accumulait les succès et il semblait très heureux. Il devenait quelqu'un de célèbre. Des amis communs lui avaient décrit les soirées où il se rendait, les décorations qu'on lui avait remises et les nouveaux cercles dont il faisait partie, qui l'aidaient sans doute à étendre son influence, pensait-elle.

— Pendant que tu faisais des courses, j'ai déniché notre tente et nos sacs de couchage, reprit Jack. La Jeep nous attend dehors. Nous avons rendez-vous avec Alexandre le Grand et sa suite. Allons-y, dit-il en s'emparant des sacs pour se diriger vers la porte.

— *Notre* tente ?

Une sonnette d'alarme se déclencha aussitôt dans l'esprit d'Olivia. Heureusement, un des bungalows était libre.

— Non, Jack, je ne peux pas. Je reste en ville, c'est mieux ainsi.

— D'accord, *la tienne*, répliqua-t-il, écartant ses mots comme il l'aurait fait d'une toile d'araignée. Il semble qu'il n'y en ait qu'une de disponible, aussi dormirai-je à la belle étoile. C'est sans doute aussi bien, je ne t'entendrai pas ronfler.

— Je ne ronfle pas.

— Ecoute, Olivia, si tu refuses de te consacrer à fond à ces fouilles, de travailler cet été sept jours sur sept et vingt-quatre heures sur vingt-quatre, ou si tu as des blocages qui t'empêchent de rester sur le site avec moi, dis-le maintenant. Oui ou non. Je pensais que nous serions capables de mener ce chantier convenablement sans tomber dès le premier jour dans la tragédie. Mais si je me suis trompé, annonce-moi tout de suite la couleur. Alors sois claire : sommes-nous ou pas des partenaires dans cette aventure ?

Tendant la main, il prit le chapeau qu'elle lui avait acheté. Avec ce couvre-chef, il ressemblait vraiment à Indiana Jones. Sexy, viril, il avait l'air de partir à la conquête du monde. Tant qu'il ne cherchait pas à la reconquérir, elle, cela ne la dérangeait pas.

Elle se demanda pourquoi elle le lui avait acheté. Sans doute parce qu'elle savait qu'il lui irait et qu'elle n'avait pu résister à la tentation. A l'avenir, elle devrait apprendre à réfléchir.

Olivia tortura son esprit à la recherche d'une bonne raison qui lui interdirait de rester sur le site, autre que la crainte de retomber amoureuse de lui. Vêtu d'habits trop grands pour lui, il l'avait troublée ; et maintenant qu'il avait passé un jean qui moulait à la perfection ses jambes musclées, il devenait plus dangereux encore. Il la regardait avec sa peau bronzée, son désir d'avancer, son assurance indestructible. Cette assurance, il l'avait toujours eue. Et l'aurait toujours.

Il était certain qu'ils découvriraient la tombe, certain qu'il mettrait le groupe en ordre de marche, certain de surmonter tous les obstacles qui se dresseraient devant eux, certain qu'elle le suivrait. Pourtant n'y avait-il pas une petite ombre de doute dans ces yeux bleus qui la fixaient avec intensité ?

Avec une profonde inspiration, elle renonça à lutter.

— Je n'ai aucun blocage. Nous mènerons ce chantier ensemble.

Jack hocha la tête et lui prit la main. Au lieu de se contenter de la frapper pour sceller leur accord, il la retint un long moment dans les siennes et la regarda dans le fond des yeux, comme s'il voulait contempler son âme. Il savait très bien l'effet qu'il produisait sur elle.

— Tu n'auras pas à le regretter, dit-il enfin. Je t'en donne ma parole.

Un jour, il lui avait aussi juré de l'aimer jusqu'à la mort. Désormais, elle ne croyait plus à ses promesses.

4

Comme sept ans plus tôt, la Jeep débordait de matériel. Un fatras de pioches, de pelles, de cartes, de bidons d'essence, de réserves d'eau et même un générateur électrique y étaient entassés. Et sur le siège avant trônait un panier de pique-nique que l'hôtel leur avait préparé.

Jack avait envie de commencer l'expédition du bon pied. Au cours des deux mois à venir, il le savait, ils connaîtraient de bons et de mauvais moments. Certains jours, tout le monde s'énerverait, rien ne se déroulerait comme prévu ; ils seraient retardés par la pluie ou par d'autres événements extérieurs. Une lourde tâche l'attendait et la plus difficile serait de convaincre Olivia de donner une deuxième chance à leur histoire. Comment allait-il y parvenir sans remettre sur le tapis les aspects les plus douloureux de leur passé ?

Il ignorait aussi ce qu'elle éprouvait pour lui, à présent. Il était seulement persuadé que même si la procédure de divorce était entamée, il devait tout faire pour sauver leur mariage. S'il n'y réussissait pas, si Olivia le repoussait encore, il voulait au moins pouvoir se dire qu'il avait tout tenté.

La température devenait caniculaire. Jack aurait préféré se rendre plus tôt sur le site pour éviter la chaleur mais les préparatifs les avaient retardés. Aussi avait-il commandé un pique-nique pour deux qu'il espérait prendre à l'ombre des oliviers, devant la mer. Pour prendre un bon départ, pour oublier le naufrage du ferry et leur rappeler le bon vieux temps. Même s'il craignait que le bon vieux temps se soit enfui pour de bon.

Il avait juste envie de se retrouver en tête à tête avec elle avant que le chantier ne commence. Il était presque trop tard.

La semaine précédente, des ouvriers avaient déblayé le terrain avec des engins de terrassement et mis en place un carroyage pour quadriller la zone. Le gros de la troupe des bénévoles arriverait sur les lieux dans la journée mais les fouilles ne débuteraient véritablement que le lendemain.

La route était toujours aussi mal entretenue. Mais si autrefois Olivia et lui se sentaient heureux et optimistes en l'empruntant, cette fois une certaine tension régnait dans le véhicule, tension qui semblait s'intensifier au fur et à mesure qu'ils se rapprochaient de leur destination.

Jack préférait l'ignorer. Il s'était promis de ne pas se faire trop d'illusions à propos d'Olivia. Même s'il voulait paraître confiant sur le déroulement du chantier, en réalité, il n'était pas certain qu'ils réussiraient à travailler ensemble cet été. Comme Olivia, il se demandait s'ils arriveraient à collaborer pendant ces deux longs mois à venir. D'autant qu'elle tenait à présenter un front uni. Conscient qu'il était inutile de se torturer la cervelle d'avance, il s'appliqua à se détendre.

Pourtant, il doutait sérieusement de parvenir à ce qu'elle attendait de lui. Contrairement à elle, il n'avait pas envie de garder ses distances. La veille au soir, en débarquant à l'hôtel, comme ce matin quand il l'avait vue endormie dans le grand lit, son cœur s'était emballé et il avait eu du mal à ne pas la prendre dans ses bras. De même, lorsqu'elle était revenue de la ville dans son nouveau short, il n'avait pu s'empêcher d'admirer ses longues jambes fuselées. Et à présent, il devait s'interdire de la reluquer dans ce T-shirt qui moulait si bien ses seins rebondis.

Bon sang ! Comment allait-il réussir à rester de marbre s'ils partageaient la même tente ? Mais ce ne serait pas le cas. Il lui avait promis de lui en laisser l'exclusivité et de coucher dehors.

Et s'il se mettait à pleuvoir ? Seule une femme sans cœur laisserait un pauvre homme passer la nuit sous une pluie battante. Et Olivia ne manquait pas de cœur. C'était plutôt le contraire. Elle avait tendance à se soucier trop des autres, à se faire trop de mauvais sang pour eux. La voir s'efforcer en vain de tomber enceinte avait été une terrible épreuve pour lui. De toute manière, tant qu'il n'aurait pas abattu les défenses qu'elle avait érigées entre eux, il ne serait plus témoin de son désespoir. Manifestement, tout était terminé… à moins d'un miracle.

Il se remémora son visage lorsqu'elle avait découvert sa présence sur le bateau. Il y avait vu de la surprise mêlée à une certaine consternation. Manifestement, elle n'était pas ravie de le croiser là. Peut-être aurait-il dû l'avertir de sa venue. Non, elle aurait renoncé à cette expédition.

Il observa le ciel, à la recherche de nuages noirs. Aucun ne se profilait à l'horizon.

— Le temps est au beau fixe, on dirait.

Il dormirait donc à la belle étoile ou, plus probablement, il se tournerait et se retournerait dans son sac de couchage sans parvenir à trouver le sommeil tandis qu'elle ronflerait sous la tente en rêvant qu'elle trouvait la tombe et pas lui.

— Il est magnifique, répondit-elle. Qui a écrit que, en Grèce, le soleil était plus chaud et plus lumineux que partout ailleurs ? Peut-être est-ce à cause du sable blanc des plages.

— A moins que ce ne soit grâce à moi, aux bonnes vibrations que j'envoie vers la stratosphère.

Les yeux plissés, elle le dévisagea, sans l'ombre d'un sourire sur les lèvres.

— Bien sûr, c'est grâce à toi, Jack. Tous les astres gravitent autour de toi. Comme d'ailleurs le monde de l'archéologie. Comment ai-je pu l'oublier ?

Le vent balayait ses cheveux et il serra le volant de toutes ses forces pour s'interdire d'y passer la main. Il mourait d'envie d'y enfouir son visage. Mais il devait attendre, pour ne pas ruiner toute chance de réconciliation.

Il ne parvenait pas à extraire de son esprit la vision du soutien-gorge de dentelle qu'elle avait acheté ce matin. Il avait beau se répéter qu'elle ne pensait pas à lui en le choisissant, il ne cessait de l'imaginer avec. Pour son équilibre mental, mieux valait certainement se concentrer sur les fouilles à venir. Malheureusement, il n'était pas de pierre.

La Jeep passa sur un nid-de-poule et tous deux tressautèrent sur leurs sièges.

— Ils n'ont toujours pas remis cette route en état, remarqua-t-elle.

— Heureusement, nous n'aurons pas à l'emprunter chaque jour. Au cas où tu regretterais de vivre sur place.

— Je ne le regrette pas, répliqua-t-elle d'une voix pourtant peu convaincue. Et comment ferons-nous pour le ravitaillement ?

— Robbin a embauché un cuisinier du coin ainsi que des ouvriers pour le gros œuvre et des vigiles pour protéger le site. Tout doit être en place ce soir. Y compris le générateur, le laboratoire et les ordinateurs. Je sais que certains estiment Robbin trop vieux pour diriger des fouilles mais il est vraiment très bien organisé. Il a pensé à tout. Il a misé sa réputation sur ce chantier et il n'a pas lésiné sur les dépenses, n'hésitant pas à piocher dans ses propres économies pour s'assurer que nous ne manquerons de rien. S'il veut souffler de temps en temps à l'hôtel ou faire un peu de tourisme dans la région, je ne protesterai pas. Il le mérite. Et cela nous laissera les coudées franches pour avancer.

— Et pour dénicher cette tombe.

Il hocha la tête. Il aimait voir ses yeux briller ainsi. Bien sûr, tous les archéologues rêvaient de faire une découverte majeure. Mais certains préféraient s'asseoir sur une chaise pendant que leurs compagnons effectuaient le travail. Robbin et une partie des étudiants se sentaient plus heureux dans un laboratoire à examiner des échantillons à la loupe qu'à piocher.

Pas Olivia. Elle ne rechignait jamais à gratter le sol sous la canicule, les genoux pleins de terre, à la recherche de morceaux de poteries. Et son intuition lui soufflait où porter ses efforts.

— Les autres vont-ils rester ici la nuit ? s'enquit-elle.

Derrière son ton calme, il crut déceler une once d'inquiétude. Recherchait-elle la compagnie de tiers ? Avait-elle toujours peur de se retrouver seule avec lui sous la tente ? Ou, comme lui, aspirait-elle à la solitude et rêvait-elle de tranquillité le soir, après le dîner partagé avec les bénévoles ?

La situation serait peut-être gênante. Mais elle était surtout sa chance ; la possibilité s'offrait à lui de combler le fossé entre lui et la seule femme qu'il avait jamais aimée. S'ils ne se remettaient pas ensemble, il voulait au moins tout mettre à plat avant de se séparer pour de bon à la fin de l'été. C'était tout ce qu'il demandait, tout ce qu'il espérait.

En tout cas, il ne pouvait pas continuer comme ça. Etre marié sans vivre avec elle était un enfer. Pour lui comme pour elle. Voilà pourquoi elle avait engagé une procédure de divorce. Il se demanda quand elle y ferait allusion. Lui n'avait pas l'intention d'en parler.

— J'ignore si d'autres personnes décideront de camper sur le site, répondit-il comme si cela l'indifférait.

Mais en réalité, il était loin de s'en moquer. Il se rappelait ces nuits où ils s'étendaient tous deux dehors pour discuter ou contempler les étoiles. Ils étaient alors tellement en phase qu'ils n'avaient pas besoin de mots pour communiquer.

— Les étudiants loueront des mobylettes pour leurs allers et retours, reprit-il. Ils ne veulent pas rater les occasions nocturnes de s'amuser en ville. Tu sais ce que c'est.

— Non, en réalité, je n'en ai aucune idée. Tu l'as sans doute oublié mais lors des chantiers précédents, je passais mes soirées à travailler sur les cartes ou à tenter de recoller les morceaux des vases en terre cuite découverts dans la journée. Contrairement à toi qui sortais tous les soirs. D'ailleurs, je n'ai jamais compris comment, après avoir fait la fête jusqu'à l'aube, tu parvenais à te lever le matin et à t'emparer d'une pioche.

— J'avais beaucoup d'énergie à dépenser et je cherchais quelque chose, sans savoir très bien quoi.

Il mentait. Il la cherchait, elle, avant même de soupçonner son existence. Il s'enivrait, dansait, flirtait, riait des nuits entières, tout en se disant qu'il manquait quelque chose à sa vie. Mais quoi ? Ou qui ?

Il l'ignorait jusqu'au moment où il l'avait regardée, vraiment regardée, un jour qu'elle venait de déterrer une statuette de Zeus. Il avait pris une photo d'elle et l'avait gardée sur son bureau. Même sans ce cliché, il n'oublierait jamais le ravissement qui avait éclairé ses traits.

— Je faisais la fête tous les soirs parce que je n'avais pas encore fait ta connaissance.

— Tu m'avais rencontrée mais pas remarquée.

— Comment l'aurais-je pu ? Tu étais couverte de poussière !

Elle s'esclaffa. Il adorait son rire, aussi enivrant qu'une coupe de champagne. Un tel rire pouvait facilement faire perdre la tête à un homme. Et même le rendre accro s'il n'y prenait garde. Il avait envie de l'entendre encore. Il y avait si longtemps, beaucoup trop longtemps, qu'elle ne souriait plus en sa présence.

— Tu as toujours été un fêtard, dit-elle.

— Pas toujours.

Seulement quand elle n'était pas là. Il se sentait alors énervé, incapable de rester en place. En Californie, il sortait tout le temps avec des collègues.

— Ne parlons plus du passé, d'accord ? proposa-t-elle.

Il était entièrement d'accord. Mais il leur faudrait pourtant revenir sur ces dernières années s'ils voulaient avancer.

— Jack… Dis-moi pourquoi tu penses que cette tombe pourrait être celle d'Alexandre le Grand.

— D'Alexandre III lui-même ? Certainement pas. Mais j'ai l'intuition que quelqu'un d'important est enterré sur cette île. Si ce n'était pas le cas, pourquoi les gens, à l'époque, se seraient-ils fatigués à cacher aussi bien cette chambre funéraire, à installer des leurres, à construire de fausses entrées ?

— Ni la femme d'Alexandre, ni son fils, ni ses soldats n'ont jamais retrouvé son corps, n'est-ce pas ?

La conversation s'orientant sur des sujets moins risqués, elle se détendait.

— Personne ne sait où il est. Après sa mort à Babylone, son cadavre a été embaumé et a beaucoup circulé, chacun voulant se l'approprier. La plupart des historiens sont persuadés qu'Alexandre repose à présent à Memphis, en Egypte. Mais pas moi.

— Tu crois toujours qu'il a finalement été inhumé à Alexandrie ?

— Ce serait logique. Il a bâti cette ville qui porte son nom ; elle a longtemps été la capitale du savoir, la plus grande bibliothèque du monde antique…

— Peut-être as-tu très envie qu'il soit là, suggéra-t-elle. Et c'est vrai qu'il le mériterait.

— Crois-tu que je me laisse influencer par mes désirs personnels ?

— Tes intuitions se révèlent souvent bonnes. Tu te trompes rarement sur ce genre de choses.

— Est-ce un compliment, Olivia ? lança-t-il d'un ton faussement surpris.

— Tu n'as pas besoin que je te lance des fleurs, Jack. Tes étudiants t'encensent déjà. Ils te considèrent comme un super-héros. Tu aurais dû les entendre hier soir, après le naufrage. Ils ne s'inquiétaient pas pour toi, ils étaient certains que tu t'en sortirais... comme toujours.

— Et toi ?

— J'étais plus qu'inquiète, j'étais furieuse. Je me suis remémoré la fois où tu avais insisté pour t'aventurer seul dans les gorges d'Olduvai en Tanzanie, pour y dénicher un fossile. Tu avais fait une mauvaise chute et tu étais resté un long moment inconscient.

— J'ai la tête dure.

— C'est sûr. Et le lendemain, tu es tombé dans un précipice, tout ça parce que tu voulais voir s'il y avait des peintures sur les parois d'une grotte.

— Et elles étaient bien là.

— Pas du tout.

— Bon, en effet, il s'agissait plutôt de dessins.

— Ou plus vraisemblablement de griffures d'animaux...

— Si tu n'essaies pas, Olivia, tu ne trouveras jamais ce que tu cherches.

— En multipliant les risques inutiles, tu perds tes chances de devenir vieux.

— La valeur des années est très exagérée. Sauf pour ta tante Alice, bien sûr. Comme tu bénéficies des mêmes gènes qu'elle, tu seras sans doute en aussi belle forme à quatre-vingt-dix ans.

— J'en doute. Alice est le genre d'épouse qu'il t'aurait fallu. Vous auriez pu danser des nuits entières, elle n'était jamais fatiguée de faire la fête.

— Je ne le pense pas, repartit-il, redevenant sérieux.

— En tout cas, tes étudiants sont convaincus que tu es le plus grand, dit-elle doucement.

— Pas autant qu'Alexandre.

— Personne n'est aussi grand que lui. Et c'est la raison pour laquelle son empire s'est effondré à sa mort.

— Et que sa femme a dû s'enfuir avec leur fils, le fils qu'il n'a pas connu.

Olivia observa les doigts de Jack sur le volant. Sept ans plus tôt, elle était tombée amoureuse de lui à cause de ses mains. Longues, musclées, habiles. Capables de s'insinuer sous des siècles de poussière pour déterrer une statue. De feuilleter un livre. D'essuyer tendrement une larme.

Sans doute pensait-il à quel point il était tragique pour Alexandre de n'avoir jamais vu son enfant. Peut-être songeait-il également que lui-même n'avait pas eu la chance de devenir père. Mais ses yeux ne quittaient pas la route. Et son expression restait impénétrable.

— Cassandre les a fait tuer et les ossements du jeune Alexandre-Aigos ont été identifiés à Vergina. Mais pas ceux de sa mère. Et comme tous les archéologues, j'adorerais dénicher un jour sa tombe, ajouta-t-elle.

— Et c'est pourquoi nous sommes ici, non ? Pour retrouver la trace de Roxane.

— Comme Olympias, Roxane était une femme intéressante et attachante.

— J'ai lu ton article sur elle.

— Et qu'en as-tu pensé ?

— Je l'ai trouvé fascinant.

— Vraiment ? s'exclama-t-elle avec surprise. C'est le premier compliment que tu me fais depuis que nous sommes ici. Méfie-toi, je pourrais sentir mes chevilles enfler.

— Ne me dis pas que tu n'as pas reçu une pluie de louanges après sa publication. A ce propos, il paraît que tes élèves t'ont décerné le prix du meilleur professeur de l'année.

— J'en ai été ravie. J'adore mes étudiants. En tout cas, ceux qui parviennent à rester éveillés pendant mes cours.

— Au temps de tes recherches, qu'as-tu appris sur la belle Roxane ?

— Rien de nouveau. Juste quelques anecdotes croustillantes qui permettent de présenter une belle histoire. Après la mort d'Alexandre, elle s'est réfugiée chez la mère de ce dernier. Olympias l'a protégée et a veillé aussi sur son petit-fils jusqu'à ce que Cassandre les livre à leurs ennemis. Et j'ignore où elle a été enterrée.

— J'espère que tu ne seras pas trop déçue si ce n'est pas son tombeau que nous découvrons.

— Non, pas du tout. J'aimerais surtout en trouver un. L'identité de la personne inhumée est un détail.

— L'important est de pouvoir mettre la main sur des ustensiles, des bijoux, des fresques qui nous permettront d'en apprendre davantage sur cette période de l'Antiquité. C'est la raison pour laquelle je tenais à ta présence.

— Je comprends.

Elle comprenait surtout qu'il souhaitait sa compagnie pour des motifs exclusivement professionnels, et en aucun cas personnels. Cela n'avait rien à voir avec la procédure de divorce. Quand allait-il y faire allusion ? Attendait-il qu'elle aborde la première la question ?

— Personne n'en sait autant que toi sur les tombes grecques, reprit-il.

Olivia aurait dû se sentir flattée qu'il ait besoin de ses lumières. Mais au contraire, elle se sentit déprimée. Quelle idiote ! Elle s'était imaginée qu'il avait envie qu'elle soit là parce qu'il s'était rendu compte qu'il ne pouvait vivre sans elle, qu'il rêvait de passer l'été avec elle et qu'il s'était arrangé pour que cela se produise. Manifestement, ce n'était pas du tout le cas. Elle croisa les bras. Il était temps de revenir à la triste réalité.

Mais Jack poursuivait :

— Je n'ai jamais été désigné comme le meilleur professeur de l'année et ne le serai sans doute jamais.

— C'est juste une question de temps. Tes étudiants t'adorent. Cela ne te suffit-il pas ?

Il lui lança un regard aigu.

— Je ne rivaliserai jamais avec tes dons de pédagogue. Je n'ai ni ta patience ni ta persévérance. Tu connais mes limites dans ce domaine.

C'était exact et elle devait garder ses défauts à l'esprit. Jack frisait parfois l'arrogance. Sans états d'âme, il écartait d'un revers de main tous ceux qui se mettaient en travers de son chemin. Pour être juste, elle devait aussi reconnaître qu'il était non seulement brillant, mais qu'il travaillait énormément. D'ailleurs, ses détracteurs comme ses amis l'admiraient. Il était ambitieux et s'il utilisait ses étudiants pour approfondir ses recherches, il reconnaissait publiquement leurs travaux. Il ne l'aimait plus, elle n'avait pas à le lui reprocher. Seulement à s'y habituer.

— Nous discutions d'Alexandre le Grand et de sa femme. Pourquoi nos conversations dérivent-elles toujours sur un terrain personnel ?

Elle ne tenait pas vraiment à obtenir une réponse.

— Alexandre ne manquait pas de défauts, continua-t-elle. C'était un homme orgueilleux et sanguinaire. Mais si charismatique ! Roi à trente-trois ans, il a été le plus grand conquérant du monde et grâce à lui, la civilisation grecque a traversé les mers… Ah nous arrivons !

Heureusement, la discussion était close.

— Nous faisons partie de l'équipe d'archéologues, dit Jack en tendant sa carte d'identité au garde, à l'entrée.

Tandis qu'ils passaient devant les champs, elle se remémora sa première visite sur le site et son excitation de l'époque à l'idée de découvrir la tombe.

Maintenant, elle était plus âgée, plus sage et plus lasse. Il y aurait d'autres fouilles, d'autres vestiges à exhumer. Cette fois-ci, les enjeux étaient plus importants ; elle avait davantage à perdre.

Elle savait ce qu'elle voulait en termes d'archéologie. Mais en termes de vie ? La question était plus délicate. Avant qu'elle ne puisse trouver de réponse, ils arrivèrent à un second barrage surveillé par un autre vigile.

— La sécurité est vraiment devenue une priorité, cette année, grommela Jack. J'espère qu'elle sera efficace. Et surtout que nous n'en aurons pas besoin.

De nouveau, il présenta ses papiers, et ils poursuivirent leur route entre des rangs d'oliviers.

— Tu penses que des habitants du coin pourraient vouloir dérober le contenu de la tombe ? demanda-t-elle en sortant de la Jeep.

L'endroit semblait si paisible, si tranquille, si champêtre, qu'elle ne parvenait pas à y imaginer un sujet d'inquiétude.

— Il pourrait s'agir aussi d'une équipe venue d'une autre université. Robbin a tenté d'être discret sur notre expédition mais l'information a peut-être filtré. Tu sais comment sont les archéologues.

— Avides, orgueilleux et passionnés. Est-ce ce que tu voulais dire ?

Il se mit à rire.

— Je ne reconnais que leur côté passionné.

De nouveau, il avait réussi à accélérer les battements de son cœur grâce à une simple réflexion. Jack était-il un passionné ? Leurs ébats lui revinrent à la mémoire et, s'avisant qu'elle était toujours la proie de son magnétisme, un sentiment d'impuissance s'empara d'elle.

Il saisit le panier de victuailles.

— Avant toute chose, déjeunons, décida-t-il. Contrairement à l'opinion commune, je ne suis pas un super-héros et j'ai besoin de me restaurer avant de me mettre au travail. Je suppose que nous dînerons tard. Les Grecs en ont l'habitude.

— Et les autres bénévoles ? N'allons-nous pas prendre ce repas avec eux ? s'enquit-elle avec nervosité.

Manifestement, elle n'avait pas très envie de partager un pique-nique romantique pour deux. Pour elle, ce n'était pas une bonne façon de démarrer ces fouilles.

— Je ne vois personne, et toi ? Viens, trouvons un endroit à l'ombre.

Elle était obligée de le suivre. D'ailleurs, à quoi bon s'inquiéter ? se dit-elle pour se rassurer. Rien ne pouvait arriver au cours d'un déjeuner champêtre en plein jour, même si personne n'était dans les parages.

Ils traversèrent le site, reconnaissant les traces des chantiers précédents. Comme ils promenaient les yeux autour d'eux, ils éprouvaient l'émotion qui les étreignait toujours à songer qu'une communauté avait vécu là, il y a des milliers d'années, et y avait bâti un temple et un monument funéraire.

— La tombe est quelque part ici, je le sens, murmura-t-elle.

— Alors nous la découvrirons. Cette fois-ci, nous bénéficions d'une meilleure équipe, d'un matériel plus performant, et nous sommes entourés de bénévoles plus motivés. Nous la trouverons, il le faut.

Elle hocha la tête. Si le pouvoir de la volonté suffisait, ils la dénicheraient, en effet. Jack en avait à revendre. Beaucoup d'ouvriers s'activaient. Non seulement ils préparaient le terrain, mais ils dressaient aussi les tentes et installaient des tables.

— Tout est plus grand et mieux cette année, remarqua-t-elle.

— Il y a même des douches. Il y a sept ans, nous étions obligés de nous laver dans la mer, tu t'en souviens ?

— Bien sûr.

Qu'espérait-il ? Qu'elle lui dise qu'elle était contente d'être venue ? En réalité, elle l'était. Arriver sur un chantier était le moment qu'elle préférait. L'excitation la gagnait. Tout était à faire, l'espérance animait les cœurs. Et elle n'avait aucune raison de s'inquiéter. Le soleil brillait, beaucoup de gens les rejoindraient sous peu. Elle n'avait pas à craindre une trop grande proximité avec Jack. De toute façon, le problème n'était pas Jack mais elle. Elle avait juste besoin d'une dose supplémentaire de détermination.

Néanmoins, elle resterait sur ses gardes. Le pire serait qu'il tente de la convaincre de reprendre leur vie commune. Elle en doutait. Il suffisait de le regarder pour comprendre qu'il vivait très bien sans elle. Jack n'avait besoin de personne. Il était d'un caractère très indépendant.

Par un accord tacite, ils se dirigèrent vers la pinède, sur la falaise. Sans doute avait-il oublié que, autrefois, c'était leur endroit préféré, d'où ils pouvaient contempler la mer Egée. Peut-être ne se souvenait-il pas non plus qu'ils avaient acheté un hamac biplace et l'avaient accroché entre deux arbres. « Arrête ! » se dit-elle. Elle devait absolument cesser de ressasser le passé. Quel dommage qu'elle soit dotée d'une si bonne mémoire, cela ne lui facilitait pas les choses.

Tandis qu'elle étendait une nappe sur l'herbe, Jack ouvrit une bouteille de vin, en remplit deux gobelets et lui en tendit un.

— A un été qui promet d'être riche, dit-il en levant le sien.

Il ne précisa pas que ce serait leur dernier mais elle savait que ce serait le cas.

— A notre future découverte de la tombe.

« Reste sur un ton léger, impersonnel », s'ordonna-t-elle.

— Pour que nous trouvions ce que nous sommes venus chercher, ajouta-t-il en soutenant son regard un long moment.

Détournant les yeux, elle avala une gorgée du breuvage et fit mine de ne pas avoir entendu sa dernière remarque. Bien sûr, il parlait des vieux ossements ; mais peut-être lui adressait-il aussi un message codé.

— As-tu toujours trouvé ce que tu cherchais au cours de tes fouilles ? demanda-t-elle.

— Une fois seulement.

Il la fixait avec une telle intensité qu'elle devina qu'il faisait allusion à la première fois où ils étaient venus sur l'île. Cette fois-là, ils s'étaient trouvés, eux.

— J'essaie de ne pas laisser mes espoirs prendre le dessus, répondit-elle en contemplant la mer. Parfois je découvre ce que j'espérais, d'autres fois je tombe sur quelque chose à quoi je ne m'attendais pas du tout. Quelquefois, le site se révèle très décevant. Cela fait partie du jeu.

— Tu es bien philosophe aujourd'hui.

— C'est la seule façon d'aborder notre travail et d'éviter d'aller au-devant de grandes déceptions.

Elle se rendait compte qu'elle s'exprimait de façon un peu prétentieuse mais c'était préférable au jeu des souvenirs.

Pour se donner une contenance, elle déballa leur pique-nique. Elle découvrit du pain cuit à point, des olives, du fromage.

— Maintenant, je me sens vraiment en Grèce.

Il s'installa en face d'elle.

— Connais-tu la légende de la femme grecque rebelle ?

— Non mais mon petit doigt me dit que tu vas me la raconter.

Elle préférait l'entendre lui parler de vieilles légendes que de sujets trop personnels.

— Elle refusait de se soumettre à son mari. Alors pendant sept jours et sept nuits, il lui a enduit le corps d'huile d'olive. Le huitième jour, elle a renoncé à la lutte et ils ont fait l'amour sous les arbres.

— Comme il s'agit d'un conte, je suppose qu'ils ont vécu par la suite très heureux ensemble ?

— Evidemment.

Pour éviter son regard, Olivia entreprit de goûter une autre spécialité locale. Elle comprenait avec désespoir que quel que soit le sujet de leur discussion, tout les ramenait à leur situation, tout tournait autour de leur couple.

— Goûte ça, dit-elle en lui tendant une assiette en carton remplie de concombre à la menthe et de fromage. C'est un régal.

— Du salsiky, j'adore ! Cela me rappelle de bons souvenirs.

— Qu'est-ce qui ne le fait pas ? grommela-t-elle.

Les réminiscences du passé menaçaient ses chances de contrôler le présent.

Comment allait-elle en sortir ?

5

— Bonjour, madame.

Olivia battit des paupières. Après le déjeuner, elle s'était assoupie à l'ombre des oliviers.

Elle se mit sur son séant.

— Elias ? Mais que fais-tu ici ?

— Mon père travaille sur le chantier, répondit-il en désignant du doigt des hommes qui déchargeaient du matériel d'un camion.

Soulagée d'apprendre que l'enfant avait au moins un parent pour s'occuper de lui, la jeune femme ne put pourtant s'empêcher de lui proposer quelque chose à manger. Il avait toujours l'air affamé mais peut-être se faisait-elle des idées ; peut-être son besoin de materner reprenait-il le dessus. Quelqu'un avait remballé le pique-nique, Jack sans doute. C'était lui qui aurait dû faire la sieste, pas elle. Il avait passé la nuit sur une chaise alors qu'elle avait pu profiter d'un lit.

Lorsqu'elle tendit des grappes de raisin au garçonnet, il s'en empara avec empressement. Elle sourit en le voyant engloutir les fruits comme un petit glouton. Tentée de lui essuyer la bouche à l'aide d'une serviette, elle y renonça en songeant qu'il était sans doute trop grand pour apprécier.

— Quel âge as-tu, Elias ?

— Neuf ans.

— Où vis-tu ? demanda-t-elle, s'interdisant de l'interroger sur ses conditions d'existence.

Il lui montra une colline au loin et la jeune femme comprit qu'elle devrait se contenter de cette demi-réponse.

Promenant les yeux autour d'elle, elle aperçut Jack et le Dr Robbin discutant près des fouilles. Elle passa la main dans ses cheveux, regrettant d'avoir dormi si longtemps. Le soleil déclinait à l'horizon, auréolant d'or les collines, la mer était lisse comme un miroir. Toute cette beauté et l'été qui s'annonçait plein de découvertes étaient des cadeaux de la vie. Elle ne devait pas laisser Jack tout gâcher.

Elle se leva, défroissa ses vêtements et prit le panier.

— Viens, dit-elle à Elias. J'aimerais te présenter mon... quelqu'un, acheva-t-elle lamentablement.

Jack venait à leur rencontre.

— Qui est ce jeune homme ? Un de tes amis ?

— C'est Elias. Il m'a aidée à porter mes paquets, ce matin. Il se trouve que son père est employé sur le site.

Elias hocha la tête et leur montra un grand brun vêtu d'un pantalon bouffant noir.

— Cherches-tu du travail ? s'enquit Jack. Nous avons besoin de quelqu'un de petit pour descendre dans le souterrain.

A ces mots, l'enfant sourit avec enthousiasme. Olivia fronça les sourcils.

— N'est-ce pas dangereux ?

— Non, viens, je vais te montrer.

Quand elle comprit qu'Elias devrait seulement se faufiler dans la galerie creusée par les terrassiers pour y tendre une corde et qu'il serait rémunéré pour ce service, Olivia les laissa pour accueillir Marilyn et des étudiants de Jack.

— Quel endroit magnifique ! s'exclama une jeune fille nommée Sandy. J'ai entendu dire que vous aviez déjà séjourné ici, madame Oakley ?

— Appelez-moi Olivia.

Elle lança un regard de biais à Marilyn. Elle espérait que cette dernière n'avait pas raconté à tout le monde sa situation familiale et son histoire. Naturellement, tous les bénévoles seraient curieux d'en apprendre davantage. Elle imaginait déjà leurs réflexions.

Pourquoi ne vivent-ils plus ensemble ?

Vont-ils divorcer ?

Ou vont-ils se rabibocher ?

Où se sont-ils rencontrés ?

Quand se sont-ils séparés ?

Pourquoi ? Pourquoi ? Pourquoi ?

— Parlez-nous-en, supplia une autre, une certaine Jenny aux grosses lunettes de myope.

— D'abord, nous avons beaucoup de chance d'être ici.

— Le site a été fermé des années, expliqua Marilyn.

— A ce que je sais, ajouta Olivia, après notre dernier chantier, le domaine a changé de mains. Craignant les pilleurs de tombes et les voleurs d'or, les nouveaux propriétaires en ont interdit l'accès sans mesurer l'importance historique de cette zone. Pour eux, il s'agissait juste d'une nuisance.

— Mais le gouvernement les a obligés à nous laisser organiser des fouilles cet été, ajouta Marilyn.

— Les autorités locales veulent attirer des touristes sur l'île. Si nous exhumons des vestiges de valeur à Syra, un musée sera construit. Avant notre arrivée, la municipalité a effectué les travaux de terrassement et nous devrions pouvoir avancer rapidement.

— Est-ce vrai que nous n'avons que ces deux mois pour aboutir ?

Olivia hocha la tête.

— Je le crains. L'autorisation est limitée à cet été.

— Mais qui sait ? reprit Marilyn. Si nous trouvons quelque chose d'important…

Tous espéraient une découverte majeure. S'ils parvenaient à mettre au jour une chambre funéraire, ils obtiendraient sans doute un renouvellement de bail…

Mais dans ce cas, Olivia ne reviendrait sur cette île qu'avec la certitude que Jack ne ferait pas partie de l'équipe.

— Votre article sur la seconde épouse d'Alexandre le Grand était remarquable, dit Sandy lorsque les autres se furent éloignés.

Flattée, Olivia rougit de plaisir.

— Je m'étonne toujours que des gens s'intéressent à des sujets aussi obscurs.

— Le Dr Oakley nous en avait recommandé la lecture. Il nous a expliqué que votre papier synthétisait à la perfection toutes les connaissances sur Roxane.

— Oh, murmura-t-elle d'une voix éteinte.

— C'est un grand professeur, poursuivit la jeune fille. Tous les étudiants se battent pour assister à ses cours. Et maintenant, j'aimerais devenir archéologue, comme vous…

— Moi ? Je ne suis pas sûre de…

— Surtout depuis que j'ai vu votre photo sur sa table de travail, celle où vous venez de déterrer une petite statue. Vous y semblez transfigurée. Elle est magnifique.

Olivia en resta bouche bée. Jack avait un portrait d'elle dans son bureau ? Elle n'en avait gardé aucun de lui. Elle avait rangé tous les albums dans un carton avant de le remiser au fond d'un placard. Le voir devant une excavation, une amphore à la main, souriant à l'objectif, lui faisait trop de mal. Cela dit, le cliché qu'il avait emporté ne signifiait sans doute rien pour lui ; il devait en avoir des dizaines d'autres, représentant des collègues ou des amis, et il n'y faisait plus attention.

— Ah, vous êtes là, dit Jack en surgissant, Elias à son côté. Je m'apprêtais à descendre sur la plage. Mais tu as fait la connaissance de Sandy, parfait.

Sandy opina du menton d'un air enthousiaste.

— J'étais justement en train d'expliquer à votre… à madame… à Olivia… que j'adorerais suivre ses traces un jour.

Jack hocha la tête. Qui ne rêverait de devenir Olivia ? Elle avait probablement donné envie à des centaines de jeunes femmes de s'intéresser à l'archéologie. Il n'était pas difficile de deviner pourquoi. A la fois intelligente et ravissante, compétente et modeste, elle avait tout pour elle. Et sa passion pour les ruines était contagieuse.

— Pourquoi pas ?

Lui ressembler était un objectif de vie très valable mais personne n'arriverait jamais aux chevilles d'Olivia. Elle était unique et il avait été stupide de l'avoir quittée.

S'il avait compris à l'époque ce qu'il savait maintenant, il ne serait jamais parti. Il avait obtenu un salaire prestigieux et une belle réputation mais il l'avait perdue. S'il était trop tard pour revenir en arrière ou pour ravaler les mots durs qu'ils avaient échangés, il comptait en tout cas tout faire pour sauver son couple cet été et redonner ainsi un sens à son existence.

— Viens avec moi, lui dit-il. J'aimerais te montrer quelque chose.

— Juste nous deux ? fit-elle en promenant les yeux autour d'elle. Je ne voudrais pas que les gens imaginent que…

Il poussa un soupir.

— Alors propose à ton chevalier servant de nous accompagner.

Jack et Olivia descendirent le chemin escarpé de la falaise avec Elias qui bondissait comme une chèvre à côté d'eux.

— Adorable gamin, remarqua Jack.

— Ce matin, je le croyais seul au monde et obligé de faire la manche pour survivre. J'ai été prise du désir un peu fou de le prendre sous mon aile… J'ai été soulagée d'apprendre qu'il n'était pas orphelin.

Il lui jeta un regard de biais, se demandant si elle n'en avait pas été également un peu déçue. Son désir d'enfant était sans doute toujours présent. Mais elle n'allait pas lui confier ses envies de maternité et il ne l'interrogerait certainement pas sur la question. Depuis longtemps, il ne croyait plus à une possibilité pour eux de devenir parents. Et il commençait à douter qu'ils puissent un jour redevenir un couple.

Plus il y songeait, plus il mesurait sa folie d'espérer une réconciliation. Maintenant, il avait la quasi-certitude que c'était impossible. Elle lui faisait comprendre très clairement que leur histoire était finie…

Quand elle trébucha sur une racine, il lui tendit une main secourable et ne la lâcha plus. Il se demandait si elle avait déjà pensé à l'adoption. Il s'était persuadé qu'elle ne souhaitait plus être mère ; mais peut-être n'avait-elle pas, comme lui, renoncé à son rêve…

La plage était immense, le sable blond, l'eau limpide.

— Que voulais-tu me montrer ? s'enquit Olivia.

— Le ponton. Malheureusement, il tombe en ruine. Il a besoin d'être restauré pour que nous puissions y accrocher un bateau.

— Nous n'en avions pas la dernière fois.

— C'est vrai mais une embarcation nous permettrait de visiter les îles alentour, dit-il en désignant une terre à l'horizon. Comme Delos, où sont érigés le Hiéron d'Apollon et ses portiques.

— Cela me plairait de le voir.

— Alors nous irons.

Il l'emmènerait partout où elle avait envie d'aller. Beaucoup de travail les attendait mais ils profiteraient aussi de moments de détente. Il voulait qu'elle n'oublie jamais cet été, que chaque instant soit important. Tout se jouerait pendant ces deux mois. Il n'avait que quelques semaines pour effacer les mauvais souvenirs et en fabriquer d'autres.

— Nous demanderons aux ouvriers de le réparer.

Olivia retira ses chaussures et s'avança vers les vagues. En proie à un pur plaisir sensuel, elle soupira de bonheur.

— As-tu apporté ton maillot ?

— Il a coulé pendant le naufrage, j'en achèterai un autre.

— La dernière fois, tu…

— Jack, dit-elle avec un regard d'avertissement — Elias lançait des cailloux dans l'eau à deux pas. Nous ne sommes plus la dernière fois.

Elle savait à quoi il pensait.

Sept ans plus tôt, ils n'avaient pas besoin de vêtements de bain. Ils nageaient nus la nuit quand tout le monde était parti.

— J'en suis conscient. Et aussi que nous sommes toujours mariés. Ce n'est pas rien.

— Cette union n'est plus qu'une formalité.

— Dans ce cas, il faut y mettre fin.

A ces mots, Olivia eut l'impression de recevoir une gifle.

— C'est ce que tu souhaites ? lança-t-elle en battant des paupières pour refouler ses larmes.

— Ce n'est pas moi qui ai entamé une procédure de divorce, répliqua-t-il, mettant enfin les pieds dans le plat. En tout cas, nous ne pouvons plus continuer ainsi. Soit nous nous quittons définitivement, soit tu me rejoins en Californie.

— Ce n'est pas si simple.

— Rien de ce qui vaut la peine ne l'est, rétorqua-t-il.

A une autre époque, il l'aurait prise dans ses bras et l'aurait embrassée.

Bien sûr, il n'en était plus question aujourd'hui. Il se contenta donc de la dévorer d'un regard brûlant de passion — qui la fit frissonner. Il disait peut-être qu'il préférait divorcer mais ses yeux exprimaient son désir de lui faire l'amour.

Olivia regretta d'être descendue sur la plage avec lui.

— Est-ce vraiment le moment d'en discuter ? dit-elle en désignant Elias du menton.

De toute manière, elle n'avait pas envie d'en parler, à quelque moment que ce soit.

Le mieux serait de mettre fin à leur couple à la fin de l'été par courrier et d'éviter ainsi les larmes, les reproches, les regrets. Il ne s'agirait que d'un document à signer. Puis tout serait terminé. Sept ans de mariage dont deux en vivant séparés qui ne comptaient donc pas vraiment. Tout paraissait facile mais cela ne l'était pas. Pas pour elle, en tout cas.

— Elias ! cria soudain Jack. Viens, je vais t'apprendre à faire des ricochets.

Il se pencha pour ramasser des pierres plates et lisses.

Comme il savait si bien le faire, Jack créait une diversion pour échapper à une situation gênante. Olivia ne lui en voulut pas : être physiquement près de lui se révélait trop compliqué pour elle. Malgré la chaleur ambiante, elle sentait un frisson lui parcourir l'échine quand il lui lançait un de ces regards qu'elle ne connaissait que trop, un regard qui signifiait qu'il avait envie d'elle et qu'il savait qu'elle le désirait aussi. Ici sur une plage idyllique de Grèce avec Jack jouant les Indiana Jones, où tout ce qu'il disait avait un double sens, elle ne parvenait plus à réfléchir correctement.

Tandis qu'il montrait à Elias comment s'y prendre, le remords revint la torturer, le remords de ne pas avoir donné à Jack le fils dont il rêvait.

Elle avait essayé, Dieu sait qu'elle avait essayé, mais peut-être pas assez fort, pas assez longtemps. Si elle avait été capable de porter un enfant, peut-être seraient-ils restés ensemble.

— Jack ! Olivia !

Quelqu'un leur adressait de grands signes du haut de la falaise. Olivia reconnut l'assistante du Dr Robbin.

— Nous ferions mieux de remonter. On nous appelle.

L'estomac d'Olivia se serra. A présent, il n'était plus possible de tergiverser, ni de revenir en arrière. Il était temps de remonter ses manches. Le chantier commençait, le dernier qu'elle effectuerait avec Jack.

Toute la journée, ils creuseraient et auraient sans doute l'occasion de remettre sur le tapis les vieux sujets de discussion. Et la nuit ? Pas de problème. Après le dîner avec le reste de l'équipe, les étudiants iraient faire la fête en ville. Et certaines personnes resteraient sur le site, du moins l'espérait-elle. Mon Dieu, faites que Jack et moi ne soyons pas les seuls à camper sur place ! De toute façon, ils seraient si fatigués que chacun se retirerait dans sa tente et s'endormirait vite. En tout cas, elle en avait bien l'intention.

Après une longue réunion au cours de laquelle le Dr Robbin distribua à tous des talkies-walkies, leur montra les ordinateurs installés sous une tente et l'endroit où ils devraient déposer les trouvailles, Jack prit la parole.

Un peu à l'écart, adossée à un cèdre, Olivia l'écouta exposer leurs objectifs. Il maîtrisait parfaitement son sujet. Il n'était mauvais que lorsqu'il abordait des terrains personnels.

Retirant son chapeau d'Indiana Jones, il évoqua l'époque d'Alexandre le Grand et ce qu'ils découvriraient peut-être. Il leur expliqua pourquoi l'île de Syra recélait des secrets de la Grèce antique ; il leur conseilla également de ne pas se perdre dans des espoirs irréalistes ni de croire que les fouilles se dérouleraient facilement.

Il aurait pu ne parler que pour elle. D'ailleurs, elle sentit son regard sur elle pendant tout son discours. Tout ce qu'il racontait à propos des espoirs irréalistes ou des difficultés à venir s'appliquait aussi à eux. Mais bien sûr, il n'y fit pas allusion. Jack n'était pas du genre à évoquer ses problèmes de couple en public.

Elle avait oublié à quel point il était bon orateur. Il semblait inspiré, il communiquait son enthousiasme. Inutile de se demander pourquoi les étudiants se battaient pour suivre ses cours. Elle était certaine que les filles faisaient la queue devant son bureau pour lui parler de leurs recherches ou seulement pour avoir le bonheur d'être avec lui.

Quand leur mariage serait une affaire classée, il trouverait facilement une autre femme. La vie était trop courte pour la passer seul.

En tout cas, c'était ce que répétait tante Alice. Elle serait furieuse d'apprendre que sa petite-nièce divorçait. Elle-même s'était séparée de son mari soixante ans plus tôt et s'était consolée avec beaucoup d'autres, plus jeunes qu'elle pour la plupart.

Jack était l'homme le plus loyal dont une épouse puisse rêver, avait dit tante Alice. Sans doute lui était-il resté fidèle parce qu'ils étaient toujours légalement mariés. Elle aussi. Combien de maris séparés de leurs femmes par des milliers de kilomètres en auraient-ils fait autant ?

Mais peut-être se faisait-elle des illusions. Dans le groupe d'étudiants, il y avait des jeunes filles ravissantes qui le dévoraient des yeux. Avaient-elles cherché à le séduire après les cours ? Avait-il cédé à leurs avances ? De toute manière, elle n'avait plus aucun droit sur lui.

Peut-être était-ce la raison pour laquelle il l'avait pratiquement menacée. « Tu me rejoins en Californie ou nous divorçons. » Parlait-il sérieusement ? Oui, certainement.

Puis Robbin scinda le groupe en petites équipes de travail. En voyant qu'elle et Jack étaient inscrits dans la même, l'humeur d'Olivia s'assombrit. Préoccupée, elle ne parvenait plus à se concentrer sur les propos des différents intervenants.

Elle mourait d'envie de courir sur la plage, de plonger dans la mer, de laisser les flots la caresser. Perdait-elle la tête ? Elle se comportait comme une touriste en vacances et non comme une bénévole sur un chantier de fouilles.

Comme le soir tombait, quelqu'un alluma le générateur, plongeant le site dans une atmosphère de conte de fées, magique.

L'air se remplissait de fragrances culinaires. Le cuisinier avait recouvert les tables d'une nappe, de bouteilles de vin.

Lorsque la dernière discussion prit fin, Jack rejoignit Olivia et la dévisagea avec attention.

— Ça va ?

Elle déglutit avec peine. Sous son regard soucieux, elle se sentait fondre comme neige au soleil.

— Très bien.

— Tu as l'air de quelqu'un qui rêverait de prendre la poudre d'escampette…

— Désolée, je… Ces dernières années, je dirigeais les fouilles. Cette fois, je fais juste partie du groupe. C'est curieux comme impression.

— Tu le vis bien ou mal ?

— C'est différent. Mais je trouve très agréable de profiter d'un chantier sans en avoir la responsabilité.

— Es-tu en train de me dire que tu as envie de sortir en boîte ce soir avec les étudiants ?

— Non, non, pas ça. Je ne sais pas ce dont j'ai envie. Par contre, mieux vaut pour nous de travailler dans des équipes différentes.

— Parfait, répondit-il comme s'il s'en moquait. Mais cesse de dramatiser ce qui n'a pas lieu de l'être. Tu te sentiras sans doute mieux après le dîner. Tu n'as pas mangé grand-chose à midi.

— Je ne changerai pas d'avis.

Elle n'était pas folle.

— Cela sent bon, en tout cas, reprit-elle.

— C'est l'avantage d'avoir confié la préparation des repas à un vrai cuisinier.

— Un jour, tu avais confectionné un ragoût de mouton, et il était très bon.

— Es-tu tombée amoureuse de moi à cause de mes talents culinaires ?

— Et puis j'ai découvert la vaisselle que tu m'avais laissée et je suis revenue sur terre.

— Et toi, fais-tu toujours des spaghettis à la bolognaise ?

— Rarement.

Pourquoi s'ennuyer à cuisiner pour une personne ? Il était tellement plus simple d'ouvrir une boîte de conserve. Lorsqu'elle vivait avec Jack et qu'elle avait du temps, elle lui mitonnait ses plats préférés. Et quand il conviait une bande de collègues à la maison, ils s'activaient ensemble, agrémentant les recettes de touches personnelles, s'amusant à en inventer.

— Moi aussi, répliqua-t-il d'un ton neutre. Je dîne toujours dehors.

A voir ses larges épaules, son ventre plat et ses bras musclés, elle ne l'aurait jamais deviné. Quoi qu'il mange, il restait svelte. Et elle était certaine que ses collègues l'invitaient sans cesse, sans parler des femmes qui s'apitoyaient sur sa solitude et peut-être même de certaines étudiantes… Cela dit, Jack n'avait jamais été du style à flirter avec ses élèves.

A table, elle prit soin de s'asseoir entre Marilyn et un des bénévoles et très loin de Jack. A partir de maintenant, elle allait veiller à faire comprendre à tous qu'ils n'étaient plus en couple.

Pourtant, à plusieurs reprises, elle ne put empêcher son regard de se poser sur lui. A un moment, il leva son verre dans sa direction en un silencieux hommage. Elle détourna aussitôt la tête et s'obligea à reprendre la conversation avec ses voisins pour sortir Jack de son champ de vision et de son esprit. En vain, bien sûr.

— Vous passez la nuit ici ? s'enquit Marilyn avec un petit sourire entendu. Avec Jack ?

— Non, pas avec Jack, répondit-elle fermement.

Malgré les apparences, elle ne restait pas avec lui.

— Moi, je suis trop vieille pour dormir par terre. Nous reviendrons tôt demain matin.

Plus tard, tout en montant dans le van qui les ramenait en ville, elle lança à Olivia, avec une œillade :

— Profitez-en bien !

Olivia poussa un soupir. Comment parvenir à faire taire les rumeurs ? Elle espérait que personne ne comprendrait les allusions de Marilyn. Et elle se félicita que l'obscurité dissimule ses joues rouges.

Quand les étudiants eurent enfourché leurs mobylettes, et que le générateur s'éteignit, elle alla chercher une lampe de poche.

— Je crois qu'il ne reste que nous deux, dit Jack.

— Oh, vraiment ? Tous les autres sont partis ?

— Oui, répondit-il avec chaleur. Ta tente est là-bas, ajouta-t-il en l'aidant à y porter ses affaires.

— Il ne me semble pas très juste de t'en priver…

— La vie n'est pas juste, Olivia. Certaines personnes ont droit au confort et d'autres dorment par terre.

— Si tu cherches à me culpabiliser…

— Non, ce n'est pas le cas. Cela dit, si tu as du mal à t'assoupir…

— Je dors comme un bébé.

C'était un mensonge. Depuis le départ de Jack, elle souffrait d'insomnies. La nuit précédente, elle s'était endormie sans difficulté pour la première fois depuis deux ans. Coïncidence ou pas ? Lorsqu'il était parti en Californie, elle avait essayé le lait chaud, les bains moussants et même les somnifères. Rien n'avait comblé le manque, rien ne remplaçait son mari. Et maintenant, qu'allait-il se passer ?

Rien, se jura-t-elle.

6

Heureusement, sa tente n'avait pas été montée au même endroit que la dernière fois, songea Olivia. Elle n'avait vraiment pas besoin de souvenirs supplémentaires et préférait oublier leurs longues discussions nocturnes d'autrefois, leurs baisers et les secrets qu'ils se murmuraient dans l'obscurité.

Jack accrocha une lampe à huile à une branche de cyprès et la suivit à l'intérieur. Comme il promenait les yeux autour de lui, sa tête touchant presque la toile de Nylon, elle fronça les sourcils.

— Je sais à quoi tu penses, lui lança-t-elle. Et j'aimerais que tu arrêtes.

Devant son air étonné, elle poursuivit :

— Tu te dis qu'il y a assez de place pour deux. Pas moi.

— Ni moi.

— Même si elle était assez grande pour un régiment, il ne serait pas question d'y dormir ensemble. Nous étions d'accord.

— Absolument et je ne reviens jamais sur ma parole, répondit-il avec sincérité. Bonne nuit, Olivia.

S'attendant à une âpre discussion sur le sujet, ou au moins à quelques protestations, Olivia fut soulagée de constater qu'il n'en serait rien.

Il ne lui proposa pas une partie de cartes à la lumière de la lanterne. Et pour rien au monde, elle ne lui aurait demandé de lui masser le dos comme il le faisait souvent jadis. Elle devait cesser de ressasser l'été où elle l'avait connu, l'époque où ils partageaient la même tente, le même sac de couchage et tout le reste.

— Les douches sont-elles installées ? demanda-t-elle.

— Pas encore. Mais nous avons toujours la possibilité de nous laver dans la mer. Ah, c'est vrai, tu n'as pas de maillot !

— Et toi ?

— Non plus mais mon sens de la pudeur n'est pas excessif.

— Tu n'en as aucune. Par chance, j'ai acheté des peignoirs, à l'hôtel. Nous allons les revêtir pour descendre sur la plage. Quand nous les ôterons, tu fermeras les yeux.

— Bien sûr.

Pourtant, elle hésitait encore. Elle s'était promis de garder ses distances avec lui. D'un autre côté, il faisait sombre et elle mourait d'envie de se rafraîchir. Quel mal y aurait-il à piquer une tête dans les vagues ? Personne ne le saurait. Mais quand il sortit pour la laisser se changer, elle sentit que ce qu'elle s'apprêtait à faire n'était sans doute pas une bonne idée.

Avant de changer d'avis, elle se déshabilla rapidement, se répétant qu'elle ne risquait rien.

A l'extérieur de la tente, Jack avait l'impression d'avoir gagné le jackpot. Ou d'être en plein rêve. Il s'était souvent imaginé Olivia se dénudant et venant à lui, tous deux de nouveau réunis.

Mais sans doute se faisait-il des illusions. Ils allaient juste faire leurs ablutions dans un cadre bucolique, il n'y avait pas de quoi en faire un plat. Pourtant, il s'agissait bien d'un bain de minuit avec Olivia et surtout, c'était elle qui l'avait suggéré, pas lui. Cette initiative le comblait. Il n'aurait jamais osé lui proposer de plonger en tenue d'Adam dans la mer Egée comme ils en avaient l'habitude autrefois.

D'accord, il avait promis de fermer les yeux ; mais elle ne s'attendait pas à ce qu'il le fasse, si ?

Il s'était dévêtu à quelques mètres quand elle apparut dans son peignoir. Il n'avait pas eu le temps de passer le sien.

— Oh, tu n'es pas prêt, dit-elle en se retournant.

— Désolé, je pensais… aux fouilles.

Si elle le croyait, il pourrait lui vendre n'importe quoi.

— Voilà, en route, annonça-t-il enfin.

Au clair de lune, elle ressemblait à une apparition. Elle était si belle qu'il ne put s'empêcher de lui caresser le visage pour s'assurer qu'il ne rêvait pas.

Lorsqu'elle se mit à rire, le cœur de Jack s'accéléra dans sa poitrine. Il battait si fort qu'il craignit qu'elle ne l'entende.

Il lui prit la main pour l'aider à marcher dans la nuit. Il aurait aimé qu'elle lui tombe dans les bras comme sur le bateau. La prochaine fois, il espérait qu'il ne s'agirait pas d'un accident. Il voulait qu'elle en ait envie, aussi fort que lui, qu'elle le serre contre elle. Il l'étreindrait alors comme s'il ne devait plus jamais la laisser partir. Et l'embrasserait jusqu'à ce qu'elle fonde de plaisir.

Bien sûr, son fantasme ne se réaliserait pas ce soir. C'était trop tôt. Pour qu'elle revienne, il acceptait de patienter tout l'été. Mais il brûlait d'impatience. Avec sa main dans la sienne, le clair de lune, tout était possible.

Sur la plage, il tint parole et se retourna tandis qu'elle entrait dans l'eau. Il retira alors son peignoir et plongea dans les vagues. Puis il s'approcha d'elle.

— Tu as eu une bonne idée, dit-il.

Il s'interdisait de regarder ses seins. Mais il savait comment ils étaient…

Ils nagèrent ensemble avant de s'étendre sur le dos, se laissant dériver en contemplant le ciel.

— Nous devrions revenir ici chaque soir, dit-il. Nous en avions l'habitude.

Olivia fixait les étoiles.

— Nous avions l'habitude de beaucoup de choses que nous ne faisons plus.

Il ne répondit rien mais son silence était assourdissant.

Pour s'écarter de lui, elle battit vigoureusement des pieds, regrettant de ne pouvoir rester dans ces flots tièdes pour l'éternité.

Bien sûr, elle ne réitérerait pas l'expérience. Descendre avec lui sur la plage au clair de lune était une erreur. Elle adorait nager la nuit mais c'était dangereux. Il n'était pas question de faire ensuite l'amour sous les étoiles comme autrefois.

Si elle cédait à la tentation — et Jack était la tentation incarnée —, elle provoquerait fatalement une catastrophe à la fin de l'été. Leur séparation l'avait fait souffrir, elle n'avait pas envie de repasser par cette épreuve. En septembre, il lui faudrait le quitter pour de bon. Et retourner à sa vie ordinaire, à son existence solitaire.

L'eau caressait ses hanches, ses bras, ses seins, sa peau. Elle se sentait libre, dégagée de tous soucis. Il était facile de se sermonner. Malheureusement, elle brûlait encore de désir pour Jack. Par sa simple présence, il allumait un feu dévorant au creux de son ventre, il la faisait se sentir vivante, affamée.

Mais si elle s'abandonnait, elle savait quelles en seraient les conséquences. Il était exclu de se remettre avec lui. Jack n'était pas une personne de demi-mesures et elle non plus. Si elle recouchait avec lui, elle ne s'en remettrait pas.

— Non, non, non, grommela-t-elle. Il n'en est pas question.

— Pardon ?

— Rien. Je vais rentrer.

— C'est toi qui décides.

— Non, pas sur ces fouilles. Je pense que c'est la raison pour laquelle je suis si détendue. Si je dirigeais l'équipe, je serais encore sous ma tente, à étudier les cartes et les documents, à répartir les tâches, à m'inquiéter de demain. Au lieu de quoi…

— Au lieu de quoi, tu prends un bain de minuit avec moi et tu oublies tes soucis. Il était temps de marquer une pause, non ? J'ai l'impression que tu as beaucoup trop travaillé ces dernières années.

Il semblait converser sans arrière-pensées. Pourtant, en faisant allusion au rythme effréné qu'elle menait, il lui rappelait les paroles du spécialiste des problèmes de fertilité qu'ils avaient consulté. Qui l'avait poussée à se mettre en congé sans solde. Ce qui n'avait servi à rien. Elle espérait que Jack n'allait pas en reparler.

— Je ne suis pas en vacances, je suis ici…

— Pour trouver la tombe, je sais. Parce que l'archéologie te passionne, que tu aimes trouver des trésors et que tu ne peux pas résister à un défi.

Olivia n'avait aucune envie de remonter jusqu'à sa tente mais il le fallait. Jack s'installerait dehors. Cela dit, il était capable de dormir n'importe où.

Une petite voix continuait à lui parler des dangers qu'il y aurait à coucher avec Jack mais elle était tentée de lui céder. Après tout, ils étaient mariés. La moitié des bénévoles étaient certains qu'ils avaient des relations sexuelles. Pourquoi n'en auraient-ils pas ?

« A cause des conséquences », lui répétait sa conscience. A la fin de l'été, elle souffrirait plus encore.

Résolument, elle regagna la rive.

Jack la suivit. Elle avait toujours adoré l'eau. Adolescente, elle était championne locale de natation. Mais elle n'avait jamais nagé nue la nuit avant de faire la connaissance de Jack, le seul à avoir su révéler son côté sensuel.

A la hâte, elle passa son peignoir et fixa le ciel pour s'interdire de regarder Jack et son corps de dieu grec.

— Quelque chose ne va pas ? demanda-t-il.

— Je crois que le clair de lune me perturbe, répondit-elle en tremblant. Il me donne le tournis.

Comme elle tendait la main pour s'appuyer sur lui, il l'enlaça et captura ses lèvres.

Aussitôt, elle noua les bras autour de son cou et lui rendit ses baisers avec fougue. Elle aurait pu prétendre qu'il l'avait prise par surprise ; cela aurait été un mensonge. Elle avait eu envie que cela se produise, de goûter sa bouche, de passer ses doigts dans ses cheveux, de presser son corps contre le sien.

Plaquée contre lui, elle avait l'impression de perdre contact avec la réalité. Elle ne savait plus où elle était ni ce qu'elle faisait. Le cœur battant la chamade, elle ne pouvait plus penser qu'à Jack, son mari, son amour, sa vie. Incapable de se rassasier de lui, elle s'abandonnait, en proie à un désir croissant.

Mais soudain, une voix les héla du haut de la falaise.

— Il y a quelqu'un ?

— C'est Stavros, le gardien, grommela Jack. Pourquoi vient-il nous déranger ? Tout va bien, Stav' ! cria-t-il.

Pourtant, en regardant Olivia, Jack comprenait que ce n'était pas le cas. Il ne parvenait pas à croire ce qui s'était passé ou avait failli se passer entre eux. Il s'était laissé emporter par la passion. Comme toujours lorsqu'elle était là.

— Olivia, murmura-t-il.

Mais déjà elle s'élançait vers la falaise. Et il courut derrière elle, le souffle court, pour lui dire qu'il regrettait son impulsion, même si ce n'était pas le cas. Dans le noir, il se heurta le genou à un rocher et jura.

Lorsqu'il arriva à la pinède, le garde était toujours là mais Olivia avait disparu.

— Désolé, monsieur Jack. Je ne savais pas que vous étiez là.

— Ce n'est pas grave.

Quand il parvint enfin devant sa tente, il appela :

— Olivia ?

— Bonne nuit, Jack.

Le lendemain matin, Olivia se leva tôt, l'esprit rempli de résolutions.

Jack et son sac de couchage n'étaient nulle part en vue et elle s'en félicita.

Elle n'aurait jamais dû accepter de nager avec lui. Quelqu'un les avait vus. Bien sûr, il ne s'agissait que du gardien et sans doute n'en parlerait-il à personne ; mais peut-être le monde entier l'apprendrait-il.

Il était tôt mais déjà l'air était chaud. L'équipe engagée pour le gros œuvre travaillait aux aurores, avant l'arrivée des bénévoles. Olivia jeta un coup d'œil à la mer qui scintillait sous le soleil et frissonna au souvenir de ce qui s'était passé la veille au soir.

Les fragrances d'un café grec lui chatouillèrent les narines. Comme les étudiants arrivaient sur leurs mobylettes pétaradantes, le chef leur servit leur petit déjeuner.

Olivia les salua ainsi que leurs professeurs, espérant qu'elle avait l'air plus reposé qu'elle ne l'était en réalité. Jack n'était pas dans les parages. Sans doute s'activait-il déjà sur les fouilles. Il ne voulait pas perdre un instant et cela l'aiderait, elle, à recouvrer son calme.

Lorsqu'elle aperçut le Dr Robbin, elle décida de lui demander de la changer d'équipe.

— Au lieu de creuser, j'aimerais mieux nettoyer et tenter de dater les objets découverts. J'ai une bonne expérience des acides à utiliser.

— Souffrez-vous de claustrophobie ? s'enquit le vieil homme d'un air soucieux.

— Un peu. Je crois surtout que je peux être plus utile ici.

Enfermée dans des espaces étroits, elle se sentait effectivement vite mal à l'aise. Mais elle n'en avait jamais fait état auparavant.

— D'accord, répondit-il. Vous êtes une experte en la matière et nous sommes ravis de vous compter parmi nous cet été, madame Oakley.

Olivia éprouva un intense soulagement. Ainsi, elle pourrait rester à distance de Jack.

— Je vous en prie, appelez-moi Olivia.

Si quelqu'un lui donnait encore du Mme Oakley, elle allait hurler.

Elle prit une assiette pour se servir en pâtisseries locales, fromages et jus de fruits avant de s'asseoir près de Fred, un étudiant de Jack. Elle adorait la nourriture grecque.

Fred et ses amis discutaient de leur soirée de la veille.

— Vous auriez dû nous accompagner, dit-il à Olivia. Les Grecs sont étonnants. La plupart de ceux avec qui nous avons dansé doivent être à peine en train de se coucher, et se préparer à une solide gueule de bois.

— Malheureusement, je crois que j'ai passé l'âge de ce genre de choses.

A penser qu'elle se retirait dès le coucher du soleil dans sa tente pendant que les autres prenaient du bon temps, elle se sentait avoir vieilli.

— Pas du tout. Beaucoup de gens étaient plus âgés que vous.

— Qui est plus âgé qu'Olivia ? fit Jack en s'approchant.

Bien sûr, il resplendissait d'énergie, comme s'il sortait d'une semaine en thalassothérapie.

— Fred nous racontait sa soirée d'hier soir.

— Vraiment ? Il faudra que nous allions danser un de ces jours, nous aussi.

— Pas moi, répliqua-t-elle en le fusillant du regard.

Que devait-elle faire pour le convaincre, ainsi que l'ensemble du groupe, qu'ils n'étaient plus en couple ?

— J'ai apporté une torche pour pouvoir travailler à la nuit tombée, ajouta-t-elle.

Comment osait-il insinuer devant des tiers qu'ils étaient toujours ensemble ?

— Avez-vous bien dormi ? lança-t-il à la cantonade.

Comme tous le lui affirmaient, elle plongea le nez dans son bol pour ne pas avoir à répondre. Pourquoi semblait-il si décontracté ? Essayait-il de lui faire comprendre que ce baiser ne signifiait rien pour lui ? Le fait qu'elle ait changé de groupe devrait le persuader qu'elle ressentait la même chose.

Elle finit son assiette puis se leva rapidement pour aller s'entretenir avec les membres de sa nouvelle équipe. Elle installa les tables pour faciliter le recueil et le nettoyage des objets qu'ils trouveraient. Elle espérait qu'il y en aurait. Et surtout que Jack ne viendrait pas lui demander d'explications sur sa décision.

Ses deux souhaits furent exaucés. Elle n'entendit pas parler de Jack. Peut-être n'avait-il pas remarqué son absence ou peut-être s'en félicitait-il. En tout cas, elle ne le vit pas de la matinée.

Peu avant midi, les bénévoles qui creusaient au sud du site lui apportèrent des fragments de poteries. Les étudiants, poussiéreux et en sueur, étaient tout excités par leur découverte et, même si Olivia n'était pas certaine que les morceaux étaient importants ni même qu'ils dataient de l'époque d'Alexandre le Grand, elle fut contente de les analyser, ce qui lui donnait quelque chose à faire.

Elle enregistra les éléments recueillis sur l'ordinateur et se leva pour s'étirer. Autour d'elle, tout le monde s'activait. Certains grattaient le sol, d'autres délimitaient le terrain. Des ouvriers du coin achevaient un souterrain à l'endroit où devait se situer la tombe. « Devait », mais n'était jamais. Olivia se remémorait leur déception, sept ans plus tôt, de ne pas l'avoir dénichée.

Elle s'aspergeait le visage d'eau fraîche quand une voix lui lança dans son dos :

— A-t-on eu de la chance avec ces fragments de poteries ?

C'était Jack. Ses vêtements neufs étaient déjà couverts de poussière et il arborait un sourire radieux. Si elle lui avait manqué, il le cachait bien. Dans ces conditions, peut-être avait-elle eu tort de s'inquiéter et pourraient-ils travailler ensemble. Leur baiser de la veille n'avait sans doute aucune signification pour lui.

— Je n'en suis pas sûre. Mais il est trop tôt pour l'affirmer. Je détesterais devoir dire aux étudiants qu'ils sont récents. Ils étaient si heureux de leur trouvaille. Et de ton côté, ça avance ?

Et s'il découvrait quelque chose d'important et pas elle ?

— Les ouvriers abattent un travail formidable. Ils ont déjà terminé l'excavation. Tout se présente sous les meilleurs auspices.

L'excitation perçait dans sa voix. Il ne l'aurait pas dit s'il n'était pas sûr de lui et elle sentit un frisson lui parcourir l'échine.

— J'ai été navré d'apprendre que tu souffrais de nouveau de claustrophobie, reprit-il.

— Je croyais que ça allait mieux mais…

— Mais les symptômes sont revenus hier soir, n'est-ce pas ? dit-il en fronçant les sourcils. Il ne s'agit pas de claustrophobie, Olivia. Reconnais-le. Nous deux, ce n'est pas fini.

7

Toute la journée, Olivia demeura cantonnée dans le laboratoire. Le lendemain aussi, comme les jours qui suivirent. Le soir, elle se retirait sous sa tente, s'efforçant d'éviter Jack le plus possible. Ce qui n'était pas difficile. Elle savait où il se trouvait. Il creusait. Comme à son habitude, quand il touchait au but, son obsession le faisait se désintéresser du reste du monde.

Bien sûr, elle était curieuse de l'avancée des fouilles. Mais elle ne voulait pas l'interroger, surtout après son « Nous deux, ce n'est pas fini », assertion qui avait attisé sa colère. Depuis lors, elle avait imaginé une dizaine de répliques qu'elle aurait pu lui lancer à la figure. Elle regrettait de ne pas avoir le sens de la repartie…

Si Jack découvrait quelque chose d'important, il l'en avertirait, elle en était convaincue. Pour le reste, ils n'avaient plus rien à se dire, aussi gardait-elle ses distances.

La nuit, les lumières restaient longtemps allumées sur le site et elle imaginait Jack enfoui sous terre avec sa pioche. Elle se félicitait de ne pas y être, à travailler dans une telle proximité.

Comme elle se glissait dans son sac de couchage, bercée par le ronronnement du générateur, elle pensait à Jack, se le représentant seul dans le tunnel, dégageant une grosse pierre, cherchant l'insaisissable chambre funéraire.

Parfois, elle regrettait de ne pas être avec lui, à creuser, à partager ses espoirs et son impatience. Mais la plupart du temps, elle n'en avait cure ou s'interdisait d'y songer.

De son côté, elle ne chômait pas. Les bénévoles lui avaient apporté de nombreux morceaux de verreries ou de poteries et l'un d'eux avait même mis la main sur une pièce romaine. Bien sûr, ce n'était pas rien ; mais elle aurait préféré une monnaie plus ancienne.

Le cinquième jour, le déjeuner fut présenté sous forme de buffet et les ouvriers se joignirent à eux. Olivia s'installa avec Marilyn et trois étudiants pour se régaler de poisson grillé, de tomates cuites et de riz.

— Je vais prendre dix kilos cet été, annonça Marilyn avec bonne humeur. La nourriture est trop bonne.

Coiffé de sa toque blanche, le chef accepta avec modestie leurs compliments. Il expliqua qu'il avait concocté un menu spécial pour midi parce qu'il serait absent ce soir. A titre exceptionnel, il avait promis son aide à un restaurant où il était employé le reste de l'année.

Olivia espérait que Jack, qui se laissait facilement emporter par sa passion des fouilles, n'en oublierait pas de se nourrir. Il en était capable. La veille, il s'était déjà passé de dîner. Autrefois, elle avait l'habitude de lui rappeler l'heure des repas mais, à présent, elle ne s'estimait plus responsable de lui. Après tout, il avait vécu seul pendant deux ans. Cela dit, elle ne pouvait s'empêcher de se demander où il était et ce qu'il faisait.

— Ce soir, une grande soirée est donnée au village en l'honneur de saint André, le patron de l'île, poursuivit le chef. Je vous invite tous à y participer, à manger, à boire et à danser dans les rues avec toute la population.

— Cela a l'air sympa, remarqua Marilyn.

— C'est la première fois que j'entends parler de ces réjouissances, s'étonna Olivia.

Elle n'avait pas l'intention de s'y rendre. Surtout si Jack y allait. Quand ils étaient mariés, elle l'avait accompagné à de nombreuses fêtes de ce genre et elle savait comment cela se terminait.

Chaque fois, la musique, la danse, l'atmosphère les plongeaient dans une ivresse amoureuse irrépressible et en regagnant leur tente, ils faisaient l'amour avec frénésie. A ces souvenirs, elle se sentit rougir. Oui, elle connaissait la chanson et ne se laisserait pas entraîner cet été.

Aussi quand le soleil se mit à décliner à l'horizon, elle regarda le groupe s'en aller, les plus âgés dans le van, les étudiants sur leurs mobylettes, bien décidée à ne pas les suivre. Et Jack ? s'interrogeait-elle. Elle ne l'avait pas vu de la journée.

Au volant de sa pétrolette, Fred s'approcha d'elle en souriant.

— Allez, madame Oakley, je veux dire Olivia. Montez derrière moi et venez avec nous. On va bien s'amuser !

Tentée malgré elle, elle promena les yeux autour d'elle. Il n'y avait plus personne sur le site. Pourquoi s'obligeait-elle à rester ici, puisque Jack ne les accompagnait pas ? Elle ne lui accorderait pas une pensée. D'ailleurs, il était clair qu'il l'avait oubliée.

Ce soir, elle avait envie de s'offrir un peu de bon temps, de se balader en ville, de s'asseoir à la terrasse d'une taverne, de profiter un peu des charmes du pays. Elle avait besoin de souffler.

— D'accord, donne-moi juste un instant.

Dans sa tente, elle retira son short et passa une robe blanche. Puis elle noua un sweater sur ses épaules. Sa tante Alice serait fière d'elle.

« Tu as le droit de te détendre et d'oublier un peu le travail », se dit-elle.

Fred sourit en la voyant réapparaître. C'était un adorable garçon. Cet été, il séduirait sans aucun doute une des étudiantes. Peut-être ce soir. Olivia sentait une atmosphère romantique flotter dans l'air.

Au moment précis où Olivia enfourchait la mobylette derrière Fred, sa jupe volant derrière elle, Jack sortit du souterrain. Il creusait depuis des heures comme une taupe et il était exténué. Il aurait donné beaucoup pour se plonger dans un bain chaud.

En sueur, le dos ankylosé, éreinté et affamé, il les regarda s'éloigner. Bon sang, il était vraiment le seul à prendre ces fouilles au sérieux ! Et Olivia, la dernière qu'il aurait imaginée capable d'une telle légèreté, s'en allait sur le porte-bagages d'une pétrolette sans même le prévenir !

Il se précipita sous la douche mais si l'eau froide le débarrassa de sa crasse, elle n'apaisa pas sa colère. Après s'être changé, il alla trouver Stavros.

— Où sont-ils tous partis ?

— A la fête, patron. Vous y descendez aussi ?

— Je ne sais pas. Oui, sans doute.

De quelle fête lui parlait-il ? Depuis qu'il avait commencé le chantier, il ne se souciait plus du reste du monde. Il lui était plus facile de s'absorber dans son travail que d'essayer de communiquer avec Olivia. Maintenant qu'elle avait changé d'équipe sans se donner la peine de le mettre au courant, il était clair qu'elle ne souhaitait plus avoir affaire à lui.

Tout le monde était persuadé que la tombe était située au fond de la galerie nord de l'excavation. Sauf lui. Ce qui lui permettait de la chercher de son côté sans être dérangé. Mais à force de s'activer, il perdait la notion du temps. A l'heure du déjeuner, il montait avaler en vitesse quelque chose sur le pouce avant de redescendre. Inutile de se demander pourquoi il n'avait pas entendu parler de cette soirée. Depuis leur bain de minuit, il n'avait rien fait d'autre que travailler.

Il ne restait plus que Stavros sur le site. S'il voulait avaler quelque chose de consistant, il lui fallait se rendre au village.

Au volant de la Jeep, il descendit sur le port. Non sans mal, il se gara et se mit à arpenter les rues. Le centre-ville était noir de monde. Toutes les tavernes, les bars et restaurants avaient installé des terrasses devant leurs portes. Partout des gens jouaient de la musique, buvaient, dansaient.

Et soudain, il l'aperçut. Attablée avec Fred, elle semblait parfaitement détendue. Avait-elle oublié le travail qu'elle était censée effectuer ? Et dire qu'une semaine plus tôt, elle prétendait être trop vieille pour sortir ! Frustré, il serra les mâchoires. Elle était sa femme, bon sang ! Elle n'avait pas à prendre un verre avec un des étudiants.

Quand elle le vit se frayer un chemin entre les tables, elle leva un sourcil étonné. Fred lui fit signe.

— Docteur Oakley, je ne savais pas que vous veniez.

— Manifestement, répondit Jack avec un regard entendu à Olivia.

L'air nerveux, Fred se leva comme s'il avait été surpris en train de chasser sur les terres du patron.

— Puis-je aller vous chercher quelque chose à boire ? Un verre de résina, par exemple ?

— Oui, merci, répondit Jack en s'asseyant en face d'Olivia. Tu aurais pu me prévenir que tu te rendais en ville.

— J'ignorais où tu te trouvais.

— Dans le souterrain. C'est drôle, j'aurais cru que tu aurais aimé y être aussi. Pourquoi as-tu changé d'équipe, d'ailleurs ?

— J'ai pensé qu'il valait mieux me rendre utile à d'autres tâches.

— Travailler sous terre ne t'ennuyait pas il y a sept ans.

— A l'époque, ma claustrophobie connaissait une période de rémission.

— A moins que tu n'aies simplement plus envie de creuser avec moi.

— Ne ramène pas toujours tout à toi, Jack.

Quand elle s'empara de son verre pour en boire une gorgée, il constata avec satisfaction que sa main tremblait.

Un serveur s'approchant, chargé d'un plateau d'olives et de fromage de brebis, il en réclama pour lui, Fred et Olivia.

— S'il revient, grommela Jack, promenant les yeux dans la salle.

Pendant un moment, ils mangèrent en silence. Jack, qui n'avait rien avalé ou presque de la journée, était affamé.

Enfin rassasié, il se cala sur sa chaise pour la dévisager. Elle portait une robe qu'il n'avait jamais vue et ses cheveux tombaient en cascade sur ses épaules. Elle ne ressemblait pas à une archéologue mais à une touriste, une touriste ravissante qui profitait de merveilleuses vacances. Sans lui.

— Tu passes un bon été ? s'enquit-il d'une voix teintée de sarcasme.

— Excellent, répliqua-t-elle froidement. Les gens sont charmants, le site intéressant. Que demander de plus ?

— Je croyais que tu avais envie de découvrir la tombe.

— Bien sûr et j'y contribue même si je ne suis pas dans la galerie, armée d'une pioche. Je suis sûre que tu nous préviendras si tu découvres quelque chose. Où creuses-tu ?

— Au sud du terrain, répondit-il après avoir commandé deux résinas supplémentaires. Apparemment, ton amoureux t'a oubliée...

— Ne sois pas ridicule. Ce n'est pas mon amoureux. Il m'a conduite ici par simple courtoisie vis-à-vis d'une personne plus âgée.

— Plus âgée ? Tu ressembles à une lycéenne.

— Qu'en sais-tu ? Tu ne me connaissais pas quand j'en étais une, répliqua-t-elle en nouant ses cheveux en un chignon improvisé.

Il fronça les sourcils, tentant de l'imaginer adolescente ; puis le serveur revint avec leurs verres.

— Si tu avais fait ma connaissance à l'époque, tu ne m'aurais pas adressé la parole, ajouta-t-elle.

— Je sais deviner ce qui se cache sous les apparences.

— Et le don Juan que tu étais aurait-il apprécié mon style réservé et mon amour des vieilles pierres ?

— Bien sûr. Autant que tes beaux cheveux couleur miel.

Comme elle se penchait sur son assiette pour lui cacher le rouge qui envahissait ses joues, il secoua la tête.

— Les compliments te mettent toujours mal à l'aise.

— Pas du tout, répliqua-t-elle en levant le menton. Je ne les aime pas beaucoup parce qu'ils visent le plus souvent à flatter ou à obtenir quelque chose. Et aussi parce que, dans ma famille, le physique n'avait aucune importance. Seules comptaient les qualités intellectuelles.

— Sauf pour ta tante Alice, bien sûr.

— Elle est différente et l'a toujours été. Elle a dépensé une fortune en chirurgie esthétique.

— Venez danser tous les deux !

Fred revenait et leur désignait l'endroit où la fête battait son plein.

Ignorant son dos meurtri, Jack sauta sur ses pieds et prit la main d'Olivia. Des accords de cithare emplissaient la nuit. Les gens se trémoussaient dans les rues.

Olivia le suivit. Elle savait ce que la musique signifiait pour les Grecs. Elle leur parlait de l'amour, de ruptures et d'espoir aussi.

Toute cette semaine, il n'avait pas été facile pour elle de garder ses distances avec Jack. Chaque jour, à l'heure des repas, elle l'avait cherché des yeux ; il ne venait jamais. Elle s'inquiétait pour lui mais elle s'interdisait d'interroger les autres bénévoles à son sujet. Elle ne voulait pas qu'ils pensent qu'elle se souciait de lui. Les autres ne trouvaient rien d'inhabituel dans le comportement de Jack.

Pourtant, autrefois, il prenait le temps de se restaurer, de boire, de discuter. Et de lui faire l'amour. Elle ne l'aurait jamais avoué à Jack mais tout cela lui manquait. Le sentir si près et en même temps si loin d'elle la blessait. Elle en venait à regretter de participer à ces fouilles. Elle avait cru parvenir à gérer la situation ; peut-être avait-elle surestimé ses propres forces.

Ils se mêlèrent à la foule et lorsque Jack lui enlaça la taille pour la faire valser, elle se laissa emporter tout en dodelinant la tête au rythme du morceau. A un moment, comme elle glissait un œil vers Jack, elle se rendit compte qu'il la fixait et l'intensité de son regard la frappa. Il n'essayait pas de lui cacher son désir. Perturbée, elle tenta de se libérer de son emprise, mais il la tenait fermement.

Elle ne pouvait accuser le vin d'être la cause de son état. Elle n'avait pas beaucoup bu, Jack non plus. Or elle avait l'impression d'être la proie d'une ivresse, d'un feu dévorant. Elle avait envie de lui. S'il lui demandait maintenant de le suivre pour faire l'amour, elle ne pourrait pas refuser.

Quand les instruments se turent enfin, elle resta hébétée, incapable de la moindre pensée rationnelle. C'est alors qu'ils tombèrent sur Robbin et sa femme.

— Nous vous avons vus danser, dit l'éminent professeur. Apparemment, votre dos va mieux, Jack…

La main toujours dans celle de Jack, Olivia eut envie de s'enquérir du problème mais s'en abstint. Comme les Robbin les priaient de les ramener à l'hôtel, elle se retrouva avec Jack dans la Jeep, le vieux ménage assis à l'arrière. Tous trois discutaient des fouilles et de la fête mais elle ne parvint pas à participer à la conversation. Le cœur battant, elle ne pouvait penser qu'à Jack, à côté d'elle, qui caressait subrepticement sa cuisse nue.

Arrivés à destination, les Robbin les remercièrent avec chaleur et descendirent. Jack et Olivia restèrent à se dévisager sans mot dire dans l'habitacle. Le désir qu'elle voyait briller dans ses yeux la faisait fondre. Quand il l'attira à lui pour l'embrasser avec passion, elle lui rendit ses baisers avec la même fougue. Elle tremblait de tous ses membres. Mais il esquissa soudain une grimace de douleur.

— Quel est le problème avec ton dos ? s'enquit-elle enfin. T'es-tu froissé un muscle ? S'agit-il d'un lumbago ?

— Peut-être. Ce n'est rien, ça va passer.

— Tu devrais travailler moins et cesser de dormir par terre, dit-elle, non sans ressentir une pointe de culpabilité.

— J'ai surtout besoin d'un bain chaud et d'un massage.

Il y eut un long silence. Elle savait qu'elle ne devait pas céder à la tentation mais ne se rappelait plus pourquoi il ne le fallait pas. Ils étaient mariés, de nouveau réunis, elle le désirait et lui aussi. Pourquoi tergiverser plus longtemps ?

— Et si nous…

Un instant plus tard, il revint avec la clé d'une chambre. Elle n'aurait jamais pensé que quelqu'un atteint d'un lumbago puisse courir aussi vite.

Le lendemain matin, Jack s'accouda au balcon pour regarder la mer, plus heureux qu'il ne l'avait été depuis une éternité. Il lui semblait renaître.

Olivia et lui s'étaient réconciliés. Après une telle nuit, comment pourrait-il en être autrement ?

Encore étourdi par l'indicible bonheur de leurs retrouvailles, il mesura à quel point elle lui avait manqué ces dernières années, combien il se sentait incomplet sans elle. Mais maintenant, tout redevenait possible. Ils revivraient ensemble, il le fallait. Il ne reculerait devant aucun sacrifice pour atteindre cet objectif.

Quand elle le rejoignit dans sa robe blanche, pieds nus, les cheveux encore humides de sa douche, une bouffée de fierté s'empara de lui. Cette ravissante créature était sa femme, son amour, sa vie.

— Après avoir dormi sur une chaise et dans un lit, je te confirme que ce dernier est plus confortable, dit-il en riant.

Le visage sombre, elle n'eut pas l'air de goûter la plaisanterie.

— Je dois te parler, dit-elle.

Le sourire de Jack s'évanouit. Le ton d'Olivia ne présageait rien de bon.

— De quoi ?

— De nous. De cette nuit. Elle était…

— Incroyable.

— Quelque chose qu'il nous faut oublier.

— Pourquoi ?

— Nous allons divorcer.

Il se leva. Une sourde douleur regagnait son dos.

— Divorcer ? Après les moments magiques que nous venons de vivre ? Comment peux-tu dire ça ? Nous ne sommes pas obligés de nous quitter.

— Si.

— Non ! Je reviendrai à Santa Clarita, je trouverai un autre travail, assistant, conférencier, n'importe quoi...

— Après avoir dirigé un département à l'université ? Tu serais malheureux de recevoir des ordres de quelqu'un.

— Alors rejoins-moi en Californie, je te donnerai un poste, celui que tu voudras.

— Il n'en est pas question.

Il la regarda avec incrédulité.

— Ce qui s'est passé entre nous cette nuit ne signifie-t-il donc rien pour toi ?

— Bien sûr que si... C'était incroyable, c'est vrai. Mais ce n'était qu'un moment de notre vie... qui n'aurait pas dû se produire. C'est ma faute. Je me suis laissé emporter, cela n'arrivera plus.

— Ne dis pas ça !

— Je ne serai jamais mère, Jack.

— Et alors ? Ce n'est pas un problème. Nous n'avons pas besoin de progéniture. De toute manière, tu n'as pas envie de renoncer à ta carrière pour rester à la maison et t'occuper de gamins. Moi non plus. Pense au naufrage. Si nous avions eu un bébé, qu'en aurions-nous fait ? Avec un petit, le moindre incident tourne très vite à la catastrophe. Nous avons trop à faire, nous nous suffisons à nous-mêmes. Devenir parents ne nous apporterait rien. Je ne veux que toi. Pourquoi décrètes-tu que tout est fini entre nous ? Rejoins-moi en Californie, recommençons tout de zéro !

— Non, Jack. A quoi bon reprendre cette discussion ? Elle ne nous mènera à rien. Nos chemins se sont séparés depuis deux ans et nous allons continuer à avancer chacun de notre côté. Nous ne nous remettrons pas ensemble, ce serait une erreur.

Des coups furent frappés à la porte et un serveur entra avec le plateau de leur petit déjeuner, qu'il déposa entre eux.

Jack considéra la nourriture avec dégoût. Un instant plus tôt, il était affamé. A présent, son estomac était noué, sa gorge sèche et son dos en bouillie. Olivia remplit leurs tasses comme s'ils se trouvaient à un thé mondain. Où était passée la femme passionnée à qui il avait fait l'amour cette nuit ?

8

Olivia pensait qu'il ne lui serait pas facile d'éviter Jack les jours suivants, mais ce fut pourtant le cas. Il travaillait de l'aube jusqu'à la nuit noire et fuyait les repas avec l'équipe, se contentant d'avaler un morceau sur le pouce quand il remontait à la surface. Parfois, elle l'apercevait de loin ; mais il disparaissait avant qu'elle ne puisse lui parler. Elle aurait voulu discuter avec lui pour s'assurer qu'il avait bien compris sa position mais depuis qu'ils étaient revenus sur le chantier, il refusait de lui adresser la parole. Pourquoi ne voyait-il pas qu'il avait été difficile pour elle de prendre cette décision mais que c'était la seule solution ?

Malgré ses efforts, elle sentait toujours sa présence lorsqu'il était dans les parages. Dès qu'une douce chaleur envahissait ses joues, qu'elle se mettait à frissonner, elle savait qu'il était là. Elle s'efforçait de lutter contre le trouble dans lequel il la jetait, d'oublier la magie de leur nuit à l'hôtel et de toutes les autres qu'elle avait passées dans ses bras. Tout était fini entre eux, vraiment fini. Plus rien ne la ferait changer d'avis.

— Comment vas-tu ? lui lança-t-il un jour d'un ton posé, alors qu'elle classait des objets dans la tente.

En reconnaissant sa voix, elle faillit tomber de son siège. Cette fois, il l'avait surprise.

— Très bien, balbutia-t-elle.

— Tu sembles fatiguée, dit-il en l'observant attentivement.

— Pas du tout.

Elle mentait. Mais quelle femme ne serait pas épuisée à passer des nuits à penser à son compagnon, à s'inquiéter de ses conditions de vie ?

— Et comment va ton dos ? s'enquit-elle à son tour.

— Ça va, répondit-il en haussant les épaules.

— Tu continues à chercher la tombe dans la galerie sud ? Pourtant, tout le monde est persuadé qu'elle se trouve au nord du site.

— Pas moi.

C'était du Jack tout craché. Lorsqu'il avait une idée en tête, rien ne pouvait l'en faire démordre ; et voilà pourquoi elle s'étonnait qu'il ait accepté si facilement sa décision.

Elle s'attendait à une dispute sur le sujet, et elle n'avait pas eu lieu. Il avait sans doute compris qu'elle avait raison. Elle en était soulagée. En tout cas, elle aurait dû l'être.

— Regarde cette pièce, dit-elle en lui tendant un morceau de pendentif. Qu'en penses-tu ?

— Elle date sans doute de l'âge du bronze.

Comme il s'apprêtait à tourner les talons, elle se rendit compte qu'elle n'avait pas envie qu'il s'en aille. Elle ne le croiserait sans doute pas avant plusieurs jours. Il lui manquait. Elle finissait même par regretter leurs conflits.

— Attends, je t'ai à peine vu !

— N'est-ce pas ce que tu voulais ?

— Bien sûr, mais nous pouvons rester amis.

— Je ne crois pas, non.

— Pourquoi pas ? J'essaie de simplifier la situation, tu sais.

— Elle le serait peut-être pour toi mais pas pour moi.

— Si tu m'avais dit que tu serais ici cet été…

— Tu ne serais pas venue, n'est-ce pas ?

— Je l'ignore mais au moins aurais-je été préparée.

Il se pencha pour approcher son visage du sien et elle vit la petite cicatrice sur son menton, vestige d'un accident de voiture à Rhodes.

— Et comment, Olivia ? Comment t'y prépares-tu ? En bâtissant un mur de pierre autour de toi ? Quel sens y trouves-tu ? Je croyais que je te comprenais mais je me trompais.

Lorsqu'il s'en alla, des larmes brûlantes montèrent aux yeux d'Olivia. Il la détestait, il la prenait pour une femme froide et sans cœur. Il ne savait pas ce qu'il représentait pour elle, à quel point elle le désirait. Ne voyait-il pas qu'elle agissait ainsi pour leur bien ? Manifestement pas.

— Quelque chose ne va pas, madame ?

Elias la regardait d'un air si inquiet qu'elle se força à sourire.

— Non, non, ce n'est rien.

— Venez sur la plage, j'aimerais vous montrer quelque chose.

— De quoi s'agit-il, Elias ?

— Vous verrez, insista-t-il en lui tendant la main.

— D'accord, répondit-elle en lui entourant les épaules.

Elle travaillait trop, voilà pourquoi elle pleurnichait pour rien. Bien qu'entourée d'une vingtaine de personnes, elle ne s'était jamais sentie aussi seule que depuis qu'elle avait fait l'amour avec Jack. Il lui manquait plus que jamais. Il la croyait insensible mais elle avait le cœur brisé.

Avec Elias, elle descendit la falaise jusqu'au ponton. Il avait été réparé et un petit bateau y était amarré, le bateau que Jack comptait prendre pour explorer les îles alentour. Bien sûr, il n'en était plus question, à présent.

— Très joli, dit-elle.

— Non, non, ce n'est pas ça. Regardez.

Et il se mit à faire des ricochets parfaits.

— Bravo ! On voit que tu t'es bien entraîné.

— Avec monsieur Jack.

— Oui, je m'en souviens, il t'a montré comment faire.

— Et il a continué tous les jours.

Interloquée, elle crut avoir mal compris.

— Jack est venu quotidiennement t'aider à progresser ?

— Il est très gentil. C'est votre mari, non ?

— Oui, enfin, pas vraiment.

Il parut déconcerté. Comment aurait-elle pu l'en blâmer ? Elle l'était autant que lui.

Retirant ses chaussures, Olivia entra dans l'eau. Elle était fraîche et délicieuse. Jack désirait toujours un enfant et pour compenser, il jouait les papas poules avec un gamin qui n'était pas le sien. De nouveau, elle se sentit impuissante et des larmes brûlèrent ses paupières.

Comme elle remontait vers le site avec Elias, elle jeta un dernier coup d'œil au bateau. Elle n'aurait plus l'occasion de naviguer, maintenant. Avec un soupir, elle retourna à ses tâches. Si Jack y parvenait, elle le pouvait aussi. S'il découvrait la tombe, il oublierait leur dispute et jusqu'à son existence. Il comprendrait qu'elle avait pris la bonne décision.

Il la trouverait sans doute tout seul et vu les tensions entre eux, il garderait le secret et ne lui en soufflerait pas un mot. Il retournerait en Californie, écrirait un article, voire un livre, et deviendrait plus célèbre encore. Elle s'en moquait. S'il voulait travailler comme un fou, grand bien lui fasse.

Quelques jours plus tard, le maire de la ville convia toute l'équipe à une soirée. Les souvenirs de la fête de saint André étant encore frais dans son esprit, Olivia n'avait aucune envie d'y aller. Elle espérait seulement que Jack s'y rendrait, qu'ils ne resteraient pas tous les deux sur le chantier.

— Etes-vous sûre que vous ne voulez pas nous accompagner ? s'enquit Marilyn.

— Absolument. Je suis vraiment épuisée, ce soir. Passez une bonne soirée. Vous êtes ravissante, ajouta-t-elle en admirant la tenue soignée de sa compagne.

— Et Jack ?

Olivia promena les yeux autour d'elle. Elle ne l'avait pas vu de la journée. Peut-être n'avait-il même pas entendu parler de la réception.

— Je m'inquiète à son sujet, poursuivit Marilyn. Il travaille trop. Et il cherche au mauvais endroit. Ne pourriez-vous pas le lui dire ?

— Bien sûr, j'essaierai.

Jack ne l'écouterait pas, elle le savait. Elle espérait ne pas le croiser, pas ce soir. Elle était exténuée. Pendant une heure ou deux, elle compléterait le journal de bord, puis elle trouverait quelque chose à manger et se retirerait sous sa tente. Elle ne danserait ni ne boirait ni ne ferait l'amour.

A la tombée de la nuit, Jack escalada l'échelle pour remonter à la surface. Son dos le faisait horriblement souffrir, ses jambes étaient ankylosées, ses mains noires de poussière, et il avait du mal à respirer. Mais, en proie à une intense émotion, il ne ressentait plus la fatigue. Le site était désert, excepté le gardien. Jack espérait qu'Olivia n'avait pas pris elle aussi le chemin de la ville. Il voulait partager avec elle l'indicible excitation qui l'habitait.

— Avez-vous vu ma femme ? demanda-t-il à l'homme.

— Elle est à la réception. Vous n'y allez pas ?

— Non.

— Le cuisinier vous a laissé quelque chose à manger.

— Tant mieux, merci.

— Puis-je éteindre le générateur, à présent ?

— Non, pas tout de suite J'ai encore besoin de lumière. Prenez votre soirée, je m'en chargerai.

Stavros avait une famille — et avait droit à un peu de repos. Pourtant, il ne s'éloigna qu'à contrecœur.

Juste au cas où, Jack se dirigea vers la tente d'Olivia. Si elle n'était pas là, il irait la chercher en ville.

— Olivia ?

Ecartant le pan de la toile, elle sortit la tête, et il faillit crier de joie. Bien sûr, elle ne paraissait pas contente de sa visite impromptue ; mais il en avait l'habitude. Elle serait heureuse quand elle verrait ce qu'il avait trouvé.

— Suis-moi, j'ai quelque chose d'étonnant à te montrer.

— Cela ne peut pas attendre demain ? Ainsi, tout le monde en profitera.

— Je ne veux pas en parler aux autres, pas avant d'être sûr. A quoi es-tu occupée ?

Il s'en moquait bien. Il lui annonçait quelque chose d'étonnant et elle n'avait pas hâte d'apprendre de quoi il s'agissait ! Qu'est-ce qui ne tournait pas rond chez elle ? D'accord, depuis leur nuit à l'hôtel, elle l'évitait et il respectait son choix. Mais ce soir, c'était différent. Ses efforts avaient porté leurs fruits, il touchait au but ! Ne le sentait-elle pas ?

— Viens ! C'est important.

— D'accord, mais je ne pourrai pas rester longtemps. J'espère que ça vaut le déplacement, ajouta-t-elle en prenant sa lampe.

— Tu ne seras pas déçue.

Sans un mot, ils traversèrent le site. Le cœur de Jack battait la chamade. Ce qu'il avait découvert était tellement extraordinaire qu'il avait eu du mal à en croire ses yeux. Mais avant de se réjouir, il souhaitait l'avis d'Olivia.

Il prit son bras pour l'aider à descendre dans le souterrain.

— C'est ici que tu creuses depuis des jours ? demanda-t-elle.

— Pas tout seul. Certains bénévoles travaillent de l'autre côté de la galerie. Dans quelques jours, nous nous serions rejoints. Voilà pourquoi…

— Voilà pourquoi tu tenais à y arriver le premier. Tu voulais être le premier à exhumer la chambre funéraire… Alors ? As-tu mis la main dessus ?

Sans répondre, il la précéda dans le boyau. Olivia avait l'impression d'entrer dans un autre monde, celui de Jack.

Une sourde peur s'empara d'elle. Toute sa vie, elle avait lutté contre la claustrophobie, et chaque fois qu'elle se croyait guérie, une nouvelle crise la terrassait. Seul Jack était alors capable de la rassurer.

Le dos courbé, ils cheminaient dans une galerie quand elle glissa sur un tas de gravats. Jack leva le nez vers la voûte.

— La poussière suinte à travers les chevrons, ce n'est pas normal. Avant d'avancer, il va nous falloir consolider les piliers qui soutiennent les murs et le plafond ; mais je tenais à te montrer ce que j'ai découvert. Tu vas être impressionnée. Nous y sommes presque.

Sans cesser sa progression, Jack lui prit la lampe des mains et, soudain, il projeta le faisceau sur un morceau de marbre patiné par le temps.

A sa vue, Olivia poussa un cri de surprise.

— Seigneur ! s'exclama-t-elle.

— C'est une stèle funéraire, non ?

— Oui ! cria-t-elle, tout excitée.

— Bon sang, j'ai abandonné mon poste il y a moins d'une heure et déjà le sable a recouvert une partie de mon travail, grommela-t-il en essuyant la plaque pour mettre en lumière le visage d'une femme et une inscription. Peux-tu lire ce qui est écrit ?

Olivia passa les doigts sur les lettres grecques. D'une main fiévreuse, elle parvint à les déchiffrer.

« En l'année 314, au mois de… »

Elle secoua la tête. Le reste de la phrase était caché par de la terre, cela la rendait folle. Comme elle tentait de dégager la stèle, un gros caillou se déboîta dans la manœuvre. Dans sa chute, il heurta un pilier de bois qui s'affaissa avec un craquement sinistre. Aussitôt, des pierres dévalèrent sur leurs têtes.

— Descends ! ordonna Jack en l'entraînant pour échapper à l'avalanche. Vite !

Mais il était trop tard et une pluie de roches cascada sur eux. Ils se protégèrent du mieux possible en se mettant en boule puis promenèrent des yeux effarés autour d'eux pour évaluer la situation.

Elle était grave, très grave. La voûte s'effondrait.

— Il faut remonter à la surface, dit-il. Ne t'inquiète pas, nous allons y arriver.

En proie à une sourde angoisse, Olivia se demanda s'il était sincère ou s'il tâchait de la rassurer. Elle avait envie de le croire mais…

— Ça ne va pas être facile, répondit-elle en refoulant ses larmes.

Elle refusait de lui montrer sa panique. Toute sa vie, elle avait eu peur de se retrouver enterrée vivante. Et maintenant, ses pires terreurs devenaient réalité. Les murs s'écroulaient sur eux, ils allaient être ensevelis.

— Allons-y, ne perdons pas de temps ! dit-elle en se levant.

Hélas, comme ils se redressaient, d'autres piliers qui soutenaient l'édifice s'écroulèrent à leur tour. Dans l'éboulement, la torche que Jack avait accrochée à un chevron tomba à terre avec fracas et le souterrain fut plongé dans le noir absolu.

« C'est la fin », se dit Olivia. Ils ne sortiraient jamais de là vivants. Elle porta les mains à sa bouche pour s'empêcher de hurler.

L'enlaçant, Jack s'enquit avec inquiétude :

— Ça va ? Rien de cassé ?

— Je crois. Que s'est-il passé ?

— J'en aurais une idée si je voyais quelque chose. Je ne retrouve pas la lampe de poche.

Il entreprit de la chercher à tâtons. Heureusement, elle ne s'était pas éteinte et il finit par la récupérer. Lorsqu'il en projeta le faisceau sur Olivia, il vit deux grands yeux emplis de frayeur. Il lui caressa la joue.

— Nous allons nous en tirer.

Elle parvint à lui sourire.

— Tu as toujours fait preuve d'optimisme.

— C'est la seule façon de progresser.

Mais quand il éclaira le passage et mesura l'étendue des dégâts, il se sentit blêmir. La situation était pire que ce qu'il avait imaginé.

— Bon sang ! La voûte s'est effondrée. Nous sommes coincés comme des rats dans une souricière.

— Evaluons sereinement la situation.

Il la reconnaissait bien là. Malgré sa peur, elle gardait l'esprit clair et restait pratique au milieu du chaos. Mais le diagnostic était sombre.

— Il n'y a pas assez de place pour nous permettre de creuser, dit-il d'un ton aussi calme que possible. Nous sommes enfermés. Il faudra que les autres percent un passage de l'autre côté pour nous sortir de là.

— Les autres ? Quels autres ? Tout le monde est parti à la réception. Personne ne reviendra sur le site avant demain matin !

— Pourquoi ai-je commis la bêtise de renvoyer Stavros dans ses pénates ? En remarquant le générateur allumé, il aurait soupçonné un problème et compris que j'étais ici. Ne me voyant pas remonter, il aurait prévenu l'équipe, commencé à creuser…

— Mais il est reparti chez lui ?

— Je ne voulais pas le retarder. Sa femme l'attendait…

— Il nous sera impossible de tenir jusqu'à demain, Jack. Nous allons manquer d'oxygène…

Il éclaira son visage. Elle semblait curieusement calme. Une autre serait devenue hystérique, l'aurait accablé de reproches, l'aurait supplié de faire quelque chose. Olivia n'était pas ainsi. Elle ne se reposait pas sur autrui ; elle était trop intelligente pour adopter un comportement stérile.

— Tu as sans doute raison, dit-il.

La lampe de poche faiblit et s'éteignit. De nouveau, ils furent plongés dans le noir absolu.

9

Après un long silence, comme tous deux se rendaient compte qu'ils avaient peu de chance de sortir vivants du souterrain, Jack reprit la parole :

— Je tiens à te dire à quel point je suis désolé, Olivia. Avant de partir en Californie, je t'ai accablée de reproches aussi cruels qu'injustifiés. Je t'avais en particulier accusée de renoncer trop facilement, je me suis montré très dur.

— Tu avais raison, j'ai renoncé à devenir mère.

Jack secoua la tête.

— Il ne s'agissait pas de cela.

— Je ne te l'ai jamais avoué mais si je ne voulais plus faire l'amour avec toi, c'est qu'il fallait le faire à certains moments et dans un seul but. Cela devenait une corvée, je détestais cela… mais je ne pouvais pas t'en parler.

— Tu aurais pu. Tu aurais dû.

— J'avais peur de te blesser.

— J'ai accepté ce poste en Californie parce que je pensais qu'un changement de décor nous ferait du bien. Mais tu as refusé de me suivre. Bien sûr, je ne te l'ai pas demandé, je n'avais pas à le faire. Pour moi, il était évident que tu viendrais avec moi. Au lieu de quoi, tu as décidé de rester et tu semblais soulagée que je m'en aille.

— Je l'étais, je ne supportais plus de te voir me dévisager comme si je t'avais laissé tomber.

— Pour l'amour de Dieu, Olivia, tu ne m'as jamais laissé tomber !

— Et ton pot d'adieu auquel je n'ai pas assisté ?

— Je me moque comme d'une guigne de ce pot d'adieu. Quand

les gens me demandaient où tu étais passée, je prétendais que tu étais grippée. Le problème n'était pas là.

— Alors où était-il ? Dis-le-moi. De toute façon, nous ne sortirons jamais de ce trou en vie. Je veux savoir pourquoi tu es parti.

— Tu ne me parlais plus.

— C'est faux !

— Tu ne me parlais plus des choses importantes, du bébé que nous n'avions pas, des vacances que nous ne prenions plus, des week-ends que nous ne passions plus ensemble, de ta colère en apprenant que j'avais reçu une promotion et pas toi.

— J'étais fière de toi. Mais…

— Continue.

— Mais j'éprouvais sans doute également une certaine jalousie. Moi aussi, je rêvais de devenir professeur à plein temps. Pour toi, tout avait l'air si simple.

Elle s'exprimait avec une telle tristesse qu'il lui enlaça les épaules pour la serrer contre lui.

— Tu me traitais d'arrogant et d'égoïste…

— Je n'aurais pas dû.

— Non, tu avais raison. J'étais imbu de moi-même. Avec toi à mes côtés, il m'était facile d'accumuler les succès. Je n'y serais jamais arrivé sans toi. Je ne t'ai jamais remerciée, n'est-ce pas ?

— Non, et tu t'es très bien débrouillé sans moi en Californie.

— Je le pensais. Maintenant, je mesure à quel point mon existence était vide. Certes, mon travail est passionnant. Mais à la fin de la journée, je n'avais personne avec qui en parler, avec qui partager mes rêves et mes difficultés. Tu n'étais pas là.

— Jack, je dois te dire quelque chose.

— Tu as demandé le divorce, je sais.

— Pourquoi n'as-tu pas signé les papiers ?

— Je m'en suis senti incapable. Je ne pouvais pas renoncer à notre mariage avant d'avoir tout fait pour le sauver.

— C'était donc la véritable raison de ces fouilles ?

— Pas uniquement. Il y avait aussi la tombe. Mais oui, j'espérais que ce chantier t'intéresserait, que tu aurais envie d'y participer.

— Mais ce n'est pas ce que je voulais t'avouer. J'ai mis la maison en vente.

— Notre maison ? Tu as vendu notre maison ? répéta-t-il, incrédule.

— En partant, tu m'avais dit que tu me la laissais.

— J'ai dit beaucoup de choses que je ne pensais pas vraiment.

— Comme m'accuser d'être trop susceptible, trop maigre, trop tendue ?

Ces mots l'avaient blessée, elle ne pouvait le nier.

— Pardonne-moi, je me suis montré agressif et injuste, je le regrette. Tu m'as terriblement manqué, Olivia.

— Jack, je ne vais pas te mentir. J'étais heureuse que tu t'en ailles, je ne supportais plus les tensions entre nous. Ce n'était pas ta faute mais je savais à quel point tu avais envie d'un bébé. Faire l'amour était devenu une corvée. Tout ce que tu disais, je le prenais comme des reproches. J'ai vendu la maison, ton bureau, ta bibliothèque pour tirer un trait sur le passé. Toutes tes affaires me rappelaient l'échec de notre vie conjugale.

— Je ne te demande pas de revenir en arrière mais de démarrer une nouvelle vie avec moi.

— N'est-il pas trop tard ?

Même s'ils se réconciliaient, leur fin était proche…

Il resta silencieux. Qu'aurait-il pu répondre ? L'optimisme n'était plus de mise. Ils ne connaîtraient jamais d'avenir radieux. Elle savait aussi bien que lui que leurs chances de sortir vivants du souterrain étaient quasi nulles. Mais puisqu'elle devait mourir, elle préférait rendre l'âme aux côtés de Jack. Même s'il l'avait fait souffrir dans le passé, il était son compagnon, sa moitié et ils se retrouveraient bientôt dans l'au-delà et pour l'éternité, cette fois.

— Je voulais juste te dire à quel point j'étais désolé.

— De quoi ? De m'avoir entraînée ici ? Ne te reproche rien, cela valait la peine. Cette stèle est magnifiquement préservée. Elle signifie que la chambre funéraire est là et si j'avais pu lire l'inscription, nous saurions qui y est enterré.

— Alors si nous y restons…

Les lèvres d'Olivia se mirent à trembler. Si Jack n'y croyait plus, ils n'avaient aucune chance de survivre.

— Tu m'as toujours dit que rien ne justifiait qu'on mette sa vie en danger.

— Cette fois-ci, j'ai été trop loin.

— Non. J'aime ta façon de prendre tous les risques pour obtenir ce que tu veux.

— C'était le but ultime de ce séjour.

— Tenter le tout pour le tout pour découvrir cette tombe ?

— Non, pour que tu me reviennes. Je savais que si je te prévenais, tu aurais renoncé aux fouilles.

— Peut-être pas. Mais je ne regrette pas d'être venue. Je t'aime, Jack. Je veux mourir avec toi.

Les larmes inondaient ses joues, elle n'essayait plus de les retenir.

— Cela ne va pas se produire, dit-il en frappant le sol de son poing.

— Mais si cela arrive...

— Je suis désolé de ne t'avoir jamais emmenée en voyage de noces.

— Nous n'avions pas le temps.

— Nous aurions pu le trouver.

— Où serions-nous allés ?

— J'ai toujours rêvé de voir Bali.

— Les temples sont sortis de terre, remarqua-t-elle pensivement. Cela n'aurait pas été un vrai challenge pour toi.

— Pas pour creuser. Juste admirer.

Elle poussa un soupir. Si elle sortait vivante de ce tombeau, elle ne le quitterait plus.

— Et les plages sont belles, ajouta-t-il. Les gens sympas.

— Mais il est trop tard, nous aurions dû y aller il y a sept ans.

Elle posa la tête sur son épaule. Oui, il était trop tard pour tout et surtout pour eux. Même s'ils survivaient à leur mésaventure, il était sans doute trop tard pour leur couple.

L'air commençait à se raréfier. Elle ne pouvait lui avouer à quel point elle était terrifiée. Elle lui avait dit qu'elle l'aimait. Et lui, l'aimait-il encore ?

— Sept ans... J'ai l'impression que c'était hier, dit-il en lui caressant la joue.

— Peut-être aurions-nous dû essayer de nouveau.

— Quoi ? De faire un bébé ?

— Non, je ne repasserai jamais par cette épreuve. Si c'est ce dont tu as envie…

— Je ne veux pas d'enfants, Olivia. Mais toi, rien que toi. Combien je regrette de m'être montré si arrogant ! Je me comportais en crétin égoïste, comme tu m'en accusais.

— Et j'ai toujours baissé trop facilement les bras comme tu me l'as si souvent reproché.

— Et pourtant, je n'ai jamais cessé de t'aimer, dit-il en prenant sa main. Pourquoi ne portes-tu plus ton alliance ?

— Elle me rappelait trop mon échec.

— *Notre* échec.

— Peut-être avons-nous renoncé trop facilement, dit-elle tristement.

Mais c'était uniquement à elle qu'elle pensait.

— Tout est ma faute, je n'aurais jamais dû te quitter.

— Non, c'est la mienne, j'aurais dû te suivre.

— J'ai participé à ces fouilles pour être de nouveau avec toi et te convaincre de recommencer.

— Es-tu sûr de ne plus vouloir d'enfants parce que…

— Je n'ai jamais été plus sûr de quoi que ce soit. D'ailleurs, je n'aimerais te partager avec personne.

— Alors si nous parvenons à sortir ici…

— Pas « si », « quand ».

— Jack, sois sincère. Je suis capable d'accepter la vérité. Quelles chances avons-nous ?

Il ne répondit pas tout de suite.

— Elles sont maigres, reconnut-il. Mais ce n'est pas impossible. Si nous réussissons à tenir jusqu'à demain.

Tenir jusqu'à demain ? Alors qu'ils commençaient déjà à manquer d'oxygène ?

Il tentait de la rassurer, de la réconforter. Elle n'allait pas lui dire qu'il se démenait pour rien. Elle devait jouer sa partition, se comporter comme si elle gardait l'espoir. Elle se réjouissait presque que la lampe se soit éteinte. Ainsi il ne verrait pas son visage inquiet…

— Quoi qu'il advienne, je suis heureuse d'être revenue à Hermopolis, dit-elle. A cause de l'autre nuit, à l'hôtel.

— Je pensais que tu regrettais de m'avoir cédé. Tu étais en colère contre moi.

— J'étais furieuse contre moi-même parce que je m'étais promis de garder mes distances. Je ne voulais plus rien avoir à faire avec toi.

— Je l'avais remarqué.

— Je savais qu'à la fin de l'été nous aurions mis un point final à notre histoire. Tu aurais signé les papiers, le divorce aurait été prononcé. Refaire l'amour — même une nuit — signifiait souffrir encore à la fin du chantier. Mais c'est arrivé et j'ai compris que j'avais commis une lourde erreur.

— Tu le penses toujours ?

— Je ne sais pas, Jack. Je ne sais plus. Je ne peux pas m'empêcher de t'aimer mais je m'y efforce.

Un long moment, elle cessa de parler. Elle repensait à cette nuit à l'hôtel, au bonheur qu'elle avait connu dans ses bras.

— Qui a dit qu'on ne regrette que ce qu'on n'a pas fait, jamais ce qu'on a fait ? C'est ce que j'éprouve.

Elle posa la main sur son épaule, sentant sa chaleur, y puisant du courage.

— Attends ! s'écria soudain Jack. Tu n'entends rien ?

— Non, rien.

— Chut, écoute.

Le bruit se répéta, si faible qu'il était à peine audible. Le cœur de Jack fit une embardée. L'espoir souleva sa poitrine. C'était Stavros.

La voix du vigile tentait de percer l'éboulis de pierre.

— Jack ? Vous êtes là ?

Olivia sentit des larmes brûler ses paupières.

Jack s'empara de son bras et le serra de toutes ses forces.

— Oui, nous sommes là ! hurla-t-il. Nous allons bien, nous ne sommes pas blessés. Etes-vous loin de nous ?

— Près du poste douze, cria Stavros. A une soixantaine de mètres. Le passage est bloqué.

— Merci, mon Dieu, murmura Jack. Il n'y a donc qu'une dizaine de mètres à déblayer.

Il ne fit pas allusion à la possibilité que la totalité de la galerie soit remplie de gravats mais il y songeait. De nouveau, la peur s'empara de lui. Il craignait d'avoir donné une fausse joie à Olivia. Jusqu'ici, elle s'était montrée si courageuse. Il ne l'avait jamais aimée aussi fort. S'ils s'en sortaient, il ne la laisserait plus jamais partir.

Mentalement, il calculait le temps qu'il faudrait à Stavros pour dégager le souterrain. Seul, il n'y arriverait jamais.

— L'équipe est-elle avec vous ? cria Jack.

Il n'entendit pas la réponse du gardien.

— Ce type est formidable, dit-il à Olivia. Il a compris la situation, il sait quoi faire.

Il ne voyait pas Olivia mais, à son silence, il devina qu'elle pleurait. Il continua à lui parler, tentant de la distraire, de l'empêcher de penser au pire.

— A mon avis, il leur faudra deux ou trois heures pour arriver jusqu'à nous.

— C'est la phase la plus dangereuse. Comme les parois du boyau se sont écroulées, creuser accélère le glissement de terrain.

Il savait qu'elle songeait à des fouilles près de Cyprus. Des archéologues avaient été ensevelis et enterrés vivants en tentant d'atteindre eux aussi une chambre funéraire.

— Ces drames sont à l'origine de la croyance populaire selon laquelle une malédiction tuerait sans merci les pilleurs de sarcophages. Mais les histoires qui tournent autour de la prétendue vengeance de la momie ne sont que du folklore, tu sais.

Il évoqua la découverte du tombeau du roi Tut en 1920 et les rumeurs épouvantables qui circulèrent alors. Elle devinait qu'il essayait de lui faire oublier qu'ils étaient enfermés sous terre et que le temps passait mais elle accepta de jouer le jeu.

— Je ne comprends pas pourquoi les journaux ont pu prétendre que, en violant cette chambre funéraire, Carter s'était attiré le mauvais œil, dit-elle. Vu qu'il n'est mort que des années plus…

Soudain, une lueur apparue au loin la fit s'interrompre.

— Jack ? lança une voix d'homme.

Stavros semblait si proche qu'ils sursautèrent. Bientôt, ils virent apparaître le visage du gardien à travers les gravats.

— Nous sommes venus vous chercher.

Jack aida Olivia à se lever. Les cheveux pleins de poussière, elle sanglotait. Il l'étreignit.

— Nous avons réussi, dit-il en l'embrassant.

Elle enfouit son visage au creux de son épaule.

— Je le savais, répondit-elle d'une voix émue.

Il fallut une heure supplémentaire au vigile pour dégager un passage et leur permettre de s'extraire du souterrain. Lorsqu'ils furent enfin à l'air libre, il faisait nuit noire. La lune se cachait derrière les nuages. Aucun bénévole n'était là ; seulement Stavros et deux hommes qui avaient accouru pour l'aider.

Les jambes tremblantes, Olivia inspira de grandes goulées d'air. Contrairement à ce qu'elle avait dit à Jack, elle avait été persuadée qu'ils allaient mourir dans l'excavation. Mais elle n'avait pas voulu lui montrer à quel point elle était terrifiée.

Stavros les enlaça avec effusion.

— Je m'inquiétais pour vous, patron, expliqua-t-il à Jack. J'étais en proie à un mauvais pressentiment et j'ai fini par dire à ma femme que je devais revenir sur le site, m'assurer que tout allait bien. En arrivant sur le chantier, j'ai vu le générateur allumé. Vous n'étiez nulle part et j'ai compris qu'un malheur s'était produit. Alors j'ai téléphoné à deux de mes amis et nous nous sommes mis à creuser. Je vous appelais régulièrement en vain et je craignais de ne pas vous atteindre à temps. Puis je vous ai entendus, et j'en ai rendu grâce à Dieu.

— Vous avez été formidable.

— Merci, ajouta Olivia d'une petite voix.

Elle ne parvenait pas à croire qu'ils étaient sains et saufs. Vivants. Grâce à cet homme que rien n'obligeait à retourner sur le lieu des fouilles pour vérifier qu'il n'y avait pas de problème. Après tout, il n'était pas payé pour sauver la peau des archéologues.

Cette nuit-là, Jack et elle dormirent ensemble sous la tente. Encore terrifiée par la mort affreuse à laquelle elle avait échappé de peu, elle n'aurait pas supporté d'être seule, de s'éloigner de lui, ne serait-ce qu'un instant. Avant de sombrer dans le sommeil, il l'enlaça et l'embrassa jalousement.

— N'oublie pas notre voyage de noces, murmura-t-il.

Elle resta allongée, à se demander s'ils connaîtraient vraiment une lune de miel. Demain, se rappellerait-il ce qu'il lui avait confié dans le souterrain ? Et elle ? Oublieraient-ils leurs aveux et regrets mutuels ? Tout reviendrait-il à la normale ?

A son réveil, Jack n'était plus là, son sac de couchage non plus. Qu'est-ce que cela signifiait ? Elle se doucha et prit un solide petit déjeuner. Ce ne fut pas facile car, au fur et à mesure que les bénévoles arrivaient sur le chantier et apprenaient les événements de la nuit, ils la bombardaient de questions :

— Comment avez-vous réussi à sortir ?

— Qu'avez-vous trouvé ?

— Allez-vous redescendre ?

— Avez-vous eu peur ?

Tout en cherchant Jack des yeux, elle répondit à tous, veillant cependant à rester évasive à propos de ce qu'ils avaient découvert. Elle voulait déchiffrer l'inscription gravée sur la pierre tombale avant d'en parler, pour ne pas faire naître de faux espoirs.

Pourvu que Jack ne soit pas redescendu dans le souterrain ! songeait-elle. Mais il ne prendrait jamais un risque pareil. Quand elle se rendit à l'endroit des fouilles, Jack était là, torse nu, une pelle à la main, près de la galerie où ils s'étaient retrouvés emprisonnés. Le voir lui coupa le souffle. Il évoquait décidément la statue antique d'un dieu grec… Mais Jack était un être de chair et de sang.

Il lui adressa un signe de la main comme s'ils n'avaient pas failli mourir enterrés quelques heures plus tôt. Il avait sans doute tout oublié de ce qu'il lui avait dit la veille.

Cela valait probablement mieux. Tous deux s'étaient confiés comme ils ne l'auraient jamais fait en d'autres circonstances. Ils s'étaient parlé en croyant échanger leurs derniers mots. Maintenant qu'ils étaient remontés sains et saufs à la surface, ils revenaient à leur situation initiale.

En réalité, rien n'avait changé. A la fin de l'été, ils se sépareraient pour toujours, elle vendrait la maison, ils divorceraient. Pour ne pas devenir folle, elle devait désormais ignorer Jack. Ou plutôt le traiter comme n'importe quel bénévole. Elle n'irait pas vivre en Californie et il ne retournerait pas à Santa Clarita.

Elle s'efforça de s'atteler à ses tâches quotidiennes, de nettoyer et de classer des morceaux de terre cuite et de rassembler les fragments d'une amphore ; mais son esprit continuait à cogiter. En proie à une désagréable nausée, elle prenait de grandes inspirations, tout en se remémorant sa crainte de mourir étouffée dans le souterrain.

Après le déjeuner, la chaleur devenant caniculaire, les ouvriers s'accordèrent une petite sieste à l'ombre des oliviers tandis que les bénévoles se consacraient à des activités tranquilles sous la grande tente. Jack la découvrit adossée au vieux cèdre ; elle contemplait la mer.

— Allons faire un tour en bateau, proposa-t-il. De toute façon, tant que les terrassiers n'ont pas déblayé et reconstruit la galerie, je ne peux pas avancer ici. Viens, tu me sembles fatiguée, cela te fera du bien.

Jack, par contre, semblait en grande forme et souriait. La veille au soir, il s'était endormi très vite, alors qu'Olivia continuait à se torturer l'esprit.

Comme elle le dévisageait sans esquisser un mouvement, il mit ses mains sur ses épaules et la regarda droit dans les yeux.

— Tu penses à la tombe, n'est-ce pas ? Nous ne pourrons pas y redescendre avant au moins deux jours. Alors accordons-nous un après-midi de détente. Nous l'avons bien mérité, non ?

Elle hocha la tête. Epuisée, elle ne parvenait ni à réfléchir, ni à parler. Elle avait besoin que quelqu'un décide pour elle, elle avait besoin de Jack.

— Va chercher ton maillot. Oh, c'est vrai, tu n'en as pas. La prochaine fois que tu iras en ville, achètes-en un. Il t'en faudra un pour notre lune de miel.

Elle n'avait pas la force de discuter avec lui, de lui dire qu'ils ne partiraient pas en voyage de noces. Aujourd'hui, tout était différent. Il avait raison, une pause leur devenait indispensable. Elle alla se changer.

Quand elle le rejoignit sur la plage, Jack avait démarré le moteur de l'embarcation. Il lui tendit la main pour l'aider à prendre place dans le bateau.

— J'aime beaucoup ton corsage, dit-il.

Sous son regard, ses seins durcirent. Son chemisier lui parut soudain trop étroit. Il avait sans doute rétréci.

Elle s'installa à côté de lui. Le soleil chauffait la peau nue de ses épaules. Lorsque le bateau prit de la vitesse, un jet d'écume lui arrosa les jambes et elle se mit à rire.

Jack lui sourit.

— Aujourd'hui, tu n'auras pas mal au cœur. Le temps est magnifique et la mer comme un miroir.

Pourtant, elle se sentait la proie de nausées aussi violentes qu'incompréhensibles. Etaient-elles dues à l'émotion?

— Où allons-nous?

— Il y a une île à quelques milles nommée Kastemos. Stavros m'a dit qu'elle valait le coup d'œil. Ça te va?

Elle opina. Elle se moquait du lieu de leur destination. Curieusement, elle avait l'impression d'être détachée de tout. Peut-être était-ce le contrecoup. Elle avait frôlé la mort.

— Je suis dans un état bizarre, aujourd'hui, dit-elle. J'ai des difficultés à me concentrer. Peut-être est-ce lié à ce qui nous est arrivé hier soir. Et toi, comment te sens-tu?

— Merveilleusement bien, répondit-il en l'enlaçant. Tu n'as pas changé d'avis, n'est-ce pas? Nous allons nous remettre ensemble.

Comme elle ne répondait rien, il fronça les sourcils.

— Non?

— Es-tu sûr que cela soit la chose à faire?

— Bien sûr. J'ai écrit au directeur de l'université.

— Déjà! s'exclama-t-elle. Tu es vraiment décidé à quitter la Californie?

Les choses allaient trop vite. Elle en était désorientée.

— Je retourne vivre avec toi. Nous achèterons une autre maison, nous prendrons un nouveau départ.

Avant qu'elle ne puisse répliquer, ils arrivèrent aux abords de l'île.

Quelques instants plus tard, ils jetèrent l'ancre à Kissani et elle poussa un soupir de soulagement en retrouvant la terre ferme. Elle préférait ne pas le dire à Jack mais, bien que la mer fût d'huile, elle avait l'estomac tout retourné. Apparemment, elle était plus sensible qu'auparavant au mal de mer… et elle n'avait pas envie qu'il se moque de sa « petite nature ».

Jack sortit son guide touristique, qui conseillait de visiter un atelier de poterie où des artisans travaillaient comme autrefois. Main dans la main, ils marchèrent un long moment avant de le trouver. Olivia traînait des pieds. Elle se sentait épuisée. Décidément, ses émotions de la veille l'avaient profondément affectée !

Jack revenait vivre avec elle. Ils allaient se remettre ensemble. Les événements s'enchaînaient si vite qu'elle en avait le vertige. Jack était un décideur, il l'avait toujours été. S'il voulait quelque chose, rien ne l'arrêtait. Autrefois, il critiquait souvent ses tergiversations. Olivia aimait peser le pour et le contre ; lui se déterminait vite et s'en tenait à ses choix, qu'ils soient bons ou mauvais.

Ils admirèrent les potiers à l'œuvre et Jack lui offrit un vase jaune et bleu dont la finesse et la beauté leur rappelaient celles des amphores antiques. Puis ils se rendirent à un monastère du dix-septième siècle, d'un style vénitien.

— Tu es toujours très pâle, remarqua Jack en fronçant les sourcils. Allons grignoter quelque chose.

Ils trouvèrent une petite taverne qui leur servit des pâtisseries et du café.

Comme Olivia se jetait sur la nourriture, Jack la regarda d'un air amusé.

— N'avais-tu pas déjeuné, ce matin ?

— C'était il y a des heures. Mmm, c'est délicieux. Tu ne finis pas ton croissant ?

Il poussa son assiette vers elle et elle engloutit tout ce qu'il avait laissé.

— Merci de m'avoir amenée ici, Jack, dit-elle en lampant le fond de sa tasse. C'était exactement ce dont j'avais besoin.

— Peut-être devrions-nous faire une petite croisière dans les îles grecques pour notre voyage de noces. Bien sûr, nous ferions halte dans chaque boulangerie de port.

— Ce serait bien mais…

— Tu t'inquiètes du mal de mer, c'est cela ?

— Non, ça ira, dit-elle d'un ton assuré qui n'était pas totalement sincère. Il existe des traitements.

Elle posa sa tasse. Ils avaient des choses à se dire, des décisions à prendre. A présent, elle se devait d'être honnête avec lui, de cesser de faire semblant que tout allait bien alors que ce n'était pas le cas.

— N'est-ce pas curieux de discuter de notre lune de miel après ce que nous avons vécu hier ? commença-t-elle en s'accoudant à la table.

Il mêla leurs mains.

— Nous avons traversé cette épreuve ensemble et je sais que rien ne nous séparera plus. Nous sommes faits l'un pour l'autre. Tous les deux, nous allons vivre une belle et longue vie. Encore plus belle que celle que nous avons connue au début. Une plus grande maison, des métiers plus intéressants. Maintenant, nous savons ce que nous voulons.

— En es-tu certain, Jack ?

— Bien sûr. Quand nous nous sommes rencontrés, j'étais immature, égoïste. Tu avais raison, je ne pensais qu'à moi. Te perdre a provoqué chez moi un choc salutaire. L'essentiel à mes yeux n'est plus ma carrière ni des gosses. Mais toi, rien que toi.

A ces mots, les yeux d'Olivia s'emplirent de larmes de bonheur et un immense soulagement l'envahit. Si Jack pensait que cela marcherait entre eux, cela marcherait. Il l'embrassa et ils se levèrent.

Bras dessus, bras dessous, ils se baladèrent le long du rivage tandis que le soleil déclinait lentement à l'horizon, avant de rejoindre leur bateau.

La mer était toujours calme mais, de nouveau, Olivia fut la proie de violentes nausées.

— Peut-être n'aurais-je pas dû prendre un deuxième repas, dit-elle.

— Tu te sentiras mieux quand nous serons revenus à Hermopolis.

Mais lorsqu'ils arrivèrent sur le site, ce fut pire encore. Les fragrances de la soupe de poisson qui flottaient dans l'air la rendirent malade. Au lieu de rejoindre le groupe pour dîner, elle alla s'étendre sur la plage. Elle avait envie d'être seule mais Marilyn vint lui tenir compagnie.

— Vous avez dû avoir une belle peur, hier soir, dit-elle.
— Je l'avoue.
— Enfin ! Tout est bien qui finit bien.
— Et j'ai hâte que les ouvriers déblayent le souterrain et que les fouilles reprennent.
— Vous croyez toujours qu'une chambre funéraire se trouve ici ?
— Je l'espère.
— Vous nous avez manqué à table. Jack nous a dit que vous vous sentiez un peu barbouillée.
Olivia regretta qu'il en ait parlé.
— J'ai déjeuné assez tard, je n'avais plus faim.
La tête légèrement penchée, Marilyn la dévisagea un long moment.
— Peut-être êtes-vous enceinte…
Olivia se mit à rire.
— Cela m'étonnerait !
— Vous avez des nausées, des vomissements…
— Nous avons fait du bateau cet après-midi et je souffre du mal de mer.
Si Marilyn avait pu se douter de l'absurdité de sa suggestion !
— Quand j'attendais mes fils, j'étais très fatiguée, nauséeuse… C'est tellement désagréable qu'on en vient à se demander pourquoi les femmes veulent des enfants. Mais j'en ai mis quatre au monde alors…
— Marilyn, arrêtez, cela n'a rien à voir.
— Bien sûr, il pourrait s'agir d'autre chose. De la grippe, de la malaria, par exemple, ou de pire encore.
— Je vais bien, vraiment, insista Olivia en se levant.
Elle préférait s'éloigner au plus vite de cette femme qui lui donnait envie de hurler. Mais, soudain prise de vertige, elle dut se rasseoir précipitamment.
Marilyn la regarda d'un air entendu, comme si elle s'interdisait de lui asséner le « je vous l'avais bien dit » qui lui brûlait les lèvres.

10

Le lendemain, Olivia prévint Jack qu'elle devait se rendre en ville.

— Je viens avec toi, répondit-il. De toute façon, je ne peux pas retourner sur les fouilles avant demain.

— Non, j'ai des courses à faire, tu t'ennuierais.

Les sourcils froncés, il la dévisagea un long moment. Elle semblait nerveuse. Manifestement, elle avait un souci. La veille, elle était allée se coucher tôt, tandis qu'il discutait avec Robbin près du feu de camp. Lorsqu'il l'avait rejointe sous la tente, elle faisait semblant de dormir. Ce n'était pas de bon augure pour quelqu'un qui prétendait envisager de passer sa vie avec lui.

Pourtant, il s'interdit de la harceler. L'effondrement du souterrain l'avait sans doute profondément affectée. Comment aurait-il pu le lui reprocher ? Ils avaient vu la mort en face. Ils avaient failli être enterrés vivants, et ce n'était pas rien, surtout pour une claustrophobe.

Sans insister, il lui tendit les clés de la Jeep.

— As-tu besoin de quelque chose ? s'enquit-elle, visiblement soulagée qu'il renonce à l'accompagner.

— De toi, que de toi, dit-il en piquant ses lèvres d'un baiser. Ça va ?

— Ça va, fit-elle en évitant son regard.

Comme elle disparaissait dans un nuage de poussière, il se passa la main dans les cheveux. Il reprit son travail, mais son esprit était ailleurs.

*
* *

Quelques heures plus tard, quand Olivia revint de la ville, elle se précipita vers les fouilles.

— Quelqu'un a-t-il vu Jack ? demanda-t-elle.

Personne ne savait où il se trouvait, sauf Elias, qui lui indiqua la plage. Du haut de la falaise, elle repéra Jack assis sur le sable. Après une profonde inspiration, elle descendit vers lui.

Lorsqu'elle l'eut rejoint, il se tourna vers elle et lui sourit.

— As-tu trouvé ce que tu cherchais ?

Le cœur d'Olivia se serra.

— Je dois te parler.

A ces mots, il eut l'impression de recevoir un seau d'eau froide. Que se passait-il encore ?

Ils s'installèrent face à la mer, sur laquelle voguaient des voiliers, au loin. L'endroit était magnifique, songea Olivia. Quel dommage de rompre tant d'harmonie ! Pourtant, il le fallait. Hélas, même si elle les avait répétés sur le chemin du retour, elle ne parvenait pas à sortir les mots de sa bouche…

Comme le silence se prolongeait, il s'éclaircit la gorge.

— Ce n'est peut-être pas si important que cela…

— Si, ça l'est. Jack, cela ne va pas marcher entre nous.

— Que veux-tu dire ? s'exclama-t-il.

— Notre séparation a été trop longue. A présent, tu as ta vie, moi la mienne.

— Tu ne m'aimes plus, c'est ça ?

— L'amour n'a rien à voir dans cette histoire. Nous devons prendre les bonnes décisions.

— Nous remettre ensemble en serait une. Je croyais que nous étions d'accord sur ce point.

— Nous en avons discuté dans des circonstances particulières, sous la pression d'un énorme stress. A présent, il nous est plus facile de réfléchir calmement.

— Je pensais profondément tout ce que j'ai dit.

Elle hocha la tête. Le problème était bien là.

— Je t'en prie, ne complique pas la situation. Il nous reste quelques semaines à passer ici, nous avons une tombe à découvrir, il y a d'autres gens autour de nous.

— Tu me demandes de faire semblant ? De prétendre que tout va bien entre nous ?

— Comme personne ne sait vraiment où nous en sommes, cela ne devrait pas être trop difficile.

— Je ne peux pas. Je t'aime. J'ai envie que tu reviennes à moi, je suis prêt à tout ce qu'il faudra pour ça. Dis-moi ce que tu veux.

— Je veux que tu oublies ce qui s'est passé dans le souterrain, que tu oublies notre réconciliation. C'était une erreur. Nous étions persuadés que nous allions mourir, nous avons dit des choses que nous aurions dû garder pour nous. S'il te plaît, Jack, essaie de comprendre.

Elle refusait de pleurer devant lui, il ne devait pas deviner ses déchirements intérieurs. Rassemblant le peu de force qui lui restait, elle se détourna.

— Ce n'est pas facile pour moi.

— Non ? Apparemment, il s'est passé quelque chose. Pourquoi ne pas m'en parler ? Je croyais que nous n'aurions plus de secrets l'un pour l'autre.

Elle aurait dû se douter qu'il ne renoncerait pas aisément. Et comment pourrait-il accepter sa décision si elle ne lui disait pas la vérité ? Malheureusement, c'était impossible. Elle savait très bien comment il réagirait si elle le faisait.

La seule solution était d'abréger cette conversation et de s'en aller. Secouant le sable de ses vêtements, elle s'éloigna sans un regard en arrière.

Désormais, Jack l'évitait au maximum, et elle en fut intensément soulagée. Autre bonne nouvelle, les bénévoles finirent par déterrer la stèle funéraire et elle parvint à la déchiffrer.

En l'an 314, au mois de panemos, le 20, le jeune
Alexandre Aigos, fils d'Alexandre III, érigea cette stèle
pour sa grand-mère bien-aimée, Olympias.

Même si elle était morte assassinée dans des circonstances troubles, Olympias étant de sang royal, sa tombe était certainement remplie de pierres précieuses, de pièces de monnaie, de sculptures, d'objets quotidiens. Olivia aurait voulu sauter de joie, partager son bonheur avec Jack. Mais il était ailleurs et elle en éprouva une vive frustration.

Une semaine plus tard, quand la chambre funéraire fut enfin mise au jour, Olivia eut le sentiment d'un véritable accomplissement. Ils y trouvèrent des vases, des statues, des bijoux. Et ce n'était qu'un début. A la fin de la journée, le Dr Robbin célébra l'événement au champagne. Olivia promena les yeux autour d'elle, cherchant Jack. Elle avait envie de fêter ce grand moment avec lui.

Sans lui, la joie de la découverte perdait de sa saveur. Elle savait qu'il était furieux contre elle, qu'il ne comprenait pas son revirement ; mais elle n'aurait jamais cru qu'il la traiterait comme si elle était atteinte d'une maladie contagieuse, songeait-elle avec amertume.

Sous la tente principale, les bénévoles trinquaient en se congratulant. Quand Olivia aperçut enfin Jack, il la dévisageait d'un œil si hostile qu'elle détourna la tête.

Jack s'était promis de féliciter Olivia, qui avait réussi à décrypter la pierre tombale, mais il se savait incapable de l'approcher sans lui demander ce qui ne tournait pas rond chez elle. Elle ne le lui dirait pas. Il connaissait ce regard déterminé, cette façon de relever le menton et de se mordre les lèvres.

Il se rendait compte que découvrir ce magnifique tombeau ne signifiait rien pour lui s'il ne pouvait partager ce bonheur avec elle. Sa froideur le blessait. Comme sa façon de parler et de sourire à tout le monde, alors qu'il se forçait à paraître heureux.

— Qu'est-ce qui ne va pas, Jack ? s'enquit Marilyn, une flûte à la main. Vous avez l'air d'un homme qui vient de perdre son meilleur ami. Ou son épouse.

— C'est un peu le cas.

Pourquoi continuer à faire semblant ? L'été s'achevait. Les fouilles avaient dépassé leurs espérances, tout le monde était ravi. Sauf lui. Il ne parvenait plus à faire bonne figure. Pourquoi s'y sentir obligé ?

— Olivia se sent-elle mieux ?

— Il faudra le lui demander…

— Les trois premiers mois sont les plus pénibles. Je suis payée pour le savoir, j'en ai mis quatre au monde.

— De quoi parlez-vous ? fit-il en posant sa coupe sur la table.

— De votre femme. Elle est enceinte, n'est-ce pas ?

— Je ne pense pas.

— Je peux me tromper mais elle présente tous les symptômes d'une grossesse. Nausées, vomissements, extrême fatigue…

— Elle souffre du mal de mer.

— Sur la terre ferme ? Allons, Jack. C'est l'évidence…

Jack se tourna de nouveau vers Olivia. Sous son T-shirt à l'effigie de son université, ses seins semblaient avoir triplé de volume… Et brutalement, il sentit le rouge envahir ses joues, eut l'impression qu'un feu emplissait sa poitrine.

Impossible, se répétait Jack. D'abord, ce serait un miracle. Après cinq années de vaines tentatives, il aurait suffi d'une nuit à l'hôtel pour mettre un bébé en route ? De plus, si c'était le cas, elle le lui aurait dit. Et…

Se frayant un chemin parmi les bénévoles, il s'approcha d'elle.

— Viens, j'ai deux mots à te dire.

— Pas maintenant, répondit-elle, une lueur d'inquiétude dans les yeux.

— Si, maintenant, répliqua-t-il en la saisissant par le bras pour la sortir de la tente.

— De quoi veux-tu me parler ?

— De toi et de moi.

— Il n'y a plus rien à ajouter sur le sujet, répliqua-t-elle avec désespoir.

— En es-tu sûre ?

Si elle attendait un enfant et ne l'avait pas prévenu… Non, elle ne lui aurait jamais fait un coup pareil. Pas après les épreuves qu'ils avaient traversées, pas après toutes ces années d'analyses médicales, d'espoirs, de déceptions. Il lui ouvrit la portière de la Jeep et l'obligea à prendre place dans l'habitacle. Puis il s'installa au volant.

Olivia serrait ses mains contre elle pour les empêcher de trembler. Elle n'avait pas approché Jack depuis des semaines et sa présence la troublait. Sa colère était palpable. Bien sûr, un jour, il aurait fini par apprendre son état mais pas avant plusieurs mois, quand elle serait rentrée chez elle et que lui aurait réintégré son université.

— As-tu quelque chose à me dire ? lui jeta-t-il avec hargne.

Il savait, elle en était sûre à présent. Mais comment l'avait-il deviné ?

Craignant de se trahir, elle se contenta de secouer la tête.

— Es-tu enceinte ? demanda-t-il.

Comme elle tentait de détourner les yeux, il prit son visage entre ses mains pour la forcer à le regarder.

— Comment as-tu osé me cacher une chose pareille ?

— Je voulais t'en parler mais je n'ai pas pu.

Abasourdi, il laissa éclater sa fureur.

— De quel droit m'as-tu dissimulé ta grossesse ? Tu portes mon enfant ! Et si personne ne m'avait mis la puce à l'oreille, je l'ignorerais encore ! C'est intolérable !

— Marilyn, murmura-t-elle.

— Oui, Marilyn. Dis-moi pourquoi tu as gardé le silence, Olivia ! hurla-t-il, blême de rage. Réponds ou je vais faire un malheur !

— Parce que, dans le souterrain, tu m'as expliqué que tu ne voulais pas d'enfants, finalement, qu'ils nous gêneraient dans nos carrières respectives, que tu ne souhaitais me partager avec personne. Vas-tu le nier ?

— Attends, attends, j'ai dit ça parce que j'étais persuadé que nous ne pouvions pas en avoir. J'essayais de faire contre mauvaise fortune bon cœur. Mais bien sûr que j'ai envie d'être père !

— J'aimerais te croire, Jack, mais ce n'est pas le cas. Quand je t'ai demandé si tu en étais sûr, tu m'as répété que tu n'avais aucune certitude plus ancrée. Mentais-tu alors ? Ou maintenant ? Tu ne peux pas affirmer quelque chose et son contraire.

— D'accord, à ce moment-là, je n'étais pas sincère et j'ai eu tort. Mais comment as-tu pu me cacher une nouvelle de cette importance ? C'est la plus grande joie de ma vie et tu la gardais pour toi ! Tu… tu…

Il s'interrompit, trop en colère pour achever sa phrase.

Elle savait qu'il serait furieux, mais elle n'avait pas imaginé qu'il le serait à ce point-là.

— Et tu mentais aussi en disant que tu ne voulais me partager avec personne ? Parce que, sauf erreur de ma part, un bébé exige beaucoup de sa maman.

— Quoi qu'il advienne, nous allons vivre ensemble cette aventure. Tu portes *notre* enfant.

— Je me doutais que tu voudrais assumer tes responsabilités, tu l'as toujours fait. Mais cela ne me suffit pas, Jack. Tu fais semblant, je le vois bien, et je ne peux pas vivre ainsi. Tu vas retourner en Californie et moi à Santa Carita. Tu l'as dit toi-même, une progéniture gênerait ta carrière.

Puis, ouvrant la portière, elle sauta du véhicule et rejoignit la fête.

11

Si, le jour où ils quittèrent Syra, le ciel était nuageux, la traversée sur le ferry se déroula sans encombres. Tout le monde pensait au naufrage du début de l'été mais personne n'y fit allusion. Certaine d'être malade, Olivia resta accrochée au garde-fou.

Elle ne s'attendait pas à ce que Jack vienne lui parler mais quand il s'approcha d'elle, elle en éprouva une étrange joie. Pourtant, ils n'avaient plus rien à se dire. Il voulait reprendre la vie commune, elle pas. A quoi bon poursuivre ce dialogue de sourds ? En débarquant du bateau, leurs routes se sépareraient pour toujours, et elle songeait sombrement à l'avenir sans Jack qui l'attendait.

Il s'éclaircit la gorge.

— A propos du voyage de noces que je t'ai promis…

— Ne t'inquiète pas, je te libère de ta parole, tu ne me dois rien.

— Tu préfères y renoncer parce que tu es enceinte ?

— Non, parce que… non, c'est tout.

— Je tiens toujours mes promesses, tu le sais. Quand nous débarquerons au Pirée, une voiture avec chauffeur nous prendra en charge pour nous conduire à Argos.

— Argos ! Son histoire est fabuleuse et j'ai toujours eu envie de voir sa citadelle et son acropole.

Perdait-elle la tête ? Elle s'était juré de refuser tout ce qu'il lui proposerait. Mais elle n'avait pas prévu qu'il veuille l'emmener dans la ville considérée comme la plus ancienne de Grèce ni que sa détermination fondrait comme neige au soleil.

— Je le sais. Nous y arriverons à la tombée de la nuit. La vue y est alors spectaculaire, paraît-il.

Incapable de parler, elle hocha la tête. Elle n'arrivait plus à réfléchir correctement. C'était sans doute lié au bouleversement hormonal de la grossesse. Ou à l'air marin. Ou à Jack.

— Nous séjournerons sur la plage, à l'hôtel. La chambre donne sur la mer et sur la citadelle.

— Jack, dit-elle, le souffle court. Tu as pensé à tout.

Comment aurait-elle pu repousser un homme aussi adorable ? Avec ses cheveux dans le vent, ses yeux bleus, son sourire tendre, elle se sentait incapable de lui refuser quoi que ce soit.

— Sauf à ton maillot de bain ! Nous nous arrêterons en route pour t'en acheter un.

— J'en ai trouvé un en ville, l'autre jour.

— Pour le cas où quelqu'un te proposerait une lune de miel pas loin de la mer ? Vous me surprenez, madame Oakley. C'est toi qui as pensé à tout.

— On ne sait jamais, répondit-elle avec un petit rire.

— Mais maintenant, j'espère que tu sais que je t'aime plus que tout ? Et que je ne te quitterai plus ?

— J'y compte bien. D'ailleurs, si tu essaies de nouveau de t'en aller, je te suivrai au bout du monde. Et même en enfer s'il le faut !

Épilogue

Deux ans plus tard

« CROISIÈRE D'ART
ET D'ARCHITECTURE EN SICILE
Du 25 juin au 10 juillet.
Responsables : Dr Jack Oakley et Olivia Oakley.

L'université de Santa Clarita organise une croisière pour vous plonger dans le glorieux passé de la Sicile. Tout en découvrant cette île magique, vous apprécierez le confort d'une croisière première classe et la succulente cuisine sicilienne. »

Tant d'amoureux des vieilles pierres voulurent participer à l'aventure que Jack et Olivia furent obligés de dresser une liste d'attente.

— Penses-tu que nous aurions dû signaler la présence du troisième membre de l'équipe ? demanda Olivia à Jack sur le balcon du Grand Hôtel qui surplombait la mer.

Jack regarda avec attendrissement leur fille endormie dans son berceau.

— Vu sa popularité, nous aurions alors déclenché une avalanche d'inscriptions.

— A mon avis, Sarah ne dérangera personne.

— Bien sûr que non ! J'aimerais que quelqu'un ose émettre une critique à son sujet, il m'entendrait !

Olivia sourit. Jack était le père le plus fier, le plus attentif que la terre ait porté.

— D'ailleurs, il n'existe pas de petite fille plus mignonne ni plus intelligente, continua-t-il. As-tu remarqué comme elle fixait les murs peints de la grotte, l'autre jour ? Je suis sûr qu'elle se demandait si les fresques dataient d'avant l'invasion romaine.

Olivia se mit à rire.

— Jack, elle n'a qu'un an…

— Mais elle est déjà passionnée d'histoire.

— Et c'est aussi une vraie gourmande ; elle adore la nourriture italienne. Une chance qu'elle soit si facile à vivre, puisqu'elle va nous suivre chaque été dans nos pérégrinations…

— Ce serait bien pour elle d'avoir un petit frère avec qui jouer, murmura-t-il en enlaçant sa taille. Et pour nous aider à creuser. Nous allons vieillir, tu sais…

— Je ne m'inquiète pas des ravages du temps. D'ailleurs, Agatha Christie conseillait à toutes les filles d'Eve d'épouser un archéologue. « C'est le seul homme qui vous regardera avec de plus en plus d'intérêt au fur et à mesure que passeront les années », disait-elle !

— C'est vrai, chaque jour je t'aime davantage. Je t'adore, madame Oakley. Je n'arrive toujours pas à croire que tu es ma femme, toute à moi.

— Je le suis pour l'éternité ! clama-t-elle avec un sourire plus chaleureux et plus éblouissant encore que le légendaire soleil sicilien.

OLIVIA GATES

La fiancée du désert

Jade

Titre original :
THE DESERT LORD'S BRIDE

Traduction française de ROSA BACHIR

83-85, boulevard Vincent-Auriol, 75646 PARIS CEDEX 13.
Tél. : 01 42 16 63 63
www.harlequin.fr
Service Lectrices — Tél. : 01 45 82 47 47

Prologue

C'était vraiment en train d'arriver.

Et Shehab Al Masood avait peine à le croire.

Pourtant, il était bien là, au cœur de la citadelle de Bayt el Hekmah — qui avait accueilli tous les événements royaux depuis six cents ans, des plus heureux aux plus sombres — dans la tenue de cérémonie qu'il n'aurait jamais cru revêtir un jour. L'*abaya* noire de la succession.

Oui. Il était là. Ainsi que tous les membres de la Tribune des Anciens de Judar — le Conseil du royaume —, la famille royale au grand complet, et les principaux représentants de la noblesse judarienne. Et tous les yeux étaient braqués sur lui.

Lui ne regardait que Farooq, qui portait une *abaya* blanche symbolisant le transfert de pouvoir. Son frère aîné le fixait de ses yeux couleur or, exprimant en silence son regret, l'implorant de le comprendre.

Oui, Shehab comprenait. Et il acceptait la situation. Farooq ne faisait cela que parce qu'il le devait. Et parce qu'il savait que son cadet serait capable de porter ce fardeau.

Farooq prit la parole, et sa voix déterminée résonna dans la gigantesque salle.

— *O'waleek badallan menni.*

Je te cède la succession à ma place.

Puis leur oncle, le roi, qui avait du mal à se tenir droit sur le trône tant il était affaibli par les crises, aussi bien physiques que politiques, annonça d'une voix faible et chargée d'inquiétude :

— *Wa ana ossaddek ala tanseebuk walley aahdi.*

Et je valide ta nomination comme héritier du trône.

Shehab s'agenouilla devant son frère aîné, tendant les mains pour accepter le sabre serti de pierres précieuses, symbole de la passation de pouvoir. Au moment où la lourde arme reposa sur ses paumes, il eut le sentiment qu'il avait accepté de porter le poids du monde.

En quelque sorte, c'était le cas. Il portait désormais l'avenir de Judar sur ses épaules.

Il ferma les yeux tandis que la lame froide lui brûlait les mains.

C'était bien réel.

Dire que quelques jours plus tôt, il n'était que P.-D.G. de sa société d'informatique de plusieurs milliards de dollars. Sa contribution à la prospérité de son royaume se limitait alors à lui assurer sa position d'avant-garde dans la course mondiale aux nouvelles technologies. Il y avait encore quelques jours, le trône n'avait été pour lui qu'un spectre lointain, puisqu'il n'était qu'en seconde position pour y accéder.

Aujourd'hui, tout était différent. Au lieu de la liberté de mener sa vie comme il l'entendait, planait sur son avenir l'ombre d'un pouvoir dont il n'avait jamais rêvé. Une responsabilité indicible. Et il n'avait fallu que quelques mots pour cela.

Désormais, il était le prince héritier de Judar. Son futur roi, en somme.

Du moins, si Judar existait toujours lorsqu'il accéderait au trône. S'il restait un trône sur lequel s'asseoir.

Pas si sûr. En tout cas, pas s'il ne remplissait pas les conditions d'un pacte exigé par les Al Shalaan, la deuxième tribu la plus puissante de Judar, et qui constituait la plus influente minorité du pays.

Et pour honorer ce pacte, il devait épouser une femme qu'il n'avait jamais vue.

1

Brûlante comme l'enfer, froide comme la mort.

Shehab serra les lèvres en se souvenant de cette formule, et parcourut du regard la salle de bal et les gens costumés qui empiétaient sur son espace vital, en l'inondant de leurs regards curieux et intéressés.

Toujours aucun signe de la femme qui avait inspiré le slogan. *Brûlante comme l'enfer, froide comme la mort.* Ça, c'était un résumé !

Il le rejoua dans sa tête, le fredonna même avec l'orchestre qui jouait le *Concerto pour Piano n° 9* de Mozart.

Les mots de ce slogan sonnaient comme des titres de noblesse. Comme ceux dont lui-même était chargé depuis sa naissance. Cheikh Al Masood. Son Altesse Royale. Et maintenant, Sa Majesté le Prince Héritier.

Mais selon l'opinion commune, les titres de cette créature étaient amplement mérités.

Et il était censé épouser cette femme !

Non. Pas censé. Il allait l'épouser. Il y était *obligé*, songea-t-il, amer.

Il devait pourtant être résigné à présent. Cela faisait maintenant un mois qu'il avait appris le destin auquel il devait se plier, pour sauvegarder le trône de Judar.

Parfois, il détestait presque Carmen, la femme de Farooq. C'était à cause de l'amour sans limites que Farooq portait à son épouse que ce dernier s'était débarrassé du fardeau que constituait le titre de prince héritier, au détriment de son frère cadet.

Shehab aurait toutefois pu s'accommoder d'un mariage arrangé — une destinée dont il avait toujours dit qu'elle était pire que la mort — si l'épouse désignée avait été une femme acceptable, princesse ou non.

Mais Farah Beaumont, la fille illégitime du roi Atef Al Shalaan, qui régnait sur le pays voisin de Judar, Zohayd, n'était pas acceptable.

Non parce qu'elle était née hors mariage. Ni parce qu'elle avait refusé de reconnaître son héritage et de devenir un instrument de paix. Pour le premier point, elle n'avait aucune responsabilité, et le deuxième point était peut-être dû à une incapacité temporaire à composer avec les révélations sur son passé et les bouleversements que cela induisait pour son avenir.

Mais ce n'était pas pour cela que Farah Beaumont — dont la mère lui avait sournoisement attribué un prénom oriental prisé en Occident — avait dédaigné son père et se permettait de décliner la perspective de devenir princesse. La vraie raison était ce qui la rendait si rebutante.

Elle avait toujours baigné dans les privilèges, puisqu'elle avait été adoptée par le multimillionnaire que sa mère avait épousé. Ensuite, la fortune de son père adoptif ayant été dilapidée après sa mort, Farah avait dû remonter jusqu'au sommet à la force du poignet — et de ses griffes acérées. Elle y était parvenue, en devenant le bras droit et la maîtresse de Bill Hanson, un homme d'affaires richissime, assez vieux pour être son grand-père.

A en juger par ses actes, et selon les témoignages de tous, Farah Beaumont était une femme froide et perverse.

Elle était aussi cruciale pour la paix de toute une partie du globe. Mais elle avait refusé de faire son devoir. Point.

Maintenant, c'était lui qui devait accomplir son devoir. Annihiler le refus de Farah.

Il se força à desserrer les dents, et répondit aux regards insistants d'un couple habillé en Marie-Antoinette et Louis XVI.

Au lieu de détourner l'attention avec son déguisement de guerrier touareg, Shehab ne faisait que l'attirer davantage. Au moins, il restait anonyme. Voilà pourquoi il avait opté pour un bal masqué.

Pour évacuer un peu de tension, il expira contre l'étoffe de coton indigo enrubannée autour de sa tête, de son nez et de sa bouche. Il se détourna avant que le couple ne considère son regard comme une permission d'approcher, mais heurta une Irma la Douce tout en jambes qui s'empressa de battre des cils d'une manière à laquelle il n'était que trop habitué. Il murmura quelques mots gentils pour faire comprendre clairement qu'il apprécierait de rester seul.

Tandis que la prostituée au cœur d'or s'éloignait à regret, il poussa un soupir frustré. Il espérait ne plus être dérangé à partir de cet instant. Même si c'était lui qui avait organisé ce bal, il n'avait invité aucune des connaissances qu'il appréciait et respectait. Au contraire, il avait empli les lieux de gens qu'il connaissait à peine, ou dont il se moquait, pour créer une foule anonyme qu'il pouvait aisément ignorer. Car il était ici pour concentrer son attention sur une seule personne. Farah Beaumont.

Enfin, si la demoiselle daignait faire une apparition.

Soudain, il ressentit des picotements sur sa nuque. Se raidissant, il localisa l'origine de son étrange sensation. Elle émanait de l'entrée de la salle, à trois mètres de lui. Il se retourna, feignant l'indifférence.

Et puis tout s'arrêta. Son corps. Son cœur. Le monde lui-même ralentit, avant de disparaître. Rien ne restait, sauf la créature qui venait d'apparaître dans une robe vaporeuse faite de chaque nuance de vert possible. On aurait dit qu'elle sortait tout droit d'un conte de son royaume.

C'était… *elle* ?

Il cligna des yeux, comme pour se sortir d'un état hypnotique.

A quoi pensait-il donc ? Bien sûr que c'était elle ! Il avait suffisamment observé les clichés en gros plan punaisés sur le mur de son bureau. Des clichés d'elle, dont plusieurs avec son amant décrépit, qui attestaient de la nature de leur relation. Il savait à quoi elle ressemblait, dans les moindres détails.

Du moins, c'était ce qu'il avait cru. Car cette créature surpassait, et de loin, son double sur les photos.

Aucun cliché n'avait réussi à rendre les multiples nuances de bronze de sa cascade de cheveux soyeux. Aucun n'avait été fidèle à la texture laiteuse de sa peau. Aucun n'avait traduit la teinte et la profondeur de ses yeux. Dans les gros plans les plus révélateurs, ils semblaient d'un vert ordinaire. Mais même à cette distance, ils rivalisaient avec les rives émeraude de son île. Et ses traits fins ne ressemblaient à ceux de personne.

Ses photos avaient échoué à refléter une combinaison qu'il ne pouvait décrire que comme… *époustouflante*.

« Mais où as-tu la tête, pauvre idiot ? C'est une croqueuse de diamants égocentrique dans un corps de sirène. Une femme qui se vend au plus offrant et au moins exigeant des enchérisseurs. »

Il se reprit, et la regarda traverser la salle de bal. Toutes les têtes se tournaient vers elle, mais elle ne regardait personne.

C'était donc là son côté glacial.

Quoique… peut-être pas.

Ce n'était pas de l'arrogance ou du mépris des autres. C'était quelque chose qu'il ne connaissait que trop bien. Un besoin viscéral de solitude, une tendance innée à éviter la foule. Comme lui, cette femme détestait être le centre des attentions et savait qu'elle ne pouvait rien faire contre.

Encore ! Non seulement il prêtait des traits humains à la femme qui ne voyait aucun inconvénient à rester sans rien faire tandis qu'un royaume prospère plongeait dans le chaos, mais aussi des traits de caractère qui ressemblaient aux siens.

Assez ! Il était temps de mettre son plan en œuvre. Cela allait être pénible, ignoble et il allait peut-être devoir jouer cette comédie pour le reste de ses jours. Mais il n'avait pas le choix.

Il fit un signe à ses serveurs, puis il avança vers son invitée, d'un pas long et nonchalant, avec l'intention de la dépasser avant qu'elle ne gagne les portes vitrées donnant sur la terrasse.

A quelques pas de leur point d'intersection, il parcourut la salle des yeux, avec l'intention de ne pas s'attarder sur elle. Mais son regard croisa le sien. Et tout ce qu'il y avait de mâle chez lui se réveilla, dispersant ses pensées et ses résolutions.

Bon sang ! Qu'était-il en train de faire, à dévier de son plan initial ?

Il la fixa, oubliant sa colère d'avoir, pour la première fois de sa vie, perdu le contrôle. Puis, au comble de la frustration, il vit une lueur dans les profondeurs de ses yeux émeraude.

Une lueur de désir, c'était indubitable. Un désir surpris, qui rivalisait avec le sien.

Alors comme ça, la princesse de glace n'était pas insensible à son charme ? songea-t-il, satisfait.

Avec la réputation qui la précédait, il avait craint de devoir se démener pour capter son attention. Apparemment, elle n'avait pas rencontré d'homme qui justifiait qu'elle la lui accorde.

Mais elle venait de le rencontrer, lui.

Alors, peut-être se calmerait-elle si elle découvrait que c'était lui, son fiancé imposé ? Peut-être serait-elle ravie d'échanger un magnat milliardaire contre un autre, qui serait plus à même de la satisfaire dans un lit, ce à quoi son amant d'âge plus que respectable ne pouvait sans nul doute pas parvenir…

Mais où avait-il la tête ? Même si cette femme était magnifique, elle était immorale et sans cœur. Jamais il ne la garderait dans son lit davantage que le temps nécessaire à la conception d'un héritier.

Si elle refusait catégoriquement de devenir princesse, c'était sans doute parce qu'elle n'avait aucune envie de perdre la liberté de manipuler un homme âgé sans rien donner en échange. Un mariage d'Etat signifiant qu'elle serait en permanence surveillée et ne pourrait plus mener sa probable vie de débauche, ce devait être impensable pour elle. Et un mari dans la force de l'âge, qui la contrôlerait dans son lit et dans sa vie était certainement à éviter à tout prix.

Non. Révéler sa véritable identité à une femme aussi impitoyable en affaires ne ferait que se retourner contre lui.

La seule façon d'opérer, c'était de s'en tenir à son plan de départ.

Durant toutes ces délibérations intérieures, il avait gardé les yeux sur elle. Uniquement pour s'assurer qu'il avait un effet sur elle. Non ?

Et maintenant, il en était certain. Jamais il n'avait vu une confession aussi évidente d'un désir immédiat dans les yeux d'une femme. Il lutta pour réprimer la fièvre qui montait en lui et cacher son agitation. Une fierté triomphale l'envahit lorsque sa proie trébucha et se figea comme il s'approchait d'elle.

Et puis, comme convenu, les deux complices de Shehab les percutèrent.

*
* *

Farah Beaumont était mortifiée.

Tous les regards dans la salle de bal à l'opulence étouffante s'étaient tournés vers elle, et les murmures s'étaient élevés jusqu'à couvrir la musique de l'orchestre tels les sifflements de mille cobras.

Et elle n'exagérait pas. Elle avait l'impression d'être tombée dans un nid de serpents. Cependant, c'était elle qui avait recherché leur venin, lorsqu'elle avait décidé de se faire passer pour la maîtresse de Bill. Parfois, elle se disait que le jeu n'en valait pas la chandelle. Parfois, seulement. Depuis que Bill était devenu son bouclier, et elle, un châtiment pour sa femme adultère, elle avait trouvé la paix. Ses prédateurs étaient désormais les colporteurs de ragots. Les séducteurs en quête de fortune gardaient leurs distances, la plupart du temps. Ce soir aussi, espérait-elle, même si elle était venue seule.

Maudit Bill ! C'était lui qui avait insisté pour qu'elle arrive à ce bal de charité avant lui. Une catastrophe inopinée qui leur avait fait perdre un marché de plusieurs millions de dollars l'avait retenu. Et elle doutait qu'il puisse arriver avant la fin du bal.

Malgré tout, Bill estimait impératif qu'elle fasse une apparition pour le représenter. Pourvu que leur hôte — un magnat du Moyen-Orient sorti de nulle part qui avait fait un mois plus tôt une entrée magistrale sur la scène de la finance mondiale — ne se sente pas offensé qu'un autre magnat n'ait pas honoré de sa présence son bal de charité, et qu'il ait envoyé une émissaire à sa place. Car cela ne se faisait pas, entre grands de ce monde. Toutefois, Bill serait déçu si elle ne lui faisait pas un compte rendu. Il mourait d'envie de rencontrer ce personnage, et il était convaincu que le mystérieux roi de la finance se montrerait, pour une fois.

Elle, en revanche, était persuadée du contraire. Cet homme manipulait les médias et les plus hautes sphères de la finance comme un maître. Il fomentait des manœuvres qui changeraient le cours de l'économie de régions entières. Elle était certaine qu'il dévoilerait son identité seulement quand il aurait mené à bien son plan. Et encore, ce n'était même pas sûr.

C'était un homme sage. Or, quel homme sain d'esprit et avec un tel pouvoir gâcherait la bénédiction d'être anonyme ? Quel genre d'esprit malade voudrait être exposé ?

Elle grimaça. Se poser la question ici, en présence de deux cents de ces esprits malades, un comble !

Tout cela aurait pu être supportable — venir ici, rencontrer cet homme, transmettre les excuses de Bill — si Bill n'avait pas insisté pour qu'elle revête ce stupide costume !

Lorsqu'elle s'était regardée dans le miroir après l'avoir enfilé, elle avait éclaté de rire. Pour quelqu'un qui se sentait mal à l'aise dans toute tenue autre qu'un pantalon et une paire de ballerines, un déguisement de Shéhérazade était tout bonnement ridicule. Mais Bill avait vraiment cru faire une entrée avec elle, et il avait voulu la mettre en valeur pour un effet maximum.

Après quelques pas dans cette salle aux mille regards spéculateurs et malveillants, elle s'était soudain sentie transpercée par un regard en particulier.

Transpercée, c'était peut-être un bien grand mot. Ce n'était qu'un regard, après tout. Des yeux masculins, brillants comme deux obsidiennes.

A la réflexion, transpercée n'était pas une exagération, mais un euphémisme. Elle avait vraiment l'impression que ces yeux la transperçaient de part en part… Détourne la tête, idiote.

Mais elle ne le pouvait pas. Elle ne pouvait briser le charme de ces yeux. Tout ce qu'elle percevait au-delà de ce regard noir comme la nuit, c'étaient des impressions de rudesse, de puissance… et d'absolue virilité.

Elle sentit une onde de chaleur monter en elle, et son cœur battit à coups redoublés.

Bonté divine ! Elle n'était pourtant pas du genre à s'enflammer instantanément. Et jamais, au grand jamais, elle n'avait nourri de pensées érotiques après un simple regard.

Qu'elle aille dire cela à sa volonté défaillante. Ou à son imagination rebelle, qui, à cet instant, lui envoyait des images d'un souffle chaud effleurant ses lèvres, son cou, ses seins, d'un sexe en érection appuyant contre son ventre…

Farah se raidit, ses mains devinrent moites, comme le creux entre ses seins…

Quelque chose heurta son épaule droite. Soudain, elle sentit du liquide jaillir partout sur elle.

La sensation de froid inattendue la libéra du regard de l'inconnu. Et elle ouvrit de grands yeux en observant les réactions en chaîne qu'elle avait déclenchées.

Le fait qu'elle se soit arrêtée brusquement l'avait fait s'arrêter lui aussi. Et deux serveurs portant des plateaux de champagne les avaient percutés.

Elle observa, pétrifiée, le champagne de dizaines de flûtes se répandre sur lui, et sur elle, chaque éclaboussure de liquide froid lui coupant le souffle. Puis les flûtes succombèrent à la force de la gravité, et heurtèrent le sol.

Un silence s'abattit sur les gens autour d'eux. Décidément, la fascination perverse qu'avait l'être humain pour l'humiliation de son prochain ne cesserait jamais de la stupéfier. La dernière flûte se fracassa sur le parquet luisant en même temps que les dernières notes du concerto.

Et puis, ce fut une explosion d'excuses de la part des serveurs, de questions des gens, tandis qu'une douzaine de mains tapotait ses vêtements.

Embarrassée d'avoir tant de gens empressés autour d'elle, elle éleva la voix.

— Tout va bien… merci… merci !

Mais cela n'eut aucun effet sur les six hommes, parmi lesquels les serveurs, qui l'entouraient et continuaient de lui imposer leur assistance. Son appréhension de la foule s'aggravait dangereusement. A bout de souffle, elle se tourna vers la seule personne qui n'envahissait pas son espace vital. L'homme aux yeux noirs. Cette fois, son regard brûlant fut un refuge bienvenu.

Comme s'il avait compris son appel silencieux, il s'interposa entre elle et ses aides trop attentionnés, et les tint à distance grâce à la barrière de son corps puissant. D'un geste impérial de la main, il les fit disparaître de son champ de vision. Puis il se tourna vers elle.

Elle baissa les yeux cette fois, et sentit une onde de chaleur monter à son visage. Elle ne pouvait pas rougir ! Elle n'avait pas rougi depuis ses seize ans ! Pourtant, ses joues étaient bien en feu.

Génial. Cet homme était en train de faire renaître la gaucherie qu'elle avait crue enterrée avec son père… qui en réalité n'était pas son père. Mais les preuves biologiques ne comptaient pas pour elle. François Beaumont resterait toujours son père à part entière. Et sa mort, plus de dix ans plus tôt, l'avait forcée à mûrir, du jour au lendemain.

Oh, qui essayait-elle de duper ? Elle avait mûri sur certains plans seulement. Par exemple, elle était devenue experte dans le fait d'ériger des barrières invisibles autour d'elle, pour compenser ses aptitudes sociales défaillantes.

Mais à cet instant, aucune barrière ne suffirait. Elle était trempée, cramoisie, et se sentait stupide au possible.

Comme pour répondre une nouvelle fois à sa détresse, l'inconnu lui tendit des serviettes, et la protégea des regards indiscrets tandis qu'elle se séchait.

Après quelques instants, il retira les serviettes de ses doigts engourdis, et les posa sur les plateaux des serveurs contrits. Puis il avança vers elle et, dans un geste élégant à mi-chemin entre l'ordre et la courtoisie, étala la manche de son *abaya* comme l'aile d'un grand vautour, pour lui indiquer la direction de la terrasse.

Elle n'avait pas besoin qu'il le lui dise deux fois !

Tandis qu'ils plongeaient dans la nuit, les premiers solos de violon d'un air poignant parvinrent jusqu'à eux, comme pour accompagner leur traversée de l'immense terrasse. Perdue dans cet instant irréel, elle poussa un soupir de soulagement. Elle avait réussi à marcher sans se prendre ces fichus talons aiguilles dans cette doublement maudite robe.

Elle sentit son sauveur à deux pas derrière elle. Son aura semblait magnifiée maintenant que la foule n'était plus là pour la délayer, et elle se sentit submergée. Elle regarda autour d'elle, sans vraiment voir le paysage qui s'étendait dans l'horizon illuminé par le clair de lune.

Avec l'impression d'être une gamine de dix ans qui s'était ridiculisée devant la seule personne qu'elle voulait impressionner, elle repoussa des mèches trempées de champagne derrière son oreille et lança :

— Eh bien, j'en avais bien besoin.

Tandis que la brise d'été californienne les enveloppait, un sourire passa sur les traits insondables de l'inconnu, un peu caché par son turban intimidant et incroyablement excitant.

— De quoi ? D'air frais ? D'échapper à des admirateurs trop pressés de tamponner votre robe ?

Britannique, son accent. Un accent dénotant une grande éducation et une grande culture, chargé de classe et d'assurance. Et avec une inflexion qui indiquait qu'il n'était pas anglais, mais qu'il était d'une origine trop complexe à déterminer. Sa voix était exactement à son image. Exotique, distinguée, impressionnante.

Certes, elle ne savait pas vraiment à quoi son image ressemblait. Après un regard volé à son costume crème et or — la tenue d'un homme prêt à affronter une tempête de sable — elle ne s'était pas risquée à un deuxième regard. Elle n'arrivait pas à trouver le courage pour cela. Et elle n'y arriverait sans doute que lorsqu'elle aurait pris assez de son temps et qu'il rejoindrait sa cavalière.

Car il avait sûrement une cavalière. Les hommes tels que lui — à supposer que d'autres hommes comme lui existent — étaient déjà pris, invariablement. En l'occurrence, cet homme n'était sans doute pas seulement pris. L'heureuse élue lutterait bec et ongles pour le garder.

— En fait, dit-elle avec un soupir de résignation, je parlais de la douche au champagne.

Mince. Elle devrait se taire, jusqu'à ce qu'il s'éloigne. Si elle était une paria, ce n'était pas pour rien. Elle n'avait jamais été versée dans l'art de la conversation, et les bonnes manières n'étaient pas son fort. Chaque fois qu'elle disait ce qu'elle pensait, sans filtre, cela lui valait au mieux des critiques mécontentes, au pire, des ennemis patentés.

Quant à son interlocuteur, il devait simplement penser qu'elle était une parfaite idiote. Oh, eh bien tant pis !

Lui tournant le dos, elle souleva sa robe aux multiples couches, en essora les extrémités, puis ôta ses chaussures trempées. Elle les secoua par-dessus la balustrade de marbre, éclaboussant au passage les buissons de gouttes de champagne, puis les posa sur le rebord de la balustrade pour les faire sécher.

Après tout, si elle ne faisait que confirmer ses soupçons qu'il était tombé sur la fille la plus écervelée de la soirée, qu'importait ? Pourquoi se soucier de l'opinion d'un parfait inconnu ?

Un sombre grondement s'éleva, s'harmonisant avec un solo de violoncelle. C'était son sauveur qui était en train de rire ! Et pas avec elle. D'elle.

Elle le sentit s'appuyer contre la balustrade, et perçut son regard intense sur elle.

— Alors, ce refroidissement était bienvenu, même si vous devez passer le reste de la soirée pieds nus, dans une robe trempée et collante ? demanda-t-il d'une voix amusée.

— J'avais beaucoup trop chaud, de toute manière, rétorqua-t-elle avec un sourire penaud. Alors un peu de fraîcheur, c'était un soulagement.

— Comment pouviez-vous avoir trop chaud dans une salle de bal parfaitement climatisée ?

Essayait-il de la piéger ? De lui faire avouer pourquoi elle était si troublée ? Comme si elle allait le lui dire !

— Parfaitement climatisée ? Vous êtes d'une espèce reptilienne ou quoi ? Quand je suis entrée dans cette salle, j'ai failli étouffer à cause de ces centaines de gens qui dégageaient leur chaleur et leur suffisance. Et puis vous avez posé vos yeux sur moi et je me suis aussitôt consumée…

« Tais-toi. Pour l'amour du ciel, tais-toi ! »

C'était bien pire que ses accès de candeur habituels. Cet homme la troublait. Vraiment. Mais inutile de se lamenter sur son sort, le mal était déjà fait.

Elle serra les dents et attendit qu'il réponde, ou qu'il éclate de rire, une nouvelle fois. Ou encore, qu'il tire parti de son aveu et lui fasse une proposition indécente.

— Alors c'est pour ça que vous vous réjouissez de la douche froide ! Merci.

Merci ? Mais de quoi ? D'avoir flatté son ego ? De l'avoir diverti ?

Son embarras s'évapora tandis qu'il poursuivait d'une voix sérieuse :

— Merci de m'avoir fourni l'occasion de vous faire savoir comment vous avez fait grimper ma température à l'instant où vous avez posé vos yeux sur moi.

Il saisit son menton entre le pouce et l'index, lui fit lever le visage vers lui, et elle trembla sous son contact.

— Faites-le encore, dit-il d'une voix grave.

Sans le vouloir, elle leva les yeux. Et cette fois, l'impact fut encore plus fort. Sous les rayons de la pleine lune, ses yeux semblaient encore plus noirs, infinis.

Il se mit à dérouler son turban en de longs mouvements hypnotiques.

— Regardez-moi, murmura-t-il, l'air aussi troublé qu'elle.

C'était à la fois un ordre et une supplique, qui maintenaient ses yeux captifs, et elle obéit, laissant son regard dériver sans retenue sur son visage.

Il était magnifique.

Non. Il était plus que ça.

Il y avait bien longtemps, quand elle avait cru qu'un jour, elle trouverait l'amour et la passion auprès d'un homme qui serait fait pour elle, elle s'était imaginé à quoi ressemblerait son prince charmant. L'homme devant elle surpassait même ses fantasmes irréalistes d'adolescente.

Il était l'archétype du beau brun ténébreux, c'était évident. Et même si son costume ne faisait que suggérer sa puissance, elle était prête à parier qu'il possédait un corps d'athlète.

Et il n'était pas simplement beau… Farah n'avait jamais eu de penchant pour la poésie ou l'art. Son domaine à elle, c'étaient les chiffres, les tableurs, les faits financiers. Mais un tel visage méritait des sonnets, et une galerie de portraits dans un musée. Et ce qui était vraiment injuste, c'était que son pouvoir d'attraction n'était pas seulement dû à sa beauté physique. Il y avait aussi l'expressivité de ses prunelles magnifiques, la maîtrise de ses gestes et de ses paroles, l'influence qu'il exerçait sur les autres, elle la première.

Bon sang. Etait-il possible qu'elle ait absorbé le champagne à travers son épiderme ? Elle avait été ivre une fois. Et ce jour-là, elle avait eu un besoin irrépressible de dire la vérité. Comme aujourd'hui.

— Mon Dieu, mais vous êtes magnifique !

Elle grimaça et se mordilla la lèvre. Trop tard. Les mots étaient sortis. Tout ce qu'elle pouvait faire à présent, c'était attendre qu'il secoue la tête, qu'il se détourne pour rire sous cape, ou qu'il réponde enfin à l'invitation claire qu'il devait croire qu'elle lui faisait.

Mais il continuait de l'observer, et aucune de ses hypothèses ne se réalisait.

— Faites comme moi, vous voulez bien ? lança-t-elle, n'y tenant plus. Dites ce que vous avez à dire, et ensuite, faites ce que vous avez à faire.

Shehab la dévisagea. C'était tout à fait inattendu.

Elle était tout à fait inattendue.

La femme que les articles et les photos avaient dépeinte avec un sens du détail si cruel ne ressemblait en rien à celle qui se trouvait devant lui. Celle-ci décimait leurs affirmations et ses propres préjugés à chacun de ses gestes, chacune de ses paroles. Même son aura était totalement différente de celle qu'il avait cru devoir affronter.

Ou alors, elle était une actrice exceptionnelle.

Peu importait, de toute façon. Qu'elle soit ange ou démon, ou les deux à la fois, sa mission demeurait la même.

Néanmoins, quelque chose avait changé.

Avant ce soir, il s'était rendu malade en imaginant les différentes formes de révulsion qu'il aurait à endurer durant cette entreprise. Il s'était consolé en se disant que le trône de Judar valait non seulement sa liberté, mais aussi sa vie.

Maintenant, ce qu'il avait cru être un devoir horrible ressemblait de plus en plus à un plaisir délicieux.

A présent, il n'avait qu'une hâte, tout faire pour la séduire.

Et l'attraper dans ses filets.

2

Elle était en train de lui échapper.

Il l'avait regardée trop longtemps, et elle s'était lassée. Ou alors, elle était en colère. Avec un juron étouffé, elle lissa sa robe et s'appuya sur un pied pour enfiler une chaussure. Dès qu'elle aurait enfilé l'autre, elle s'enfuirait, il en était sûr.

Il la saisit par les poignets, et lui prit la chaussure des mains. Elle n'opposa pas de résistance et laissa retomber son bras. Bien. Les yeux rivés sur elle, il se baissa, lentement, sa main relevant sa robe, dans un mouvement tout aussi nonchalant, effleurant au passage sa jambe sous les couches de mousseline, avant de s'arrêter à mi-cuisse.

Il la sentit fléchir, alors, d'une légère pression sur sa cuisse, il la fit s'appuyer contre la balustrade. Ce ne fut qu'à ce moment qu'il la quitta des yeux, pour contempler ses jambes de haut en bas. Ses doigts suivirent le même chemin, et une fois qu'il eut atteint son pied nu, il y laissa ses doigts pendant un long moment, avant de les refermer sur sa cheville. Elle retint son souffle, et tressaillit.

Quelqu'un au loin lança une remarque grivoise, mais il n'y prêta guère attention. Il ne pouvait se concentrer que sur la respiration saccadée de Farah, et sur la sienne. Il se mordilla la lèvre pour contenir l'excitation qui montait en lui, tandis qu'il savourait leur premier vrai contact, s'émerveillant de la délicatesse de ses courbes. Cette fille était vraiment exquise, de la tête aux pieds.

Doucement, il amena son pied sur son épaule. Elle tremblait à présent, et il ressentait sous ses doigts chacun de ses frissons.

Agenouillé ainsi devant elle, il décida qu'il était temps de lui répondre.

— Vous voulez savoir à quoi je pensais ?

Il se félicita du ton rugueux de sa voix. Une simulation convaincante de sincérité et de… d'excitation ? De plaisir ? Les deux sans doute.

— Je songeais que le mot belle avait été créé pour vous. Je songeais que c'est vous qui êtes d'une autre espèce.

— Vraiment ? marmonna-t-elle en se dégageant. Ecoutez, je… j'ai dit des choses embarrassantes… bien plus que les perles qui sortent habituellement de ma bouche. Alors… je suis désolée, d'accord ? Oubliez tout ça et…

Le reste fut inaudible tandis qu'elle tentait de dégager son pied de son emprise.

Il plaqua son pied sur son cœur, et le tint doucement pour qu'elle sache qu'elle pouvait s'échapper si elle le souhaitait.

— Ne vous excusez pas. Ne vous excusez jamais. Vous m'avez mal compris. Je voulais juste dire que votre candeur était unique, et tout à votre honneur. Et puis, comment pourrais-je oublier ce que vous avez dit ? Alors que je ne veux pas oublier ? Je n'ai jamais rencontré de femme qui soit si délicieusement franche.

— Délicieusement ? Vous vouliez dire douloureusement ? En tout cas, c'est douloureux pour moi…

Jamais il n'avait vu des émotions envahir un visage de manière si visible. Lui-même avait la tête qui pulsait, et un afflux de désir le torturait. Il souleva légèrement le pied si fin qu'il tenait contre lui, luttant contre l'envie de l'embrasser. Une envie qu'il n'aurait jamais imaginée avant. Un frisson parcourut ses doigts tandis qu'il glissait son pied souple dans l'escarpin de satin émeraude. S'il n'était pas en train de se relever pour étreindre sa propriétaire, c'était uniquement grâce au contrôle qu'il exerçait sur ses émotions.

Il se contenta d'effleurer de ses lèvres l'intérieur de son mollet, puis, avec une pointe de regret, laissa retomber sa robe sur sa peau laiteuse, et reposa son pied à terre.

— Pourquoi devrait-ce être douloureux, Cendrillon, de me rendre un tel service ?

Il se leva lentement, laissant l'instant s'étirer, pour qu'elle ressente son désir sans même qu'il la touche.

— Un immense service, poursuivit-il. Dès l'instant où je vous ai vue, j'ai cherché comment je pourrais vous approcher sans avoir l'air d'un prédateur. Ensuite, je me suis demandé si c'était sage de vous dire à quel point cet incident était bienvenu, puisqu'il m'avait donné l'occasion d'être avec vous. J'ai fait une liste de façons détournées de vous dire ce que vous provoquez chez moi sans vous offenser ou vous effrayer. Et vous me montrez qu'aucune manœuvre n'est nécessaire. Puisque nos sentiments sont mutuels.

Elle secoua la tête comme pour s'éclaircir les idées.

— Ah oui ? Mais… je ne sais même pas ce que je ressens.

Il caressa une mèche humide et dorée, tout près de son sein.

— Si vous vous me décriviez ?

Elle s'appuya contre la balustrade. Pour échapper à son influence, à son envie de s'appuyer contre lui, il en était sûr.

— Je… je vous ai déjà dit que… que je me sentais confuse et maladroite…

— Et que vous aviez chaud, finit-il.

— Oui, ça aussi…

Elle s'interrompit, et poussa un gémissement.

— Je ne sais pourquoi je vous dis ça… en dehors du fait que j'ai cette fâcheuse tendance à parler sans réfléchir… dès qu'il ne s'agit pas de mon travail…

Elle s'arrêta, et tenta de reprendre son souffle.

— C'est ridicule, continua-t-elle. Ce doit être à cause de la pleine lune… ou du champagne. Je ne suis pas comme ça d'habitude. Je veux dire, socialement inadaptée…

Il se pencha en avant.

— Ce n'est pas social. C'est entre vous et moi. La lune n'a rien à voir avec la magie qui opère entre nous. Elle ne fait que la mettre en lumière. Quant au champagne, nous en avons été arrosés, nous ne l'avons pas avalé.

— Peut-être est-ce une intoxication aux vapeurs de champagne alors ?

Il rit, ce fut plus fort que lui. Il voulait demeurer sérieux, mais cette fille stimulait son humour autant que sa libido.

— Vous cherchez une raison improbable alors que vous êtes là, telle une vision d'un conte de fées qui ne cesse de dire les choses les plus étonnantes qui soient.

— Une vision ? Vous vouliez dire une vision cauchemardesque !

Peut-être plus que tout le reste, cette dernière réplique l'étonna. Contrairement à ce qu'il aurait imaginé, cette jeune femme ne cherchait manifestement pas les compliments.

— Une vision, répéta-t-il. Mais encore plus puissante qu'une vision, parce qu'elle est bien réelle. Et vous pensez la même chose de moi.

Elle hocha la tête sans l'ombre d'une hésitation. Puis elle ferma les yeux et gémit de nouveau. Etait-il possible que cette créature, qui semblait dénuée de toute once de ruse féminine, soit réelle ?

— Mais comment tout cela peut-il être réel ? dit-elle, faisant écho à son scepticisme. Et qu'est-ce que c'est, d'ailleurs ?

— Vous savez ce que c'est. Quelque chose que vous pensiez ne jamais connaître. Quelque chose en quoi je ne croyais même pas. Une attirance immédiate. Totale et brutale.

Elle ouvrit de grands yeux et il y lut un aveu teinté de surprise, tandis que la musique montait, comme pour souligner son affirmation et ajouter à la tension électrique qui s'instaurait entre eux.

Soudain, elle détourna son regard vacillant, mais il le ramena vers lui avec une caresse ne tolérant aucune résistance. Elle n'allait pas le rejeter comme elle avait rejeté le destin de deux royaumes.

Il effaça les derniers centimètres qui les séparaient jusqu'à n'être plus qu'à un souffle d'elle. La musique alla encore crescendo, puis marqua un temps.

— N'essayez pas de fuir la vérité. Reconnaissez-la.

— Comment le pourrais-je ? Je ne connais même pas votre nom.

La musique s'arrêta dans un final dramatique, comme pour ponctuer sa protestation saccadée. Elle venait d'initier l'idée d'échanger des détails personnels. Bien. Il était temps de lui présenter l'alter-ego qu'il avait créé pour elle, quelques semaines plus tôt.

— Il est facile d'y remédier, dit-il, prenant sa main et la portant à ses lèvres. Mon nom est Shehab Al Ajman. Maintenant, tout ce que vous avez à faire pour remplir la condition préalable à la reconnaissance de notre attirance, c'est de me dire le vôtre, *ya jameelati*.

Elle ouvrit de grands yeux en retirant sa main, et serra le poing comme si elle venait d'être brûlée.

— C'est de l'arabe ?

— Oui, ça veut dire… ma beauté.

— Oh… oh. C'est vous ? s'exclama-t-elle. Le cheikh Shehab Al Ajman ? Mais c'est impossible !

— Si, je vous assure, dit-il, un sourire de satisfaction aux lèvres. Alors, vous avez entendu parler de moi. N'est-ce pas la preuve que c'est le destin qui est à l'œuvre ?

Les surprises s'accumulaient dans l'esprit de Farah. Mais, sonnée ou pas, la dernière affirmation de Shehab l'incita à le contredire.

— Oh, non. Le destin n'a rien à voir là-dedans. Comment pourrais-je ne pas connaître l'investisseur de haut vol qui a secoué le monde de la finance ? Par mon travail, je connais tous ceux qui font ou ont le potentiel de faire des vagues. Et vous, vous provoquez des tsunamis.

Elle soupira pour exprimer son incrédulité toujours croissante.

— Excusez-moi, j'avais cette image dans ma tête, et elle paraît si ridicule à présent…

— Et quelle image mon nom et ma réputation ont-ils fait naître dans votre imagination ?

— Celle d'un homme corpulent en tenue bédouine traditionnelle, avec une voix nasillarde, un accent déplorable, qui empeste le musc…

Que quelqu'un la bâillonne ou lui administre un sédatif.

Dieu. Que ne donnerait-elle pas pour revenir en arrière et rejouer toute leur rencontre ! Quoique, ça ne se déroulerait sans doute pas mieux. Pas sans emprunter la personnalité de quelqu'un d'autre en même temps qu'une autre robe.

Mais, le plus incroyable, c'était que Shehab — dont le nom évoquait maintenant pour elle des images érotiques de virilité et de puissance — ne semblait pas offensé mais encore plus amusé.

— Vous parliez de votre travail. Alors vous travaillez ?

Elle se hérissa, et le toisa avec méfiance.

— Oui. En réalité, je ne fais que travailler. Pourquoi cette incrédulité condescendante ?

— Dans cette tenue digne d'une concubine d'un harem, ma Shéhérazade, il est difficile de croire que vous êtes autre chose que la propriété choyée d'un homme béni.

Juste au moment où elle était sur le point de riposter une réplique cinglante, elle comprit.

— Oh… d'accord, touché, marmonna-t-elle. Je l'ai bien cherché.

— Oui, en effet.

Avec un sourire tout en indulgence, il enroula une mèche autour de son index.

— Alors, quel est le travail qui occupe la vie d'une si belle sirène ?

Elle fit mine de regarder autour d'elle.

— Une sirène ? Moi ? Eh bien, cette robe me donne vraiment une fausse image ! Loin d'être une sirène comme le suggère mon déguisement — qui m'a été imposé, je le précise — j'ai le travail le moins glamour qui soit. Je suis analyste financière et conseillère principale de Bill Hanson pour Global View Finance.

Il haussa légèrement les sourcils. Etait-il impressionné ?

— Il semble que vous trouviez votre poste… insatisfaisant. Pourquoi l'occuper alors ?

— Je ne sais rien faire d'autre. Mon père — adoptif, comme je l'ai découvert récemment — était dans le monde de la finance, et j'ai grandi dedans. Après sa mort, il était impératif que je suive ses traces. Mais quand j'ai été assez âgée pour reprendre sa compagnie, il n'en restait plus rien. Alors, j'ai de la chance d'avoir décroché un tel poste. Je n'ai jamais songé à me demander s'il me convenait ou non. Je me contente de faire de mon mieux.

Une lueur étrange passa dans les yeux de Shehab, qu'elle ne put identifier.

— Ecoutez… toutes ces choses que j'ai dites il y a une minute, bredouilla-t-elle, c'étaient des bêtises pleines de préjugés. Alors, je suis désolée, non seulement de les avoir pensées, mais aussi de les avoir prononcées…

Il haussa une main pour l'interrompre, puis caressa du revers de ses doigts ses lèvres.

— Je vous le répète, ne vous excusez jamais, *ya helweti.*

Elle regarda la main puissante au teint de bronze qui effleurait la sienne. Mais il n'y avait pas que sa caresse qui la troublait. Il y avait les mots étrangers qu'il venait de lui souffler, la façon dont ses lèvres sculptées les avaient prononcés, avec une voix profonde et chaude…

— Un autre terme affectueux ?

Il hocha la tête, avec nonchalance. Une nonchalance trompeuse, chargée de tentation.

— Ça veut dire ma douce. Car vous êtes incroyablement douce, dans vos gestes, vos paroles. Je suis impatient de découvrir si votre douceur s'étend au reste de votre personne.

Soudain, il se redressa, effaça la distance entre eux, pour qu'elle puisse le sentir, contre elle. C'était comme si le champ magnétique qu'il créait était la seule chose qui la maintenait debout.

— Mais vous ne m'avez pas encore dit votre prénom. Il faut que je le sache. J'ai besoin de le murmurer contre vos lèvres, de m'enivrer de lui. Dites-moi.

Elle tenta de recouvrer sa voix, de se souvenir de son nom, mais c'était impossible. Elle était balayée, et les rives de sa raison s'estompaient. Elle ne vit que ses yeux, ses lèvres. A cet instant, elle ne voulait qu'une chose, qu'il la goûte, la possède, la dévore.

Mais il attendait, insistait pour savoir son nom, pour suivre l'objection idiote qu'elle avait faite tout à l'heure.

« Dis-lui, bon sang. »

— Farah, murmura-t-elle.

— Farah. Un prénom arabe. C'est le destin. Et vos parents savaient ce que vous seriez. Leur joie.

Elle avait toujours considéré avec dédain la signification de son prénom. En dehors des quelques épisodes de joie auprès de son père, elle n'avait pas mené jusqu'ici une vie joyeuse, loin de là.

Elle eut un rire tremblant d'autodérision.

— Pas selon ma mère. Je n'ai certainement pas été sa joie.

— Bien sûr que si. Comment aurait-il pu en être autrement ?

— Pour répondre à cette question, il faudrait voir avec elle.

— Elle vous a vraiment dit que vous n'étiez pas le bonheur de sa vie ? Quelle mère peut dire cela à son enfant ?

— Une mère qui a mené une vie bien plus compliquée que je ne l'aurais cru possible. Je pense que je lui rappelais mon vrai père. Ce qui n'est pas une source de pensées joyeuses.

Il lui caressa la joue. Sa main était brûlante. Elle s'appuya contre sa paume, cherchant un peu de réconfort. Puis il descendit sa paume sur sa nuque, et elle leva le menton.

— Elle n'avait pas le droit de ternir votre vie, de laisser son amertume envers votre père biologique polluer vos émotions.

— Oh, elle n'a jamais rien dit de tel, c'est la conclusion que j'ai tirée toute seule. Voyez-vous, elle a toujours été morose, en retrait. Elle fait tout comme il faut mais tout est… en retenue, comme si elle accomplissait une corvée, sans y trouver de joie, justement. Quand j'ai appris l'existence de mon vrai père, tout est devenu clair. Elle l'aimait à la folie, apparemment, et elle n'a plus jamais été la même quand elle l'a perdu.

Un long moment passa tandis qu'il la fixait, le visage impassible. Enfin, il poussa un soupir.

— Alors, vous n'êtes pas amère envers elle ? Ou envers votre père, pour l'avoir marquée à vie, et l'avoir empêchée de devenir la mère aimante que vous méritiez ?

— Je ne fais pas dans l'amertume. A quoi cela sert-il ?

— Alors, non seulement vous êtes une sirène, mais en plus, une sirène très sensée.

Elle, sensée ? En tout cas, pas depuis qu'elle avait posé les yeux sur lui.

— Votre vrai père est-il toujours en vie ? demanda-t-il alors. Vous savez qui il est ?

— La réponse à vos deux questions est oui. J'ai découvert son existence il y a un mois. Et je peux vous dire que ç'a été une expérience bouleversante.

— Comment ça ?

— Eh bien, j'apprécierais si nous changions de sujet. Parler de lui me fait l'effet d'écorcher ma peau sur un barbelé.

Et elle n'exagérait pas. Même, elle minimisait ce que la rencontre avec son vrai père avait été. Son monde avait volé en éclats quand sa mère avait lâché la nouvelle dévastatrice : François Beaumont n'était pas son vrai père, elle était la fille d'un roi du Moyen-Orient. Puis son nouveau père, le roi Atef de Zohayd, l'avait submergée avec son bonheur de l'avoir retrouvée, son envie ardente de la connaître — elle, sa fille depuis si longtemps perdue. Et elle s'était surprise à l'apprécier, à attendre en retenant son souffle ses coups de fil. Elle s'était inquiétée d'être si enthousiaste, se demandant si elle ne cherchait pas désespérément une nouvelle figure paternelle pour remplir le vide immense que son père adoptif avait laissé à sa mort. Mais le roi Atef l'avait rassurée par son enthousiasme, avait apaisé ses inquiétudes de trahir la mémoire de son père en étant si heureuse d'en trouver un autre. Puis, il était venu la rencontrer, et avait lâché une autre nouvelle dévastatrice : il fallait qu'elle épouse un prince d'un royaume voisin, pour remplir les conditions d'un pacte politique.

Et là, elle avait compris que tout n'avait été qu'une comédie, comme tant d'autres. Un mensonge de plus. Son père, comme tant d'autres avant lui, avait feint des émotions qu'il ne ressentait pas, disant tout ce qu'il fallait pour qu'elle suive ses plans intéressés. Elle l'avait jeté dehors, lui et ses protestations de sincérité, en espérant qu'il trouverait une autre façon de remplir ce pacte pour qu'il cesse de la harceler, pour qu'il oublie jusqu'à son existence...

Shehab effleura son avant-bras, la tirant de ses pensées oppressantes avant que des larmes de chagrin et de culpabilité ne jaillissent de nouveau.

— Ç'a été si douloureux ?

— En fait, m'écorcher la peau ne m'a pas fait si mal.

— Comment ? Quand ?

Elle frissonna tant sa question débordait de sincérité.

— Vous voulez dire, ma blessure ? Eh bien, j'essayais de passer sous une clôture dans le ranch de mon père, et je me suis accrochée sur un fil barbelé. J'avais onze ans.

— Où cela ?

— Dans... dans le dos.

Elle se retint de parler de l'autre blessure, celle sur sa fesse gauche, qu'elle s'était faite en luttant pour se libérer.

— Montrez-moi.

Ce n'était pas une requête. C'était un ordre. Un ordre qu'elle ne songea même pas à refuser. Elle ne put que fermer les yeux et lui tourner le dos.

Et soudain, les mains de Shehab furent sur elle. Enserrant sa taille, écartant sa cascade de boucles, exposant le dos plongeant de sa robe.

Il effleura sa peau, à la recherche de la cicatrice de sa blessure. Elle resta sans voix, incapable de lui dire qu'il ne la trouverait pas ici. Mais il n'avait pas besoin qu'elle le lui dise. Il descendit la fermeture de sa robe. L'idée de ce qu'il faisait, de ce qu'elle laissait se produire, la fit presque chavirer.

Il fit glisser ses doigts chauds le long de sa colonne vertébrale, jusqu'à ce qu'ils rencontrent la légère cicatrice au-dessus de son coccyx. Alors, elle se pencha par-dessus la balustrade, balayée par une foule de sensations. Il suivit le tracé de la blessure, et sa peau, qui oscillait entre l'engourdissement et le feu, se consuma sous ses mains chaudes. Chaque caresse envoyait des éclairs qui se propageaient dans tout son corps.

— C'est toujours douloureux ?

Incapable de parler, elle se contenta de secouer la tête.

— Dites-moi que vous ne vous blesserez plus jamais.

Sa paume recouvrit sa cicatrice, un geste chargé de quelque chose bien plus perturbant que du désir. Une inquiétude, une envie de la protéger. Ce qu'elle n'avait jamais ressenti chez personne hormis chez son père et chez Bill. Et le percevoir chez cet adonis la laissait sans voix.

Avec un grondement de satisfaction, il mit un terme à son supplice et remonta la fermeture de sa robe. Puis il la prit par la taille et la fit se retourner vers lui. Lentement, il approcha son visage tendu de désir vers le sien.

Et elle ne put bouger. Ni respirer. Elle ne put que rester totalement immobile, pour le regarder faire, le regarder lui prendre un premier baiser.

Mais il ne le fit pas. Au lieu de cela, il murmura contre sa joue en feu :

— Vous êtes la plus belle créature que j'aie jamais vue. Dansez avec moi.

Danser ? C'était tout ce qu'il voulait ?

Elle, en revanche, voulait davantage. Il avait raison, jamais elle n'aurait imaginé ressentir pareil trouble. Le désir qui la secouait l'effrayait, car il lui faisait vouloir des choses qu'elle n'avait jamais voulues d'un autre homme. Des choses qu'elle avait détestées de la part d'autres hommes.

Shehab l'entraîna dans les premiers pas langoureux d'une valse. A sa grande surprise, elle sentit ses pieds suivre un rythme appris autrefois, lorsqu'elle était la partenaire de danse préférée de son père. Puis son corps suivit, à l'unisson avec lui. Elle sentit sa grâce et sa puissance l'envahir tandis qu'elle enroulait ses bras autour de lui. Elle avait le sentiment que tout finirait quand cette danse s'achèverait. Alors, elle prendrait tout ce qu'elle pouvait… maintenant.

Et puis, Shehab murmura contre son oreille :

— Vous êtes ce que votre prénom signifie. Vous m'évoquez les houris, ces beautés du paradis qui procurent une joie absolue…

Il la plaqua contre lui.

— A la réflexion, non. Si ces créatures existent, elles ne seraient rien comparées à vous. Vous êtes la félicité et la passion faites femme.

Elle laissa échapper un rire sans retenue. Elle ne croyait pas un mot de ce qu'il venait de dire, mais lui semblait y croire. Pourquoi pas, puisqu'elle pensait autant de bien de lui ? Ce devait être la magie, comme il l'avait affirmé. Et elle n'allait pas songer aux comment ou aux pourquoi. Elle allait juste se laisser porter par l'instant.

Quelque part dans son esprit brumeux, elle se rendit compte que la musique avait cessé, et qu'ils ne dansaient plus. Shehab la conduisait vers les marches de marbre menant aux jardins. Et elle le suivait, en riant, prête à tout.

Il l'emmena derrière des arbres pour les dissimuler aux regards, la plaqua contre un tronc lisse, puis prit son visage entre ses mains.

Sous un rayon de lune qui filtrait à travers les feuillages, son visage et son regard ensorcelant semblaient d'une beauté surnaturelle.

— Shehab…

Il avala son nom en plaquant ses lèvres contre les siennes.

— Farah…, murmura-t-il.

Et ce fut comme ouvrir les vannes d'un barrage. Elle avait cru que rien ne pourrait être meilleur que la sensation d'être contre lui, de baigner dans son parfum. Mais sa saveur était encore plus indescriptible. Elle voulait s'y noyer. Elle était en train de se noyer. Dans des baisers enfiévrés qui lui donnaient des aperçus de la passion qu'elle attendait de lui. Il explora son corps de ses mains ardentes, jusqu'à ce qu'elle s'agite contre lui, gémissante, suppliante, sans vraiment savoir ce qu'elle suppliait.

— Shehab… s'il vous plaît…

Il scella ses lèvres humides et brûlantes aux siennes, sa langue s'engouffrant profondément en elle, lui tirant des gémissements de plaisir et la privant de sa raison.

Elle prit tout ce qu'il offrait, sans savoir quoi faire pour lui donner du plaisir en retour. La pression montait, dans ses yeux, sa poitrine, son ventre. Elle enfonça ses mains tremblantes sur lui jusqu'à ce qu'il cède. Il baissa la fermeture de sa robe, repoussa l'étoffe sur ses épaules et libéra ses seins gorgés de désir.

Elle gémit. De soulagement, d'excitation. Il l'avait exposée, rendue vulnérable. Il l'avait rendue folle.

— S'il vous plaît…, murmura-t-elle.

Elle pressa ses seins l'un contre l'autre pour apaiser la douleur exquise. Elle s'imaginait déjà les mains et la langue de Shehab explorant ses moindres secrets, son corps ondulant contre le sien, son sexe durci emplissant le vide entre ses cuisses, cognant en elle jusqu'à lui faire tout oublier.

Oh, mon Dieu ? Avait-elle perdu la tête ?

Elle voulait qu'il lui fasse l'amour, ici, et maintenant ? Mais qu'est-ce qui n'allait pas chez elle ?

Puis, la révélation tomba. Rien n'allait mal chez elle.

Tout allait bien, enfin.

*
* *

Tout allait de travers.

C'était lui qui était censé la séduire, pas l'inverse.

C'était lui qui avait le contrôle, en toutes circonstances, lui qui prenait aisément ce qui était à offrir. Et sa libido ne décidait jamais à sa place !

Aucune femme ne l'avait jamais conduit à un souffle de la folie.

Mais tandis qu'il contemplait ses lèvres enflées de baisers et ses yeux brillants, la perfection de ses seins généreux pressés dans une offre époustouflante, il ne put se souvenir comment tout cela avait commencé, ou pourquoi il ne devrait pas prendre ce que son corps lui commandait, advienne que pourrait.

Il s'était trompé sur elle. Cette enchanteresse imprévisible n'avait rien de la diablesse froide qu'il avait imaginée.

Et pour cette raison, elle était bien plus dangereuse.

Cela n'avait pas d'importance. Rien n'avait d'importance. Pas même le fait qu'elle soit la maîtresse d'un autre et que, moins d'une heure après l'avoir rencontré, elle le suppliait déjà de lui faire l'amour. Cela ne faisait que l'exciter encore plus, à vrai dire.

Non. Non. Il ne pouvait lui donner ce qu'elle voulait aussi facilement !

S'il le faisait, il serait une aventure d'un soir pour elle. Sans doute les enchaînait-elle pour assouvir son appétit sexuel insatiable. Certes, les rapports qu'il avait obtenus sur elle ne mentionnaient aucune autre liaison. Mais c'était sûrement parce qu'elle faisait preuve de la plus grande discrétion par crainte de la colère de son amant.

A cet instant, elle se pressait contre lui, avec fougue. Et sa faim ne pourrait être satisfaite qu'avec une union frénétique. Il pourrait la prendre maintenant, et cela ne ferait que commencer son addiction à lui, comme il l'avait prévu…

Non. Il ne pouvait pas prendre ce risque. Même s'il n'était pas sûr de survivre à cette retenue.

— Farah, attendez.

Elle ne l'écoutait pas et continuait de s'agiter contre lui, alors il fit une nouvelle tentative, d'une voix rauque qu'il ne reconnut pas.

— Nous devons arrêter…

De nouveau, sa réaction le surprit. On aurait dit qu'il venait de la gifler. Elle recula brusquement, chancela en tentant de remettre sa robe en place, les émotions se lisant sur son visage. Le choc, la frustration, l'embarras. C'était la détresse qui le perturba le plus. Une détresse qu'elle feignait, sans nul doute.

— Vous avez une cavalière à l'intérieur, ou ailleurs, n'est-ce pas ? supposa-t-elle d'une voix sourde. J'aurais dû m'en douter…

Son regard mortifié se mua soudain en regard noir.

— Attendez une minute ! Je suis moins à blâmer que vous ! Quel genre de bâtard se souvient de son engagement envers une autre juste avant de… Quel genre de débauché commence une… une situation comme celle-ci alors que… que…

Il serra les poings. C'était l'hôpital qui se moquait de la charité. Mais, n'était-il pas temps de lui faire savoir qu'elle aussi jouait un double jeu ?

Il la prit par les épaules.

— A vous de m'écouter. Je n'ai pas de cavalière, ni ici ni ailleurs.

Elle le regarda, tremblante.

— Vraiment ?

Il eut toutes les peines du monde à ne pas capturer ses lèvres entre les siennes.

— Farah, je vous le répète une bonne fois pour toutes. Je n'ai pas, et je n'ai jamais eu, aucune sorte de relation sérieuse avec aucune femme.

— Ce qui n'en dit probablement pas beaucoup sur vous.

Sa réplique moqueuse était si inattendue qu'elle lui soutira un rire surpris.

— Ça veut dire que je suis libre de commencer une situation comme celle-ci, affirma-t-il.

Elle marmonna quelque chose qu'il ne comprit pas.

— Qu'avez-vous dit ?

Elle haussa les épaules et rougit légèrement.

— Rien.

— Farah.

— Ecoutez, je ferais mieux de me taire et de partir. Faites-moi plaisir, oubliez que vous m'avez rencontrée.

— Je vous en conjure, dites-moi ce vous venez de dire.

— Très bien. J'ai dit « bien sûr que vous êtes libre de commencer une situation comme celle-ci ». Et de la finir. Et au diable votre cavalière, d'ailleurs. Satisfait ?

— Vous êtes incroyable ! s'exclama-t-il en riant.

Il la poussa contre l'arbre, releva sa robe, écarta ses cuisses pour la soulever, et la plaqua contre son sexe en érection.

— A votre avis, comment ai-je envie de finir cela, si ce n'est en vous ?

Elle haleta tandis que son sexe appuyait contre le sien à travers son habit. Elle s'agrippa aux branches et enroula les jambes autour de lui.

— Alors… pourquoi ?

— Pourquoi ai-je arrêté ? dit-il d'une voix râpeuse. Pourquoi ne sommes-nous pas déjà en train de connaître le premier d'une longue série d'orgasmes ?

Elle s'arqua sous ses paroles. Ils pourraient tous deux être balayés par un orgasme s'il la pénétrait, là, tout de suite… Arrête.

Il dénoua ses jambes, et serra les dents contre la force combinée de leur frustration. Il fallait qu'il échappe à l'influence de son parfum fruité, de son désir…

— Je n'arrive pas à croire que je dise cela, mais ça va trop vite, annonça-t-il, regardant les jardins sans les voir. C'est magique et sans précédent, mais c'est pour cette raison que je ne veux pas risquer de le gâcher. Je ne peux pas vous faire l'amour ici, même si vous pensez le vouloir. Je ne veux pas que vous ayez des remords ou que vous éprouviez de la honte ensuite.

Il s'arrêta, impressionné par sa propre tirade. Il devrait être content de parvenir à jouer la comédie avec une telle insensibilité.

Il se tourna vers elle. Elle semblait s'être repliée sur elle-même, et son visage brillait d'incertitude.

— Je vous en prie, *ya ameerati*, ma princesse, recommençons, lentement… plus lentement. Laissez-moi vous revoir… encore et encore.

— Oh, oui. Oui.

Elle avait sautillé. Ça ne pouvait pas être une comédie, non ?

Mais pourquoi s'en souciait-il ? Cela allait dans le sens qu'il voulait, et aisément. Peut-être devrait-il se sentir mal à l'aise, toutefois, si elle n'était pas la créature insensible qu'il avait eu l'intention de manipuler ?

Non. Il ne devrait pas, même si elle ne jouait pas la comédie. Seuls comptaient les choix qu'elle avait faits. Elle avait parlé de son vrai père en disant la souffrance que cela avait été de le connaître. Mais elle se moquait bien de la souffrance qu'elle causait à son père, ou des dommages qu'elle causait à son royaume. Elle ne pensait qu'à son propre confort, à sa convenance, à son propre plaisir.

Eh bien, il la ferait attendre. Il la rendrait folle de désir. Et quand le moment serait venu, il la prendrait. Ensuite, il l'épouserait. Une fois que le mariage serait validé, peu importait ce qu'elle pensait. Ce qu'elle voulait.

Elle ne comptait pas. Seul Judar comptait.

Avec une détermination renouvelée, il lança :

— Laissez-moi vous raccompagner chez vous.

— Ce serait merveilleux…

Elle s'interrompit, et son visage s'assombrit.

— J'ai oublié. J'ai pris ma voiture pour venir ici.

— Un de mes chauffeurs vous la ramènera.

Il l'attira contre lui, et fut submergé par l'émotion quand elle se blottit contre lui comme s'il était une partie d'elle.

« Reprends-toi, idiot. Tu ne penses pas un mot des balivernes dont tu l'as abreuvée. »

— Mais ne croyez pas que je vais vous abandonner sur le seuil de votre porte. Je vous aiderai à enlever cette robe, j'attendrai que vous ayez pris votre douche, puis je vous ferai un massage, et je vous souhaiterai bonne nuit…

Elle trembla et s'accrocha plus fort à lui. Était-elle assez ensorcelée pour dire oui à un mariage tout de suite ?

Pas sûr. Un non de sa part serait définitif, et il n'avait pas d'autre moyen de pression sur elle que le désir qu'elle éprouvait pour lui. Et ce serait un pas énorme pour elle de consentir à un mariage oriental. Un mariage auquel elle ne pourrait mettre fin devant aucun tribunal.

Il révélerait ses intentions une fois qu'il l'aurait prise dans ses filets.

Quand ils atteignirent le parking, il retira à regret la main qui avait avidement caressé son sein, puis actionna une télécommande cachée dans sa poche.

C'était le moment.

Juste au moment où Farah allait l'embrasser de nouveau, la nuit se fendit dans des rafales de flashs.

3

Il y avait encore quelques secondes, Farah était enveloppée par la puissance et la ferveur de Shehab, excitée par la promesse de la nuit à venir, et des nombreuses nuits qui s'ensuivraient. Et maintenant, elle était ramenée violemment à la réalité, tandis que des silhouettes se matérialisaient dans le noir, faisant voler en éclats leur cocon intime.

Il fallut les flashs qui brûlaient ses yeux pour qu'elle comprenne. Des paparazzi.

Le désespoir et la rage l'envahirent, contre la cupidité sans merci des prédateurs qui avaient si souvent envahi sa vie, terni son image et mis à sac sa vie paisible. Même si elle leur avait presque donné l'autorisation d'agir en montant cette mascarade avec Bill, cela la rendait malade à chaque fois.

Ils la capturaient dans son seul moment d'abandon total, et faisaient de sa rencontre avec Shehab et avec les propres profondeurs de son âme une photo sur papier glacé, qui transformerait toute la magie de cet instant en quelque chose de minable et de sordide.

Mais avant que la détresse ne monte jusqu'à ses lèvres, Shehab lui offrit le refuge qu'elle n'avait pas encore réclamé, et l'enveloppa dans son ample tunique comme dans une cape de magicien. Elle était de nouveau dans une autre dimension, où plus rien n'existait hormis le duo de leurs battements de cœur, les siens affolés, ceux de Shehab, réguliers.

D'autres sons parvinrent jusqu'à elle. Des bruits de pas, de flashs, des cris réprobateurs. Elle s'accrocha à lui, la gorge nouée.

L'instant d'après, elle ne touchait plus terre. Shehab la portait dans ses bras réconfortants et avançait d'un pas rapide et déterminé.

Soudain une voiture s'arrêta dans un crissement de pneus, à quelques mètres d'eux. Une limousine noire rutilante. Quelques hommes apparurent comme sortis de nulle part, d'autres surgissant derrière Shehab et elle, s'interposant entre eux et la foule qui les suivait. Shehab s'installa dans le spacieux véhicule en la tenant toujours dans ses bras. La portière se referma aussitôt dans un bruit sourd, et la limousine avança.

— C'est fini, murmura Shehab en lui caressant les mains. Mes hommes vont les rattraper.

Trop tard, songea-t-elle en fermant les yeux. Les paparazzi avaient déjà obtenu ce pour quoi ils la traquaient depuis deux ans — une preuve qu'elle était une garce qui trompait constamment son vieil amant. Et elle les avait contentés cette fois, en quittant cette soirée décoiffée et accrochée à un homme comme une chatte en chaleur.

Mais ce qui lui faisait le plus mal, c'étaient les gardes de Shehab. Vu la vitesse avec laquelle ils étaient apparus sur place, ils avaient dû suivre Shehab de manière invisible en permanence, ils avaient dû tout voir…

Mortifiée, elle s'agita puis s'affala sur la banquette de cuir à côté de Shehab. Rien que de penser à tout cela, elle en avait la nausée. Elle laissa retomber sa tête contre le siège tandis que tout tourbillonnait dans son esprit.

— Pouvez-vous demander à votre chauffeur de démarrer ?

Il prononça un ordre en arabe, puis il sortit des serviettes humides d'un petit coffre devant eux, et, avec une douceur extrême, il lui tamponna le visage, le cou, les bras, et le haut des seins.

Enfin, il s'arrêta, et la regarda.

— Vous vous sentez mieux ?

Oh, non, pas du tout. Au début, ses caresses l'avaient apaisée, mais ensuite, elles l'avaient enflammée. Le creux de ses reins pulsait si fort que c'en était douloureux.

Comment pouvait-il lui faire cet effet ? Même maintenant, alors qu'elle était morte de honte ?

Elle hocha la tête, et garda le silence. Sinon, elle lui dirait l'entière vérité. Or elle en avait assez dit pour ce soir.

Il lui adressa un sourire, tel celui d'un artiste considérant son œuvre avec satisfaction, et tenta de la ramener sur ses genoux. Elle résista, mais il insista.

— Laissez-moi vous calmer, *ya jameelati*, dit-il en déposant un baiser sur sa tempe. Vous êtes vraiment secouée par l'apparition des paparazzi, n'est-ce pas ?

— J'ai développé une phobie à leur encontre, avoua-t-elle.

— Ils vous ont déjà poursuivie ?

Comme Farah ne répondait pas, il recula, et regarda l'agitation se peindre sur son visage. Cela semblait si réel qu'il se sentit presque peiné d'avoir organisé l'incident.

Le plan lui était venu à l'esprit quand il avait été informé que les paparazzi l'avaient suivie jusqu'au bal, car elle était arrivée seule, comme il l'avait prévu. Il avait su qu'ils seraient tapis sur le parking, attendant sa sortie, en espérant réussir là où ils avaient échoué jusqu'à présent : la surprendre dans une infidélité dont tout le monde disait qu'elle s'y adonnait souvent. Il n'avait pas voulu prendre le risque qu'elle leur fournisse la preuve photographique tant convoitée. Pas alors qu'il allait faire d'elle sa princesse. Mais il avait décidé d'utiliser leur présence à son avantage.

Il avait ordonné à ses hommes de se débarrasser des paparazzi, de prendre leur place, et de faire semblant de leur tendre une embuscade à son signal. Pour la surprendre dans une situation compromettante, et la faire chanter ensuite, si besoin était. Mais même dans ses projections les plus optimistes, il n'avait pas prévu de quitter le bal avec Farah accrochée à lui de manière si explicite.

Il avait presque oublié de donner le signal, et l'avait fait avec la plus grande réticence, détestant le fait que ses hommes aient été témoins d'un moment d'intimité, même si c'était juste un baiser doux qu'il leur avait laissé voir.

Il avait cru qu'elle lui crierait d'envoyer ses hommes après les paparazzi, afin de s'assurer qu'aucune preuve de son comportement ne demeure.

Mais sa réaction l'avait de nouveau pris par surprise.

Au lieu d'être furieuse, elle avait été effrayée, et maintenant, elle semblait si secouée, si peinée, qu'il faillit lui avouer tout bonnement qu'elle n'avait pas à s'inquiéter.

Ce qui prouvait qu'il n'était pas en train de réfléchir avec son cerveau.

Pourtant n'avait-elle pas exigé qu'il règle la situation ? Supposait-elle qu'il le ferait d'office, pour lui ?

Enfin, elle poussa un soupir tremblant.

— Ils me traquent depuis la mort de mon père. Mon père adoptif.

Toujours aucune exigence. Quand allait-elle la formuler ? Elle continua, la voix nouée par l'émotion :

— Ils trouvent toujours une raison pour l'intérêt pervers qu'ils me portent. Je suis juste malade de peur que ce dernier incident ait quelque chose à voir avec mon vrai père. Si jamais ils ont découvert que j'ai été adoptée, ou pire, s'ils savent qui est mon géniteur, ils ne me laisseront plus jamais en paix.

Il savait qu'il devrait changer de sujet, pour ne pas risquer qu'elle fasse le lien entre le roi Atef et lui. Mais il ne put résister.

— A cause du scandale d'être adoptée ? Ou parce que l'identité de votre père biologique est susceptible d'être matière à sensation ?

— Les deux. Rien que le fait de savoir que François Beaumont n'était pas mon vrai père les ferait saliver. Mais l'identité de mon père est en effet matière à sensation. Si moi-même j'ai du mal à y croire, alors imaginez ce que les journaux à scandale feraient de cette nouvelle.

Il devrait se satisfaire de cette réponse, et analyserait cela plus tard. Pour l'instant, il devait revenir à un sujet moins risqué.

— Ils auraient pu me traquer, moi, fit-il remarquer.

— Mais personne ne savait qui vous êtes, à part moi…

Elle soupira bruyamment. Il serra les dents pour réprimer la réaction que sa fraîcheur et sa féminité provoquaient chez lui. Pour étouffer le sentiment qui l'envahissait et qui ressemblait trop à de la culpabilité.

— Oui, concéda-t-il d'une voix rauque.

Savourait-elle le privilège qu'il n'avait accordé qu'à elle seule ? Bien. Flatter la vanité d'une femme était la meilleure façon de la piéger.

Mais alors qu'il croyait avoir percé à jour sa réaction, elle se renfrogna.

— Vous vous rendez compte à quel point c'était stupide ? Révéler votre identité à quelqu'un que vous venez à peine de rencontrer ?

C'était la dernière chose à laquelle il s'attendait. Cette femme ne cessait de le surprendre. A tel point qu'il ne savait comment réagir — une première pour lui.

— Je vous ai fait confiance, dit-il, dubitatif.

— Et quelle partie de votre anatomie a pris cette décision monumentale ? rétorqua-t-elle, le regard noir.

C'était justement la question qu'il se posait !

— Jusqu'ici, j'ai réussi en faisant confiance à mon instinct, se défendit-il…

L'ironie de ses mots le fit s'interrompre. Car son instinct mentait. Il lui mentait depuis qu'il avait posé les yeux sur cette fille.

Farah dut prendre son silence pour une prise de conscience tardive et ajouta :

— Vous voyez ce que je veux dire ? D'accord, vous avez eu raison de me faire confiance, mais si vous aviez eu tort ? Pire, si quelqu'un nous avait entendus sur la terrasse ?

Il la dévisagea. On aurait juré qu'elle s'inquiétait sincèrement pour lui, qu'elle se souciait de son prochain. Mais il n'était pas dupe.

— Personne ne m'a entendu. Et personne n'aurait pu me reconnaître. J'étais couvert des pieds à la tête et seuls mes yeux…

— Et vous considérez cela comme un déguisement ? ironisa-t-elle. Pensiez-vous que personne ne reconnaîtrait votre regard ? Sans parler de votre silhouette. Les deux sont uniques.

Il avait l'habitude que les femmes le flattent. Mais il avait toujours su distinguer les buts égoïstes derrière les louanges. Et chez Farah, il n'en détectait aucun. Elle lui avait fait ces compliments d'une voix sérieuse et presque exaspérée. Il eut toutes les peines du monde à ne pas l'attirer contre lui, pour lui montrer à quel point il pensait la même chose d'elle.

Ce qui était sans doute l'effet qu'elle avait escompté. Non, c'était un peu trop tiré par les cheveux.

De plus en plus confus, il soupira.

— J'étais là une heure avant votre arrivée. Personne ne m'a reconnu.

— Alors, les paparazzi en avaient après moi... C'est étrange, mais en fait, je suis soulagée.

Soudain, elle se redressa et agrippa son avant-bras.

— Mais... les photos...

Voilà. L'exigence qu'il attendait.

— Ils ont peut-être cadré votre visage. J'ai l'habitude qu'on me pourchasse, mais je ne pourrai pas le supporter si le fait d'être avec moi vous exposait à leur perfidie !

Et ? Quand allait-elle exiger qu'il règle la situation ? Pour son confort et son intimité à lui, bien sûr, comme elle le prétendrait.

Mais rien ne vint.

— Je suis vraiment navrée, 'Shehab, lâcha-t-elle d'une voix étouffée.

Ce fut alors qu'il céda. Il baissa la tête, interrompit ses mots tremblants par un baiser, sa langue glissant sur ses lèvres pleines, ne pouvant attendre pour s'immiscer entre elles. Elle ouvrit la bouche en gémissant, s'abandonna à lui sans résistance.

Le désir monta en lui, inexorable, menaçant de dépasser toutes les autres considérations. Il mit fin au baiser brusquement.

— Ne soyez jamais désolée, *ya jameelati*. Et ne vous inquiétez pas, la rassura-t-il. N'ayez jamais peur quand je suis avec vous. Je vous défendrai envers et contre tout.

Et c'était vrai. Mais seulement parce que c'était le moyen de protéger le trône de Judar. Quelle autre raison ?

— Mes hommes s'assureront que ces paparazzi n'aient aucune photo à vendre.

— Vous voulez dire qu'ils... ? Oh...

Elle ouvrit de grands yeux, ses larmes contenues les faisant briller comme des joyaux dans la semi-pénombre. Puis les larmes coulèrent de nouveau, et elle sembla non plus agitée mais abattue.

— Mais je ne me sens pas mieux pour autant. Les paparazzi en ont sans doute vu beaucoup moins que vos hommes.

Il lui fallut une seconde pour comprendre. Elle croyait que ses hommes avaient été témoins de tout.

— Vous croyez que j'aurais été à deux doigts de vous faire l'amour si mes hommes avaient été autour de nous ?

Et tandis qu'il disait ces mots, l'indignation dans sa voix semblait réelle, même à ses propres oreilles.

— Ils n'étaient pas là ? dit-elle, clignant des yeux.

Il effaça ses larmes et embrassa ses lèvres tremblantes.

— Bien sûr que non. Je les ai appelés au moment où les paparazzi sont apparus.

Ce qui était aussi près de la vérité que possible.

Cette fois, elle s'effondra dans ses bras, et poussa un soupir de soulagement.

— Dieu merci ! J'étais mortifiée à l'idée qu'ils aient tout vu, et qu'ils aient tiré des conclusions, même si c'était magique pour moi…

C'était cela qui la perturbait tant ? La pensée que d'autres aient été témoins de leurs ébats, souillant les instants de magie par leurs projections sordides ?

Il ne savait plus que penser. Il la serra plus fort contre lui. Elle s'abandonna à ses caresses pendant un long moment, puis elle se raidit petit à petit, jusqu'à se dégager. Alors, elle se redressa pour lui faire face dans la pose guindée de quelqu'un sur le point de délivrer un message déplaisant à un parfait inconnu. C'étaient ses traits diaphanes qui trahissaient ses vraies émotions. L'embarras, la maladresse, l'hésitation.

— Nous les avons peut-être semés, mais maintenant que vous les avez privés d'un scandale majeur, ils se montreront encore plus enragés. Ils nous attendront devant chez moi… Ecoutez, déposez-moi juste dans n'importe quel hôtel. J'y passerai la nuit, et ensuite, ils pourront me prendre en photo toute seule autant qu'ils veulent, quand je retournerai travailler demain.

Eh bien, la manœuvre n'avait pas fonctionné comme prévu, et se retournait maintenant contre lui. Il devait improviser.

Il porta ses mains à ses lèvres, et s'assura qu'elle tremble de nouveau à son contact avant de poursuivre :

— J'ai une meilleure idée. Il est encore tôt, et nous pouvons les faire attendre jusqu'à ce qu'ils croient que vous ne reviendrez pas. Dînez avec moi.

Il sentit sa main trembler, puis se recroqueviller. Il avait gardé les yeux sur elle tout le temps, l'avait observée tandis qu'elle cédait au besoin de le sentir contre elle. Il attendit encore, jusqu'à ce qu'elle hoche la tête.

— A l'aéroport, ordonna-t-il à son chauffeur.

— L'aéroport ?

Devant son exclamation, Shehab afficha un sourire lent et sexy.

— Nous dînerons à bord de mon jet.

Bien sûr. Avait-elle cru qu'il l'emmènerait dans un restaurant de luxe, sur un yacht ou dans son manoir, comme n'importe quel milliardaire l'aurait fait ?

Il la serra contre lui et resta ainsi pendant tout le trajet jusqu'à l'aéroport, ses mains lui prodiguant des caresses jusqu'à ce qu'elle pense qu'il avait brouillé ses transmissions nerveuses pour toujours.

La limousine s'arrêta enfin. Shehab vint lui ouvrir sa portière et dut presque la porter sur le tarmac tant elle se sentait engourdie.

Elle regarda autour d'elle, ébahie, et se rendit compte qu'ils étaient maintenant sous un jet immense et argenté. Elle était déjà montée à bord de jets privés. Celui de son père adoptif, ceux des amis de son père, celui de Bill. Mais aucun appareil ne ressemblait un tant soit peu à celui de Shehab. Ce dernier n'épargnait à l'évidence aucune dépense dans la recherche du nec plus ultra.

— Je passe une bonne partie de mon temps dans les airs, dit-il avec un sourire, et je voyage en général avec mon personnel. Et puis, je n'ai pas souvent le temps de visiter les villes dans lesquelles j'atterris, alors je dois pouvoir organiser mes réunions et mes divertissements à bord.

— Alors, il vous faut un palace dans les airs ?

— Vous trouvez que ce jet est trop ostentatoire ? Que c'est un gâchis d'argent qui aurait été mieux dépensé à d'autres causes ? dit-il en la conduisant vers l'escalier menant à l'étage supérieur.

— Eh bien, répondit-elle avec une moue, pour être tout à fait franche : oui.

— Sauf que ce jet me permet d'engranger régulièrement des

centaines de millions de dollars, des sommes que j'emploie dans plusieurs sociétés qui, je vous assure, servent des causes honorables.

A l'étage, il la conduisit dans un salon luxueux, et la porte se referma derrière eux dans un bruit sourd tandis qu'il la guidait vers un canapé de cuir crème. Elle s'assit à côté de lui et considéra le grand salon baigné de lumières dorées qui lui conféraient une atmosphère intime. A l'autre extrémité, un écran décoré de motifs orientaux occupait tout l'espace.

Shehab se pencha, et déposa un baiser sur sa tempe.

— Par là-bas, dit-il en désignant une porte à l'autre bout du salon, il y a une salle de bains. Et, ajouta-t-il en se levant, n'hésitez pas à commander des rafraîchissements et tout ce que vous voulez en attendant que je revienne.

Avant qu'elle puisse courir après lui, en lui demandant où il allait, il s'arrêta à la porte du salon, et ajouta d'une voix douce comme une caresse :

— Je serai à vous dans quelques minutes.

Elle s'adossa dans son siège, ferma les yeux un instant, puis se leva pour aller se rafraîchir. Lorsqu'elle sortit de la salle de bains, elle trouva Shehab en train de l'attendre. Elle s'arrêta, chancela et tenta de reprendre son souffle. Il avait enlevé son costume.

Non, il n'était pas nu. Il portait une chemise blanche et un pantalon noir. Mais il ne lui ferait sans doute pas plus d'effet s'il était nu. Quoique.

Il sourit lentement et lui tendit une main puissante en guise d'invitation. Elle eut l'impression que c'était par la seule force de sa volonté à lui qu'elle avança, incapable de cesser de le dévorer des yeux.

Une fois de plus, la réalité dépassait de loin son imagination. Ses épais cheveux noirs et bouclés soulignaient ses traits ciselés et renforçaient la couleur fascinante de ses yeux.

Elle baissa le regard pour échapper à leur influence et faillit gémir en s'arrêtant sur ses épaules et son torse puissants. Ils semblaient magnifiés maintenant qu'il n'était vêtu que d'une chemise de soie fine. Ses biceps saillaient tandis qu'il marchait, et c'était diablement excitant. Son ventre était plat et ferme, sa taille fine, ses cuisses musclées et viriles.

Magnifique n'était pas un mot assez fort pour le décrire. Shehab surpassait de loin ses rêves d'adolescente.

— Venez vous asseoir, Farah.

Elle s'assit là où il le lui indiquait, car elle était sur le point de s'évanouir. La façon dont il avait dit son prénom, la façon dont il la regardait, dont il respirait… C'était… trop.

Il la rejoignit sur le canapé, lui attacha sa ceinture, puis boucla la sienne. Ensuite, il prononça quelques mots en arabe dans un Interphone. Aussitôt, les moteurs se mirent à ronronner et l'avion commença à avancer.

Mais elle ne se sentait même pas surprise. En fait, elle ne sentait plus rien du tout.

Puis il tourna la tête, et elle aperçut quelque chose dans ses yeux.

Une lueur. Une lueur malveillante, et impitoyable.

Soudain, tout vola en éclats, et une vague d'inquiétude déferla sur elle.

Elle était montée à bord de cet avion, un avion qui maintenant décollait pour une destination inconnue, avec quelqu'un qu'elle venait à peine de rencontrer. Elle lui avait fait confiance sans lui poser aucune question, avait cru qu'il cachait son identité pour des raisons privées et non pas pour des raisons sinistres.

Mais si elle avait eu tort ? Depuis le début ? Si leur rencontre n'était pas fortuite ? Peut-être l'avait-il prise pour cible, pour une raison qu'elle ignorait ? Elle était la fille de François Beaumont, et le bras droit de Bill Hanson, et cela avait suffi pour que des tas de gens, en particulier des hommes, l'aient pourchassée. Et si Shehab était ce qu'il affirmait, il devait considérer Bill comme un rival, et il aurait très bien pu organiser ce bal pour l'approcher. Il pourrait très bien, comme tant d'autres avant lui, penser qu'elle était la clé pour parvenir jusqu'à lui.

Pourquoi n'avait-elle jamais songé à cela ?

Le cœur battant, elle tenta de se rappeler si Shehab avait manifesté de l'intérêt pour elle avant qu'elle lui dise qui elle était. Allons, tenta-t-elle de se raisonner, ce n'était pas comme si son identité était un secret. Shehab aurait pu tout savoir sur elle avant le bal. Et puis, elle lui avait donné l'occasion parfaite de l'avoir à lui tout seul, pour faire agir sa magie sur elle. Ce ne serait pas la première fois qu'un homme essayait de la séduire pour atteindre Bill.

Mais la lueur de dureté qu'elle avait vue dans ses yeux…

Oh, mon Dieu ! C'était peut-être un prédateur, puissant, désabusé, qui aimait séduire les femmes et en abuser ensuite ! Mais elle s'était laissé prendre au piège trop facilement, le privant du plaisir de la chasse…

Il tourna un regard indéchiffrable vers elle, et elle sentit tous ses doutes se figer dans une horrible réalité.

Qui qu'il soit, quoi qu'il ait en tête, aucune des heures passées n'avait été réelle. Comment avait-elle pu croire qu'il la désirait ? Personne ne la désirait. Comment avait-elle pu penser qu'il pourrait être à la merci d'une attraction aussi brutale que celle qu'elle éprouvait pour lui ?

La tristesse la submergea. Mais elle ne pouvait y succomber maintenant. Elle devait être prudente, et ne pas laisser paraître ses soupçons. Au mieux, elle pouvait l'acculer à lui avouer qu'il avait menti, le rendre méchant. Au pire, elle pouvait le rendre fou de rage, lui faire tomber le masque et montrer son vrai visage, le faire…

Soudain, il la prit par les épaules, la plaqua contre son corps chaud et ferme, et lui prit doucement son visage dans sa main. Ses yeux brillaient de désir, de nouveau.

C'en était trop. Toutes ses résolutions s'effondrèrent.

— Je vous en prie, arrêtez ça, dit-elle de but en blanc. Quoi que vous vouliez de moi, je vous en prie, dites-moi ce que c'est, qu'on en finisse.

4

Shehab se raidit.

Les paroles de Farah ne pouvaient dire qu'une chose. Elle avait compris qu'il jouait avec elle.

Comment avait-elle deviné ? Il était pourtant certain de n'avoir rien fait pour se trahir ! Alors comment ? L'intuition ? Ou jouait-elle comme lui ? Et si oui, dans quel but ? Pour qu'il soit sur la défensive, prêt à tout nier, et qu'ainsi il fasse pencher la balance des pouvoirs en sa faveur à elle ?

Mais elle tremblait dans ses bras, les yeux brillants, le souffle si court que ses seins frissonnaient contre son torse. Et elle ne semblait pas consciente de l'effet qu'elle avait sur lui.

Etait-elle si bonne actrice ? Il avait croisé sur sa route des virtuoses de l'improvisation, des maîtres dans l'art de retourner les situations. Mais il avait toujours su reconnaître le manque de sincérité. Or, il ne détectait rien à cette minute.

En tout cas, il avait été désarçonné. Il devait avancer avec une extrême prudence, jusqu'à ce qu'il comprenne ce qui se passait. Il devait conserver le terrain qu'il avait gagné.

Pour cela, il ne devait pas la mettre sous pression. Même si son instinct lui commandait de la serrer dans ses bras, et de l'embrasser jusqu'à ce qu'elle soit folle de désir.

Il la lâcha, détacha sa ceinture, et se leva, luttant pour chasser toute inquiétude de son regard et la remplacer par toute la douceur dont il était capable.

— Farah, ma chère, je ne comprends rien. Qu'est-ce qui ne va pas ?

— Je vous en prie, arrêtez cette comédie.

Elle s'effondra en avant, ses cheveux soyeux et ses mains cachant son visage, sa voix rauque d'émotion.

— Je peux tout supporter sauf ça…

Bon sang. Elle savait qu'il jouait. Mais il ne feignait pas son désir. Alors, que percevait-elle ? Pouvait-elle être si sensible qu'elle percevait ses intentions cachées, au-delà de son désir brûlant pour elle ?

Peu importait ce qu'elle ressentait, et comment elle en était venue à le ressentir, se rappela-t-il. Il devait dissiper ses soupçons, à tout prix.

— Et je peux tout supporter sauf votre angoisse, répondit-il, sans plus savoir si son agitation était feinte ou réelle. Farah, il y a quelques minutes, vous étiez aussi enchantée que moi à l'idée d'être ensemble, et maintenant… je vous en prie, dites-moi ce qui ne va pas.

Elle leva des yeux humides vers lui, et il fut bouleversé.

— Tout. Je l'ai vu.

Il se força à soutenir son regard. Il ne pouvait se permettre de la quitter des yeux. Ce serait comme admettre sa culpabilité.

— Vous avez vu quoi ?

— Votre visage, vos yeux, emplis de… détermination, de dureté… je ne sais pas.

Elle secoua la tête, ses cheveux ondulant autour de ses épaules tremblantes.

— Vous n'êtes pas ravi d'être avec moi. Vous ne me désirez pas… vous êtes comme tous les autres. Personne n'a jamais voulu de moi pour moi-même. Ou… ou pire…

Qu'avait-elle vu ? Un éclair d'autosatisfaction quand il avait prématurément célébré son triomphe ?

Quel idiot ! Il ne devrait pas se réjouir de quoi que ce soit tant que Farah n'avait pas signé l'acte de mariage.

Mais elle semblait vraiment en détresse… Etait-ce là l'explication du personnage à la fois glacial et sexy qu'elle passait pour être ? Il n'avait pas encore vu son côté froid, mais il devinait maintenant qu'elle avait pu être courtisée pour de mauvaises raisons. Le goût du jeu, l'ambition, la compétition. L'incident qu'il avait mis au point l'avait-il perturbée au point de raviver toutes les situations sordides auxquelles elle avait été confrontée ? Ou cela avait-il seulement aiguisé ses sens brumeux, lui permettant de sentir qu'il lui mentait ?

Soudain, toute cette mascarade lui donna la nausée. Si la réputation de Farah n'était pas méritée, comme tout ce qu'il avait ressenti jusqu'ici le lui répétait, si elle avait été blessée par la perfidie des hommes auparavant, il ne devrait pas lui infliger de nouvelles blessures.

Mais que pouvait-il faire ? Confesser son plan ? S'il lui avait avoué qui il était dès le départ, il aurait eu une chance qu'elle réagisse favorablement. Au moins, il aurait gagné des points pour son honnêteté. Mais il avait été si disposé à la tromper, en croyant que c'était une nécessité, qu'il avait perdu cette chance. Après tout ce qui s'était passé entre eux, tous les mensonges qu'il avait proférés, elle serait furieuse, et pourrait le rejeter, sans aucun espoir de réconciliation.

Que ferait-il alors, puisqu'il ne pouvait la laisser partir ? La kidnapper, comme elle l'avait suggéré ? Et ensuite quoi ? La garder en otage ? La forcer à l'épouser ?

A l'idée que les choses puissent aller si loin, un goût amer monta dans sa gorge. Il devait empêcher la situation d'échapper à son contrôle. Et il n'avait qu'une solution.

Elle l'avait accusé de ne pas la désirer pour elle-même. Voilà quelque chose qu'il pouvait contester avec véhémence, et il aurait l'air sincère. Parce qu'il le serait.

— Vous vous trompez du tout au tout ! Je pourrais trouver ça drôle si ce n'était pas si douloureux. Je vous veux, Farah. Je n'ai jamais désiré une femme comme je vous désire.

Il avança d'un pas, et elle tressaillit. Lui aussi tressaillit, et s'arrêta.

— Vous avez peur de moi ?

Elle lui lança un regard confus avant de fermer les yeux.

— Suis-je en train de payer pour tous ceux qui ont tenté de tirer profit de vous ? avança-t-il d'une voix râpeuse. Mais comme vous l'avez dit, c'est pire. Je doute que vous ayez eu peur d'aucun d'entre eux.

Elle grimaça sous le coup d'émotions si évidentes que c'était comme si elle les lui hurlait. L'humiliation étant la principale. Mais au moins, elle avait cessé de pleurer.

— C'était juste, hoqueta-t-elle, que, l'avion qui décolle, cet air que vous avez eu… je me suis monté la tête avec mes spéculations…

Elle s'arrêta, lui adressant un regard hésitant et vulnérable.

— Vous me désirez vraiment ?

Il passa les mains dans ses cheveux en un geste de frustration qu'il n'eut aucun besoin de feindre cette fois.

— Vous ne le sentez donc pas au plus profond de vous, Farah ? Vos sens en alerte ne vous disent-ils pas à quel point je vous désire ?

Elle hocha la tête, puis la secoua, l'air perdu.

— Si… mais je ressens… quelque chose de plus profond. Si vous avez des motifs cachés…

Il aurait voulu jurer que non. Mais le mensonge restait bloqué dans sa gorge. Pourtant, il lui fallait bien dissiper les doutes de Farah. Il le fallait. Son seul recours était d'insister sur les vérités qui existaient entre les mensonges.

Il vint s'asseoir à côté d'elle et saisit ses mains agitées. Elles étaient glacées.

— Tout ce que je vous ai dit sur mon désir pour vous est vrai, Farah. Et je ne peux supporter de vous voir dans cet état, de savoir que j'en suis responsable.

— Non, tout est ma faute.

— Non, c'est moi.

Il écarta une mèche de cheveux de sa joue.

— J'aurais dû me rendre compte à quel point cette situation serait bouleversante pour vous. Vous étiez secouée par tout ce qui s'est passé durant ces dernières heures. Notre rencontre, notre abandon que vous avez appelé magie si pertinemment, puis l'intrusion des paparazzi, et notre fuite. Mais au lieu de vous laisser le temps de reprendre votre souffle, je vous ai emportée à bord de mon jet, où vous vous êtes retrouvée entourée d'une douzaine d'hommes étranges, la plupart armés, comme vous avez dû vous en apercevoir. Puis, sans même vous consulter, j'ai ordonné le décollage. Vous pensiez que nous dînerions à terre, n'est-ce pas ?

Son regard lui indiquait qu'elle n'avait rien pensé du tout.

— Vous n'avez même pas songé à ce qui se passerait, et vous voilà loin de votre monde. Et pendant le décollage, en songeant à un marché précaire que je suis en train de négocier, je vous ai donné un aperçu de l'homme d'affaires impitoyable que je suis. Pas étonnant que vous ayez tiré des conclusions hâtives.

Elle grimaça et se mordilla la lèvre. Enfin, elle parla :

— Pouvez-vous ordonner l'atterrissage, s'il vous plaît ?

Il se raidit de tous ses muscles.

— Vous ne me croyez pas.

— Si ! protesta-t-elle. J'ai juste besoin d'être à terre pour pouvoir creuser un trou assez profond dans lequel me cacher à tout jamais, dit-elle avec un air délicieusement contrit.

Il expira l'air qu'il retenait depuis tout à l'heure. Mais il ne baisserait plus sa garde. Il avait évité une catastrophe cette fois, il ne pouvait se permettre d'en laisser couver une autre.

Il avança, toujours prudent. Elle s'effondra contre lui, et il poussa un soupir de soulagement.

— Ne soyez pas embarrassée, ma douce. Vous aviez tout à fait le droit de vous interroger, de vous inquiéter. En fait, je vous en veux presque de ne pas avoir été plus rigoureuse dans votre examen de ma personnalité et de mes intentions. Vous savez, comme quand vous étiez en colère contre moi pour vous avoir fait confiance après une si brève rencontre. A ma décharge, je crois que vous n'auriez fait cela avec personne d'autre, et que vous avez senti d'instinct que vous avez plus de pouvoir sur moi que le pouvoir que vous pourriez me donner sur vous.

Farah ferma les yeux, pour ne plus voir Shehab, pour tenter de disparaître.

Elle avait semé la pagaille. Et il l'exonérait de tous les torts, en endossant toute la responsabilité de la situation. Il lui avait même trouvé des justifications qui lui permettaient de ne pas passer pour une fille futile et irrationnelle. Mais elle avait peine à croire qu'il puisse oublier et pardonner si vite.

Elle ouvrit les yeux, et lut de l'angoisse dans son regard.

Il lui avait pardonné. Et même plus. Il se sentait très mal pour son rôle présumé dans son agitation soudaine.

Elle appuya son visage contre sa main chaude et ferme.

— S'il vous plaît, cessez d'être aussi galant et compréhensif, sinon aucun trou ne sera assez grand pour que je m'y cache…

— Si nous laissions nos sentiments mutuels de culpabilité s'annuler entre eux, pour que nous puissions poursuivre cette soirée enchantée ? proposa-t-il.

— Pourquoi voudriez-vous passer du temps avec une idiote qui vous a plus ou moins accusé d'être un imposteur et même un criminel ?

— Et moi je me demande pourquoi vous voudriez passer du temps avec un malotru qui ne vous a même pas demandé la permission avant de vous emmener dans les airs. Mais je ne vous poserai pas la question. Nous nous sommes mis d'accord pour penser du bien des actions et motivations de l'autre.

— Je ne me suis mise d'accord sur rien du tout, dit-elle, amusée. Mais vous avez l'habitude, n'est-ce pas ? Vous annoncez des choses, et vous supposez que tout le monde est d'accord.

— Oui, je l'avoue, reconnut-il, les yeux rieurs. J'aimerais beaucoup vous exposer mes autres travers pour que vous les examiniez, mais nous avons des problèmes plus urgents à traiter. N'avez-vous pas faim après tous ces événements ? J'ai dit à mon chef de préparer mes plats préférés pour que vous goûtiez à la cuisine de mon pays.

La façon dont il avait dit cela, d'une voix suave, fit gronder son estomac.

— Je crois que j'ai ma réponse, dit-il en souriant.

Il appuya sur quelques touches, et quelques minutes plus tard, il ouvrit la porte à un défilé de serveurs qui portaient des plateaux. Même emprisonnés sous cloche, les arômes qui émanaient des plats la firent saliver.

Shehab l'aida à se lever et la conduisit derrière une cloison, où une table pour deux les attendait, dressée avec un magnifique service de porcelaine peint à la main, de couverts en argent, et de verres de cristal. Shehab lui recula sa chaise avant de s'asseoir.

Dès que le dernier serveur fut parti, Shehab souleva une cloche d'un plat de service. La vue et l'arôme du mets charmèrent les sens de Farah.

— C'est un plat appelé *matazeez*, l'informa-t-il. Des cubes de veau cuisinés dans une sauce tomate, agrémentée de gombos, d'aubergines et de courgettes. Cette pâte qui ressemble à des raviolis a été plongée dans le mélange en fin de cuisson, afin de préserver son élasticité. Certains considèrent que c'est un plat complet, d'autres l'accompagnent de riz ou de khobez.

— C'est le nom de ce pain ?

Il hocha la tête, et elle se pencha pour humer l'odeur du pain doré.

— Je n'aurais jamais cru que vous connaissiez si bien la gastronomie de votre pays.

— Vous pensez que je ne sais pas cuisiner ?

— Si vous cuisinez, alors je saurai que vous êtes une hallucination !

Il rit de bon cœur.

— Ne me décrivez plus d'autres plats, lui enjoignit-elle. Rien que de les voir et de les sentir, j'en ai l'eau à la bouche.

Il rit, et elle gémit, à cause des parfums de nourriture mêlés à celui de la virilité.

Il la servit, mais quand elle voulut prendre un couteau et une fourchette, il l'arrêta, fit pivoter sa chaise pour qu'elle touche la sienne, et prit une fourchette. Ensuite, il se mit à la nourrir, sans jamais la quitter des yeux.

Et que pouvait-elle faire, sinon savourer l'expérience incroyable d'être nourrie par ce dieu ?

Elle avala son assiette en quelques minutes, s'extasiant sur les saveurs, les textures, jouant à deviner les épices. Elle avait identifié la cannelle et la noix de muscade. Une autre épice très particulière qu'elle ne reconnut pas s'avéra être du sumac, une épice acidulée typique de sa région.

Au bout d'un moment, il se mit à manger aussi, et partager le plat avec lui surpassa même l'intimité des moments frénétiques qu'ils avaient vécus durant le bal.

Quand il lui fit goûter le dessert, elle gémit.

— Ça, il faut que je vous demande. Vous pouvez me donner la recette ?

— Ce sont des *masoob*, lui apprit-il en riant. Du khobez coupé en petits morceaux, grillé, mélangé avec des bananes, du sucre brun, et caramélisé dans du beurre. On y ajoute du paprika, du safran, et ces graines noires parfumées. On les appelle *hab el barakah*, littéralement, des graines bénies.

Elle gémit de nouveau, tandis que l'entremets divin fondait sur sa langue.

— Une bénédiction ou une malédiction ? Mes cuisses et mes hanches optent pour la deuxième hypothèse.

— Vos hanches et vos cuisses sont une bénédiction. Si elles étaient un peu plus rondes, elles seraient une plus grande bénédiction encore.

— Oh, non. J'ai lutté durement contre mon poids à l'adolescence, et je ne veux plus jamais en repasser par là.

Il posa la cuillère, les yeux glissant comme une caresse sur son corps.

— Je voulais que vous goûtiez à la richesse des saveurs de ma culture, mais si votre corps parfait est le résultat d'un dur labeur, je ne ferai certainement rien pour le saboter.

Elle en eut la gorge nouée. A chaque fois qu'elle avait fait ce genre de déclarations, elle avait déclenché des réactions allant de l'incrédulité à la réprimande. On l'avait souvent accusée de chercher les compliments.

Mais Shehab comprenait. Et il la soutenait. Cet homme était extraordinaire.

Il se leva et lui tendit la main, et elle le laissa la conduire à l'arrière du salon, où il la fit asseoir dans un fauteuil avant de s'installer face à elle. Elle l'observa, fascinée par les moindres détails de son visage.

— Farah, dit-il enfin, je viens de penser à une chose de plus qui a pu causer votre trouble, tout à l'heure. L'homme en qui vous aviez confiance et que vous désiriez était habillé en touareg. Me voir dans ces vêtements occidentaux vous a donné l'impression que j'étais quelqu'un d'autre.

Elle leva les yeux de ses muscles d'acier qui saillaient sous le fin tissu de son pantalon.

— Cette tenue de Touareg, est-ce ce que vous portez habituellement dans votre pays ?

— Non. Les Touaregs vivent en majorité dans le désert de l'Afrique du Nord, et sont assez fiers de la pureté de leur ethnie. Mes ancêtres, qui viennent de toute l'Asie, n'auraient pas été autorisés à faire un mariage dans leurs tribus.

— Mon Dieu, je dois vous sembler si ignorante, de confondre l'Afrique et le Moyen-Orient !

— Chez moi, dit-il, l'air taquin, beaucoup de gens confondent l'Europe et l'Amérique. Mais ne vous inquiétez pas, je vous apprendrai. Tout ce que vous voulez savoir.

Et elle était prête à parier qu'il ne parlait pas seulement des complexités de sa région, de ses cultures et de ses peuples variés.

— Par exemple, commença-t-il, là d'où je viens, la plupart des hommes portent des gandouras, de longues tuniques blanches, et en guise de coiffe, des guthrah, des étoffes à carreaux blancs et rouges retenues par une double corde sombre. En cas de froid, ils portent une *abaya* noire par-dessus leur tunique. En ce qui me concerne, je porte des vêtements modernes, sauf pour les occasions officielles. Navré de vous décevoir, mais je n'ai pas toujours l'air de sortir d'un conte oriental.

— Oh, mais je suis déçue. Moi qui me réjouissais d'avoir rencontré un prince des Mille et Une Nuits...

C'était sans espoir, se désola-t-elle intérieurement. Elle était condamnée à lui dire tout ce qui lui passait par la tête. Pourvu que cela ne l'effraie pas. Mais à la façon dont il la dévorait des yeux, il était tout sauf effrayé.

— J'ai un dressing plein des vêtements du riche passé de mon pays, et je mettrai celle qui vous plaira. J'apprendrai sûrement à aimer ces tenues complexes quand vous me déshabillerez... En attendant, je devrai me contenter de fantasmes et de plaisirs anticipés.

Farah se sentit rougir, et Shehab secoua la tête.

— Il y a quelques heures, vous étiez prête à ce que je vous fasse l'amour, et maintenant, vous rougissez des pieds à la tête devant mes légers sous-entendus érotiques ?

— Légers ? Oui, bien sûr. Cela mis à part, ne seriez-vous pas embarrassé si vous vous rendiez compte que vous avez presque fait quelque chose qui ne vous ressemble pas, avec un parfait inconnu, et que sans son intervention, cela aurait été à la une de tous les journaux à scandale du monde ?

Shehab la dévisagea, de plus en plus dérouté.

Etait-elle en train de dire qu'elle n'était pas du genre à coucher avec des étrangers ? Qu'elle ne prisait pas les aventures d'une nuit ? Ou plutôt, des aventures de quelques minutes, en l'occurrence ?

— Désolée, dit-elle, l'air sérieux. Je me suis ridiculisée, et je me suis fait attraper, et je sais que je devrai affronter les conséquences de mes actes, tôt ou tard. Alors, écoutez, quand nous atterrirons, oubliez ce que je vous ai dit sur le fait d'aller à l'hôtel. Je prendrai un taxi et rentrerai chez moi.

Pour il ne savait quelle raison, le charme ne cessait d'être rompu, et cette femme imprévisible ne cessait de naviguer entre les opposés. D'abord, sa réaction inattendue avec les paparazzi, puis cet épisode d'empathie. Et maintenant… Qu'était-ce, maintenant ? Reprenait-elle ses esprits, en envisageant les dommages possibles de leur liaison ?

Si c'était le cas, pourquoi n'essayait-elle pas de s'en sortir indemne ? Jusqu'ici, il n'y avait pas de preuve incriminante contre elle.

Avait-elle décidé qu'il ne valait pas la peine de prendre d'autres risques ? Etait-elle en train de le rejeter ?

— Vous m'aviez promis de me revoir, plusieurs fois.

— Oui, c'était avant que je me souvienne que j'étais un aimant à paparazzi. Et je ne peux pas vous laisser vous afficher dans les journaux à scandale.

Etait-ce une simple excuse pour se débarrasser de lui ? Ou était-elle vraiment inquiète de l'entraîner dans un scandale ? De fait, ses paroles avaient le son inimitable de la vérité. Même si, après cette soirée, il n'était pas sûr de reconnaître la vérité quand elle lui donnerait un coup de poing dans le ventre.

— Vous êtes inquiète pour ma vie privée, Farah ?

— Il faut ne plus en avoir pour savoir à quel point la vie privée est précieuse. C'était très sage de votre part de rester anonyme. Rien ne vaut la peine de mettre son intimité en danger.

— Si, vous. Vous valez la peine qu'on risque son anonymat, et bien d'autres choses.

— N'exagérez pas. Vous me connaissez si peu. Comment pourriez-vous savoir ce que je vaux ? Et à la façon dont je me suis comportée avec vous jusqu'à maintenant, je sais que n'importe quel homme penserait que je ne vaux pas grand-chose. Vous, surtout… Alors, je veux bien croire que vous me désiriez, mais je détesterais entrer dans votre esprit pour lire ce que vous pensez réellement de moi.

— Comment ça, moi, surtout ? Qu'y a-t-il de si différent chez moi ?

— Qu'y a-t-il de non différent chez vous ? Vous venez d'une culture qui glorifie la retenue féminine et la vertu, et qui est cruelle envers les femmes qui ne se plient pas à ses règles strictes, et je… je…

— Votre esprit s'égare de nouveau. Vous vous punissez pour un délit qui n'existe pas. Pour moi, la prétendue vertu n'est pas plus requise chez les femmes que chez les hommes. Me voyez-vous comme un dégénéré pour avoir laissé notre première rencontre prendre une tournure sensuelle aussi vite ?

— Vous savez que non. C'est vous qui vous êtes arrêté, vous qui avez eu le contrôle sur vous-même, tandis que moi, je…

— Vous étiez dépassée.

Elle hocha la tête, les yeux baissés.

— Je l'étais aussi, Farah. La seule chose qui m'a fait arrêter, c'était ma crainte que cette situation, une fois que vous auriez repris vos esprits et que vous ne pourriez plus justifier votre comportement, ne vous conduise à me rejeter, à cause de la honte et de la gêne que vous inspirerait ce que vous considérez comme une défaillance.

— Je n'ai pas dit que c'était une défaillance. J'ai dit que ça ne me ressemblait pas. A tel point que je ne sais pas comment appréhender cela, je ne sais que penser…

— Eh bien moi, je sais. J'ignorais qu'un tel désir pouvait exister. Mais il est si pur, si puissant, que moi non plus je ne sais comment l'appréhender. La seule chose à laquelle je pensais, c'était de ralentir, de savourer l'instant… de vous savourer. Même si vous me rendez la tâche presque impossible. Chacune de vos paroles, chacun de vos souffles me donnent envie de vous déshabiller et de vous dévorer.

Il vit son regard vaciller, et ses joues se colorer.

— Etes-vous sûr que me revoir ne menacera pas votre vie privée ? Je suis surexposée, et souvent traînée dans la boue, et ce serait horrible si le venin que j'inspire aux médias se répandait sur vous. Je ne peux pas laisser faire ça.

Soudain, il fut en rage. Contre les gens qui avaient causé un tel bouleversement dans la vie de Farah. Contre lui-même, d'avoir conçu un plan qui l'avait blessée si profondément. Et qui pourrait amener au risque de la perdre.

Il alla la rejoindre sur le canapé.

— Les paparazzi ne peuvent pas m'atteindre. Et je les convaincrai d'oublier jusqu'à votre existence.

Elle sursauta devant la véhémence avec laquelle il avait prononcé ces mots. Puis elle fit une chose tout à fait inattendue. Elle rit.

— Je suppose que vous emploieriez des méthodes plus dures que ce qui est pleinement reconnu par la loi pour obtenir ce miraculeux résultat ?

— Je ne ferais rien qu'ils ne méritent amplement. Atteindre à leur vie privée, mettre à mal leur paix.

Elle sembla digérer ses mots, et son sourire disparut. Mais il fut heureux de constater que son agitation n'était pas revenue.

— Dieu, c'est tentant, dit-elle avec un soupir d'envie. Mais maintenant que je mesure l'étendue de votre pouvoir, je ne peux l'utiliser à mes propres fins. J'aurais l'impression de lancer une bombe sur quelqu'un pour m'avoir craché au visage. Non, laissez-les. Ils se lasseront de moi tôt ou tard.

— Vous êtes prête à vous montrer si charitable alors qu'ils n'ont eu aucune pitié pour vous ? Alors qu'ils fassent carrière en vous traquant sans répit ?

— Je ne sais pas si je suis charitable. C'est juste que je ne peux pas prendre part à la laideur qu'ils propagent, et en me vengeant, je ne ferais qu'empoisonner davantage le monde, sans parler de salir mon propre karma.

Il serra les mâchoires, saisi par l'envie de pulvériser ses réticences, voulant qu'elle lui donne carte blanche pour qu'il chasse les vautours une bonne fois pour toutes.

— Je garde l'espoir que vous changerez d'avis, et que vous me laisserez… agir à ma discrétion pour m'occuper d'eux. D'ici là, ils ne vous approcheront pas. Nous ne retournons pas chez vous. Et il est hors de question que je vous dépose dans un hôtel. Vous resterez avec moi, *ya jameelati*.

Après un moment de stupéfaction, elle bredouilla :

— Je sais que je vous ai donné l'impression de vouloir… ce que vous savez, mais je suis vraiment dépassée par les événements, Shehab.

— Je ne vous demande pas de partager mon lit. J'ai dit que nous irions en douceur, et ce sera le cas. Je vous offre ma protection et l'hospitalité, aussi longtemps que vous en aurez besoin.

— Oh, mon Dieu, Shehab, je ne crois pas que…

— Et si vous arrêtiez de penser pendant un instant ?

— C'est bien là le problème. J'ai cessé de penser à la minute où je vous ai vu.

— Pourquoi est-ce une si mauvaise chose ? Ces dernières heures ont été un tourbillon. Prenez les prochaines heures pour vous reposer, vous détendre, profiter de ma compagnie… me savourer comme j'ai l'intention de vous savourer.

— Mais je dois… je dois… Je ne sais pas ce que je dois faire, d'accord ? Mais quoi que ce soit, je ne peux pas le faire si vous êtes dans les parages. S'il vous plaît, Shehab, ramenez-moi chez moi, j'ai besoin de réfléchir à la situation, de penser à ce qui s'est passé entre nous, à la façon dont j'ai…

Et elle se tut.

Il était en train de la perdre. Elle revenait à la raison. Il ne pouvait la laisser faire. Il lui fallait passer à la vitesse supérieure.

Il sortit son téléphone portable de sa poche, et donna deux ordres. Le premier faisait partie de son plan. Il traduisit son deuxième ordre à Farah.

— J'ai ordonné l'atterrissage.

Elle hocha la tête, et regarda partout sauf vers lui. Il posa le téléphone sur le canapé entre eux, serra les dents, et compta à rebours dans sa tête.

*
* *

Des vibrations la traversèrent. Il lui fallut plusieurs secondes pour comprendre que ce n'était pas elle mais le téléphone de Shebab qui vibrait.

Shehab s'empressa de répondre, les yeux rivés sur elle. Après un instant, il détourna le regard, et son visage se ferma. De mauvaises nouvelles ? Un problème de famille ?

Il dit quelques mots en arabe, puis referma brusquement le clapet de son téléphone. Elle l'observa, le cœur battant, tandis qu'il reposait l'appareil sur la table devant eux, d'un geste lent, comme pour retarder l'annonce d'une énorme nouvelle. Une mauvaise nouvelle.

Enfin, il la regarda, et elle sentit son cœur s'emballer.

— Une crise imprévue a ruiné l'affaire dont je vous ai parlé tout à l'heure.

Elle le dévisagea et retint son souffle, en espérant qu'il préciserait. L'instant d'après, elle regretta d'avoir espéré. Elle aurait dû savoir que quels que soient ses espoirs, ce serait l'inverse qui se produirait.

— Je ne peux prévoir combien de temps cela va me prendre pour limiter les dégâts. Des semaines. Peut-être des mois.

— Oh.

C'était tout ce qu'elle était capable de dire pour l'instant.

Mais qu'y avait-il à dire, alors qu'il lui annonçait en substance que leur aventure était sur le point de se finir sur-le-champ ? Il retournerait chez lui pour des semaines, voire des mois. Et il oublierait tout d'elle.

Leur histoire était finie avant même d'avoir commencé.

5

— Alors… c'est fini ?

Farah entendit la voix désincarnée. C'était la sienne.

Shehab détourna les yeux, le visage insondable.

— J'imagine, oui.

Un silence écrasant s'abattit sur elle.

— Je vous aurais bien demandé de vous revoir après avoir réglé cette crise, dit-il, mais j'imagine que cela ne sert plus à rien.

Son cœur se serra. Parce qu'au fond d'elle, elle avait espéré qu'il la contredirait. Mais Shehab était trop honnête pour dire quelque chose qu'il ne pensait pas, même par courtoisie. Il savait qu'il l'aurait oubliée d'ici-là, et pensait sans doute que ce serait mieux ainsi.

Mais qu'avait-elle espéré ? Son comportement l'avait peut-être intrigué au début, ou au moins amusé. Mais quand elle s'était comportée comme une vierge effarouchée et méfiante, alors que quelques heures plus tôt, elle avait tout d'une nymphomane, cela avait dû constituer une déception majeure pour lui, un homme d'un niveau de sophistication et de maîtrise de soi qu'elle n'avait même pas imaginé.

Pourtant, il avait été si compréhensif, si patient ! Il avait tenté de la raisonner, avait toléré ses humeurs changeantes, jusqu'à ce qu'elle décline son offre d'asile.

Elle n'avait pas décliné son offre. Elle avait simplement voulu prendre le temps de digérer ce qu'il lui faisait ressentir. Et elle comptait accepter son offre quand elle serait prête.

Elle avait cru être prête demain.

Or, il n'y aurait pas de lendemain. Et elle n'aurait rien. Rien sinon les souvenirs de cette soirée et de cet homme incroyables. Et les révélations sur elle-même, qu'elle voulait s'empresser d'oublier. Au moins, avant ce soir, son ignorance de ce qu'elle était capable de ressentir et sa résignation à mener une vie de solitaire lui avaient procuré une certaine paix d'esprit.

Comme d'habitude, elle n'avait pas son mot à dire. Shehab allait disparaître de sa vie, et elle ne pouvait rien y faire.

Il y avait une chose qu'elle pouvait faire, pourtant. Lui dire à quel point elle aurait aimé employer mieux ce temps précieux et lui donner des souvenirs d'elle aussi merveilleux que ceux qu'il lui avait offerts de lui.

— Shehab, je tiens à vous dire à quel point je suis désolée, pour tout…

Il leva une main pour l'interrompre.

— D'accord, vous ne voulez pas l'entendre, mais je dois le dire, insista-t-elle. Vous m'avez offert une soirée inoubliable, une soirée que rien n'égalera jamais, et moi, je ne vous ai offert en retour qu'un mal de crâne.

Il lui décocha un regard noir, et elle fut décontenancée.

— Vous avez été incroyablement candide jusqu'ici, Farah, alors s'il vous plaît, ne commencez pas à jouer la comédie maintenant.

— Jouer la comédie ?

— Faire semblant d'endosser la responsabilité de la tournure des événements, pour adoucir le coup. Je ne vais pas prétendre que je ne suis pas déçu, parce que ce serait faux. Mais je vous en prie, ne ravivez pas ma blessure et ne pensez pas que vous devez m'apaiser maintenant. C'est votre droit de changer d'avis, à n'importe quel moment.

— C'est vous qui avez changé d'avis, souligna-t-elle d'une voix tremblante.

— Pas du tout ! s'exclama-t-il en se levant d'un bond.

— Mais vous disiez que cela ne servirait plus à rien de chercher à me revoir.

— Seulement parce que vous m'avez bien fait comprendre que vous ne vouliez pas me revoir. Et puisque vous semblez horrifiée par ce que vous avez laissé se produire, et que vous avez douté de moi tout à l'heure, je ne veux pas vous donner matière à douter en vous imposant mon désir, en vous harcelant pour…

Il s'interrompit, et l'observa tandis qu'elle le regardait, abasourdie. Puis son visage tendu s'ouvrit doucement. C'était comme si le soleil avait filtré à travers une barricade d'épais nuages.

— Ça ne voulait pas dire que vous ne vouliez pas me revoir ? dit-il.

— Si je vous ai laissé entendre cela, alors mes compétences en communication, aussi pauvres soient-elles, se sont complètement désintégrées.

Une certaine prudence demeurait encore dans le regard de Shebab.

— Mais vous disiez vouloir rentrer chez vous.

— Oui, mais seulement pour ce soir. J'espérais vous revoir demain, et j'espérais aussi avoir retrouvé mon équilibre et emprunter un peu de retenue.

Et la tension dans ses yeux, dans sa posture, disparut tandis qu'il se penchait, l'emprisonnait dans ses bras, baissait la tête vers la sienne jusqu'à ce que son souffle chaud se pose sur sa joue.

— Je prie pour que personne ne vous en prête. En fait, je ferai tout ce qu'il faut pour que cela n'arrive pas. Votre franchise et votre spontanéité sont un pur délice.

— Même quand elles se transforment en une paranoïa franche et spontanée ?

— Je supporterais tout pour les avoir. Mais je ferais aussi tout pour que vous n'ayez plus jamais peur de moi, pour ne plus jamais voir la peine et le doute assombrir vos yeux.

— Oh, je ne le ferai plus, le rassura-t-elle.

Il la prit par les épaules.

— Mais je vous reverrai. Quand cette crise sera finie.

— Mais oui, c'est ça.

Il s'assit à côté d'elle et la fit tourner vers lui.

— Pourquoi ce sarcasme, *ya jameelati* ?

— Parce que dans quelques mois, vous ne vous souviendrez sans doute plus de moi, et vous prendrez encore moins la peine de chercher à me revoir.

— Comment pouvez-vous sous-estimer l'effet que vous avez sur moi ? Vous croyez que je pourrais vous oublier ?

Il agrippa ses épaules plus fermement, le regard vibrant.

— Ces mois loin de vous seront comme accomplir une peine de prison. Je compterai chaque minute qui me séparera du moment où je vous reverrai.

— Oh, Shehab, c'est exactement ce que je ressens moi aussi !

Elle eut le souffle coupé devant le désir dans ses yeux. Elle caressa sa mâchoire imposante, et tenta un sourire tremblant.

— Mais si je sais que vous reviendrez, je pourrai le supporter.

— Alors, vous êtes bien plus forte que moi, dit-il en posant la main sur la sienne. Je deviendrai fou de frustration, et je laisserai sans doute ce pour quoi je vous quitte aller au diable.

Son cœur battit la chamade devant la passion et la conviction dans sa voix, avant de crépiter d'angoisse.

— Non, vous ne le ferez pas.

Elle caressa son visage pour tenter de l'apaiser comme lui l'avait apaisée si souvent durant cette soirée mouvementée.

— Trop de gens comptent sur vous. Et pendant que vous serez au loin, nous pourrons toujours être en contact, n'est-ce pas ? Nous pourrons nous téléphoner, nous parler par visioconférence...

— Et rendre l'attente encore plus insupportable.

Elle hocha tristement la tête.

— Vous me manquez déjà alors que vous êtes encore là, avoua-t-elle.

L'instant d'après, elle était dans ses bras, et Shehab la couvrait d'une pluie de baisers. Elle tremblait quand il décolla ses lèvres des siennes.

— Cela n'arrive qu'une fois dans la vie, et je ne peux me résoudre à vous quitter. Farah, venez avec moi.

Elle sursauta.

— Venir avec vous ? Mais comment ?

— Il suffit que je dise à mes pilotes de prendre de l'altitude et de mettre le cap sur mon pays.

Elle se dégagea de son emprise, s'agenouilla sur le canapé et le toisa d'un œil réprobateur.

— Maintenant, vous vous moquez vraiment de moi.

Il s'assit et lui prit le visage entre ses mains.

— Je n'ai jamais été aussi sérieux de toute ma vie, Farah. Venez avec moi.

Elle s'abandonna de nouveau dans ses bras, incrédule. Il lui offrait un lendemain, une chance d'être avec lui. Vraiment avec lui. Chez lui…

— Mais comment ? Et ne me décrivez pas le plan de vol, avertit-elle. Vous avez une crise à gérer et…

— Laissez-moi m'inquiéter de cela.

Elle l'entendit à peine et continua :

— Et j'ai un travail.

— Prenez un congé.

Shehab observa la stupéfaction se peindre sur le visage de Farah, après une foule d'émotions.

— Je ne prends jamais de congé.

Les rapports qu'il détenait sur elle en attestaient. Il avait cru que son amant la gardait sous surveillance. Mais apparemment, c'était elle qui n'avait jamais envisagé de prendre du repos.

— Jamais ? dit-il en lui caressant la joue.

— J'imagine que je n'avais rien à faire de mon temps libre, alors je n'ai jamais songé à en prendre.

— Vous ne le souhaitez pas maintenant ? Pour être avec moi ?

Ses yeux brillaient d'un aveu si manifeste qu'il gémit de satisfaction.

— Si vous venez avec moi, je ferai en sorte de ne pas vous laisser trop longtemps seule, et de passer chaque minute disponible auprès de vous.

— Vous voulez vraiment que je parte avec vous, à…

Elle s'arrêta, presque à bout de souffle.

— Où est-ce que vous vivez, d'ailleurs ?

— Je vis sur une île au large des côtes de Damhoor.

Il ne mentionna pas que les côtes les plus proches de son île étaient celles de Judar. Sinon, elle risquait de faire le rapprochement. Et il comptait sur son ignorance avouée de la géographie du Moyen-Orient. Elle n'avait même pas pris la peine de localiser le royaume de son père biologique sur une carte ! Si elle l'avait fait, elle aurait appris que Zohayd n'était pas seulement voisin de Judar, mais aussi de Damhoor. Et elle aurait pu se sentir inquiète. Pour l'heure, la seule agitation qu'il percevait chez elle provenait de la stupeur, mêlée au plaisir et à l'indécision. Il devait dissiper la dernière émotion, et vite. Et il connaissait la meilleure façon pour y arriver.

— Vous ne me faites toujours pas confiance, Farah ? dit-il, le regard chargé d'une douleur feinte.

— Si ! C'est juste que votre offre est si soudaine — si énorme, si merveilleuse, et je ne suis pas encore revenue sur terre, je suis dans les airs… dans tous les sens du terme.

Il sourit. Ça fonctionnait. Il mènerait son plan à bien, et la savourerait à loisir.

Pour commencer, il lui vola un baiser.

— Dites oui, Farah.

Elle se blottit contre lui, son corps acquiesçant pour elle.

Il recula pour la laisser donner son consentement verbal.

— Mais il faut que je repasse chez moi, objecta-t-elle.

— Inutile.

— Il faut que je me change — cette robe a fusionné avec ma peau — et, je dois prendre des affaires. Tout ce que j'ai sur moi, ce sont mes clés. A cet instant, je ne suis personne, je n'ai ni argent ni passeport, ni même une brosse à dents…

Il l'interrompit par un baiser fougueux.

— Est-ce un oui ?

— Oui, dit-elle, susurrant le mot chargé du plaisir de la capitulation contre sa bouche.

Il l'embrassa longuement puis la regarda, triomphant.

— Bien que je sois désolé de dire au revoir à cette robe, vous pouvez l'enlever tout de suite. Je prête mon jet à ma sœur lorsqu'elle se rend aux Etats-Unis pour ses études, et elle laisse toujours des vêtements à bord.

De nouveau, il l'embrassa, comme s'il ne pouvait s'en empêcher.

— Voyons voir, que reste-t-il ? Une brosse à dents ? Vous pourrez en choisir une parmi une douzaine dans une minute. Un nouveau passeport vous attendra à votre arrivée, comme tout ce dont vous aurez besoin. Ensuite, nous pourrons nous rendre à Damhoor si vous avez besoin d'acheter des choses vous-même.

— Mais je n'ai pas d'argent... Mais ça ne devrait pas poser de problème, n'est-ce pas ?

Le cœur de Shebab se serra en entendant ses mots. Elle était son invitée, et supposait, en femme vénale qu'elle était, qu'il pourvoirait à tous ses besoins.

— Ça ne prendra que quelques jours pour me faire faire de nouvelles cartes de crédit, ajouta-t-elle avec un sourire.

Alors, c'était ce qu'elle avait voulu dire ? Elle ne s'attendait pas à ce qu'il dépense de l'argent pour elle ? Soudain, elle ouvrit de grands yeux.

— Je suis vraiment irrécupérable ! Je pense aux cartes de crédit et brosse à dents, et je ne songe même pas à organiser mon absence au travail !

— Alors, allez-y, dit-il en lui tendant son téléphone.

Elle secoua la tête et chercha son sac des yeux. Il le lui apporta puis s'assit face à elle. Elle sortit son propre téléphone, et appuya sur une touche de mémoire rapide.

— Bill, c'est moi, dit-elle après quelques secondes. Non, non, tout va bien...

Elle s'arrêta, et il entendit ce qui ressemblait au grognement d'un ours à l'autre bout de la ligne.

— Si je suis désolée de t'avoir réveillé à 5 heures du matin ?

Elle leva les yeux vers Shehab, surprise.

— Je... je ne m'étais pas rendu compte qu'il était si tard... Oui, j'ai quitté le bal tôt. Tu n'y es pas allé du tout, hein ? Ecoute, Bill, j'ai juste quelques mots à te dire, ensuite je te laisserai dormir. Non... je ne suis pas malade. Depuis quand est-ce que je prends des jours de congé quand je suis malade ?

Elle marqua un temps.

— Bill, je ne prends pas un jour de congé, je prends des vacances.

Elle s'interrompit, attendant une réponse de Bill. Apparemment, ce dernier était trop sonné pour parler.

— En fait, reprit-elle, je viens de me rendre compte que je travaille pour toi depuis sept ans, alors, on peut appeler ça un congé sabbatique. Mais ne t'inquiète pas, tout est en ordre, et tu peux m'appeler si tu as besoin de quoi que ce soit. J'ai aussi une connexion internet…

Elle l'interrogea du regard, et il hocha la tête.

— Alors, tu n'as qu'à m'envoyer par e-mail tout ce qui est important.

Dans l'écouteur, ce fut comme si un torrent explosait. Elle eut la mine de quelqu'un forcé d'écouter un millier d'ongles racler un tableau noir. Enfin, elle reprit la parole :

— Je t'ai donné toutes les raisons de croire que je suis une sorte d'androïde, mais relis mon contrat, et tu verras que j'appartiens bien à la race dont les agaçants petits avantages sont appelés droits de l'homme. Et bien sûr, il y a le descriptif de mon emploi, dont nous savons toi et moi que je l'ai rempli bien au-delà de ce qui est spécifié.

Elle se tut, mais Bill avait été dûment remis à sa place, et parlait maintenant d'une voix qui ne résonnait plus au-delà de l'écouteur.

— En effet, je ne les ai pas volées, ces vacances. Non, je ne sais pas combien de temps…

De nouveau, elle le regarda. Il secoua la tête, et se mordilla la lèvre, une promesse ouverte et sensuelle. Combien de temps ? Le temps de faire d'elle son épouse. Elle lui répondit par un sourire, le désir brillant dans ses yeux.

— Et prends soin de toi, dit-elle dans le combiné.

Puis elle détourna la tête et murmura :

— Toi aussi tu vas me manquer.

Shehab eut l'impression qu'il venait d'être giflé.

Et toutes ses idées préconçues sur Farah revinrent en force, annulant le charme qui avait opéré, le ramenant brusquement à l'horrible réalité.

La femme qui lui avait offert un tel kaléidoscope d'émotions depuis ces dernières heures était là, assise devant lui. Sa future maîtresse, parlant à son amant actuel, qui racontait des mensonges à eux deux, sans même sourciller.

Elle referma son téléphone et le regarda avec l'air ravi d'une petite fille qui venait de faire quelque chose d'interdit pour la première fois de sa vie.

Il s'efforça de garder un air neutre, sans agressivité, et d'accéder au désir qui était indépendant de l'opinion qu'il avait d'elle. Ce désir s'intensifiait, maintenant qu'il était libéré des entraves de la douceur, des freins de l'empathie, et Shehab n'eut qu'une envie, se lever et la posséder tout de suite. Comment il parvint à se contenter de sourire et d'ouvrir ses bras, il n'en avait pas la moindre idée.

Elle se blottit contre lui, dans sa robe de conte oriental. Il y avait une chose sur laquelle elle ne mentait pas. Elle avait envie de lui.

Et elle ne pouvait attendre.

Alors, il la ferait attendre. Et quand le moment serait venu, il mettrait un terme à cette attente. Il se rassasierait d'elle. Puis, lorsqu'elle aurait rempli la fonction à laquelle il la destinait, et même s'ils restaient mariés en apparence, il se débarrasserait d'elle. Et il ne se sentirait pas coupable.

Parce qu'elle méritait tout ce qui lui arriverait.

Shehab faisait des choses à Farah qu'elle ne savait même pas possibles.

Durant leur vol, il lui avait prouvé qu'il n'y avait pas de limites aux sensations qu'il lui faisait découvrir.

Il examinait sa main pendant qu'ils parlaient. Il caressait chacun de ses doigts, du haut vers le bas. Elle était adossée contre le canapé, enveloppée dans une robe d'été de coton blanc, moite de désir, au supplice, et priait pour qu'il ne cesse jamais de lui accorder son attention.

Soudain, elle l'interrompit dans son récit sur Damhoor.

— J'ignorais que les mains pouvaient être des zones érogènes…

Elle se mordilla la lèvre, puis soupira. Quand cesserait-elle donc de parler sans réfléchir ?

Le sourire qu'il lui adressa lui coupa le souffle. Depuis qu'elle avait accepté sa proposition de le suivre dans son pays, elle avait senti un changement en lui. Une intensité nouvelle. Comme s'il s'était retenu et que maintenant, il se laissait aller. Pour preuve, il s'était mis à la tutoyer.

— Et moi j'ignorais que le simple fait de caresser tes mains pourrait éveiller chez moi de nouvelles zones érogènes, dans mon corps et dans mon esprit.

Son cœur bondit. S'il appréciait sa franchise, elle appréciait la sienne, et pourrait vite devenir dépendante. Il porta sa main à ses lèvres, et passa doucement sa langue sur le tracé de sa ligne de vie.

— Au fait, nous sommes arrivés, murmura-t-il contre sa paume.

Elle regarda par le hublot. Ils perdaient de l'altitude et approchaient de l'île. On aurait dit un haricot irrégulier, avec des côtes intérieures abritant des eaux d'un vert lumineux, tandis que ses côtes convexes étaient entourées d'eau beaucoup plus foncée. Sous le soleil de midi, les plages luisaient presque comme de l'argent, immaculées sauf à l'endroit où des mangroves les recouvraient. Le jet volait maintenant au-dessus d'une immense demeure qui surplombait la baie. Des palmiers denses et une flore variée entouraient ses trois autres côtés. Le jet s'élevait au-dessus d'autres bâtiments annexes quand elle comprit.

— Mais c'est une vraie île !

— C'était l'idée générale, quand je t'ai dit que c'en était une. Tu sais, de la terre entourée d'eau tout autour.

Elle lui donna un coup de coude.

— D'accord, la géographie n'est pas mon point fort, mais quand même. Je pensais que ce serait un de ces minuscules morceaux de terre en vente sur internet et qu'on décrit comme des îles privées. Mais ça c'est juste… magnifique. Quelle est la superficie ?

— A ton avis ?

— Immense.

— Elle fait quatre cents kilomètres carrés.

— Mais c'est plus que la surface totale des Maldives !

— Tu vois, tu n'es pas si mauvaise en géographie, dit-il en souriant.

— Je le sais seulement parce que Bill a récemment investi là-bas.

Le sourire de Shehab resta en place, mais il s'était soudain figé. De nouveau, un sentiment de malaise monta en elle.

C'était arrivé chaque fois qu'elle avait mentionné Bill. Shehab savait-il que Bill avait une jeune maîtresse, et soupçonnait-il que c'était elle ? Elle mourrait si c'était le cas.

Non, il ne pouvait pas être au courant. Dieu merci. Elle préférerait sauter en parachute plutôt que d'expliquer comment cette mascarade — à laquelle elle comptait mettre un terme dès qu'elle reverrait Bill — avait commencé.

Alors que signifiait cette raideur dès qu'elle mentionnait Bill ? L'homme d'affaires en lui prenait-il le pas sur l'amant passionné dès que quelque chose ou quelqu'un lié aux affaires était mentionné ?

Elle ne devrait pas essayer de tout analyser. L'appréhension qu'elle éprouvait était suscitée par son incapacité à croire en sa bonne étoile, voilà tout.

Ne pouvant pas encore soutenir son regard, elle se détourna pour regarder la terre qui approchait. Et soudain, elle comprit ce qui la perturbait. Elle n'avait pas pensé que…

— … nous atterririons ici !

Il la regarda d'un air dubitatif.

— Tu veux bien expliquer cette exclamation à un pauvre diable dont l'anglais n'est pas la première langue ?

— Oh, il te faudrait parler le farahien pour comprendre ! C'est une langue dont la moitié se parle mentalement, et l'autre moitié à voix haute. C'est ce qui donne cette impression d'incohérence.

Il lui caressa la joue du revers de la main et sourit.

— Je ne peux te dire à quel point j'aimerais parler le farahien couramment. Mais je crois que j'ai les bases. Tu ne pensais pas que nous atterririons sur l'île, c'est ça ?

— Mais tu as compris ! Les gens pensent toujours que c'est le signe que mes neurones sont mal connectés, et ça ne fait qu'empirer quand je m'explique.

— Il est inutile d'essayer d'expliquer quoi que ce soit aux gens obtus. Mais je leur suis presque reconnaissant. Ils me font t'apprécier encore plus.

— Si je t'appréciais davantage que ça, je serais dans de beaux dr…

Elle avala sa salive, puis reprit :

— Enfin, bref, je m'imaginais une île minuscule, et je croyais que nous atterririons dans un pays voisin et que nous nous rendrions ici en hélicoptère ou en yacht.

Pendant qu'elle parlait, ils touchèrent le sol, dans un atterrissage imperceptible et parfait. Elle était si impressionnée qu'elle applaudit.

— Les pilotes ne peuvent pas t'entendre, mais je leur ferai part de ton approbation.

Elle lui adressa un sourire lumineux.

— Si tu veux bien me faire l'honneur, dit-il, se levant et lui tendant la main avec un sourire.

Elle bondit et poussa un gémissement. Il posa le bras sur ses épaules, le regard inquiet.

— J'ai des courbatures partout, expliqua-t-elle, d'être restée assise si longtemps.

— La prochaine fois, suis mon conseil. Si tu t'étais allongée dans une des chambres, tu n'aurais pas mal. Mais ne crains rien, tu ne resteras pas longtemps assise quand je serai avec toi.

Des images érotiques jaillirent dans son esprit tandis qu'il la conduisait vers la sortie.

Au moment où l'escalier toucha terre, une bouffée d'air chaud et sec les accueillit, lui coupant le souffle. Shehab la serra contre lui tandis qu'ils atteignaient le tarmac. Elle sourit pour le remercier — et haleta de nouveau.

Elle avait cru que voir Shehab au clair de lune avait ajouté à sa beauté mystique. Dans la lumière sans merci du soleil insulaire, il était… Eh bien, aucun adjectif ne lui rendait justice.

Alors qu'une barbe de douze heures donnait à la plupart des hommes un air négligé, chez lui, elle ne faisait qu'accentuer sa virilité. Son teint doré était parfait, et faisait ressortir le noir de ses iris. Sous la lumière du soleil, les vagues épaisses de sa chevelure noir de jais étaient illuminées de reflets indigo. Et ses traits étaient d'une symétrie et d'une précision parfaites.

Elle en revanche n'osait penser à ce que la lumière crue et les ombres dures faisaient à son teint pâle qui n'avait-pas-vu-la-lumière-depuis-sept-ans. Avant qu'elle puisse de nouveau se demander comment un tel être pouvait être aussi attiré par elle, il la fit monter dans un hélicoptère.

En quelques instants, elle fut sanglée sur le siège passager, Shehab installé à la place du pilote, et ils décollèrent du petit aéroport pour s'élever au-dessus du sol sableux et rocailleux de l'île en grande partie vierge.

— Tu sais voler !

— Non. Je ne peux même pas faire léviter les objets. Mais j'y travaille.

Elle lui pinça le bras, et il rejeta la tête en arrière en se fendant d'un rire franc et massif. Elle devenait dépendante de son rire autant que de lui.

— Eh bien, jusqu'à ce que tu y arrives et que tu m'enseignes ta méthode, pourras-tu m'apprendre à piloter ce magnifique appareil ? J'ai toujours rêvé de pouvoir piloter quelque chose, mais je n'ai jamais eu la chance d'essayer ne serait-ce qu'un cerf-volant.

— Je t'apprendrai à voler, *ya jameelati*. Et de toutes les manières, dit-il, le regard chargé de promesses.

Dix minutes plus tard, ils approchaient de la demeure qu'elle avait aperçue depuis le jet. Ils atterrirent dans une vaste cour pavée nichée entre des palmiers, qui faisait face à la mer.

Shehab s'empressa de l'aider à descendre. Dès qu'elle fut hors de la cabine climatisée de l'hélicoptère, elle sentit ses jambes chanceler.

Il la souleva dans ses bras.

— Il fait trop chaud pour toi ?

— Maintenant oui, dit-elle, laissant tomber sa tête sur son épaule.

Il rit tandis qu'il se dirigeait vers la maison, qui semblait déserte.

— Mais ce qui m'a fait un choc, c'est la pureté qu'on respire. J'ai l'impression d'être un poisson hors de son bocal d'air conditionné et de monoxyde de carbone.

— Une sirène, pas un poisson. Mais je vais te désintoxiquer. Ta beauté mérite le meilleur que cette terre puisse offrir.

Surprise par son compliment, elle s'accrocha à lui, et observa sa demeure.

Construite en grès et couvrant au moins mille mètres carrés, elle alliait la rudesse de l'habitat naturel, la richesse de sa culture et la grandeur de la prospérité royale. Autant que Farah pouvait en juger, ses influences architecturales allaient de l'Orient à l'Asie. Elles se devinaient dans les lignes arrondies, les colonnes de marbre sculpté, les arches ornées d'arabesque, les portes et fenêtres en bois ancien. Il y avait même quelques touches modernes. Tout comme son propriétaire, la demeure était un mélange de ce qu'il y avait de meilleur dans le monde. Et, comme lui, elle était d'une beauté à couper le souffle.

Dès qu'il eut escaladé la douzaine de marches menant au patio, des serviteurs en tenue orientale semblèrent se matérialiser de nulle part, et se précipitèrent pour ouvrir les immenses portes de chêne.

Elle cligna des yeux tandis que Shehab traversait l'intérieur sombre du hall. Elle aurait dû se douter que la maison n'était pas vide. Une demeure aussi grande comptait sans doute des dizaines de gens pour l'entretenir.

Nerveuse à l'idée qu'ils la voient dans les bras de Shehab, elle tenta de descendre. Mais il la serra plus fort, et déposa un baiser sur sa tempe.

— Tu es épuisée, *ya jameelati*. Laisse-moi prendre soin de toi.

Elle s'abandonna de nouveau dans ses bras, tandis que la fraîcheur à l'intérieur la dépossédait de ce qui restait de sa volonté. Il avait raison, elle était épuisée. Cela faisait trente heures qu'ils s'étaient rencontrés, et elle avait l'impression d'avoir vécu trente jours mouvementés. Durant ces heures, elle avait pris une décision qui changerait le cours de sa vie, qui la changerait, pour toujours.

Tandis qu'il déambulait à travers les pièces, elle vit à peine le hall gigantesque plongé dans la lumière tamisée d'un lustre de bronze circulaire, suspendu au haut plafond par des longues chaînes, et qui pendait juste quelques centimètres au-dessus de leur tête. Ce qu'elle vit surtout, c'était les sols de marbre couleur sable, et la grande fontaine orientale au centre du hall.

Shehab monta par une des deux volées du vaste escalier qui menait à l'étage, et entra dans un couloir aussi grand que l'appartement de Farah. En la tenant toujours dans ses bras, il ouvrit d'un coup d'épaule une porte voûtée en chêne, et entra dans une chambre immense. La sienne ?

Sa capacité d'observation diminuait. Elle eut seulement des impressions de sols brillants, de plafonds immenses, de murs blanchis à la chaux, de portes-fenêtres derrière des rideaux semi-opaques aux couleurs chaudes qui donnaient à la pièce une ambiance onirique et intime.

La seule chose qu'elle vit en détail, c'était le lit. Immense, tendu de draps blancs et d'un couvre-lit aux tons terre et aux motifs orientaux. Shehab repoussa les couvertures et la posa au centre du lit.

Elle s'accrocha à lui, et poussa un petit cri quand il s'allongea sur elle, répondant à son attente. Elle s'enroula autour de lui, lui soutirant un râle de plaisir. Il s'appuya un peu plus contre elle, l'inondant de sa puissance et de sa chaleur.

Après la folie irréelle de ces instants dans les jardins, elle s'était gardée de visualiser ce qui se produirait réellement entre eux. Sa première expérience sexuelle n'avait été qu'une déception cuisante. Elle ne pouvait rien imaginer, car elle avait eu peur que la réalité ne souffre pas la comparaison avec son fantasme.

Mais de quoi avait-elle peur ? Shehab était magique. Bien plus que son imagination ne pouvait le concevoir. Il était son âme sœur. Celui dont elle avait cru à l'existence, avant que la vie n'ait écrasé ses espoirs. Il était le seul. Et elle le désirait. Maintenant.

Soudain, il se dégagea de son étreinte, et elle eut l'impression qu'il prenait une partie d'elle avec lui.

— Doucement… je t'ai dit que nous irions en douceur.

— Mais je n'ai pas besoin que nous y allions lentement. Je n'ai jamais eu besoin… mais j'ai besoin de toi…

— Là, *ya ghawyeti*.

Il attrapa ses mains, les embrassa, puis les croisa sur son propre cœur.

— Non, ma tentatrice. Tu es exténuée, et ce n'est pas ainsi que je veux te faire l'amour pour la première fois. Il faut que ce soit magnifique, inoubliable. Alors, nous prendrons notre temps, comme je te l'ai dit. Je tiens toujours mes promesses.

Il rabattit les couvertures sur elle. Puis il alla jusqu'aux fenêtres, et tira les rideaux pour plonger la pièce dans une obscurité presque totale. Lorsqu'il revint vers elle, il lui donna un baiser si tendre qu'elle fut émue aux larmes.

— Maintenant, il faut que tu dormes, ma douce. Rêve de moi.

6

Ses rêves n'avaient jamais été ainsi.

D'habitude, ses rêves étaient ternes, sans queue ni tête, et vite relégués dans les brumes grises de son inconscient. Les quelques rêves importants qui avaient marqué sa mémoire avaient été emplis de sentiments de perte, de frustrations.

Cette nuit, ses rêves étaient vibrants, débordants d'émotions. Aveuglants de clarté, enthousiasmants, ils se déployaient comme des champs ouverts à toutes les possibilités, au-dessus desquels elle flottait, côte à côte avec son chevalier du désert.

Et le rêve qu'elle était en train de faire semblait presque tangible.

Le plaisir la submergeait, provenant de caresses douces et chaudes, des effluves d'un parfum viril et épicé. Elle tendit les bras pour tenter de retenir son rêve. Mais il se retirait avec un ronronnement nonchalant.

— J'adore que tu me dévores dans ton sommeil, mais je préférerais que tu le fasses quand tu es réveillée.

Affolée, elle tendit les mains pour le rattraper, et dans sa hâte, ouvrit les yeux. Et quelque chose de bien mieux que tous les rêves occupa son champ de vision, occultant tout le reste. Shehab.

Elle murmura son prénom. La plus belle chose qu'elle ait jamais prononcée.

— Shehab.

Avec un sourire indulgent qui la fit fondre, il attrapa une mèche de cheveux et lui chatouilla la joue avec.

— Tu es réveillée cette fois, ou est-ce que je parle encore à une somnambule ?

Sans répondre, elle bondit hors du lit, comme un ressort, et Shehab se leva, l'air inquiet.

— Il faut que j'aille à la salle de bains, expliqua-t-elle.

Il indiqua en riant une porte à l'autre bout de la grande pièce, qu'elle se hâta de gagner.

Après s'être rafraîchie, elle tenta de reprendre ses esprits. Elle ne s'était jamais réveillée auprès d'un homme, et être surprise au saut du lit la mettait mal à l'aise.

Elle était si obsédée par la présence de Shehab derrière la porte qu'elle remarqua à peine l'opulence des lieux, tout en marbre et en or tandis qu'elle tentait d'arranger ses cheveux tant bien que mal. Son embarras s'accrut quand elle sortit et le vit, magnifique dans sa tenue orientale aux couleurs du désert, perché sur le lit, chevilles croisées. La seule chose qui la rassurait, c'était qu'il la regardait comme si elle était un plat raffiné et qu'il mourait de faim.

Elle approcha de lui, le cœur battant. Elle se sentait peu sûre d'elle, et avait encore du mal à croire ce qui lui arrivait.

Pourtant, elle était vraiment là. A l'autre bout de la terre. Sur l'île de Shehab. Et il attendait qu'elle le rejoigne dans le lit. Etait-ce vraiment vrai ? Elle, Farah Beaumont, l'inadaptée sociale, comprise, appréciée, désirée par cet homme dont elle n'osait même pas rêver ?

Hésitante, elle regarda autour d'elle, comme abasourdie. Shehab avait entrouvert les épais rideaux, et la lumière qui filtrait donnait à la pièce une apparence irréelle. Combien d'heures avait-elle dormi ? Sans doute peu, puisque le soleil se levait vers 7 heures, et qu'elle s'était assoupie vers 1 heure du matin.

Shehab tapota le lit pour lui enjoindre de s'asseoir. Elle bondit vers lui, et se blottit contre lui comme une chatte.

— Tu ne dois pas aller travailler ?

— Je l'ai fait. J'ai pris l'avion ce matin, et j'ai passé six heures en réunions et négociations diverses.

— Comment ça, six heures ? Ce matin… ? Bon sang, mais combien de temps ai-je dormi ?

— Tu veux que je te le dise en heures, ou en jours ?

— En jours !

Elle s'effondra dans ses bras.

— Dis-moi exactement combien de temps j'ai dormi.

Prenant un air faussement sérieux, il consulta sa montre.

— Considérant que tu es réveillée depuis quinze minutes et trente-deux secondes, tu as dormi vingt-six heures, trois minutes, et… quarante-trois… quatre secondes.

Elle lui donna un coup de coude, l'embrassa puis gémit contre ses lèvres.

— Tout est ta faute. Je ne dors jamais plus de six heures.

— Je plaide coupable. Je t'ai arrachée à ton monde, et je t'ai tenue éveillée pendant plus d'un jour. J'aurais dû insister pour que tu dormes.

— Je n'aurais pas pu dormir tant que tu étais éveillé. Mais comment se fait-il que tu ne sois pas épuisé ? Tu as même pu travailler toute la journée.

— Je dors peu par nature, dit-il en lui caressant les cheveux. Mais avec toi dans les parages, je pourrais devenir carrément insomniaque.

Les yeux fixés sur ses lèvres, il les attira par le seul pouvoir de sa volonté. Quand elle fut à un demi-souffle de lui, une foule d'images se bouscula dans sa tête. Les muscles sculptés de Shehab, moites après l'effort, tendus de désir, sous elle, autour d'elle, ses mains qui enserraient sa taille, la faisant onduler sur lui…

Il avait vu tout ce qui se jouait dans son esprit, elle en était sûre. Parce qu'il affichait un sourire narquois,

— Est-ce que tu montes à cheval ? s'enquit-il d'une voix rauque, une autre preuve qu'il avait lu dans ses pensées.

— Pas depuis mon accident. C'était la goutte d'eau. Maman a fait une crise et a fait promettre à papa de ne plus jamais m'emmener au ranch.

— La goutte d'eau ? Alors, tu leur as fait plusieurs frayeurs. Mais ne t'inquiète pas. Je te confierai ma plus douce jument. Mais d'abord, il faut que tu manges. Tu dois être morte de faim.

Oh, elle avait faim. De lui. Mais lui ne semblait pas avoir faim d'elle. Elle avait cru qu'il avait reporté leur première nuit d'amour parce qu'elle était épuisée. Mais à présent, elle débordait d'énergie. Alors pourquoi n'était-il pas en train de… ?

Il l'attira contre lui, enfouit son visage contre son cou, l'amena entre ses jambes écartées, et ne lui laissa aucun doute sur l'étendue de son désir. Il gémit quand elle plaqua son corps contre son sexe dressé, essayant inconsciemment d'apaiser la douleur qui pulsait en elle. Le coup de reins de Shehab sembla tout aussi involontaire, et il agrippa ses fesses pour l'empêcher de bouger et de les rendre fous de désir tous les deux.

— Nous passerons le reste de la journée à nous promener sur l'île. Ce que nous ne verrons pas aujourd'hui, nous pourrons le voir dans les jours à venir. Nous avons tout le temps.

Il avait lu dans ses pensées. Et c'était là sa réponse. Il lui montrait qu'il avait très envie d'elle, lui aussi. Mais ses mots étaient tout aussi clairs.

Lorsqu'il avait dit qu'ils prendraient leur temps, il l'avait vraiment pensé.

Et soudain, elle prit peur.

Elle avait oublié sa méfiance naturelle dès que Shehab l'avait touchée, et elle aurait bravé tous les dangers pour faire l'amour avec lui, dans les jardins. Et lorsqu'il lui avait proposé d'y aller en douceur, elle s'était accrochée à son offre, qui dépassait de loin ce dont elle se serait contentée avec joie — une seule nuit d'amour.

Et même quand il l'avait invitée ici, elle n'avait pas eu d'autres attentes que la satisfaction de son désir irrépressible pour lui. Elle était si euphorique à l'idée que quelqu'un comme lui existe, et qu'elle lui inspire le même désir que celui qu'il faisait naître en elle. Pas une seconde, elle n'avait espéré que leur aventure dure plus longtemps que le temps pour lui de passer à une autre conquête. Elle avait accepté de l'accompagner sans la moindre réticence, sans espoirs démesurés. Les souvenirs qu'elle se fabriquait la nourriraient pour toute la vie.

Mais maintenant, il lui offrait ce qu'elle n'avait espéré d'aucun homme. Du temps. Et pas seulement du temps pour la séduire, mais aussi pour la connaître, elle, et pas seulement son corps. Comme il le lui avait promis, et comme elle ne l'avait pas compris, ni cru. Mais maintenant, elle le croyait.

Et elle savait ce que cela changerait.

Le temps compliquerait l'équation. La simplicité d'une relation physique éphémère ne lui suffirait plus. Si elle apprenait à connaître l'homme et pas seulement le mâle, sans implication physique, elle risquerait de se mettre à penser que leur relation pourrait être davantage qu'une aventure. C'était une souffrance dont elle ne se remettrait pas.

Elle voulait le supplier de ne pas nourrir l'addiction qu'elle sentait déjà monter dans ses veines, de ne pas la conduire droit à la frustration. A la dévastation. Mais pour une fois, quelque chose l'empêcha de confesser ses pensées, sa vulnérabilité. Elle n'avait pas le droit de lui faire porter le fardeau de ses peurs et de ses fragilités, d'exiger qu'il change son comportement pour elle. Mais elle pouvait changer son attitude à elle. Si elle était raisonnable, elle poserait ses propres règles, et partirait s'il refusait de s'y conformer. Seulement, elle n'était plus raisonnable…

Mais peut-être pouvait-elle employer d'autres arguments, où la raison n'avait pas sa place.

Alors, elle se frotta le long du corps d'acier de Shehab, mordillant son cou, ses lèvres sculptées, et murmura d'une voix suave :

— Nous pourrons visiter l'île demain. Aujourd'hui, c'est toi que je veux explorer…

Il se cambra pour plaquer son sexe en érection contre elle, et elle s'affaissa entre ses bras.

— Tu m'exploreras. Et je t'explorerai. Dans les moindres détails.

Il se redressa, et ce fut lui qui s'allongea sur elle. Elle fut si soulagée que les larmes lui montèrent aux yeux. Etrangement, elle était aussi déçue. L'attente et le désir anticipé exquis allaient prendre fin.

Mais il se leva, la porta, et après avoir traversé la chambre, entra dans un immense dressing.

Il la posa sur un sofa face à un mur de miroirs, puis se dirigea vers des placards luxueux qui bordaient tout un autre mur. Il en sortit des vêtements qui semblaient des répliques des siens, et revint vers elle. Puis il s'agenouilla devant elle. Il lui ôta ses sandales et, comme dans les jardins, saisit son pied pour le poser contre son cœur. Cette fois, il ne se contenta pas de laisser ses lèvres planer au-dessus d'elle, il les fit glisser sur sa jambe.

Il embrassa la plante de son pied, et elle se cambra d'émotion. L'idée même qu'il embrasse son pied lui faisait autant d'effet que les lèvres de Shehab sur elle.

— Je n'ai jamais attendu pour satisfaire mes désirs, ma douce, dit-il d'une voix rauque et chargée de tension.

Il embrassa l'arc de son pied, l'arrière de ses mollets, l'intérieur de ses cuisses.

Elle tremblait quand il s'arrêta et posa les vêtements sur ses genoux.

— Mais pour toi, je pourrai attendre. Je peux attendre jusqu'à ce que tout soit parfait.

C'était parfait.

Farah s'émerveilla devant les portes sculptées au style byzantin qui marquaient l'entrée des écuries. Le thermomètre niché entre deux rainures indiquait 40 °C. A l'ombre. On aurait dit qu'il indiquait la température de son propre corps.

Même une heure après l'épisode dans sa chambre, après un repas parfait, une douche, et après avoir revêtu les vêtements qu'il avait choisis pour elle, elle était encore parcourue de frissons de désir. Tout ce qu'il faisait, tout ce qu'il disait, la faisaient s'embraser. Avant de prendre congé pour régler quelques détails, il lui avait suggéré d'entrer dans les écuries pour se protéger de la chaleur, en lui donnant un baiser qui l'avait presque fait fondre.

Elle tituba à l'intérieur, à la recherche de la fraîcheur. Le soleil était sans merci, même en fin d'après-midi, mais Shehab s'était assuré qu'elle était protégée de tous les dangers. Des vêtements fluides et frais, des bouteilles d'eau, et de l'écran total. Il avait veillé personnellement à appliquer la crème sur elle, avec une méticulosité qui avait laissé sa peau en feu plus que n'importe quel rayon ultraviolet ne l'aurait fait. Il ne serait jamais trop prudent avec elle, avait-il affirmé.

Et il l'était. Trop prudent. Et cela commençait à menacer sa raison.

Elle remonta ses lunettes de soleil sur son front. Tandis que sa vision s'adaptait, une jument argent se matérialisa dans la pénombre, attendant patiemment, déjà sellée.

Elle avait vu suffisamment de juments pur-sang dans les écuries de son père pour en reconnaître une. Celle-ci était remarquable, même pour les puristes. Ce qui était compréhensible. Comment Shehab pourrait-il ne pas avoir le meilleur ?

Mais une seconde plus tard, la jument se mit à hennir et à agiter la tête, et Farah comprit qu'elle avait fait peur à la jument. Un sentiment d'inquiétude monta en elle, tandis que la jument se mettait à trotter vers elle, les oreilles baissées, les naseaux frémissants, exprimant une menace certaine…

— Ablah.

A l'injonction de Shehab, la jument s'arrêta aussitôt et tendit ses oreilles. On aurait dit qu'elle souriait d'un air penaud.

— J'espère que ce n'est pas elle, ta plus douce jument, dit Farah.

— En fait, si, avoua-t-il en se mordillant la lèvre avec malice. J'aime que mes chevaux aient du caractère.

— Oui, et il semble que tu les entraînes comme des chiens de garde.

— Elle n'est pas habituée à voir des étrangers. Elle se méfiait de toi, probablement.

— Eh bien après cela, je ne suis plus très sûre de vouloir raviver mon expérience des chevaux.

Il l'observa, songeur, puis se tourna vers l'animal.

— Ablah… *ta'ee hena*.

Ablah trotta aussitôt vers lui, et blottit sa tête contre l'épaule de Shehab. Il la caressa, et murmura des mots en arabe. Ablah s'agita, l'air honteux.

— Qu'est-ce que tu lui as dit ? s'enquit Farah, incrédule.

— Que j'étais contrarié parce qu'elle n'avait pas été gentille avec toi, dit-il en toisant la jument d'un air sévère. Que tu es la femme que je désire.

— Et c'est supposé la rendre plus aimable à mon égard ? Je parie que c'est pour ça qu'elle n'était pas gentille. Elle est jalouse comme un pou !

Shehab étouffa un rire.

— C'est un cheval, Farah.

— C'est une jument. Je suis sûre que les femelles de toutes les espèces se pâment devant toi dans un rayon de cent kilomètres.

— Je serais effaré de savoir que toutes les souris et les rates dans les alentours agitent leurs moustaches pour moi, mais je prendrai ça comme un compliment, puisque je suis sûr que c'est ce que tu aimerais faire si tu le pouvais.

Elle plissa les yeux, et tira la langue. En guise de réponse, il rit et lui pinça doucement la joue.

— Je peux t'assurer qu'Ablah n'essaiera pas de t'éliminer de la compétition. Mais si tu n'es pas à l'aise, je la monterai, et tu pourras monter Barq.

Il tapota le cou d'un autre cheval qu'un palefrenier venait d'amener.

— Lui est sous ton charme.

Farah observa Barq, un magnifique étalon noir, qui semblait bien plus docile qu'Ablah, et qui la fixait avec intérêt. Puis Farah étudia la jument, et vit dans son regard une lueur de défi espiègle.

— Non, je crois que je vais faire connaissance avec Ablah. Je suis sûre que nous parviendrons à nous comprendre, entre filles.

— C'est tout toi, *jameelati*, de faire ce que l'on n'attend pas, dit-il avec un air approbateur.

— Eh bien, espérons que je ne vais pas vraiment faire ce qu'on n'attend pas, et que je ne vais pas passer mes vacances avec des béquilles. Dis-moi, que signifie Ablah ?

— Parfaite. Et Barq veut dire éclair.

Farah considéra la jument magnifique puis soupira.

— Elle sait qu'elle est parfaite. Et si le nom de Barq décrit son caractère, je pense que j'ai bien fait de choisir Ablah.

Shehab la prit dans ses bras, et la regarda dans les yeux.

— Tu sais que je ne te proposerais pas de la monter s'il y avait le moindre risque ?

Elle hocha la tête, et sourit pour lui témoigner l'absolue confiance qu'elle avait en lui. Il sourit de plus belle en s'agenouillant à demi pour l'aider à monter.

— A toi.

Elle posa le pied entre ses mains jointes, et laissa Shehab la soulever. Ablah hennit quand elle atterrit sur son dos.

— Oh, je t'en prie. Je ne suis pas légère, mais ton maître pèse au moins trente kilos de plus que moi. Alors cesse de faire comme si tu allais plier sous mon poids.

Ablah s'ébroua, et agita sa queue. Shehab rit, puis se pencha et murmura à l'oreille de la jument :

— *Et'addebi.*

Ablah se tut aussitôt, resta immobile, et regarda droit devant, comme un soldat obéissant et volontaire.

— Qu'est-ce que tu lui as dit ? demanda Farah d'un ton amusé. Un mot magique ?

Les yeux de Shehab brillèrent comme l'onyx pur dans la lumière du soleil déclinant qui filtrait à travers les portes.

— Tiens-toi tranquille.

Elle faillit crier qu'elle se tenait tranquille, qu'elle avait déjà épuisé son courage en lui faisant une proposition indécente, et qu'elle ne le ferait plus. Puis elle comprit qu'il n'avait fait que traduire son ordre.

A bien y réfléchir, pas seulement. Il l'avertissait aussi de ne pas essayer de nouveau d'écourter leur période d'abstinence.

Avant qu'elle puisse dire quoi que ce soit, il enfourcha Barq et se pencha vers elle. Dans un geste tendre, il lui mit ses lunettes de soleil sur le nez, puis enfila les siennes. Tirant sur les rênes de Barq, il tapota doucement la croupe d'Ablah, et les deux chevaux trottèrent au même rythme.

Pendant les trente premiers mètres, Shehab resta près de Farah, lui murmurant des conseils et des encouragements jusqu'à ce qu'elle gagne en confiance, et commence à se soulever sur la selle au rythme du galop soutenu d'Ablah, en poussant des cris de joie, le vent sec et chaud faisant flotter sa cascade de cheveux dorés.

Cela tenait du miracle, il fallait bien le reconnaître. Qu'il soit là, à lui faire visiter l'île, au lieu de lui faire explorer son corps. Qu'elle soit à califourchon sur une jument et pas sur lui.

Oh, elle aurait bien voulu l'enfourcher. Elle l'avait presque supplié de la laisser faire.

S'il avait réussi à dire non, c'était parce que cette torture avait un revers insoupçonné, et agréable. En prolongeant ce temps de séduction, il s'était surpris à prendre du plaisir dans cette anticipation exquise et douloureuse, cette excitation qui allait crescendo, atteignant des niveaux inexplorés.

En réaction au plaisir sans retenue de Farah, une vague de satisfaction monta en lui. Par-dessus les sifflements du vent et le bruit des sabots, il cria :

— Tu es une cavalière-née !

— C'est Ablah qui est merveilleuse ! répondit-elle en riant. Tu avais raison, elle me garde miraculeusement scotchée à son dos !

Ils échangèrent des sourires, des commentaires, riant aux répliques de l'autre.

Shehab lui fit une visite guidée de son île, et Farah s'avérait une touriste parfaite, curieuse et enthousiaste. Puis, au point le plus élevé de l'île, d'où les côtes étaient visibles, ils s'arrêtèrent, et Shehab l'aida à descendre de cheval et la conduisit sous la tente qu'il avait fait monter pour eux.

Il s'assit, et installa Farah sur lui, ses fesses pressant contre son sexe en érection. D'un geste tendre, il lui fit tourner la tête et prit les lèvres qu'elle lui offrait, enfouit la langue dans sa douceur sucrée, et recula quand le tourment perdit son côté exquis et que le côté amer commença à faire surface. Il sonda les yeux émeraude de Farah, qui rivalisaient avec les eaux cristallines de son île. Elle était si enthousiaste, si généreuse, si confiante…

Eh, pas si vite. Enthousiaste, oui, généreuse, non. Elle prenait, mais ne donnait rien en échange. Il ne devait jamais l'oublier.

Il détourna le regard pour échapper au charme magnétique de ses yeux, et continua son exposé :

— Sur ce côté de l'île, l'eau est à hauteur de genoux pendant trois kilomètres, puis le niveau augmente petit à petit. De l'autre côté, la profondeur passe brusquement à des centaines de mètres.

Il inclina la tête sur le côté.

— Tu sais nager ?

— Je ne nage plus depuis dix ans, mais j'étais un vrai poisson quand papa était en vie…

Elle s'interrompit et se mordilla la lèvre.

Chaque fois qu'elle mentionnait l'homme qu'elle avait cru être son père pendant toute sa vie, son humeur s'assombrissait. Il voulait la questionner, il brûlait d'entendre sa version de l'histoire, savoir pourquoi elle avait rejeté si violemment le nouveau père que le destin lui avait envoyé.

Mais non. Au moindre faux pas, elle sentirait qu'il la manipulait. Il ne pouvait se permettre une autre erreur.

Il la serra plus près contre lui, et caressa un de ses seins.

— Alors, tu es une vraie sirène. Je le savais.

Il parvint à la distraire tandis qu'elle s'abandonnait entre ses bras et se collait à lui, lui donnant plus d'accès à ses seins. Il gémit quand l'arme à double tranchant qu'il employait avec elle commença à le faire souffrir.

— C'est parfait, ma sirène. Pendant la journée, je t'emmènerai faire de la plongée dans les profondeurs jusqu'aux barrières de corail, et au clair de lune, nous prendrons des bains de minuit dans les eaux peu profondes.

Elle frissonna sous ses paroles, et il passa à l'étape suivante de sa séduction. Il se nettoya les mains, leur versa des rafraîchissements dans le panier qu'il avait préparé, et porta le minuscule verre de cristal en forme de sablier à ses lèvres.

Elle prit une gorgée, et eut un murmure d'appréciation.

— Mm… Qu'est-ce que c'est ?

— Du café à l'orientale. C'est un mélange spécial de grains légèrement grillés et de cardamome. Pour en révéler toute la saveur, on l'accompagne de ça…

Elle ouvrit la bouche sans poser de questions et mordit dans la datte séchée qu'il portait à ses lèvres. Elle gémit de plaisir quand la chair caramélisée et moelleuse fondit sur sa langue. Après qu'elle eut avalé trois tasses et une bonne dizaine de dattes, il commença à caresser ses lèvres, l'incitant à lui lécher les doigts. Et elle les lécha avec tant d'ardeur qu'il fut rapidement très excité, s'imaginant qu'elle opérait le même rituel avec ses lèvres sur son sexe gorgé de désir. Il retira les doigts de ses lèvres, et resserra l'étreinte de ses cuisses autour d'elle, pour l'immobiliser. Sinon, il ne pourrait plus tenir longtemps.

— J'ai dit, tiens-toi tranquille.

Les yeux de Farah, qui étaient devenus d'un vert brumeux sous l'effet du désir, s'éclairèrent de surprise et de confusion.

— Comme ça, s'empressa-t-il d'ajouter, je t'emmènerai voir les fleurs et l'herbe qui ont poussé après les grosses pluies il y a quelques semaines, avant que le tapis de verdure ne sèche et ne meure sous le soleil caniculaire. Nous pourrons peut-être voir des lièvres, des gazelles…

Elle tressaillit entre ses bras et se retourna vers lui, son air triste chassé par une joie soudaine.

— Des gazelles ? Vous avez des gazelles par ici ?

— Oui. Environ trois cents têtes qui gambadent librement sur l'île.

Elle se leva d'un bond, et le tira par le bras.

— Debout, debout ! Allons les voir.

Le temps qu'il se lève, elle avait de nouveau un air peiné.

— Oh, c'est bête, je n'ai pas mon appareil photo ! Elles vont sans doute s'enfuir quand nous les approcherons.

Il sortit son téléphone et le lui tendit.

— Prends toutes les photos que tu veux. Et non, elles ne s'enfuiront pas. Elles sont habituées à moi, et aux chevaux. Tu pourras même les nourrir si tu le souhaites.

— Si je le souhaite ? s'exclama-t-elle. Mais j'en serais ravie !

— Alors, aujourd'hui, je te promets que tu les nourriras dans leur habitat naturel. Demain, j'en ferai amener quelques-unes dans les jardins de ma maison, pour que tu puisses les nourrir régulièrement.

Elle sautilla, puis le serra dans ses bras avec exubérance.

— Merci, merci… de m'offrir ça. Merci pour tout ce que tu m'offres.

Il la dévisagea. Cette femme qui s'extasiait à l'idée de nourrir des gazelles était-elle bien réelle ? Comment pouvait-elle coexister avec celle qui avait manipulé son amant décati pour qu'il accepte sa dernière liaison en date, et qu'il s'excuse même d'être contrarié ?

Celle qui avait assuré à ce même amant qu'il lui manquerait, tout en le dévorant, lui, des yeux ?

Il s'efforça de garder son sourire malgré la douleur qui le tenaillait.

— Je n'ai encore rien fait, *ya galbi*, mon cœur. Je veux t'offrir le monde entier.

— Oh, Shehab, je suis touchée. Mais que ferais-je du monde entier ? Je préfère de loin pouvoir côtoyer des gazelles en liberté.

Elle tourna sur elle-même puis courut vers Ablah.

Shehab était bien décidé à ne pas courir pour la rejoindre. Ne jamais lui donner ce qu'elle voulait à l'instant où elle le voulait, c'était la seule façon de l'empêcher de remporter la bataille qu'elle ignorait livrer.

Elle se tourna vers lui, une vision de rêve tout droit sortie des plus belles fables de son pays, dans sa robe orientale chatoyante. Son excitation la rendait incandescente, et son enthousiasme était enivrant.

Il perdit la bataille. Il courut vers elle.

— … avec des mouvements lents et gracieux, la raie manta au dos noir fila dans l'eau tel un oiseau géant venu d'une autre planète.

Les mots de Shehab caressaient sa nuque pendant qu'il l'aidait à enfiler sa tenue de plongée. Elle soupira, se laissant bercer par ses paroles. La chaleur de Shehab, sa présence, les ondulations du yacht, la chaleur du soleil matinal, la pureté de la brise salée, tout se mêlait dans cet incroyable nouveau monde dans lequel il l'avait laissée entrer. Il ne cessait de lui raconter les nombreuses aventures qu'elle n'avait pas été là pour partager avant ces deux semaines magiques — des semaines qui avaient effacé une vie entière de solitude, qui prenaient presque toute la place dans sa mémoire. C'était à peine si elle se souvenait de sa vie d'avant.

Comme hypnotisée, elle s'accrochait à chaque syllabe de son dernier conte.

— Elle mesurait plus de quatre-vingts centimètres de diamètre, et j'aurais pu finir dans sa bouche si elle l'avait ouverte pour avaler son plancton.

Il la fit pivoter vers lui, remonta la fermeture à glissière de sa combinaison, augmentant au passage le niveau de son excitation.

— Mais elle s'est arrêtée devant moi. Ses énormes yeux m'ont fixé un instant, puis, avec un élégant mouvement de nageoires, elle s'est éloignée. J'avais neuf ans, et c'était mon premier plongeon dans la barrière de corail. Rencontrer ce gentil monstre m'a donné un aperçu du monde sous-marin, qui, je le savais, me prendrait toute une vie à explorer. Je ne voulais plus partir, mais ça m'a pris plus de vingt ans pour réaliser mon rêve d'enfant et acheter cette île.

— Et ton île est magnifique. C'est un privilège pour moi que tu aies partagé cette histoire avec moi.

Elle n'était pas seulement privilégiée. Elle était bénie.

Deux semaines plus tôt, elle avait craint que ses émotions ne la consument. Mais c'était trop beau. Elle les vivrait, à n'importe quel prix. Que pouvait-elle espérer de plus ? Elle avait tout. L'homme qui surpassait ses rêves la choyait avec sa patience, alors même que le désir croissait entre eux. La dernière fois qu'il avait reculé, au bord du précipice, elle avait pleuré, et il avait semblé ressentir une détresse aussi profonde que la sienne.

Mais bientôt, il ne reculerait plus, et elle serait à lui. Elle était déjà à lui, à dire vrai. Et pour toujours. Peu importait la durée de présence de Shehab dans sa vie, cette vie qu'elle avait cru devoir vivre seule. Shehab l'avait reconnue, avait réveillé tout ce qui était resté dormant en elle. Il l'avait ramenée à la vie.

Elle l'aimait. Et elle l'aimerait toujours. Et son amour serait pour toujours ce qui donnerait un sens à sa vie.

Et quand le chemin de Shehab se séparerait du sien, elle serait heureuse d'avoir eu ces instants auprès de lui. D'avoir vu les merveilles qu'il lui avait montrées, sur terre, sur mer, et dans les airs. Mais les vraies merveilles étaient celles qui résidaient en lui. Il était à la fois un ami, un compagnon de jeux, un homme incomparable. Elle était impatiente de découvrir la prochaine merveille.

Elle passa la main sur son torse sculpté, emprisonné dans sa tenue de plongée.

— Que vas-tu me montrer aujourd'hui ?

Il lui avait appris à plonger dès le deuxième jour après leur arrivée.

— Aujourd'hui, nous allons aller un peu plus profond. Si tu penses être prête.

— Oh, je le suis.

C'était vrai. Elle était prête à tout, avec lui.

Après qu'il l'eut aidée à enfiler son équipement, ils plongèrent dans des eaux vertes et lumineuses. Il lui avait dit que l'eau lui semblait bien plus belle maintenant qu'elle lui évoquait les nuances de ses yeux. Descendre à son côté était comme plonger au ralenti, une expérience sublime, une immersion dans un monde inconnu.

Quand ils furent dans un espace bleu-vert, où elle ne pouvait voir ni la surface ni le fond, elle aperçut quelque chose d'énorme à quelques mètres. Elle agrippa le bras de Shehab, inquiète. Avec un regard rassurant, il désigna la forme, qui ressemblait maintenant à un essaim d'abeilles compact. C'était en fait un banc de poissons rayés comparables à des anchois. Il la tira par le bras, et ils approchèrent doucement quand un tunnel s'ouvrit dans le mur de poissons, les enveloppant. Son cœur s'emballa quand Shehab la serra contre lui, tandis que les poissons se mouvaient à l'unisson autour d'eux, transformant la fusion de leurs deux corps en une danse magique.

Puis il la guida hors du cercle de poissons, et lui fit signe de les observer. Le banc s'était reformé en une énorme boule, et soudain, Shehab tendit brusquement le bras vers les poissons ainsi agglutinés, et la boule explosa.

Fascinée par le feu d'artifice qu'il venait de lui offrir, elle applaudit tandis que Shehab la rejoignait. Il fit une révérence théâtrale avant de la propulser doucement vers le haut, sa torche révélant des coraux aux mille couleurs, leurs tentacules étonnants s'ouvrant et se fermant à l'unisson, exécutant une danse apaisante.

Leurs jambes s'emmêlèrent, nues dans leurs combinaisons courtes, et elle fut au supplice. Ce soir, elle l'implorerait de mettre fin à cette attente.

Elle aperçut soudain un poisson aux rayures jaunes et noires, qui rôdait derrière Shehab, aux magnifiques nageoires ondoyantes, aux longues épines espacées et… venimeuses.

La certitude de cette information récemment apprise provoqua une vague de panique en elle, tandis que le poisson approchait de Shehab, en bombant le dos tel un serpent. Sans hésiter un instant, elle s'interposa entre Shehab et le poisson. La seconde suivante, une vive douleur la transperça entre les omoplates, comme si elle avait été piquée par un tisonnier incandescent.

Le cri qu'elle poussa résonna dans son régulateur.

7

Farah se souviendrait de ces instants après l'attaque du poisson-scorpion comme elle se rappelait ses rêves confus.

Elle avait eu l'impression d'être hors de son corps douloureux, en observant Shehab la porter et rejoindre la surface comme une torpille, avant de la tirer jusqu'à son yacht comme si elle ne pesait pas plus qu'une plume.

Elle était allongée, en état de choc, et la seule chose qui lui indiquait qu'elle n'était pas en train de rêver, c'était la douleur aiguë au milieu de son dos. Elle regarda Shehab lui retirer son équipement avec des gestes frénétiques. Au moment où il la débarrassa de ses lunettes de plongée et de son tube à oxygène, les sanglots et les larmes s'échappèrent de ses yeux brûlants et de ses lèvres.

Shehab tremblait quand il lui ôta sa combinaison et la retourna pour voir sa blessure. Il inspira, saisit ce qui ressemblait à un talkie-walkie, et marmonna quelques mots d'arabe, en la fixant de ses yeux chargés d'inquiétude.

Puis il jeta l'appareil au loin, la souleva et courut pour la mettre à l'ombre dans le salon, en l'allongeant sur un des canapés, sur le côté, pour ne pas toucher sa blessure. Puis il ouvrit un kit de secours, fouilla pour y trouver un tube de crème. Enfin, il sembla se calmer, et appliqua avec délicatesse le produit sur la blessure. Elle gémit lorsque la sensation de froid se mêla à celle de la brûlure, son corps flasque se raidissant sous l'effet de signaux contradictoires. Shehab l'apaisa avec ses mains et sa voix. Les spasmes s'arrêtèrent, et elle sentit tout son dos s'engourdir. Elle cligna des yeux pour le voir à travers sa vision floue. Devant la dureté déconcertante de son expression, elle parvint seulement à murmurer un « merci ».

— Merci ? Bon sang, mais pourquoi as-tu fait ça ?

Elle le dévisagea, interdite. Etait-il en colère contre elle ? Ou avait-elle des hallucinations à cause du poison qui se répandait dans ses veines ? Allait-elle mourir ?

— Je t'avais pourtant dit de ne jamais approcher de ce que tu ne connais pas ! Mais tu as presque attaqué ce poisson, et il a riposté si fort que son épine a traversé ta combinaison ! Et cela aurait pu être pire, ç'aurait pu être un poisson-pierre…

Il s'interrompit, le visage tendu, les poings serrés.

Comme de loin, elle s'entendit bredouiller :

— Je suis désolée… mais tout ce que je savais, c'est qu'il était venimeux et qu'il allait te piquer…

Shehab se figea. Elle le vit blêmir, et sentit ses oreilles bourdonner.

L'instant d'après, Shehab la portait sur le pont, et elle se rendit compte que ce n'était pas ses oreilles qui bourdonnaient, mais l'hélicoptère. Shehab la porta à l'intérieur, sans qu'elle sache comment, l'attacha sur une civière à l'arrière, puis enleva sa combinaison avant de s'agenouiller à côté d'elle.

Elle perdit toute notion du temps quand le vol se termina, et qu'il courut en la portant vers la maison, ses hommes les précédant pour ouvrir les portes. Mais cette fois, il prit un autre chemin, qui menait à un endroit qu'elle n'avait encore jamais vu.

La sensation de baigner dans un rêve s'épaissit tandis qu'il l'emmenait dans des quartiers immenses, plongés dans la pénombre et les parfums d'encens, leur décoration spartiate leur conférant une impression de virilité et de pouvoir. Ce devait être les quartiers de Shehab. Son regard se riva à l'immense lit, un lit qu'elle rêvait de partager avec lui. Et maintenant, peut-être ne le partagerait-elle jamais…

Elle reprit conscience quand les lumières illuminèrent l'espace qu'il venait de traverser. L'impression d'avancer à travers un décor des Mille et Une Nuits s'intensifia quand ils parvinrent à une pièce gigantesque, tout en marbre et en pierre. Elle s'étalait sous un dôme immense doté d'ouvertures circulaires qui laissaient les rayons de soleil répandre leur lumière, ajoutant à la lumière des fenêtres des murs à demi ouvertes.

Shehab ne lui donna pas le loisir de s'attarder sur les détails, tandis qu'il se précipitait vers une autre pièce sur la droite. Elle était dominée par un bassin rectangulaire, carrelé de marbre beige et noir, empli d'une eau limpide. Pourquoi tenait-il à lui donner un bain maintenant ? songea-t-elle tandis qu'il les plongeait tous deux dans l'eau. Elle hurla. L'eau était bouillante.

Il la retint, tandis qu'elle se débattait, la plaquant contre son torse, emprisonnant ses jambes dans les siennes.

— Chut, chut, ma douce. Il faut le faire.

— Tu dois me faire... bouillir ? bredouilla-t-elle en se tortillant, incapable de supporter la chaleur de l'eau. Et... toi aussi... tu brûles...

Il s'allongea dans l'eau, les immergeant tous deux, puis l'étreignit plus fort.

— La température est de cinquante-cinq degrés seulement.

— Seulement ? geignit-elle, le choc initial passé.

— Je sais que c'est très inconfortable, mais c'est nécessaire, pour la piqûre.

Elle rejeta la tête contre son torse, avec l'impression d'étouffer, et que ses forces vitales s'échappaient par chaque pore de sa peau.

— Mais je ne la sens plus.

— C'est l'effet de l'anesthésique local, mais ce n'est pas un traitement contre le poison. Seule la chaleur pourra enrayer sa progression.

— Alors... je ne vais pas mourir ?

Elle ne mesura qu'à cet instant qu'elle avait été trop engourdie pour avoir peur.

— *Ya Ullah*, tu croyais que le poison était mortel ?

Elle secoua puis hocha la tête. Shehab laissa échapper un grognement sombre tandis qu'il la tenait serrée contre lui et enfonçait le visage contre son cou.

— Le seul poisson mortel est le poisson-pierre. Le pire avec le poisson-scorpion, c'est la douleur, qui est atroce. Mais son venin ne doit pas être traité à la légère. S'il n'était pas neutralisé par la chaleur, il se répandrait dans tes veines, tu aurais des nausées et tu perdrais conscience.

— Je commençais à avoir mal au cœur... j'ai cru que c'était un signe de... de...

Il tourna son visage vers elle, et l'embrassa en gémissant.

— Ça suffit, décida-t-il après quelques instants. Sinon, tu pourrais t'évanouir à cause de la chaleur.

Il la sortit de l'eau, et elle frissonna violemment quand l'air frais l'envahit. Shehab la serra plus fort contre lui tandis qu'il rejoignait la pièce centrale. Alanguie dans ses bras, la tête contre son torse, elle fixa une estrade de marbre d'un blanc pur juste sous le centre du dôme. Il semblait briller sous la lumière irréelle. Ou peut-être qu'elle avait la vision trouble. En tout cas, elle avait l'impression d'être dans un rêve.

Des images envahirent son esprit, des images de Shehab nu, allongé sur le ventre contre le marbre, enveloppé dans un nuage de vapeur, les muscles luisants, qui se relaxaient sous ses mains, ses caresses, ses baisers.

Il la posa sur l'estrade comme s'il plaçait une œuvre d'art hors de prix sur un piédestal, et son imagination prit un brusque détour, dépeignant Shehab en train de se retourner, de l'attirer violemment contre son corps chaud et moite, pour lui montrer quel effet elle avait sur lui, avant de l'allonger sur le marbre et de...

La scène disparut de son esprit quand sa peau en sueur toucha le marbre froid pour de bon. Shehab se pencha au-dessus d'elle, un bras sur l'arrière de ses cuisses, l'autre en haut de son dos, le visage trempé de sueur, tendu d'angoisse, tandis qu'il semblait guetter si elle respirait encore.

— Comment te sens-tu maintenant, mon cœur ?

— Assoiffée, parvint-elle à articuler malgré sa langue sèche et épaisse.

Il prononça ce qu'elle supposa être des jurons en arabe, et l'allongea complètement avant de filer. Au prix d'un effort, elle tourna la tête, et vit Shehab disparaître vers sa chambre. Il réapparut aussitôt, deux bouteilles et deux verres dans les mains. Il remplit chaque verre, l'aida à se redresser, et porta le premier verre à ses lèvres.

— Bois, *ya galbi*, dit-il en l'embrassant sur la tempe.

Elle s'exécuta, et à chaque gorgée d'eau fraîche, elle sentit son énergie revenir et son esprit s'éclaircir.

Après le deuxième verre d'eau, il lui donna l'autre boisson. Elle y goûta, grimaça à cause de l'acidité, mais après quelques instants, elle distingua la richesse et la complexité des saveurs du breuvage. Elle avala le verre entier avec plaisir.

— Qu'est-ce que c'est ? demanda-t-elle après avoir entamé son deuxième verre.

— Un cocktail de mon invention, que j'utilise en cas de fatigue extrême : un mélange d'hibiscus, de caroube, de sucre de canne, de grenade et de quelques fruits du désert, surtout des daum et des *hab'bel aziz*.

— C'est stupéfiant. Un élixir !

Elle finit son verre par petites gorgées.

— On dirait que toutes les forces vitales que j'ai perdues dans ce bain sont revenues. Je sens mon dos maintenant, mais comme je n'éprouve aucune douleur, et que j'ai les idées claires, je dirais que ta mixture fonctionne à merveille.

Il grimaça et l'observa avec une angoisse toujours présente. Elle se colla contre lui et suivit d'un geste tendre le tracé de sa pommette.

— Je vais bien maintenant. Tu m'as sauvée.

— Seulement parce que tu m'as sauvé, dit-il en embrassant sa paume.

— Non, il n'y avait pas de réel danger.

— Si. Peut-être pas fatal, mais la douleur peut être invalidante, et le venin désoriente. Et puis, tu ne savais pas quel était le danger quand tu t'es fait piquer à ma place. *Ya Ullah*, dire que tu as risqué ta vie pour moi…

Une étrange douleur pulsa dans sa poitrine en voyant le regard torturé de Shehab. Elle ne voulait surtout pas qu'il se sente mal à cause d'elle.

— Tu aurais fait la même chose pour moi, affirma-t-elle en prenant son visage entre ses mains. Et il valait mieux que ce soit moi qui me fasse piquer. Moi, je n'aurais jamais pu te sortir de l'eau. Il semble que, malgré ma panique, j'aie pris la bonne décision au final.

— Mais tu ne le feras plus jamais, marmonna-t-il entre ses dents serrées. Jure-le-moi. Tu ne prendras plus jamais de risques, pour rien ni personne.

Elle fut secouée par l'intensité vibrante de sa déclaration. Elle savait déjà qu'elle ne pouvait s'empêcher de l'aimer, mais il fallait qu'elle s'accroche à cette petite partie d'elle-même qui ne s'était pas totalement donnée à lui. Sinon, comment continuer à vivre quand tout serait fini entre eux ?

— Je ne jure jamais, affirma-t-elle, feignant la légèreté. C'est papa qui me l'a appris.

Comme il affichait un regard contrarié, elle s'empressa de poursuivre :

— Et puis, tout est bien qui finit bien, non ? Si nous nous concentrions sur ce qui est important ? Comme le fait que tu aies ton propre hammam ?

— Tu essaies de me distraire, n'est-ce pas ? dit-il en fronçant les sourcils.

— Est-ce que ça marche ? s'inquiéta-t-elle, le sourire tremblant.

Il la serra plus fort. D'empressée, son étreinte devint possessive, et son regard n'était plus grave mais brûlant de désir.

— Pour me distraire, il te suffit d'exister, de respirer. Cela suffit pour que je ne pense qu'à toi. Tu ne le savais pas encore ?

Soudain, elle fut submergée par une vague de désir qui allait au-delà de ce qu'elle pouvait supporter.

— Tout ce que je sais, c'est que lorsque j'étais désorientée, je songeais que, même si les moments que nous avons passés ensemble étaient les plus merveilleux de toute ma vie, je me sentais tout de même incomplète parce que tu ne m'avais pas… que nous n'avions pas… et que c'était trop tard.

Les paroles de Farah explosèrent en Shehab et pulvérisèrent la barrière qu'il avait érigée en lui, pour suspendre ses pensées jusqu'à ce qu'elle soit hors de danger.

Et il prit la pleine mesure de ce qu'elle avait fait.

Elle s'était interposée pour le sauver d'un danger mortel.

Jamais il n'aurait cru qu'un tel sacrifice soit possible de la part d'une personne autre que ses frères Farooq et Kamal, ou que les gardes du corps qui étaient payés pour protéger sa vie. Il n'avait même jamais cru que les gens qui peuplaient son existence, de façon permanente ou temporaire, sacrifieraient un peu de leur bien-être pour lui. Le fait que Farah lui offre le sacrifice ultime, sa propre vie, était au-delà de l'entendement. Au-delà du supportable.

Il l'avait amenée jusqu'ici pour la séduire. Il avait lutté chaque instant pour se souvenir qu'elle était juste un moyen de parvenir à son objectif. Il s'était battu pour se convaincre que même s'il la désirait, et même s'il comptait bien l'épouser, jamais il ne s'investirait émotionnellement.

Mais à chaque instant qui passait, il arrivait de moins en moins à relier la réalité de la femme qui le ravissait, avec l'image de la créature insensible et immorale qu'elle était censée être. Et aujourd'hui…

A présent qu'elle était saine et sauve, les images le bombardèrent. Farah qui s'interposait entre le poisson-scorpion et lui. Farah qui convulsait, qui criait dans son régulateur, provoquant une décharge de panique en lui. Le besoin aveuglant de la mettre à l'abri, d'apaiser ses peurs et sa souffrance.

Et elle était là, à minimiser son acte de bravoure, à refuser les honneurs. Mais le pire de tout, c'était que durant ces instants où elle avait cru sa fin proche, son seul regret avait été de ne pas avoir fait l'amour avec lui.

Avant aujourd'hui, il avait commencé à penser que peut-être, il n'aurait pas à la séduire jusqu'au bout. Qu'il pourrait finaliser leur mariage, et la laisser décider s'ils le consommeraient ou non. Il s'était dit que la tromperie serait moins douloureuse quand elle découvrirait la vérité, que cela leur laisserait une chance d'avoir une relation normale.

Mais elle lui avait fait songer à l'horrible possibilité de la perdre, à n'importe quel moment, et dans leur situation, la désolation de la perdre sans avoir connu le plaisir de la chair.

Il sentit le dernier fil qui retenait son contrôle se briser.

Alors, aveuglé, il la serra contre lui, et emplit ses mains d'elle.

Elle, l'incarnation de l'abandon total et de la féminité. Elle qui était déjà à lui. Et il la posséderait pour de bon. Aujourd'hui.

— *Ana ella ensa*, répéta-t-il. Je ne suis qu'un homme.

Il arracha ses lèvres des siennes, et enfonça la tête dans son décolleté profond. Elle agrippa ses cheveux pour l'arrêter.

— Si tu ne comptes pas aller jusqu'au bout, dit-elle d'une voix haletante… je t'en prie, arrête maintenant.

Il secoua doucement la tête, fit glisser ses lèvres sur la courbe de son sein, puis la regarda dans les yeux. Et il vit la détresse qui ressemblait à de la souffrance. Une détresse bien réelle.

Tout était réel chez elle.

— Si jusqu'ici je m'arrêtais, au risque de devenir fou, c'était parce que je craignais que la passion charnelle, si on y cédait trop vite, ne nous submerge, et occulte d'autres plaisirs. Mais je ne peux supporter que tu aies ressenti un tel manque à cause de la retenue que je t'ai imposée.

Elle s'appuya sur un coude, et posa la main sur sa nuque, le regard anxieux.

— Ces instants étaient merveilleux, Shehab, merveilleux. Tu m'as tant donné, sur tant de plans ! Tu m'as fait vivre des expériences que je n'aurais jamais cru vivre. Et je suis devenue gourmande, je pensais que ce serait encore plus merveilleux si…

Il enleva sa main de son cou, l'allongea doucement sur le dos, et se pencha au-dessus d'elle. Il contempla avec avidité son visage et ses seins, et il la vit frissonner sous son regard.

— Et tu avais absolument raison. Ce sera au-delà de ce que nous avons rêvé. Je vais t'honorer, te faire mienne, faire de ton corps un instrument de plaisir. Tu te donneras à moi, n'est-ce pas ?

— Oui, oui, cria-t-elle avec frénésie. Je suis déjà à toi, Shehab.

Elle lui appartenait. L'idée de la posséder devint un fait époustouflant quand il contempla son corps rosi, ses pupilles presque noires, ses lèvres rubis enflées de passion.

— Oui, Farah, tu es à moi, et je ferai tout pour te satisfaire.

Il descendit les bretelles de son maillot de bain, dévoilant centimètre par centimètre son corps légèrement hâlé, lui soutirant des gémissements, remplaçant le vêtement par ses lèvres, sa langue, sachant où la tenter, où s'attarder et la tourmenter. Les gémissements de Farah se muèrent en cris, et son souffle se fit plus court.

L'accumulation de désir en lui atteignait des niveaux critiques. Il craignait qu'au moment où il la pénétrerait, ce ne soit comme un barrage qui se briserait. Et il ne pouvait laisser leur première union être autre chose qu'une félicité parfaite. Pas parce qu'il avait besoin d'avoir un pouvoir total sur elle. Mais parce qu'il voulait la satisfaire, elle avant tout. Avant lui.

Il lui ôta son maillot, enfin. Puis il se redressa, le cœur battant, et la regarda, nue et offerte devant lui tel un incroyable festin.

Il l'avait vue presque nue déjà. Il avait vu ses seins lors de leur première rencontre, et son maillot de bain avait laissé peu de place à l'imagination. Ou du moins, c'était ce qu'il avait cru. Parce qu'elle était là. Au-delà de son imagination. Ses courbes généreuses et parfaites semblaient avoir été créées pour son goût exigeant. Et elle mourait de désir pour lui, comme lui pour elle.

— Tu es encore plus incroyable que ce que j'avais imaginé. Et, Farah, je n'ai pas cessé de t'imaginer…

Elle tendit les bras, suppliant qu'il la rejoigne, et il l'attira contre lui, en la faisant se cambrer sur son bras, ses seins comme une offrande érotique qui valait qu'on sacrifie tout pour eux. Déversant des litanies passionnées contre ses lèvres, sur son visage, il caressa un de ses seins, et titilla la pointe rosée entre ses doigts, avant de l'aspirer dans sa bouche.

Elle poussa un cri. A chaque aspiration, elle cria de nouveau, et frissonna sous ses assauts. Il caressa son ventre, s'arrêta sur les boucles de sa toison, le cœur de sa féminité. Là où il l'envahirait, là où elle le capturerait. Il ferma les yeux et pressa son sexe sous sa main.

Quand elle cria encore, il glissa ses doigts entre les recoins de velours de ses plis exquis, les écarta, enivré par l'évidence de son désir. Elle était prête à l'accueillir.

Doucement, il glissa un doigt en elle et retint son souffle. Elle était moite, mais… si étroite. Et elle avait sursauté, comme s'il lui avait fait mal.

Alors, elle n'était pas encore prête pour lui. Mais elle était prête pour le plaisir. Et il allait lui en donner.

Il la caressa, et son pouce trouva la voie vers le centre de sa féminité. Au moment où il le titilla, elle murmura son nom, d'une voix étranglée, et se cambra dans un orgasme instantané.

Il ronronna de fierté, et insinua de nouveau en elle ses doigts entre ses muscles contractés. Puis il la caressa jusqu'à ce qu'elle sanglote contre sa bouche. Alors, il mordilla ses tétons tour à tour, jusqu'à ce qu'il sente la tension envahir une nouvelle fois son corps offert et qu'elle s'agite contre lui.

— Shehab… s'il te plaît… j'ai envie de toi.

En guise de réponse, il s'agenouilla et explora ses replis soyeux avec sa langue. Elle se cambra, à bout de souffle.

— S'il te plaît… Shehab… je te veux… en moi…

Il l'immobilisa en posant une main sur son ventre.

— J'ai faim de toi… donne-moi tout.

Pourtant, malgré les mots qu'elle avait prononcés, elle lui paraissait inquiète. Presque réservée. Et, il en était certain, elle tentait de serrer les jambes, comme pour se dérober à son regard. Elle était timide ? Comment était-ce possible, alors qu'elle avait tant d'expérience ?

Mais rien de ce qu'on lui avait raconté au sujet de Farah n'avait d'importance. Son instinct lui criait qu'elle n'avait pas ou peu d'expérience, et que sa fleur sauvage du désert n'avait jamais été explorée de cette façon. Ce privilège ne serait qu'à lui, maintenant et pour toujours.

— Tu n'es pas à moi ? dit-il.

Elle hocha la tête, et rougit.

Il la fit glisser vers lui, jusqu'à ce que ses pieds soient au bord de l'estrade, et écarta doucement ses jambes. Il recula pour contempler ce tableau. Farah, offerte, prête à être honorée. Il serra les dents, dépassé par cette vision d'abandon total, et s'agenouilla devant elle, écartant encore ses jambes tremblantes. Il reprit son exploration avec ses mains, ses lèvres et sa langue et la fit glisser encore un peu plus vers lui, ses fesses rondes et soyeuses dans ses mains, tandis qu'il enfouissait la tête contre son sexe brûlant. Elle serra les poings et se raidit.

— Ne sois pas timide, *ya hayati*. Assieds-toi, et regarde-moi t'honorer, te satisfaire, et posséder tes secrets. Promets-moi que tu me regarderas dans les yeux quand je t'emporterai jusqu'à l'orgasme.

Elle s'agita, hoqueta, puis enfin acquiesça et s'assit.

— Tu es la plus belle créature que j'aie jamais vue.

Il suivit les contours du cœur de son plaisir, la maintenant avec douceur contre le marbre tandis qu'elle se cambrait sous chaque coup de langue. Juste avant qu'elle n'explose, il souffla sur sa chair tremblante et engorgée, arrêta ses assauts jusqu'à ce qu'elle frémisse de frustration. Il posa sa paume sur son cœur, et le sentit tressauter. Puis il reprit là où il s'était arrêté, et elle fut secouée par des spasmes de plaisir.

Comme promis, elle ne l'avait pas quitté des yeux. C'était l'expérience la plus érotique, la plus intime, la plus épanouissante de toute sa vie.

A vrai dire, toutes les expériences avec elle avaient été uniques.

Maintenant, il allait la posséder, et la fusion de leurs corps allait réinventer les mots érotisme, intimité et satisfaction. Il pria pour qu'elle soit prête à présent à l'accueillir.

Il s'étendit sur son corps moite, et regarda ses yeux hagards, une preuve de la profondeur de sa satisfaction. Mais dès qu'il eut déposé un baiser sur ses lèvres, le souffle de Farah accrocha, ses hanches ondulèrent contre lui, urgentes, insistantes. Elle était si excitée, si vite ?

Il se recula légèrement mais elle agrippa son maillot.

— Je veux te voir… tout voir de toi… s'il te plaît…

Il entendit le dernier rempart dans son esprit céder, et prit ses lèvres pour une série des baisers rudes et humides. Rien ne comptait plus pour lui que le besoin âpre de s'enfouir en elle.

Il arracha son propre maillot de bain, et elle lui tendit les bras, ses yeux criant sa supplique.

Il s'étendit de nouveau sur elle, sentit son corps doux comme la soie accueillir le sien. Elle ouvrit les jambes, et comme il en avait rêvé si souvent, il les enroula autour de sa taille.

Ce fut alors qu'il se rendit compte. Elle était froide, et elle frissonnait.

Ya Ullah, comment avait-il pu se montrer si peu prévenant ? Après les attaques que son corps avait subies, la régulation de sa température ne fonctionnait sans doute plus.

Il se retira, et elle protesta aussitôt.

— Shehab…

Il fit un geste pour la calmer, et se dirigea vers un placard niché dans les murs de marbre, en sortit une serviette orientale et retourna vers elle en courant. Il la couvrit, puis se redressa pour l'observer. L'étoffe à rayures rouges, or et bronze semblait avoir été faite pour souligner son hâle rosé, et ses cheveux aux mille nuances de blond.

Elle tenta de s'accrocher à lui, et il se pencha au-dessus de ses lèvres.

— Rassure-toi, mon cœur. Je serai de retour dans quelques secondes.

Farah le regarda revenir quelques secondes plus tard, comme il l'avait promis, tel un colosse à la beauté virile tout droit sorti d'un mythe.

Elle se sentit de nouveau assoiffée en regardant les vapeurs se mêler à la lumière, inondant le décor exotique d'une ambiance mystique, hypnotique. Elle observa la sculpture parfaite de ses épaules et de son torse, de ses bras puissants et de son ventre ferme. Puis elle vit l'étoffe enroulée autour de sa taille, qui ressemblait fort à celle dont elle était recouverte, s'ouvrant sur une cuisse musclée qui ondoyait à chaque pas, et saillant au-dessus d'une érection qui la submergeait d'excitation et… de timidité.

Elle se rallongea, sans voix. Sa bouche sèche était soudain humide, son sexe pulsait, et elle avait la tête qui tournait après ses orgasmes. Elle était prête à en connaître d'autres, beaucoup d'autres. Shehab vint au-dessus d'elle, et les rayons de soleil qui filtraient par les ouvertures dans le dôme se déversèrent sur lui, illuminant des bribes de son visage et de son corps luisant.

— Laisse-moi te réchauffer, *ya galbi*.

Sa voix et son souffle étaient chauds, lui faisant prendre conscience qu'elle avait froid. Mais la chaleur qui se répandait en elle maintenant n'était pas générée par le châle et la vapeur. Ce qui la réchauffait le plus, c'était la chaleur de ses mains qui la massaient, faisant circuler le sang dans ses membres. Puis il la fit s'allonger sur le ventre, tira sur l'étoffe qui couvrait ses jambes, exposant tout ce qu'il y avait en dessous.

— Tu es époustouflante…, murmura-t-il contre son oreille, avant de déposer une pluie de baisers le long de son dos.

Elle s'agita sous les sensations nouvelles et incroyables, tenta de se retourner, de poser ses mains picotant de désir sur lui, mais il la maintint en place avec une main dans le dos, puis il lui fit un massage, en suivant ce qui devait être des dessins d'un rite magique. Il appuya sur ses muscles, apaisa les douleurs, chercha ses secrets, trouva des zones érogènes qu'elle ignorait posséder, la réconforta, la taquina, l'enflamma. Enfin, il massa ses fesses, et se pencha pour goûter leur chair ferme, en se concentrant sur la cicatrice qu'il n'avait pas vue avant.

Puis il la couvrit de tout son corps, des épaules aux cuisses, imprimant sa puissance sur elle, avant de se pencher pour embrasser sa nuque, là où battait son pouls. Il aspira sa peau, jusqu'à laisser une marque rouge sur elle, rendant l'attente encore plus insupportable.

— Je suis déjà fou de ta saveur. Je veux que tu sois moite de désir, pour que je puisse me rassasier de toi. Je veux que tu cries mon nom quand tu jouiras.

Elle tremblait si fort que ses dents claquaient, et cela n'avait rien à voir avec le froid.

— Shehab… je ne peux pas respirer… mon cœur… bat la chamade… arrête ce supplice… je t'en prie… prends-moi.

L'entendre dire les mots « prends-moi », de sa voix de sirène implorante, sabota le peu de raison qui lui restait.

— *Ya rohi*, je suis à tes ordres…

Il dénoua leurs deux corps, descendit de l'estrade, la retourna sur le dos et la fit glisser vers le bord. Il amena ses cuisses tremblantes autour de ses reins, la saisit par les hanches et colla son sexe contre le sien.

Quand elle gémit de nouveau et se cambra pour l'emmener en elle, il se rendit, enfin. Il avança, plongea à demi dans sa chaleur humide, aveuglé par l'onde de plaisir instantané.

Quand sa vue revint, il la contempla, arquée sur l'estrade, les sensations sur son visage dominées par le choc, par la douleur. L'étroitesse de l'étau de velours qui l'enveloppait ressemblait à celui d'une vierge.

Et il avait peine à croire le verdict de son corps. L'expérience de Farah était quasi inexistante. Il lui avait fait mal.

— *Samheeni, ya rohi.* Pardonne-moi, j'aurais dû être plus délicat.

— Non, non, gémit-elle, son corps se détendant peu à peu. Je n'ai jamais rêvé… que…

Elle enfonça les doigts dans ses épaules, le forçant à la pénétrer plus profondément. Il obéit, et elle poussa un cri aigu tandis que lui poussait un râle de plaisir. L'instant d'après, il entendit l'exultation de Farah, et le soulagement l'envahit.

Elle s'agita sous lui, sans jamais le quitter des yeux, le laissant voir chaque sensation qui la balayait.

— Tu es magnifique… en moi…, dit-elle d'une voix rauque de satisfaction, et elle provoqua une nouvelle onde d'excitation en lui. Je ne pensais pas qu'un tel plaisir… existait…

— *Ya rohi*, prends tout le plaisir que tu peux.

Et il la regarda, émerveillé, s'abandonner à lui. Elle agrippa ses cheveux, amenant ses lèvres vers les siennes pour les noyer tous deux dans un baiser enfiévré, son sexe pulsant autour du sien.

Il se retira, puis revint en elle. Il s'enfonça plus profondément en elle, et les cris de Farah se firent plus intenses, ses spasmes atteignant de nouveaux sommets, son orgasme montant de profondeurs qu'il n'avait même pas soupçonnées. N'y tenant plus, il ondula des reins, de plus en plus vite, et enfin, vint en elle, ses rugissements résonnant entre les murs de la pièce.

Enfin, il la sentit se détendre sous lui. Il pulsait encore en elle, et était prêt à recommencer tout de suite. Mais elle ne serait pas prête. Pas ce soir.

Il la porta sur son lit. Le lit dans lequel il avait passé ces dernières nuits sans pouvoir s'y reposer, à imaginer Farah près de lui.

Maintenant, elle était là, allongée sur lui, les yeux embrumés par l'extase, les lèvres fredonnant la merveilleuse musique de la félicité.

Elle dormait. Il l'observa, savourant cette expérience toute nouvelle, cette intimité inconnue, et fut presque déçu quand elle s'agita. Puis elle se redressa en frissonnant, ses cheveux à présent secs effleurant son torse, et elle lui adressa un sourire qui lui donna l'impression qu'il flottait.

— Aucun rêve n'aurait pu rendre justice à ce que tu viens de faire, ce que tu m'as donné.

Sa voix était différente, satisfaite, un peu arrogante.

— Tu m'as donné autant, et plus.

La joie se lut dans ses yeux, se répandit dans les baisers dont elle le couvrit.

— Mais nous devions endurer tout ce que nous avons traversé pour atteindre ce sommet, souligna-t-il.

Elle émit un murmure d'approbation, ondulant déjà des hanches dans une danse érotique.

— Shehab, ne me fais pas attendre, prends-moi encore.

— Tu devrais te reposer, le venin t'a affaiblie…

— Je ne veux pas me reposer. Je veux sentir ton poids sur moi, te sentir en moi, jusqu'à ce que je sois exténuée.

En réponse à sa demande, Shehab se leva, lui offrit un sourire énigmatique, puis la porta dans ses bras et se dirigea vers la douche.

— Les plaisirs époustouflants viennent à qui sait attendre, dit-il.

8

Shehab contempla Farah, endormie contre lui. Allongé dans ses bras, encore en elle, il ne pouvait penser à rien hormis à elle, à eux, aux merveilleux moments qu'ils vivaient depuis leur rencontre.

Aujourd'hui, ils avaient fait de la plongée, avaient fait de nouveau l'amour dans le hammam, et puis, ils avaient préparé le repas ensemble. Ensuite, il avait travaillé quelques heures dans son bureau, comme il le faisait depuis ces trois dernières semaines.

Depuis ce jour où ils avaient fait l'amour, il ne l'avait presque pas laissée seule, et avait conclu la majorité de ses affaires depuis l'île. Farah était ravie, mais craignait qu'il ne néglige son travail. Il lui avait assuré que le pire de la crise était passé, et qu'il n'avait plus qu'à arrondir les angles. S'il devait partir, il le ferait, mais cette fois il l'emmènerait avec lui. Il ne pouvait plus se séparer d'elle. D'ailleurs, il n'était jamais séparé d'elle, de jour comme de nuit, des nuits passées à s'explorer dans un délice allant crescendo.

Il lui avait appris à voler, dans tous les sens du terme, et avait admis sans mal qu'elle, de son côté, lui avait appris comment savourer le voyage. Il lui avait assuré qu'elle avait fait la même chose dans tous les domaines, qu'elle lui faisait voir les choses sous un jour complètement nouveau. Et il ne mentait pas. Ils partageaient tout, à présent. Ensemble, ils parlaient de culture, de l'état du monde, de l'économie. Ils préparaient les repas et échangeaient leurs recettes. Ils exploraient les moindres recoins de l'île, mais aussi son environnement direct, que ce soit sur terre, sur mer ou dans les airs, de l'aube à l'aube.

Il devait bien le reconnaître, il n'avait jamais été aussi heureux.

Jamais il n'aurait pu imaginer, quelques semaines auparavant, que l'abdication de Farooq en sa faveur le conduirait à de tels instants de bonheur…

Un bip l'interrompit dans ses pensées, et Shehab ne l'identifia pas tout de suite.

Le bip retentit de nouveau. La troisième fois, il comprit. Un message. Sur le téléphone portable auquel seuls trois hommes avaient accès. Son roi, et ses deux frères.

— Qu'est-ce qui sonne ? demanda Farah, s'agitant contre lui.

Il s'enfonça en elle, incapable de la quitter. Le bip sonna encore. Et Shehab savait qu'il ne cesserait pas tant qu'il n'aurait pas lu le message. Et surtout, il savait qu'on ne lui enverrait pas un message à moins que ce ne soit important. Assez important pour le déranger.

Et il était dérangé. Il détestait cette intrusion dans la félicité qu'il partageait avec Farah. Il la redoutait, même.

— Un message. De mon oncle ou de l'un de mes frères.

Elle leva la tête, et il se maudit en voyant l'air rêveur dans ses yeux être remplacé par l'inquiétude.

— Tu crois que c'est urgent ?

— Sûrement. Sinon, ils ne chercheraient pas à me joindre.

Farah se retira, et ils poussèrent tous deux des gémissements de frustration d'avoir à se séparer.

— Alors, vas-y, dit-elle.

Il céda, maussade, et alla chercher le maudit téléphone.

Le message provenait de Farooq.

Vidéoconférence. Maintenant.

Son cœur se serra d'angoisse.

— Prends une douche en m'attendant, ou profites-en pour dormir un peu. La nuit ne fait que commencer, et je compte te garder éveillée pendant de longues heures encore.

— Oh, tu m'en vois ravie.

Elle s'étala sur le lit, véritable invitation au plaisir.

— Prends ton temps. Je ne bougerai pas d'ici, je t'attendrai.

Il vola un baiser à ces lèvres délicieuses qui lui promettaient le septième ciel.

— Souviens-toi, c'est ton tour de t'allonger et de me laisser t'explorer à loisir, lui rappela-t-elle.

— Je suis tout à toi, *ya hayati*.

Ma vie. Et c'était vrai, Farah était devenue toute sa vie.

Il lui prit un dernier baiser, puis s'éloigna.

Elle était allongée, et le regarda avec un sourire aimant tandis qu'il enfilait son pantalon en la dévorant des yeux. Puis, serrant les dents, il alla voir ce que le monde au dehors lui réservait.

Dans son bureau, il alluma son ordinateur et ses trois écrans larges, puis activa la vidéoconférence. Farooq et Kamal apparurent sur deux écrans. Mais rien sur le troisième.

Alors, le roi n'était pas encore assez remis pour faire une apparition. Il se demandait si son oncle serait jamais remis. Et si ses jours en tant que prince héritier étaient comptés ? Si ses jours en tant que roi de Judar approchaient à grands pas ?

Les yeux dorés de Farooq avaient encore cet air désolé qu'ils avaient depuis qu'il avait abdiqué et transmis son titre à son frère. Shehab aurait voulu lui dire de cesser de se sentir mal, lui dire qu'au lieu de l'avoir chargé d'un fardeau, il lui avait rendu un immense service, en lui permettant de connaître sa merveilleuse Farah. Maintenant, cela lui retournait le cœur de penser que Farooq aurait pu l'épouser à sa place. Shehab était certain qu'il serait tombé sous le charme de Farah, de toute façon, et cela aurait été un enfer de la voir dans les bras de son frère, épouse de raison ou non. Rien que d'y penser, il en avait l'estomac noué.

Mais avant qu'il puisse prononcer une seule phrase, ce fut Kamal qui prit la parole :

— Ça fait six semaines, Shehab.

Le benjamin de la famille royale avait un air maussade, comme à son habitude.

— Oui, vous aussi vous me manquez.

Kamal haussa un sourcil moqueur.

— Tu te ramollis, n'est-ce pas ?

Irrité par son commentaire, Shehab décocha à son frère un regard noir. Kamal avait des opinions tranchées, et la notion de compassion lui était presque étrangère. Des gens gravitaient autour de lui, mais il n'avait pas d'amis. En dehors de ses deux frères, il était un loup solitaire. Kamal n'était devenu ainsi que depuis quelques années, depuis son séjour aux Etats-Unis. Il n'avait jamais parlé de ce qui s'était passé là-bas, mais depuis, c'était comme si toute humanité en lui avait été annihilée.

Enfin, Shehab demanda :

— Et quelle est ta définition de « se ramollir » ?

Kamal se pencha en avant, comme s'il allait traverser l'écran pour lui montrer physiquement.

— Prendre six semaines pour faire ce que tu aurais pu faire en six jours. Que dis-je, en six heures. Tu l'as fait venir sur ton île dans le temps imparti, et elle était prête et disposée. Alors, explique-moi pourquoi tu n'as pas…

Shehab tapa du poing.

— La ferme, Kamal ! Si tu veux garder toutes tes jolies dents blanches.

— Tu n'es pas en train de te ramollir, tu es déjà mou, persifla Kamal sans se laisser impressionner.

— Je t'aiderai à lui casser les dents plus tard, Shehab, intervint Farooq. Mais il faut qu'on sache ce qui se passe.

Shehab se tourna vers l'écran où apparaissait Farooq, et entendit un petit cri derrière lui. Aussitôt, toute la tension s'évanouit. Mennah, la fille de Farooq âgée d'un an, était là. La fillette, arrivée dans leur vie trois mois plus tôt, l'avait conquis au premier regard. Sa vie était soudain devenue bien plus riche depuis qu'il avait le privilège d'être oncle. Il ne pouvait même pas imaginer comment il se sentirait s'il avait une fille. Une fille de Farah…

Il chercha sa nièce des yeux, espérant l'apercevoir. Farooq comprit aussitôt, se leva et quelques secondes plus tard, revint avec dans les bras le petit être qui, avec sa mère, avaient changé la vie de son frère pour toujours.

— *Ya Ullah*, elle est plus belle de jour en jour ! s'exclama Shehab.

Il fit un signe à Mennah, qui tenta de le toucher en grattant l'écran, puis tapa dessus, l'air déçu, quand elle vit que c'était impossible. Shehab soupira tandis que Farooq tentait de distraire Mennah.

— Où est Carmen ? s'enquit-il. Et comment va-t-elle ?

A la mention de sa femme, le regard de Farooq s'illumina.

— Elle va très bien.

Kamal poussa un soupir d'impatience quand Carmen apparut derrière Farooq, prenant son mari et sa fille dans ses bras, avant de regarder Shehab. C'était une femme adorable, d'une beauté rayonnante. Shehab était heureux que Farooq, qui avait toujours porté le poids du monde sur ses épaules, ait enfin trouvé une femme qui l'aimait de façon aussi inconditionnelle. Pas étonnant que Farooq ait abandonné le trône pour elle.

Carmen prit Mennah des bras de Farooq, et lui sourit.

— C'est bon de te revoir, Shehab, même par écran interposé. Maintenant, dis au revoir, Mennah. Tes oncles et ton papa ont des choses importantes à se dire.

Shehab rit tandis que Mennah continuait de gratter l'écran.

— Je te promets que je reviendrai bientôt, dit-il à la petite fille, et on pourra jouer toute la journée.

Dès que Carmen et Mennah eurent disparu, Kamal reprit la parole.

— C'est si attendrissant de vous voir tous les deux savourer les joies de la vie de famille, pendant que notre pays est au bord de la guerre civile, asséna-t-il d'une voix exaspérée.

— C'est vrai, malheureusement, admit Farooq en soupirant. Les Al Shalaan sont revenus à la charge. Ils exigent des preuves que la fille du roi Atef va t'épouser. Ils nous ont donné deux semaines, et ont menacé de recourir à des actions extrêmes. Je ne sais pas ce qui se passe de ton côté, et je ne veux pas le savoir. Mais tu dois nous donner une réponse. Va-t-elle t'épouser, oui ou non ?

Shehab ferma les yeux. Alors, le temps était venu. Il devait lui poser la question cruciale. Et elle était en effet prête à accepter tout ce qu'il lui demanderait.

Elle était prête depuis des semaines. Mais il avait senti que, dès qu'il ferait sa demande en mariage, il compterait à rebours l'instant où elle découvrirait la vérité. Il n'avait pas été capable de faire face aux conséquences.

Alors, il s'était enfermé avec elle hors du monde, et avait pris tout ce qu'il pouvait, tant qu'il le pouvait.

Maintenant le monde était revenu s'écraser sur lui, et il devait se préparer à affronter sa réalité. Son inexorabilité.

Un goût amer monta dans sa gorge.

— Oui, elle va m'épouser.

Il retourna dans ses quartiers, leurs quartiers maintenant, et avança vers le lit, lentement, pour savourer l'image qu'elle lui offrait, nue, enveloppée dans les draps, un sein dévoilé, ses cuisses appuyées l'une contre l'autre, sans doute pour adoucir la douleur exquise du désir dont il savait qu'il devait monter en elle comme il montait déjà en lui.

Il s'allongea sur elle, et elle lui tendit aussitôt les bras, puis déversa une pluie de baisers sur son visage, son cou, ses épaules Il frissonna, et recula.

Le regard embrumé de Farah se fit incertain et anxieux.

— Qu'est-ce qui ne va pas, chéri ? dit-elle en se redressant sur un coude, la voix tremblante. Un problème avec ta famille ?

Il serra ses épaules, oubliant tout sauf ce qui nouait son estomac comme un lent poison depuis qu'il avait posé les yeux sur elle, la seule chose pour laquelle il n'avait pas de réponse. Il lui fallait une réponse. Maintenant.

— Il y a une chose qui ne va pas. Une chose que j'ai besoin de savoir. Quand tu t'en iras, vas-tu retourner auprès de ton amant ?

Elle retomba sur le lit comme s'il l'avait giflée.

— Co… comment as-tu… ?

Elle déglutit, ferma les yeux, et s'empourpra. Enfin, elle ouvrit des yeux accablés.

— C'est le sujet de ton appel ? Tu as enquêté sur moi ?

— Avais-je besoin de mener une enquête, Farah ? Après tout ce que nous avons partagé, tu n'aurais pas pu me le dire toi-même ?

Elle se mit sur ses genoux, les yeux embués.

— J'aurais dû, mais je n'ai pas pu. J'étais si heureuse que tu n'aies pas entendu les rumeurs…

— Les rumeurs? Tu es en train de me dire que Bill Hanson n'est pas ton amant?

— Oh, mon Dieu, bien sûr que non! C'est le seul des amis de papa qui nous ait soutenues, ma mère et moi, quand papa est mort et que nous avons perdu notre fortune. Il nous a proposé de nous donner tout ce dont nous avions besoin pour la regagner. Mais ma mère a avoué que c'était son piètre sens des affaires qui avait causé notre déroute, et qu'elle ne ferait que perdre ce que Bill nous donnerait. J'étais trop jeune pour prendre les rênes de la compagnie, et j'ai vite compris que je n'étais pas faite pour être P.-D.G. d'une multinationale. Alors, je lui ai demandé un travail. Il m'en a offert un, avec un salaire énorme, et j'ai travaillé très dur pour mériter chaque centime. Rapidement, Bill m'a promue au poste de conseillère personnelle et d'analyste en chef. Quand je l'ai accusé de me faire la charité, il m'a assuré que j'étais la plus qualifiée pour le poste, et qu'en plus, il me faisait confiance. Il m'a dit que la confiance ne pouvait s'acheter, même avec tout l'or du monde.

Elle passa une main dans ses cheveux, l'air embarrassé.

— Les rumeurs ont commencé le jour où j'ai été promue, il y a environ deux ans et demi. Bill m'a alors demandé de laisser les gens croire que tout était vrai, en m'assurant que c'était un arrangement profitable pour tous les deux. Moi je voulais éloigner les prétendants, et lui voulait se venger de sa femme, qui l'avait quitté pour un homme de l'âge de leur plus jeune fils. J'étais satisfaite de cet arrangement, jusqu'à ce que je te rencontre, et j'étais contente que tu n'aies pas eu vent de cette mascarade, car je n'avais pas envie de t'expliquer. Je craignais que tu ne me croies pas.

Elle se tut, à bout de souffle, ses yeux guettant sa réaction avec angoisse. Il doutait avoir la moindre expression, tant il était abasourdi.

Lorsqu'il avait été certain qu'elle était presque vierge quand il l'avait rencontrée, son esprit avait imaginé de vilaines raisons pour expliquer comment une femme pouvait manipuler un homme comme Hanson sans se servir de son corps.

Mais il avait rejeté chaque explication. Il ne pouvait la croire capable d'une telle perversité. Et maintenant, ces aveux! Cela démolissait tous ses doutes. La blanchissait totalement.

Et cela rendait sa tromperie infiniment plus ignoble.

Parce qu'il la croyait. Sans l'ombre d'un doute. Elle ne faisait que lui dire ce que son instinct lui avait crié depuis le premier regard. Cette femme n'avait pas une once de malveillance en elle.

Mais il demeurait une chose. Il s'y accrocha, pour se sortir des griffes de la culpabilité.

— Pourquoi ne voulais-tu pas de prétendants, toi une femme belle et jeune ?

— Prétendants, c'est le terme que Bill employait. Moi, je les appelle des prédateurs. Ils me tournaient autour depuis la mort de papa, d'abord pour mon héritage, et ensuite, quand j'ai travaillé pour Bill, pour mon statut.

— C'est pour ça que… ?

Il ne put finir sa question, assailli par les souvenirs douloureux.

— Que je t'ai accusé d'avoir un plan secret le jour où nous nous sommes rencontrés ? Oui, mon insécurité était réapparue. J'étais si stupide que j'ai même cru que tu étais de connivence avec ces hommes mesquins qui voulaient un morceau de l'empire de Bill.

— Mais tu te rends bien compte que, même sans argent, tu peux rendre les hommes fous ?

— Mais oui, c'est ça, ironisa-t-elle.

— Comment peux-tu en douter ? Tu ne vois donc pas quel effet tu as sur moi ? Depuis notre premier regard ?

— Je pense que c'est un miracle que tu me désires autant que je te désire. Mais avant toi, je me moquais de savoir si des hommes pouvaient me désirer pour moi-même. Je ne voulais plus jamais avoir d'amant, après que ma première expérience m'avait convaincue que j'étais incapable d'apprécier le sexe.

Une seule expérience. Alors, elle était aussi novice que ce qu'il avait pressenti. Ses premiers vrais ébats, ses premiers plaisirs, son premier abandon s'étaient produits dans ses bras.

Mais l'exaltation de cette confirmation était tempérée par tout le reste. Sa première image d'elle — même si elle avait été nourrie par des preuves photographiques — l'avait amené à mal la juger. Ses préjugés avaient pollué ses pensées, ses sentiments, l'avaient fait résister à la logique, aux témoignages de ses propres sens, et avaient fait intrusion dans les moments précieux avec elle, des moments qu'il n'avait pas appréciés dans leur pleine mesure. Et maintenant ça ! Il fallait qu'il sache le reste, une bonne fois pour toutes.

— Parle-moi de cette expérience qui t'a fait penser une chose aussi ridicule.

Elle eut l'air de vouloir plutôt se cacher dans un trou de souris.

Juste au moment où il allait lui dire qu'elle n'était pas obligée d'en parler si cela la bouleversait, elle redressa les épaules, et lui adressa un regard où se mêlaient l'embarras et la détermination.

— J'avais dix-neuf ans, et j'essayais encore de me remettre de la mort de papa, tout en m'efforçant d'être forte pour maman. Dan était un des cadres qui travaillaient pour mon père, et il n'avait de cesse de me convaincre que j'avais besoin de quelqu'un, et que ce quelqu'un, c'était lui. Il avait fait des recherches si poussées sur moi qu'il savait quoi faire, quoi dire, pour projeter l'image d'une âme sœur pour la jeune fille terriblement naïve que j'étais. En tant qu'homme d'affaires rusé, il aurait consacré autant d'efforts et de temps pour bien moins que le demi-milliard de dollars que je valais encore à l'époque. Il était prêt à tout pour m'attraper dans ses filets. Il a réussi et c'était… — elle rougit — horrible. Ce n'était même pas douloureux, c'était embarrassant et dégoûtant. Il m'a dit que ce n'était pas grave, que certaines femmes n'étaient pas capables d'apprécier le sexe, mais qu'il essaierait de…

— De te soigner ? fulmina-t-il.

Grimaçant devant son ton cassant, elle hocha la tête.

— Oui, quelque chose comme ça. Comme j'avais honte de mes défauts, il a cru que je le laisserais me mener dans la direction qu'il souhaitait. Mais tu me connais, je suis incapable de masquer ce que je ressens. Alors j'ai rétorqué, « si je ne peux pas apprécier, à quoi bon ? » Il a essayé de m'amadouer pendant longtemps, mais son vernis a commencé à se craqueler. Le jour où j'ai proposé qu'on reste amis, il a explosé. Il m'a soutenu que personne ne voudrait être mon amant, qu'il n'avait supporté mon inexpérience et mon caractère odieux que pour l'argent, qu'il pensait mériter bien plus que la parfaite idiote que j'étais. J'étais sonnée. Je l'avais rendu furieux au point qu'il préférait jeter un demi-milliard de dollars plutôt que de me supporter ! Ensuite, quand le bruit que mon héritage était perdu a circulé, il m'a même téléphoné, pour me dire combien il avait eu de la chance de m'avoir fuie à temps. Il a terminé en persiflant que maintenant, j'étais non seulement une garce frigide, mais en plus, sans le sou.

Shehab fixa ses mains tandis que des envies de meurtre le submergeaient.

Mais, valait-il mieux que cet homme ? N'avait-il pas fait subir la même chose à Farah ? Ne l'avait-il pas manipulée pour un objectif qui n'avait rien à voir avec elle ? Comme elle l'avait pressenti, dès le premier jour ?

Non. Sa cause à lui était juste. Et il avait manipulé Farah en ayant de fausses impressions sur elle. Les pires. A présent qu'il savait la vérité, il mourrait plutôt que de la faire souffrir. Tandis que l'autre homme l'avait sciemment marquée à vie…

Il se leva d'un bond.

— Je vais retrouver cette pourriture. Ensuite, je lui paierai un aller simple pour l'enfer.

Elle cligna des yeux, alarmée, puis se fendit d'un rire nerveux.

— Oh, Shehab, il n'en vaut vraiment pas la peine !

— Tu n'obtiendras pas sa grâce comme avec les paparazzi, tonna-t-il. Cette ordure t'a fait croire qu'être traquée par eux était préférable à être exposée à son espèce. Il t'a convaincue que tu avais des défauts, alors que tu n'as que des qualités, et qu'aucune autre femme n'est plus capable d'être satisfaite que toi. Il t'a volé ton innocence, alors qu'il n'en voulait même pas, et il a souillé ce cadeau inestimable. Alors il paiera pour tous ses crimes.

Sanglotante, elle se jeta à ses pieds.

— Oh, Shehab, si tu veux me venger, eh bien, tu viens de le faire ! Plus que tu ne l'imagines. Oublie-le, ou tu me feras craindre de te dire quoi que ce soit à partir de maintenant.

Il la regarda, luttant contre les émotions négatives qui faisaient rage en lui. A la voir ainsi, à ses pieds, le drap recouvrant ses cuisses et exposant la cambrure de son dos gracieux, ses hanches rondes, dans une pose digne de ses fantasmes les plus érotiques, il se sentit troublé. Sa fureur se dissipa peu à peu, tandis que ses yeux glissaient sur la cascade de ses cheveux parsemés de soleil, ses lèvres gonflées semblant implorer qu'on les embrasse.

Il résista à l'envie de réaliser le fantasme qui lui traversait l'esprit, et s'agenouilla pour la serrer dans ses bras. Puis il l'embrassa, longuement, profondément.

Lorsque, enfin, il détacha ses lèvres des siennes, elle était alanguie dans ses bras, les yeux hagards, les mains tremblantes, en train de repousser son *abaya*, l'exposant à son avidité.

— J'ai tout de même tenté d'autres expériences après Dan.

Il se raidit, et elle s'empressa d'ajouter :

— Je ne suis pas allée au-delà de quelques baisers, avec de beaux garçons qui me semblaient gentils. J'avais décidé de m'amuser. Je pensais que si les baisers se passaient bien, j'irais plus loin.

Il commença à gronder, et elle glissa la langue sur la peau ferme de son ventre, lui tirant un délicieux frisson.

— Mais aucun ne m'a donné l'envie d'aller plus loin. Au bout de trois tentatives infructueuses, j'ai su que Dan avait raison quand il avait dit que j'étais incapable d'apprécier l'intimité physique.

Il descendit du lit et elle haussa la tête, le regardant droit dans les yeux. Ses yeux. *Ya Ullah*, ses yeux !

Farah s'était mise à nu, elle lui laissait voir la profondeur de son cœur et de son âme.

— Je me rends compte maintenant que je ne peux pas éprouver de passion physique sans émotion. Et c'est pourquoi tu seras toujours le seul à pouvoir m'embraser et me satisfaire. Parce que je t'aime.

Parce que je t'aime.

Il la dévisagea, paralysé sous un déluge d'émotions. Elle l'aimait. Farah l'aimait.

Et elle prit sa main, ses lèvres tremblantes embrassant sa paume, ses yeux brillant de tant d'émotions qu'il se sentit bouleversé.

— Je t'ai aimé au premier regard, et je t'aime davantage chaque jour.

Etait-ce ainsi que les crises cardiaques se produisaient ? Quand les émotions généraient une chaleur trop vive, comme maintenant ? Etait-il possible qu'il soit béni ? Sinon, comment expliquer qu'il ait l'amour et la confiance de cette femme incomparable… alors qu'il ne les méritait pas ?

Si. Il les méritait. Parce qu'elle avait perçu, au-delà de la manipulation, les émotions qui avaient grandi en lui depuis leur première rencontre, depuis la première étincelle. C'était pour ça qu'elle était tombée amoureuse de lui. Elle ne faisait que répondre à ses propres sentiments.

Et même s'il pensait mériter de la perdre, pour la façon dont il l'avait manipulée, pour son impossibilité à tout confesser, puisqu'il n'y avait pas que sa vie et son destin en jeu, il devait tendre la main, et prendre ce qu'elle avait à offrir. Et elle lui offrait tout d'elle.

Il descendit du lit, la tira jusqu'au bord, jusqu'à ce qu'elle soit assise, puis s'agenouilla entre ses cuisses. Il voulait s'engouffrer entre elles. Mais il ne pouvait pas. Il était vaincu. Elle l'avait vaincu. Il baissa la tête, répétant son prénom d'une voix haletante, comme une prière.

Elle cria et tenta de lui faire relever la tête, de ses doigts tremblants plongés dans ses cheveux. Il mit les mains sur les siennes, pour lui exprimer qu'il avait besoin d'être contre son cœur, entouré par sa générosité, béni par son amour.

Sa généreuse Farah accéda à sa requête, et l'étreignit, l'enveloppant de son amour, répandant ses larmes sur son visage et sur ses mains.

— S'il te plaît, hoqueta-t-elle, ne me fais pas regretter de t'avoir avoué mes sentiments. Tu ne me dois rien. Je sais à quel point tu es un homme d'honneur, et je mourrais si tu te sentais mal à cause de moi, si tu te sentais redevable. Je savais ce que je faisais, et je n'ai jamais rien attendu en retour. Je suis juste heureuse d'être normale, de t'avoir trouvé, toi un homme qui mérite toute ma confiance et tout mon amour. Quand notre histoire s'achèvera, je repartirai en sachant que j'aurai connu la véritable félicité. Que, une fois dans ma vie, j'aurai eu ce que mon nom proclame que je suis. La joie. Tu m'as offert ce merveilleux cadeau, et je chérirai toujours le souvenir de nos moments de bonheur.

Il la dévisagea, frappé par l'horreur de ce qu'il lui avait infligé. Elle avait peut-être, inconsciemment, perçu ce qu'il ressentait pour elle, mais elle avait été incapable d'y croire. Et elle ne s'était pas protégée pour autant. Elle lui avait tout donné d'elle, lui avait fait confiance, sans rien attendre en retour, en pensant que les bribes qu'il lui avait accordées de lui jusqu'à présent étaient suffisantes.

Incapable de supporter un mot de plus, il scella leurs lèvres.

— Aie pitié de moi, mon amour ! s'exclama-t-il. Je t'aime, toi, le bonheur de ma vie. C'est moi qui t'ai aimée dès le premier regard, qui ai voulu te donner le temps de me connaître, en priant pour que tu éprouves ne serait-ce qu'un millième de ce que je ressens pour toi. Mon cœur t'appartient, parce que tu es celle qui l'a éveillé à la vie. Tu possèdes mon corps et ma vie, parce que tu m'offres les tiens en retour. Et maintenant, tu possèdes mon âme, parce que tu m'as donné ton âme avec une abnégation incroyable. Mais tu dis que tu n'attends rien de moi. Cela veut-il dire que tu ne veux rien ? Que tu n'accepteras rien de ce que je pourrais t'offrir ? Alors que je t'offre tout, tout ce que je suis ? Ne veux-tu pas être ma raison de vivre ? Ne veux-tu pas m'épouser ?

Farah s'était figée dès ses premiers mots, mais ses yeux émeraude avaient vacillé à sa place. Quand il s'arrêta, le cœur en suspens, elle inspira comme si elle était restée longtemps sous l'eau et qu'elle reprenait un souffle vital. Puis ses yeux s'embuèrent, et son visage s'illumina, la jubilation et le soulagement se mêlant sur ses traits. Elle croyait à son amour pour elle, enfin !

Et il fut enveloppé dans son bonheur absolu.

— Oh, mon Dieu, tu m'aimes vraiment, sanglota-t-elle, le regard émerveillé.

Il se releva, l'étala sur le lit, s'allongea sur elle.

— *Ana aasahagek*… il n'y a pas de mot pour le traduire. *Esh'g* est un concept qui n'a pas d'équivalent dans ta langue, c'est un sentiment plus altruiste que l'amour, charnel comme le désir le plus féroce, proche de l'adoration divine, et inébranlable. J'ai toujours pensé que le mot était une de ces hyperboles si chères à ma culture. Mais c'est bien réel. C'est le terme qui approche le plus de ce que je ressens pour toi. *Aasahagek. Enti mashoogati.* Ce que je ressens, et ce que tu es pour moi.

Il la sentit fondre sous lui, secouée par l'émotion.

— C'est trop, chéri… beaucoup trop…

Il aspira ses souffles dans ses lèvres, assécha ses larmes.

— Rien ne sera jamais trop pour toi. *Enti rohi, hayati*… mon âme, ma vie…

Elle se cambra et enroula les jambes autour de lui.

— Je t'en prie, mon amour, je ne peux plus attendre… prends-moi maintenant que je sais que tu m'aimes. Aime-moi, et laisse-moi t'aimer…

Il entra en elle comme une caresse, l'envahit, se rendit, et en quelques secondes, ils parvinrent à l'extase. Cette fois, quand il jouit en elle, il rugit son amour. Enfin, il fut libéré, et pour la première fois, tout à fait serein.

— Oui, je sais bien que ça fait six semaines…

Farah se mordilla la lèvre en écartant le combiné de son oreille tandis qu'à l'autre bout de la ligne, la tirade explosait.

— Bill, tu veux bien te calmer ?

Elle éleva la voix dans le micro, puis recolla prudemment l'écouteur à son oreille.

— Je ferai l'analyse aujourd'hui, promis.

Elle s'interrompit, et Shehab ne put se retenir plus longtemps. Il avança vers elle, la souleva et alla s'asseoir sur le canapé avec elle sur ses genoux. Elle le regarda avec gratitude, mais elle semblait frustrée par l'accès de colère de Bill.

— D'accord, d'accord, Bill. Ne te rends pas malade pour ça, je vais revenir. Dès que possible.

Elle raccrocha, et regarda Shehab, l'air désolé.

— Tu n'as plus à recevoir d'ordres de lui, grommela-t-il. En tant que mon épouse, tu peux racheter sa compagnie douze fois au moins.

Dès qu'il prononça le mot épouse, elle eut l'air enchanté et lui donna une nouvelle preuve de l'amour qu'elle lui portait en s'abandonnant pour un long baiser enfiévré. Mais quand elle recula et l'observa, elle n'avait plus l'air ravi mais contrarié.

— Primo, commença-t-elle d'un ton réprobateur, je ne t'épouse pas pour avoir accès à tes richesses sans fond ; deuxio, ce n'est pas pour l'argent. Bill est en quelque sorte le seul ami que j'aie, et il a besoin de moi.

Il lutta contre l'envie d'appeler Bill pour lui dire d'aller au diable.

— D'accord, je comprends ça.

Et c'était vrai. Shehab savait qu'il suffisait à Farah, mais si d'autres enrichissaient sa vie d'une quelconque manière, et lui donnaient un peu de bonheur, il ferait tout pour qu'ils continuent de faire partie de la vie de Farah. Mais…

— Il n'élèvera plus la voix sur toi, sinon, il aura affaire à moi.

— Oh, il aboie mais il ne mord pas. Avec moi, en tout cas. En fait, il est plutôt réconfortant. Papa était comme lui, et j'éprouve une certaine nostalgie à avoir une figure paternelle avec les mêmes effets sonores.

— Tu ne cesses de m'empêcher de te défendre, avec toute cette compassion mal placée.

Elle allait protester, et il l'embrassa pour l'en empêcher.

— Et même si ça me rend fou, puisque je ne peux pas lâcher ma colère sur tous ceux qui t'ont fait vivre des moments pénibles, c'est une des multiples choses que j'aime chez toi.

— Oh, tu penses que tu peux me dresser une liste de ces choses par écrit ?

Il lui donna un long baiser, puis promit qu'il lui décrocherait la lune si elle le souhaitait. Elle le regarda, haletante.

— Alors, tu pourrais m'arranger un aller-retour à Los Angeles ?

Shehab sentit son cœur battre d'appréhension. Après l'enchantement des six dernières semaines, le fait de confesser son amour avait conduit leur relation à un niveau supérieur, qui ne faisait que s'élever à chaque instant. Et il redoutait le moindre changement. Mais comment lui refuser cela ?

Il ne pouvait pas. Il lui donnerait toujours tout, avant même qu'elle ne le demande.

— Tu penses que je t'enverrai seule là-bas ?

— Tu viendrais avec moi ? s'exclama-t-elle, l'air ravi.

— J'irai avec toi jusqu'au bout de la terre, et même en enfer. Alors, qu'est-ce qu'un petit aller-retour à Los Angeles ?

*
* *

Le minuscule voyage de vingt-quatre heures, qui leur rappelait leur vol mémorable de Los Angeles à son île, était l'inverse de la première fois. Alors qu'ils avaient passé leur temps à discuter, aujourd'hui, ils s'étaient dirigés vers la chambre dès leur arrivée à bord, et ils n'en étaient pas sortis pendant tout le vol.

Toutefois, malgré le déluge d'émotions sensuelles qu'ils avaient connu, Shehab était anxieux. Il sentait le besoin de révéler tout ce qu'il cachait, tout ce qui le rongeait.

Pourtant, dès qu'il posait les yeux sur elle, qu'il voyait son adoration, sa félicité, il renonçait. Comment assombrir cette perfection, en parlant de la mascarade par laquelle tout avait commencé ? Comment lui causer la souffrance, la désillusion, même pour quelques instants, avant qu'il ne la convainque qu'elle avait cessé depuis longtemps de n'être qu'un instrument de paix pour le trône de Judar ?

Ce ne fut que lorsqu'il la regarda marcher vers son bureau, et qu'elle s'arrêta tous les deux pas pour lui faire signe, qu'il sut.

Il ne pouvait temporiser plus longtemps.

Elle se retourna une dernière fois et lui envoya un baiser, avant de disparaître derrière le mur de glace de l'entrée du gratte-ciel.

Dès qu'elle sortirait de cet immeuble, il lui avouerait son identité, confesserait toute la vérité, implorerait son pardon, car pour lui, la supercherie avait cessé d'en être une presque depuis le début.

Et sa miséricordieuse Farah lui pardonnerait.

Oui, il avouerait tout, et elle lui pardonnerait.

Ensuite, leur vie de bonheur pourrait vraiment commencer.

9

Farah gagna le bureau de Bill d'un pas léger. Elle sourit aux gens qu'elle croisait, qu'elle les connaisse ou pas. Elle sautilla même en passant devant l'assistante personnelle de Bill. Sans attendre d'être annoncée, elle entra en trombe.

Elle trouva Bill assis à son bureau, la tête entre les mains.

Et toute la jubilation qui bouillonnait en elle depuis que Shehab s'était agenouillé à ses pieds se figea. En dehors de Shehab, Bill était l'homme le plus fort qu'elle ait jamais connu. Quels que soient les coups qu'il pouvait recevoir, sur le plan personnel ou professionnel, il les encaissait tous sans aucun signe de douleur ou de faiblesse. Pourtant, à cet instant, il semblait usé, et vaincu.

Elle courut vers lui, et il leva un regard meurtri vers elle.

— Ton amant t'a ramenée très vite, à ce que je vois. Tu sais qui il est ?

Elle sursauta devant la rudesse de sa voix. Alors, il savait pourquoi elle avait pris ces vacances. Bill était capable de tout savoir s'il le souhaitait. Mais pourquoi la toisait-il d'un regard noir ? Craignait-il qu'elle ait divulgué sur l'oreiller des informations vitales sur sa société ? Elle allait s'empresser de le rassurer.

— Oui, bien sûr, mais…

— Seigneur, je n'étais pas prêt pour ça, la coupa-t-il avec un long soupir. Pourtant, je savais bien qu'un jour tu changerais d'avis sur le sexe et les hommes. Et qui mieux que cet homme, hein ? Coucher avec lui sert tant d'objectifs.

Farah était de plus en plus confuse. Les paroles de Bill n'avaient pas de sens.

Et il poursuivit, de moins en moins clair :

— Pourquoi ne m'as-tu rien dit, bon sang ? Bien que je sois étonné que, pour une fois dans ta vie privée, tu aies fait un geste qui est bon pour les affaires…

— D'accord, j'appelle ton médecin. Tu divagues.

Bill soupira.

— Qui eût cru que tu aurais l'intelligence de prendre à l'essai le prince héritier de Judar avant de consentir à l'épouser ? Ces mariages orientaux sont pour toute la vie, après tout. Mais, à en juger par ton air ravi quand tu es entrée, il semble que tu aies trouvé les prouesses sexuelles de Shehab Al Masood… satisfaisantes, à tout le moins.

Autour d'elle, et en elle, tout s'arrêta.

Il lui sembla qu'il s'était passé des heures quand le temps reprit son cours, et qu'elle recommença à respirer.

— Tu penses que Shehab est…

Elle fut prise d'un rire hystérique, comme si elle venait d'échapper à un accident mortel.

— J'ai compris, dit-elle. Le prénom du prince héritier est Shehab aussi, c'est ça ? J'imagine que ce doit être un prénom très répandu. Mais le nom de famille de Shehab est Al Ajman. C'est le magnat de…

— Je sais exactement qui il est. Le magnat de la finance qui semblait sorti de nulle part il y a trois mois. Al Ajman est le nom de jeune fille de sa mère. Je parie qu'il ne pensait pas que je mènerais l'enquête sur lui quand il a créé son double…

Il s'interrompit, se leva lentement, une rage froide passant sur son visage tandis que tout semblait se mettre en place dans son esprit. Comme tout se mettait en place dans son esprit à elle.

— Mais ce n'était pas moi, la cible de la tromperie, ni le monde des affaires en général. C'était toi. Tu as refusé de l'épouser, alors il a décidé de te mener en bateau…

Il s'interrompit, l'horreur remplaçant la rage sur son visage. Ou était-ce juste le reflet de celle qui la submergeait à cet instant ?

Shehab. Il n'était pas l'homme qu'elle croyait connaître jusqu'aux limites les plus éloignées de l'intimité. Il était le prince que son nouveau père lui avait demandé d'épouser. Celui dont elle avait refusé d'entendre un seul mot. Elle avait cru avoir le choix. Mais elle n'en avait aucun. Il l'avait traquée, pour qu'elle revienne sur son refus, qu'elle succombe corps et âme. Pourtant, il n'avait que faire de son âme. C'était lui-même qu'il avait décrit quand il avait dit que Dan l'avait manipulée, et qu'il avait souillé le cadeau qu'elle lui avait fait en s'offrant à lui.

Elle avait perçu ses intentions cachées le premier soir. Elle avait juste été trop ignorante pour soupçonner la vérité, puis trop désireuse de croire ses sens, et de croire en la séduction de Shehab.

Comme il avait dû détester jouer cette comédie pour elle, comme il avait dû abhorrer chaque seconde en sa compagnie ! Il devait bouillonner d'impatience de se débarrasser de la femme qu'il avait été forcé de séduire pour la faire obéir à ses lois tribales.

— Farah, je suis navré. J'ai cru que tu savais…

— Je voudrais que tu me rendes un service, Bill, coupa-t-elle. Prête-moi ton hélicoptère.

Elle avait dit cela avec la voix d'un zombie.

— Il t'attend en bas, n'est-ce pas ? devina Bill. Et tu ne veux pas le revoir.

— Non. Je ne veux plus jamais le revoir.

Il soupira lourdement, hocha la tête, puis appuya sur son Interphone. Sa main se figea sur la touche.

— Tu me feras savoir où tu es.

Elle hocha lentement la tête.

— Et tu ne vas pas te faire de mal… promets-le-moi.

Elle le regarda avec des yeux secs, étonnée.

Pourquoi Bill s'inquiétait-il ? Comment pourrait-elle se faire du mal, alors qu'elle était déjà détruite ?

N'y tenant plus, Shehab entra en trombe dans le gratte-ciel, en quête de Farah.

Cela faisait trois heures maintenant. Et durant la dernière heure, il l'avait appelée sur son portable, sans réussir à la joindre. A l'intérieur, il n'obtint que des réponses évasives, jusqu'à ce qu'il recoure à des menaces. Alors on l'informa : Farah avait quitté l'immeuble en hélicoptère.

Il sortit à la hâte, en s'enjoignant de garder son calme.

Elle avait dû partir pour une affaire urgente, celle que son patron lui avait ordonné de régler. Dès qu'elle aurait terminé, elle l'appellerait. Elle n'avait sans doute pas pensé qu'il l'attendrait devant l'immeuble, et n'avait pas entendu son téléphone à cause du bruit de l'hélicoptère.

Mais rien de ce qu'il se disait ne le rassurait. Alors, il fit ce que tout homme à la recherche de la femme qu'il aimait ferait. Il traqua le signal GPS de son téléphone.

Même avec les ressources infinies dont il disposait, il lui fallut quatre heures pour la localiser, et la rejoindre. Dans un motel d'Orange County.

Après une inspection appuyée du passeport diplomatique de Shehab, et un court exposé de la situation, un réceptionniste lui dit où trouver Farah, et lui donna même un double de sa clé magnétique.

Shehab se dirigea vers sa chambre, le cœur battant tandis qu'il humait son parfum transporté par la brise.

Ses doutes s'intensifiaient à chaque pas. Ça ne ressemblait pas à un endroit où les affaires de Bill pouvaient être menées. Alors, pourquoi était-elle venue ici ? Et pourquoi n'avait-elle pas appelé ?

Avant d'insérer la carte dans la fente, il se ravisa, et frappa à la porte. Après de longs moments de silence, des pas résonnèrent, lents, presque traînants. Enfin, la porte s'ouvrit.

Une étrangère se tenait sur le seuil.

Une étrangère qui ressemblait trait pour trait à Farah.

Alors, c'était vrai, songea Farah.

Elle avait ouvert la porte, avait découvert Shehab, et elle n'avait rien ressenti. Ni choc, ni surprise, ni colère, ni même douleur. Rien. Tout était fini.

— Habibati…

Il avança, et elle fixa son magnifique visage, le visage qui cachait toute sa cruauté et sa fourberie, affichant une de ces gammes d'émotions qu'il simulait de manière si troublante.

— J'ai failli devenir fou comme tu ne répondais pas au téléphone. Pourquoi es-tu là ? Est-ce ici que Bill t'a envoyée ?

Elle ne répondit pas, et se dégagea pour aller fermer la porte. Puis elle se tourna vers lui, le regard vide. Shehab avança telle une panthère prenant garde de ne pas laisser sa proie comprendre qu'elle allait être son repas dans quelques secondes.

— *Hayati*, qu'est-ce qui ne va pas ?

Il ne comprenait toujours pas ? se demanda-t-elle. Ou alors, il essayait encore de la manipuler ? Il pensait sans doute en être capable. Elle était si stupide, après tout. Elle l'avait prouvé durant six longues semaines.

Mais quelque chose de terrible était en train de se passer. La vue de lui, de son parfum, l'idée même de lui s'infiltrait en elle. L'anesthésie du choc était en train de se dissiper. Et les dégâts commençaient à se répandre en elle, infinis.

Folle de douleur. Elle savait ce que cette expression signifiait, à présent. Elle pouvait sentir tout ce qui faisait d'elle un être humain se désintégrer tandis que chaque souvenir des six dernières semaines remontait insidieusement à la surface, jusqu'à ce que son cerveau ne soit plus qu'un enchevêtrement d'images douloureuses.

Il la prit dans ses bras, et frissonna à son contact. Dieu, il était vraiment très fort.

Soudain, elle visualisa une échappée. Une version de la réalité où elle serait la femme que la rumeur dépeignait. La femme qui non seulement survivrait à cela, mais qui en plus, s'en irait en riant. Une femme invincible, comme lui. Une femme jouant pour gagner. Sans éprouver ni remords ni regrets. Une femme sans cœur.

D'ailleurs, elle était sans cœur. Shehab le lui avait arraché.

— Je tiens à te remercier, dit-elle en le repoussant.

Le regard de Shehab vacilla. Pour la première fois, il ne pouvait lire en elle. Et il était inquiet, elle en était certaine.

— De quoi, *ya habibati* ?

Habibati. Mon amour. Il l'appelait son amour, alors qu'elle n'était rien pour lui. Juste un instrument, un moyen de parvenir à ses fins. Chaque mot était un mensonge. Chaque sourire et chaque geste étaient pires que des mensonges. Quel rôle détestable il avait dû jouer pour la piéger ! Elle était une pièce dans un jeu d'échecs, qu'il avait dirigée avec une grande capacité d'anticipation et d'indifférence.

Elle ne pouvait le laisser rire à ses dépens, à l'idée qu'il avait fait d'elle une idiote folle amoureuse et reconnaissante.

Il était temps de lui présenter son pendant féminin.

— Tu peux être fier, tu as fait ce que personne n'avait réussi à faire avant toi, s'entendit-elle murmurer d'une voix froide. Tu es le seul amant dont Bill savait qu'il était une réelle menace pour lui. Il faut dire que tu es le premier prince héritier que j'aie jamais fréquenté. Bien sûr, j'étais au courant. J'ai fait semblant parce que tu voulais jouer la comédie, alors j'ai voulu jouer, moi aussi. Mais Bill a vraiment pris peur. Il m'a rappelée, pour m'offrir de m'épouser, enfin.

Avant que Shehab ne surmonte le choc, il comprit.

Farah avait découvert qui il était, et elle lui donnait une bonne leçon. Elle allait le gifler pour lui avoir caché sa véritable identité, tempêter, puis rire devant son air horrifié. Il l'aurait bien mérité. Ensuite, il la serrerait dans ses bras et la laisserait prendre la revanche qu'elle souhaitait. Plus tard, bien plus tard, il lui dirait qu'il pouvait tout supporter venant d'elle, mais qu'il y avait certaines choses sur lesquelles elle ne devrait jamais plaisanter, qu'elle ne devrait jamais utiliser en guise de châtiment. Une chose surtout. Son amour pour lui.

Mais elle ne le gifla pas, n'explosa pas, ne rit pas. Non, elle se contenta de le regarder avec ces yeux étranges.

— Ç'a été agréable tant que ça a duré, dit-elle d'une voix toujours aussi indifférente. Tu es un grand hôte, et un amant convenable. Je suis sûre que tu n'étais pas sérieux quand tu m'as demandée en mariage, et même si tu l'étais, Bill est de loin le meilleur parti. Toi tu es trop… exigeant, tu comprends.

Il ne put respirer. Et il ne respirerait plus tant qu'elle ne hurlerait pas sur lui, ou qu'elle ne lui tirerait pas la langue, comme il aimait tant qu'elle le fasse. Mais elle ne fit rien de tout cela.

Elle passa devant lui et ouvrit la porte.

— Bill est très susceptible à ton sujet, maintenant, et je dois le calmer jusqu'à ce qu'il signe notre contrat prénuptial. Peut-être qu'après le mariage, on pourrait se revoir toi et moi. Si je ne me trouve pas d'autre amant entre-temps, bien sûr.

Tout ce qu'il avait entendu sur elle. Les « rumeurs », comme elle les avait appelées. Elle avouait tout. Et elle ne plaisantait pas.

— Bien sûr, si nous nous revoyons, il faudra que tu m'excuses si je laisse tomber la comédie de la fille stupide et énamourée. J'ai dû fournir de gros efforts pour être convaincante, et je ne vais pas m'y remettre de sitôt.

Arrête.

Mais elle n'arrêta pas. Non, elle continua.

— Je t'aurais bien proposé une dernière partie de jambes en l'air en guise d'au revoir, mais Bill me rejoint dans une heure, et tu ne sais pas faire court, alors…

Elle lui montra la porte d'un geste désinvolte.

Il n'aurait pas pu bouger même si sa vie en avait dépendu. Une avalanche l'avait enfoui, faite de tous les moments qu'il avait vécus avec elle. Chaque moment se retournait dans son esprit, souriant de façon hideuse, lui montrant son vrai visage macabre. Shehab avait menti à Farah, mais avec les meilleures intentions. Tandis qu'elle l'avait trompé sur sa nature, depuis le début, pour les raisons les plus basses et les plus viles qui soient.

La femme qu'il adorait n'existait même pas.

Mais il ne pouvait fléchir maintenant, il ne pouvait s'effondrer devant elle. Tant pis si elle était un être perverti qui aimait piéger les hommes pour les détruire. Tant pis si elle avait détruit son cœur et son âme. C'était le cœur et l'âme de l'homme qu'il était. Or, le prince héritier de Judar n'en avait pas besoin pour remplir son rôle de futur roi. Et il ferait remplir le sien à Farah — celui d'une future reine.

Il ferma la porte avec un calme que seul le fait d'avoir tout perdu pouvait permettre.

— Alors tu penses que tu peux me renvoyer comme ça. Intéressant. Ce qui est plus intéressant, c'est que tu sembles penser que ces six dernières semaines étaient un plaisir pour moi. L'ego d'une femme est sans limites, surtout quand des hommes futiles lui donnent l'impression qu'elle est irrésistible. J'aurais préféré le faire à ma façon, sans douleur, mais puisque tu penses que je vais te laisser joyeusement retourner à tes manœuvres mesquines, je vais devoir exercer un peu de pression. A toi de voir à quel point je dois l'exercer. Tu peux venir avec moi maintenant, et t'épargner des choses déplaisantes, ou je peux vous faire regretter, à toi et à ton amant gâteux, de m'avoir manipulé. A la fin, tu feras ce que je voudrai, de toute façon.

Farah faillit sourire. Comme cela avait été facile de lui faire tomber le masque ! Le cheikh sans âme qui utilisait et trompait les gens à son profit était percé à jour.

Avec la fascination morbide d'une blessée qui se demandait comment son meurtrier allait l'achever, elle inclina la tête vers lui.

— Tu es enivré par ton pouvoir, on dirait. Comment ferais-tu tout ça ? Nous sommes en Amérique, pas sur ton île ou dans ton royaume.

Le sourire qu'il lui décocha aurait été effrayant, si elle avait pu ressentir quelque chose.

— Tu veux une liste ? Si on commençait par le fait d'écraser Hanson, jusqu'à ce qu'il dépose le bilan ? Si je lui montre comment je compte procéder, et comment il pourrait arrêter ça, il t'abandonnera en un clin d'œil. Ensuite, je ne te laisserai aucune issue, et tu reviendras ramper à mes pieds. Je t'épouserai, afin de remplir un devoir répugnant, pour le bien de mon royaume. Je n'ai supporté ton soi-disant manque d'expérience et ton odieux caractère que pour parvenir à mes fins. Au but ultime. Préserver le trône de Judar, et avec lui, la paix de toute la région.

Voilà. La confirmation. La fin de l'espoir que, peut-être un instant, une heure, avaient été réels. Elle croyait entendre Dan. Il avait même utilisé ses mots.

Mais elle n'avait pas aimé Dan au-delà de la raison. L'animosité et le dégoût qu'il lui avait témoignés n'avaient pas eu d'effet sur elle. Shehab, en revanche, venait de la détruire davantage, si c'était possible.

Elle passa devant lui, courut vers la porte.

Mais elle n'alla pas bien loin. En une minute, elle se retrouva coincée entre Shehab et ses hommes. Et comme une proie consciente qu'il était inutile de lutter, elle resta figée, et se laissa faire.

Il la poussa dans la limousine, avec le regard d'un étranger impitoyable qui n'éprouvait qu'aversion pour elle. Elle se blottit contre sa portière pendant tout le trajet jusqu'à son jet.

Dès qu'ils furent dans les airs, elle tourna ses yeux sans vie vers lui.

— Alors tu me kidnappes pour de bon cette fois.

— Je t'emmène chez ton père, dit-il d'une voix pleine de dédain. Le destin veut que tu sois la fille d'un grand roi, et la sauveuse de deux royaumes. Je dois regarder au-delà de tes défauts, et voir le bien que tu apporteras par ta simple existence.

— Mais de quoi est-ce que tu parles ? Préserver le trône, la paix de toute une région, la sauveuse de deux royaumes ?

Un instant, il faillit se laisser prendre à ses protestations. Elle avait l'air sincèrement déboussolée. Mais il se rappela aussitôt qu'elle était la meilleure comédienne qu'il ait jamais rencontrée.

— Le roi Atef t'en a déjà parlé. Alors arrête ton numéro.

— Je ne fais pas semblant. J'ai parlé au roi Atef une douzaine de fois. Au début, j'étais encore sous le choc, après que maman m'eut appris qu'il était mon père. Je… je l'appréciais, mais j'avais peur de chercher désespérément une autre figure paternelle.

Elle s'interrompit, tentant de dénouer le fil de ses pensées chaotiques.

— Il semblait si désireux de me connaître, si heureux de m'avoir retrouvée, que j'ai commencé à m'ouvrir. Mais je me sentais quand même tiraillée entre le bonheur d'avoir un père et la culpabilité de trahir la mémoire de papa. Puis il est venu me voir, et m'a annoncé que je devais laisser ma vie de côté, pour épouser un prince que je ne connaissais pas, afin de sceller un pacte politique. J'ai su alors que son affection n'avait été qu'un leurre. Il n'était pas heureux de me connaître, il n'avait fait que me dire ce qu'il fallait pour que j'accepte de prendre part à son plan. Je ne pouvais pas écouter un mot après ça, et je lui ai ordonné de me laisser tranquille.

— Et, croyant que seuls tes sentiments étaient à prendre en compte, tu as refusé de m'épouser. Voilà pourquoi tout cela est arrivé.

Elle le dévisagea, un autre accès de tristesse la suffoquant.

Il lui répondit par un regard implacable.

— Mais puisque malheureusement, tu seras la princesse et la future reine de Judar, tu dois connaître la situation. Je vais faire comme si ta question indiquait de l'intérêt, ou au moins de la curiosité.

Il marqua un temps, comme s'il attendait un commentaire de sa part. Comme elle continuait de le fixer sans rien dire, dévastée, il poussa un soupir.

— Les Al Masood règnent sur Judar sans contestation depuis qu'ils ont amené toutes les tribus ennemies sous leur coupe et fondé le royaume, il y a six cents ans. Mais notre monarque, le roi Zaher, n'a pas d'héritier mâle. Et ses deux frères, dont l'un était mon père, sont morts, alors ce sont ses neveux qui auront accès au trône. Puisque la ligne directe de succession a été brisée pour la première fois en six cents ans, les Al Shalaan, la deuxième tribu la plus influente de Judar, ont estimé qu'il était temps pour eux de monter à leur tour sur le trône, et leur exigence a été accompagnée de menaces de révolte, qui finirait par menacer la paix du royaume.

Farah écoutait, retenant son souffle, redoutant la suite.

— Les négociations n'ont pas fonctionné, et les options se sont réduites à une solution de force — une solution qui mènerait à une guerre civile. Une guerre que les Al Masood feront tout pour empêcher. Même si ça signifie perdre notre trône, ce qui équivaudrait quand même à déchirer Judar. Et puis le royaume voisin, Zohayd, a été entraîné dans la crise, car une autre branche des Al Shalaan détient le pouvoir là-bas.

— Alors, le roi Atef est un Al Shalaan ?

— Comme toi. Tu ne connaissais même pas son nom ?

— Je… je ne voulais rien savoir de plus. Je ne savais pas… je ne pensais pas…

Sa phrase s'éteignit sous son regard impitoyable. Un regard, qui, il y avait encore quelques heures, avait été plein de compassion et d'amour. Mais Shehab avait fini de jouer.

— Alors que s'est-il passé après ça ? articula-t-elle.

— Les Al Shalaan de Zohayd ont fait pression sur le roi Atef pour qu'il soutienne leur tribu dans l'accession au trône de Judar. Mais il a refusé de soutenir une telle folie. Les Al Masood sont ses plus grands alliés, et le roi Atef voulait être de notre côté en cas de guerre, même s'il n'était pas de notre famille. Alors, après d'intenses négociations, les Al Shalaan des deux royaumes ont décrété que la seule solution pacifique était que le futur roi de Judar, un Al Masood, épouse la fille de leur patriarche à la filiation la plus pure, pour que leur sang puisse entrer dans notre maison royale. Les choses se sont calmées, et les disputes se sont reportées sur le fait de déterminer qui avait l'ascendance la plus pure parmi les Al Shalaan. Et c'est là qu'un miracle s'est produit. Le roi Atef, qui n'avait pas de descendance, a découvert qu'il avait une fille d'une ancienne maîtresse américaine. Toi.

Il la détailla lentement, le regard chargé de mépris.

— Et un pacte fut passé entre les deux royaumes. C'est mon frère Farooq qui aurait dû t'épouser, mais il s'est marié avec la femme qu'il aimait, et ne pouvait envisager de prendre une seconde épouse. Alors, il a abdiqué. Maintenant, c'est à moi que revient la responsabilité de sauver le trône de Judar.

Le silence s'instaura, pendant ce qui sembla des heures à Farah.

Ainsi, il avait une cause légitime pour la détruire. Elle était ce que les militaires appelaient « un dommage collatéral ». Après tout, en quoi sa personne importait-elle dans un scénario de cette envergure ? Le destin de plusieurs royaumes était en jeu.

— Le roi Atef… mon… père aurait dû insister pour m'expliquer…

— Il aurait dû te faire part de la gravité de la crise. Mais, comme tu l'as avoué, tu ne l'as pas écouté. Pourquoi le destin de deux royaumes que tu ne saurais même pas localiser sur une carte compterait pour toi ?

Elle ne releva même pas le mépris dont était chargée cette dernière phrase. Elle était au-delà de la douleur et de la souffrance maintenant. Si seulement elle pouvait rester dans cet état d'indifférence pour toujours. Mais elle savait que c'était impossible. Alors, elle fit la seule chose qu'elle savait devoir faire. D'une voix dénuée de sentiments, elle lâcha :

— Je vais t'épouser.

Un éclair terrible passa dans les yeux de Shehab. Elle aurait eu un mouvement de recul si elle s'inquiétait encore pour sa vie.

— Bien sûr, cette noble décision n'a rien à voir avec le fait de savoir que c'est ton seul choix ?

— Tu as gagné. Qu'est-ce que tu veux de plus ?

Il baissa les yeux et fronça les sourcils. Puis son regard hostile la transperça.

— Toi.

— Non, c'est faux.

Shehab entendit le rejet étouffé de Farah, et se demanda si c'était ainsi que les hommes se brisaient, sous le poids d'une souffrance et d'une désillusion trop immenses.

Il savait qu'ils en viendraient au point où il devrait la forcer à l'épouser, par tous les moyens. Il n'y avait pas d'autre option. Cela les dépassait tous les deux.

Or elle venait de consentir à l'épouser, comme elle aurait consenti à une amputation.

Des souvenirs de son premier consentement, de l'extase qu'il avait éprouvée, jaillirent dans son esprit. Savoir qu'elle l'épousait maintenant comme une capitulation lui lacérait le cœur.

Mais ce qui était insupportable, c'était ce qu'il venait d'avouer. A elle, et à lui-même.

Il se maudissait de ressentir quoi que ce soit pour elle, alors qu'elle avait broyé son cœur, sa confiance. Et pourtant, il ne pouvait lui échapper. Jamais il ne le pourrait.

Mais si elle l'avait fait prisonnier, alors il la ferait prisonnière.

— Oui, Farah. Je te veux.

Dans le regard de Farah revint un peu de vie. Il y lut de l'agitation, de l'inquiétude.

— Mais tu disais que…

Il se leva d'un bond, fondit sur elle et la souleva de son siège.

— Je me fiche de ce que j'ai dit. Peu importe ce que nous avons voulu. La seule vérité qui demeure c'est celle-ci…

Il plaqua ses lèvres sur les siennes, et elle trembla dans ses bras, en poussant un cri. Il en profita pour enfouir sa langue dans sa bouche, submergé par des émotions incontrôlées.

Il alla vers la chambre dans laquelle ils s'étaient abandonnés dans les bras l'un de l'autre, à peine quelques heures plus tôt. Il lui semblait que c'était dans une autre vie. Il la posa sur le lit, et s'allongea sur elle sans plus attendre. Elle poussa un cri et tenta de le repousser.

Comme elle continuait de se débattre, il se souleva et s'allongea à côté d'elle. Jamais il ne la forcerait. Mais il l'obligerait à admettre une chose.

— Tu me désires, toi aussi. Je sais quand une femme éprouve du plaisir sous mes caresses, et toi, tu étais en extase. Tu trembles tant tu as besoin que je sois en toi, que j'apaise ta douleur, que je te donne la libération que je suis seul à pouvoir te donner. Inutile de nier, Farah. Et si le sexe est tout ce que nous pouvons avoir, eh bien nous l'aurons.

Il soutint son regard, exigeant sa confession.

Et elle la lui donna. Ses cils baissés cachant son regard, elle attira sa bouche vers elle, dans un élan de désir brûlant, tandis que de ses mains tremblantes, elle défaisait la ceinture de son pantalon. Il poussa un râle de soulagement, mâtiné de souffrance, et déchira ses vêtements, puis les siens. Lorsqu'ils furent tous deux nus, il plaqua son torse contre ses seins, et se frotta à elle avec frénésie tandis qu'elle enroulait les jambes autour de lui, le suppliant en silence de ne faire plus qu'un avec elle.

Incapable de tenir une seconde de plus, il la pénétra brusquement.

Et là, enfoui en elle, sachant que le prochain coup de reins les conduirait tous les deux au bord du précipice, il s'arrêta. Se redressa. Il sonda ses yeux, et il sut. Farah était son âme sœur. Elle l'avait toujours été. Elle avait menti tout à l'heure, il en était persuadé.

Ce fut elle qui reprit le mouvement. Elle ondula des hanches, sans le quitter des yeux une seule seconde. Le barrage de la douleur, de la colère et de la désillusion se brisa, et toutes les choses magnifiques et puissantes qu'il ressentait pour elle l'inondèrent.

Après quelques coups de reins puissants, une déferlante d'extase les balaya tous deux, les liant dans la jouissance jusqu'à ce qu'il semble qu'ils ne puissent pas survivre aux cimes du plaisir, aux profondeurs de la souffrance.

Il sentit son cœur s'arrêter tandis que la libération finale mettait fin à son exquis supplice, puis son cœur repartit. Ce fut à cet instant que Farah le quitta des yeux. Elle semblait désincarnée, de nouveau. La magie de leur union se dissipa, le laissant à bout de souffle.

— Toutes ces choses que tu m'as dites sont des inventions, dit-il d'une voix étranglée par l'émotion. *Ya Ullah*, pourquoi les as-tu dites ?

Elle se redressa, et il était clair qu'elle voulait en finir avec leur fusion. Frustré de devoir se séparer d'elle, il n'eut toutefois d'autre choix que de la regarder quitter le lit comme un automate défaillant. Elle alla vers le placard empli de vêtements taillés sur mesure pour elle, prit une robe d'été couleur émeraude qui avait donné à ses yeux une teinte irisée la première fois qu'elle l'avait essayée. Ses yeux étaient brumeux maintenant, et vides.

— Je commence juste à mesurer ce que ton statut de prince héritier d'un des Etats pétroliers les plus puissants du monde implique. Tu as sans doute droit de vie et de mort sur ton peuple. Et tu peux avoir ce droit sur moi.

Il se leva du lit, frissonnant sous la voix métallique de Farah. Il remit son pantalon, et s'approcha d'elle.

— Je ne…

— Tu ne penses pas, dit-elle d'une voix presque inaudible, que ce soit assez de m'avoir amenée là où tu me voulais ? Je suis un pion dans ton jeu politique, et un corps ardent dans ton lit. Ça ne te suffit pas ? Tu veux me vider de ma dernière once de dignité pour apaiser la tienne ?

— Farah, arrête. Ce n'est pas…

— Tu veux savoir pourquoi j'ai dit tout cela ? Tu veux une liste ? fulmina-t-elle, faisant écho à ses paroles. Peut-être voulais-je prendre ma revanche après avoir découvert que j'étais un moyen de parvenir à tes fins depuis le début. Ou alors, je voulais oublier la pire épreuve de ma vie en conservant l'illusion que je pouvais te faire souffrir autant que tu m'as fait souffrir. Ou encore, c'était le besoin de voir ton vrai visage, pour le superposer à celui de l'homme que j'aime, et ainsi l'effacer de mon cœur et de mon esprit, pour que je puisse continuer à vivre.

— *Atawassal elaiki*, je t'en supplie, *ya habibati*, laisse-moi te…

— C'est moi qui te supplie d'arrêter. Ton plan a fonctionné, tu as obtenu de moi ce que tu voulais, sur tous les plans. Alors, va faire ton devoir, va prendre ton plaisir avec celle que tu désires vraiment, qui qu'elle soit, et laisse-la te prodiguer les caresses dont ton ego a besoin. Quant à moi, laisse-moi tranquille.

Il tendit les bras vers elle.

— Je ne peux pas…

— Pas tant que je ne t'aurai pas donné d'héritier ? dit-elle en reculant. C'est pour ça que tu continueras de coucher avec moi ? Et si je te disais que…

— Tu dois m'écouter. Ce que j'ai dit, comment je me suis comporté ces dernières heures, c'était seulement parce que j'étais hors de moi après toutes ces horribles choses que tu m'as dites. *Ya Ullah*, ça avait l'air si convaincant, que la force du choc a annihilé ma mémoire. Mais même avant que tu ne t'expliques, je me suis souvenu de chaque moment…

— Moi aussi, je me suis rappelé chaque moment.

Il la regarda, horrifié, car elle semblait se désintégrer sous ses yeux.

— Je me souviens de chaque regard, chaque caresse, chaque mot que je t'ai dit, chaque sensation tandis que tu me touchais avec tes yeux, tes mains et tes lèvres, que tu me pénétrais. Je rejoue tout, et je superpose la vérité sur l'illusion. Je vois tes vrais sentiments et tes pensées, pendant que tu me regardais onduler d'envie, de plaisir et d'espoir, pendant que je tombais folle amoureuse de toi. Je te revois derrière ton bouclier d'indifférence, en train de décider quand m'exciter, comment me faire supplier, comment m'humilier, encore et encore.

Il s'élança vers elle, aveuglé, fou de douleur, et l'étreignit avec frénésie. Elle se débattit, se dégagea violemment, secouée de sanglots si puissants qu'il craignit que cela ne déchire ses entrailles.

— Dieu… la façon dont tu m'as manipulée ! J'ai cru que tu étais unique, que tu n'en voulais pas qu'à mon corps, et que tu tenais à moi. Et tout ce temps, tu pouvais te contenir, parce que je n'étais rien pour toi, parce que tu ne ressentais rien ! Tout ce temps, tu m'as regardée me tourner en ridicule et ramasser les miettes que tu ne cessais de faire tomber, tandis que je te criais ma gratitude. Ce que j'ai dû te paraître pathétique ! Je cherchais désespérément ton appréciation, je ne croyais plus mes sens, je croyais tous tes mensonges, je m'enflammais sans même que tu me touches, je fondais de plaisir dès que tu me touchais, et je te suppliais pour en avoir plus ! A quel point as-tu trouvé ridicule mes doutes, ma crédulité, ma promptitude à mourir pour toi ? A quel point as-tu ricané dès que j'avais le dos tourné ? A quel point riais-tu de moi quand tu étais seul ? A quel point, Shehab ?

Ses accusations, et la prise de conscience des dommages qu'il lui avait infligés, le paralysèrent. Pour la première fois de sa vie, il se sentait impuissant, et perdu. Comment réparer des torts de cette magnitude ? Comment guérir une blessure aussi profonde ?

Il s'agenouilla devant elle, sonné, les larmes de Farah tombant sur lui, le brûlant jusqu'au tréfonds de son âme.

— C'est vrai, dit-il d'une voix sourde, je t'ai manipulée, mais seulement parce que je croyais les mensonges qu'on m'avait racontés sur toi. Quand j'ai su que tout était faux, je ne voulais pas risquer de te perdre en te disant la vérité, alors j'ai continué de te mentir à propos de mon identité, mais c'était le seul point sur lequel je t'ai menti. La magie que nous avons partagée était réelle, dès le premier instant. Je n'ai jamais menti sur mes sentiments pour toi. J'allais tout te confesser, aujourd'hui, mais j'ai laissé les choses trop tarder.

Les larmes de Farah se tarirent de manière abrupte, et son visage redevint vide.

— C'est ma faute. J'étais autodestructrice, et j'ai bien cherché ce qui m'arrive.

— Non, il faut que tu me croies ! Rien au monde ne compte plus que toi à mes yeux, et je veux réparer ta foi en toi, en moi. Je passerai ma vie à…

— Non… arrête, coupa-t-elle en haussant la main. Peu importe que le pion soit intact ou cassé. Je ferai mon devoir.

Le reste du trajet fut consumé par les efforts désespérés de Shehab pour atteindre Farah. Mais il semblait que son âme soit profondément abîmée. Elle s'était ouverte et offerte à lui de manière si totale que ses mensonges l'avaient brisée.

Shehab sentit sa détresse se muer en résignation. Jamais plus elle ne lui ferait confiance, ni n'éprouverait les sentiments infinis qu'elle avait ressentis pour lui.

Mais ce n'était pas lui l'important, ni maintenant, ni jamais. Seul comptait le fait de réparer Farah. Sauf qu'il ne savait plus comment faire. Ni s'il était capable de le faire.

Durant tout le trajet vers le palais royal, elle ne résista pas à ses caresses, à ses baisers, tandis qu'il lui jurait son amour encore et encore, mais elle était comme absente entre ses bras.

Et il comprit. Elle succomberait, à lui, à son devoir, à l'emprise qu'il avait sur ses sens, et elle mourrait à petit feu. En fait, elle était déjà en train de mourir.

Et cela lui apparut comme une évidence. Ce qu'il devait faire. Ce qu'il allait faire.

Il la laisserait s'en aller. Il lui rendrait sa liberté.

Comme ils entraient dans la cour du roi Atef, Shehab s'apprêtait à formuler la résolution qu'il venait de prendre, mais le cri de surprise de Farah l'interrompit.

Il suivit du regard l'objet de sa surprise. Le roi Atef était assis à côté d'une grande femme blonde. Il reconnut Anna Beaumont, la mère de Farah, car il l'avait vue en photo avec sa fille. Ce n'était pas de la surprise qu'il ressentit, mais de l'inquiétude devant leur expression angoissée.

Tandis qu'ils approchaient, Anna fixa Farah avec des yeux rougis.

— Je suis désolée, Farah, murmura-t-elle.

Le roi n'avait d'yeux que pour Farah quand il avança, la peine sur son visage faisant craindre de terribles nouvelles.

— Farah… je ne peux te dire combien je suis navré, mais il m'incombe de t'annoncer un fait bouleversant. J'étais très heureux de te retrouver, et maintenant, sache que cela me brise le cœur de te perdre. Farah, tu n'es pas ma fille.

10

Farah dévisagea l'homme qu'elle n'avait vu qu'une fois.

Elle observa son visage, celui d'un guerrier du désert qui avait survécu à la brutalité de la nature et aux épreuves du pouvoir et du temps. Ce visage qui était gravé dans sa mémoire, qui exigeait d'être reconnu comme celui de son père.

Et finalement, cet homme disait qu'il n'était pas son père ?

— La preuve de ma paternité a été requise pour t'introduire dans la famille royale et achever le pacte avec Judar. Nous avons obtenu un échantillon de tes cheveux. Et les tests ADN sont formels.

Formels. Comme tout ce qu'elle avait été trop bouleversée ou blessée pour enregistrer, et reconnaître, l'était.

Malgré le choc et le déni, avec une mère si distante et la douleur toujours vivace d'avoir perdu François Beaumont, l'idée que le roi était son père l'avait, peu à peu, réconfortée, jusqu'à ce qu'il ait parlé de mariage arrangé. Et en dépit de la peine et de l'humiliation, elle avait su qu'elle ne pourrait pas vivre sans Shehab. Elle avait voulu l'épouser, quelle que soit la raison, priant pour qu'il ait pensé ne serait-ce qu'un dixième de ses dernières déclarations. Que ce qui avait commencé comme un devoir pour lui pourrait se transformer un jour en une relation réelle et satisfaisante.

Et maintenant, elle n'avait plus de père.

Et Shehab n'était plus forcé de l'épouser.

Tout était fini.

Elle ferma les yeux, en priant en silence pour que la douleur l'achève.

Mais une petite voix vibrait encore dans sa poitrine, et elle tenta de la faire taire, en vain. La petite voix continuait de chuchoter que, peut-être, maintenant que le roi n'avait pas de fille, les deux royaumes trouveraient un autre moyen de forger leur alliance, et que Shehab resterait auprès d'elle un peu plus longtemps…

— Mais ma vraie fille est en vie, et mes hommes sont sur le point de la localiser.

Elle vacilla tandis que les paroles du roi anéantissaient son espoir fou. Et le roi poursuivit, chaque mot ajoutant à sa douleur :

— Il s'avère que sa mère — ta mère — a confié cette enfant à l'adoption.

Il se tourna vers la mère de Farah, qui semblait sur le point de s'évanouir.

— Ensuite, elle a épousé François Beaumont, et t'a adoptée, quand tu avais deux ans, pour remplacer la fille qu'elle ne pouvait se pardonner d'avoir abandonnée. Après les récents événements, elle a fini par tout m'avouer.

Le roi considéra Farah d'un air peiné.

— Ce n'est qu'une question de jours à présent avant que mes services secrets ne me ramènent ma vraie fille. Et lorsque ce sera fait, et que je lui aurai exposé la situation, Shehab devra l'épouser au plus vite.

Shehab. Il la soutenait par sa force et sa présence depuis tout à l'heure. Seuls les coups consécutifs l'avaient empêchée d'observer sa réaction devant ces terribles révélations.

Il n'avait pas cessé d'affirmer qu'il ne lui avait jamais menti sur ses sentiments pour elle, que les paroles cruelles qu'il avait proférées avaient été ses seuls mensonges.

Pouvait-elle le croire ? Shehab prenait son devoir très au sérieux. Il avait peut-être essayé de tirer le meilleur parti de la situation en cherchant à apaiser sa future épouse, pour rendre supportable ce mariage. Un de ces mariages qui, selon Bill, duraient pour la vie.

A présent, la femme qu'il devait épouser avait changé.

Tant que Shehab remplissait son devoir, se soucierait-il de savoir quelle femme serait dans son lit ? Cela importait-il pour lui de savoir quel corps réclamerait le sien ? De savoir qui vivrait pour l'aimer et l'honorer ?

A cet instant précis, les bras de Shehab, qui l'avaient maintenue debout jusqu'à présent, retombèrent, et elle vacilla de nouveau, terrassée par le tourbillon qui avait mis sa vie sens dessus dessous, la laissant sans identité, sans origine, sans repères.

Elle avait ses réponses.

Shehab ne se soucierait pas de l'identité de son épouse. Jamais il ne s'en était soucié. Elle avait été la fille du roi Atef à ses yeux. Maintenant qu'elle ne l'était plus, elle ne comptait plus.

Il l'avait déjà abandonnée. Elle avait déjà cessé d'exister.

Avait-elle jamais existé pour lui ?

Elle chancela, en s'efforçant de garder les yeux fixés sur le roi malgré l'engourdissement qui l'envahissait. Sur l'homme qui n'était pas son père. Comme François Beaumont ne l'avait pas été.

Elle n'avait pas de père du tout.

— Vous n'avez pas à vous excuser, murmura-t-elle. C'est moi qui devrais m'excuser de cette erreur. Ma mère devrait s'excuser, ma mère qui… qui n'est même pas ma mère…

Ce fut le roi qui avança vers elle, la main sur le bras de sa mère.

— Non, ma fille…

Elle recula en titubant. Le roi s'interrompit, se rendant visiblement compte de la douleur que le mot fille lui avait causée. Elle recula, chancelante.

— Tu ne dois pas en vouloir à ta mère, reprit-il. Il faut que tu comprennes comment tout cela s'est passé. J'aimais ta mère profondément, mais j'ai dû la quitter, même après avoir appris sa grossesse. Je ne pouvais pas reconnaître l'enfant, et avec toutes les exigences de mon statut qui me tiraillaient à cette époque, je lui ai dit de se faire avorter. Je l'ai regretté aussitôt, et je n'ai jamais cessé de le regretter, mais je croyais vraiment qu'elle avait mis fin à cette grossesse. Je me suis forcé à ne pas chercher à avoir de nouvelles de ta mère, pendant des années.

Il regarda Anna, qui semblait retenir son souffle et ses larmes.

— Puis j'ai eu une crise cardiaque, et le fait d'avoir vu la mort de près m'a fait prendre conscience de ce qui comptait vraiment à mes yeux. Mon instinct m'a toujours dit que j'avais un autre enfant, alors j'ai recherché ta mère, et j'ai découvert qu'elle avait une fille de l'âge exact que ma fille aurait eu. Je n'ai pas douté une seule seconde que tu n'étais pas de mon sang. Ce n'est que lorsque les dernières étapes pour t'admettre dans la famille royale que j'ai découvert la vérité. Et c'est pour cela que j'ai fait venir ta mère ici, pour connaître toute l'histoire.

Farah reporta son regard tremblant sur sa mère.

Des mensonges. Tout avait été des mensonges. Depuis le début. Tout ce qu'elle avait cru dans sa vie. A propos de ses parents. A propos de Shehab. Qui sait si, à cet instant, on ne l'abreuvait pas d'autres mensonges ?

Sa mère, dont le visage exprimait pour la première fois une vraie émotion, sembla implorer son indulgence.

Elle n'en eut aucune à lui accorder, tandis que le barrage de la stupéfaction se brisait pour laisser la souffrance et la désillusion déferler sur elle.

— Comment as-tu pu me faire ça ? explosa-t-elle. Pourquoi nous as-tu laissé croire, à François et à moi, que j'étais sa fille ? Tu regrettais de m'avoir adoptée, et tu voulais m'imposer à quelqu'un d'autre, n'est-ce pas ? Pourquoi ? Je n'ai jamais été un fardeau pour toi, je voulais seulement que tu m'aimes, ou au moins, que tu ne me rejettes pas ! En vain. Et je comprends aujourd'hui pourquoi tu me rejetais : simplement parce que je n'étais pas ta fille !

Le roi tenta d'intervenir, mais sa mère l'agrippa par le bras, puis se dirigea vers Farah d'un pas chancelant. Elle la prit par les épaules entre ses mains tremblantes.

— Non, Farah ! C'était tout le contraire ! Je ne t'ai jamais rejetée. J'ai voulu t'adopter dès que je t'ai vue, toi, et seulement toi, parmi une centaine d'autres enfants. Mais on m'a refusé l'adoption car j'étais célibataire. Ensuite, Dieu m'a envoyé François, et il a remué ciel et terre pour que nous puissions t'adopter. Tu sais à quel point il t'aimait. Tu étais son monde. Mais j'étais malade, Farah, j'étais en dépression. François est resté à mes côtés, et nous t'avons caché que j'étais en thérapie durant des années. Si la nouvelle s'était ébruitée, on t'aurait enlevée à nous.

— Dépressive ? Tu étais en thérapie ? Et tu ne me l'as jamais dit ?

— Je ne pouvais pas. Je ne voulais pas que tu te sentes responsable ou coupable. Mais j'avais ces sentiments trop forts pour toi, ces craintes irraisonnées de te perdre, et François m'a vite fait comprendre que j'étais en train de t'étouffer. Je suis en thérapie depuis tes six ans. J'ai lutté des années pour rester en retrait et te laisser respirer.

Farah laissa échapper un rire amer.

— Tu as trop bien réussi. J'ai cru être une déception telle pour toi que tu pouvais à peine me supporter, surtout après la mort de papa.

Anna secoua la tête, ses cheveux collant à son visage mouillé.

— Non, chérie, non, assura-t-elle d'une voix tremblante. Je devenais folle après la mort de François. J'ai voulu m'accrocher à toi de toutes mes forces. Et je savais que tu me laisserais faire, sans jamais te plaindre. Je savais que tu me laisserais guider ta vie, ton temps, au risque de t'étouffer. Et je ne pouvais pas te faire ça. Je voulais que tu vives ta vie.

— Alors, tu m'as laissée la vivre toute seule. C'est ce que tu pensais être le mieux pour moi ?

— Chérie, je t'en prie, essaie de comprendre. C'était si dur, les crises de panique, le besoin de suivre chacun de tes pas. Il n'y avait pas de juste milieu pour moi. Soit je t'étouffais, soit je te laissais partir.

— Alors, tu m'as laissée partir. Et maintenant, je n'ai plus de mère du tout…

— Ne dis pas ça, je t'en prie. Je suis ta mère.

— Non, c'est faux ! hurla Farah. Si tu te souciais un tant soit peu de moi, tu ne m'aurais jamais fait ça ! Tu m'as laissée croire que j'étais cette pièce vitale pour leur royaume, et ils m'ont envoyé Shehab. Avant lui, j'étais satisfaite de ma vie en solitaire, et je n'attendais rien. Et puis Shehab est arrivé, et j'ai osé rêver à une vie plus belle. J'ai été heureuse, incroyablement heureuse pendant quelques semaines. Et maintenant, tout est fini.

Farah sentit des bras puissants et tremblants la serrer, mais elle était trop aveuglée par la douleur pour les reconnaître. Elle se débattit comme un animal acculé et s'échappa jusqu'à ce qu'une froide surface arrête son élan. Elle se retrouva affalée contre une colonne de marbre, et n'entendit rien sauf le son horrible de ses propres sanglots.

La voix brisée d'Anna parvint jusqu'à sa conscience.

— Si je n'ai rien dit sur ton identité, c'est parce que je croyais te donner un nouveau père à aimer, qui t'aimerait lui aussi, et t'offrirait une vie rêvée de princesse. Je ne savais pas où était ma fille biologique. Je voulais que tu aies les droits qu'elle aurait dû avoir, car je croyais qu'elle ne les aurait jamais. Je voulais aider Atef et son royaume. Je n'ai pas pensé une seconde que je pourrais te faire du mal, et pourtant, je t'en ai fait énormément… oh, ma chérie… pardonne-moi. Pour tout…

Farah se retourna en titubant pour faire face à sa mère.

— Quand tu rencontreras ta vraie fille, surtout, ne me parle pas d'elle. Je… je ne peux même pas supporter de songer à elle…

De nouveau, elle fut secouée de sanglots, en imaginant le magnifique corps de Shehab offert à l'adoration de cette femme sans visage. Il lui ferait l'amour, répandrait sa semence en elle, engendrerait un héritier…

— Je ne peux pas le supporter.

Sa mère courut jusqu'à elle et l'étreignit, mais Farah se dégagea violemment.

— Ne me touche pas, ordonna-t-elle en détachant chaque syllabe.

Anna la relâcha, et Farah eut l'impression que le sol se dérobait sous ses pieds.

Enfin, elle s'entendit murmurer :

— Qui sont mes vrais parents ? Est-ce que tu les connais au moins ?

Anna ne fit que sangloter plus fort, et secoua la tête.

— Oh, mon Dieu, gémit Farah. Je ne suis la fille de personne.

Il fallait arrêter cela. Il devait calmer sa souffrance avant qu'elle ne les achève tous les deux, songea Shehab.

Mais avant qu'il puisse la rattraper, Farah était à la porte, chancelante, le visage tremblant, les yeux rouges de larmes.

Il se précipita vers elle, bouleversé. Il la serra dans ses bras, puis essuya ses larmes de ses mains ferventes.

Elle secoua la tête et tenta de se soustraire à son emprise, refusant de le regarder.

— Je suis… d-désolée… pour tout le temps et les efforts que tu as perdus pour moi, bredouilla-t-elle entre deux sanglots. Mais maintenant, tu… tu vas épouser la f-femme qui résoudra ton problème, et tu n'entendras plus jamais parler de m-moi…

Il s'agenouilla devant elle et agrippa ses jambes.

— Farah… pitié ! Si tu ne veux pas me tuer, et même si je mérite ce que tu me fais, je t'en supplie, arrête. Arrête de te torturer. Aucun de nous, et surtout pas moi, ne valons la peine que tu verses une seule de tes précieuses larmes.

Mais Farah ne fit que pleurer de plus belle. Elle caressa sa joue, et soudain, retira sa main, comme si elle s'était brûlée. Elle le dévisagea, stupéfaite.

Et Shehab se rendit compte qu'il pleurait, lui aussi. Il n'avait versé de larmes que sur le lit de mort de sa mère. Pas seulement pour l'avoir perdue, mais pour ce qu'elle avait enduré avant que la mort ne mette fin à ses souffrances. La mort de son père avait été soudaine, quoique attendue. Shehab n'avait pas éprouvé de vrai chagrin car il avait senti que son père avait rejoint sa bien-aimée dans l'au-delà, comme il le souhaitait.

Et maintenant, il pleurait pour le chagrin qu'il avait causé à la femme qui était tout pour lui. La femme qui méritait d'être chérie entre toutes, et qui sentait maintenant qu'elle n'avait jamais eu personne, et qu'elle n'aurait plus jamais personne pour veiller sur elle.

Il allait mettre les choses au clair, une bonne fois pour toutes.

— C'est faux, tu n'es pas la fille de personne. Et même si c'était le cas, ça ne compterait pas. Parce que tu m'appartiens. Comme je t'appartiens.

Tout s'arrêta. Les larmes et la respiration de Farah. Ses propres battements de cœur. Mais il savait qu'il ne la convaincrait pas si facilement. Il devait…

— Tu dois arrêter tout de suite, Shehab, intervint le roi Atef d'une voix irritée. Je ferai tout ce qui est en mon pouvoir pour dédommager Farah, mais tu as un devoir.

Shehab se contenta de prendre Farah par la taille, de l'étreindre, la soutenant tandis qu'il se tournait vers le roi.

— Oui, j'ai un devoir, approuva-t-il, en regardant Farah. Envers la femme que j'aime. Je t'en supplie, *ya farah galbi*, joie de mon cœur, épouse-moi.

Farah sursauta, retint son souffle, ses larmes coulant de nouveau à flots se mêlant aux siennes.

Il la serra plus fort encore, enfouit le visage au creux de son cou.

— Epouse-moi, laisse-moi emplir ta vie de sécurité et de bonheur.

Il leva les yeux vers elle, cherchant la preuve qu'elle commençait à s'apaiser.

— Je ne veux que toi, sans intentions cachées cette fois. Parce que je t'aime, Farah. Toi, et rien que toi.

Elle posa les mains sur son visage, tandis que l'incrédulité se mêlait à l'exaltation grandissante et à la croyance hésitante dans ses yeux embués.

— Oui, crois-moi, je t'en prie. Chaque mot, chaque caresse et chaque promesse étaient vrais, Farah.

— Mais tu ne peux pas… je ne suis pas la fille…

— Et je suis ravi que tu ne le sois pas. Tant que tu étais la fille du roi, tu aurais toujours pensé que je t'avais épousée pour servir mon but initial. J'étais sur le point de te laisser partir, j'aurais remué ciel et terre pour obtenir la paix sans passer par un mariage, et je t'aurais suppliée de me garder comme amant. J'aurais attendu que tu me fasses de nouveau confiance. Alors seulement, je t'aurais demandé de m'épouser. Mais maintenant, c'est encore mieux que tout ce que je n'osais imaginer. Maintenant, tu es juste Farah. Ma bien-aimée. Désormais, tu seras sûre, jusqu'à la fin de mes jours, que tout ce que je ferai sera pour toi, et rien que pour toi.

— Assez, Shehab ! tonna le roi Atef. Ne sois pas cruel, ne promets pas à cette enfant ce que tu ne pourras pas lui offrir. En tant que futur roi de Judar…

— En tant que futur roi de Judar, je dois renoncer à Farah.

Shehab se releva, et attira Farah contre lui.

— Et puisque ça m'est impossible, alors, c'est avec grand plaisir que j'abdique.

*
* *

Le monde s'était arrêté tant de fois depuis sa rencontre avec Shehab. Cette fois, il tournait trop vite, comme pour l'empêcher d'entendre sa dernière déclaration.

Mais rien ne pouvait en diminuer l'impact. Ou l'empêcher de provoquer ce tourbillon d'émotions en elle.

Il voulait abdiquer. Pour elle.

Il lui avait dit la vérité. Il l'aimait autant qu'elle l'aimait.

Il l'aimait.

Il la souleva dans ses bras, enfouit le visage contre son cou, ses joues encore humides mouillant sa peau. Il avait pleuré.

Or elle ne pouvait supporter d'être la raison de sa peine.

Elle s'accrocha à lui, et prit son visage entre ses mains.

— Shehab, si tu fais cela pour que je te croie, c'est inutile. Je te crois, mon amour. Mais tu ne peux pas fuir ton devoir.

— Si, je le peux, rétorqua-t-il en embrassant ses paumes. Et je le ferai.

Soudain, il rejeta la tête en arrière, et rit, la plus merveilleuse des visions et le plus merveilleux des sons sur cette terre.

— Sais-tu qui j'aime presque autant que toi en cet instant ? Kamal. Je suis vraiment ravi de l'avoir pour frère cadet. Maintenant, je comprends à quel point Farooq était soulagé de m'avoir, pour me transmettre son titre, et l'épouse qui va avec.

— Tu veux dire… ? Mais tu… et il ne pourrait pas…

Elle s'interrompit, sonnée.

— Je ne peux pas te laisser faire ça, même pour moi ! s'exclama-t-elle. Tu pourrais le regretter, et je ne peux pas…

— Si je t'abandonnais, c'est ma vie que j'abandonnerais. Kamal sera notre futur roi. Il est sans doute plus indiqué pour ce rôle que moi. Il n'a pas de femme dans sa vie, alors épouser la fille du roi ne devrait pas être un problème pour lui. Farooq et moi resterons princes, en seconde et troisième positions de la succession, et nous continuerons à assurer la grandeur de Judar et la stabilité de la région, comme avant.

Comme elle allait protester, il posa un doigt contre ses lèvres.

— Je ne regretterai jamais ma décision, mon aimée. Mon seul regret, c'est de t'avoir blessée, et d'avoir perdu ta confiance, même de manière temporaire. Ça m'a presque tué, de te voir dans une telle souffrance, une souffrance que je t'ai infligée. Je t'avais brisée, et tu t'étais tant éloignée de moi que j'avais cru ne jamais pouvoir te retrouver. Tu es celle que j'étais destiné à aimer, celle pour qui mon cœur bat. Tu m'as fait découvrir un monde de sensations que je ne soupçonnais même pas. Tu m'as sauvé, *ya farah rohi*, joie de mon âme, et je t'appartiens.

Elle se jeta dans ses bras et le couvrit de baisers. Et Shehab se dit qu'il était béni.

Puis il décida de laisser le reste du monde entrer dans leur bulle. Mais seulement parce qu'il pensait que Farah avait besoin de cela pour achever sa guérison.

Il se tourna vers Anna et le roi, qui les avaient observés tout ce temps.

— C'est pour le mieux, dit-il au roi qui semblait à présent résigné. Kamal est un bien meilleur homme d'Etat que moi.

— Tu laisses ton frère, la force la plus incontrôlable du royaume, contracter un mariage avec ma fille, une inconnue dont je ne sais pas encore si elle a l'étoffe d'une reine, et tu me promets les meilleurs résultats ? s'exclama le roi. Si quelqu'un peut faire regretter aux Al Shalaan leurs machinations, c'est bien Kamal !

— Peut-être qu'il est exactement ce dont la région a besoin, avança Shehab.

— Tu veux dire ce qu'elle mérite ? ironisa le roi.

Puis il se tourna vers Farah.

— Ma fille, dit-il, pardonne-moi de m'être opposé aux serments de Shehab, mais j'ignorais la profondeur de votre attachement. Je dois dire que j'étais inquiet quand j'ai vu que cela mènerait à nous contenter du dernier frère Al Masood.

Il grimaça, comme si se contenter du diable aurait été préférable à ses yeux.

— Mais maintenant, je suis heureux que Shehab ait un frère cadet, même si c'est Kamal, car ainsi, il pourra te donner ce que tu mérites, le meilleur que la vie a à offrir. Durant ces semaines où j'ai cru que tu étais ma fille, je me suis vraiment attaché à toi. J'espère que tu seras la belle-sœur de ma fille, et que j'entrerai dans ton cœur comme tu es entrée dans le mien.

Farah émit un son étranglé, puis s'écarta de Shehab pour se jeter dans les bras du roi Atef.

— J'aurais adoré vous avoir pour père. Je sais que vous serez dans mon cœur... et peut-être dans ma vie ?

Visiblement ému, le roi l'étreignit.

— Ce serait un privilège et un honneur.

A cet instant, Shehab craignit qu'Anna ne s'évanouisse, ou pire.

— Et j'espère que vous serez aussi enthousiaste à l'idée de m'avoir pour gendre, madame, lança-t-il.

— Eh bien, bredouilla Anna sans quitter des yeux sa fille, oui... oui, bien sûr...

Il tira Farah vers lui, qui s'était éloignée du roi, et lui murmura des mots à l'oreille qu'elle seule pouvait entendre :

— Fais la paix avec la mère qui t'a tant aimée qu'elle ne savait comment s'y prendre. Guide-la, *ya habibati*, comme tu m'as guidé, moi, apprends-lui comment t'aimer.

L'amour et la gratitude brillèrent dans les yeux de sa bien-aimée. Puis, sans autres récriminations, sa magnanime Farah prit sa mère dans ses bras.

— J'ai toujours voulu te rendre heureuse et fière de moi, maman. Je t'aime. Tu n'aurais pas dû lutter seule — tu aurais dû me laisser t'aider. A partir de maintenant, je serai là.

Anna fut prise d'une nouvelle crise de larmes, et Farah l'embrassa sur les joues.

— Ne te fais pas de reproches, maman. C'est du passé. Et pour les choses que je t'ai dites, regarde comme j'ai eu tort. Si tu n'avais pas gardé le silence, je n'aurais pas trouvé Shehab, je n'aurais pas été plus heureuse qu'il n'est permis. Et je ne le pensais pas, pour ta fille... enfin, je le pensais mais seulement parce que je croyais que Shehab allait l'épouser, pas parce qu'elle est ta vraie fille. J'espère qu'elle nous laissera, toi et moi, faire partie de sa vie. J'aimerais tant avoir une sœur.

Quelques heures plus tard, après qu'ils eurent tous profité de leurs retrouvailles et du bonheur d'être ensemble, Shehab n'y tint plus et, entraînant Farah à sa suite, il vint s'incliner devant sa future belle-mère.

— Je sais que vous êtes l'invitée du roi Atef et que vous rencontrerez bientôt une autre fille avec qui forger une relation. Quand vous serez prête, notre maison sera la vôtre.

Il se pencha vers Farah, qui le regardait avec amour, et la serra dans ses bras.

— Maintenant, excusez-moi, je dois emmener ma fiancée chez nous.

Une heure plus tard, à bord de la chambre de son jet, Farah se retourna entre les bras de Shehab.

— Est-ce que tout cela est vraiment réel ? murmura-t-elle. Je t'ai vraiment ? Et j'aurai enfin ma mère ? Et peut-être même une famille entière, aussi ?

Il lui caressa le dos avec douceur.

— Oui, tout cela est bien réel, et c'est le moins que tu mérites, *ya malekat galbi*.

— A partir de maintenant, tu me traduiras tous les mots en arabe. Je veux pouvoir le parler dès que possible.

— D'accord, dit-il en riant. Je t'apprendrai tout ce que tu voudras, c'est promis, et je vais commencer tout de suite. *Malekat galbi* signifie « celle qui dirige mon cœur ».

Elle se mordilla la lèvre.

— En parlant de diriger… il y aura bientôt une autre personne qui dirigera notre vie. J'avais des doutes, alors j'ai fait un test dans ce motel à Orange County, avant ton arrivée et… je… je suis enceinte.

Il se figea, et Farah sentit la panique l'envahir.

— Nous… nous n'avons jamais utilisé de contraception, et c'était imprudent de ma part, je le sais, mais j'ai toujours cru que je finirais par adopter un enfant ou que j'en aurais un toute seule, puisque je ne comptais pas avoir d'homme dans ma vie. Mais je… je t'aimais, je savais que je n'aimerais plus jamais après toi, et j'ai pensé que… que si je tombais enceinte, de ton bébé, j'aurais une part de toi pour toujours auprès de moi…

Il l'embrassa avec fougue, puis la secoua.

— Tu… tu…

Il était à court de mots. Pour la première fois de sa vie. Mais il fallait qu'il se reprenne.

Il s'assit, passant les mains dans ses cheveux.

— Tu ferais mieux de surveiller ce qui sort de cette bouche et de cet esprit, ou tu pourrais bien finir par écourter mon espérance de vie.

Il l'étreignit comme s'il craignait qu'elle disparaisse.

— Tu serais partie en portant mon enfant, tu te serais sacrifiée ? Que t'ai-je dit à propos des sacrifices ? Tu vas me promettre de ne plus jamais rien sacrifier.

— Elever ton enfant toute seule n'aurait pas été un sacrifice, mais mon petit miracle. Maintenant, il ou elle est un miracle, en plus de t'avoir. Et je ne vais certainement pas te promettre ce que tu me demandes. Je sacrifierais tout pour toi, alors tu ferais bien de t'y faire. Tout comme je devrai apprendre à vivre avec l'immense sacrifice que tu as consenti pour moi.

Il allait répondre que ce n'était pas du tout un sacrifice, qu'il attendait l'occasion de lui donner autant qu'elle lui avait donné, mais déjà, Farah reprenait la parole.

— Et je veux avoir au moins deux enfants. Enfin… si tout se passe bien… et si tu es d'accord…

Il la fit tournoyer dans ses bras, au comble de la joie.

— Il n'y a rien que je désire ou n'espère plus que de remplir le monde avec des répliques de toi. Chaque fois que nous faisions l'amour, j'ai souhaité que l'on conçoive un enfant. Mais sache que je serai heureux avec un enfant, ou plusieurs, et que j'aurais été heureux sans enfant. T'avoir auprès de moi suffit déjà à mon bonheur…

Il s'interrompit, trop ému pour continuer. Ce ne fut que lorsqu'ils atterrirent à Judar qu'il parvint à reprendre la parole :

— Bienvenue dans ta nouvelle demeure, ma princesse.

Elle sourit et s'agita pour regarder par le hublot.

— On dirait une autre planète ! s'émerveilla-t-elle.

— Oui, approuva-t-il en souriant, et je vais t'offrir un mariage d'un autre temps. Un mariage digne d'un conte des Mille et Une Nuits, comme le royaume n'en a jamais vu.

Elle se tourna vivement, l'air inquiet.

— Mais tu as vu ce qui s'est passé la dernière fois que j'ai assisté à un bal en portant une robe orientale… Je mourrais si je devais t'embarrasser devant le monde entier.

— Eh bien, justement, puisque tu en parles…

Et il avoua, contrit, sa machination du premier jour. Les faux paparazzi. En guise de punition, elle lui infligea un châtiment exquis, fait de morsures, de baisers et de caresses, qu'il endura sans se plaindre. Enfin, elle leva les yeux, rouge d'excitation, avant de s'assombrir de nouveau.

— Tout de même… ces événements peuvent prendre des semaines à organiser, et nous ne trouverions pas le temps de nous voir. Ne m'as-tu pas promis chaque minute ?

— Nous avons de la chance, il se trouve que Carmen, la femme de mon frère, est une fée en matière de grands événements. Je parie qu'elle agitera sa baguette magique et qu'elle libérera toutes ses précieuses minutes pour nous. Je t'ai promis que tu aurais tout, *ya habibati*. Et tu l'auras.

— J'ai déjà tout… euh, comment dit-on *habibati* pour un homme ?

— *Habibi*, l'informa-t-il en lui embrassant la main.

— J'ai déjà tout, *ya habibi*. Parce que je t'ai, toi.

— Oh oui, je suis tout à toi, approuva-t-il.

— Comment ? dit-elle avec un sourire taquin.

— Je vais te montrer. Tu as cinquante ans devant toi ?

— Pour commencer, oui, dit-elle en lui embrassant le cou.

— Tu es trop généreuse, *ya farah rohi*. Et tu es trop gentille. Tu aurais dû prolonger mon tourment.

Elle lui mordilla la lèvre, et rit quand il poussa un soupir de plaisir.

— Tu es du genre masochiste ?

— Je veux juste te satisfaire.

— Oh, tu m'as satisfaite. De bien des façons.

— Montre-m'en une.

Elle lui montra. Et tandis qu'il se noyait dans son amour et sa générosité, il sut, sans l'ombre d'un doute, que ce serait toujours ainsi. Farah était la raison pour laquelle il était sur cette terre. Et il passerait le reste de sa vie à la chérir et à la contenter.

CATHY WILLIAMS

L'été oublié

Titre original :
THE ITALIAN BILLIONAIRE'S SECRET LOVE-CHILD

Traduction française de MARIANNE IUBIRE

83-85, boulevard Vincent-Auriol, 75646 PARIS CEDEX 13.
Tél. : 01 42 16 63 63
www.harlequin.fr
Service Lectrices — Tél. : 01 45 82 47 47

1

La vie souriait à Riccardo di Napoli, mais il savait bien que cette impression ne durerait pas. A vingt-six ans, il était déjà conscient que l'on n'était jamais à l'abri de désillusions, mais en cet instant précis…

Il éprouvait un sentiment de profonde satisfaction lorsqu'il considérait sa situation. Fils unique d'un couple dont le nom en Italie était synonyme de richesse, il avait depuis sa naissance reçu tout ce que l'argent pouvait offrir. Il avait été un enfant adoré par ses parents, et élevé pour hériter de l'immense empire financier de son père. C'était un héritage qu'il avait facilement endossé, même s'il avait refusé d'accepter ces privilèges sans les mériter, attitude que son père avait profondément approuvée.

Il avait passé les huit dernières années à cumuler des diplômes, d'abord à l'université d'Oxford, puis à Harvard. Il avait ensuite fait ses armes dans une entreprise londonienne. Confronté à la concurrence impitoyable, il avait goûté pour la première fois au pouvoir et rapidement réussi à gagner l'admiration de ses aînés. Il avait tout de suite apprécié la poussée d'adrénaline qui accompagne les transactions importantes.

A présent, il était fin prêt pour la carrière stimulante qui l'attendait. Et cette petite pause dans les collines toscanes pour découvrir une partie des affaires familiales qu'il ne connaissait pas jusque-là se révélait aussi agréable qu'instructive.

Il avait toujours apprécié le vin et trouvait intéressant d'en comprendre les techniques de production. Il ne s'impliquait pas trop, cependant, car son domaine de compétence concernait surtout la finance. Mais il était loin d'imaginer que cette brève interruption dans sa rapide ascension serait aussi plaisante.

Son regard glissa sur la jeune femme allongée près de lui. Dans la tiédeur de la nuit, la nature était en éveil, les insectes chantaient et les broussailles frémissaient sous la brise douce.

Il faisait trop sombre pour qu'il puisse distinguer ses traits, mais il n'en avait pas besoin. Il avait passé ces sept dernières semaines presque exclusivement en sa compagnie et son visage et son corps étaient imprimés dans son esprit. Les yeux fermés, il aurait pu tracer le moindre contour de son corps magnifique.

Oui, la vie était belle.

Charlie se tourna et se redressa sur un coude. Elle ne pouvait pas s'empêcher de regarder Riccardo. Elle tendit la main et passa ses doigts dans les épais cheveux noirs. Il ne ressemblait décidément pas aux garçons qu'elle connaissait en Angleterre, avec leurs cheveux très courts et leur comportement puéril.

— Quel dommage que tu t'en ailles demain, répéta-t-elle pour la millième fois. Je sais, tu dois me trouver trop sentimentale, mais je vais vraiment me sentir seule ici sans toi.

Riccardo lui prit la main et déposa un baiser au creux de son poignet. Cela la fit frémir. C'était ainsi chaque fois qu'il la touchait. Ils venaient de faire l'amour, à cet endroit même, sur une couverture qui les séparait à peine de l'herbe piquante. Elle sentit aussitôt ses seins se durcir de nouveau et ses muscles se tendre.

— Tu es insatiable, dit-il d'une voix rauque.

Il glissa sa main sous le T-shirt de la jeune femme pour caresser la rondeur familière de ses seins. Il les massa doucement, taquinant les pointes avec son pouce.

Elle poussa un long gémissement de plaisir et il releva le T-shirt avec un sourire. La faible lueur de la lune montrait sa poitrine dans toute sa splendeur. Charlie avait un corps très mince, presque pas de hanches, mais elle avait les seins d'une vraie femme. Pleins, ronds, avec de larges tétons roses qu'on eût dit faits pour être léchés et caressés.

Ce qu'il fit sans attendre.

Charlie gémit de nouveau et enfonça ses doigts dans les cheveux de Riccardo.

— Non ! murmura-t-elle.

Elle refusait d'interrompre leur conversation car elle tenait à savoir si elle allait lui manquer.

Mais Riccardo ignora ses protestations. En réalité, il avait à peine entendu ce qu'elle avait dit. L'afflux de sang dans sa tête et la tension de son corps ne lui permettaient désormais que de se concentrer sur ses sensations. Son téton contre sa langue… la peau douce de ses cuisses tandis qu'il soulevait sa jupe légère et retirait sa culotte… la moiteur entre ses jambes qui s'écartaient sous ses caresses… la palpitation de sa chair sous ses doigts. Il continuait à torturer délicieusement ses seins avec sa bouche, passant d'une pointe à l'autre, tandis que le désir montait en lui comme il ne l'avait jamais fait.

— Riccardo… arrête…, supplia-t-elle mais sans rien faire pour s'écarter. Si tu n'arrêtes pas, je ne pourrai pas m'empêcher de…

Elle saisit sa main et, avant qu'il puisse reprendre sa caresse, le renversa sur le dos. Elle était si proche de l'orgasme que son corps était parcouru de vagues de plaisir qui rendaient ses gestes saccadés. A la hâte, elle ôta les vêtements qui séparaient encore leurs deux corps fiévreux. Puis elle s'agenouilla sur lui et accueillit son sexe en elle. La tête rejetée en arrière, les yeux fermés, elle imprima son rythme à leur étreinte passionnée, jusqu'à ce qu'il explose en elle, au moment où elle atteignait elle aussi la jouissance.

Elle se laissa alors tomber en avant, épuisée.

Riccardo caressa doucement ses seins, tout en revenant lentement de son extase.

— T'ai-je déjà dit que tu as des seins magnifiques ?

— Oui, je crois bien, répondit-elle en souriant. Mais je t'en prie, n'hésite pas à te répéter !

Elle frotta son nez contre son menton, adorant sentir sa barbe naissante contre sa peau douce. Depuis qu'elle avait rencontré Riccardo, elle considérait tous ses amis masculins comme jeunes et donc immatures. Après tout, ils n'avaient que dix-huit ans, comme elle…

Riccardo n'était d'ailleurs pas au courant de son âge, mais elle préféra oublier ce détail et se concentrer sur le plus important : découvrir ce qu'il ressentait pour elle, et pas juste physiquement.

Elle posa son menton sur ses mains et le regarda sérieusement.

— Je vais te manquer ?

Avec ses seins écrasés contre son torse, quelques minutes après leur étreinte passionnée, Riccardo n'eut pas de mal à lui répondre :

— Oui, mais trois jours, ce n'est pas une éternité, la taquina-t-il en caressant ses cheveux.

— Je sais que ce n'est pas une éternité, mais c'est long. Nous sommes ensemble depuis plusieurs semaines. C'est juste que ce sera un peu… bizarre de travailler dans les vignes et de ne pas te voir de temps en temps.

Dans *mes* vignes, songea Riccardo avec fierté, bien qu'elle ne fût pas au courant de ce détail. Pour elle, il se promenait simplement dans la région en enchaînant les petits boulots saisonniers. Se promener… Cela ne lui était jamais arrivé !

Mais surtout, il n'était pas question pour lui de révéler qui il était vraiment. Les croqueuses de diamants tournaient autour des hommes riches telles des mouches autour d'un pot de miel, et cela lui faisait du bien d'être avec une femme sans devoir se méfier en permanence.

— Comme ça, tu auras le temps de voir tes amis.

— Oui, tu as sans doute raison, il ne s'agit que de quelques jours, soupira Charlie avant de glisser à côté de lui pour attraper son T-shirt.

— Non, attends un peu. J'aime te regarder nue.

— Dommage que nous soyons dehors la plupart du temps… Quand je pense au nombre de fois où j'ai essayé de faire comprendre à Jayne et Simone qu'elles pourraient aller passer la nuit quelque part afin que nous ayons l'appartement pour nous…

— Et où seraient-elles allées ?

— Oh, je ne sais pas, répondit-elle en pouffant. Là où les gens vont quand ils veulent laisser les autres tranquilles.

— Ah, cet endroit mystérieux… Je suppose que si elles connaissaient son existence, elles auraient été plus complaisantes.

Il croisa les mains derrière sa tête et contempla les courbes du corps de Charlie. Le soleil avait doré sa peau, faisant ressortir la blondeur de ses cheveux et le bleu de ses grands yeux. Il songea, une fois de plus, qu'elle faisait plus jeune que ses vingt-quatre ans. C'était sans doute parce qu'elle ne se maquillait pas.

— Tu sais, ajouta-t-elle, je ne suis plus là pour très longtemps. Il va falloir que je rentre en Angleterre.

— Oui, tu dois avoir hâte de commencer ton nouveau travail et de rencontrer de nouvelles têtes.

— Hum… oui, répondit-elle vaguement, songeant aux années qui lui restaient à passer à l'université.

A vrai dire, elle appréhendait la rentrée après cet été passé au soleil.

— Et puis toi aussi, tu vas partir, continua-t-elle. Tu sais que tu ne m'as jamais dit où je pourrai te joindre, après ?

Charlie lui avait pratiquement tout raconté sur elle : la mort de son père quand elle avait six ans, son enfance avec sa mère qui avait travaillé sans relâche pour que ses filles ne manquent de rien, l'accident de sa mère, renversée par un chauffard, qui lui avait laissé une phobie des voitures pendant longtemps, sa sœur qui vivait en Australie et qui venait d'avoir un bébé qu'elle n'avait vu qu'en photo.

Certes, elle n'avait pas été tout à fait franche à propos de son âge, mais son instinct lui avait dit que Riccardo ne l'aurait pas approchée s'il avait su.

Ce qui comptait, c'était qu'ils étaient bien ensemble… Cela suffisait.

— Qui sait où je serai ? fit Riccardo en haussant les épaules.

— Et que feras-tu quand tu en auras assez de vagabonder ?

— Je m'installerai, je me marierai et j'aurai six enfants.

Charlie éclata de rire, mais elle eut un petit frisson en imaginant les enfants de Riccardo, tous bruns, à la peau mate et aux yeux sombres.

— Tu ne penses pas ce que tu dis.

— Non, tu as raison. Du moins, pas pour l'instant. J'ai trop de choses à vivre avant d'envisager de m'installer avec quelqu'un et de fonder une famille. Alors, on va le boire, ce verre à Lucca ?

— Je ne sais pas si j'en ai le courage, répondit-elle en s'étirant.

Et puis, ça me met mal à l'aise d'utiliser la piscine de Fabio. Je sais qu'Anna et lui sont sortis ce soir, mais je ne pense pas qu'ils apprécieraient que leurs employés pénètrent dans leur propriété.

Fabio et Anna géraient une partie des vastes vignobles et possédaient leur propre villa avec piscine. Charlie, Jayne et Simone partageaient un appartement dans le village d'à côté et allaient travailler à vélo tous les jours. Cet arrangement convenait bien à Charlie, qui ne voulait pas tout gâcher en profitant de l'absence de ses employeurs. Mais Riccardo ne voulait rien entendre.

— Soit c'est la piscine, soit on entre par effraction dans la maison pour prendre une douche…

— Tu es complètement fou ! protesta Charlie en riant.

— De toute façon, nous sommes déjà là, sur leur propriété ! Alors leur piscine… qu'est-ce que ça change ?

Avant qu'elle puisse répondre, il se leva, ramassa rapidement leurs vêtements et les brandit à bout de bras. En riant, elle se mit debout à son tour pour essayer de les récupérer.

— Nous pourrions retourner à pied chez toi, reprit-il, mais ce serait sans vêtements.

— Tu n'oserais pas !

— Ne me lance pas de défi, fit-il avec un grand sourire en levant les bras un peu plus haut.

Charlie finit par se rendre en feignant le dépit.

La piscine était à quelques minutes seulement à travers les vignes qui couvraient le flanc de la colline. Une fois dans le bassin, Charlie dut reconnaître que c'était un délice de nager dans l'eau rafraîchissante. C'était agréable aussi de toucher Riccardo dans l'eau… C'était interdit, mais comment aurait-elle pu résister ? Comment, alors qu'il la hissait sur le bord de la piscine avant de lui écarter les cuisses pour la goûter encore une fois ? Comment aurait-elle pu résister à une caresse aussi délicieuse ?

Voilà ce qu'il avait fait d'elle : il avait transformé la jolie petite adolescente ordinaire en une femme prête à tout essayer avec lui. Un tout nouveau monde s'était ouvert à elle et elle s'y était adonnée sans réserve. Elle aimait ce qu'il lui faisait ressentir. Et elle l'aimait tout court.

Charlie atteignit l'orgasme dans un long frémissement, étonnée que son corps puisse encore réagir avec une telle énergie. Elle resta un moment allongée sur les dalles avant de sortir ses jambes de l'eau pour regarder Riccardo nager comme un poisson, enchaînant les longueurs. Quand il sortit enfin de l'eau, Charlie pensa qu'il assumait parfaitement sa nudité. Elle aussi était en confiance à présent avec lui, mais au début, le simple fait de savoir qu'il la regardait lui donnait envie de se couvrir avec ses mains. Aucun homme ne l'avait vue nue avant lui et elle avait été intimidée par sa virilité puissante… Intimidée et fascinée.

En le regardant avancer vers elle, elle se demanda comment il aurait réagi si elle lui avait avoué qu'elle était encore vierge avant de le connaître.

Il aurait sans doute été horrifié. Les hommes comme lui devaient aimer les femmes expérimentées, elle en était certaine. De plus, elle était censée avoir vingt-quatre ans… Combien de femmes étaient encore vierges à cet âge ? S'il avait deviné la vérité, Riccardo aurait mis fin à leur relation.

— Prête ? demanda-t-il en passant les mains dans ses cheveux mouillés. Si nous ne partons pas tout de suite, autant rentrer chez nous directement : je me lève tôt demain.

Elle se leva aussitôt et s'habilla. Puis ils marchèrent main dans la main à travers les vignes jusqu'à l'endroit où ils avaient laissé leurs vélos.

Le lendemain, Riccardo prendrait sa voiture — un vieux tas de ferraille qu'il avait acheté pendant ses voyages à travers le pays, lui avait-il dit — pour rendre visite à sa mère. Que ferait-il de sa voiture lorsqu'il déciderait de cesser de courir le monde ? se demanda Charlie. Riccardo semblait libre comme le vent…

Charlie le regarda en souriant. Une main sur le volant, l'autre posée sur le bord de la vitre, le vent dans les cheveux, Riccardo conduisait en fronçant les sourcils, l'air concentré. Il conduisait comme un Italien, comme si la route lui appartenait, songea-t-elle.

Ils ne dirent rien jusqu'à Lucca. Quelle ville splendide, se dit-elle quand ils arrivèrent, avec ses remparts spectaculaires !

Une fois la voiture garée, ils allèrent dans leur bar préféré, plein de monde.

Riccardo posa un bras sur ses épaules et l'attira à lui. Etonné, il prenait conscience que la jeune femme allait lui manquer pendant les prochains jours, et pas seulement physiquement. Elle le faisait rire avec son sens de la repartie. Elle était vraiment différente des femmes avec qui il sortait en général.

— Nous devrions d'abord dîner, dit-il.

— D'accord. Au même endroit que d'habitude ?

Charlie, qui gardait toujours à l'esprit que son compte en banque frôlait souvent le rouge, appréciait beaucoup un petit restaurant bon marché et convivial qu'elle avait découvert avec ses amies.

— Non, allons ailleurs, pour une fois, dans un endroit un peu plus chic.

— Je ne peux pas me permettre d'aller dans un restaurant trop cher, Riccardo. Tu le sais.

— Oui, oui, répondit-il d'une voix impatiente. Je sais. Tu économises pour payer les premiers loyers quand tu commenceras à travailler.

Charlie préféra détourner la conversation.

— Et toi ? Tu auras aussi besoin de mettre de l'argent de côté, si tu as l'intention de voyager de par le monde.

Ils étaient arrivés devant un restaurant gastronomique disposant de tables en terrasse. Les nappes blanches immaculées et les compositions florales indiquaient sans équivoque que la note serait plutôt salée… Charlie s'arrêta brusquement et regarda Riccardo droit dans les yeux.

— On ne peut pas aller là. Pas question !

— Tu es têtue.

— Je ne suis pas assez bien habillée, protesta-t-elle en l'attirant sur le côté pour laisser passer un couple élégant. Et toi non plus, d'ailleurs !

Ayant toujours connu une vie pleine de privilèges, Riccardo

n'avait jamais accordé d'importance à ce que les autres pouvaient penser de lui. Il haussa les épaules.

— Franchement, Riccardo, tu peux parfois être exaspérant !

— Hmm… Est-ce que ça veut dire que finalement je ne vais pas te manquer ?

— Arrête de changer de sujet !

— Je ne t'avais jamais vue en colère jusqu'à présent, dit Riccardo d'un air à la fois moqueur et tendre. C'est mignon… De toute façon, peu importe les vêtements que nous portons. On s'en moque et le restaurateur aussi. Ce qui compte pour lui, c'est d'avoir des clients. Du moment que l'on paie l'addition, je doute qu'il regarde nos tenues de près.

Charlie le dévisageait, partagée entre l'admiration pour son assurance et sa volonté de ne pas se laisser entraîner dans de folles dépenses.

— Allez, fit Riccardo en la prenant par le coude pour l'attirer vers l'entrée. Et inutile de me parler de ta situation financière, je t'invite.

Il ne lui laissa pas le temps de répondre. Il parla si rapidement en italien au chef de rang que Charlie ne parvint pas à traduire. Il dut lui dire quelque chose de drôle car l'homme auparavant guindé se fendit d'un sourire.

C'était la première fois que Charlie mettait les pieds dans un vrai restaurant depuis qu'elle était en Italie. Les clients devaient presque tous avoir la cinquantaine ou plus, et elle avait l'impression que tous les regards étaient posés sur elle.

Pour ajouter à son malaise, son compagnon commanda du vin, en lui lançant un regard qui interdisait toute protestation.

Pour Riccardo, c'était l'inconvénient majeur : il était censé ne pas avoir un sou en poche, ou du moins garder son argent pour plus tard, en vue d'un projet sérieux. Bien qu'il fût soulagé de ne pas avoir à être sur ses gardes avec Charlie, il aurait aimé dépenser de l'argent pour elle. Après tout, ce n'était pas comme s'il en manquait. Sans doute voulait-il l'impressionner ? pensa-t-il, étonné lui-même.

— Tu vas le regretter, dit Charlie en buvant une grande gorgée de vin blanc pour effacer son malaise. Quand tu feras tes bagages pour aller visiter un autre coin en Europe et que tu n'auras pas assez d'argent pour prendre le train…

— Ce ne sera jamais le cas, répondit-il.

Il avait réussi à la persuader de ne pas porter de soutien-gorge et il ne pouvait s'empêcher de regarder sa poitrine moulée dans son T-shirt.

Il se targuait d'être bien éduqué, mais les réactions de son corps, en ce moment, n'avaient rien de civilisé. Il revint en hâte au visage de Charlie.

— Pourquoi ? demanda celle-ci.

— Parce que je… je m'assure toujours d'avoir assez d'argent pour continuer à avancer.

— Facile à dire, mais tu ne sais pas ce qui t'attend, rétorqua Charlie.

Elle secoua la tête. Le père de son ami Pete avait été brusquement licencié à l'âge de cinquante-deux ans, et il avait été obligé de vendre la maison familiale pour déménager dans un appartement minuscule. La vie ne prenait jamais la voie que l'on pensait…

— Non, mais on peut faire des suppositions. Aide-toi et le ciel t'aidera, comme dit le proverbe.

Il s'enfonça dans sa chaise et se contenta de la regarder, les yeux mi-clos. Puis, sans se retourner, il fit signe à un serveur qui se précipita vers leur table. Charlie s'étonna de son air autoritaire. Où avait-il appris à faire cela ?

— Et où voudrais-tu que le ciel t'aide à aller ? demanda-t-elle en souriant.

— Oh, comme tout le monde, dans une grande maison entourée d'un grand parc et avec un garage plein de voitures de sport…

— Tu n'es pas sérieux ?

— Pourquoi pas ? fit-il en haussant les épaules. Au fond, n'est-ce pas ce à quoi tout le monde aspire, même si peu de personnes l'admettent ?

— Je ne crois pas, non.

— Tu veux dire que tu ne voudrais pas être riche ?

— Ce n'est pas l'argent qui fait le bonheur.

Charlie songea qu'elle n'avait jamais été aussi heureuse que ces dernières semaines et que cela n'avait rien à voir avec l'argent. Comment l'argent aurait-il pu acheter la beauté de la Toscane dans les bras d'un homme qu'elle aimait ?

— Mais cela permet de manger… comme ça.

A cet instant, on leur apporta l'entrée, des cassolettes de gambas.

— Tu parles comme un milliardaire, Riccardo ! s'exclama-t-elle en riant.

— Et toi, *cara*, tu parles comme une petite fille idéaliste qui n'a jamais goûté à la réalité de la vie.

Il avait sans doute raison, songea-t-elle. Une femme de vingt-quatre ans sur le point de démarrer une nouvelle carrière était censée vouloir gagner de l'argent, autant que possible, pour pouvoir acheter tout ce dont elle avait envie : une jolie maison, petite au début, qu'elle revendrait plus tard avant d'en acheter une plus grande quand elle gravirait les échelons de son entreprise.

Elle faillit grimacer à cette idée.

— J'essaie de ne pas oublier mes rêves d'enfant, plaisanta-t-elle, et tu devrais faire de même. Tu n'es pas encore un vieillard, tu as largement le temps de penser à gagner de l'argent.

Si elle avait su… Sous le regard clair et tendre de la jeune femme, Riccardo se sentait gêné de ne pas lui avoir dit la vérité.

— Je veux dire…, commença-t-elle. Tu es un esprit libre et c'est difficile de t'imaginer derrière un bureau avec une pile de dossiers à traiter, un téléphone qui sonne sans arrêt et un chef qui t'aboie dessus pour que tu lui apportes le rapport qu'il attend depuis trois jours.

Riccardo ne put s'empêcher d'éclater de rire en imaginant la scène.

— Peut-être, dit-il doucement, que je serai le chef qui aboie les ordres.

— Oh, je t'en prie, ne deviens pas un de ces gratte-papiers ennuyeux ! Promets-le-moi !

— D'accord, je te le promets. Maintenant, profitons de ce délicieux repas ! C'est le dernier avant que je parte rendre visite à ma mère.

Charlie ne savait pas grand-chose sur la mère de Riccardo, qui ne lui avait presque rien raconté de sa vie. Certes, elle savait ce qu'il aimait, ses opinions politiques, ses plats préférés et les pays qu'il avait visités, mais il ne mentionnait jamais sa famille.

— Parle-moi d'elle.

Au même moment, on leur apporta le plat principal et Charlie regarda le serveur déposer devant eux de grandes assiettes blanches garnies de mets appétissants. Elle ne vit pas l'expression de Riccardo changer pendant une fraction de seconde, avant qu'il reprenne son ton enjoué.

— C'est une *mamma* italienne typique, très protectrice.

Cela au moins était vrai, pensa Riccardo. Il commença à déguster son entrecôte saignante tout en racontant à Charlie juste de quoi satisfaire sa curiosité, sans avoir besoin de mentir. Mais lorsqu'elle demanda où habitait exactement sa mère, il devint plus méfiant.

Charlie le sentit se raidir légèrement. Elle croyait savoir pourquoi. Même s'il n'y avait aucune honte à admettre que ses parents vivaient dans des conditions modestes, c'était parfois douloureux. N'avait-elle pas connu la même chose ? Elle avait reçu une bourse d'excellence à l'âge de onze ans pour aller dans un collège privé et elle avait parfois eu honte de ne pas être aussi riche que ses camarades dont les parents possédaient tous plusieurs voitures et partaient trois fois par an en vacances.

Pleine de compassion, elle préféra changer de sujet. Cependant, elle regrettait de devoir refermer cette petite fenêtre sur la vie de Riccardo, une fenêtre qui aurait pu rendre leur relation plus profonde. Elle espérait tant que cela devienne sérieux entre eux !

Elle secoua la tête. Pour l'instant, elle devait juste savourer la présence de Riccardo, les plats exquis et le vin délicieux. Plus tard, elle essaierait de nouveau de le faire parler de lui.

Riccardo sourit. Il ne leur restait plus que quelques heures à passer ensemble, songea-t-il, et il n'allait pas les gâcher à essayer d'esquiver les questions de Charlie. En fait, il pensait à une façon bien plus agréable de passer le temps…

Il aimait cette idée. En revanche, il avait plus de mal à accepter le fait que Charlie allait lui manquer, tout simplement. Pourtant, il n'avait aucunement l'intention de s'engager avec quelqu'un, cela ne faisait pas du tout partie de son programme.

Il n'était pas question de rentrer chez la jeune femme, ses deux amies y donnaient un petit dîner. Riccardo avait supposé qu'elles avaient invité leurs petits amis, mais non, il s'agissait juste d'un couple anglais de leur connaissance qui passait la nuit chez elles. Et il n'était pas question d'aller chez lui. Il ne restait malheureusement que sa voiture. Mais quand il s'agissait de nouvelles expériences, il était prêt à tout.

Il découvrit bientôt que c'était aussi le cas de Charlie.

Ce n'était pas l'endroit le plus confortable au monde, admit Charlie, mais nécessité faisait loi, et elle avait envie de toucher Riccardo, et qu'il la touche encore une fois, avant son départ. Elle n'émit pas la moindre protestation lorsqu'il se gara dans un petit chemin de campagne et qu'il coupa le contact. Il était tard et, loin des lumières de la ville, il faisait très noir. De plus, elle était légèrement grisée par la très bonne bouteille de vin qu'ils avaient bue.

— Tu as une petite dette envers moi, murmura Riccardo.

— Que veux-tu dire ?

— Au bord de la piscine…

— Oh, oui, en effet.

Charlie se souvint de sa tête brune enfouie entre ses cuisses et du rythme de sa langue qui avait taquiné son intimité jusqu'à ce qu'elle se cambre et gémisse avant d'atteindre l'orgasme…

Cette nuit-là, ils firent l'amour avec l'inventivité de deux personnes qui se connaissent intimement. Et, cette fois-ci, aucun d'eux ne resta sur sa faim.

Comblée, Charlie se dit qu'elle aurait pu s'endormir ainsi. En fait, elle était en train de glisser vers le sommeil lorsque Riccardo ouvrit la portière de la voiture.

— Je me dégourdis les jambes deux minutes, dit-il en l'embrassant sur le nez. Ensuite, je te ramène chez toi, ma petite fée.

Il laissa la portière entrouverte. C'est alors que Charlie aperçut, au milieu d'un tas de papiers qui avaient dû glisser de la poche de Riccardo, une enveloppe pliée en deux où étaient inscrits le nom et l'adresse de la mère de celui-ci.

Charlie saisit l'enveloppe, soudain tout à fait réveillée, et mémorisa les coordonnées. Si elle avait eu un papier et un crayon, elle les aurait recopiées, mais cela aurait pris du temps et Riccardo n'allait pas tarder à revenir. Elle jeta un regard nerveux à l'extérieur, remit les papiers comme elle les avait trouvés et se réinstalla sur le siège passager.

— Qu'est-ce que c'est ? demanda Riccardo en revenant.

Charlie se redressa.

— De quoi parles-tu ? demanda-t-elle en faisant mine de bâiller. Oh, ce n'est pas à moi. Je garde tous mes papiers dans mon sac à main. Ça doit être à toi. J'espère que tu n'as rien perdu…

Elle se mit à chercher sur le sol de la voiture tandis que Riccardo mettait les papiers dans la poche de son pantalon.

— Oublie ça, ce n'est pas grave, dit-il. Allez, il est temps d'y aller.

Charlie sourit. Elle croyait au destin, et le destin avait fait des heures supplémentaires pour lui montrer cette adresse. Comment aurait-elle su, sinon, où il allait ? C'était l'occasion ou jamais de lui montrer que, quelles que soient ses origines sociales, il n'avait pas à avoir honte.

Quelle meilleure façon d'apprendre à le connaître vraiment que de lui faire une visite surprise ?

2

— Mais, maman, je n'aime pas ce jambon ! Pourquoi est-ce que je ne peux pas avoir du chocolat à la place ? Tout le monde dans ma classe a droit à une barre de chocolat au déjeuner ! Je suis la seule à apporter des sandwichs dégoûtants avec du jambon dégoûtant et du pain aux céréales dégoûtant !

— Le pain aux céréales est bon pour la santé, répondit Charlotte Chandler devant les lamentations de sa fille.

Elle était en retard et n'avait pas le temps de débattre de la garniture des sandwichs ou de la valeur nutritionnelle du chocolat au déjeuner.

— Où sont tes devoirs, Gina ?

— Dans ma chambre.

— Eh bien, cours vite les chercher, ma chérie !

Elle regarda sa montre.

Dans des moments comme celui-ci, elle était assaillie par des questions qui la déstabilisaient. Et si, huit ans plus tôt, les choses s'étaient passées différemment ? Et si elle n'était pas partie rendre une visite surprise à Riccardo ? Et si elle était restée tranquillement avec ses deux amies, qu'elle avait aujourd'hui complètement perdues de vue ? Et s'il l'avait aimée comme elle l'avait aimé, elle ? Et si, et si, et si… ?

Elle s'était inventé une méthode bien à elle pour faire face au passé. Elle visualisait un carton, un carton dans lequel elle mettait tous les souvenirs tristes et douloureux. Ensuite, elle le refermait mentalement avec du Scotch. En général, avec cette méthode, elle n'avait pas le temps de se laisser aller aux regrets. Quand Gina était toute petite, elle avait passé ses journées à travailler d'arrache-pied pour payer son loyer et la nounou. Le soir, en rentrant, elle tombait de fatigue et elle était trop occupée à gérer le quotidien pour penser à quoi que ce soit d'autre.

A présent que Gina avait grandi, elle avait un peu plus de temps pour elle, et les souvenirs qu'elle avait enfouis remontaient peu à peu à la surface.

Gina réapparut, ses cahiers dans les mains. Ses vêtements étaient déjà en désordre et ses cheveux en bataille, alors qu'elle s'était habillée depuis moins d'une heure.

Charlotte tendit la main pour remettre en place les boucles brunes de sa fille.

— Bien, dit-elle, tu es sûre que tu as tout ?

— Oui !

— Vraiment ?

— Sûre et certaine, maman !

Elles échangèrent un sourire complice et se mirent en route.

Encore un lundi chargé, pensa Charlotte. Après avoir déposé Gina à l'école, elle prit la direction du nord, ce qui donnerait malheureusement le temps à un tas de souvenirs indésirables de sortir de leur carton, comme trop souvent ces derniers jours… Elle quitta le pont d'Hammersmith pour s'engager sur l'autoroute M4.

Elle soupira et laissa son esprit vagabonder.

Elle savait pourquoi les souvenirs affluaient en ce moment. C'était à cause de Ben. Parce qu'elle essayait enfin de reprendre sa vie en main en recommençant à sortir, au lieu de rester en retrait et de regarder les autres vivre. Cela faisait un moment que ses amis la poussaient à rencontrer des hommes.

Il était inévitable qu'elle repense à *lui*. Elle sortait de huit années de célibat, pour l'amour du ciel ! Tous les hommes qu'elle croiserait seraient forcément comparés à lui dans son esprit.

Elle était persuadée que la comparaison serait injuste, car après autant de temps elle ne pouvait pas se souvenir de Riccardo en détail. Elle n'avait pris aucune photo de lui, chose dont elle se féliciterait éternellement. Elle se souvenait de son sourire, si sexy, quand il se tournait vers elle et qu'il lui tendait la main, et elle se souvenait comme son cœur battait la chamade dès qu'il l'effleurait.

Elle nota qu'elle était au niveau de la sortie d'Heathrow, tandis qu'elle se dirigeait vers la M25. Elle connaissait la route par cœur jusqu'à l'agence des Midlands et aurait pu conduire les yeux fermés. Cela lui laissait le temps de rêvasser. Mais elle avait beau essayer de penser à Ben, un homme adorable qui réussissait dans son travail, elle n'arrêtait pas de penser à Riccardo. Riccardo, qui avait été si choqué de la trouver devant sa porte… Comme si elle avait été un paquet indésirable livré à la mauvaise adresse.

Elle n'était pas Charlotte à cette époque. Elle était Charlie, l'adolescente insouciante, heureuse et suffisamment folle pour croire que l'homme qu'elle aimait partageait ses sentiments. Après tout, ne lui avait-il pas dit un million de fois qu'il avait envie d'elle ? Comment pouvait-on faire l'amour avec quelqu'un avec autant de tendresse et de passion sans éprouver le moindre sentiment ?

Trouver la maison de la mère de Riccardo avait été un cauchemar. Il faisait une chaleur accablante ce jour-là, le fait de marcher sous le soleil lui donnait la nausée, et elle avait eu la mauvaise idée de mettre un jean et un T-shirt qui lui collaient à la peau. Huit ans plus tard, elle pouvait encore ressentir cette nausée qui l'avait assaillie tandis qu'elle marchait sur la route que Riccardo avait dû parcourir rapidement en voiture.

Bien sûr, avec le recul, elle savait d'où venait cette nausée, mais à cette époque elle s'était dit que, si elle n'arrivait pas bientôt au but, elle allait devoir sacrifier ses économies pour manger dans un restaurant climatisé de Florence.

Car c'était là qu'elle était, à Florence. Ou plutôt dans la banlieue de Florence.

Où exactement, elle n'arrivait pas à s'en souvenir. La veille, elle avait essayé d'apprendre l'adresse par cœur, mais sa mémoire n'était malheureusement pas infaillible.

Elle paya finalement une fortune un repas médiocre parce qu'elle n'en pouvait plus de marcher. Alors seulement, elle réalisa combien Riccardo, par sa seule présence, l'avait protégée des regards insistants des hommes de ce pays. Tandis qu'elle se faisait remarquer avec son italien maladroit et la blondeur de ses cheveux, elle sentait leurs regards fixés sur elle, et cela ajoutait à son malaise. Elle regrettait presque d'être venue.

Mais il était impossible de faire demi-tour, elle avait trop envie de rencontrer la mère de Riccardo et de lui montrer qu'elle l'aimait quelle que soit son origine sociale. Elle se moquait bien qu'il n'ait ni projet ni plan de carrière !

Epuisée, elle finit par monter dans un taxi en espérant qu'il pourrait deviner sa destination à partir des maigres informations qu'elle lui donnait. Elle nota cependant qu'il avait l'air de connaître le nom de famille de Riccardo, di Napoli. Par miracle, il savait même exactement où se trouvait la maison. Elle se sentit tellement soulagée qu'elle ne remarqua pas le regard plein de curiosité qu'il lui lança.

Il était tard quand ils arrivèrent. Mais même dans la pénombre, Charlotte put s'apercevoir qu'il ne s'agissait pas de la maison d'une femme dans le besoin.

— Etes-vous sûr que c'est ici ? demanda-t-elle, inquiète, au chauffeur. Vous êtes sûr que c'est le bon di Napoli ? Il y en a peut-être plusieurs dans cette ville…

Elle se trouvait devant un hôtel particulier, de cette couleur ocre particulière à la région. Plusieurs arcades ornaient la grande façade, et, au-dessus, d'innombrables fenêtres et portes-fenêtres donnant sur un long balcon conféraient au bâtiment une allure encore plus imposante. La villa était entourée de vastes pelouses impeccables et d'arbres centenaires. Le chauffeur de taxi continuait à lui parler en italien, beaucoup trop vite pour qu'elle comprenne ce qu'il disait, mais elle entendit le nom d'Elena di Napoli et cela suffit à confirmer qu'elle était au bon endroit.

Une vieille dame ouvrit la porte, une employée de maison, comprit Charlotte. Puis Elena di Napoli apparut dans le vestibule, et enfin Riccardo… Et, à partir de ce moment, son rêve tourna au cauchemar…

Riccardo la toisait d'un air horrifié. Elle resta dans l'entrée, agrippée à son petit sac, bredouillant qu'elle avait voulu lui faire une surprise. Il la regardait froidement, parlant tour à tour en anglais avec elle et en italien à sa mère, qui possédait le maintien aristocratique de ceux qui ne mènent pas la même vie que les autres. Elle était grande, mince, droite. Elle avait regardé Charlie comme si elle avait été un déchet qu'on aurait osé déposer sur son magnifique sol en marbre.

Dès que Charlotte se retrouva seule avec Riccardo, elle lui demanda :

— Pourquoi m'as-tu menti en me racontant que tu n'avais pas d'argent et en me faisant croire que tu n'avais d'autre but que de parcourir le monde ?

— Je ne t'ai pas menti. Je t'ai juste laissé croire ce que tu voulais, pour ne pas compliquer les choses.

Ses yeux s'étaient emplis de larmes...

Charlotte monta le volume de la musique. Ce souvenir-là était particulièrement dur pour elle. Elle s'était agrippée à Riccardo, le suppliant de lui expliquer pourquoi il était aussi froid avec elle. Elle était si jeune à l'époque ! Elle n'avait pas pensé une seconde qu'il était trop intelligent et trop cultivé pour être un homme ordinaire. Pourtant, même lorsqu'elle avait eu la vérité sous les yeux, elle avait continué à croire que cela ne serait peut-être pas un obstacle à leur relation. Elle l'aimait tellement qu'elle aurait été prête à lui pardonner ses mensonges...

« Quelle idiote », murmura-t-elle en fronçant les sourcils, sans quitter la route des yeux. Le brouillard commençait tout juste à se lever. Cette journée de janvier s'annonçait sombre, humide et froide. Elle avait laissé son manteau sur la banquette arrière et, même avec le chauffage au maximum, elle sentait le froid pénétrer à travers son chemisier et son pull en V.

Il lui fallut un peu plus d'une heure et demie pour rejoindre l'agence. En arrivant, Charlotte retrouva son ton enjoué habituel, ne laissant rien deviner des pensées désagréables qu'elle avait ressassées pendant le trajet.

Aubrey, qui possédait l'agence et ses cinq succursales, se montra comme à son habitude excessivement élogieux et se confondit en excuses pour l'avoir fait venir de Londres.

— Mais comme tu es notre experte en matière de demeures anciennes…

— Inutile d'en rajouter, Aubrey. Ne t'inquiète pas, ça ne me dérange pas.

C'était faux. Une pile de dossiers l'attendait sur son bureau, ainsi que plusieurs ventes en cours, mais c'était Aubrey qui lui avait mis le pied à l'étrier dans sa carrière et elle lui en serait éternellement redevable. Peu de gens auraient accepté, à l'époque, d'embaucher une jeune femme enceinte de quatre mois et ayant interrompu ses études, et sans aucune expérience dans la vente immobilière, par-dessus le marché. Mais lui l'avait fait.

— Comment se porte ton adorable petite fille ? A-t-elle déjà un copain ? Je plaisante, bien sûr.

Charlotte lui sourit gaiement avant de le suivre dans son bureau, saluant au passage les employés de l'agence qu'elle connaissait tous. Elle avait hâte de récupérer les documents nécessaires à la visite et de rentrer chez elle le plus tôt possible. Elaine, la baby-sitter, serait là, mais le soir elle aimait être à la maison pour Gina.

— Je l'ai prévenue : pas de petit ami avant d'avoir fini ses études universitaires ! reprit-elle d'un ton enjoué.

Elle s'installa sur le siège en cuir face à Aubrey et saisit le descriptif de la maison.

— Ma chère, tu ne devrais pas laisser ta propre expérience t'influencer !

— J'essaie, Aubrey, mais c'est difficile. Voyons à quoi ressemble cette maison. Eh bien !

— Comme tu dis. Nous venons juste d'imprimer la description détaillée. En fait, aucune annonce n'a encore été publiée.

— Et tu as déjà un acheteur potentiel ?

— Plusieurs, à vrai dire.

— Quand je pense que certains prétendent qu'il n'y a plus de demande pour les grandes maisons de campagne…

Elle parcourut la brochure en papier glacé, qui présentait sur plusieurs pages de belles photographies des pièces principales et du parc. Charlotte était habituée à ces grandes propriétés et posa quelques questions pertinentes avant de se renseigner sur d'éventuels vices qui pourraient décourager un acheteur. Plus d'une vente prometteuse pouvaient être perdues à cause d'un simple problème d'humidité.

Tout en enregistrant mentalement les informations que lui donnait Aubrey, Charlotte pensa qu'elle n'aurait pas dû laisser échapper cette remarque sur Gina. Elle ne voulait pas passer pour une femme aigrie. La plupart du temps, elle arrivait à sauver la face, mais Aubrey était une des rares personnes à connaître son histoire pénible avec Riccardo. Il était aussi le parrain de Gina, ce qui lui donnait le droit de donner son avis, bien qu'il ne se l'autorisât pas souvent.

Elle rangea la brochure dans sa serviette en cuir, sentant le regard préoccupé d'Aubrey posé sur elle. Elle n'avait aucune envie d'entamer une conversation sur sa vie sentimentale…

— Tu vois toujours ce jeune homme ?

Elle se leva et haussa les sourcils.

— Allons ! protesta gentiment Aubrey. J'ai deux fois ton âge, cela m'autorise à te faire la morale ! Disons que c'est un privilège de la vieillesse.

Il se leva, fit le tour de son bureau et vint poser une main paternelle sur l'épaule de Charlotte. C'était un homme grand et corpulent à côté duquel elle paraissait toute menue.

— Je prends mon temps avec Ben. C'est un homme très bien, mais je ne veux pas précipiter les choses.

— C'est très sage de ta part. Bien, je serai sans doute parti quand tu auras terminé la visite de la maison. Tu as tous les détails dans le dossier. Il s'agit d'une femme. Appelle-moi pour me dire comment ça s'est passé et nous fixerons une date pour que tu viennes passer un week-end chez nous avec Gina. Diana trouve que cela fait trop longtemps qu'elle ne t'a pas vue.

— C'est entendu.

— Et n'hésite pas à inviter ce jeune homme…

— Il faudra que j'y réfléchisse. Peut-être.

Présenter Ben à Aubrey et Diana serait comme l'introduire dans sa famille, un pas qui ferait passer leur relation à un autre niveau. Pour l'instant, ils aimaient aller au restaurant, au théâtre, déjeuner ensemble le dimanche, et cette situation lui convenait. Cela ne faisait que trois mois qu'elle le connaissait, après tout.

— La cliente est-elle de la région ? demanda-t-elle en se dirigeant avec Aubrey vers la porte. Est-ce qu'elle connaît bien le marché ou bien dois-je insister sur la valeur de l'emplacement ?

— Elle n'est manifestement pas d'ici, tu peux donc souligner la qualité des transports et les avantages de la vie à la campagne.

Il s'agissait vraiment de la campagne, songea Charlotte en laissant derrière elle la petite ville pour s'enfoncer dans la verdure. Le paysage était spectaculaire, avec une profusion d'arbres élevant leurs branches dénudées vers le ciel, et des champs à perte de vue de part et d'autre de la route.

Elle ralentit pour profiter de la sérénité des lieux. Elle connaissait beaucoup de grandes maisons à Londres, mais aucune ne pouvait rivaliser avec ce cadre et cette intimité qu'on ne trouvait nulle part en ville. En ville, on avait beau débourser des millions, on devait toujours composer avec ses voisins. Ici, on pouvait acheter toute la solitude dont on pouvait rêver.

Elle aurait aimé prendre le temps de visiter les jardins, mais elle aperçut un long cabriolet Bentley gris argent, qui devait valoir le prix de plusieurs appartements, garé en travers de la cour.

Charlotte descendit de voiture et constata que la luxueuse Bentley était vide. Pas trace non plus de l'acheteuse potentielle devant la maison. Elle ne pouvait pourtant pas être à l'intérieur, à moins d'être entrée par effraction.

Avec un soupir d'agacement, Charlotte se dirigea vers la porte d'entrée tout en regardant autour d'elle. Personne. Elle dut consulter la brochure pour savoir jusqu'où s'étendait la propriété. Il n'y avait aucune clôture à portée de vue et l'idée de parcourir plusieurs hectares de terrain à la recherche d'une inconnue possédant plus d'argent qu'elle ne pouvait en dépenser ne l'enchantait guère.

Elle fit le tour de la maison, admirant au passage les pelouses et les grands taillis au loin, quand elle entendit une voix derrière elle. Une voix masculine qui s'excusait poliment de l'avoir manquée.

Charlotte ne mit que quelques secondes à reconnaître *sa* voix. Elle se raidit et se retourna.

Il était là : l'homme qui hantait ses rêves et ses cauchemars depuis plus de huit ans. Et dire qu'elle pensait encore à lui ce matin même ! Elle cligna des yeux, puis, pour la première fois de sa vie, elle s'évanouit.

Lorsqu'elle reprit connaissance, elle était allongée sur le dos, la tête appuyée sur un coussin doux. Quelqu'un la regardait avec intensité. *Oh, mon Dieu...* Elle se débattit pour se redresser, mortifiée de l'image qu'elle devait donner d'elle-même, toute décoiffée avec son tailleur gris froissé, couverte de boue, les mains égratignées par le gravier.

— Ça alors..., fit Riccardo. C'est bien toi ?

— Qu'est-ce que tu fais ici ? demanda-t-elle en parvenant enfin à s'asseoir.

Elle serra les dents pour combattre un vertige, avant de se lever en tremblant.

Riccardo n'avait pas changé. Du moins, très peu. Lorsqu'elle s'était imaginée tomber un jour sur lui par hasard, elle se l'était toujours représenté avec du surpoids, une calvitie et vieilli avant l'âge, stressé par tous les enfants que sa mère voulait qu'il ait « avec une femme italienne de son rang et non une étrangère sans le sou ».

Mais ces huit années n'avaient fait que ciseler sa beauté ravageuse. Ses cheveux noirs étaient coupés court à présent et quelques petites rides entouraient ses yeux, mais il avait toujours autant de charme.

— On m'a dit que j'avais rendez-vous avec une certaine Mme Dean, dit sèchement Charlotte.

— Tu as changé..., murmura-t-il.

Il la regardait comme un fauve scrutant sa proie. Et, soudain, Charlotte se rendit compte qu'elle rougissait. Oh, non ! pensa-t-elle, désemparée. Elle n'était tout de même plus une jeune fille vulnérable de dix-huit ans ! Elle était une femme et une mère à présent.

A la pensée de sa fille, la peur la saisit, mais elle parvint néanmoins à conserver une expression neutre. Il fallait qu'elle se débarrasse de

Riccardo au plus vite : il n'était pas question qu'il découvre qu'elle avait eu un enfant de lui !

— Tu vas peut-être trouver que je manque de professionnalisme, mais je vais devoir demander à quelqu'un d'autre de te faire visiter cette maison.

— Pourquoi ?

— N'est-ce pas évident ? Nous avons eu une relation désastreuse et cela risque de se refléter dans mon attitude envers toi.

— Si cette maison m'intéresse, je l'achèterai, quelle que soit ton attitude.

— Cela m'est égal, dit-elle froidement. Je ne suis pas prête à supporter ta compagnie.

Elle sortit son portable de son sac à main mais, avant qu'elle ait eu le temps de l'ouvrir, Riccardo saisit son poignet.

— Eh bien, c'est dommage. J'ai parcouru une longue route pour venir jusqu'ici et je n'ai pas l'intention de remonter dans ma voiture tant que je n'aurai pas vu cette maison. Alors tu vas sortir ton trousseau de clés et me la faire visiter, pièce par pièce. C'est compris ?

— Et sinon ?

— Sinon, j'enverrai une plainte en bonne et due forme à ton patron et je ferai en sorte qu'il comprenne qu'il a perdu une vente, une *très* grosse vente, à cause de toi.

Charlotte se rendit compte que la veste de Riccardo gisait toujours sur le sol, là où il l'avait pliée pour la glisser sous sa tête.

— Je suis désolée pour ta veste, dit-elle en se penchant pour la ramasser et la lui tendre, tout en restant à distance de lui.

Puis elle remit son portable dans son sac et sortit les clés de la maison.

— Voilà qui est plus raisonnable, approuva-t-il.

Riccardo avait eu un choc en voyant Charlotte, et il avait été encore plus surpris par sa propre réaction — une étrange satisfaction —, comme si la roue de la vie avait fait un tour complet… comme s'il avait toujours attendu ce moment.

Ce n'était bien sûr pas le cas : il avait depuis longtemps relégué cet épisode de sa vie au fond de sa mémoire. Charlie n'avait été pour lui qu'une amourette de vacances, avant qu'elle ne se mette soudain en tête de lui mettre le grappin dessus…

Pourtant, il était amusant de voir combien elle avait changé. Oubliés les longs cheveux blonds, le visage enfantin et le sourire plein de fraîcheur. A présent, ses cheveux étaient coupés en un carré strict et son expression était méfiante. Elle était toujours aussi mince, cependant, remarqua-t-il en détaillant les contours de sa silhouette sous son tailleur. Tout à coup, il se souvint du contact de son corps contre le sien comme si c'était hier…

— La propriété s'étend jusque… là-bas, indiqua Charlotte en prenant garde de ne pas regarder Riccardo. Il est possible d'acheter le champ adjacent, mais ce n'est pas indispensable puisque nous nous trouvons dans la ceinture verte. Par conséquent, plus aucune parcelle ne peut être déclarée constructible.

— Agent immobilier… Je ne m'attendais pas à ça de toi. Mais, après tout, je ne te connaissais pas vraiment, n'est-ce pas, Charlie ?

— Mon prénom est Charlotte, corrigea-t-elle en ouvrant la porte d'entrée qui comportait plusieurs serrures.

Elle désactiva ensuite l'alarme, toujours sans le regarder, bien que sa présence derrière elle mît ses sens en ébullition.

Riccardo poursuivit sans prêter attention à sa remarque.

— Je croyais avoir affaire à une femme, alors que tu n'étais qu'une adolescente.

Charlotte releva le menton. Elle ne s'était pas sentie adolescente avec lui… Elle s'était sentie femme. Mais elle n'avait que dix-huit ans, à l'époque, comme l'avait souligné la signora di Napoli d'un air triomphant… En effet, pendant que Charlie prenait une douche après son épuisant périple et qu'elle essayait de se reprendre pour faire face à la situation, la mère de Riccardo avait fouillé dans son sac à dos et trouvé son passeport.

— Je n'ai pas l'intention de parler du passé, répliqua-t-elle froidement. Bien… Le parquet est en chêne, ainsi que l'escalier qui mène à l'étage. Si tu veux bien me suivre, il y a un grand cellier par ici…

— Je ne pense pas stocker une grande collection de vins ici.

Elle eut envie de lui dire qu'elle se moquait de ce qu'il voulait stocker ou non dans la maison, car ce qu'il choisirait de faire ne la regardait pas et ne l'intéressait pas.

— Ah non… ? fit-elle poliment.

— Pourquoi ne me regardes-tu pas quand tu me parles ?

Elle le regarda droit dans les yeux, en espérant qu'il n'entendait pas les battements affolés de son cœur.

— Tu as été une énorme erreur dans ma vie. Pourquoi voudrais-je te regarder ?

Riccardo fronça les sourcils. Personne ne l'avait jamais qualifié d'erreur. Personne. Les succès et le pouvoir accumulés rapidement en quelques années avaient formé une cour de dévots autour de lui, qui se gardait bien d'émettre la moindre critique personnelle.

Charlotte continua la visite.

— Voici la salle du petit déjeuner.

Elle parcourut du regard la pièce qui faisait presque la taille d'un appartement. Une grande table ronde dominait le centre. D'un côté, deux canapés et, en face, une cheminée qui avait conservé son dallage victorien, ce qu'elle souligna d'un ton professionnel. Pourtant, elle sentait la présence de Riccardo derrière elle, et il émanait de lui une énergie invisible qui la troublait bien plus qu'elle ne l'aurait voulu.

— Et as-tu réussi à rectifier cette erreur ? demanda-t-il en venant se placer devant elle.

Riccardo se demandait comment il avait pu oublier le bleu de ses yeux et ses cils foncés qui rendaient leur couleur encore plus spectaculaire.

— Voilà pourquoi je ne voulais pas te montrer cette maison… Ecoute, je n'ai guère envie d'être bombardée de questions personnelles. Inutile de ressasser le passé. Toute cette histoire est oubliée depuis longtemps.

Pour appuyer ce qu'elle venait de dire, Charlotte se força à sourire. Ce n'était pas un sourire chaleureux, mais elle espérait que cela lui prouverait que, quoi qu'il ait pu se passer à l'époque, à présent il ne lui faisait plus aucun effet.

Ce sourire rendit Riccardo presque aussi furieux que lorsqu'elle avait parlé d'erreur. Car il s'agissait d'un sourire condescendant…

Heureusement que leur relation n'avait pas duré, songea-t-il. Cette femme se révélait être une mégère.

— Bien entendu, acquiesça-t-il en caressant le dallage victorien de la cheminée. Si par mégarde je t'ai bombardée de questions personnelles, dit-il en lui jetant un regard par-dessus son épaule, alors je te prie d'accepter mes plus plates excuses.

Charlotte le considéra d'un air méfiant. Elle ne l'aurait pas classé dans la catégorie des hommes qui s'excusent, mais qui pouvait savoir quel homme il était devenu ? Une chose était sûre : elle n'avait aucun intérêt à le contrarier. Elle allait donc continuer cette visite, et avec le sourire. Ensuite, elle pourrait retourner à sa vie. Peut-être avait-elle eu tort de se hérisser sans vraie raison et de lire des sous-entendus là où il n'y avait qu'un intérêt poli.

— Bien sûr, dit-elle en haussant les épaules avec un sourire forcé. J'imagine que nous sommes tous les deux surpris de nous retrouver face à face après tout ce temps.

— Alors reprenons tout de zéro, tu veux bien ?

Malgré lui, Riccardo se sentait curieux. Etait-elle mariée ? Elle ne portait aucune bague, mais cela ne voulait plus dire grand-chose de nos jours. Peut-être était-elle divorcée.

— Tu as l'air d'aller bien. La vie semble te sourire... Tu es mariée ?

A ce moment précis, le téléphone de Charlotte sonna. C'était Ben. Elle parla à voix basse et raccrocha avant de se retourner vers Riccardo.

— Pas mariée, non, dit-elle d'une voix enjouée. Pas encore, du moins...

Voilà qui devrait suffire à établir une solide barrière entre eux !

3

Riccardo plissa les yeux. L'adolescente était donc devenue une femme sur le point de se marier. A présent, il se souvenait de conversations où elle lui avait confié être un peu jalouse de sa sœur qui avait un mari, des enfants et une maison. Il se souvenait qu'il avait ri et dénigré cette institution qui liait à jamais deux personnes, en général quand ils étaient trop jeunes pour réaliser les compromis que cela impliquait. Ces conversations ne duraient jamais car ils avaient toujours mieux à faire que de parler. Il se rappelait aussi ce jour où elle était apparue sur le seuil de la demeure familiale… Ce jour-là, il avait compris qu'elle ne rêvait que de mariage et d'engagement et qu'il aurait dû mieux l'écouter et se méfier.

Le problème, c'est qu'il se rappelait aussi le contact enivrant de son corps, pour lequel il avait éprouvé un désir insatiable. Il se demanda alors à quoi ressemblait l'homme qu'elle allait épouser et se surprit à ressentir une pointe de jalousie.

— Alors… et tes projets universitaires ? Quand j'ai enfin su ton âge véritable, tu m'as avoué que tu t'apprêtais à entrer à l'université pour étudier… quoi, déjà ?

— L'urbanisme.

Charlotte sentait qu'ils abordaient un terrain dangereux.

— Et qu'est-il arrivé à tes rêves d'urbanisme ?

— Oh, tu sais… Les rêves vont et viennent. Tu as assez vu cette salle ? Parce que j'ai pas mal de route à faire pour rentrer chez moi.

— Ah oui ? Et où est-ce, chez toi ?

— Pas dans la région ! répondit-elle en riant, avant de sortir précipitamment de la pièce pour se diriger vers la cuisine qu'elle avait l'intention de lui décrire dans les moindres détails jusqu'à ce qu'il tombe d'ennui.

Tout serait bon pour éviter ses questions ! Certes, il les posait de façon inoffensive — et prévisible après ce qu'ils avaient brièvement partagé —, mais elle était sur des charbons ardents.

— Et maintenant, la cuisine ! annonça-t-elle. Comme tu peux le voir, elle est faite pour recevoir dans la convivialité. Equipement semi-professionnel, idéal pour préparer des repas pour un grand nombre, avec assez de place pour accueillir une table de huit convives. Le jardin d'hiver est un des ajouts récents, mais tu conviendras que le style victorien a été parfaitement respecté !

— Tu sembles passionnée par ton métier, remarqua Riccardo. Oui, c'est une cuisine très… agréable, bien que je n'aie pas l'intention de cuisiner beaucoup.

— Pas de vin dans le cellier, pas de nourriture dans la cuisine… Si je puis me permettre, dans quel but souhaites-tu acheter cette maison ?

— Ce serait un investissement. Je voudrais ajouter une maison de campagne à mon parc immobilier. Je suis convaincu qu'en cinq ans la valeur de cet endroit sera multipliée par quatre.

— Dans ce cas, est-ce vraiment utile de tout visiter ? Tu trouverais toutes les informations dont tu as besoin dans le dossier que tu as entre les mains.

— Non, je crois que j'ai besoin de regarder de près pour savoir si des travaux sont nécessaires. Je n'en ai pas vraiment le temps, mais mon assistante est malheureusement tombée malade ce week-end et elle n'a pas pu venir.

Charlotte regarda le visage de Riccardo et frissonna en voyant l'homme qu'il était devenu. L'audace de la jeunesse s'était transformée en froide assurance. Quelques années plus tôt, après leur ultime confrontation, il l'avait informée d'un ton détaché que son avenir était déjà tout tracé et qu'il n'avait plus qu'à le saisir. Eh bien, pensa-t-elle, il l'avait manifestement fait. Mais cela ne semblait pas le rendre heureux, à en croire l'expression de son visage.

— Pourquoi n'en as-tu pas vraiment le temps ? demanda-t-elle d'un ton sarcastique.

— Je suis très occupé.

— Ah oui, j'avais oublié. Tous les grands projets que tu avais pour cet avenir brillant tracé depuis ta naissance. J'imagine que prendre le temps de sortir de ton bureau est *très* difficile.

Charlotte s'en voulut aussitôt d'avoir adopté ce ton provocateur, mais Riccardo était si arrogant ! Il posait sur cette magnifique maison un regard presque dédaigneux alors qu'elle méritait d'être traitée autrement qu'un tas de briques qui lui rapporterait encore plus d'argent !

— Je me trompe ou c'est un sarcasme ? Est-ce que cela fait partie de tes techniques de vente ?

— Je te présente mes excuses, murmura Charlotte. Ecoute, tu ne veux pas qu'on en finisse ?

— Est-ce que je te mets mal à l'aise ? Ou bien est-ce juste le fait d'être confrontée à ton passé qui te met à cran ?

— Je ne suis pas à cran.

Charlotte passa devant lui et se dirigea vers le corps principal de la maison. Impossible de n'y jeter qu'un coup d'œil… L'endroit était si vaste qu'elle risquait de devoir faire l'article plus longtemps qu'elle n'aurait voulu, surtout s'il continuait à poser des questions et à faire des remarques.

C'était si révélateur de leur relation, songea-t-elle soudain : elle était troublée et perdait tous ses moyens, tandis que lui restait froid et calme.

Elle parcourut le rez-de-chaussée au pas de course. Il n'était plus question de décrire minutieusement chaque détail intéressant, cela prenait trop de temps. Elle avait hâte de s'éloigner de Riccardo pour recommencer à respirer normalement.

Il restait les chambres à l'étage. Elle aurait voulu le laisser les visiter seul, mais elle ne pouvait pas se permettre de lui donner des raisons d'aller se plaindre ensuite de son comportement auprès d'Aubrey. Elle aimait son travail, et elle en avait besoin. Ils poursuivirent donc. Une, deux, trois, quatre chambres d'amis, puis un autre salon, un bureau et enfin la chambre principale.

Riccardo entra et contempla les murs couverts d'un précieux lambris. De grandes baies vitrées dominaient deux des murs et offraient une vue illimitée sur les champs et les bois. Soudain, il nota que Charlotte ne l'avait pas suivi et qu'elle restait sur le seuil, cramponnée à sa brochure.

En lui, l'impatience se mêla à l'irritation. Certes, elle avait admis qu'elle avait commis une erreur avec lui, mais avait-elle besoin de manifester à ce point son aversion ? Elle avait visiblement hâte qu'ils sortent pour pouvoir s'en aller loin de là. Cela signifiait sans doute qu'elle était encore touchée par sa présence après tout ce temps, mais il n'était pas assez stupide pour croire que cela avait quelque chose de flatteur. « Chat échaudé craint l'eau froide », songea-t-il.

Habitué à être adulé par la gent féminine, Riccardo serra les dents et se concentra sur la raison première de sa venue. Il examina les boiseries, vérifia les fenêtres, essaya d'estimer quels travaux devraient absolument être effectués s'il achetait cette maison. Derrière lui, il sentait que Charlotte attendait, pressée de partir. Elle regardait sans doute sa montre.

— Il reste encore un étage, dit-elle aussitôt qu'il se tourna vers elle. Jusqu'à présent, il était utilisé pour des chambres d'amis, mais il peut facilement être converti en… ce que l'on veut. Veux-tu y jeter un œil ?

— Voyons, tu te doutes bien que je me moque de voir l'ensemble d'une propriété dans laquelle je souhaite investir plusieurs millions ! Je commence à me lasser de ton petit jeu, Charlie.

— Charlotte ! corrigea-t-elle instantanément. Je ne suis plus celle que tu as connue !

Riccardo fit quelques pas vers elle. Charlotte soutint son regard mais elle était terrifiée. Ces huit dernières années semblaient avoir été une promenade de santé comparées à ce moment précis.

— Non, en effet. Tu es une femme sur le point de se marier et qui trouve ma vue si insupportable qu'elle ne peut le cacher.

— Est-ce ma faute ? l'accusa-t-elle d'une voix un peu trop aiguë, oubliant la logique et le bon sens pour céder à sa douleur et à sa rancœur. Tu m'as fait croire…

— Je ne t'avais rien promis !

— Tu as couché avec moi.

— Je n'étais pas le premier !

— Eh bien si, figure-toi !

Elle ne le lui avait jamais dit. A présent, il la dévisageait silencieusement.

— Tu n'étais pas vierge. Je l'aurais su.

— Comment ? demanda-t-elle, les joues en feu. Comment l'aurais-tu su ?

— Il n'y a eu aucun… signe.

— Oh, je t'en prie ! J'avais dix-huit ans et tu m'as fait découvrir les plaisirs de la chair.

Aurait-il couché avec elle s'il avait su qu'elle était vierge ? se demanda Riccardo. Non. De plus, il se serait posé davantage de questions au sujet de son âge, car, selon son expérience, les jeunes femmes de vingt-quatre ans encore vierges n'étaient pas légion.

— Si j'avais su que tu étais vierge, je n'aurais pas couché avec toi.

— Pourquoi ? demanda Charlotte, aussitôt déconcertée par sa propre question.

— Parce que tu aurais été vulnérable !

— Et tout ce que tu voulais, c'était une relation physique, murmura-t-elle amèrement.

Riccardo passa une main nerveuse dans ses cheveux.

— Ce n'était pas comme ça entre nous !

— Ah non ? C'est pour ça que tu as volé à mon secours quand ta mère s'est acharnée sur moi ?

Riccardo poussa un soupir de frustration. Les beaux yeux bleus de Charlotte l'accusaient et lui donnaient le sentiment d'être un goujat. Mais bon sang, il ne le méritait pas !

— Ma mère voulait…

— Oui, je sais ce qu'elle voulait : une Italienne bien née ! Elle a été très claire à ce sujet. Elle a même mentionné une certaine Isabella, qui possédait des références parfaites ! A-t-elle réussi à se faire passer la bague au doigt, finalement ?

— Je n'ai épousé personne, murmura-t-il en lui lançant un regard furieux.

Elle était rouge de colère. Elle avait beau avoir changé de coupe de cheveux et troqué ses shorts et T-shirts contre un tailleur, elle n'avait pas changé.

— Tu as raison, dit-il gravement. J'aurais dû te soutenir un peu plus.

— « Un peu plus » ? Tu ne m'as pas soutenue *du tout* ! En fait, si je me souviens bien, tu étais horrifié que j'apparaisse sur le seuil de ta maison !

— C'était inattendu.

— Une visite inattendue pour toi, et désagréable pour moi, compléta Charlotte. Surtout pour une gamine jeune et vulnérable qui croyait que le premier homme avec qui elle avait fait l'amour tenait un peu à elle.

— Et moi, j'avais vingt-six ans et je croyais avoir une aventure agréable avec une jeune femme de vingt-quatre ans. J'avais une carrière prometteuse devant moi et aucun projet de mariage !

— Je n'ai jamais dit que je voulais t'épouser !

Pourtant, elle avait voulu vivre quelque chose avec lui, et non une simple rencontre physique. Et où une telle relation les aurait-elle conduits, sinon jusqu'au mariage ? Pourquoi se leurrer ? Charlotte comprenait soudain que Riccardo avait dû avoir peur... Et à présent il y avait Gina...

— Tu dois comprendre que ma mère est attachée aux traditions. Une jeune fille anglaise devant sa porte, blonde de surcroît, voilà qui devait être son pire cauchemar.

Charlotte soupira.

— Bien, nous pourrions peut-être terminer cette visite, dit-elle d'une voix tendue.

Lorsqu'ils furent de retour dans l'entrée, elle se sentait à bout de nerfs, bien qu'ils n'aient pas prononcé un mot de plus à propos du passé. Ce n'était que le milieu de l'après-midi mais l'atmosphère était déjà sombre et maussade dehors, et l'air, déjà très froid.

Lorsqu'ils furent dehors, elle osa enfin le regarder dans les yeux. Elle se sentait déjà plus en sécurité.

— Bon... Si tu es intéressé, tu peux contacter Aubrey James à notre agence de Henley et c'est lui qui prendra le relais.

Le visage anguleux de Riccardo avait une expression sombre qui la fit frissonner et se pelotonner dans son manteau.

— Pourquoi pas toi ?

— Comment ça ?

— Ne serait-il pas logique que ce soit toi que je contacte, puisque tu m'as fait visiter la maison ?

— Non ! s'empressa-t-elle de répondre en cliquant sur sa clé pour déverrouiller la portière de sa petite voiture. Je veux dire… ce ne serait pas pratique, je ne travaille pas dans les bureaux d'Aubrey.

— Où travailles-tu, alors ?

— A Londres, répondit-elle à contrecœur. Mais j'ai déjà vendu plusieurs grandes demeures anciennes et Aubrey aime à penser que cela fait de moi une experte en la matière.

— C'est lui, ton futur mari ?

— Mon… Oh !

Elle se souvint qu'elle avait mentionné son éventuel mariage pour mettre une distance entre eux. Pauvre Ben… Que penserait-il s'il savait qu'elle l'avait fait passer pour son fiancé ? Elle sourit, amusée.

— Non, Aubrey et moi n'allons pas nous marier. Il est très heureux avec sa femme et il a deux fois mon âge, ma taille et ma corpulence. C'est plutôt un second père pour moi.

Riccardo aperçut le sourire fugace de Charlotte dans la pénombre et il retint son souffle. Il ne l'avait pas oublié, l'image était restée quelque part gravée dans son esprit, malgré les années qui étaient passées. Et c'était étrange et perturbant…

— Alors, qui est l'heureux élu ? demanda-t-il sur un ton léger.

Charlotte se mordit la lèvre. Il aurait été suspect de ne pas donner de nom. Une femme sur le point de se marier était censée être heureuse et fière.

— Il s'appelle Ben.

— Et Ben est… ?

— Oh, il est normal. C'est un homme avec deux bras, deux jambes, une tête.

Riccardo ne put s'empêcher de rire et Charlotte rougit dans l'obscurité. Il fallait qu'elle parte, loin de cet homme qui semblait encore capable de la troubler. Il fallait qu'elle retourne vers sa fille.

« Leur fille », corrigea une petite voix dans sa tête.

— Et que font ces bras, ces jambes et cette tête dans la vie ?

— Rien ! Ecoute, il faut vraiment que j'y aille. Je n'aime pas conduire la nuit, et puis la route est longue jusqu'à Londres.

— Si ton patron a une si haute opinion de toi, il pourrait certainement te payer une chambre d'hôtel pour la nuit.

— Oh, non, je ne peux absolument pas rester ! Je veux dire…

— Je sais ce que tu veux dire, l'interrompit-il brusquement. J'imagine que cet homme qui ne fait « rien » t'attend quelque part dans Londres avec un bon petit plat qui mijote et des bougies sur la table. Tu devrais faire attention, tu sais.

— Attention ? A quoi ?

— Aux hommes qui précipitent les choses en s'assurant qu'une femme est enchaînée à eux. C'est peut-être flatteur au départ, mais ça peut vite devenir une prison.

— Je ne vois pas de quoi tu parles, dit-elle d'un ton hautain.

Cette conversation n'avait aucun sens, puisque Ben et elle ne sortaient pas vraiment ensemble. Mais puisqu'elle avait pris quelques libertés avec la vérité, elle se sentait obligée de le défendre.

— Je ne me sens pas emprisonnée avec lui.

— Alors pourquoi es-tu aussi pressée de rentrer ?

— Il faut vraiment que j'y aille.

— Je vais moi aussi à Londres. Je peux te suivre, si tu veux, pour m'assurer que tu rentres bien chez toi. Ces routes peuvent être dangereuses en hiver.

— Non !

Riccardo leva les mains en l'air en signe de reddition. Mais sa curiosité était à présent piquée.

— Je peux rentrer sans escorte, merci bien, ajouta-t-elle. J'ai déjà fait des trajets plus longs.

— En rentrant à Londres le même jour ? Quand la nuit tombe ? Dans cette minuscule voiture ?

— Elle est très fiable !

— Mais pas vraiment faite pour les longues distances.

— Je ne suis pas fan des grosses voitures qui consomment trop, dit-elle en jetant un regard à son luxueux coupé.

— Pourtant, en cas d'accident, sur une route sombre en plein hiver, tu pourrais regretter de t'être davantage préoccupée de la planète que de ta propre sécurité. C'est une voiture de fonction ? Si oui, il faut que j'en touche un mot à ton patron, qu'il me dise à quoi il joue en t'envoyant parcourir la campagne dans une petite voiture citadine…

— Tu n'oserais pas !

— Tu sais, il ne faut jamais me mettre au défi…

Charlotte se demanda s'il plaisantait. C'était difficile à dire car la très faible luminosité l'empêchait de voir l'expression de son visage.

— Pourquoi es-tu si nerveuse ?

Riccardo savait que cette conversation ne mènerait nulle part. Chacun allait repartir de son côté, et plus tard il repenserait à leur rencontre comme à une des étranges coïncidences de la vie. Mais, en attendant, il éprouvait un besoin inexplicable de parler avec elle.

— Il va bientôt faire complètement nuit, dit-il avec un haussement d'épaules élégant et décontracté dont Charlotte se souvenait si bien. Alors, pourquoi se presser ? Et si je t'invitais à dîner ? Tu pourras continuer à t'acharner sur moi et, quand tu auras fini, nous pourrons avoir une conversation entre êtres civilisés.

Riccardo se félicita de l'emploi du mot « civilisé », qui lui donnait l'impression de contrôler la situation et atténuait quelque peu l'impression inquiétante que, pour la première fois depuis des années, il ne réagissait pas rationnellement à une situation. Sa raison lui aurait pourtant déconseillé d'inviter à dîner une femme qui le traitait comme un pestiféré…

— Désolée, c'est impossible.

Charlotte ouvrit la portière de sa voiture et jeta son sac à main et sa serviette en cuir sur le siège passager avant de s'installer au volant. Mais, avant qu'elle ait pu claquer la portière, Riccardo la bloqua de la main et se pencha vers elle. Malheureusement, à la lumière de l'habitacle, il lui fut impossible de dissimuler son trouble… Seigneur, elle devait avoir les joues écarlates et l'air coupable ! Naturellement, Riccardo ignorait pourquoi elle se sentait coupable, mais il devait commencer à se poser des questions… Même après toutes ces années, elle le connaissait suffisamment pour se rendre compte qu'une chose n'avait pas changé chez lui : sa ténacité. Il avait toujours trouvé les défis très stimulants.

— Mon petit ami. Enfin, mon fiancé…

— Ben « qui ne fait rien ».

— En réalité, il est expert foncier. Et… tu avais raison : il m'attend et il m'a effectivement préparé un bon repas. Il cuisine toujours pour moi quand je pars travailler loin. Il adore ça.

Riccardo fronça les sourcils et Charlotte, se sentant beaucoup plus à l'aise à présent, eut un rire léger. Elle démarra le moteur.

— Oui, je sais que tu désapprouves. Toi qui viens d'une famille italienne traditionnelle, j'imagine ce que tu dois penser des hommes qui cuisinent. Mais Ben est un vrai cordon-bleu et il est aux petits soins pour moi !

— Il doit avoir un emploi du temps très flexible pour pouvoir se mettre aux fourneaux chaque fois que tu dois prendre la route.

Elle poussa un soupir de compassion ironique.

— Tu n'en as pas assez de vivre ainsi ?

— C'est-à-dire ?

— Vivre pour l'argent, Riccardo. Vendre ton âme pour quelques poignées de billets… Tout sacrifier pour posséder un gros compte en banque… Tout ça, c'est de la préhistoire ! Nous sommes au XXIe siècle et, de nos jours, les gens prennent enfin conscience qu'il existe des choses plus importantes que d'avoir une grosse voiture ! Ben est un homme d'aujourd'hui. Il organise son temps pour se consacrer à des choses qu'il aime faire !

— Cuisiner… et quoi d'autre ? Faire le ménage, repasser et coudre ?

— Très drôle, Riccardo. Tu peux aimer travailler vingt heures par jour pour amasser toujours plus d'argent et acheter de belles maisons comme celle-ci, mais à mon avis Ben a découvert le vrai secret du bonheur en choisissant une vie plus riche spirituellement.

— Et tu te satisfais de ce mode de vie *new age* ? railla-t-il. Je n'y crois pas !

C'était vrai, pensa-t-il, il travaillait dur mais il aimait cela. Il n'en devenait pas pour autant un homme des cavernes ! Il ne le faisait même pas pour l'argent, il n'en avait pas besoin. Tout simplement, il aimait les affaires parce qu'il les trouvait excitantes.

— Eh bien, je me moque de ce que tu peux penser, rétorqua-t-elle. Maintenant, si ça ne te dérange pas, j'y vais. Un délicieux repas m'attend, ainsi qu'un homme qui sait qu'il existe autre chose dans la vie qu'un gros compte en banque !

En s'éloignant, Charlotte eut l'impression qu'elle avait gagné la bataille. Elle avait donné l'image d'une femme de son temps qui avait tourné la page et établi des priorités dans sa vie. Elle se surprit même à fredonner avec la radio… jusqu'à ce que cette impression de triomphe se dissipe peu à peu et qu'elle réalise qu'elle n'avait rien gagné du tout.

Bien sûr, aux yeux de Riccardo, elle était passée pour une femme qui maîtrisait sa vie, tout le contraire de la gamine vulnérable qu'il avait anéantie huit ans plus tôt. Mais en réalité aucun fiancé ne lui mijotait des petits plats tous les soirs. Elle ignorait même si Ben savait faire cuire un œuf ! Ils avaient mangé au restaurant chaque fois qu'ils s'étaient vus.

De plus, s'il était vrai qu'elle désapprouvait le fait que l'argent soit l'unique raison de vivre, elle-même travaillait jusqu'à l'épuisement pour offrir des conditions de vie décentes à Gina. En quoi cela correspondait-il à l'art de vivre qu'elle avait décrit à Riccardo ?

Aurait-elle dû lui parler de Gina ? Cette idée l'emplit d'effroi. Qu'aurait-il fait ? Soudain, elle imagina le pire scénario : il se mettrait dans une colère noire et emmènerait sa fille avec lui. Il utiliserait son immense fortune pour mettre Gina de son côté, quel qu'en soit le prix.

Charlotte frissonna.

Le lendemain matin, elle téléphonerait à Aubrey pour lui raconter comment s'était déroulée la visite et elle mentionnerait au passage l'identité de l'acheteur potentiel en lui faisant jurer de garder le silence à propos de sa filleule. Juste au cas où Riccardo déciderait de lui poser des questions sur elle. Elle en doutait fort, mais juste au cas où…

Il valait mieux prévenir que guérir.

4

Charlotte posa son menton au creux de sa main et observa Ben, dont la courtoisie et la prévenance des deux dernières semaines l'agaçaient presque. Elle était cependant décidée à ne pas le trouver ennuyeux. Dans des moments comme celui-ci, alors que son esprit commençait à s'évader pendant qu'il évoquait avec enthousiasme les détails particulièrement assommants d'un dossier que lui avait confié Robinson, Hathaway & Sons, elle se rappelait que la courtoisie était la base de toute relation réussie. Le « grand frisson » était bien surestimé, elle l'avait découvert à ses dépens. Ben et elle étaient au début d'une relation. Ils s'étaient embrassés plusieurs fois mais, quand il avait essayé d'aller un peu plus loin, elle lui avait dit qu'il était trop tôt et il avait galamment respecté son choix.

Elle avait poussé plusieurs soupirs de soulagement en constatant que Riccardo, qui était apparu comme par enchantement pour semer la panique dans sa vie, avait disparu tout aussi rapidement. Il avait parlé avec Aubrey, qui avait été prévenu qu'il ne devait répondre à aucune question sur elle, et lui avait annoncé qu'il avait encore besoin de réfléchir avant de se décider pour la maison. L'agence n'avait pas entendu parler de lui depuis.

Sa réapparition avait ravivé un tourbillon de souvenirs qu'elle devait affronter. C'est ce qu'elle était en train de faire, en se concentrant de toutes ses forces sur la conversation avec Ben et en infligeant sans cesse des sermons à son esprit têtu.

Elle sortit de sa rêverie et découvrit que Ben attendait qu'elle dise quelque chose. Mais de quoi pouvait-il bien parler ?

— Oui, répondit-elle automatiquement, ce qui lui valut un sourire radieux de la part de son compagnon.

— Super ! Beaucoup de femmes n'aiment pas être les premières sur la piste de danse, mais toi tu n'as pas froid aux yeux. Mademoiselle, si vous voulez bien m'accorder cette danse !

Charlotte réalisa avec horreur ce qu'elle venait d'accepter. Ils se trouvaient dans un club de jazz, au bord d'une piste de danse déserte, bien que la musique fût bonne et que les tables disposées tout autour fussent toutes occupées. Bref, elle était sur le point de se ridiculiser devant tout ce monde avec Ben.

— Désolée ! fit-elle en souriant et en ignorant sa main tendue. J'ai mal entendu. J'ai cru que tu me demandais si j'étais déjà allée en France !

Ben s'était mis à esquisser un petit déhanchement devant la table, la main toujours tendue. Bizarrement, sans qu'il se soit vraiment lancé, Charlotte devina qu'il faisait partie des danseurs enthousiastes qui n'ont aucun sens du rythme.

Il menaçait à présent de faire le tour de la table pour l'aider à se mettre debout. Elle se leva donc en parcourant la salle d'un air embarrassé et se dirigea vers la piste.

— Tu aurais dû me prévenir ! cria-t-elle dans son oreille. Je me serais préparée !

— Comment ça ?

— J'aurais bu une douzaine de cocktails avant !

— Ne t'en fais pas, tu te débrouilles très bien !

Elle aurait juré que l'orchestre faisait durer le morceau aussi longtemps que possible pour prolonger ce spectacle comique. A la fin de la danse, elle fut mortifiée lorsqu'elle entendit l'assistance les applaudir. Mais alors, Ben se lança de nouveau sur la piste comme s'il sautillait sur des charbons ardents. Il semblait bien décidé à ne pas regagner sagement leur table…

La piste se remplissait, maintenant. L'orchestre joua ensuite un slow, ce qui dissuada Ben de s'agiter dans tous les sens, du moins temporairement. Lorsqu'il l'enlaça, Charlotte se força à se détendre un peu. Elle commençait juste à se persuader qu'il pouvait exister une connexion physique entre eux lorsqu'elle sentit une petite tape sur son épaule.

Elle leva la tête et le vit. Riccardo la dévisageait avec un air amusé et elle sentit son ventre se nouer.

Mais que faisait-il dans un club de jazz du centre de Londres ? N'avait-il pas un empire à diriger et l'univers à conquérir ? Comment se faisait-il que, après avoir été absent de sa vie pendant huit ans, il apparaisse deux fois en quinze jours ?

— Vous permettez ? Je suis un vieil ami.

Il adressa un sourire à Ben, qui lui sourit à son tour chaleureusement. Ne voyait-il donc pas que cet homme était un monstre ?

Charlotte sentit la main de Riccardo sur son coude et ouvrit la bouche pour protester, mais elle se souvint à temps que Ben et elle étaient censés être fiancés. Et s'il venait à l'idée de Riccardo de leur présenter ses plus sincères félicitations ? Elle plaqua un sourire sur son visage et se mit entre les deux hommes, tournant le dos à Riccardo, pour empêcher toute conversation gênante entre eux.

— Va t'asseoir ! cria-t-elle à Ben par-dessus la musique. Tu peux me commander quelque chose à boire, un de leurs cocktails !

— Obéissant comme un chiot, n'est-ce pas ? fit Riccardo en la faisant tournoyer avant de la ramener à lui, plaquant leurs corps l'un contre l'autre.

Comme par un tour de passe-passe, il avait réussi à l'entraîner dans un coin plus sombre, où la musique était moins forte.

— Que fais-tu ici ?

— On dirait que tu désapprouves ? Je n'ai pas besoin d'une autorisation spéciale pour entrer dans un club de jazz à Londres, à ce que je sache. Tu te souviens peut-être que j'adore cette musique.

Charlotte se souvenait de beaucoup de choses, en effet, et pas seulement de ses goûts musicaux. Elle se souvenait avoir dansé avec lui en plein air au son d'une petite radio, elle se souvenait de son corps contre le sien, de leurs rires à gorges déployées et de la façon dont la soirée s'était terminée.

— Je t'ai vue sur la piste avec ton fiancé, murmura-t-il à son oreille. C'était très courageux.

— Oui, Ben est comme ça, plein d'audace, répondit-elle froidement.

Chaque fois qu'elle essayait de s'écarter de lui, il la ramenait doucement à lui, la main posée fermement au creux de ses reins.

— Cet homme est un modèle de vertu.

— Avec qui es-tu venu ici ? demanda-t-elle en espérant détourner la conversation.

Il était certainement accompagné, sûrement par des gens très beaux et très riches. Riccardo n'était pas du genre à se rendre seul dans un club pour écouter du jazz.

— Une très belle blonde, à vrai dire. Elle s'appelle Lucinda.

Charlotte eut un pincement au cœur.

— Et tu l'as laissée toute seule afin d'inviter quelqu'un qui n'a aucune envie de danser avec toi ?

Charlotte sentit la main de Riccardo se crisper et se réjouit de l'avoir touché. Le grand Riccardo di Napoli n'aimait pas qu'on lui dise que sa compagnie n'était pas recherchée... Charlotte espérait qu'au moins cela mettrait la puce à l'oreille de la malheureuse et que celle-ci prendrait ses jambes à son cou.

— Il est exactement comme je l'avais imaginé, fit Riccardo.

Du coin de l'œil, il voyait Lucinda qui les fixait et, malgré la lumière tamisée, il savait qu'elle fronçait les sourcils. Elle devenait exigeante et cela commençait à l'agacer. Il faudrait qu'il règle cela, plus tard. Pour l'instant, toutes ses pensées allaient vers la femme qui était dans ses bras et qui ne pensait qu'à partir. Il esquissa quelques pas pour tourner le dos à Lucinda.

— Il semble être un homme très sensible.

— Je ne veux pas parler de ça avec toi.

— Avant, tu croyais au destin. Tu te souviens ?

— C'était *avant*, Riccardo.

C'était donc elle, sa petite amie ! songea Charlotte avec amertume. Difficile de ne pas la remarquer... Elle mesurait plus d'un mètre quatre-vingts, avec des talons aiguilles vertigineux et des cheveux lui tombant jusqu'à la taille. Le genre de femme sur lequel les hommes se retournaient instinctivement. Charlotte regretta de porter des chaussures plates en cet instant. Elle ne se sentait pas du tout à son avantage.

— J'ai cessé de croire au destin il y a environ huit ans. Je croyais que le destin m'avait poussée à faire ce voyage jusqu'à ta demeure, mais je m'étais complètement trompée. Aujourd'hui, je préfère prendre mes décisions de façon plus rationnelle.

— Donc, tu penses que ce n'est pas le destin qui nous a de nouveau réunis ?

Etait-il en train de flirter avec elle ? se demanda-t-elle en se raidissant. Ou posait-il la question par simple curiosité ? Jouait-il avec elle comme un chat joue avec une souris, juste pour voir ce qu'elle allait faire ?

— Alors le destin aurait un humour bien noir, répliqua-t-elle.

La musique s'arrêta soudain et elle s'écarta rapidement tandis que la jeune femme aux jambes interminables traversait à grands pas la foule pour les rejoindre.

— On dirait que quelqu'un veut te parler, Riccardo ! fit Charlotte en souriant. Et elle n'a pas l'air de plaisanter. A ta place, je ferais attention, on dirait qu'elle a envie de te gifler.

Il n'y avait rien de plus satisfaisant que d'avoir le dernier mot, songea-t-elle en rejoignant Ben qui était gentiment allé lui chercher un cocktail dont elle n'avait plus vraiment envie.

Avant qu'il puisse dire un mot, elle s'assit et se pencha vers lui.

— J'ai un petit problème, dit-elle d'un air aussi détendu que possible. Il s'agit de cet homme.

— Celui qui t'a fait tournoyer sur la piste ? Quel danseur ! Je crois bien que nous autres Anglais sommes un peu trop raides.

— Tu te débrouilles très bien, Ben.

Elle savait que Riccardo n'allait pas tarder à arriver avec sa partenaire et à poser une question anodine comme « alors, quelle est la date du mariage ? » Elle but une grande gorgée de son cocktail pour se donner du courage.

— Cet homme est le père de Gina…

Ben en resta bouche bée.

— Je suis vraiment désolée, poursuivit-elle. Je sais que je n'aurais pas dû t'impliquer dans cette histoire, mais je ne savais pas quoi faire. Il ne sait pas pour Gina et je ne peux pas prendre le risque qu'il le découvre et… et… je lui ai dit que nous étions fiancés…

Ben la regarda d'un air amusé.

— Bien. N'a-t-il pas remarqué que tu n'avais pas de bague ?

Charlotte haussa les épaules et contempla ses mains fines et nues.

— Encore une chose, confessa-t-elle. C'est… c'est un type du genre arrogant, alors j'ai sous-entendu que tu étais… Tu sais, un homme moderne qui adore cuisiner, écouter de la musique… tu vois ce que je veux dire ?

Ben fit une grimace.

— Je sais à peine réchauffer mes plats surgelés, dit-il en souriant. Mais puisque tu veux que nous fassions semblant, nous allons le faire.

— Nous n'en aurons peut-être même pas besoin.

Mais elle vit Ben hausser les sourcils. Elle se retourna aussitôt et vit Riccardo et sa compagne s'approcher de leur table. Ils formaient un couple remarquable.

— Riccardo ! fit-elle en sentant la main de Ben se poser sur elle d'un geste possessif. Tu es encore là ! Et vous devez être Lucinda ? dit-elle avec un grand sourire et un air innocent. Riccardo n'a pas cessé de me parler de vous pendant que nous dansions ! Apparemment, c'est du sérieux entre vous. Dis-moi, Riccardo, les félicitations sont-elles de mise ?

Elle dut s'arrêter tellement elle avait peur d'éclater de rire en voyant Riccardo la fusiller du regard. Il l'avait bien mérité. Un homme qui laissait ses partenaires nourrir de vains espoirs méritait d'assumer de temps en temps les conséquences de ses actes.

Elle jouait avec le feu mais, avec son soi-disant fiancé à son côté, elle était en sécurité.

— Parce que pour nous, oui ! claironna Ben. J'ai trouvé la femme parfaite !

Il se pencha vers Charlotte et lui ébouriffa les cheveux. Ce n'était pas le geste le plus romantique qui soit, mais cela sembla convaincre Riccardo.

— Charlie m'a beaucoup parlé de vous, dit-il en s'asseyant auprès de Lucinda.

Riccardo avait volontairement utilisé le surnom de la jeune femme, sachant que cela raviverait des souvenirs qu'elle voulait exorciser. Si elle voulait jouer, pourquoi ne s'y mettrait-il pas lui aussi ?

— Oui, en effet, fit Charlotte en serrant les dents. Je lui ai dit quelle perle tu es ! Toujours là pour moi, à t'assurer que je vais bien et que je mange bien.

Elle se tourna vers Lucinda. C'était vraiment une femme magnifique.

— Je suppose que c'est la même chose pour vous ? fit Charlotte avec un sourire de fausse complicité.

Lucinda lui adressa un regard meurtrier.

— A vrai dire, Riccardo ne cuisine pas beaucoup, si vous voyez ce que je veux dire…

— Non ?

— Non, fit Riccardo. Pourquoi cuisiner quand quelqu'un d'autre sait mieux le faire que soi ?

— Cela dépend de l'argent que l'on peut dépenser dans les restaurants.

— Oh, j'ai un cuisinier personnel.

— Moi aussi ! répliqua Charlotte en riant.

— C'est une femme autoritaire, n'est-ce pas ? dit Riccardo en se tournant vers Ben. Ça vous plaît d'être traité comme un esclave ?

Charlotte sentait la colère monter en elle mais elle se maîtrisa. Lui, le roi de l'arrogance, osait la traiter d'autoritaire ! Elle se leva sans laisser le temps à Ben de trouver quelque chose à répondre. Il n'était pas de taille à rivaliser avec Riccardo et elle ne voulait pas le voir se faire humilier.

— Il paraît que tu n'as pas recontacté Aubrey pour la maison, dit-elle pour changer de sujet. As-tu trouvé un meilleur investissement ailleurs ?

— Ce projet est toujours à l'étude.

Riccardo la regarda droit dans les yeux. Elle était toujours aussi sexy, songea-t-il. Lucinda était peut-être belle, mais Charlotte avait l'esprit vif et il adorait cela. Bon sang, il avait oublié à quel point il trouvait sa vitalité excitante ! Son regard glissa vers Ben qui finissait son verre à la hâte. Cet homme devait être pingre, pensa-t-il : il ne lui avait même pas offert de bague de fiançailles. Soit cet homme était insignifiant, sans avis sur rien et elle le menait par le bout du nez, soit c'était son âme sœur et ils vivaient une relation purement spirituelle, car il ne percevait aucune connexion physique entre eux.

Il ressentit soudain une attirance impérieuse pour Charlotte et, pendant quelques secondes, il n'y eut plus personne autour d'eux, plus de fiancé, plus de Lucinda. Il était de retour en Italie, le corps en feu, son esprit uniquement occupé à se demander où, quand et comment il allait lui faire l'amour.

— Et je resterai en contact, dit-il enfin.

— Comment ça ? fit Charlotte.

— A propos de la maison. Je rappellerai.

Charlotte nota que Lucinda semblait tout à coup très intéressée par la conversation.

— Eh bien, tu as le numéro d'Aubrey, dit-elle avant de se détourner.

— Il doit détester ça, confia Charlotte d'un air triomphant à Ben tandis qu'ils montaient à l'arrière d'un taxi. Une femme avec des étoiles dans les yeux à la pensée d'une maison.

Elle était tellement occupée à savourer sa petite victoire qu'elle ne remarqua pas l'air pensif de Ben.

— Pire encore, une femme qui ne correspond pas à l'Italienne bien née à laquelle il se destine, poursuivit-elle, le regard perdu à l'horizon. Pauvre Lucinda ! Toute la beauté du monde ne suffirait pas à lui permettre d'entrer dans le monde supérieur des Napoli...

Une demi-heure plus tard, le taxi se gara devant sa maison. Elle réalisa alors qu'elle avait dû ennuyer Ben pendant tout le trajet. Mais la baby-sitter attendait à l'intérieur et elle n'avait pas le temps de se confondre en excuses. Elle se contenta d'un petit baiser sur la joue pour le remercier de l'avoir sauvée durant cette soirée.

Charlotte ne s'attendait pas que Riccardo rappelle très vite Aubrey. Au fond, il n'avait pas de raison particulière d'acheter cette grande maison plutôt qu'une autre. Il allait donc s'assurer qu'il pouvait réaliser un profit maximum avec cet investissement. De toute façon, pensa-t-elle avec un petit sourire ironique, il allait être trop occupé de se débarrasser de la jolie Lucinda, tout comme il s'était débarrassé d'elle huit ans plus tôt lorsqu'elle avait eu la naïveté de croire qu'elle était plus qu'une passade pour lui.

Une demi-heure après avoir emmené Gina jouer chez une de ses camarades d'école, Charlotte entendit sonner à la porte de son petit pavillon, situé dans une jolie rue tranquille et bordée d'arbres.

Décidée à profiter de l'absence de Gina pour faire un grand ménage chez elle, elle était vêtue d'une salopette délavée et de grosses chaussettes en laine, les cheveux retenus en arrière par un bandeau. Elle tenait un pot d'encaustique dans une main quand elle ouvrit la porte.

Elle se figea aussitôt. Riccardo…

— Je sais, lança-t-il avec un grand sourire, tu vas me demander ce que je fais ici.

Riccardo jeta un œil sur les murs tout blancs, remarqua des tableaux abstraits, le sol en pin brut. Charlotte était pâle et semblait sous le choc. Il devina qu'elle allait lui claquer la porte au nez et réussit à avancer suffisamment le pied pour l'arrêter.

— Va-t'en ! dit Charlotte d'une voix tremblante. Tu ne peux pas débarquer comme ça chez moi ! Si tu veux parler de la maison, adresse-toi à Aubrey. Comment as-tu obtenu mon adresse ? Est-ce Aubrey qui te l'a donnée ?

— Non. Tu ne m'invites pas à entrer ?

Charlotte réfléchit rapidement. Si elle le forçait à partir, en lui fermant tant bien que mal la porte au nez, il reviendrait, elle le savait. Et si elle restait sur le seuil à lui bloquer le passage, Gina risquait d'apparaître à tout moment. Si elle le faisait entrer poliment, si elle écoutait ce qu'il avait à dire, elle pourrait s'en débarrasser sans histoire. Elle ouvrit donc la porte et recula pour le laisser passer.

— Comment as-tu trouvé mon adresse ?

— J'ai des relations… C'est joli chez toi.

Il se dirigeait vers la cuisine et Charlotte eut juste le temps de lui barrer la route. Le réfrigérateur était couvert de dessins de Gina et de papiers concernant son école, c'était trop risqué.

— Si tu veux t'asseoir dans le salon, Riccardo. Mais je te préviens, je n'ai pas beaucoup de temps. Je… J'allais sortir.

— Avec ton pot d'encaustique ?

— Quand j'aurai fini d'épousseter, bien sûr. Et que je me serai changée. Je fais mon ménage le samedi.

— Je suis surpris que ton fiancé ne t'aide pas. Il semble du genre à aimer ce type d'occupation. Au fait, où est-il ?

— Que veux-tu, Riccardo ? demanda-t-elle. Pourquoi es-tu venu ici ?

— Parce que je pensais à toi.

Leurs regards se rencontrèrent et Charlotte sentit son estomac se nouer. Sa voix lui faisait encore de l'effet ! Et son regard…

Il était habillé de façon décontractée. Sur la plupart des hommes, son pantalon anthracite et son pull gris clair auraient paru insipides. Mais Riccardo avait une allure folle. Son corps était taillé pour les vêtements de créateurs italiens qu'il portait : grand, large d'épaules, les hanches étroites… Elle secoua la tête et reprit ses esprits.

— Ah oui ?

— Oh oui, répondit-il en s'asseyant sur le canapé et en croisant les jambes.

Autour de lui, la petite pièce, qu'elle avait mis tant de soin à décorer dans les tons miel, crème et taupe, semblait soudain banale en sa présence. Embarrassée par sa tenue, elle retira son bandeau et remit ses cheveux en place pour se donner une contenance.

— Ta petite plaisanterie de l'autre soir n'était pas très drôle, dit-il. Faire croire à Lucinda que notre relation pourrait aller plus loin…

— Je trouve injuste la façon dont tu traites les femmes. J'ai tout de suite vu qu'elle espérait autre chose de toi, et puisque tu ne peux pas le lui donner, tu aurais dû être franc.

— Et tu as voulu t'en charger à ma place, ou tout au moins à me mettre dans l'embarras. Tout ça pour me faire payer le fait de t'avoir rencontrée par hasard il y a deux semaines.

— D'accord. Si tu es venu chercher des excuses, les voici : je suis désolée. Tu es satisfait ?

— Non, dit-il en s'enfonçant dans le canapé. Je te l'ai dit. Je pensais à toi.

Charlotte alla s'asseoir dans le fauteuil en face de lui : ses jambes ne la portaient plus.

— Ça ne m'intéresse pas, Riccardo.

— Vraiment ? C'est pour ça que tu trembles comme une feuille ? Parce que je te laisse totalement indifférente ?

Il la vit passer nerveusement ses mains dans les cheveux. Il savait qu'elle cherchait quelque chose à répliquer. En réalité, il n'avait aucune idée de ce qu'il allait dire lorsqu'il avait sonné à sa porte. Certes, il avait été agacé par ce qu'elle avait laissé entendre à Lucinda, mais cela n'avait pas été une épreuve insurmontable.

Il était surtout préoccupé par sa propre réaction face à elle. Depuis qu'il l'avait revue, son comportement avait changé et il n'en saisissait pas la raison. Il savait qu'il avait repris sa liaison avec Lucinda pour se prouver que Charlotte, qui venait de réapparaître dans sa vie, ne lui faisait aucun effet. Cela n'avait pas fonctionné… Il n'arrivait pas à comprendre pourquoi un homme comme lui, qui pouvait avoir n'importe quelle femme, devenait obsédé par celle qui ne voulait justement pas entendre parler de lui.

Le fait de tomber sur elle et son fiancé dans ce club avait au moins éclairé une pièce du puzzle…

Il la désirait, que cela lui plaise ou non. Et c'est pour ça qu'il était là.

— Pourquoi ne me dis-tu pas ce que tu veux, Riccardo ? Je me suis excusée à propos de Lucinda, sincèrement. Ce que tu fais ne me regarde absolument pas.

En une fraction de seconde, elle comprit qu'elle avait commis une erreur fatale. Elle avait espéré satisfaire la curiosité de Riccardo en s'inventant un fiancé, ce qui lui permettait aussi de lui montrer qu'elle avait tourné la page. Mais elle aurait dû se douter que Riccardo ne s'en tiendrait pas là. Elle en était sûre à présent, s'il n'était pas tombé sur elle dans ce club par hasard, il l'aurait retrouvée tôt ou tard, ne serait-ce que pour voir l'homme avec qui elle s'était engagée.

Riccardo la regardait fixement, conscient que chaque seconde qui passait accroissait son malaise. Il laissa son regard errer dans la pièce. Des couleurs pâles… Il n'aurait pas cru cela d'une femme aussi passionnée. Peut-être essayait-elle ainsi de lutter contre sa vraie nature. Un petit téléviseur à écran plat était perché sur une bibliothèque en pin, et devant une rangée de livres…

Riccardo se leva et se dirigea vers la bibliothèque, s'agenouilla et contempla le cadre qui contenait plusieurs photos d'une petite fille.

— Qui est-ce ? Ta nièce qui vit en Australie ?

Charlotte fut incapable de répondre car sa gorge était trop serrée. Elle ne pouvait pas non plus se lever et lui ôter le cadre des mains : ses jambes refusaient de lui obéir.

Le silence fut interrompu par la sonnette de la porte.

— Tu ne vas pas ouvrir ? demanda-t-il en reposant le cadre sur l'étagère. C'est peut-être important.

Charlotte se leva et le dévisagea.

— Oui… Je suis sûre que ça l'est.

5

Gina était allée à l'épicerie au coin de la rue avec Amy et sa maman, et en était ressortie avec un gros sac plein de bonbons. Malgré l'alimentation saine et variée que sa mère lui imposait, et les fréquents sermons sur les effets dévastateurs des bonbons, elle mettait toujours son argent de poche de côté pour s'en acheter. Pour une fois, Charlotte ne fronça pas les sourcils, elle ne secoua pas la tête en lui disant qu'il était hors de question qu'elle mange tout d'un coup. Elle ouvrit juste la porte et resta là, immobile, à regarder sa magnifique petite fille qui ressemblait tant à l'homme assis dans son salon.

— Tu ne te sens pas bien, maman ? demanda Gina, soudain inquiète. Tu peux avoir un de mes bonbons, si tu veux. Mais pas un orange.

— Entre, ma chérie.

Gina fronça les sourcils.

— Je te promets de ranger ma chambre tout de suite, déclara-t-elle.

— Il y a quelqu'un dans le salon, Gina.

— Est-ce que c'est M. Forbes ? demanda la petite fille, dont les yeux s'emplissaient de larmes. Parce que ce n'est pas ma faute si j'ai oublié de faire mes devoirs !

— Tu as oublié de faire tes devoirs ? demanda Charlotte, distraite pendant un instant. Mais non, il ne s'agit pas de M. Forbes.

Doucement, elle aida sa fille à enlever son blouson. Elle portait un jean et un pull noir, Charlotte ayant renoncé depuis longtemps à l'habiller en rose.

— Ça va ? lui demanda-t-elle.

Gina acquiesça en glissant un bonbon dans sa bouche, ce qui ne lui valut toujours aucune réprimande.

Charlotte tenait la main de sa fille lorsqu'elles arrivèrent dans le salon. Elles marquèrent une pause sur le seuil. Riccardo se tenait devant la fenêtre, bras croisés. Gina plongea la main dans son sac de bonbons, mais cette fois-ci Charlotte le lui prit et le posa sur une étagère.

— Riccardo, je te présente Gina.

La fillette restait près de sa mère, immobile, sans ciller devant l'homme qui la regardait.

— C'est un joli prénom, dit Riccardo, ne sachant pas trop quoi dire.

Il n'avait aucune expérience des enfants. Etant fils unique, il n'avait pas de neveux ou de nièces.

— Quel âge as-tu ? demanda-t-il, désarçonné par le silence qui accueillit sa question banale.

— Gina a huit ans, répondit Charlotte, attendant de voir s'il allait faire le rapprochement.

Mais après tout, il n'avait aucune raison de penser que Gina était sa fille, et en l'absence de cette information cruciale, c'était une enfant comme une autre pour lui.

Néanmoins, elle sentit la tension grandir dans son ventre et elle serra un peu plus la main de Gina. Riccardo semblait commencer à s'ennuyer. Ne se demandait-il pas ce qu'une petite fille de huit ans faisait chez elle ?

— Je suis en CE2 à l'école primaire de Saint-Bart, claironna Gina. Je suis la première de la classe en maths et en anglais. La semaine dernière, j'ai même eu une récompense pour mes notes, pas vrai, maman ?

Soudain, Charlotte vit que Riccardo commençait à comprendre. Il se figea et dévisagea Gina, observant ses boucles brunes, ses grands yeux bruns, sa peau légèrement mate.

Gina, qui possédait la même aisance naturelle que son père, commençait à raconter comment elle avait obtenu sa récompense, proposant d'aller la chercher pour la lui montrer, tandis que Riccardo la regardait dans un silence glacial.

— Huit ans, articula-t-il finalement. Et quand tombe ton anniversaire, exactement, Gina ?

— Gina, il faut que tu ailles ranger ta chambre, maintenant. Exceptionnellement, tu peux prendre tes bonbons, dit-elle en tendant le sac à la fillette incrédule. J'ai besoin de parler seule à seul avec Riccardo. Quand tu auras fini de ranger, tu pourras… tu pourras…

Elle sentait le regard de Riccardo sur elle et elle n'avait pas besoin de voir son visage pour deviner son expression.

— Tu pourras jouer à la console ! dit-elle finalement.

Les jeux vidéo étaient l'autre plaisir limité de Gina. Elle fit un grand sourire et fila dans sa chambre avant que sa mère ne change d'avis. Charlotte ferma doucement la porte derrière elle et s'y adossa.

— *Dio !* Dis-moi que tu n'étais pas… que tu n'étais pas enceinte, dit Riccardo d'une voix blanche.

Il venait de recevoir le choc le plus violent de sa vie. Il se laissa tomber sur le canapé et posa les coudes sur les genoux. Les pensées se bousculaient dans son cerveau. Il prit la tête dans les mains et fixa le sol.

— Ecoute…, dit Charlotte. Je ne voulais pas que tu l'apprennes comme ça…

Riccardo lui répondit par un regard méfiant.

— Tu veux dire que tu ne voulais pas que je l'apprenne du tout !

Cette petite fille brune qu'il avait regardée comme n'importe quelle autre était sa chair et son sang ! La colère montait en lui avec une violence qu'il n'avait jamais connue. Mais il ne fallait pas qu'elle éclate. Son esprit cherchait comment faire face à cette situation inimaginable.

Charlotte n'osait plus rien dire. Elle commençait à avoir peur, non pas de la menace physique qu'il aurait pu représenter, mais de la froideur de son attitude.

— Tu ne comprends pas ! se défendit-elle.

— Alors pourquoi ne pas m'éclairer ?

Riccardo la regarda s'approcher prudemment du fauteuil.

Comme si le moindre faux mouvement de sa part risquait de la faire fuir... Elle avait raison d'avoir peur, pensa-t-il, car il n'était pas sûr de parvenir à garder son sang-froid. Il ne cessait de penser à cette petite fille qui lui avait parlé de ses bonnes notes et pour laquelle il n'avait montré qu'un intérêt poli.

— Quand j'ai quitté l'Italie, je ne savais pas que j'étais enceinte. Nous avions fait attention. Il a suffi d'une fois.

— Et donc, quand tu as découvert que tu étais enceinte, tu as juste décidé de m'effacer de l'histoire.

— Tu avais été parfaitement clair : je n'étais qu'une passade pour toi. Tu n'aurais sûrement pas voulu assumer une telle responsabilité.

— Mon propre enfant... Comment oses-tu me dire ce que j'aurais voulu ou non alors qu'il s'agissait de ma chair et de mon sang ?

— Et toi, comment oses-tu sous-entendre que j'ai fait ça par cruauté ?

Elle regarda la porte et baissa la voix.

— J'étais dévastée lorsque j'ai quitté l'Italie. Imagines-tu ce que j'ai pu ressentir lorsque j'ai découvert que j'étais enceinte, seule, sans revenus et dans l'obligation d'oublier mes projets universitaires ? Tu ne crois pas que j'ai regretté de ne pouvoir compter sur toi ? Oui, j'admets que j'ai pensé te contacter... Mais chaque fois que l'idée me traversait l'esprit, j'imaginais ta réaction.

— Ce n'est pas une excuse ! Pour quel genre de monstre me prends-tu, pour me croire capable de renier mon propre enfant ?

— Crois-moi, il n'est pas rare qu'un homme prenne ses jambes à son cou lorsqu'il apprend que sa petite amie est enceinte ! J'avais peur, Riccardo. Je ne pouvais pas retourner te voir après... après ce qui s'était passé. Tu ne voulais pas de moi...

Cela lui faisait encore mal de le dire.

— J'avais peur que tu me rejettes de nouveau ou bien que tu me prennes mon bébé !

— *Notre bébé !*

— Inutile de se lancer dans une grande dispute maintenant, Riccardo. Ce qui est fait est fait.

— A aucun moment tu n'as pensé à me dire que j'étais son père ?

— J'ai construit ma vie sans toi. Ce n'est pas comme si j'avais choisi la solution la plus facile.

Riccardo se leva si brusquement qu'elle mit quelques secondes à comprendre où il allait.

— Tu ne me prendras pas ma fille ! s'écria-t-elle en se levant, prête à tout pour l'en empêcher. Ne crois pas que tu pourras utiliser ton argent et ton influence pour avoir Gina !

— Je ne peux pas rester une minute de plus sous ce toit. J'ai besoin de m'éloigner et de réfléchir.

— Réfléchir à quoi ? demanda-t-elle en le prenant par le bras pour l'arrêter.

— Je reviendrai et, crois-moi, à ce moment-là j'aurai trouvé une solution, dit-il en se dégageant.

— Une *solution* ?

S'imaginait-il qu'il s'agissait d'un petit problème comme ceux qu'il pouvait rencontrer dans son travail ?

Elle était toutefois soulagée qu'il ne monte pas les marches quatre à quatre pour parler à Gina. Même si elle savait que l'heure était venue de parler à sa fille…

Les quatre jours qui suivirent furent insupportables. Charlotte avait les nerfs à fleur de peau, s'attendant que l'on sonne à sa porte à tout moment et que Riccardo et son avocat exigent un droit de garde, même si elle savait, en y réfléchissant rationnellement, qu'il n'y parviendrait pas. Mais Riccardo semblait capable d'obtenir tout ce qu'il voulait.

Elle finit par téléphoner à Aubrey pour lui ouvrir son cœur. Elle avait besoin de réconfort, mais aussi qu'il l'aide à savoir ce que préparait Riccardo. Il fallait qu'elle le prenne de vitesse.

— Aubrey, j'ai juste besoin de savoir où il est. Il faut que je le contacte.

— Ne t'inquiète pas, je m'en occupe.

Moins de deux heures plus tard, elle savait. Dire que pendant toutes ces années elle aurait pu le croiser à n'importe quel moment ! Elle avait vécu innocemment, ignorant que le danger se trouvait presque à sa porte… Les bureaux de Riccardo étaient en effet domiciliés à Londres, non loin de l'endroit où elle travaillait, près d'une série d'appartements de luxe qu'elle venait de vendre à des investisseurs étrangers. Ils se seraient probablement déjà croisés dans ce club de jazz si elle sortait plus souvent.

Bien sûr, il ne devait pas passer tout son temps à Londres, mais tout de même.

Elle rassembla tout son courage et prit le taureau par les cornes en décidant d'affronter Riccardo sur son propre terrain. En s'habillant avec soin pour ce rendez-vous, elle sentit son estomac se nouer plusieurs fois.

Sa nervosité n'avait cessé de croître depuis qu'elle s'était éveillée. A tel point qu'elle avait même laissé Gina partir à l'école avec une barre chocolatée en plus de son sandwich et de son yaourt !

Quand elle s'estima prête, elle sortit et héla le premier taxi, préférant s'épargner le stress du métro. Elle ignorait si Riccardo serait là ou non. Et, quand la voiture la déposa au pied de l'immeuble, véritable hymne à une architecture moderne qui la laissait de marbre, Charlotte espéra presque qu'il serait sorti, parti quelque part à l'étranger, sur un autre continent, loin d'elle et de Gina.

La jeune femme de la réception téléphona et Charlotte fut très vite informée que le grand patron était bien là et que, oui, il allait la recevoir. Mieux encore, sa secrétaire allait venir la chercher à la sortie de l'ascenseur.

Charlotte s'était habillée très sobrement : un tailleur-pantalon gris et un pull fin bordeaux. Le but était de montrer à Riccardo que, lorsqu'il s'agissait de Gina, elle ne plaisantait pas et qu'elle n'allait pas le laisser imposer ses conditions. Pour autant, elle n'avait pas l'intention de s'engager dans une guerre sans merci, songea-t-elle tandis que l'ascenseur l'emmenait jusqu'au dernier étage. Même si Riccardo la troublait… Elle n'éprouvait pas de haine, contrairement à ce qu'elle s'était efforcée de lui faire croire. Non, malgré ses blessures et sa rancœur, Charlotte éprouvait toujours de l'attirance pour lui. Pire, elle soupçonnait cette attirance d'avoir toujours été présente, latente, attendant l'occasion de se manifester de nouveau.

Pauvre Ben ! La veille, elle lui avait expliqué qu'il allait devoir se trouver quelqu'un d'autre.

— Je ne te mérite pas, Ben, lui avait-elle dit sincèrement, en lui prenant la main. Tu es un type bien, tu as besoin d'une femme vraiment disponible.

— Tu veux dire, une femme sans rival.

— Non ! Riccardo ? Un rival ? Jamais de la vie ! Mais je vis une situation compliquée en ce moment, et ce ne serait pas juste de te mêler à tout ça.

— C'est sans doute une bonne chose qu'il soit au courant pour Gina.

— Tu ne dirais pas ça si tu le connaissais.

Elle était à la fois contente et soulagée que Ben l'ait si bien pris. Tous deux s'étaient quittés en très bons termes, décidés à rester amis. Plus tard, elle s'était demandé s'ils auraient vraiment pu avoir une histoire sérieuse, étant donné la facilité de leur rupture.

L'ascenseur s'arrêta. Dès qu'il s'ouvrit, elle vit la secrétaire de Riccardo, qui lui sourit poliment. Elle lutta contre l'envie de s'enfuir et se demanda ce que dirait cette aimable femme aux cheveux gris si elle lui révélait qu'elle était venue discuter de sa fille de huit ans avec son patron.

Le bureau de Riccardo se trouvait à l'extrémité d'un long couloir, sur lequel donnaient de lourdes portes qui prévenaient les non-initiés que les occupants de ces bureaux étaient des personnes très importantes. Et la double porte de bois, au bout du couloir, indiquait que l'occupant de ce bureau-ci était au sommet de la hiérarchie.

Naturellement, songea Charlotte lorsque la secrétaire lui fit signe d'entrer, le grand patron ne ferait jamais quelque chose d'aussi banal que d'ouvrir lui-même la porte pour accueillir ses visiteurs.

Elle entra et le vit aussitôt. A travers une immense baie vitrée, il contemplait la ville à ses pieds. Elle entendit la porte se refermer doucement derrière elle et elle prit une profonde inspiration lorsqu'il se tourna vers elle.

Ces derniers jours, Riccardo avait été torturé par des émotions qui lui étaient jusqu'alors étrangères. Ses heures de sommeil se comptaient sur les doigts de la main et il fonctionnait sur pilote automatique dans son travail. Il s'était donné une semaine pour réfléchir car il ne se sentait pas prêt à retourner chez Charlotte et à se comporter de manière adulte juste après leur confrontation. Aussi se réjouissait-il qu'elle débarque dans son bureau ; elle était sur son territoire. Il se remémora soudain ce qu'il avait ressenti chez elle : sa vie bien ordonnée s'était effondrée autour de lui.

— Tu avais dit que tu m'appellerais, dit Charlotte sans préambule inutile, mais je ne peux pas rester à attendre sans rien faire que tu décides de venir frapper à ma porte avec ta prétendue « solution ».

— Assieds-toi.

Il ne s'agissait pas d'une invitation. Charlotte hésita un instant, n'appréciant guère qu'il lui donne des ordres. Jamais par le passé il ne s'était conduit ainsi, mais elle ne gagnerait rien à garder en tête le souvenir de l'homme qu'il avait été. Cela ne pouvait que l'empêcher de voir celui qu'il était devenu et qu'elle devait à tout prix tenir à distance.

Elle s'assit et fut soulagée de le voir en faire autant.

— Alors ? demanda Riccardo en reculant son siège pour croiser les jambes.

Certes, il était plutôt intéressé par ce qu'elle avait à dire et comptait lui laisser une chance de s'exprimer, mais à vrai dire il avait déjà trouvé *sa* solution. En la regardant s'attarder sur le seuil de son bureau, quelques instants plus tôt, cela lui était apparu comme inévitable.

— Je sais ce que tu ressens, dit-elle. Je n'étais qu'une gamine terrifiée qui venait de perdre ses illusions, mais j'aurais dû trouver le courage de venir vous voir, ta mère et toi.

Riccardo se renfrogna. Vu sous cet angle, il ressentait malgré lui de la compassion pour Charlotte, et il avait du mal à s'apitoyer sur le sort de celui qu'il avait été huit ans plus tôt. Cela n'excusait en rien le fait qu'elle lui ait nié ses droits de père, mais malgré lui il la comprenait.

— Ne crois pas que je n'ai jamais pensé à te prévenir, à la naissance de Gina, puis quand elle a grandi.

— Mais tu as réussi à résister à la tentation.

— « Tentation » n'est pas le mot que j'aurais choisi, admit-elle sincèrement. C'était plus une obligation que je… que je remettais à plus tard.

— Aurais-tu fini par trouver le courage de le faire ou bien te serais-tu contentée de laisser les choses en l'état, par exemple en racontant à Gina que son père était mort ?

— Mais pour qui me prends-tu ?

— Pour quelqu'un qui choisit la solution de facilité !

— Pas au point de mentir à Gina à ton sujet ! J'ai toujours su que tôt ou tard elle voudrait savoir qui tu étais et je m'y étais préparée !

Riccardo eut envie de répliquer qu'à ce moment-là il aurait été un total inconnu pour sa fille et que leurs chances de créer un lien auraient été quasi nulles.

Mais elle avait raison. Il aurait été facile de s'enferrer dans une dispute pour savoir qui avait le plus de torts. Au final, ils étaient tous les deux responsables. Même si, se dit-il avec amertume, il était manifestement le perdant…

— Et donc, qu'es-tu venue me dire ?

Charlotte prit une profonde inspiration.

— Je pense que c'est moi qui devrais parler à Gina. Ensuite, tu pourras la rencontrer. Bien sûr, j'imagine que tu voudras faire connaissance avec elle…

Charlotte frissonna. Ainsi, Riccardo allait devenir une figure permanente dans sa vie… Elle allait devoir composer avec cet homme qui l'avait rejetée. Allait-il lui en vouloir de plus en plus avec les années ? Que ressentirait-elle lorsqu'il se marierait et qu'il aurait ses propres enfants ?

— Et je ne te mettrai pas de bâtons dans les roues, continua-t-elle. Nous pouvons fixer ensemble les détails pratiques des visites, mais je suis disposée à te laisser la voir souvent. Ah, autre chose : je ne veux pas d'argent de toi. Il y a huit ans, ta mère m'a accusée d'être uniquement intéressée par ta fortune. Et malgré mes protestations…

— Quand a-t-elle fait ça ?

— Quand elle m'a montré la chambre d'amis.

— Je l'ignorais.

Charlotte haussa les épaules.

— Cela n'a plus d'importance aujourd'hui, mais tu dois comprendre que je ne veux rien de toi. Pas un centime.

Ainsi, sa mère avait fait plus de mal qu'il ne l'avait cru, songea Riccardo. Qu'avait-elle dit d'autre ? A présent, elle était de santé fragile, mais elle était toujours trop fière pour admettre qu'elle avait commis des erreurs. De nouveau, malgré lui, il ressentit de la compassion pour Charlotte.

Il se leva et s'approcha de la baie vitrée. Pendant quelques secondes, il se laissa absorber par la beauté de la vue, avant de se retourner vers elle.

— Donc je verrai ma fille, disons, une fois, deux fois par semaine ? Quand je serai à Londres ? Parce que je voyage beaucoup. Et combien de temps pourrai-je la voir ? Une heure ou deux peut-être après l'école ? Elle aura ses devoirs à faire, je suppose.

— Il y a aussi les week-ends, répliqua Charlotte, qui n'appréciait pas le ton qu'il prenait. Tu pourrais la voir un week-end sur deux.

— Sauf quand elle aura des projets, j'imagine.

— Pourquoi rends-tu les choses difficiles, Riccardo ? Ce système fonctionne pour beaucoup de gens.

Il haussa les épaules et avança vers elle. Aussitôt, Charlotte réprima l'envie de s'enfoncer dans son siège. Sa panique s'accrut lorsqu'il se pencha et plaça ses mains de chaque côté d'elle, sur les accoudoirs.

Sa présence lui coupait littéralement le souffle, réalisa-t-elle confusément. Si près de lui, elle se sentait totalement à sa merci.

— Cela ne fonctionne pas pour moi, Charlie.

Charlotte n'eut pas la force de lui rappeler qu'elle ne se faisait plus appeler ainsi. Elle se sentait prise au piège par ses yeux fascinants. Elle se souvenait qu'autrefois elle le taquinait parce qu'il avait des cils longs comme ceux d'une fille !

— Non ? parvint-elle à articuler.

— Non. Je n'ai pas l'intention d'être un père à temps partiel et d'essayer de créer des liens avec ma fille quelques heures par semaine. Je n'ai pas non plus l'intention de laisser un autre homme élever mon enfant.

Charlotte mit quelques secondes à comprendre qu'il parlait de

Ben. Elle ouvrit la bouche pour protester, mais il ne la laissa pas l'interrompre. Elle avait eu son temps de parole ; à présent c'était son tour.

— Gina est ma fille. Elle portera mon nom et bénéficiera de tous les privilèges qui lui reviennent !

— Comment ça ? souffla Charlotte.

— Nous allons nous marier. C'est évident. Ainsi, je verrai mon enfant et je veillerai sur elle à temps plein.

Il s'écarta. Charlotte, stupéfaite, resta silencieuse un moment avant de s'exclamer :

— Tu plaisantes, n'est-ce pas ?

— Pourquoi cela ? répliqua-t-il en s'asseyant sur le bord de son bureau.

— Parce que c'est une idée ridicule !

— Pour toi, peut-être. Pour moi, c'est tout à fait logique. Je pourrai donner à Gina tout ce dont elle aura besoin ou envie, et je serai avec elle. Je pourrai accomplir mes devoirs de père, participer aux décisions qui la concerneront dans les années à venir. Si nous nous marions, tu n'auras plus besoin de travailler. Tu pourras être une mère à temps complet.

— Et mon rôle serait… ?

— Tu es sa mère. Ton rôle dans sa vie ne changera pas.

— Mais à part ça je serais censée sacrifier tous les autres aspects de ma vie ! Mais quelle importance, puisque toi, tu obtiendrais ce que tu voudrais !

— Inutile de discuter, Charlie. Nous allons nous marier.

— Quand es-tu devenu comme ça, Riccardo ?

— Comment ?

— Arrogant, intransigeant ! Tu crois pouvoir tout obtenir en claquant des doigts.

Riccardo lui lança un regard furieux.

— Parce que je ne suis pas doux comme un agneau ? Parce que je ne souscris pas à la théorie que les hommes ne devraient pas avoir honte de pleurer ? Ça ne fait pas de moi quelqu'un d'arrogant. Ma solution est avantageuse pour tout le monde.

— Ta solution est insensée ! s'exclama-t-elle en se levant. Je sais que selon toi je t'ai privé du temps que tu aurais dû passer avec Gina, mais je ne te laisserai pas me voler ma vie parce que tu veux créer une famille de pacotille !

— Je te volerais ta vie ?

— En effet, répondit-elle en le regardant droit dans les yeux. Le mariage à tout prix, au nom du bonheur de Gina, est peut-être ta façon de tout régler, Riccardo. Mais ce n'est pas la mienne.

6

Riccardo se tenait dans sa cuisine en granit noir. Ce n'était pas son genre, mais il était tenté de se servir un verre pour se donner du courage avant de voir sa fille pour la première fois.

Après avoir rejeté sa proposition de mariage, ce que peu de femmes auraient fait sans au moins y réfléchir, Charlotte était sortie de son bureau la tête haute. Il était resté longtemps immobile, incapable — tant son amour-propre avait été blessé — de la suivre et de lui demander de reconsidérer son offre, d'écouter ses arguments. Les avantages qu'elle aurait trouvés dans une telle union lui paraissaient pourtant évidents.

Quatre heures plus tard, il lui avait téléphoné et lui avait froidement annoncé qu'il respecterait son refus, quoique ridicule, mais il avait exigé qu'elle parle de lui à Gina.

— Bien sûr, avait répondu Charlotte. Tu pourras lui rendre visite demain après l'école. Je ne veux pas me battre avec toi à ce sujet, Riccardo.

— C'est très généreux de ta part, avait-il murmuré d'un ton sarcastique.

A présent, il était aussi nerveux qu'un élève convoqué dans le bureau du directeur. Voyant que l'heure tournait, il prit son manteau et se dirigea vers la porte.

Il avait un chauffeur attitré, mais il préféra prendre un taxi. George était un homme très bien, il ne posait pas de questions et savait se montrer discret ; mais aurait-il su garder un secret aussi lourd que celui d'un enfant caché ? Riccardo avait besoin d'accepter lui-même la situation avant que la nouvelle ne devienne publique.

Sur le chemin, regardant sans les voir les rues sombres et

encombrées, il tenta de mettre de l'ordre dans ses pensées et d'établir des priorités. La première serait de mettre le fiancé de Charlotte hors course. Il n'allait pas partager son enfant avec un autre homme, il faudrait qu'elle s'y fasse.

Depuis quand, se demanda-t-il, était-elle devenue si tenace et orgueilleuse ?

Il fronça les sourcils en repensant à elle dans son bureau, traitant son offre de mariage comme s'il s'était agi d'une plaisanterie et refusant de revenir sur sa position. Elle avait même coupé court à la discussion en partant !

En tout cas, ce Ben serait bientôt de l'histoire ancienne.

Le taxi se gara devant le pavillon de Charlotte et Riccardo sentit la tension monter d'un cran supplémentaire. Il avait acheté une énorme peluche. Que pouvait-on acheter à sa propre fille de huit ans quand on ne la connaissait pas ?

Au comble de l'appréhension, il appuya sur la sonnette et l'entendit résonner dans la maison.

Charlotte ouvrit la porte, Gina sur ses talons.

— Qu'est-ce que c'est que ça ? demanda-t-elle.

Charlotte sourit malgré elle à la vue de Riccardo tenant dans ses bras un énorme chien en peluche marron et blanc avec de grandes pattes qui pendaient dans le vide.

— C'est un chien, répondit-il.

— Gina, viens dire bonjour à…

— C'est… c'est pour toi…, dit-il à la petite fille.

Riccardo s'entendit bégayer. Il se tourna vers Charlotte pour lui demander son aide.

— Il est adorable, n'est-ce pas, Gina ? s'exclama la jeune femme. Entre, Riccardo ! C'est la plus grosse peluche que j'aie jamais vue ! Il est presque aussi grand que ta chambre, ma chérie. Où vas-tu le mettre ? Tu devrais dire merci à ton… ton…

— Papa, dit Gina, en regardant tour à tour la peluche et Riccardo.

Elle sourit timidement avant de prendre la peluche, et tout à coup Riccardo se sentit incroyablement heureux. Rien à voir avec la satisfaction qu'il pouvait éprouver lorsqu'il signait un contrat ou réussissait un rachat. C'était un bonheur profond et intense à la fois.

— Pourquoi ne monterais-tu pas dans ta chambre pour montrer... montrer à ton papa où tu vas mettre cet adorable chien ?

Ce ne fut pas plus difficile que cela. La porte se referma derrière Riccardo, qui enleva son manteau et suivit sa fille à l'étage. Tous deux jetèrent un dernier regard hésitant à Charlotte, mais elle fit comme si elle ne l'avait pas remarqué. Elle avait parlé à Gina de son père, en restant vague et en passant sur certains détails. Ses yeux d'enfant s'étaient illuminés et, pour la première fois, Charlotte avait réalisé quel manque elle avait imposé à sa fille, alors qu'elle avait cru bien faire.

Elle ferma les yeux et s'adossa à la rampe. Au bout de quelques minutes, elle monta à son tour à l'étage. Elle écouta quelques secondes les voix de Riccardo et de Gina avant d'apparaître sur le seuil de la chambre.

La petite fille avait sorti la console de jeux qu'elle avait reçue pour son anniversaire et en expliquait le fonctionnement à Riccardo, qui l'écoutait dans un silence fasciné.

Charlotte contempla un moment la scène, puis toussota pour signaler sa présence.

— Que diriez-vous d'aller manger dehors ?

— Un *fish and chips* ? demanda Gina qui adorait le poisson frit. Tu aimes le *fish and chips*, papa ?

— Je... j'adore ça.

— Bien essayé, Gina, dit Charlotte d'un ton gentiment moqueur.

Elle sourit intérieurement en pensant que Riccardo, l'expert en commerce international, se laissait aveugler par les ruses d'une petite fille de huit ans.

— Nous essayons de limiter les aliments gras, expliqua-t-elle, alors nous irons au restaurant italien au coin de la rue. Ils servent de délicieuses *fettucine al pomodoro.*

— Maman déteste que je mange des cochonneries. Toi aussi, papa, tu détestes ça ?

— Les cochonneries ? demanda Riccardo, visiblement un peu perdu.

— Ton père n'en a certainement jamais mangé de sa vie, dit Charlotte.

— Jamais ?

Gina, incrédule, continua à parler de son régime alimentaire tandis qu'ils enfilaient tous trois leurs manteaux et sortaient de la maison. La petite fille marchait entre ses deux parents.

— Qu'est-ce que tu manges, alors ? demanda-t-elle quand ils furent installés à une table.

— Oh, toutes sortes de choses, répondit Riccardo en souriant.

Il appréciait le franc-parler de la petite fille, tout en se sentant déstabilisé.

— A vrai dire, je mange surtout au restaurant, avoua-t-il.

— Est-ce que ça ne coûte pas trop cher ?

— Gina, voyons !

— Maman dit que tu n'es pas marié. As-tu une petite amie ?

— Eh bien, non.

Gina leur adressa à tous deux un sourire triomphant mais, avant qu'elle ne poursuive sur ce sujet embarrassant, Charlotte se dépêcha de lui couper la parole :

— Gina, au lieu de poser des questions, tu ne veux pas plutôt choisir ton menu ?

Mais elle avait eu le temps de noter que Riccardo avait clairement perçu la réaction de sa fille. Elle frissonna en pensant qu'il pourrait s'en servir, à l'avenir, pour arriver à ses fins.

Lorsque Gina, épuisée et surexcitée, fut enfin couchée, Charlotte redescendit au rez-de-chaussée et trouva Riccardo dans la cuisine. Il observait les dessins accrochés au mur derrière la table.

— Je crois que ça s'est plutôt bien passé, dit-elle prudemment.

— Je crois que nous avons surtout besoin de parler.

— De quoi ?

Charlotte pensait connaître Riccardo, mais ce soir elle l'avait vu sous un jour inconnu. Il avait écouté sa fille avec humour et respect, posant des questions pour montrer son intérêt. Elle avait eu une sensation étrange, comme si elle avait soudain pu entrevoir une réalité méconnue. Plusieurs fois au cours du repas, elle avait dû se rappeler qu'ils n'étaient pas une petite famille heureuse comme on en voyait à la télévision, mais deux adultes qui se côtoyaient pour le bien-être de leur enfant.

— Par où commencer? demanda-t-il.

— Pas par les reproches, répondit-elle en soupirant.

— Alors commençons par ton fiancé, veux-tu?

— Très bien, mais...

— Non, pas de « mais », Charlie.

Riccardo revoyait sa fille rire, sourire jusqu'aux oreilles, se tenir bien droite lorsqu'elle était sur le point de leur dire quelque chose d'important. Quand il imaginait un autre homme partager ces moments précieux, il en avait presque la nausée.

— Tu m'as privé de ma fille pendant huit ans. Aujourd'hui, tu refuses de m'épouser. Bien sûr, je ne peux pas t'y forcer.

— Je t'ai déjà expliqué mon refus.

— Laisse-moi parler! fit-il en tapant du poing sur la table de la cuisine, ce qui fit sursauter Charlotte. Je... Cette soirée a été l'une des plus difficiles de ma vie. J'ai regardé ma fille en me demandant ce que j'avais manqué pendant toutes ces années... Non, je ne laisserai pas un autre homme élever ma fille.

— Il n'en a jamais été question, répondit-elle à la hâte.

— Tu vas te débarrasser de lui, c'est compris?

Devait-elle lui avouer que c'était déjà fait?

— Sinon? demanda-t-elle en croisant les bras et en relevant le menton.

— Sinon je m'installe dans cette maison avec toutes mes affaires! Ça te plairait? Mon ordinateur sur la table de ta cuisine et mes chaussures en bas de l'escalier. Je sais que ça ne dérangerait pas Gina. As-tu vu comme ses yeux brillaient quand je lui ai dit que je n'avais pas de petite amie? Comment crois-tu qu'elle réagira si je lui demande si elle veut que son père et sa mère vivent ensemble?

Riccardo avait conscience d'utiliser une arme facile, mais l'entêtement de Charlotte le rendait fou. Huit ans plus tôt, il lui suffisait de l'effleurer pour qu'elle veuille se donner à lui... Et aujourd'hui elle lui préférait un type qui savait faire la cuisine!

— Ce n'est pas juste! protesta-t-elle.

— Laisse tomber ton petit ami.

Riccardo se leva, mais la pièce n'était pas très grande. Il se sentit oppressé et eut soudain besoin de boire quelque chose. Il ouvrit le réfrigérateur et en sortit une bouteille de vin blanc entamée.

— Fais comme chez toi, dit Charlotte d'un ton sarcastique.

— Oh, crois-moi, j'en ai bien l'intention. Où ranges-tu tes verres ?

— Assieds-toi, je vais t'en chercher un.

Elle leva les bras vers un placard et son pull se souleva, laissant voir son ventre nu. Riccardo ne put s'empêcher de savourer ce spectacle délicieux.

— Tu crois que je peux accepter de bouleverser ainsi ma vie et quitter quelqu'un que j'apprécie beaucoup ?

— Que tu « apprécies » ? Ça veut tout dire, Charlie.

— Arrête de m'appeler comme ça !

— Pourquoi ? Parce que ça te rappelle l'époque où nous étions jeunes et où nous ne pouvions nous rassasier l'un de l'autre ?

Soudain, ce fut comme si l'oxygène manquait dans la pièce. Une impression d'intimité érotique s'immisça dans l'atmosphère tendue… D'une main tremblante, Charlotte posa un verre de vin devant Riccardo avant de prendre une gorgée du sien.

— Tu es prête à épouser quelqu'un parce que tu l'« apprécies » ? demanda-t-il avec un rire moqueur qui la révolta.

— Il se trouve que l'affection a une part très importante dans une relation !

— Tout comme la passion, mais je n'en ai pas vu beaucoup entre vous deux.

— C'est sûr, nous ne sommes pas du genre à nous exhiber en public, si c'est ce que tu veux dire ! Mais à propos, qu'est devenue cette blonde écervelée si sexy ?

— Qu'est-ce qui te fait croire qu'elle est écervelée ?

— Oh, désolée. Me suis-je trompée ? Elle est astrophysicienne, peut-être ?

— Non, pas vraiment, admit-il. En réalité, je ne suis même pas sûr qu'elle sache comment épeler ce mot. Pour répondre à ta question, je ne suis plus avec elle.

— Tu plaisantes ?

— Non. Mais la rupture a été bien plus pénible que prévu avec tes sous-entendus de grand amour et de mariage.

— Désolée.

Charlotte était effrayée par ce qu'elle ressentait. Il était tellement facile de voir en lui l'homme dont elle était tombée follement amoureuse… Or, elle ne voulait pas retomber dans le piège.

— Tu n'aurais pas dû m'inviter à danser ce soir-là. Ni venir ensuite nous parler.

— Oh, mais il le fallait. J'avais besoin de savoir à quel rival j'avais affaire.

— Il n'y a aucune rivalité entre vous.

Riccardo sentait la colère monter en lui.

— Nous ne sommes pas obligés de nous marier. Enfin, pas tout de suite. Mais je veux qu'on vive ensemble. Ainsi, nous pourrons offrir à Gina la famille qu'elle n'a pas eue pendant huit ans.

— Non !

— Pourquoi pas ? Cet homme vit avec toi ?

— Non, bien sûr que non !

— Alors où est le problème ?

— Tu ne comprends donc pas, Riccardo ? demanda-t-elle avant de vider son verre de vin. D'accord, c'est important pour Gina de nous avoir tous les deux, et, maintenant qu'elle t'a rencontré, j'admets que tu as ta place dans sa vie. Mais il faut que tu acceptes la position d'un père… divorcé.

Charlotte prit une profonde inspiration et le regarda droit dans les yeux.

— Je ne veux pas t'épouser ni vivre avec toi parce que… parce que nous n'avons plus ce genre de relation. Le mariage et la cohabitation se font sur des bases d'engagement et de partage, et surtout sur l'envie d'être ensemble. Cela ne doit pas être un devoir. Quand je dirai « oui » à un mariage ou même à une cohabitation, je veux être heureuse de mon choix.

— La plupart des mariages se terminent en divorce. Au début, les gens ont des étoiles plein les yeux, ensuite la réalité s'installe et ils découvrent qu'ils ne peuvent pas la supporter. Quoi de mal à passer un accord ? Cela me paraît tout à fait sensé.

— Pas pour moi. Inutile de tourner en rond, Riccardo, dit-elle en cédant à la tentation de se resservir un verre. Je ne veux pas t'épouser et je ne veux pas vivre avec toi.

— A une époque, tu aurais sauté de joie à cette idée.

— C'était il y a longtemps, dit-elle en posant son verre. J'étais une personne différente et toi aussi. Nous avons changé.

— Tu veux dire que tu es devenue une adulte responsable qui a décidé qu'une relation sans passion avec un homme docile est une solution sécurisante.

— Ben n'est pas docile !

— Ne te méprends pas, Charlie. Je ne dis pas que ce n'est pas un gentil garçon…

Charlotte serra les dents.

— La gentillesse est une qualité que j'apprécie, Riccardo.

— Parce que c'est rassurant ?

— Oui, c'est rassurant. Qu'y a-t-il de mal à ça ?

— Rien. Mais en ce moment, fit-il en se penchant vers elle, la vie a pris un tour assez étonnant, tu ne trouves pas ? Et les situations originales réclament des solutions originales. De plus, ajouta-t-il en s'appuyant contre le dossier de sa chaise et en faisant tourner son vin dans son verre, il existait quelque chose de plutôt fort entre nous, si je me souviens bien. Qui sait si ce n'est pas encore là, près de resurgir ? Il suffirait peut-être d'un contact pour que…

Il mima une explosion avec ses mains, sans la quitter des yeux, et Charlotte sentit sa peau brûler sous son regard pénétrant.

— Ne sois pas ridicule, dit-elle en se sentant rougir.

C'était encore un stratagème pour parvenir à ses fins. Il était prêt à tout ! Elle se leva et regarda sa montre.

— Quand aimerais-tu revenir voir Gina ?

— Tu ne m'as toujours pas dit ce que tu comptais faire à propos de ton petit ami.

— Je vais réfléchir à ce que tu m'as demandé, Riccardo, mais je ne vais pas mettre ma vie sens dessus dessous pour t'arranger. Tu peux toujours te moquer de Ben parce qu'il n'est pas comme toi, mais tu pourrais aussi te dire que c'est exactement ce dont j'ai besoin. Et ce que je veux !

Elle croisa les bras et recula jusqu'à la porte de la cuisine. Elle heurta l'embrasure lorsque Riccardo fit un pas vers elle. Mon Dieu, elle espérait tant que son émoi ne se reflète pas sur son visage...

— Hum... Intéressant, murmura-t-il en avançant encore d'un pas. Tu ne sembles pas convaincue par ce que tu dis. Je veux dire...

Il se posta devant elle, la piégeant dos au mur.

— Oh, mais tu rougis...

— Qu'est-ce que tu crois ? s'exclama-t-elle. Tu es là, à me poser toutes sortes de questions impossibles !

— A faire toutes sortes d'*allusions* impossibles, convint Riccardo d'une voix rauque. J'ose suggérer que nous pourrions encore faire des choses, toi et moi...

Il approcha la main de son visage et effleura sa joue. Pour Charlotte, ce fut comme être frôlée par une flamme. Elle écarta la tête mais son cœur battait la chamade et son corps était en feu, rempli de sensations qu'elle n'avait plus ressenties depuis ses dix-huit ans...

Elle inspira profondément et se répéta que Riccardo agissait ainsi pour obtenir ce qu'il voulait et qu'il n'était pas vraiment attiré par elle.

— Je t'appellerai, Riccardo.

— Je crains que ça ne soit insuffisant. Tu trembles ? Ton fiancé te fait-il trembler comme ça ? Je me souviens de ton odeur... de l'Italie, de l'été et de ta peau.

— Arrête !

Elle aurait voulu que cela soit un ordre ferme, mais cela sonna comme une supplique. Elle posa une main sur son torse pour le repousser, mais ce fut une erreur car elle sentit aussitôt son corps musclé.

— Pourquoi ? Tu as peur ?

— Tu ne peux pas débarquer ici et faire tout ce que tu veux.

— Non, je me contenterai de faire tout ce que *tu* veux.

Elle avait envie de lui, Riccardo le sentait. Il sentait aussi son propre désir. S'il était sincère avec lui-même, il devait admettre qu'il l'avait désirée à l'instant où il avait posé les yeux sur elle... Il se demandait à présent s'il avait jamais cessé de la désirer. Certes, il lui avait tourné le dos à l'époque, convaincu qu'il ne voulait pas de relation sérieuse, encore moins avec une gamine qui lui avait menti sur son âge, mais il n'avait jamais vraiment cherché à la remplacer. Il aurait dû l'oublier, tourner la page et avoir une relation stable avec quelqu'un — ce que sa mère réclamait depuis des années. Mais il ne l'avait pas fait. Au lieu de cela, il avait multiplié les aventures avec de jolies femmes sans conversation. Et à présent qu'il respirait de nouveau l'odeur fraîche et tendre de Charlotte, il se sentait merveilleusement bien.

Il se pencha et effleura ses lèvres d'un baiser. Charlotte essaya de se libérer, mais sans conviction.

C'était de la folie ! Elle avait envie de l'attirer à elle et de se perdre dans son baiser. Elle trouva pourtant la force de le repousser.

— A demain, dit Riccardo en se redressant.

— Demain ?

— Je t'appellerai.

Il sortit dans la nuit pour héler un taxi. Elle ne lui avait pas vraiment laissé le choix, n'est-ce pas ? pensa-t-il une fois qu'il fut installé à l'arrière du véhicule. Certes, elle lui avait fait de beaux discours sur l'homme de sa vie, mais il savait au moins une chose : l'homme de sa vie n'était pas ce Ben. Elle avait beau croire qu'elle voulait la sécurité, elle se trompait. Il l'avait senti rien qu'à sa façon de le repousser…

Pourtant, elle ne lui avait pas dit ce qu'il voulait entendre et il ne savait toujours pas quelles étaient ses intentions vis-à-vis de Ben.

Riccardo, habitué à ce que la vie se conforme d'ordinaire à ses désirs, éprouva soudain une angoisse inattendue.

Même si elle ressentait un peu de nostalgie pour ce qu'ils avaient vécu ensemble, des années auparavant, qu'est-ce que cela signifiait ? Rien. Car elle était sortie de leur relation pleine de désillusion.

Il serra les dents. Ainsi, il allait devenir un père à temps partiel. Il emmènerait Gina au restaurant et essaierait de construire une relation avec elle en la voyant deux heures par semaine. Et Ben allait peut-être devenir la véritable figure paternelle pour Gina. Il surveillerait ses devoirs, la regarderait grandir, l'aiderait à résoudre ses problèmes…

C'était tellement pénible à imaginer !

Bien sûr, cela n'arriverait pas tout de suite. Charlotte ferait son possible pour ne pas le contrarier car elle se sentait coupable. Mais, au fur et à mesure, la culpabilité s'effacerait et sa relation avec Ben allait prendre toute la place. Riccardo connaissait la nature humaine et il savait que les bonnes intentions ont une durée de vie limitée… et la culpabilité encore plus.

Dans ces conditions, réfléchit-il de nouveau, quel autre choix lui laissait-elle ?

L'argent avait l'avantage de pouvoir acheter des tas de choses, comme la vitesse par exemple. Quelques appels suffirent à Riccardo de réunir tout le matériel nécessaire afin de travailler à domicile. Tout serait installé l'après-midi suivant. Il aurait pu se contenter d'un ordinateur portable, mais cela aurait eu l'air trop provisoire. Il avait décidé d'aller plus loin, avec une ligne téléphonique supplémentaire, de nouvelles prises et un accès internet haut débit.

Le lendemain, il appela Charlotte à son bureau et lui donna rendez-vous une heure plus tard, chez elle.

A l'autre bout du fil, Charlotte dut faire un effort pour surmonter le choc d'entendre sa voix. Elle se préparait à lui répondre sèchement, mais elle réalisa alors qu'il avait déjà raccroché. Elle dut se résoudre à déplacer sa réunion avec deux experts en hypothèque et de confier l'agence à son assistante.

Elle n'était pas préparée au spectacle qui l'attendait : des camionnettes, des hommes en bleus de travail, des cartons… et bien sûr, Riccardo.

Charlotte laissa tomber sa serviette en cuir et regarda la scène, bouche bée, remarquant à peine que Riccardo se dirigeait vers elle.

— Je sais, fit-il en enfonçant les mains dans les poches de son pantalon, c'est un vrai chantier. Mais nous pouvons les laisser se débrouiller. A notre retour, tu ne verras même pas qu'il y a eu tout ce remue-ménage !

— Riccardo, que se passe-t-il ?

— Le problème, c'est qu'on ne peut pas entrer sans clé.

Sans réfléchir, Charlotte chercha dans son sac à main. Puis, hébétée, elle suivit Riccardo à l'intérieur et le vit diriger les opérations. Les événements semblaient se dérouler à la vitesse du son… Des hommes procédaient à des vérifications, s'accroupissaient pour scruter sous les meubles. Enfin, après ce qui lui sembla une éternité, Riccardo la rejoignit dans l'entrée.

— Alors, voilà ce que je te propose, dit-il. Nous allons récupérer Gina à l'école et l'emmener… dans un endroit amusant et où il fait bien chaud.

Dans son tailleur, Charlotte était incroyablement attirante, songea Riccardo. Elle avait l'air si jeune et vulnérable… Ses yeux semblaient immenses.

— De quoi parles-tu ? Et que se passe-t-il chez moi ? Qui sont tous ces hommes ?

Mais il la poussait déjà sur la banquette arrière d'un taxi, qui semblait surgi de nulle part. Par chance pour Riccardo, l'établissement se trouvait tout près de la maison : Charlotte n'allait pas tarder à se remettre du choc et à réaliser ce qui se passait.

En général, il était agacé par les femmes exigeantes qui n'étaient jamais d'accord avec lui. Sa vie professionnelle était suffisamment prenante et stressante pour qu'il passe ses brefs moments de détente à se faire harceler par une mégère. Selon lui, le rôle d'une femme était de l'apaiser. Avec Charlotte, pourtant, il trouvait leurs disputes très stimulantes. Elle le rendait fou, mais il aimait cela.

Le taxi se gara devant l'école primaire. Avant de descendre, Charlotte lui lança un regard exaspéré.

— J'en ai pour dix minutes, le prévint-elle. Et à mon retour, tu as intérêt à fournir des réponses à mes questions !

— Oui madame !

Certes, sa vie avait jusqu'ici été un peu monotone, pensa-t-elle, sans fantaisie, mais elle était surtout paisible. Et elle aimait cette tranquillité, n'est-ce pas ?

7

Comme on pouvait s'y attendre, Gina était aux anges. La petite fille était ravie de cet imprévu qui lui permettait d'échapper à son cours de mathématique. Et elle était encore plus heureuse de passer l'après-midi avec Riccardo.

Charlotte regarda sa fille et sourit. Gina avait accueilli Riccardo dans sa vie avec un naturel déconcertant. Charlotte lui avait dit qu'il n'avait pas été là avant à cause des circonstances, et elle avait semblé se contenter de cette explication. Bien sûr, songea-t-elle, si elle avait été un peu plus âgée, la situation aurait été différente.

Quand elle voyait l'effet que Riccardo produisait sur sa fille, elle ne pouvait s'empêcher de culpabiliser. Et, dans ces cas-là, il lui était difficile de ne pas comprendre la colère de Riccardo.

Ce dernier les attendait dans le taxi. Dès qu'elles furent montées, il se tourna vers Gina et lui demanda en souriant où elle aimerait aller puisqu'il y avait des travaux à la maison et qu'ils ne pouvaient pas y retourner tout de suite.

— « Des travaux » ? demanda Charlotte. J'espère qu'il ne s'agit pas d'un cadeau démesuré pour Gina…

Elle imaginait déjà un *home cinema* dans la chambre de sa fille ! Les pères fortunés avaient parfois des idées en dépit du bon sens lorsqu'ils voulaient faire des cadeaux à leurs enfants. Et Riccardo, qui se considérait comme lésé, prenait peut-être ce chemin. Si c'était le cas, elle devait y mettre le holà.

— Gina sait que les cadeaux sont réservés aux grandes occasions, comme les anniversaires ou Noël, ou peut-être en récompense de quelque chose d'important.

Gina se garda d'approuver tout de suite. Mais en voyant sa mère froncer les sourcils, elle concéda d'un air abattu :

— Oui, maman.

— C'est tout à fait juste ! convint Riccardo, ce qui lui valut un regard suspicieux de Charlotte. C'est insensé d'acheter des cadeaux aux enfants juste parce qu'on peut les payer !

Gina poussa un soupir résigné.

— Alors, si ce qui se passe chez moi n'a rien à voir avec Gina…

— Oh, mais je n'ai jamais dit ça. Regardez, nous y sommes, dit-il en montrant du doigt à Gina un club de sport qui semblait très chic. Ils ont une belle piscine, ça te dirait d'aller nager ?

— Mais je n'ai pas de maillot de bain !

— Avec un peu de chance, nous en trouverons un à l'intérieur, dans la petite boutique.

— Riccardo…

— Nous parlerons dans une minute.

Ils entrèrent dans le luxueux bâtiment et Charlotte ne tarda pas à comprendre que Riccardo en était le propriétaire.

— La minute est passée, dit-elle. Maintenant, dis-moi ce qui se trame dans ma maison alors que nous sommes ici !

— Eh bien, j'aurais préféré que ce soit une surprise mais…

Il regarda Gina qui avait tendu l'oreille au mot « surprise ». Puis il s'accroupit en face d'elle, obligeant Charlotte à se pencher pour entendre ce qu'il disait, même si elle commençait à avoir des soupçons.

— Ta maman t'a eue rien que pour elle pendant huit ans, et ce n'était pas sa faute mais… maintenant que je suis là, j'aimerais beaucoup venir habiter avec vous et partager toutes tes journées.

Gina sourit jusqu'aux oreilles et passa les bras autour du cou de Riccardo. La réaction de sa fille, dont la tête était blottie dans le creux de son cou, lui montrait qu'il avait fait le bon choix.

— Pas si vite ! s'exclama néanmoins Charlotte.

— Maman ! Je vais avoir mon propre papa à la maison !

— Gina…

Charlotte s'accroupit elle aussi à côté d'eux, dans une position peu confortable à cause de sa jupe droite.

— Je crois que ton papa n'a pas vraiment réfléchi à la question.

— Comment ça, maman ?

— Nous devrions peut-être nous asseoir pour en parler, ma chérie.

Les grands yeux bruns de la petite fille devinrent un peu inquiets, mais elle acquiesça et Charlotte se dirigea d'un pas décidé vers une des tables rondes du bar. L'endroit était vide, à part quelques hommes d'affaires assis dans un coin et quatre élégantes jeunes femmes en tenue d'aérobic.

— Je sais que ce serait formidable pour toi si Ricc… si ton papa venait habiter chez nous. Mais ce n'est tout simplement pas possible, il en conviendra sans aucun doute dès qu'il aura entendu mes arguments.

— Oh, fit Gina, déçue. Toutes mes amies ont un papa…

— Et toi aussi, ma chérie !

— Leurs papas vivent avec elles.

— Et toi… Eh bien, ton papa aussi aimerait vivre avec toi, mais c'est un homme très important qui possède beaucoup, beaucoup d'entreprises et il ne peut pas les diriger depuis une toute petite maison comme la nôtre.

Elle secoua la tête et lança un regard noir à Riccardo.

— Ta maman a raison à propos d'une chose, rétorqua celui-ci. J'ai beaucoup d'entreprises dont je dois m'occuper, mais justement… c'est pour ça que nous ne pouvions pas rentrer directement à la maison.

— Comment ça ? demanda Gina.

— Parce que des ouvriers sont en train de faire en sorte que je ne manque de rien pour travailler autant que possible depuis la maison.

— Pardon ? s'exclama Charlotte, si fort que les personnes présentes leur jetèrent un regard.

— Ils installent un ordinateur, un fax, un accès à internet… tout ce qu'il faut.

Gina avait du mal à ne pas laisser éclater sa joie, mais Charlotte serrait les dents pour ne pas hurler. Comment avait-il osé ? Comment pouvait-il croire qu'il avait le droit d'entrer chez elle et de s'emparer des lieux ?

— Tu ne peux pas faire ça, Riccardo, articula-t-elle.

— Oh si. Ne pense même pas à m'en empêcher, prévint-il avant de montrer à Gina la petite boutique de vêtements de sport. Tu peux vite aller te choisir un maillot de bain.

— Je vais appeler la police, poursuivit Charlotte.

— Et que leur diras-tu ? Que le père de Gina veut vivre sous le même toit que sa fille ? Qu'il envisage même d'acheter une grande maison pour sa famille afin de réaliser son souhait le plus simple ?

— Oh, je t'en prie ! Depuis quand le mot « simple » peut-il s'appliquer à ton cas ?

« Je t'ai aimée. » Cette pensée apparut comme un flash dans l'esprit de Riccardo et repartit aussi vite, le laissant quelque peu troublé. C'était la première fois qu'il le reconnaissait… Très vite, il se souvint que cette époque était révolue et que, à présent, Charlotte n'était plus que la mère de son enfant… la femme qui voulait s'interposer entre eux.

— Ne discute pas avec moi, Charlie.

— Tu es l'homme le plus têtu, le plus despotique et le plus arrogant que j'aie jamais rencontré de toute ma vie !

— Je le prends comme un compliment.

Riccardo eut un sourire triomphant en pensant que Ben le cuisinier ne pourrait plus aller et venir à sa guise dans la vie de sa fille.

— Et où penses-tu dormir ?

— Dans la chambre d'amis… pour commencer.

— « Pour commencer » ?

Charlotte se sentait défaillir.

— Je déciderai peut-être de construire une extension, mais j'admets qu'il serait plus facile de déménager dans une plus grande maison. Tu es d'ailleurs très bien placée pour nous trouver l'endroit idéal. Pourquoi n'en ferais-tu pas ta priorité ? Ainsi, je ne te dérangerais pas trop.

— Tu… tu ne peux pas.

Riccardo soupira.

— Nous en avons déjà discuté, Charlie. Pourquoi lutter contre l'inévitable ?

Il regarda vers la boutique où Gina gesticulait en montrant un maillot de bain. Elle voulait que ses parents l'accompagnent tous les deux dans la piscine et avait choisi pour cela un Bikini rouge et bleu pour Charlotte. Celle-ci déclina l'offre et resta à les regarder au bord du bassin où elle put ruminer sa colère. Riccardo semblait très à l'aise avec sa fille, lui apprenant à nager la brasse, la lançant dans les airs, la faisant tenir en équilibre sur ses épaules pour qu'elle retombe dans l'eau avec des cris de joie. Pas une fois il ne regarda Charlotte. Pourquoi l'aurait-il fait ? songea-t-elle. Il avait eu ce qu'il voulait, après tout.

L'après-midi, qui se prolongea jusqu'à la tombée de la nuit, fut un véritable cauchemar pour Charlotte. Ils dînèrent dans un restaurant où Riccardo joua les bons pères. Ainsi, Charlotte n'avait pas le choix : soit elle se comportait elle aussi en bonne mère, soit elle s'enferrait dans le rôle de femme aigrie.

Quand ils arrivèrent enfin devant chez elle, Charlotte avait le visage crispé à force de faire semblant de sourire.

Comme promis, les travaux étaient terminés, constata-t-elle avec désespoir. Et toutes les affaires de Riccardo avaient été rangées par sa secrétaire…

Gina était tellement fatiguée qu'elle s'endormit en une minute.

Et ils se retrouvèrent seuls dans la maison silencieuse.

— Tu vas avoir besoin d'une serviette de toilette, dit-elle en se laissant tomber dans un fauteuil du salon. Bon sang, Riccardo, je n'arrive pas à croire que tu aies fait ça.

Charlotte ferma les yeux.

— Pourquoi n'essaies-tu pas d'en tirer le meilleur parti ?

Elle ouvrit les yeux et vit que Riccardo s'était assis sur l'accoudoir de son fauteuil. Mais elle était trop fatiguée pour protester devant cette nouvelle intrusion dans son intimité.

— Comment ? Nous ne nous apprécions pas et je suis censée me réjouir de partager mon espace avec toi ?

Riccardo se sentit blessé sans qu'il puisse s'expliquer pourquoi. Il se leva et alla jusqu'à la porte.

— Eh bien, si cela peut te consoler, je continuerai à me rendre au bureau tous les jours comme d'habitude et oui, je serai là le soir.

Mais si cet arrangement ne fonctionne vraiment pas, nous pourrons le remettre en question.

— Ce qui veut dire ?

— Ce qui veut dire que nous organiserions une garde partagée à l'amiable et que je devrais me faire à l'idée de ne pas être là en permanence.

— Tu aurais dû y penser avant de t'installer ici !

— Je vais prendre une douche. Si tu veux me parler, je serai dans ma chambre.

La porte se referma doucement derrière lui, laissant Charlotte légèrement déçue que la dispute qu'elle avait entamée se soit désamorcée. Au moins, pensa-t-elle, Riccardo acceptait de s'en aller si les choses ne fonctionnaient pas, ce qui ne manquerait pas d'arriver. N'importe qui aurait pu le prédire. Il ne l'appréciait pas et elle non plus. Trop d'eau avait coulé sous les ponts, qu'il l'admette ou non.

A certains moments, cet après-midi-là, elle avait pourtant oublié sa colère et goûté cette vie de famille apparemment ordinaire. Des rires, des plaisanteries, quelqu'un avec qui partager toutes les petites choses du quotidien… Ce qui l'effrayait, c'était que cela aurait pu devenir une habitude…

Elle se leva et se dirigea vers l'escalier. Elle n'entendait pas l'eau couler dans la salle de bains, et il y avait un rai de lumière sous la porte de la chambre d'amis. Elle soupira, soudain épuisée. Elle allait devoir en prendre son parti et supporter ce dérangement provisoire…

Elle prit ses vêtements dans sa chambre, frappa brièvement à la porte de la salle de bains et l'ouvrit.

Riccardo, nu, se rasait devant le miroir. Il se rinça le visage et se retourna.

— Où est le problème ? Tu m'as déjà vu nu.

Charlotte, agrippée à ses vêtements, s'efforçait de garder les yeux sur le visage de Riccardo. Ses jambes menaçaient de ne plus la porter.

— …

— Tu voulais utiliser la salle de bains ?

Riccardo avança vers elle. Huit ans après, elle rougissait encore comme une vierge. Il était habitué à sortir avec des femmes prêtes sans sourciller, aux prouesses les plus audacieuses et qui n'avaient certainement pas envie de disparaître sous terre devant lui comme Charlotte en cet instant.

— Euh…

— Qu'est-ce que tu n'apprécies pas chez moi ?

Cette question le taraudait depuis un moment. Etait-ce simplement dû à la complexité de la situation ? Car si elle ne l'appréciait pas, cela impliquait qu'il la laissait indifférente sur le plan émotionnel, et pour la première fois de sa vie l'attirance physique ne lui suffisait pas. Il en voulait plus.

Charlotte émit un son inarticulé et fit volte-face.

— Non, non, pas si vite.

Il attrapa sa serviette et l'enroula autour de sa taille.

— Voilà, c'est mieux ?

— Je refuse d'avoir une discussion ici avec toi !

— Pourquoi ? C'est un endroit comme un autre.

— C'est une salle de bains !

— Depuis quand es-tu si conformiste, Charlie ? Si je me souviens bien, tu faisais ce que tu voulais… où tu voulais, lui rappela-t-il en s'appuyant contre la porte pour lui bloquer la sortie.

— Je ne veux pas te parler, Riccardo. Je veux prendre un bain.

— Je t'en prie.

— Je suis *chez moi* !

Elle releva le menton tandis qu'elle soutenait son regard.

— Tu t'installes peut-être ici *de force*, mais tant que tu seras sous *mon* toit, je ne te laisserai pas perturber ma vie !

— Il ne s'agit pas de moi !

— Si !

Il ne se trouvait plus qu'à quelques centimètres et Charlotte frissonna.

— Il s'agit de réussir à vivre ensemble pour le bien-être de Gina.

— D'accord. Mais peut-on en discuter ailleurs ? Parce que…

— Parce que tu as hâte de prendre ton bain ? Parce que tu es devenue très puritaine ? Ou peut-être parce que tu as peur que je fasse ça…

Soudain, il se pencha et l'embrassa. Ce n'était pas un baiser doux, mais féroce et avide.

Charlotte sentait son corps dur pressé contre le sien et, malgré elle, elle gémit. Comme mus par leur volonté propre, ses doigts allèrent s'enfouir dans les cheveux mouillés de Riccardo. Quand il passa une main dans le creux de ses reins et qu'il l'attira à lui, elle ne put résister. Elle en était incapable. C'était comme si elle avait attendu cet instant pendant huit ans…

Riccardo entreprit de défaire les boutons du chemisier élégant et strict qu'elle portait encore. Puis il écarta le tissu et découvrit son soutien-gorge. Sans attendre, il écarta la dentelle blanche pour libérer les seins ronds de Charlotte, tels deux fruits succulents attendant d'être goûtés.

Riccardo, qui avait l'habitude de contrôler son corps, dut prendre sur lui pour ne pas craquer. Il n'avait aucune idée de la façon dont ils s'étaient retrouvés si rapidement dans cette position, mais il avait l'impression d'être revenu huit ans en arrière… Charlie était de nouveau à lui. Du bout des doigts, il taquina les pointes durcies de ses seins, savourant les petits gémissements de plaisir de la jeune femme. Puis il les prit dans sa bouche pour les lécher, les sucer, les mordiller, jusqu'à ce qu'il la sente près de crier.

Alors seulement il acheva de la déshabiller et s'accroupit devant elle. Lorsqu'il leva les yeux, il vit qu'elle était cambrée, les yeux clos, la respiration haletante. Il plongea au creux de sa féminité et la goûta, lentement, la faisant frémir et s'arquer contre sa bouche.

Retrouvant des sensations délicieuses, enfouies dans ses souvenirs, Charlotte commença à se mouvoir en rythme contre lui, tandis qu'il la conduisait vers la jouissance. Sa langue lapait et taquinait son petit bouton gonflé de plaisir, mais ce n'est que lorsqu'il se leva, prêt à la prendre sans plus attendre, que Charlotte ouvrit les yeux et qu'elle réalisa ce qui allait se passer.

— Nous… nous ne pouvons pas, Riccardo.

— Tu ne penses pas que tu vas pouvoir m'arrêter maintenant !

— On ne peut pas avoir… une relation non protégée. Je n'ai pas de préservatifs !

Riccardo sentait que son corps était en feu. Il *fallait* qu'il la possède.

— Laisse-moi m'en occuper, dit-il d'une voix rauque.

Riccardo la poussa doucement hors de la salle de bains et la conduisit à la chambre d'amis, de l'autre côté du palier.

— Et Gina ? murmura-t-elle.

— Ne t'inquiète pas, elle dort.

Il ferma la porte. En entendant la clé tourner dans la serrure, Charlotte se sentit gagnée par une violente excitation. Plus rien ne semblait avoir d'importance... Elle éprouvait un désir fou pour cet homme et cela n'avait jamais cessé, pas même durant ces années où seules l'amertume et la désillusion avaient accompagné sa solitude. C'était comme si son corps obéissait à des règles différentes de celles de son esprit.

L'obscurité argentée qui baignait la pièce ne faisait que magnifier son corps musclé.

Riccardo tendait la main pour la conduire jusqu'au lit.

— Alors, où en étions-nous ? murmura-t-il.

— C'est de la folie, dit-elle, sans pouvoir s'empêcher de sourire.

— A quoi sert la vie si on ne succombe pas de temps en temps à la folie ? Donc, où en étions-nous ?

— Tu...

— Oui ?

— Je vois que tu es toujours aussi taquin dans ces moments..., murmura-t-elle en guidant sa main.

— Seulement avec toi, dit-il d'une voix rauque.

Il fut soulagé qu'elle ne lui demande pas de s'expliquer, car il ne savait pas lui-même ce qu'il avait voulu dire ni comment il avait réussi à prononcer ces mots. Elle avait raison, c'était de la folie.

Il lui fit l'amour lentement, doucement. Et plus il la touchait, plus il se souvenait, comme si l'image de Charlotte ne l'avait jamais vraiment quitté. Il se souvenait même de la façon dont elle bougeait et soupirait, dont elle criait son plaisir...

— Alors, tu penses toujours que ça ne peut pas marcher, Charlie ?

— Faut-il que je renonce à te convaincre de m'appeler Charlotte ?

Riccardo écarta une mèche de cheveux blonds de son front et lui embrassa le bout du nez.

— Charlotte sonne un peu trop « comme il faut », la taquina-t-il. Avoue-le, nous sommes bien ensemble.

— Disons que nous nous entendons bien *au lit*, soupira Charlotte. Et moi j'ai toujours un bain à prendre.

— Ça peut attendre.

— Pourquoi ? Rien n'a changé, Riccardo.

— Nous venons juste de faire l'amour ! dit-il en l'attirant à lui. Et avec lui ?

— Comment ça ?

— Tu fais l'amour avec lui ?

Elle se raidit.

— Ne mêle pas Ben à ça.

— Tu l'as déjà fait avec lui ? D'accord, oublie que je t'ai posé cette question, dit-il en s'allongeant sur le dos et en fixant le plafond. Va prendre ton bain, Charlie. Tu as raison, rien n'a changé.

— Tu es impossible ! Non, je ne l'ai pas fait. Ce n'était pas ce genre de relation.

— Quel genre alors ? demanda-t-il sans quitter des yeux le plafond.

— Je te l'ai dit. Après ce qui s'était passé entre nous, j'ai réfléchi à ce que j'attendais d'une relation et j'ai compris que ce n'était pas juste l'entente physique.

Riccardo redescendit brutalement sur terre et se souvint que Charlotte lui avait répété maintes et maintes fois qu'elle ne l'« appréciait » pas. Il aurait dû être au-dessus de cela mais il souffrait de la sentir si froide. Et si elle ne voulait pas parler de ce satané Ben, n'était-ce pas parce qu'elle avait toujours besoin de lui ?

— Ecoute, dit-elle en sortant du lit et en commençant à se rhabiller. Je suis prête à faire passer Gina avant moi et à te permettre de rester ici, du moins pour un temps, jusqu'à ce qu'elle apprenne à te connaître et qu'elle ait suffisamment confiance pour te voir repartir sans croire que tu disparaîtras pour toujours. Mais il y a une condition essentielle à cela.

Charlotte prit une profonde inspiration. Riccardo ne pouvait pas savoir combien cette condition était vitale pour elle… Car coucher avec lui avait été une erreur insensée qu'elle ne pouvait se permettre de répéter. Ce serait déjà suffisamment pénible de l'avoir chez elle ; reprendre une relation physique avec lui la conduirait au désastre, elle en était certaine.

— Nous ne recommencerons jamais ça, dit-elle dans un souffle. C'était une erreur... Sans doute fallait-il que nous la commettions, mais au fond tu es toujours le même.

— C'est-à-dire ?

— Le même Riccardo, qui n'a que « ça » en tête.

— Je t'ai proposé de t'épouser ! lui rappela-t-il.

« Mais où est l'amour dans tout ça ? » se demanda-t-elle tristement.

— Tu ne comprends pas, Riccardo. De toute façon, ça n'a aucune importance. Je vais prendre mon bain.

« Aucune importance » ? Riccardo regarda la porte se refermer. Il se sentait frustré et furieux. Qu'avait cet homme de plus que lui ? Et comment Charlotte pouvait-elle balayer d'un revers de la main l'alchimie qui les liait ? Serait-elle encore capable d'avoir une relation avec ce Ben après avoir couché avec lui ? Il s'en voulait de ne pas lui avoir posé cette question essentielle. Soudain, il pensa qu'il comptait peut-être si peu à ses yeux qu'elle oublierait très vite ce qui s'était passé cette nuit.

Mais il avait envie de compter pour elle ! Huit ans plus tôt, il s'était montré si immature et arrogant qu'il l'avait laissée partir en pensant que cela valait mieux pour eux deux. Aujourd'hui, il commençait à se demander si ce n'était pas une erreur dont il ne s'était jamais remis. Or, le destin lui donnait une seconde chance.

Il ne commettrait pas deux fois la même erreur, l'enjeu était trop grand.

8

— Que se passe-t-il ?

Charlotte rentra chez elle vers 19 h 30 et trouva Riccardo qui l'attendait dans l'entrée.

La situation était déconcertante, comme l'avaient été les deux semaines qui venaient de s'écouler. Riccardo rentrait tous les soirs à 19 heures. Il avait emmené Gina deux fois au cinéma voir des films d'animation. Il avait enduré un samedi dans un fast-food plein de bébés et d'enfants qui couraient partout en criant. Il avait joué au Scrabble en s'arrangeant pour perdre, au Monopoly — il n'avait pas pu se résoudre à perdre, cette fois-là — et à de nombreux jeux de cartes. Charlotte n'en revenait pas qu'il consacre autant de temps à des activités qui auraient pu l'ennuyer à mourir comparées à ses occupations habituelles.

Elle les observait de loin, se joignant à eux quand il le fallait, mais en se gardant bien de voir dans les efforts de Riccardo autre chose qu'une manière de mettre toutes les chances de son côté pour atteindre son objectif : se rapprocher de Gina.

D'ailleurs, il la tenait consciencieusement à l'écart. Toute son attention était concentrée sur sa fille. A tel point qu'il était difficile d'imaginer qu'il s'était passé quelque chose entre eux ! D'un côté elle était forcée d'admettre qu'il se comportait en parfait gentleman, d'un autre elle ne pouvait s'empêcher de penser qu'il essayait de gagner rapidement la confiance de Gina pour pouvoir s'échapper de la maison le plus tôt possible.

— Il se passe que j'ai préparé le dîner, annonça Riccardo en l'aidant à ôter son manteau.

— Tu portes mon tablier ! s'étonna-t-elle.

— Bien observé.

— Tu as l'air ridicule, dit-elle sans pouvoir retenir un sourire. Dommage que je n'aie pas d'appareil photo !

— Monte prendre un bain, tu as le temps.

— Oui, mais…

— Gina est au cinéma avec une de ses camarades de classe, ça s'est décidé au dernier moment. Elle sera de retour plus tard dans la soirée. Je me suis dit que cela ne posait pas de problème puisque demain, c'est dimanche.

— Bien…

Soudain, Charlotte sentit la panique la gagner. Gina avait en quelque sorte joué le rôle de chaperon durant ces deux dernières semaines et elle avait rempli les silences embarrassants par ses bavardages incessants. Quand elle n'était pas là, Riccardo se retirait généralement pour travailler et Charlotte se blottissait dans le canapé devant la télévision, s'assurant toujours d'avoir un livre à portée de main pour pouvoir s'y plonger au cas où il apparaîtrait sans crier gare.

— C'est une bonne occasion pour discuter… de notre organisation, dit Riccardo évasivement.

— Ah, d'accord.

C'était donc ce qu'il avait en tête ! se dit-elle. Il préparait son départ, elle en était sûre à présent. Elle aurait dû se réjouir de savoir que sa vie allait reprendre son cours normal, mais elle sentit un grand vide se former dans son estomac. A quoi bon nier la vérité ? Elle s'était habituée à le voir chez elle. Elle avait toujours pensé que vivre à deux était idéal, qu'elle était heureuse seule avec Gina. Plus maintenant… Mais puisqu'il avait estimé que cuisiner un repas était la manière adulte et civilisée de lui annoncer la nouvelle, elle allait lui montrer que cela lui convenait très bien !

Après son bain, Charlotte s'habilla comme elle le faisait quand elle était seule chez elle, avec un pantalon large et confortable ainsi qu'un gros pull vert foncé.

Elle ne s'attendait pas à la scène qu'elle découvrit en redescendant dans la cuisine. Il y avait des bougies sur la table… Riccardo se retourna à son arrivée et elle lui sourit maladroitement.

— Je ne me suis pas habillée pour l'occasion, dit-elle avec gêne, même si lui aussi était habillé de façon décontractée.

— Ce n'est pas grave.

— Tu as vraiment préparé le repas toi-même ?

Elle remarqua le livre de recettes appuyé contre le grille-pain, et l'évier rempli de casseroles et de poêles, ce qui semblait suggérer une préparation très ambitieuse. Seigneur, pensa-t-elle tout à coup, pourquoi cet homme suscitait-il autant de sentiments contradictoires en elle ? Et pourquoi se montrait-il aussi attentionné ce soir ?

— Inutile de prendre cet air abasourdi, dit-il en sortant deux avocats aux crevettes du réfrigérateur.

— Je croyais que tu détestais cuisiner et que tu méprisais les hommes qui s'approchent des fourneaux, dit-elle en s'asseyant, troublée malgré elle par l'atmosphère romantique qui régnait dans la pièce.

— C'est sûr que je n'en ferais pas mon métier.

Il lui tendit une assiette.

— Ce sera peut-être meilleur que ça en a l'air, dit-il en saisissant sa fourchette. Mmm… Ce n'est pas mauvais.

Riccardo réprima un soupir. Charlotte travaillait tard presque tous les soirs, beaucoup trop tard. Ne voyait-elle pas Ben en secret ? Il avait envisagé de la faire suivre pour en avoir le cœur net, mais il avait rapidement écarté cette idée. Pas question de l'espionner… Mais une chose était devenue claire pour lui ces derniers jours : il voulait que Charlotte fasse partie de sa vie. Alors qu'il n'avait jamais vu une femme lui résister, il se sentait indésirable pour la première fois de sa vie. Le fait que Charlotte lui ait cédé une fois ne voulait pas dire qu'elle éprouvait quelque chose pour lui, il en avait bien peur. La jeune femme tolérait sa présence parce qu'il la lui avait imposée, ne lui laissant d'autre choix que de céder temporairement. Mais il sentait qu'elle attendait son départ…

— Que disais-tu ? demanda-t-il.

— Je me demandais quand tu avais cuisiné pour la dernière fois.

— Est-ce une critique ?

— Non, bien sûr que non ! Je posais juste la question pour faire la conversation.

— Les étrangers se font la conversation, dit-il en s'efforçant d'avoir l'air enjoué. Mais, en général, deux personnes qui ont eu un enfant ensemble peuvent être un peu plus détendues l'une avec l'autre.

Charlotte se retint de lui rappeler que les gens qui avaient un enfant avaient en général une relation plus conventionnelle que la leur. Au lieu de cela, elle lui demanda ce qu'il avait préparé comme plat principal.

— Des pâtes.

— Formidable ! La cuisine italienne est celle que je préfère.

— Je sais, mais...

Il égoutta des tagliatelles et se rendit compte qu'elles n'étaient pas suffisamment cuites. Au mieux, elles pouvaient être qualifiées de *al dente*.

— Je ne peux pas te garantir que cela aura le même goût qu'en Italie.

— Ça sent bon en tout cas.

Charlotte était ravie. Etre accueillie au retour du bureau par l'odeur de nourriture dans la cuisine, Riccardo s'affairant devant les fourneaux... Quand elle s'était inventé un fiancé cordon-bleu, elle ne réalisait pas à quel point elle trouverait charmant de voir un homme faire ces efforts pour elle !

Jusqu'à présent, Riccardo et elle avaient évité de manger ensemble. Ils se faisaient chacun son tour un sandwich dans la soirée, et il emmenait parfois Gina manger dehors. Le week-end seulement, ils mangeaient tous ensemble.

Soudain, Charlotte décida qu'il était temps pour elle de savoir ce qui allait se passer. Après tout, l'attaque était toujours la meilleure défense, n'est-ce pas ? Tout en posant des questions sur les ingrédients et les temps de cuisson, elle réfléchissait à la manière d'aborder le sujet.

— Il faudra que j'essaie cette recette ! dit-elle.

— Vraiment ?

— Oui ! C'est-à-dire... ce n'est pas comme si tu allais rester ici pour toujours, à émincer des champignons et des tomates pour moi !

Voilà, c'était fait. Charlotte resta concentrée sur ses pâtes qu'elle enroulait autour de sa fourchette, sentant le regard lourd de Riccardo posé sur elle. Etait-il en train de se réjouir qu'elle ait abordé la question ?

Riccardo la regarda baisser la tête et se figea.

— Bien. Je n'avais pas l'intention de soulever ce sujet tout de suite...

— Je sais. Nous devrions peut-être attendre d'avoir fini de manger, mais pourquoi ne pas en parler une bonne fois pour toutes ? Tu es à cran, moi aussi. Tu as raison, nous ne sommes pas des étrangers, alors pourquoi tourner autour du pot ? J'étais atterrée quand tu t'es installé chez moi, mais je dois admettre que l'expérience s'est mieux passée que ce que je croyais.

— L'expérience ?

— Oui. Regarde les choses en face, Riccardo. Tu crois peut-être tout savoir, mais...

— Attends un peu ! l'interrompit-il en tapant du poing sur la table. Qu'est-ce qui te fait dire que je crois tout savoir ? Est-ce parce que je suis toujours le salaud qui t'a laissée tomber il y a huit ans ? Tu te sens blessée pour quelque chose qui s'est passé voilà bien longtemps ! N'importe qui penserait qu'il y a une raison cachée à cela.

— Une raison ?

Riccardo préféra ne pas poursuivre sur ce terrain.

— Alors, à quelle échéance as-tu pensé ?

Il lui prit son assiette et lui intima de rester assise quand elle proposa de l'aider à débarrasser.

— Tu es sûr ? D'accord, si tu insistes.

Riccardo sentait son humeur se dégrader de minute en minute.

Pour la première fois, il comprenait qu'il serait inutile de rester sous son toit. Elle avait raison après tout : une relation artificielle pour le bien d'un enfant ne pouvait pas marcher. Tôt ou tard, Gina en pâtirait. Il ne discuterait pas la décision de Charlotte.

Aussitôt, son amour-propre reprit le dessus.

— Bien, continua-t-elle, je crois que nous sommes tous les deux d'accord pour dire que tu te débrouilles très bien avec Gina.

— Tu pensais que ce ne serait pas le cas ? demanda-t-il froidement.

Il lui tournait le dos, passant rapidement la vaisselle sous l'eau avant de la poser sur l'égouttoir.

— Non ! Je pensais juste…

Charlotte soupira. Elle avait peut-être passé ces deux dernières semaines à regarder la télévision et à se réfugier dans des livres pour l'éviter, mais l'émoi provoqué par la simple présence de Riccardo lui manquerait, tout comme sa bonne entente avec Gina. Il faisait rire sa fille et il était là pour prendre le relais quand elle était fatiguée. Même la façon dont ils s'alliaient parfois tous les deux pour la forcer à bien manger allait lui manquer. Tout à coup, elle se sentit au bord des larmes.

— Je pensais que tu trouverais difficile de créer un lien au début. Ce n'est pas comme si tu avais l'habitude des enfants.

— Elle est facile à vivre, intelligente, ouverte, franche.

— Oui, je suis vraiment contente que ça ait bien marché… sur ce plan.

Charlotte ferma les yeux et revit Riccardo nu, son corps musclé et hâlé… Elle secoua la tête pour faire disparaître cette image troublante de son esprit.

— Mais cela n'est qu'une partie du problème, reprit-elle, c'est pourquoi je reconnais que cet arrangement doit prendre fin. Quant à l'échéance, tu conviendras que le plus tôt sera le mieux. Cela risque d'être dur pour Gina, mais je crois que vous avez créé un lien assez fort pour qu'elle sache qu'elle continuera à te voir. Je reconnais que ce n'est pas évident pour toi…

Riccardo était furieux. Malgré les compliments qu'elle venait de lui faire sur sa relation avec sa fille, elle le considérait toujours comme le salaud arrogant qui l'avait rejetée autrefois. Elle n'avait pas oublié ce qu'il lui avait fait et ne l'oublierait jamais. Il croisa les bras et la regarda fixement. Ses vieux vêtements trop larges n'avaient rien de féminin ni de sexy selon lui. Mais, étrangement, il s'était habitué à la voir ainsi emmitouflée et il se rendait compte qu'il la trouvait séduisante, même ainsi.

Charlotte observait Riccardo, appuyé contre le plan de travail, son torchon jeté sur l'épaule et les bras croisés.

— Ce qui veut dire ? demanda-t-il d'une voix agacée.

— Ce qui veut dire que tu ne t'es jamais engagé avec personne. Pas de relation durable, pas de famille. Juste une série de conquêtes. Je parie que tu n'es jamais parti en vacances avec aucune d'entre elles !

Riccardo serra les dents. En effet, il n'avait jamais été jusque-là avec quelqu'un. Plusieurs de ses partenaires avaient essayé, mais il en avait toujours été hors de question.

— C'est un peu puéril, tout ça, tu ne trouves pas, Charlie ? Je te propose d'aller dans le salon où nous pourrons parler plus confortablement. Si tu ne viens pas, je pense que je vais devoir faire appel à un avocat pour demander un droit de garde. Je ne pourrais pas me contenter d'un accord informel.

Honteuse d'avoir attaqué Riccardo, Charlotte rougit. Elle se leva et le suivit dans le salon.

— Je suis désolée, dit-elle lorsqu'ils furent assis face à face. Tu as raison. Je n'aurais pas dû critiquer ta vie privée. C'était déplacé.

— Je peux partir demain soir, dit-il en ignorant ses excuses. Je voudrais passer la soirée avec Gina, ce que tu peux comprendre.

— Bien sûr.

Et ensuite, pensa-t-elle, l'hiver laisserait la place au printemps, puis à l'été, et ainsi de suite… Charlotte se demanda ce qu'elle éprouverait en voyant Riccardo une ou deux fois par semaine passer prendre leur fille. Et que ressentirait-elle le jour où une femme serait assise sur le siège passager de sa voiture ?

— Mais il te faudra respecter certaines conditions, ajouta-t-elle.

— Lesquelles ?

— Gina ne doit pas sortir trop tard le soir en semaine. Donc, quand tu iras la chercher à l'école, il faudra la ramener pour, disons, 20 heures. Cela lui laissera le temps de faire ses devoirs avec toi et de dîner, afin qu'en rentrant ici elle puisse aller directement se coucher.

— D'accord, mais tu dois comprendre que je travaille et que je ne peux pas toujours prévoir l'heure à laquelle je termine mes réunions. Je serai parfois obligé de te prévenir peu de temps à l'avance des moments où je pourrai la voir, mais ce ne sera pas moins de deux fois par semaine, et je veux un week-end sur deux.

— Elle va être sans cesse ballottée d'une maison à l'autre, soupira Charlotte au bord des larmes.

— Je t'ai proposé une autre solution, tu as refusé.

— Pour de bonnes raisons !

— Il y a également la question des vacances.

— Je ne peux pas y réfléchir tout de suite.

— Fais un effort, dit-il d'un ton rude. Je veux qu'elle passe du temps en Italie. Elle a de la famille là-bas, des gens qu'elle n'a jamais vus.

— Je n'y avais pas pensé… Comment vont-ils réagir ?

— Ils seront très heureux, dit-il sèchement. Ma mère attend ça depuis des années. Bien sûr, elle aurait préféré que je suive la voie traditionnelle du mariage…

— Un mariage avec une jeune femme de bonne famille, dit Charlotte avec amertume.

— Tu sais, elle a abandonné ce projet depuis longtemps.

— Et tes amis, tes collègues de travail ? Que vont-ils dire ? Que vont-ils penser de toi ? Ce n'est pas tous les jours qu'un maître de la finance est mêlé à un scandale…

— D'abord, ce n'est pas un scandale. Ensuite, ce genre d'histoires n'intéresse personne dans le monde des affaires. De toute façon, acheva-t-il en haussant les épaules, je me fiche pas mal de ce que les autres pensent de ma vie privée.

Charlotte aurait aimé posséder la même insouciance que lui. Cela lui aurait sans doute permis de mieux gérer la présence de Riccardo dans sa vie…

— Je préférerais également que tu laisses Gina en dehors de ta vie amoureuse. Je veux dire, poursuivit-elle en le voyant froncer les sourcils, que je me moque de qui tu mets dans ton lit, mais je ne veux pas que tu présentes une nouvelle femme à Gina chaque fois que vous vous voyez.

— Et s'il s'agit toujours de la même personne ?

— Dans ce cas, ce serait différent, bien sûr.

Avait-il quelqu'un ? se demanda Charlotte.

— Et devrais-je te l'amener pour un examen préalable ? Juste pour être sûr que je n'enfreins aucune de tes règles morales ?

— Inutile d'être aussi sarcastique !

Elle semblait si jeune ! Jeune et vulnérable, ainsi blottie dans son fauteuil, pensa Riccardo.

— Bien, tu as ma parole, concéda-t-il. La seule femme que je présenterai à Gina sera celle avec qui j'aurai l'intention de passer ma vie.

Charlotte se sentit envahie par une douloureuse jalousie mais elle acquiesça.

— Je n'ai pas besoin de te demander la même chose, continua-t-il, les dents serrées. Je sais que tu as déjà un homme dans ta vie. Tu ne m'as jamais dit… est-ce que Gina s'entend bien avec lui ?

— Oh, tout le monde s'entend bien avec Ben, répondit Charlotte d'un ton évasif. Je suis contente que nous ayons réglé ça, Riccardo, même si je trouve dommage que tu aies dépensé autant d'argent pour installer tout ce matériel ici.

— Nous parlerons d'argent un autre jour, dit-il brusquement.

Il regarda sa montre et constata que leur fille n'allait pas tarder à rentrer.

— Je suggère que nous en parlions tout de suite à Gina.

— D'accord.

Charlotte nota qu'il avait regardé sa montre. Pour lui, la conversation était visiblement terminée. Et soudain, l'idée qu'il avait depuis longtemps décidé de partir s'empara de son esprit. Décidément, la vie avec elle avait dû lui paraître d'un ennui mortel, songea-t-elle, le cœur serré.

Ce fut surtout Riccardo qui parla et rassura la petite fille sur la nouvelle situation. Et Gina le crut lorsqu'il lui assura qu'il continuerait à la voir aussi souvent que possible, au moins deux fois par semaine.

Il était difficile de penser qu'il s'agissait de l'homme qui pouvait parfois se montrer si froid et hostile…

Plus tard, lorsque Gina fut couchée, cet homme-là reprit le dessus. Il informa Charlotte qu'il demanderait à ses avocats de clarifier les détails financiers et qu'il voulait des garanties que son humeur changeante n'aurait pas d'influence sur son droit de garde.

Elle semblait terrifiée, ainsi recroquevillée dans son fauteuil, se dit Riccardo. Mais il voulait qu'elle comprenne qu'il ferait tout ce qui était en son pouvoir pour assumer son rôle de père.

— Et je te préviens, dit-il en se dirigeant vers la fenêtre, il faut t'attendre à quelques bouleversements dans ta vie. Jusqu'à présent, je n'ai parlé de la situation à personne, mais c'est terminé.

— Des bouleversements ? De quoi parles-tu ?

— Des journalistes. Cette situation inhabituelle est susceptible d'éveiller l'intérêt de la presse. Alors, poursuivit-il en se dirigeant vers la porte, pas d'homme ici. La frontière est mince entre le reportage et le scandale.

— Je croyais que tu te moquais de ce que les gens pensaient de toi, Riccardo !

Charlotte n'en revenait pas. Pensait-il sérieusement qu'elle allait se jeter dans les bras d'un homme dès qu'il serait parti ?

— En effet, mais Gina pourrait trouver cela perturbant. Et c'est elle qui compte, n'est-ce pas ?

9

Par le passé, Charlotte avait eu affaire une seule fois à la presse, environ un an plus tôt pour un article dans le journal local. Une jeune journaliste fraîchement diplômée lui avait posé une série de questions et avait ensuite fait d'elle le portrait avantageux d'une jeune cadre dynamique qui parvenait aussi à être une super-maman. Au lieu d'évoquer les taux d'intérêt, les problèmes de l'accession à la propriété ou encore l'exil de Londres vers des quartiers périphériques plus abordables, elle s'était concentrée sur l'angle féministe. Et Charlotte ne s'était pas vraiment reconnue dans cette description.

Cette fois-ci, la presse semblait s'être orientée vers le thème lucratif du « passé méconnu du milliardaire »...

Charlotte n'avait jamais rien à déclarer sur le sujet quand le téléphone sonnait, et encore moins quand un journaliste s'aventurait chez elle. Elle était décrite comme une beauté sensuelle et calculatrice sans qu'elle sache comment les reporters avaient pu en arriver à cette conclusion, puisqu'elle n'avait jamais demandé un centime à Riccardo. Mais elle ne pensait qu'à une chose : protéger Gina de cette publicité. Et elle se sentait épuisée de devoir faire face à l'intérêt que tout le monde semblait soudain lui porter, depuis les amis proches jusqu'à des personnes qu'elle connaissait juste de vue. Elle avait reçu de tous assez de conseils pour remplir une encyclopédie sur le sujet !

Charlotte regarda par la fenêtre et aperçut deux journalistes s'approcher furtivement de sa maison. A son côté, Gina s'impatientait. C'était jour de fête à l'école, et elle s'était levée de bonne heure pour se déguiser en gamin des rues comme dans les romans de

Dickens, avec une chemise déchirée, un vieux gilet, un pantalon en lambeaux retenu par une ceinture en corde et des chaussures noires spécialement salies pour l'occasion. Charlotte sentait que l'enthousiasme de sa fille allait bientôt se muer en colère si elles tardaient trop à partir.

— Tu n'as qu'à leur dire de s'en aller, maman !

— Si seulement ils m'écoutaient !

— Alors demande à papa de le faire ! Il sait toujours comment faire !

Charlotte se retint de répondre. Riccardo était vite devenu un super-héros aux yeux de sa fille. Il était aussi parvenu à faire oublier les articles négatifs parus dans la presse, en donnant sa propre version des faits. Un amour de jeunesse, un bébé dont il ignorait l'existence, une demande en mariage refusée, des responsabilités assumées... Pour le monde entier, il avait bouleversé sa vie pour sa fille et, de façon incompréhensible, Charlotte l'avait rejeté. Il avait évoqué avec émotion des valeurs d'un autre temps et son respect pour la famille et, du coup, il l'avait fait paraître non seulement stupide de refuser le mariage avec un homme comme lui, mais aussi égoïste, froide et orgueilleuse.

Charlotte, elle, restait résolument silencieuse.

Les derniers jours avaient été particulièrement difficiles et ces journalistes qui l'observaient depuis le portail de sa maison étaient la goutte qui faisait déborder le vase.

Elle prit Gina par la main et sortit d'un pas décidé. Les hommes lui posèrent les mêmes questions que d'habitude, encore plus indiscrètes cette fois-ci puisque l'un d'eux insinua qu'elle devait se préparer à une bataille juridique si elle continuait à privilégier son propre bonheur au détriment de celui de sa fille.

Charlotte se contenta d'accélérer son allure mais elle avait le cœur qui battait à une allure folle quand elle atteignit sa voiture.

Sur le trajet, elle parla avec Gina comme si de rien n'était, l'interrogeant sur ses devoirs et lui demandant de bien manger à l'heure du déjeuner. Mais son esprit était occupé par ce que ce journaliste avait dit à propos d'une bataille pour le droit de garde.

Etait-ce possible ? Elle se demandait d'où il tenait cette information. Riccardo en avait-il parlé ? Il ne lui avait rien dit en tout cas.

Tandis qu'elle conduisait Gina jusqu'à son école, Charlotte sentait son malaise se transformer en panique.

Une fois seule, Charlotte appela son assistante et, pour la première fois de sa vie, inventa une excuse pour arriver en retard ; elle prétexta une migraine atroce.

Puis elle appela Riccardo. Il répondit dès la deuxième sonnerie.

— Il faut que je te voie immédiatement.

— « Immédiatement ». Tu penses donc que tu peux exiger de me voir quand ça te convient ?

Riccardo fit pivoter son siège pour faire face à la baie vitrée. Partir de chez Charlotte avait été une erreur, il le savait. Son appartement lui semblait à présent trop grand et trop vide pour lui tout seul. Après avoir mené une vie de célibataire, voilà qu'il découvrait que sa fille lui manquait… Il aurait aimé la voir froncer les sourcils devant ses devoirs, l'entendre poser des questions à propos de tout et de rien, jouer avec elle à des jeux de société.

Charlotte aussi lui manquait. Après une journée de travail stressante, alors que d'ordinaire il appelait une de ses « amies » pour le distraire, il aurait aimé retrouver la paix et la détente que lui procurait la compagnie de Charlotte, son sens de la repartie et ses sourires qui éclairaient malgré elle son visage quand elle ne pouvait pas s'empêcher de rire à ce qu'il venait de dire.

N'étant pas du genre à se torturer ainsi, Riccardo avait décidé qu'il n'accepterait pas ce qui devenait à ses yeux de plus en plus inacceptable. Il refusait d'obtenir un simple droit de garde. La vie était pour lui une série de défis et il était bien déterminé à relever le dernier qu'il s'était fixé.

— Tout ceci est ta faute, Riccardo.

— De quoi parles-tu ?

— Je refuse de discuter de ça au téléphone. Je suis sur le point de prendre le métro.

— Quand m'écouteras-tu enfin ? Oublie les transports en commun et prends un taxi pour venir ici !

— Oh, pour l'amour du ciel, Riccardo ! Je serai à ton bureau dans environ trois quarts d'heure. Je dois te parler, et si tu ne me reçois pas, je resterai devant jusqu'à ce que tu acceptes.

Il soupira.

— Je te recevrai dans la salle de conférences, au dernier étage. Prends l'ascenseur privé, je veillerai à ce que la réception soit au courant.

Charlotte arriva au bureau de Riccardo et se dirigea vers l'ascenseur, tête baissée pour ne pas croiser les regards curieux posés sur elle. Bon sang, elle était furieuse de devoir se cacher à cause d'une situation qu'elle ne contrôlait pas !

La salle de conférences était une immense pièce dominée par une longue table en noyer ; une vingtaine de sièges étaient disposés autour. Sur le côté, Charlotte, intriguée, remarqua une luxueuse salle de bains. Un patron éprouvait-il vraiment le besoin soudain de prendre une douche avant une réunion importante ? Il y avait également une bibliothèque munie d'étagères débordant de livres dont les titres suffisaient à provoquer la somnolence, et une table sur laquelle étaient présentés tous les journaux nationaux. Enfin, un grand salon attenant était meublé de fauteuils, de canapés et d'un bar.

Charlotte prit place dans l'un des fauteuils bleu pâle face à la porte, et posa les mains sur ses jambes croisées.

Comme chaque fois, elle eut le souffle coupé lorsque Riccardo entra dans la pièce, une main dans la poche de son pantalon, élégant et décontracté. Il était encore tôt et il portait toujours sa cravate. En général, quand il rentrait à la maison, la cravate avait disparu, les deux premiers boutons de sa chemise étaient défaits, signe que sa journée de travail harassante était terminée.

Elle eut un pincement au cœur en se souvenant de leur cohabitation. Mais elle se reprit aussitôt.

— Comment as-tu pu ? demanda-t-elle sans préambule en le

regardant se diriger lentement vers un siège et prendre place en face d'elle.

Elle se leva, s'approcha de la table qui croulait sous les magazines, en prit un qui annonçait en couverture : « L'enfant naturel du milliardaire au cœur du conflit ! » et le lui lança.

Riccardo y jeta à peine un œil.

— Tu ne devrais pas lire ce genre d'articles, Charlie. Moi, je ne le fais jamais.

— Eh bien, tant mieux pour toi, Riccardo ! dit-elle en se plantant devant lui, les poings sur les hanches. Moi, je n'ai pas de tour d'ivoire dans laquelle me cacher ! Je dois aller travailler et emmener Gina à l'école, et il y a des journalistes partout ! Ils font de notre vie un enfer, Riccardo. Ils posent des questions, et même si je ne leur réponds pas, ils prennent quand même des notes, si bien que j'ai sans cesse peur de ce que je vais lire dans la presse !

— Comment Gina réagit-elle ?

— Elle est bouleversée, mentit Charlotte.

— Elle ne m'a pas paru trop perturbée quand je lui ai parlé au téléphone hier soir.

— Elle le cache bien parce qu'elle ne veut pas te trahir, dit-elle en se rasseyant. Etais-tu obligé d'évoquer ta demande en mariage et mon refus ? Tu aurais pu faire profil bas et cette histoire serait déjà oubliée maintenant. Au lieu de cela, que fais-tu ? Tu parles des valeurs et des traditions en me faisant passer pour une égoïste sans cœur !

— Je t'avais prévenue que la presse risquait de s'en mêler.

— Mais avais-tu besoin d'être aussi bavard ?

— C'est le seul moyen de se débarrasser des journalistes. Si tu refuses de faire une déclaration, ils pensent que tu as quelque chose à cacher. Si tu leur donnes une explication sommaire, ils s'en vont.

— « Sommaire » ? Tu n'as pourtant pas hésité à donner des détails !

— As-tu pris un petit déjeuner ce matin ?

— Comment pourrais-je manger ? demanda-t-elle en lui lançant un regard furieux. J'ai le ventre noué.

— Je vais demander qu'on t'apporte quelque chose. Des œufs brouillés et des toasts, ça te va ?

Charlotte serra les poings.

— Je n'ai pas faim ! J'ai complètement perdu l'appétit avec ce qui se passe.

— Crois-moi, je te comprends.

Pour une femme qui n'avait plus d'appétit et était furieuse, pensa Riccardo, elle arrivait tout de même à être très sexy dans son élégant tailleur.

— J'ai moi-même été un peu déconcerté, la première fois que j'ai vu ma photo dans les journaux italiens pour quelque chose d'aussi futile.

— Je ne suis pas juste « un peu déconcertée », Riccardo.

— Je leur demanderais bien de te laisser tranquille si je pouvais mais...

Il haussa les épaules et se leva pour aller chercher du café. Sa secrétaire avait pris l'initiative d'en préparer lorsqu'elle avait appris qu'il avait besoin de la salle de conférences. Il revint avec deux tasses fumantes et une assiette de biscuits que Charlotte aurait voulu ignorer, mais elle céda à la faim.

— Mais quoi ? reprit-elle. Si tu voulais, tu pourrais... leur dire de s'en aller.

— En ce moment, ils s'en donnent à cœur joie, dit-il en étirant ses jambes et en buvant une gorgée de café. Le monde est plein d'horreurs, et rien de tel que des ragots croustillants pour détendre l'atmosphère.

— Je n'aime pas qu'on détende l'atmosphère à mes dépens.

— Moi non plus.

Elle semblait être à bout de nerfs, se dit Riccardo. Avait-elle vraiment cru qu'il pourrait détourner l'attention des médias comme on ferme un robinet ?

— Mets-toi à ma place, poursuivit-il. Ma réputation en a pâti.

— Riccardo, ta réputation est celle d'un homme d'affaires florissant qui sort avec des mannequins écervelés.

— Si tu es venue pour m'insulter...

— Non, fit-elle précipitamment. D'accord... Combien de temps cela peut-il encore durer ? Je suis épuisée.

« Ce sera oublié avant la fin de la semaine », songea-t-il.

— Qui peut le prévoir ? Et qui sait jusqu'où ils vont creuser ?

— Comment ça ? demanda-t-elle d'une petite voix.

— Ecoute…

Riccardo se pencha en avant.

— C'est toujours très difficile quand la presse se mêle de la vie privée de quelqu'un. Il est vrai que cela ne me touche absolument pas, mais je m'inquiète pour Gina. Elle est bouleversée, d'après ce que tu me dis.

Soudain mal à l'aise, Charlotte se demanda si son mensonge avait été une bonne idée.

— Eh bien… peut-être que le mot « bouleversée » était un peu excessif.

— D'accord, alors disons perturbée.

— Oui, mais…

— Je sais que tu risques de ne pas aimer cette solution mais…

Riccardo baissa la voix, comme un homme pesant ses mots dans une situation délicate.

— Mais je pourrais mieux protéger Gina si elle était avec moi.

— Non !

— Maintenant écoute-moi, Charlie !

Sa voix claqua comme un coup de fouet. Elle sursauta, incapable de dire quoi que ce soit.

— Les journalistes qui te tournent autour n'oseraient pas le faire avec moi. J'ai des employés qui filtrent mes appels et qui me débarrassent des importuns. Si un proche a besoin de me parler, j'ai un portable dont quelques personnes seulement ont le numéro. J'ai aussi des gardes du corps, si discrets que tu ne les as sans doute pas remarqués.

— Tu as des gardes du corps ? Mais dans quel monde vis-tu ?

— Dans un monde où les gens riches sont des cibles potentielles. Tu oublies que je suis italien. Dans mon pays, les histoires de kidnapping sont malheureusement fréquentes. Si Gina était avec moi, je pourrais veiller à ce que certains inconvénients qu'elle subit actuellement soient évités.

— C'est hors de question !

Charlotte avait du mal à accepter que Riccardo ait des gardes du corps. Où ces derniers se cachaient-ils lorsqu'il avait habité avec elle et Gina ? Derrière les buissons du jardin ?

— Pourquoi ? Nous voulons tous les deux le bien de Gina, n'est-ce pas ?

— Oui, mais elle ne va pas si mal, pour l'instant.

— Je croyais qu'elle était « bouleversée ».

— C'est une situation dérangeante...

— Et tu es venue m'accuser de l'avoir créée, dit-il sèchement.

— Non ! protesta-t-elle en rougissant.

— Tu as aperçu un ou deux journalistes et tu as vu rouge. Charlie, écoute, tu connais l'autre solution et il est peut-être temps que tu y réfléchisses de nouveau. Aucun de nous ne tient à rester sous les feux des projecteurs. Tu as un travail, moi aussi, et Gina doit pouvoir aller à l'école sans que sa vie soit perturbée. Si nous continuons comme ça, qui sait combien de temps nous ferons la une des journaux à scandale.

— Rien de tout cela ne serait arrivé si tu n'étais pas aussi connu, dit-elle avec amertume.

Riccardo haussa les sourcils et lui sourit. Malgré elle, elle lui rendit son sourire.

— Epouse-moi, dit-il tout à coup.

Il n'aurait jamais cru pouvoir le lui demander une deuxième fois.

— Si nous nous marions, nous ne les intéresserons plus, argumenta-t-il. Je te propose une vie normale, Charlie. Tu pourrais conserver ton travail — même si je n'aime guère voir ma femme travailler — et tu ne serais pas sans cesse à craindre qu'un journaliste ne surgisse sur ta route. Tu sais sans doute combien les enfants de célébrités peuvent intéresser la presse.

Il n'avait pas prononcé le mot amour, songea Charlotte avec tristesse. Pourtant, elle avait vécu avec lui et elle avait aimé cela. Et, qu'elle veuille ou non l'admettre, elle avait adoré voir Gina avec son père... Dans la vie, les gens devaient souvent faire des sacrifices. Eh bien, elle allait sacrifier son rêve d'amour idyllique et accepter de vivre avec un homme qu'elle aimait sans espoir de retour. Elle serait au moins respectée en temps que mère, ce serait déjà cela. Finis les regards insistants, les questions indiscrètes au travail, les étrangers croisés dans la rue qui la dévisageaient en se demandant où ils avaient vu son visage.

Elle soupira. La vie « normale » n'avait jamais eu autant d'attraits à ses yeux.

— Comme tu l'as dit, ça passera avec le temps..., murmura-t-elle.

Elle pensa qu'elle pourrait compter sur quelqu'un, ce qu'elle n'avait jamais fait de sa vie. Quelqu'un qui partagerait ses préoccupations quand Gina serait malade ou quand elle aurait des problèmes avec ses devoirs. Quelqu'un qui l'aiderait à prendre des décisions importantes dans la vie de sa fille...

— Je veux offrir à Gina tout ce dont elle pourrait rêver, dit Riccardo d'une voix douce.

— Ce n'est pas une façon d'élever un enfant ! protesta-t-elle aussitôt.

— C'est pourquoi je compte sur toi pour me freiner quand j'aurai envie de rentrer à la maison avec un éléphant rose de trois mètres de haut ou la dernière console de jeux.

Charlotte haussa les épaules. Elle prit quelques minutes avant de dire :

— Tu veux bien me laisser du temps pour réfléchir ?

A cet instant, Riccardo sut que la partie était gagnée et il ressentit un immense sentiment de triomphe.

— Bien sûr, nous ne pourrions pas continuer à vivre dans ta maison, dit-il en s'efforçant de prendre une voix neutre pour qu'elle ne s'aperçoive pas de sa joie. Elle est trop petite pour nous trois.

— Nous avons très bien...

— Et donc Gina devrait changer d'école.

— Elle est très heureuse où elle est !

— Bien. Mais si nous déménageons, qui mieux que toi pourrait nous trouver une maison ?

— Je n'ai pas encore pris ma décision, dit-elle d'une voix faible.

— Si, tu le sais bien. Il ne nous reste plus qu'à régler certains détails.

Riccardo avait raison, elle avait pris sa décision, se dit Charlotte, et il était inutile de faire semblant.

— Il va falloir l'annoncer à Gina, dit-elle en baissant les yeux pour qu'il ne voie pas les larmes qui y brillaient.

— Nous le ferons dès ce soir. Et je veux que nous commencions à prospecter tous les trois pour trouver une maison qui pourrait nous convenir.

— Je n'ai aucune idée du genre de maison que tu voudrais.

Tout avançait à une vitesse vertigineuse !

— Tu me connais, tu sais dans quel genre d'endroit je me sens bien.

— Pas vraiment.

— Bien sûr que si. Tu me connais mieux qu'aucune autre femme.

Riccardo fut lui-même étonné de cet aveu involontaire. Mais il chassa vite la sensation de vulnérabilité qu'il avait fait naître en lui.

— Je sais que tu dois avoir ton idée sur la cérémonie, comme toutes les femmes. Tu peux l'organiser à ta guise, tout m'ira : grand ou petit mariage, fantaisie ou simplicité...

— Ça m'est égal.

Riccardo observa le visage baissé de Charlotte et eut soudain l'impression d'être un bourreau conduisant sa victime à l'échafaud. Etait-ce vraiment ainsi qu'elle le voyait ? Etait-elle en train de céder parce qu'il l'avait mise dans une position qui ne lui laissait plus d'alternative ? Bon sang, il faisait pourtant de son mieux !

— Très bien, mais je ne vais pas attendre sans rien faire. Si ça t'est égal, alors j'imagine que tu seras d'accord pour un mariage civil à Marylebone.

Charlotte haussa les épaules. Gina serait aux anges, c'était déjà une pensée réconfortante.

— Et que ferons-nous pour... ?

— Oui ?

— Pour...

Il comprit à quoi elle pensait et un sourire de prédateur se dessina sur ses lèvres.

— Tu veux parler de notre chambre ?

— Chez moi, tu dormais dans la chambre d'amis.

— Ça, c'était avant. Quand je serai ton mari, je n'ai pas l'intention que notre mariage soit un simple contrat. Et inutile de prendre cet air effarouché, ma chère.

Il se leva de son fauteuil et avança vers Charlotte pour se pencher vers elle. Il posa les deux mains sur ses accoudoirs.

— Nous savons tous les deux que nous avons envie l'un de l'autre.

Il effleura sa lèvre du bout du doigt.

— Tu n'aimerais pas que je t'embrasse, ici, maintenant ?

— Non !

Ce qui aurait dû être une protestation ferme et maîtrisée sortit comme une plainte étranglée de sa gorge.

— Allons, Charlie, il va falloir être plus convaincante que ça…

Il se pencha et prit sa bouche.

En une fraction de seconde, Charlotte comprit qu'elle n'allait plus se battre contre Riccardo. Elle l'aimait et elle prendrait ce qu'il pouvait lui offrir. Elle se cambra pour lui rendre son baiser, et ce fut comme si sa réaction avait allumé un feu en lui. Il la fit se lever et la poussa lentement mais sûrement vers le mur jusqu'à ce qu'elle y soit plaquée.

Il lui enleva la veste de son tailleur sans que leurs bouches ne se séparent. Elle l'aida ensuite à déboutonner son chemisier pour qu'il puisse glisser sa main sous le tissu et caresser ses seins encore emprisonnés par la dentelle de son soutien-gorge.

Riccardo était conscient d'enfreindre toutes les règles en faisant l'amour ici. Pour lui, jusqu'ici, les femmes avaient toujours été synonymes de plaisir, et le plaisir n'avait jamais franchi la porte de son bureau. Il avait toujours séparé les deux, physiquement et mentalement. Mais là, il ne pouvait pas s'en empêcher. Pas en voyant les seins de Charlotte tendus de désir, pas alors qu'elle semblait le supplier de la couvrir de baisers… Il se plaqua contre elle pour lui faire sentir combien il la désirait et faillit perdre son sang-froid lorsqu'elle approcha sa main de son pantalon.

Sa secrétaire savait qu'il ne fallait pas le déranger quand il utilisait la salle de conférences. Ils ne seraient pas interrompus, et en cet instant il fallait absolument qu'il la possède, il avait besoin de goûter chaque centimètre carré de son corps. Le sien était en feu, se consumant d'un désir impérieux. Il réfléchirait plus tard.

10

Trois jours après, Charlotte rencontra Ben par le plus grand des hasards.

Entre-temps, elle avait eu le loisir de se demander dans quel guêpier elle s'était fourrée… Gina et Riccardo, eux, étaient très heureux de la situation et la laissaient se débrouiller seule avec ses sentiments. Ils avaient parlé à Gina ensemble. Du haut de ses huit ans, la petite fille avait accepté ce grand changement sans la moindre curiosité. Elle avait beau être très mûre pour son âge, quand il s'agissait du mariage de sa maman et de son papa, elle n'avait rien trouvé d'autre à dire que : « Super ! Est-ce que je peux inviter mes copines pour leur présenter mon papa ? » Et, comme par miracle, la presse avait aussitôt cessé de les traquer pour se confondre en éloges et en félicitations.

Quant à Riccardo, il avait tout simplement obtenu ce qu'il voulait…

Il avait de nouveau emménagé chez elle. Un jour où Gina n'était pas là, il l'avait plaquée contre le mur pour l'embrasser, tel un amoureux transi. C'était pourtant précisément ce qu'il n'était pas, pensait Charlotte avec amertume. Car le mot amour semblait être tabou pour lui. Il se contentait de désir et de plaisir physique et elle n'avait plus la force de lui résister.

C'est un jeudi maussade et couvert, à l'heure du déjeuner, que Ben la trouva assise à son bureau, un sandwich auquel elle n'avait pas touché posé près de son clavier. Elle était censée étudier un rapport sur les primo-accédants à la propriété, mais elle ne parvenait pas à se concentrer.

Plusieurs secondes passèrent avant qu'elle ne se rende compte de sa présence sur le seuil de son agence, et encore quelques-unes pour qu'elle réalise qui il était. Mais quand elle émergea de ses pensées, elle fut ravie de le voir. Elle lui avait parlé deux fois depuis que le scandale avait éclaté et il était le seul avec qui elle avait été sincère, le seul à qui elle n'avait pas menti.

— Tu as mauvaise mine pour quelqu'un qui vit un conte de fées, dit-il en fermant la porte derrière lui. Qu'est-ce qui ne va pas, Charlotte ?

— Ce qui ne va pas ? Tu as combien de temps devant toi ? demanda-t-elle avec un petit rire cynique.

— Bon, je vois. Lève-toi et viens avec moi, je t'invite à déjeuner.

— Je ne peux pas, Ben. Regarde tout ce que j'ai à faire, dit-elle en montrant ses piles de dossier et son ordinateur.

— Il faut quand même que tu te nourrisses. Allez, viens. Nous n'irons pas loin. Je te promets que tu seras de retour à ton bureau pour 13 heures. Je suis ici pour un rendez-vous avec Parry à 13 h 30, je promets de ne pas te retarder.

— Bon, dit-elle en se levant, de toute façon je n'avance pas et déjeuner dehors me ferait du bien. Tu n'imagines pas combien c'est dur d'être la femme la plus heureuse du monde !

Ils se rendirent dans une brasserie chic au coin de la rue. Ils étaient sûrs de pouvoir y discuter tranquillement car, bien que la cuisine y fût excellente, les prix étaient tellement élevés que ses collègues de l'agence n'y mettaient jamais les pieds. Les tables étaient suffisamment espacées et l'atmosphère, même en pleine journée, était très intime.

Charlotte n'eut pas besoin que Ben insiste pour ouvrir son cœur et déverser son chagrin. Avec amitié et patience, il écouta son récit chaotique et resta stoïque quand elle lui déclara qu'elle regrettait de ne pas avoir pu l'aimer comme elle aimait Riccardo.

Une fois à l'extérieur, Charlotte fut étonnée de se sentir moins malheureuse, même s'il s'était contenté de l'écouter sans vraiment lui donner de conseil. Quand elle le serra dans ses bras pour le remercier, il mit ses bras autour d'elle et déposa un baiser fraternel sur son front.

*
* *

De l'autre côté de la rue, Riccardo fut stoppé net dans sa course. Il ne s'attendait pas à cela. La secrétaire de l'agence lui avait dit que Charlotte était allée déjeuner dans un restaurant hors de prix au coin de la rue, mais elle n'avait rien dit sur l'homme avec qui Charlotte était partie, et Riccardo en avait déduit… Qu'avait-il cru ? Qu'elle était liée à lui d'une certaine façon, simplement parce qu'elle avait enfin cédé à son attirance physique ? Ne lui avait-elle pas assez dit que le désir n'était pas suffisant pour bâtir une relation ?

Il la regarda de loin. Elle resta immobile un instant, seule, les bras croisés. Elle souriait.

Riccardo sentit le sang qui s'était figé dans son corps lui monter soudain à la tête, dans un accès de colère et de jalousie. Il tremblait et dut s'adosser au mur pour reprendre son souffle. Puis il fit demi-tour et se mit à marcher. Il ne retourna pas à son bureau : il lui aurait été impossible de travailler. Pour la première fois depuis qu'il habitait à Londres, il prit un taxi jusqu'à Regent's Park, tranquille et presque désert. Mentalement, il revoyait la scène qu'il avait surprise devant la brasserie. Sa future femme, sa *promise*, dans les bras d'un autre homme !

Il aurait dû lui parler avant. Mais comment aurait-il pu le faire, alors qu'il ignorait ce qu'il ressentait jusqu'à ce qu'il la voie en train d'embrasser son ex-petit ami ? La perspective de vivre toute sa vie dans l'ombre d'un autre l'emplissait de rage et il savait désormais pourquoi.

Il composa le numéro de Charlotte sur son portable. Elle décrocha aussitôt.

— J'ai besoin de te voir, dit-il. Tout de suite.

— J'ai énormément de travail, Riccardo. Est-ce que ça ne peut pas attendre ?

Déjeuner avec Ben avait été une bonne idée, pensa Charlotte. Elle se sentait plus calme à présent, plus résignée à accepter son destin. Puisqu'elle ne pouvait pas résister à Riccardo, elle allait devoir cesser de se comporter comme si le monde s'était effondré.

Il n'existait rien de plus pathétique qu'une personne qui se morfond et s'apitoie sur son sort.

— Non. Veux-tu que je vienne à ton agence ?

— Non ! répondit-elle précipitamment, craignant les regards curieux de tous ses collègues. Où es-tu en ce moment ?

— A Regent's Park.

— Toi, dans un parc ?

— Tu peux me rejoindre, mais il fait froid et il pleut.

— Bon, dans ce cas retrouvons-nous à la maison. Je vais apporter mes dossiers pour les boucler plus tard quand Gina sera couchée. Est-ce que… tout va bien ?

— Non. Mais je t'expliquerai quand je te verrai.

Cela ressemblait si peu à Riccardo de dire une chose pareille que Charlotte se sentit gagnée par l'inquiétude. Elle ramassa ses affaires à toute vitesse et, durant le trajet en métro, les scénarios les plus fous défilèrent dans son esprit. Avait-il changé d'avis à propos de leur mariage ? S'était-il déjà lassé d'elle ? Ou peut-être était-il malade… Charlotte sentit son cœur s'affoler. Pourquoi sinon se serait-il rendu à Regent's Park ?

Elle était livide lorsqu'elle arriva chez elle.

— Je suis là, dit-elle en entrant.

Elle laissa tomber son sac et sa serviette en cuir et retira ses chaussures en hâte. Elle trouva Riccardo dans le salon, toutes lumières éteintes, une tasse de café à la main.

— Que se passe-t-il ? demanda-t-elle. Que faisais-tu à Regent's Park à cette heure ?

— Assieds-toi.

Riccardo la regarda traverser la pièce jusqu'au fauteuil. Certes, elle pouvait parfois se laisser aller dans ses bras, mais à quoi bon si elle continuait à l'éviter comme un animal apeuré le reste du temps ? Il regrettait l'époque où elle était amoureuse de lui et où il avait tout gâché en lui refusant une place dans son avenir. A présent, il était obsédé par l'envie de la retrouver, celle qui se blottissait dans ses bras et qui ne serait jamais restée ainsi assise en face de lui à l'observer avec méfiance.

— Je suis allé à ton agence aujourd'hui, dit-il en se levant brusquement.

— Vraiment ? Quand cela ? Je ne t'ai pas vu.

— On m'a dit que tu étais sortie déjeuner.

— Ah, oui, c'est vrai.

Un peu gênée, Charlotte songea à Ben et rougit.

Sa réaction n'échappa pas à Riccardo qui fut convaincu qu'elle entretenait toujours une relation avec cet homme. Peut-être qu'elle ne couchait pas avec lui, mais elle lui donnait son amour. Or, quel plus beau cadeau pouvait-on faire à un homme ?

— Depuis combien de temps cela dure-t-il ? demanda-t-il d'une voix dure en se levant pour faire les cent pas dans la pièce.

Charlotte se demanda si elle allait se laisser entraîner dans une nouvelle dispute où Riccardo lui demanderait de renoncer à tout contact avec la gent masculine.

Elle ouvrit la bouche pour parler, mais il la fit taire d'un geste de la main.

— Non, ne réponds rien. Je n'ai aucun droit de le savoir et je ne le veux pas, de toute façon.

— Tu veux dire que tu ne comptes pas établir de règle à propos de Ben ? J'ai du mal à y croire ! fit-elle avec un rire crispé.

— Je t'ai laissée tomber il y a huit ans, Charlotte. Je n'ai rien à te demander.

Il approcha une chaise du fauteuil où elle était assise et s'y installa avant de passer une main nerveuse dans ses cheveux.

— Et pourtant j'en ai envie, reprit-il.

— Envie de quoi ?

— De te demander un million de choses. De ne plus jamais revoir cet homme. De ne plus jamais penser à lui. Il me dérange… Ta relation avec lui me dérange.

— Tu veux dire que tu es jaloux ? demanda-t-elle, incrédule.

— Qu'y a-t-il de si bizarre à cela ? Je suis un homme jaloux. Il est évident que je ne supporte pas de te voir en compagnie d'un autre.

— Mais Ben n'est pas un rival.

— Non, parce que tu as accepté à contrecœur ma proposition et que tu as décidé de m'épouser.

Il plongea son regard dans celui de Charlotte, qui sentit son cœur battre plus fort.

— Mais je vois maintenant que tu avais raison sur toute la ligne, reprit-il. Un accord à contrecœur… un mariage de convenance, appelle ça comme tu veux… ça ne peut pas suffire. Pour aucun de nous deux. Je croyais que cela pouvait fonctionner, que c'était dans l'intérêt de notre fille, mais maintenant…

— Maintenant, tu as changé d'avis.

Riccardo acquiesça lentement en s'efforçant de mettre de l'ordre dans ses pensées.

— Nous avons été heureux.

Parler de leur bonheur au passé lui fit soudain peur. Il avait peut-être perdu Charlotte pour toujours… L'argent pouvait lui permettre de tout acheter sur terre mais, si elle le rejetait, plus rien n'aurait de valeur à ses yeux.

— Je sais ce que tu penses de moi. Mais nous pourrions être heureux de nouveau. Je… j'étais heureux quand nous avons habité ensemble, même si je ne l'ai pas montré. Ne dis rien. Je veux juste que tu penses à ce que je vais te dire, et si tu ne veux toujours pas de moi… qu'il en soit ainsi.

Charlotte serra les mains sur ses genoux.

— Il y a huit ans, je t'ai laissée partir. Nous étions tous les deux trop jeunes, et il nous restait trop de choses à vivre pour nous engager.

— Je sais, dit-elle d'une voix blanche. Nous en avons parlé des centaines de fois. Je croyais que nous avions fait la paix avec le passé.

— Ce que j'essaie de te dire, c'est que la meilleure chose qui me soit arrivée, c'est le jour où tu es réapparue dans ma vie.

Charlotte retint son souffle.

— Oui, c'est vrai, j'étais furieux que tu aies eu un enfant, *mon* enfant, et que tu n'aies pas jugé bon de me le dire. Mais quand je t'ai revue… tout est revenu. C'était comme si ces huit années de séparation ne s'étaient jamais écoulées.

— Que veux-tu dire ?

Charlotte avait presque peur de poser la question, craignant de tuer l'espoir qui montait en elle.

— Pendant huit ans, j'ai fait ce pour quoi j'étais programmé, dit-il sérieusement. Et j'ai aimé ça, du moins je le croyais. Les femmes allaient et venaient dans ma vie et je pensais que c'était normal. Et puis tu es revenue dans ma vie, Charlie, et j'ai compris que je n'avais vécu qu'à moitié. Je ne veux pas t'épouser simplement pour le bien de Gina. Je veux t'épouser parce que je ne peux pas retourner à cette moitié de vie. Et, avant que tu dises quoi que ce soit, je te promets que je peux te rendre heureuse.

Il s'approcha d'elle.

— Tu crois avoir besoin de la sécurité que t'offre cet homme, mais tu te trompes. Tout ce que je te demande, c'est une chance de... Je t'aime, Charlie. Je ne me sens vivre qu'avec toi.

— Tu veux bien le dire encore une fois? demanda-t-elle en souriant à travers ses larmes.

Gina voulut participer à tous les préparatifs et aucune décision ne put être prise sans qu'elle soit consultée au préalable. La rencontre tant redoutée avec la mère de Riccardo ne se déroula pas si mal que Charlotte l'avait craint.

— Elle va me détester, avait-elle dit à son futur époux. Elle va critiquer la taille de ma maison, elle va *tout* critiquer...

Elle ne se rappelait que trop l'allure austère et aristocratique de cette femme, ainsi que son attitude désobligeante et humiliante. Mais Riccardo avait eu raison en lui assurant que sa mère s'était adoucie avec le temps. Et, après un petit moment de flottement, les deux femmes avaient fini par sympathiser.

Six mois plus tard, Charlotte et Riccardo étaient mari et femme. Il y eut une cérémonie simple, suivie d'une grande réception, puis ils partirent deux semaines en Italie, durant lesquelles ils virent à peine leur fille qui fit le tour de la famille. Elle était ravie d'être l'objet de tant d'attentions.

Riccardo, qui avait de plus en plus de mal à comprendre comment il avait pu vivre jusque-là sans Charlotte, rentrait tous les soirs dans leur grande maison dans le Richmond, heureux de retrouver la chaleur de leur foyer. Et quand, pour leur premier anniversaire de mariage, il apprit qu'il allait être père pour la seconde fois, il sentit la joie et la fierté gonfler son cœur. Il regarda la femme assise en face de lui dans ce restaurant, et qui buvait sagement une gorgée d'eau.

— Tu vas arrêter de travailler, n'est-ce pas ?

Jusqu'à présent, elle avait continué à travailler à mi-temps à l'agence. Elle acquiesça en souriant.

— Oui. Gina se plaît bien dans sa nouvelle école, nous sommes bien installés dans notre nouvelle maison…

Elle sentit ses yeux se remplir de larmes d'émotion.

— Et puis, il est temps que tu respectes la tradition et que tu commences à m'entretenir !

Il lui adressa un grand sourire plein de bonheur.

DANS LA MÊME COLLECTION

Par ordre alphabétique d'auteur

JINA BACARR	*Blonde Geisha*
JILL BARNETT	*Souvenirs d'enfance*******
MARY LYNN BAXTER	*La femme secrète*
MARY LYNN BAXTER	*Un été dans le Mississippi*
JENNIFER BLAKE	*Une liaison scandaleuse*
BARBARA BRETTON	*Le lien brisé*
BENITA BROWN	*Les filles du capitaine*
MEGAN BROWNLEY	*La maison des brumes*
CANDACE CAMP	*Le bal de l'orchidée*
CANDACE CAMP	*Le manoir des secrets*
CANDACE CAMP	*Le château des ombres*
CANDACE CAMP	*La maison des masques*
MARY CANON	*L'honneur des O'Donnell*
LINDA CARDILLO	*Le tourbillon d'une vie*
ELAINE COFFMAN	*Le seigneur des Highlands*
ELAINE COFFMAN	*La dame des Hautes-Terres*
ELAINE COFFMAN	*La comtesse des Highlands*
JACKIE COLLINS	*Le voile des illusions*
JACKIE COLLINS	*Reflets trompeurs*
JACKIE COLLINS	*Le destin des Castelli*
PATRICIA COUGHLIN	*Le secret d'une vie*
NICOLA CORNICK	*Lady ou courtisane*
MARGOT DALTON	*Une femme sans passé*
EMMA DARCY	*Souviens-toi de cet été*
CHARLES DAVIS	*L'enfant sans mémoire*
SHERRY DEBORDE	*L'héritière de Magnolia*
BARBARA DELINSKY	*La saga de Crosslyn Rise*
BARBARA DELINSKY	*L'enfant du scandale*
WINSLOW ELIOT	*L'innocence du mal*
SALLY FAIRCHILD	*L'héritière sans passé*
MARIE FERRARELLA	*Une promesse sous la neige*****
MARIE FERRARELLA	*Maman par intérim********
ELIZABETH FLOCK	*Moi & Emma*
OLIVIA GATES	*La fiancée du désert**********
CATHY GILLEN THACKER	*L'héritière secrète*
CAROL GRACE	*L'été de toutes les promesses**********
LYNNE GRAHAM	*Une passion en Irlande*

.../...

DANS LA MÊME COLLECTION

Par ordre alphabétique d'auteur

GINNA GRAY	*Le voile du secret*
GINNA GRAY	*La Fortune des Stanton*
GINNA GRAY	*Amants de toujours*********
JENNIFER GREENE	*Le cadeau de l'hiver*
INDIA GREY	*Un été en feu**********
JILLIAN HART	*L'enfant des moissons*
METSY HINGLE	*Une vie volée*
KATE HOFFMANN	*Destins d'Irlande*
KATE HOFFMANN	*Fille d'Irlande*
FIONA HOOD-STEWART	*Les années volées*
FIONA HOOD-STEWART	*A l'ombre des magnolias*
FIONA HOOD-STEWART	*Le testament des Carstairs*
FIONA HOOD-STEWART	*L'héritière des Highlands*
KELLY HUNTER	*Les amants de Penang**********
LISA JACKSON	*Noël à deux***
RONA JAFFE	*Le destin de Rose Smith Carson*
PENNY JORDAN	*Silver*
PENNY JORDAN	*L'amour blessé*
PENNY JORDAN	*L'honneur des Crighton*
PENNY JORDAN	*L'héritage*
PENNY JORDAN	*Le choix d'une vie*
PENNY JORDAN	*Maintenant ou jamais*
PENNY JORDAN	*Les secrets de Brighton House*
PENNY JORDAN	*La femme bafouée*
PENNY JORDAN	*De mémoire de femme*
BRENDA JOYCE	*L'héritière de Rosewood*
BRENDA JOYCE	*La tentation de Lady Blanche*
BRENDA JOYCE	*La rose d'Irlande*
MARGARET KAINE	*Des roses pour Rebecca*
HELEN KIRKMAN	*Esclave et prince*
ELAINE KNIGHTON	*La citadelle des brumes*
ELIZABETH LANE	*Une passion africaine*
ELIZABETH LANE	*La fiancée du Nouveau Monde*
CATHERINE LANIGAN	*Parfum de jasmin*
RACHEL LEE	*Neige de septembre*
RACHEL LEE	*La brûlure du passé*
LYNN LESLIE	*Le choix de vivre*
MERLINE LOVELACE	*La maîtresse du capitaine*
JULIANNE MACLEAN	*La passagère du destin*

... / ...

DANS LA MÊME COLLECTION

Par ordre alphabétique d'auteur

DEBBIE MACOMBER	*Rencontre en Alaska*****
DEBBIE MACOMBER	*Un printemps à Blossom Street*
DEBBIE MACOMBER	*Au fil des jours à Blossom Street*
DEBBIE MACOMBER	*Retour à Blossom Street*
DEBBIE MACOMBER	*La saison des roses*
DEBBIE MACOMBER	*Un parfum de bonheur*
DEBBIE MACOMBER	*La baie des promesses*
DEBBIE MACOMBER	*Les secrets de Rosewood Lane*
DEBBIE MACOMBER	*Le printemps des rêves*
DEBBIE MACOMBER	*Un Noël sous le givre******
DEBBIE MACOMBER	*L'île du paradis*******
DEBBIE MACOMBER	*Le jardin de Susannah*
DEBBIE MACOMBER	*Un été à Cranberry Point*
DEBBIE MACOMBER	*Un Noël à Cedar Cove*
MARGO MAGUIRE	*Seigneur et maître*
ANN MAJOR	*La brûlure du mensonge*
ANN MAJOR	*Le prix du scandale**
SUSAN MALLERY	*Un parfum d'été*
SUSAN MALLERY	*Le rêve de Gracie*
KAT MARTIN	*Lady Mystère*
KAT MARTIN	*La maîtresse du corsaire*
SANDRA MARTON	*Une passion impossible********
ANNE MATHER	*L'île aux amants****
CURTISS ANN MATLOCK	*Sur la route de Houston*
CURTISS ANN MATLOCK	*Une nouvelle vie*
CURTISS ANN MATLOCK	*Une femme entre deux rives*
MARY ALICE MONROE	*Le masque des apparences*
MARY ALICE MONROE	*Le passé à fleur de peau*
MARY ALICE MONROE	*Dans l'ombre du secret*
CAROLE MORTIMER	*L'ange du réveillon*****
BRENDA NOVAK	*L'écho du souvenir*
BRENDA NOVAK	*L'héritière du manoir*
BRENDA NOVAK	*Un réveillon sous la neige*********
DIANA PALMER	*D'amour et d'orgueil****
DIANA PALMER	*Les chemins du désir*
DIANA PALMER	*Les fiancés de l'hiver*****
DIANA PALMER	*Le seigneur des sables*
DIANA PALMER	*Une liaison interdite*
DIANA PALMER	*Le voile du passé*
PATRICIA POTTER	*Noces pourpres*
MARCIA PRESTON	*Sur les rives du destin*

... / ...

DANS LA MÊME COLLECTION

Par ordre alphabétique d'auteur

MARCIA PRESTON	*La maison aux papillons*
EMILIE RICHARDS	*Mémoires de Louisiane*
EMILIE RICHARDS	*Le testament des Gerritsen*
EMILIE RICHARDS	*La promesse de Noël***
EMILIE RICHARDS	*Le secret d'une femme*
EMILIE RICHARDS	*L'écho de la rivière*
EMILIE RICHARDS	*Le refuge irlandais*
EMILIE RICHARDS	*Promesse d'Irlande*
EMILIE RICHARDS	*La vallée des secrets*
EMILIE RICHARDS	*Du côté de Georgetown*
EMILIE RICHARDS	*Un lien d'amour******
EMILIE RICHARDS	*L'héritage des Robeson*
EMILIE RICHARDS	*Le chemin de l'espoir*
EMILIE RICHARDS	*Le temps des promesses*
EMILIE RICHARDS	*Le rêve de Molly*********
EMILIE RICHARDS	*Le temps d'un été*
NORA ROBERTS	*Retour au Maryland*
NORA ROBERTS	*La saga des Stanislaski*
NORA ROBERTS	*Le destin des Stanislaski*
NORA ROBERTS	*L'héritage des Cordina*
NORA ROBERTS	*Love*
NORA ROBERTS	*La saga des MacGregor*
NORA ROBERTS	*L'orgueil des MacGregor*
NORA ROBERTS	*L'héritage des MacGregor*
NORA ROBERTS	*La vallée des promesses*
NORA ROBERTS	*Le clan des MacGregor*
NORA ROBERTS	*L'héritage des Calhoun*
NORA ROBERTS	*Un homme à aimer**
NORA ROBERTS	*Sur les rives de la passion*
NORA ROBERTS	*La saga des O'Hurley*
NORA ROBERTS	*Le destin des O'Hurley*
NORA ROBERTS	*Un cadeau très spécial***
NORA ROBERTS	*Le rivage des brumes*
NORA ROBERTS	*Les ombres du lac*
NORA ROBERTS	*Un château en Irlande*
NORA ROBERTS	*Filles d'Irlande*
NORA ROBERTS	*Pages d'amour*
NORA ROBERTS	*Rencontres*
NORA ROBERTS	*Une famille pour Noël*****
NORA ROBERTS	*Passions*
NORA ROBERTS	*La promesse de Noël*
NORA ROBERTS	*Contre vents et marées******
NORA ROBERTS	*Rêves d'amour*
NORA ROBERTS	*Liens d'amour*
NORA ROBERTS	*Séduit malgré lui********

… / …

DANS LA MÊME COLLECTION

Par ordre alphabétique d'auteur

NORA ROBERTS	*La promesse d'une nuit*********
NORA ROBERTS	*Idylles magiques*
NORA ROBERTS	*Le secret des émeraudes*
ROSEMARY ROGERS	*Le sabre et la soie*
ROSEMARY ROGERS	*La vengeance d'une lady*
ROSEMARY ROGERS	*La maîtresse du rajah*
ROSEMARY ROGERS	*Lady Sapphire*
ROSEMARY ROGERS	*Nuits de satin*
ROSEMARY ROGERS	*Un palais sous la neige*
JOANN ROSS	*Magnolia*
JOANN ROSS	*Cœur d'Irlande*
MALLORY RUSH	*Ce que durent les roses*
EVA RUTLAND	*Tourments d'ébène*
PATRICIA RYAN	*L'escort-girl****
DALLAS SCHULZE	*Un amour interdit*
DALLAS SCHULZE	*Les vendanges du cœur*
DALLAS SCHULZE	*La promesse d'un enfant*
DALLAS SCHULZE	*L'appel de l'aube*
KATHRYN SHAY	*L'enfant de l'hiver*
JUNE FLAUM SINGER	*Une mystérieuse passagère*
ERICA SPINDLER	*L'ombre pourpre*
ERICA SPINDLER	*Le fruit défendu*
ERICA SPINDLER	*La blessure du passé*
ERICA SPINDLER	*Parfum de Louisiane*
ERICA SPINDLER	*Un parfum de magnolia*
ERICA SPINDLER	*Les couleurs de l'aube*
LYN STONE	*La dame de Fernstowe*
TARA TAYLOR QUINN	*Le cadeau d'une vie*
CHARLOTTE VALE ALLEN	*Le destin d'une autre*
CHARLOTTE VALE ALLEN	*L'enfance volée*
CHARLOTTE VALE ALLEN	*L'enfant de l'aube*
SOPHIE WESTON	*Romance à l'orientale****
SUSAN WIGGS	*Un printemps en Virginie*
SUSAN WIGGS	*Les amants de l'été*
SUSAN WIGGS	*L'inconnu du réveillon***
SUSAN WIGGS	*La promesse d'un été*
SUSAN WIGGS	*Un été à Willow Lake*
SUSAN WIGGS	*Le pavillon d'hiver*
SUSAN WIGGS	*Retour au lac des Saules*
SUSAN WIGGS	*La maison du Pacifique*

... / ...

DANS LA MÊME COLLECTION

Par ordre alphabétique d'auteur

SUSAN WIGGS	*Neige sur le lac des Saules*
SUSAN WIGGS	*Rendez-vous sous le gui******
SUSAN WIGGS	*Les amants du Pacifique*
SUSAN WIGGS	*Un été de rêve*******
SUSAN WIGGS	*L'amoureuse rebelle********
SUSAN WIGGS	*Le rêve de Leah*
SUSAN WIGGS	*Le refuge du lac des Saules*
LYNNE WILDING	*L'héritière australienne*
LYNNE WILDING	*Les secrets d'Amaroo*
BRONWYN WILLIAMS	*L'île aux tempêtes*
CATHY WILLIAMS	*L'été oublié**********
REBECCA WINTERS	*Magie d'hiver***
REBECCA WINTERS	*Un baiser sous le gui*****
JOAN WOLF	*Le blason et le lys*
SHERRYL WOODS	*Refuge à Trinity*
SHERRYL WOODS	*Le testament du cœur*
SHERRYL WOODS	*Le rêve de Noël******
SHERRYL WOODS	*La Maison Bleue*
SHERRYL WOODS	*Soleil d'avril*
SHERRYL WOODS	*Dans la chaleur de l'été********
SHERRYL WOODS	*Le temps de l'espoir*
SHERRYL WOODS	*La promesse d'une rose*
SHERRYL WOODS	*Une preuve d'amour*********
SHERRYL WOODS	*La maison de la baie*
SHERRYL WOODS	*Un jardin sur l'Atlantique*
SHERRYL WOODS	*L'aube des promesses*
LAURA VAN WORMER	*Intimes révélations*
KAREN YOUNG	*Un vœu secret***
KAREN YOUNG	*L'innocence bafouée*
KAREN YOUNG	*La mémoire blessée*

* *titres réunis dans un volume double*

** *titres réunis dans le volume intitulé* : Magie d'hiver 2007

*** *titres réunis dans le volume intitulé* : Passions d'été

**** *titres réunis dans le volume intitulé* : Magie d'hiver 2008

***** *titres réunis dans le volume intitulé* : Magie d'hiver 2009

****** *titres réunis dans le volume intitulé* : La Maison sur l'île

******* *titres réunis dans le volume intitulé* : Promesses d'été

******** *titres réunis dans le volume intitulé* : Magie d'hiver 2010

********* *titres réunis dans le volume intitulé* : Passions d'été 2011

5 TITRES À PARAÎTRE EN OCTOBRE 2011

Composé et édité par les
éditions Harlequin

Achevé d'imprimer en Allemagne
par GGP Media GmbH, Pößneck
en juillet 2011

Dépôt légal en août 2011